NUIT NOIRE, ÉTOILES MORTES

Né en 1947 à Portland (Maine), Stephen King a connu son premier succès en 1974 avec *Carrie*. En une trentaine d'années, il a publié plus de cinquante romans et autant de nouvelles, certains sous le pseudonyme de Richard Bachman. Il a reçu de nombreuses distinctions littéraires, dont le prestigieux Grand Master Award des Mystery Writers of America pour l'ensemble de sa carrière en 2007. Son œuvre a été largement adaptée au cinéma et à la télévision.

Paru au Livre de Poche :

ANATOMIE DE L'HORREUR	HISTOIRE DE LISEY
L'ANNÉE DU LOUP-GAROU	INSOMNIE
BAZAAR	JESSIE
LE BAZAR DES MAUVAIS RÊVES	JOYLAND
	JUSTE AVANT LE CRÉPUSCULE
BLAZE	LA LIGNE VERTE
BRUME	MARCHE OU CRÈVE
ÇA (2 tomes)	MINUIT 2
CARNETS NOIRS	MINUIT 4
CARRIE	MISERY
CELLULAIRE	MR MERCEDES
CHANTIER	L'OUTSIDER
CHARLIE	LA PART DES TÉNÈBRES
CHRISTINE	LA PEAU SUR LES OS
CŒURS PERDUS EN ATLANTIDE	LA PETITE FILLE QUI AIMAIT TOM GORDON
CUJO	LES RÉGULATEURS
DANSE MACABRE	RÊVES ET CAUCHEMARS
DEAD ZONE	REVIVAL
DÉSOLATION	ROADMASTER
DIFFÉRENTES SAISONS	ROSE MADDER
DOCTEUR SLEEP	RUNNING MAN
DOLORES CLAIBORNE	SAC D'OS
DÔME (2 tomes)	SALEM
DREAMCATCHER	SHINING
DUMA KEY	SIMETIERRE
ÉCRITURE	SLEEPING BEAUTIES
ÉLÉVATION	LA TEMPÊTE DU SIÈCLE
FIN DE RONDE	LES TOMMYKNOCKERS
LE FLÉAU (2 tomes)	TOUT EST FATAL
GWENDY ET LA BOÎTE À BOUTONS	22/11/63

STEPHEN KING

Nuit noire, étoiles mortes

NOUVELLES TRADUITES DE L'ANGLAIS (ÉTATS-UNIS) PAR NADINE GASSIE

SUIVI DE *À LA DURE*, UNE NOUVELLE INÉDITE

ALBIN MICHEL

Titre original :

FULL DARK, NO STARS
Publié avec l'accord de l'auteur C/o Ralph M. Vicinanza, Ltd.

© Stephen King, 2010.
© Éditions Albin Michel, 2012, pour la traduction française.
ISBN : 978-2-253-19523-8 – 1re publication LGF

*Pour Tabby.
Toujours.*

1922

11 avril 1930

Hôtel Magnolia
Omaha, Nebraska

À QUI ME LIRA :

Je m'appelle Wilfred Leland James et ceci est ma confession. En juin 1922 j'ai assassiné ma femme, Arlette Christina Winters James, et jeté son corps dans un vieux puits. Mon fils, Henry Freeman James, m'a aidé à commettre ce crime, même si, à l'âge de quatorze ans, il n'était pas responsable de ses actes ; je l'y ai amené par la persuasion, en jouant sur ses peurs et en réfutant systématiquement ses objections, somme toute normales, sur une durée de deux mois. C'est une chose que je regrette encore plus amèrement que le meurtre pour des raisons que ce document révélera.

Le différend qui a conduit à mon crime et à ma damnation portait sur cent arpents de bonne terre à Hemingford Home, Nebraska. Ces terres avaient été léguées à ma femme par son père, John Henry Winters. Je désirais les ajouter à notre propriété agricole qui, en 1922, totalisait quatre-vingts arpents. Ma femme, qui n'avait jamais aimé la vie paysanne, désirait les vendre à la société Farrington contre argent comptant. Quand je lui ai demandé si elle voulait vraiment vivre dans le voisinage d'un abattoir de porcs, elle m'a répondu qu'outre les terres de son père, nous allions vendre aussi notre ferme – la ferme de mon père, et de son père avant lui ! Quand je lui ai demandé ce que nous allions faire avec de l'argent et pas de terres, elle m'a répondu que nous allions déménager à Omaha, ou même Saint Louis, et ouvrir une boutique.

Je lui ai dit : « Je ne vivrai jamais à Omaha. Les villes sont faites pour les imbéciles. »

La belle ironie, si l'on considère l'endroit où je vis aujourd'hui, mais je n'y vivrai plus bien longtemps à présent ; je le sais, comme je sais d'où proviennent les bruits que j'entends dans les murs. Et je sais où je me retrouverai lorsque cette vie terrestre sera terminée. Je me demande si l'Enfer peut être pire que la ville d'Omaha. Peut-être l'Enfer *est-il* la ville d'Omaha, mais sans aucune bonne campagne alentour ; rien qu'un désert enfumé et empuanti de soufre, empli d'âmes égarées comme moi.

Nous avons âprement discuté de ces cent arpents au cours de l'hiver et du printemps 1922. Henry était pris entre deux feux, tout en penchant plutôt de mon côté ; il tenait de sa mère pour le physique mais de moi pour son amour de la terre. C'était un petit gars obéissant sans rien de l'arrogance maternelle. Il a dit maintes fois à sa mère qu'il n'avait aucun désir d'aller vivre à Omaha, ni dans aucune autre ville d'ailleurs, et qu'il le ferait seulement si elle et moi tombions accord, ce que nous n'avons jamais réussi à faire.

J'ai bien pensé aller en Justice, persuadé qu'en tant qu'Époux, en la circonstance, n'importe quel tribunal de ce pays confirmerait mon droit de décider de l'usage et de la destination de ces terres. Pourtant, quelque chose m'a retenu. Ce n'était pas la crainte des commérages, je me moquais bien des ragots de voisinage ; non, c'était autre chose. J'en étais venu à la haïr, voyez-vous. J'en étais venu à souhaiter sa mort. Et c'est ça qui m'a retenu.

Je crois qu'en tout homme, il y a un autre homme. Un inconnu, un Conspirateur, un Rusé. Et je crois qu'en ce mois de mars 1922, sous les ciels blancs du comté d'Hemingford, dans le bourbier des champs ensevelis sous la neige, le Conspirateur présent à l'intérieur du fermier Wilfred James avait déjà jugé ma femme et décidé de son sort. Adepte d'une justice expéditive aussi. La Bible dit qu'un enfant ingrat est semblable à la dent d'un serpent, mais une femme ingrate et chicanière est bien plus venimeuse encore.

Je ne suis pas un monstre ; j'ai tenté de la sauver du Conspirateur. Je lui ai dit que si nous ne parvenions pas à nous mettre d'accord, elle pourrait toujours retourner chez sa mère, à Lincoln, à quatre-vingts kilomètres à l'ouest – une bonne distance pour une séparation qui n'était pas encore un divorce mais indiquait une dissolution de l'entente matrimoniale.

Elle a répondu : « Et te laisser les terres de mon père, je suppose ? » en redressant la tête pour me narguer. Bon Dieu, ce que j'en étais venu à le détester, ce petit mouvement de tête narquois, tout à fait comme un poney mal dressé, et le petit reniflement qui allait avec. « Tu peux toujours courir, Wilf. »

Je lui ai dit que je lui rachèterais ses terres, si elle y tenait. Les paiements devraient être échelonnés dans le temps – peut-être sur huit ou dix ans – mais je la rembourserais jusqu'au dernier centime.

Elle a alors répliqué (nouveau reniflement et mouvement de tête) : « Des petites rentrées d'argent sont bien pires que rien. Toutes les femmes savent ça. Chez Farrington, ils me paieront en une seule fois, et leur conception du prix juste risque d'être largement plus généreuse que la tienne. Et jamais je n'irai vivre à Lincoln. Ce n'est pas une ville, rien qu'un village avec plus d'églises que de maisons. »

Comprenez-vous ma situation ? Ne voyez-vous pas l'impasse dans laquelle elle me mettait ? Ne puis-je compter au moins sur un peu de sympathie de votre part ? Non ? Alors écoutez la suite.

Début avril de cette année-là – il y a huit ans jour pour jour, si mes souvenirs sont bons –, elle débarque, toute pimpante. Elle avait bien dû passer toute la journée au « salon de beauté » de McCook, et ses cheveux lui pendouillaient sur les joues en grosses anglaises qui me faisaient penser aux rouleaux de papier hygiénique qu'ils mettent dans les hôtels et les auberges. Elle me sort qu'elle avait eu une idée. Son idée, c'était de vendre ses cent arpents *et* notre ferme au trust Farrington. Elle pensait que pour mettre la main sur la parcelle de son père, qui était située près de la voie ferrée, ils seraient prêts à acheter la totalité des terres (et là-dessus elle avait sans doute raison).

« Ensuite, me dit cette sorcière, nous pourrons nous partager l'argent, et recommencer notre vie chacun de notre côté. Nous savons aussi bien l'un que l'autre que c'est ce que tu veux. » Comme si *elle* ne le voulait pas.

« Ah, je lui fais (comme si je réfléchissais sérieusement à son idée). Et le garçon va avec lequel de nous deux ?

— Moi, évidemment, elle me répond, les yeux ronds. Un garçon de quatorze ans a besoin de sa mère. »

J'ai commencé à « travailler » Henry le jour même, en lui racontant le dernier projet de sa mère. Nous étions assis dans le fenil. J'avais pris ma mine la plus lugubre, et mon ton le plus lugubre, pour lui brosser un tableau de ce que serait sa vie si nous laissions sa mère réaliser ce projet : qu'il n'aurait plus ferme ni père, qu'il se retrouverait dans une école bien plus grande, qu'il laisserait derrière lui tous ses amis (qu'il connaissait pour la plupart depuis la maternelle), et que dans cette nouvelle école il devrait se battre pour se faire une place parmi des inconnus qui se moqueraient de lui et le traiteraient de bouseux et de rustre. À l'inverse, si nous parvenions à conserver toutes nos terres, j'étais convaincu que nous pourrions rembourser notre emprunt à la banque d'ici à 1925 et vivre ensuite heureux et libres de dettes en respirant l'air pur au lieu de voir des tripes de porcs emportées du matin au soir au fil de notre rivière auparavant si pure. Après avoir peint ce tableau avec le plus de détails possible, je lui ai demandé : « Alors qu'est-ce que tu préfères ? »

Il m'a dit : « Rester ici avec toi, papa. » Des larmes ruisselaient sur ses joues. « Pourquoi il faut qu'elle soit aussi... aussi... »

Je l'ai encouragé : « Vas-y, fils, dis-le. La vérité n'est jamais un blasphème.

— Aussi *chienne* ! »

Je lui ai dit : « Parce que la plupart des femmes le sont. Ça leur colle à la peau. La question, c'est de savoir comment nous allons régler ça. »

Mais le Conspirateur en moi avait déjà pensé au vieux puits derrière l'étable, qui ne nous servait plus que pour l'eau de vaisselle, car il n'était pas très profond, seulement six mètres, et que l'eau y était trouble et peu abondante. Le tout était de convaincre mon fils. Car je *devais* le convaincre, vous le comprenez bien ; je pouvais tuer ma femme mais je devais sauver mon cher fils. À quoi bon posséder cent quatre-vingts arpents de terre – ou un millier – si vous n'avez personne avec qui les partager et à qui les léguer ?

J'ai fait mine d'envisager le projet fou d'Arlette de voir transformer de la bonne terre à maïs en abattoir à cochons. Je lui ai demandé de me laisser le temps de m'habituer à l'idée. Elle y a consenti. Et j'ai passé les deux mois suivants à travailler Henry pour l'habituer, *lui*, à une idée toute différente. Ça n'a pas été aussi dur que vous pourriez vous l'imaginer ; il avait le physique de sa mère mais pas son entêtement infernal (le physique d'une femme, vous le savez, est le miel qui attire l'homme à la ruche où il se fait piquer). Il m'a suffi de lui décrire ce que serait sa vie à Omaha ou à Saint Louis. J'ai évoqué la possibilité que même ces deux termitières surpeuplées ne lui suffisent pas et qu'elle décide que seul Chicago ferait l'affaire. « Et alors, tu pourrais te retrouver à aller au lycée avec des négros noirs. » Voilà ce que je lui ai dit.

Il a commencé à battre froid à sa mère ; après quelques tentatives pour regagner son affection – toutes maladroites, toutes repoussées –, elle lui a retourné sa froideur. Je m'en suis réjoui (ou plutôt le Conspirateur en moi s'en est réjoui). Début juin, j'ai annoncé à ma femme qu'après mûre réflexion, j'avais décidé que je ne la laisserais jamais vendre ces cent arpents sans livrer bataille; que je nous réduirais tous à la ruine et à la mendicité s'il le fallait.

Elle est restée calme. Elle a décidé de prendre conseil auprès d'un avocat (car la Justice, comme nous le savons tous, est du côté de celui qui la paie). Mais ça, je l'avais prévu. Et ça me faisait doucement rire! Parce que son avocat, elle ne pourrait pas le payer. J'avais commencé à surveiller de près le peu d'argent liquide que nous avions. J'avais même demandé sa tirelire à Henry qui me l'avait remise, donc, si maigre soit la somme, elle ne pouvait rien voler de ce côté-là. Comme de bien entendu, elle est allée frapper à la porte des bureaux de la société Farrington à Deland. Elle était à peu près certaine (comme je l'étais aussi) que ces gens qui avaient tant à gagner dans l'affaire lui avanceraient ses frais de justice.

Dans le fenil, qui était devenu notre lieu habituel de conversation, j'ai dit à Henry : « Ils vont l'aider, et elle va gagner. » Je n'en étais pas entièrement sûr, mais ma décision, que je n'irais pas jusqu'à appeler « un plan », était déjà prise.

« Mais c'est pas juste! » s'est exclamé Henry. Il paraissait tout petit, assis là, dans le foin, on lui aurait donné dix ans plutôt que quatorze.

Alors je lui ai dit : « La vie n'est jamais juste. Il y a des fois où la seule chose à faire, c'est de prendre ce qui nous revient. Même si quelqu'un doit en pâtir. » Je me suis tu, j'ai scruté son visage. « Même si quelqu'un doit mourir. »

Il a blêmi. « Papa ! »

J'ai poursuivi : « Si elle disparaissait, tout redeviendrait comme avant. Toutes les disputes cesseraient. Nous pourrions vivre ici en paix. Je lui ai proposé tout ce que j'ai pu pour la faire partir, mais elle ne veut pas. Il ne me reste plus qu'une chose à faire. Il ne *nous* reste plus qu'une chose à faire.

— Mais je l'aime ! »

J'ai répondu : « Moi aussi, je l'aime. » Ce qui était vrai, que vous le croyiez ou non. Car la haine que je lui vouais en cette année 1922 était si forte qu'un homme ne peut l'éprouver envers une femme que si l'amour en est partie prenante. Et puis, aussi acerbe et entêtée soit-elle, Arlette avait toujours été d'une nature chaleureuse. Nos « relations conjugales » n'avaient jamais cessé, même si, depuis le début de nos disputes au sujet de ces cent arpents, nos étreintes aveugles dans le noir ressemblaient de plus en plus à des accouplements de bêtes en rut.

J'ai dit à Henry : « Ça peut se faire sans douleur. Et quand tout sera fini… eh bien… »

Je l'ai emmené derrière l'étable pour lui montrer le puits, et là il s'est mis à pleurer à chaudes larmes. « Non, papa. Quoi qu'il arrive. Pas ça. »

Mais quand elle est revenue de voir l'avocat à Deland (Harlan Cotterie, notre premier voisin, l'avait transportée dans sa Ford sur presque tout le trajet, ne lui laissant que les trois derniers kilomètres à faire à pied) et qu'Henry l'a suppliée d'« arrêter ça pour qu'on puisse juste redevenir une famille », elle a perdu son calme et l'a giflé sur la bouche en lui ordonnant de cesser de mendier comme un chien.

« Ton père t'a contaminé avec sa timidité. Pire, il t'a contaminé avec sa cupidité. »

Comme si *elle-même* était innocente de ce péché !

« L'avocat me confirme que, les terres m'appartenant, je peux en disposer comme je l'entends, je vais donc les vendre. Quant à vous deux, vous n'aurez qu'à rester ici à renifler du cochon grillé, à cuisiner vos repas et à faire vos lits sans moi. Toi, mon fils, tu pourras passer toute la journée à labourer et toute la nuit à lire les sempiternels bouquins de ton *père*. On ne peut pas dire qu'ils lui aient fait grand bien, mais tu t'en tireras peut-être mieux. Qui sait ?

— Maman, c'est pas juste ! »

Elle a regardé son fils comme si ç'avait été un inconnu qui aurait eu l'audace de lui toucher le bras. Et comme mon cœur s'est réjoui quand j'ai vu mon fils la regarder avec la même froideur en retour. « Allez au diable, tous les deux. Moi, je m'en vais à Omaha ouvrir une boutique de vêtements. La voilà, *mon* idée de ce qui est juste. »

Cette conversation s'était déroulée dans la cour poussiéreuse, entre la maison et l'étable, et son idée de ce qui est juste en fut le dernier mot. Elle a traversé la cour au pas de charge, faisant voler la poussière sous ses jolis souliers de ville, est entrée dans la maison, et a claqué la porte. Henry s'est tourné vers moi et m'a regardé. Il avait du sang au coin de la bouche et sa lèvre inférieure enflait. La rage qui brûlait dans ses yeux, farouche et pure, était de celles qui sont propres aux adolescents. Une rage prête à s'assouvir à n'importe quel prix. Il a hoché la tête. J'en ai fait autant, tout aussi gravement. Mais à l'intérieur, le Conspirateur jubilait.

La gifle avait signé l'arrêt de mort d'Arlette.

Deux jours plus tard, quand Henry est venu me rejoindre entre les jeunes pousses de maïs, j'ai vu qu'il avait à nouveau fléchi. Je n'en ai été ni consterné ni étonné ; les années qui séparent l'enfance de l'âge adulte sont des années de tumulte, et ceux qui les traversent tournent avec le vent comme ces girouettes que certains fermiers du Middle West plaçaient autrefois sur les toits de leurs silos à grain.

Il me dit comme ça : « On ne peut pas. Elle est dans l'Erreur, papa. Et Shannon dit que ceux qui meurent dans l'Erreur vont en Enfer. »

Maudites soient l'Église méthodiste et l'Association des Jeunesses méthodistes, me suis-je dit… mais le Conspirateur s'est contenté de sourire. Nous avons passé les dix minutes suivantes à parler théologie dans le jeune maïs pendant que des nuages de début d'été – les plus beaux des nuages, ceux qui flottent pareils à des goélettes sur le ciel bleu – voguaient lentement au-dessus de nos têtes, traînant leur ombre comme un sillage. Je lui ai expliqué qu'au lieu d'envoyer Arlette en Enfer, nous allions, au contraire, l'envoyer au Ciel. « Parce qu'un homme ou une femme qui meurt assassiné ne meurt pas dans le temps de Dieu mais dans le temps de l'Homme. Il… ou elle… est stoppé net avant de pouvoir se repentir de ses péchés, donc toutes ses erreurs doivent lui être pardonnées. Quand tu vois les choses sous cet angle, tous les meurtriers sont des portes du Ciel.

— Mais nous, papa ? Est-ce que nous n'irons pas en Enfer ? »

J'ai désigné les champs frémissant de toutes ces nouvelles vies courageuses. « Comment peux-tu dire ça, quand tu vois le Ciel tout autour de nous ? Et pourtant, elle est décidée à nous en chasser aussi sûrement que l'ange d'Éden à l'épée flamboyante a chassé Adam et Ève du Jardin. »

Il m'a regardé d'un œil vague. Il était sombre. Soucieux. Je détestais troubler mon fils davantage, mais quelque chose en moi croyait alors, et continue à croire, que ce n'était pas moi mais *elle* qui lui faisait ça.

J'ai ajouté : « Et réfléchis. Si elle va à Omaha, elle se creusera une fosse encore plus profonde dans le Shéol. Et si elle t'emmène, tu deviendras un citadin…

— Jamais ! »

Il l'a crié si fort que les corbeaux perchés sur le fil de clôture ont pris leur envol et filé dans le ciel bleu en tournoyant comme des bouts de papier calciné.

Je lui ai dit : « Mais si, tu es jeune. Tu oublieras cette vie… tu apprendras les manières de la ville… et tu commenceras à creuser ta propre fosse. »

Il m'aurait peut-être collé s'il m'avait rétorqué que les meurtriers n'ont aucun espoir de rejoindre leurs victimes au Ciel. Mais soit son degré de théologie n'était pas aussi poussé, soit il se refusait à envisager de telles choses. Et l'Enfer existe-t-il, ou bien nous créons-nous le nôtre sur terre ? Quand je considère les huit dernières années de ma vie, je penche pour cette dernière proposition.

Alors il m'a demandé comment et quand, et je le lui ai dit.

« Et nous pourrons continuer à vivre ici après ? »

Je lui ai dit que oui.

« Et elle ne souffrira pas ? »

J'ai dit : « Non. Ce sera rapide. »

Il a paru satisfait.

Et pourtant, sans Arlette elle-même, cela ne serait peut-être jamais arrivé.

Nous nous sommes décidés pour un samedi soir, à peu près au milieu d'un des plus beaux mois de juin dont je me souvienne. Arlette prenait parfois un verre de vin les soirs d'été. Mais rarement davantage. Il y avait à cela une bonne raison : elle était de ces gens qui ne peuvent jamais prendre deux verres sans en prendre quatre, puis six, et ensuite toute la bouteille. Et une seconde bouteille, s'il y en a une. « Je dois faire très attention, Wilf. J'aime trop ça. Mais heureusement pour moi, j'ai une grande volonté. »

Ce soir-là, assis sous la galerie de devant, nous observions la lumière du soir planer sur les champs en écoutant le bruissement assoupi des grillons. Henry était dans sa chambre. Il avait à peine touché à son souper. Installé avec Arlette sous la galerie, dans nos fauteuils à bascule respectifs avec nos coussins brodés

Ma et Pa dans le dos, j'ai cru entendre un bruit étouffé qui pouvait être un vomissement. Je me rappelle m'être dit que, le moment venu, il ne serait pas capable de le faire. Sa mère se réveillerait le lendemain matin, de mauvais poil et avec la gueule de bois, et sans se douter qu'elle avait bien failli ne jamais revoir le soleil se lever sur le Nebraska. Pourtant, j'ai commencé à mettre le plan à exécution. Parce que, me direz-vous, j'étais comme une de ces poupées russes, une de ces poupées gigognes? Peut-être. Peut-être tout homme ressemble-t-il à ça. En moi, il y avait l'Homme Rusé, mais en lui, il y avait un Homme Plein d'Espoir. Cet homme-là est mort à un moment ou un autre entre 1922 et 1930. Une fois ses dégâts commis, le Rusé, lui, a disparu. Privée de ses intrigues et de son ambition, sa vie est devenue un endroit bien vide.

J'avais emporté la bouteille avec moi sous la galerie, mais quand j'ai voulu remplir son verre, elle l'a couvert de la main. « Tu n'as pas besoin de me soûler pour avoir ce que tu veux. Moi aussi j'en ai envie. Ça me démange. » Elle a écarté les cuisses et posé la main sur son entrejambe pour me montrer où ça la démangeait. Il y avait une Femme Vulgaire en elle – peut-être même une Catin – et le vin la débridait toujours.

J'ai dit : « Prends quand même un autre verre. Nous avons quelque chose à fêter. »

Elle m'a dévisagé avec méfiance. Un seul verre de vin suffisait à lui faire les yeux humides (comme si une part d'elle-même pleurait sur tout ce vin dont elle avait soif et qu'elle ne pouvait boire), et dans la lumière du soleil couchant ils paraissaient orange, comme ceux d'une lanterne creusée dans une citrouille avec une chandelle allumée dedans.

Je lui ai dit : « Il n'y aura pas de procès, et il n'y aura pas de divorce. Si la société Farrington a les moyens de nous payer mes quatre-vingts arpents, en plus des cent arpents de ton père, alors notre dispute est terminée. »

Pour la seule et unique fois de notre mariage houleux, je l'ai vue rester positivement *bouche bée*. Puis : « Qu'est-ce que tu dis ? J'ai bien entendu ? Te fiche pas de moi, Wilf ! »

Et là, le Rusé a dit : « Je me fiche pas de toi. » Il parlait avec la sincérité du cœur. « Henry et moi avons eu de nombreuses conversations à ce sujet…

— Vous n'avez pas cessé de conspirer, ça c'est vrai », a-t-elle commenté. Elle avait ôté sa main de son verre et j'en ai profité pour le remplir. « Toujours dans le fenil, ou perchés sur le tas de bois, ou en tête-à-tête dans le champ de derrière. Je pensais que c'était de Shannon Cotterie que vous causiez. »

Reniflement et mouvement de tête. Mais je lui ai trouvé aussi comme un petit air de regret. Elle s'est mise à siroter son deuxième verre de vin. Deux gorgées, et elle pouvait encore le reposer et aller se coucher. Quatre, et je pourrais aussi bien lui passer la bouteille. Sans parler des deux autres que je tenais prêtes.

J'ai dit : « Non. Nous ne parlions pas de Shannon. » Même si j'avais bien vu Henry lui donner la main à l'occasion quand ils faisaient à pied les trois kilomètres qui nous séparaient de l'école de Hemingford Home. « Nous parlions d'Omaha. Je crois bien qu'il a envie d'y aller. » Pas la peine d'en rajouter, surtout après un seul verre de vin et seulement deux gorgées du deuxième. Elle était d'une nature suspicieuse, mon Arlette, toujours à chercher des motifs cachés. Et en l'occurrence, bien sûr, j'en avais. « Au moins pour se faire une idée. Et Omaha n'est pas si loin de Hemingford…

— Ça, c'est bien vrai. Comme j'ai dû vous le dire mille fois à tous les deux. »

Elle sirotait son vin en gardant son verre entre les mains au lieu de le reposer comme elle l'avait fait auparavant. À l'ouest, la lumière orange était en train de virer au violet-vert surnaturel et semblait flamboyer à l'intérieur même de son verre.

« Si c'était Saint Louis, ce serait une autre histoire. »

Elle a dit alors : « J'ai laissé tomber cette idée. » Ce qui voulait dire, bien évidemment, qu'elle en avait examiné la possibilité et l'avait trouvée hasardeuse. Dans mon dos, naturellement. Tout dans mon dos, sauf l'histoire de l'avocat. Et *ça* aussi elle l'aurait fait dans mon dos, si elle n'avait pas voulu s'en servir comme d'un bâton pour me battre.

J'ai demandé : « Tu crois qu'ils vont acheter le tout ? Les cent quatre-vingts arpents ?

— Comment je le saurais ? »

Une petite gorgée. Le deuxième verre était à moitié vide. Si je tentais de le lui retirer en lui disant qu'elle avait assez bu maintenant, elle refuserait de le lâcher.

J'ai dit : « Bien sûr que tu le sais, j'en suis certain. Ces cent quatre-vingts arpents, c'est comme Saint Louis. Tu as *étudié* la question. »

Elle m'a lorgné d'un regard malin... avant de lâcher un rire rauque suivi d'un : « P'têt' ben. »

J'ai dit : « Je suppose qu'on pourrait se dénicher une maison pas trop loin de la ville. Où y aurait au moins un champ ou deux à regarder.

— Où tu resterais assis sur ton cul dans ton fauteuil à bascule toute la journée, à laisser ta femme faire tout le boulot, pour changer ? Tiens, remplis-moi ce verre, tu veux. Tant qu'à fêter ça, allons-y carrément. »

J'ai rempli nos deux verres. Il a suffi d'un doigt pour compléter le mien, étant donné que je n'en avais bu qu'une gorgée.

« Je me suis dit que je pourrais chercher de l'ouvrage comme mécanicien. Automobiles et camions, mais surtout machines agricoles. Si j'arrive à faire tourner ce vieux Farmall » – de mon verre, j'ai désigné la masse sombre du tracteur garé à côté de l'étable –, « alors je crois que j'arriverai à faire tourner n'importe quoi.

— Et c'est Henry qui t'a convaincu ?

— Il m'a convaincu qu'il valait mieux essayer d'être heureux en ville plutôt que de rester tout seuls ici et misérables à tous les coups.

— Le gosse fait preuve de jugeote et l'homme écoute ! Enfin ! Alléluia ! » Elle a sifflé son verre et me l'a tendu pour une nouvelle tournée. Saisissant mon bras, elle s'est penchée si près que j'ai reniflé l'aigreur de son haleine. « Tu pourras peut-être avoir ce que tu aimes, ce soir, Wilf. » De sa langue tachée de pourpre, elle a léché sa lèvre supérieure. « La chose *dégoûtante*. »

Et j'ai répondu : « Ce sera pas de refus. » Si j'avais le dernier mot, une chose encore plus dégoûtante allait se produire ce soir-là dans le lit que nous partagions depuis quinze ans.

Elle a dit : « Appelons Henry. » Elle commençait à avoir la voix pâteuse. « Je veux le féliciter d'avoir enfin vu la lumière. » (Je ne vous ai peut-être pas encore signalé que le verbe *remercier* ne faisait pas partie du vocabulaire de ma femme ? Mais je n'ai peut-être plus besoin de le faire, au point où nous en sommes.) Une idée l'a traversée et ses yeux se sont illuminés. « Nous allons lui offrir un verre de vin ! Il est assez grand ! » Elle m'a aiguillonné du coude comme font les vieux assis sur les bancs de chaque côté des marches du palais de justice en se racontant des histoires salaces. « Délions-lui un peu la langue et nous apprendrons peut-être s'il a avancé son affaire avec Shannon Cotterie... Pas grand-chose dans le crâne, mais elle a de jolis cheveux, je le lui accorde.

— Prends d'abord un autre verre. »

C'était le Rusé qui avait parlé.

Elle en a repris deux, terminant ainsi la bouteille. (La *première* bouteille.) Elle s'était mise à chanter « Avalon » de sa plus belle voix de ménestrel noir, en riboulant des yeux gros comme ça. Ça faisait mal à voir, et encore plus à entendre.

Je suis allé à la cuisine chercher une autre bouteille et j'ai jugé que c'était le moment d'appeler Henry. Même si, comme je vous le disais, je ne nourrissais pas de grands espoirs. Je ne pouvais faire ça que s'il était mon complice consentant, et dans mon cœur j'avais la conviction qu'il n'aurait pas le courage de passer à l'acte le moment venu, une fois la conversation épuisée. Dans ce cas, nous nous contenterions de la mettre au lit. Et demain matin, je lui dirais que j'avais changé d'avis et que je ne voulais plus vendre la ferme de mon père.

Henry est sorti de sa chambre et rien dans son visage blême et mélancolique n'offrait le moindre signe d'encouragement. Il m'a chuchoté : « Papa, je crois que je peux pas. C'est *maman*. »

J'ai dit : « Si tu ne peux pas, tu ne peux pas. » Et là, ce n'était pas le Conspirateur qui parlait. J'étais résigné ; arriverait ce qui arriverait. « En tout cas, elle est heureuse, pour la première fois depuis des mois. Soûle, mais heureuse.

— Pas juste pompette ? Elle est *soûle* ?

— Ça t'étonne ? Avoir le dernier mot est la seule chose qui l'ait jamais rendue heureuse. Après quatorze ans passés avec elle, tu devrais savoir ça. »

Les sourcils froncés, il a tendu l'oreille vers la galerie où la femme qui lui avait donné le jour venait de se lancer dans une interprétation discordante mais exacte mot pour mot de « Dirty McGee ». En entendant cette ballade de bastringue, Henry s'est rembruni, peut-être à cause du refrain (« Elle voulait bien l'aider à l'enfiler/McGee le Dégueulasse qui revenait »), plus probablement à cause de sa voix avinée. Henry avait fait sa promesse aux Jeunesses méthodistes l'année précédente, au cours d'un camp, le week-end de la fête du Travail. J'étais assez content de le voir aussi choqué. Les adolescents, quand ils ne tournent pas comme des girouettes par grand vent, sont plus coincés que les Puritains.

« Elle veut que tu viennes boire un verre de vin avec nous.

— Papa, tu sais que j'ai promis au Seigneur de jamais boire.

— Faudra que tu voies ça avec elle. Elle veut fêter ça. Nous vendons et partons pour Omaha.

— *Non !*

— Ben… c'est à voir. Ça dépend vraiment de toi, fils. Viens avec nous sous la galerie. »

Quand elle l'a vu, sa mère s'est mise debout en titubant, elle a noué ses bras autour de sa taille en frottant un peu trop son corps contre le sien, et elle a couvert son visage de baisers extravagants. Et désagréablement parfumés, à voir la grimace qu'il a faite. Pendant ce temps, le Rusé remplissait son verre, qui s'était à nouveau vidé.

« Nous voilà enfin tous ensemble ! Mes hommes retrouvent leur bon sens ! » Elle a levé son verre, dont elle a renversé une bonne partie sur sa poitrine. Elle a ri et m'a fait un clin d'œil. « Si t'es gentil, Wilf, tu pourras le lécher à même mon corsage, tout à l'heure. »

Troublé et dégoûté, Henry l'a regardée s'affaler de nouveau dans son fauteuil à bascule, soulever ses jupes, et les coincer entre ses jambes. Elle a ri de voir sa mine.

« Fais pas ta sainte-nitouche, je t'ai vu avec Shannon Cotterie. Pas grand-chose dans le crâne, mais elle a de jolis cheveux et un mignon 'tit corps. » Elle a bu d'un trait le reste de son vin et roté. « Si t'en tâtes point, c'est que t'es un imbécile. Seulement prends bien garde. À quatorze ans, on est point trop jeune pour se marier.

Ici, au milieu de nulle part, on est point trop jeune à quatorze ans pour marier son *cousin*. » Elle a ri encore en tendant son verre. Je l'ai rempli avec le vin de la deuxième bouteille.

« Papa, elle a assez bu », m'a dit Henry, plus réprobateur qu'un pasteur. Les premières étoiles commençaient à scintiller sur cette vaste étendue vide et plate que, de toute ma vie, je n'ai cessé d'aimer.

J'ai dit : « Oh, je ne sais pas. *In vino veritas*, comme Pline l'Ancien l'a dit… dans un de ces *livres* sur lesquels ta mère se plaît à ironiser. »

Arlette a renchéri : « La main sur la charrue la journée, le nez fourré dans un livre la nuit. Sauf quand il me fourre *autre chose* à l'intérieur.

— *Maman !*

— *Maman !* » l'a-t-elle singé. Puis elle a levé son verre en direction de la ferme des Cotterie, trop éloignée de chez nous pour qu'on en voie les lumières. Même plus proche d'un kilomètre, on ne les aurait pas vues, maintenant que le maïs était haut. Quand arrive l'été dans le Nebraska, chaque corps de ferme devient un vaisseau voguant sur un immense océan vert. « À la santé de Shannon Cotterie et de ses nénés tout neufs, et s'il n'a point encore vu la couleur de ses tétons, mon fils est un empoté. »

Mon fils n'a rien répondu, mais ce que j'ai pu lire sur son visage plongé dans l'ombre a réjoui l'Homme Rusé.

Elle s'est tournée vers Henry, lui a saisi le bras et renversé du vin sur le poignet. Ignorant son miaulement de dégoût, elle l'a regardé droit dans les yeux avec une brusque sévérité et lui a dit : « Mais quand tu batifoleras avec elle dans le maïs ou derrière l'étable prends bien garde à ne point *nous* l'empoter. » Elle a refermé l'autre poing, majeur dressé, et a décrit un cercle au niveau de son entrejambe : cuisse gauche, cuisse droite, bas-ventre, nombril, bas-ventre à nouveau, et retour à la cuisse gauche. « Explore tant que tu veux, mon fils, et frotte bien ton goupillon tout partout jusqu'à qu'il en pleure d'aise, mais reste bien en dehors du berceau des familles, des fois que tu t'y retrouves prisonnier à vie comme ton pôpa et ta môman. »

Toujours sans un mot, Henry s'est levé et il est parti, et je n'avais aucune raison de le blâmer. Même pour Arlette, c'était là une performance d'une extrême vulgarité. Il a dû voir sa mère – une femme difficile encore qu'aimante parfois – se muer sous ses yeux en une tenancière de bordel répugnante instruisant un jeune client inexpérimenté. Tout ça était assez mauvais en soi, mais il avait le béguin pour la petite Cotterie, et ça n'a fait qu'aggraver les choses. Les tout jeunes hommes ne peuvent s'empêcher de mettre leur premier amour sur un piédestal. Alors, que quelqu'un s'amène, même s'il s'agit de sa propre mère, et crache sur la belle…

J'ai entendu la porte de sa chambre claquer faiblement. Et peut-être même des sanglots.

« Tu l'as blessé », ai-je fait remarquer.

Elle a alors exprimé l'opinion selon laquelle les *sentiments*, de même que la *décence*, étaient les derniers recours des faibles. Puis elle a tendu son verre. Je l'ai rempli, sachant qu'au matin (toujours à supposer qu'elle soit encore là pour voir le matin), elle ne se souviendrait de rien de ce qu'elle avait dit et le nierait – avec véhémence – si je le lui racontais. Je l'avais déjà vue dans un tel état d'ivresse, mais pas depuis des années.

Nous avons terminé (*elle* a terminé) la deuxième bouteille et la moitié de la troisième avant que son menton s'affaisse sur sa poitrine tachée de vin et qu'elle se mette à ronfler. Ses ronflements, expulsés de sa gorge ainsi comprimée, ressemblaient aux grognements d'un chien hargneux.

J'ai passé un bras autour de ses épaules, assuré ma prise sous son aisselle et je l'ai hissée sur ses pieds. Elle a protesté en maugréant et en me claquant faiblement de sa main qui empestait le vin. « Lais'moi tr'quille. J'veux do'mir. »

Je lui ai dit : « Tu vas dormir. Mais dans ton lit, pas ici dehors sous la galerie. »

Je l'ai guidée pour traverser le salon – elle titubait en ronflant, un œil fermé, l'autre ouvert sur un regard trouble. La porte d'Henry s'est ouverte. Il se tenait là, debout dans l'encadrement, le visage inexpressif, l'air plus vieux que son âge. Il m'a fait un signe de la tête. Rien qu'un hochement, mais qui m'a appris tout ce que j'avais besoin de savoir.

J'ai déposé Arlette sur le lit, je lui ai ôté ses chaussures et je l'ai laissée ronfler là, les jambes écartées, une main pendant en dehors du matelas. Je suis retourné au salon où j'ai trouvé Henry debout à côté de la radio qu'Arlette, après force harcèlements, m'avait fait acheter l'année précédente.

Il m'a murmuré : « Elle a pas le droit de parler comme ça de Shannon. »

Je lui ai répondu : « Mais elle le fera. Parce qu'elle est comme ça, comme le Seigneur l'a faite.

— Et elle a pas le droit de *m'enlever* à Shannon. »

Je lui ai dit alors : « Ça aussi, elle le fera. Si on la laisse faire.

— Est-ce que tu pourrais… papa, tu pourrais pas prendre un avocat toi aussi?

— Tu crois qu'avec le peu d'économies que j'ai à la banque, l'avocat que je pourrais me payer fera le poids face à ceux que Farrington lâchera sur nous? Ces gens font la pluie et le beau temps dans le comté d'Hemingford; et moi, pauvre paysan, faut que je fasse *avec* la pluie et le beau temps. Ils veulent ces cent arpents de terre et elle veut qu'ils les aient. C'est notre seul moyen, mais tu dois m'aider. Tu vas m'aider? »

Un long moment, il n'a rien dit. Il a baissé la tête et j'ai vu ses larmes tomber sur le tapis tressé. Puis il a murmuré : « Oui. Mais si je dois regarder… je suis pas sûr de pouvoir…

— Tu peux m'aider sans être obligé de regarder. Va chercher un sac en toile de jute à l'étable. »

Il a fait ce que je lui demandais. Pendant ce temps, je suis allé à la cuisine prendre le plus tranchant couteau à viande d'Arlette. Quand Henry est revenu avec le sac et qu'il l'a vu, il a blêmi. « Est-ce que ça doit être avec *ça?* Tu ne peux pas… avec un oreiller…

— Ça serait trop long et trop douloureux, ai-je argué. Elle se débattrait. » Il a accepté ça comme si j'avais déjà tué une dizaine de femmes avant de m'en prendre à la mienne et que par conséquent je savais. Mais je ne savais rien. Tout ce que je savais, c'était que dans mes ébauches de plans – autrement dit, mes rêves éveillés d'être débarrassé d'elle –, j'avais toujours vu le couteau que je tenais à la main en cet instant. Et donc ce serait le couteau. Le couteau ou rien.

Nous sommes restés là à nous regarder à la lueur des lampes à pétrole – à part quelques groupes électrogènes personne à Hemingford Home n'aurait l'électricité avant 1928. Le grand silence nocturne qui règne là-bas au milieu de l'immensité n'était troublé que par le son peu ragoûtant de *ses* ronflements. Pourtant il y avait une troisième présence avec nous dans la pièce : la volonté inéluctable d'une femme, qui existait indépendamment de la femme elle-même (j'ai *cru* la sentir alors ; et aujourd'hui, huit ans après, j'en suis sûr). Ceci est une histoire de spectres, mais le spectre était là avant même que ne meure la femme à qui il appartenait.

« D'accord, papa. Nous… nous allons l'envoyer au Ciel. » Le visage d'Henry s'est éclairé à cette idée. Comme tout ceci me semble horrible aujourd'hui, surtout sachant comment ça s'est terminé pour lui.

« Ce sera rapide », lui ai-je dit. J'ai bien dû égorger deux cents cochons dans ma vie, et ma parole, je le croyais. Mais je me trompais.

Que je vous raconte ça vite et qu'on en finisse. Les nuits où je ne dors pas – et elles sont nombreuses –, la scène se rejoue encore et encore avec une insoutenable lenteur, le moindre coup porté, le moindre râle exhalé, la moindre goutte de sang versée, alors, permettez que j'en fasse rapidement le récit.

Nous sommes entrés dans la chambre, moi en tête, le couteau à viande à la main, mon fils venant derrière avec le sac en toile de jute. Nous marchions sur la pointe des pieds, mais nous aurions pu entrer en jouant des cymbales que cela ne l'aurait pas réveillée. J'ai fait signe à Henry de se placer à ma droite, près de la tête de sa mère. À présent, aussi bien que ses ronflements, nous entendions le tic-tac de son réveil Big Ben sur sa table de nuit et il m'est venu une idée saugrenue : nous ressemblions à des médecins au chevet d'un mourant important. Mais je pense qu'en général les médecins ne tremblent pas de peur et de culpabilité au chevet des mourants.

J'ai pensé : *S'il vous plaît, faites qu'il n'y ait pas trop de sang. Faites que le sac l'absorbe. Mieux, faites qu'Henry se défile en pleurant, là tout de suite, à la dernière minute.*

Mais il ne s'est pas défilé. Peut-être pensait-il que je le haïrais s'il le faisait ; peut-être avait-il confié sa mère au Ciel ; peut-être se souvenait-il de ce doigt obscène dessinant un cercle au niveau de son entrejambe. Je ne sais pas. Tout ce que je sais, c'est qu'il a murmuré : « Au revoir, maman. » Et il lui a enfilé le sac sur la tête.

Elle a grogné en cherchant à se dégager. J'avais prévu de passer ma main sous le sac pour faire ce que j'avais à faire, mais Henry a dû appuyer plus fort pour la maintenir, et je n'ai pas pu. J'ai vu son nez pointer comme un aileron de requin sous la toile de jute. J'ai vu aussi l'expression de panique sur le visage d'Henry et j'ai su qu'il ne tiendrait pas longtemps.

J'ai posé un genou sur le lit et une main sur l'épaule de ma femme. Puis je l'ai frappée à la gorge à travers la toile de jute. Elle a hurlé en commençant à se débattre vraiment. Du sang a jailli par la fente dans la toile. Ses mains se sont soulevées et ont battu l'air. Henry a trébuché et s'est éloigné du lit en poussant un cri perçant. J'ai tenté de la maintenir seul. Elle tirait avec ses deux mains sur le sac sanguinolent et je les ai frappées à coups de couteau, lui entaillant trois doigts jusqu'à l'os. Elle a encore glapi – un son plus aigu qu'une aiguille de glace – et sa main est retombée en tressaillant sur la courtepointe. J'ai fendu la toile de jute d'une autre entaille sanglante, et d'une autre, et d'une autre. Cinq coups en tout avant qu'elle me repousse de sa main valide puis arrache le sac en jute de son visage. Elle n'a pu l'ôter entièrement de sa tête – il s'est pris dans ses cheveux –, si bien que ça lui faisait comme une capuche.

Je lui avais tranché la gorge en deux endroits, dont un assez profond pour laisser voir le cartilage de la trachée. J'avais aussi porté deux coups à son visage, dont l'un avait entamé sa joue et l'autre sa bouche, si largement que cela lui faisait un rictus de clown qui s'étirait d'une oreille à l'autre en découvrant ses dents. Elle a laissé échapper un rugissement étranglé, guttural, tel qu'un lion pourrait en pousser à l'heure de sa pitance. De sa gorge, le sang giclait jusqu'au pied de la courtepointe. Je me souviens d'avoir pensé qu'il ressemblait au vin dans son verre quand elle l'avait levé dans la dernière lueur du couchant.

Elle a cherché à se lever du lit. Ça m'a d'abord estomaqué, puis mis en fureur. Tous les jours depuis notre mariage, elle ne m'avait causé que des ennuis et elle m'en causait encore à l'heure de notre sanglant divorce. Mais à quoi d'autre fallait-il s'attendre ?

Henry a glapi : *« Oh papa, fais-la taire ! Fais-la taire, papa, de grâce fais-la taire ! »*

J'ai sauté sur elle comme un amant passionné et je l'ai plaquée sur son oreiller gorgé de sang. D'autres grondements rauques sont montés des profondeurs de sa gorge mutilée. Ses yeux roulaient dans leurs orbites, ruisselants de larmes. J'ai passé ma main dans ses cheveux, renversé sa tête en arrière et tranché une nouvelle fois sa gorge. Puis j'ai arraché la courtepointe de mon côté du lit afin de lui en entourer la tête, mais je n'ai pas pu arrêter la première pulsation de sa jugulaire et j'ai reçu le jet en plein visage. Du sang chaud me dégoulinait maintenant du nez, des sourcils et du menton.

Derrière moi, les glapissements d'Henry s'étaient tus. En me retournant, j'ai vu que Dieu avait eu pitié de lui (à moins qu'Il n'ait détourné Son regard lorsqu'il avait vu ce que nous nous apprêtions à commettre) : Henry avait perdu connaissance. Les mouvements de sa mère pour se débattre commençaient à faiblir. Enfin, elle s'est immobilisée... mais je suis resté appuyé sur elle, pressant fort avec la courtepointe à présent trempée de son sang. Je me suis souvenu qu'elle ne faisait jamais rien facilement. Et j'avais raison. Au bout de trente secondes (décomptées par le tic-tac métallique du petit réveil acheté par correspondance), elle s'est soulevée de nouveau, arquant le dos avec un effort si désespéré que cette fois elle a failli me jeter à terre. J'ai pensé : *Faites entrer les clowns du rodéo*. Ou peut-être l'ai-je dit à haute voix. Dieu soit loué, je ne m'en souviens pas. Tout le reste oui, mais pas ça.

Elle est retombée. J'ai compté encore trente tic-tac métalliques, puis trente autres pour être bien sûr. Par terre, Henry a remué et grogné. Il a commencé à se redresser, puis s'est ravisé. Il a rampé et est allé se rouler en boule dans le coin le plus éloigné de la chambre.

Je l'ai appelé : « Henry ? »

La forme enroulée sur elle-même n'a pas réagi.

« Henry, elle est morte. Elle est morte et j'ai besoin de toi. »

Toujours rien.

« Henry, il est trop tard pour faire marche arrière maintenant. Ce qui est fait est fait. Si tu ne veux pas aller en prison – et voir ton père griller sur la chaise électrique –, lève-toi et viens m'aider. »

Il s'est approché du lit en chancelant. Il avait ses cheveux dans les yeux mais je les ai vus briller à travers ses mèches collées par la sueur comme ceux d'un animal tapi dans les broussailles. Il se léchait les lèvres sans discontinuer.

« Ne marche pas dans le sang. Nous allons en avoir à nettoyer plus que prévu, ici, mais on peut y arriver. À condition de ne pas en transporter dans toute la maison.

— Est-ce que je dois la regarder ? Papa, est-ce que je dois *regarder* ?

1922

— Non. On n'a pas besoin de regarder, ni toi ni moi. »

Nous l'avons enroulée dans la courtepointe, faisant de celle-ci son linceul. Ensuite, je me suis rendu compte que nous ne pouvions pas la transporter ainsi à travers la maison ; dans mes demi-plans et mes rêves éveillés, je n'avais rien vu de plus qu'un mince filet de sang sur la courtepointe au-dessus de sa gorge tranchée (sa gorge *proprement* tranchée). Je n'avais pas prévu ni même envisagé la réalité : gorgée de sang comme une éponge, la courtepointe blanche virait au pourpre noirâtre dans la pénombre.

Il y avait une couverture matelassée dans le placard. Je n'ai pu réprimer une brève pensée pour ce qu'aurait dit ma mère en voyant l'usage auquel je destinais ce cadeau de mariage amoureusement piqué de sa main. Je l'ai étendue par terre. Nous avons déposé Arlette dessus. Puis nous l'avons enroulée dedans.

J'ai dit : « Vite. Avant que ça se mette aussi à dégouliner. Non… attends… va chercher une lampe. »

Il est parti si longtemps que j'ai commencé à redouter qu'il se soit sauvé. Puis j'ai vu la lampe remonter le petit couloir en tanguant, passer devant sa chambre et arriver à celle qu'Arlette et moi partagions. *Avions* partagée. J'ai vu les larmes ruisseler le long de ses joues cireuses.

« Pose-la sur la commode. »

Il a posé la lampe près du livre que j'étais en train de lire : *Main Street* de Sinclair Lewis. Je ne l'ai jamais fini : je n'ai jamais pu *supporter* de le finir. À la lumière de la lampe, j'ai montré du doigt les giclées de sang sur le plancher et la flaque juste à côté du lit.

« Il en coule encore de la couverture, a dit Henry. Si j'avais cru qu'elle avait autant de sang en elle… »

J'ai dégagé ma taie d'oreiller et, comme on enfile une chaussette sur un mollet ensanglanté, j'ai emmailloté l'extrémité de la couverture matelassée avec. Puis j'ai dit : « Prends les pieds. Il faut qu'on fasse ça tout de suite. Et ne recommence pas à t'évanouir, Henry, parce que je ne peux pas le faire tout seul. »

Il a dit : « J'aimerais que ça soit un rêve. » Mais il s'est penché et il a passé ses bras autour de la couverture. « Est-ce que tu crois que ça pourrait être un rêve, papa ?

— Dans un an d'ici, quand tout ça sera loin derrière nous, c'est comme ça qu'on y repensera. » Une part de moi le croyait fermement. « Vite maintenant. Avant que ça commence à couler de la taie ou du reste de la couverture. »

Comme deux hommes transportant un meuble enveloppé dans une couverture de déménagement, nous l'avons portée dehors, longeant d'abord le couloir, puis traversant le salon et sortant enfin par la porte d'entrée. Une fois au bas des marches de la galerie, j'ai respiré un peu plus librement ; dans la cour, le sang serait plus facile à effacer.

Henry n'a pas flanché jusqu'à ce que nous tournions le coin de l'étable et que le vieux puits soit en vue. Un cercle de pieux l'entourait afin que personne ne marche par accident sur son couvercle en bois. À la lueur des étoiles, ces pieux avaient un aspect sinistre et horrible, et en les voyant, Henry a poussé un cri étranglé.

« C'est pas une tombe pour une mam… man… » Il a réussi à articuler toute la phrase avant de s'évanouir dans la bande d'herbes folles qui poussait derrière l'étable. Soudain, je portais tout seul le poids mort de ma femme assassinée. J'ai envisagé de déposer un moment ce grotesque fardeau – dont l'emballage était tout de guingois à présent, avec la main tailladée qui dépassait – pour ranimer le gosse. Puis j'ai décidé que le laisser étendu là serait faire preuve d'une plus grande mansuétude. J'ai traîné mon paquet jusqu'au bord du puits, l'y ai déposé et j'ai soulevé le couvercle. Alors que je l'appuyais contre le cercle de pieux, le puits m'a exhalé son souffle au visage : une puanteur d'eau stagnante et d'algues putréfiées. J'ai lutté contre ma répulsion et perdu la bataille. Me retenant à deux piquets pour ne pas tomber, je me suis plié en deux et j'ai vomi mon souper et le peu de vin que j'avais avalé. Quand le jet de vomi a touché le fond d'eau croupie, les parois ont réverbéré son éclaboussement. Cela fait huit ans que ce bruit et ces mots : *Faites entrer les clowns du rodéo* gravitent à la périphérie de ma mémoire. Je me réveille en pleine nuit avec leur écho dans mon esprit et la sensation des échardes dans la paume de mes mains tandis que je me cramponnais aux pieux pour ne pas chuter dans le puits.

En reculant, j'ai trébuché sur le paquet contenant Arlette. Je suis tombé. Sa main tailladée était à quelques centimètres de mes yeux. Je l'ai repoussée à l'intérieur de la couverture et je l'ai tapotée, comme pour la réconforter. Henry était toujours couché dans l'herbe, un bras replié sous la tête. Il ressemblait à un enfant endormi après une journée harassante à la saison des moissons. Au ciel, les étoiles brillaient par milliers, par dizaines de milliers. J'apercevais les constellations que m'avait apprises mon père – Orion, Cassiopée, la Grande et la Petite Ourse. Au loin, le chien des Cotterie a aboyé une fois et s'est tu. Je me souviens d'avoir pensé : *Cette nuit n'en finira jamais*. Et c'était vrai. D'une certaine façon, elle ne s'est jamais terminée.

J'ai pris le paquet dans mes bras et il a tressailli.

Je me suis figé, retenant mon souffle en dépit de mon cœur qui tonnait. J'ai pensé : *Non, c'était sûrement une illusion*. J'ai attendu que ça se reproduise. Ou qu'une main s'insinue hors de la couverture, peut-être, et tente de me saisir le poignet de ses doigts tailladés.

Il ne s'est rien passé. Je l'avais imaginé. Je l'avais sûrement imaginé. Alors, je l'ai basculée dans le puits. J'ai vu la couverture se dérouler par l'extrémité qui n'était pas maintenue par la taie d'oreiller, puis j'ai entendu l'éclaboussement. Beaucoup plus sonore que celui produit par mon vomi, mais accompagné aussi d'un son mat et spongieux. Je savais l'eau peu profonde mais j'espérais qu'elle le serait assez pour l'avaler. Ce son mat m'a convaincu du contraire.

Derrière moi s'est élevé un rire strident comme une sirène d'alarme, un son si proche de la démence qu'il m'a donné la chair de poule du bas des reins jusqu'à la nuque. Henry avait repris connaissance et s'était relevé. Non, il faisait bien plus que ça. Il cabriolait derrière l'étable, agitant ses bras vers le ciel criblé d'étoiles et riant aux éclats.

« Mama l'est au fond du puits et c'est tant pis ! chantonnait-il. Mama l'est au fond du puits et c'est tant pis, pasque mon maît' il a *pa-aa'ti* ! »

Je l'ai rejoint en trois enjambées et giflé de toutes mes forces, laissant des traces de doigts sanglantes sur une joue duveteuse qui n'avait pas encore connu le feu du rasoir. « Ferme-la ! On va t'entendre ! On va... Et voilà ! Imbécile, tu as de nouveau alerté ce maudit chien. »

Rex a aboyé une fois, deux fois, trois fois. Puis silence. Nous étions là tous les deux, alors que j'étreignais les épaules d'Henry, aux aguets, la tête penchée. Ma nuque ruisselait de sueur. Rex a aboyé encore un coup, puis s'est tu. Si quelqu'un se réveillait chez les Cotterie, il penserait que le chien en avait après un raton laveur. Du moins, je l'espérais.

J'ai dit : « Rentre à la maison. Le pire est derrière nous.

— Tu crois, papa ? » Il m'a regardé solennellement. « Tu crois ?

— Oui. Est-ce que ça va ? Tu ne vas pas encore t'évanouir ?

— Je me suis évanoui ?

— Oui.

— Ça va. C'est juste que... je sais pas pourquoi j'ai ri comme ça. J'étais perturbé. Parce que je suis soulagé, peut-être. C'est fini ! »

Un gloussement lui a échappé, et il plaqué ses mains sur sa bouche comme un petit garçon qui a dit un gros mot devant sa grand-mère sans le faire exprès.

Je lui ai dit : « Oui. C'est fini. Nous allons rester ici. Ta mère s'est sauvée à Saint Louis... ou peut-être que c'était Chicago... mais nous, nous restons ici.

— Elle... ? »

Ses yeux ont divagué du côté du puits avec son couvercle appuyé contre trois pieux qui paraissaient vraiment lugubres à la lueur des étoiles.

« Oui, Hank. » Sa mère détestait m'entendre l'appeler Hank, elle disait que c'était commun, mais elle n'y pouvait plus rien maintenant. « Elle a détalé en nous laissant en plan. Et bien sûr nous en sommes désolés, mais les travaux de la ferme n'attendent pas. L'école non plus.

— Et je peux continuer à… fréquenter Shannon ? »

Je lui ai dit : « Bien sûr. » Et mentalement j'ai vu le majeur d'Arlette décrire ce cercle lascif au niveau de son entrejambe. « Bien sûr que tu peux. Mais si jamais il te prenait l'envie de tout lui *confesser*… »

Une expression d'horreur s'est peinte sur son visage. « Jamais !

— C'est ce que tu penses maintenant et tant mieux. Mais si un de ces jours l'envie t'en prenait, souviens-toi bien de ça : elle t'a abandonné. »

Et là, il a marmonné : « Sûr qu'elle l'aurait fait.

— Maintenant, rentre à la maison et prends les deux seaux à laver par terre dans le cellier. Prends aussi deux seaux à lait dans l'étable, tant que tu y es. Remplis-les à la pompe de la cuisine et mets-y de cette poudre qu'elle range sous l'évier.

— Est-ce que je dois faire chauffer l'eau ? »

J'ai entendu la voix de ma mère : *De l'eau froide pour le sang, Wilf. Souviens-t'en.*

J'ai dit : « Pas besoin. J'arrive dès que j'ai refermé le puits. »

Il a commencé à se détourner pour partir, puis il m'a saisi le bras. Ses mains étaient atrocement froides.

« Jamais personne doit savoir ! » Il me l'a chuchoté au visage, la voix enrouée. « Jamais personne doit savoir ce qu'on a fait ! »

J'ai dit : « Jamais personne ne saura », d'un ton bien plus assuré que je ne l'étais. Les choses avaient déjà mal tourné, et je commençais à me rendre compte qu'un acte n'est jamais tel qu'on l'a rêvé.

« Elle reviendra pas, hein ?

— *Quoi ?*

— Elle va pas revenir nous hanter, hein ? » Sauf qu'il a dit *hainter*, avec cet accent campagnard qui faisait toujours secouer la tête et lever les yeux au ciel à Arlette. Et c'est seulement aujourd'hui, huit ans après, que je m'aperçois que dans *hainter* il y a *haine*.

J'ai dit : « Non. »

Mais je me trompais.

J'ai regardé au fond du puits et même s'il ne faisait que six mètres de profondeur, la lueur de la lune n'y pénétrait pas et je n'ai aperçu que la tache claire de la couverture matelassée. Ou c'était peut-être la taie d'oreiller. J'ai rabattu le couvercle, je l'ai à peu près rajusté, puis j'ai regagné la maison en tâchant de reprendre le chemin que nous avions suivi avec notre terrible fardeau, frottant délibérément mes pieds sur le sol pour tenter d'effacer toute trace de sang. Je ferais mieux le lendemain matin.

Cette nuit-là, j'ai appris une chose que la plupart des gens n'ont jamais à apprendre. Un meurtre est un péché, un meurtre est une damnation. Damnation de l'âme et de l'esprit, c'est sûr, même si les athées ont raison et qu'il n'y a pas de vie après la mort. Mais un meurtre, c'est aussi du travail. Nous avons lessivé le plancher à nous en briser les reins, avant de nous attaquer au couloir, au salon et pour finir, à la galerie. Chaque fois que nous pensions en avoir terminé, l'un de nous repérait une autre tache. Comme l'aube commençait à blanchir le ciel à l'est, Henry, à quatre pattes dans la chambre, frottait les rainures entre les lames du plancher et moi, à quatre pattes dans le salon, j'inspectais centimètre par centimètre le tapis tressé d'Arlette, cherchant cette unique goutte de sang qui nous trahirait. Le tapis en était exempt – une chance –, mais il y en avait une, de la taille d'une pièce de dix centimes, juste à côté. On l'aurait dite tombée d'une coupure faite en se rasant. Je l'ai nettoyée, puis je suis retourné dans la chambre voir comment Henry s'en sortait. Il semblait aller mieux à présent, et moi aussi je me sentais mieux. Je crois que c'était dû à l'approche du jour qui semble toujours disperser le pire de nos horreurs. Mais quand George, notre coq, a lâché son premier cocorico plein de vigueur de la journée, Henry a sursauté. Puis il a ri. Un rire bref qui conservait quelque chose d'anormal, mais qui m'a moins effrayé que celui qu'il avait eu en reprenant connaissance entre l'étable et l'ancien puits servant à abreuver le bétail.

« Je peux pas aller à l'école aujourd'hui, papa. Je suis trop fatigué. Et… je crois que les gens le verraient sur mon visage. Surtout Shannon. »

Je n'avais même pas pensé à l'école, encore un signe de ma préparation insuffisante. De ma préparation *inexistante*. J'aurais dû remettre ça aux vacances d'été. Ça n'aurait fait qu'une semaine à attendre. « Tu peux rester à la maison jusqu'à lundi, ensuite tu diras à la maîtresse que tu avais la grippe et que tu ne voulais pas la donner à toute la classe.

— C'est pas la grippe, mais je me sens *mal*. »

Moi aussi, je me sentais mal.

Nous avions étalé un drap propre de son armoire à linge (tant de choses étaient à *elle* dans cette maison… mais plus maintenant) et entassé dessus les draps sanglants. Bien sûr, le matelas aussi était souillé, et il fallait s'en débarrasser. Nous en avions un autre, moins bon, dans la remise. J'ai fait un baluchon avec les draps et Henry a porté le matelas. Nous sommes retournés au puits juste avant que le soleil émerge à l'horizon. Le ciel au-dessus de nous était d'une clarté parfaite. La journée promettait d'être belle pour le maïs.

« Je veux pas regarder au fond, papa. »

J'ai dit : « Tu n'es pas obligé de le faire. » Et j'ai à nouveau soulevé le couvercle. Je me disais que j'aurais dû le laisser ôté la première fois – *réfléchis avant d'agir, épargne-toi de la peine*, avait coutume de dire mon père – tout en sachant que je n'aurais jamais pu. Pas après avoir senti (ou cru sentir) ce dernier tressaillement inexplicable.

Je pouvais voir jusqu'au fond à présent, et ce que je voyais était horrible. Elle avait atterri en position assise, les jambes écrasées sous elle. La taie d'oreiller déchirée gisait sur ses genoux. La couverture matelassée et la courtepointe s'étaient desserrées et lui faisaient autour des épaules comme un châle au drapé sophistiqué. Le sac en toile de jute, pris autour de sa tête et retenant ses cheveux en arrière comme une coiffe, complétait le tableau ; on l'aurait presque crue en tenue de gala.

Oui ! En tenue de gala ! C'est pour ça que je suis si heureuse ! C'est pour ça que je souris jusqu'aux oreilles ! Et tu as remarqué comme mon rouge à lèvres brille, Wilf ? J'en mettrais jamais un pareil pour aller à l'église, hein ? Non, ça c'est le genre de rouge que met une femme quand elle veut faire cette chose dégoûtante à son homme. Allez descends, Wilf, qu'est-ce que tu attends ? T'embête pas avec l'échelle, saute donc ! Montre-moi comme tu as envie de moi ! Tu m'as fait une chose dégoûtante, maintenant laisse-moi t'en faire une à mon tour !

« Papa ? » Henry était tourné vers l'étable, les épaules voûtées, comme un garçon qui s'attend à une correction. « Est-ce que tout va bien ?

— Oui. » J'ai jeté le ballot de draps, espérant qu'il se poserait sur elle et dissimulerait son ignoble rictus, mais un courant d'air l'a posé sur ses genoux à la place. Elle paraissait maintenant assise au milieu d'un étrange nuage souillé de sang.

« Est-ce qu'elle est recouverte ? Est-ce qu'elle est recouverte, papa ? »

J'ai attrapé le matelas et je l'ai balancé par-dessus la margelle. Il a atterri verticalement dans l'eau fangeuse avant de tomber contre la paroi de pierre circulaire, formant ainsi un petit auvent au-dessus d'elle, et masquant enfin sa tête renversée en arrière et son rictus sanglant.

« Maintenant, oui. » J'ai remis le vieux couvercle en place, tout en sachant que l'ouvrage n'était pas terminé ;

le vieux puits devrait être comblé. Cela aurait dû être fait depuis longtemps. Ce puits était un danger, c'était pour ça que j'avais planté ce cercle de pieux tout autour. « Rentrons déjeuner.

— Je pourrais rien avaler ! »

Mais il a mangé. Nous avons mangé tous les deux. J'ai fait des œufs frits et du bacon et des pommes de terre sautées, et nous avons tout mangé jusqu'à la dernière bouchée. Le dur labeur, ça vous creuse un homme. Tout le monde le sait.

Henry a dormi jusque tard dans l'après-midi. Moi j'ai veillé. Et passé quelques heures à la table de la cuisine à boire tasse sur tasse de café noir. J'en ai passé d'autres à arpenter le maïs, longeant un sillon dans un sens, le suivant dans l'autre, écoutant les feuilles en lame d'épée s'entrechoquer dans le vent léger. Au mois de juin, quand les épis se forment, le maïs semble presque parler. Cela en met certains mal à l'aise (et il y a des idiots qui affirment qu'en réalité, c'est le maïs que l'on entend pousser), mais moi j'ai toujours trouvé apaisant ce délicat froissement. Il m'éclaircissait les idées. Aujourd'hui dans ma chambre d'hôtel en ville, il me manque. La vie citadine ne vaut rien à un campagnard ; pour cet homme-là, c'est une damnation en soi.

Une confession aussi est un dur labeur, je m'en aperçois.

J'ai marché, écouté le maïs, tenté d'élaborer un *plan* et finalement, je l'ai élaboré. Il le fallait, et pas seulement pour moi.

Moins de vingt ans auparavant, quelqu'un dans ma situation n'aurait pas eu à s'inquiéter ; à cette époque, les affaires d'un homme ne concernaient que lui, surtout si c'était un fermier respecté : un type qui payait ses impôts, allait à l'église tous les dimanches, soutenait l'équipe de base-ball des Hemingford Stars et votait républicain sans sourciller. Je crois qu'à cette époque, toutes sortes de choses se produisaient dans les fermes perdues « au milieu », comme on disait. Des choses que personne ne remarquait, et signalait encore moins. À cette époque, la femme d'un homme ne concernait que lui, et si elle disparaissait, on n'en parlait plus.

Mais ce temps-là était révolu, et même s'il ne l'avait pas été... il restait les terres. Les cent arpents. La société Farrington voulait ces terres pour y installer son abattoir maudit de Dieu, et Arlette leur avait laissé entendre qu'ils l'auraient. Ça sentait le danger, et danger signifiait que demi-plans et rêves éveillés ne suffiraient plus.

Quand je suis revenu à la maison au milieu de l'après-midi, j'étais fatigué mais j'avais les idées claires et j'étais enfin calme. Nos quelques vaches meuglaient, leur traite du matin oubliée. Je m'en suis occupé, puis je les ai mises au pré où je les ai laissées paître jusqu'au soir, sans les rentrer pour leur deuxième traite d'après le souper. Ça leur était égal ; les vaches acceptent ce qui *est*. Je me suis dit que si Arlette avait un peu plus ressemblé à l'une de nos cornaudes, elle aurait encore été en vie à l'heure qu'il était, à me harceler pour qu'on commande une nouvelle machine à laver dans le catalogue *Monkey Ward*. Et je la lui aurais probablement achetée. Elle arrivait toujours à me manipuler. Sauf pour la terre. Là-dessus, elle aurait dû se montrer plus avisée. La terre, c'est une affaire d'hommes.

Henry dormait encore. Dans les semaines qui ont suivi, il a beaucoup dormi et je l'ai laissé faire, même si, par un été ordinaire, une fois l'école finie, j'aurais rempli ses journées de corvées. Et ses soirées, il les aurait remplies soit en rendant visite aux Cotterie, soit en se promenant avec Shannon sur notre chemin de terre en la tenant par la main et en contemplant le lever de la lune. Quand ils ne se seraient pas embrassés, bien entendu… J'espérais que ce que nous avions fait n'avait pas gâché ces tendres passe-temps à jamais, mais je croyais bien que si. Je les avais bel et bien gâchés. Et bien sûr, je ne me trompais pas.

J'ai chassé ces pensées, me disant que dormir, c'était le mieux qu'il pouvait faire pour le moment. Moi, je devais encore me rendre au puits, et il valait mieux que j'y aille seul. Notre lit dépouillé semblait crier au meurtre. J'ai ouvert le placard et examiné ses vêtements. Les femmes en ont tant et plus, n'est-il pas vrai ? Des jupes, des robes, des corsages, des chandails, des sous-vêtements – certains d'entre eux si étranges et si compliqués qu'un homme a bien du mal à en reconnaître l'avant de l'arrière. Les retirer tous aurait été une erreur, parce que la camionnette était toujours garée dans l'étable et la Model T sous l'orme. Elle était partie à pied et n'avait emporté que ce qu'elle pouvait transporter. Pourquoi n'avait-elle pas pris la T ? Parce que je l'aurais entendue démarrer et l'aurais empêchée de partir. C'était assez crédible. Donc... une seule valise.

Je l'ai remplie de ce dont une femme aurait besoin, à mon avis, et qu'elle ne pouvait envisager de laisser. J'ai rajouté quelques bijoux et la photo de son père et sa mère dans un cadre doré. J'ai tergiversé devant sa coiffeuse et décidé de tout laisser à part son flacon de parfum *Florient* et sa brosse à cheveux à manche de corne. Dans sa table de chevet, il y avait une bible que lui avait donnée le pasteur Hawkins, mais je ne l'avais jamais vue l'ouvrir donc je l'ai laissée où elle était. Mais je n'ai pas oublié ses comprimés de fer, qu'elle prenait lors de ses menstrues.

Henry dormait encore, mais il se retournait maintenant dans son lit comme en proie à de mauvais rêves. J'ai fait aussi vite que j'ai pu, je voulais être à la maison quand il se réveillerait. J'ai contourné l'étable pour aller au puits, posé la valise par terre et soulevé le vieux couvercle en bois plein d'échardes pour la troisième fois. Dieu merci, Henry n'était pas avec moi. Dieu merci, il n'a pas vu ce que j'ai vu. Je crois que ça l'aurait rendu fou. Ça a bien failli me rendre fou.

Le matelas avait été repoussé sur le côté. Ma première pensée a été qu'elle l'avait repoussé avant d'essayer de grimper. Parce qu'elle était encore en vie. Elle respirait. Ce fut du moins la première impression que j'ai eue. Puis, passé le choc initial, juste au moment où ma capacité de raisonnement refaisait surface – quand je commençais à me demander quelle espèce de respiration peut soulever et abaisser la robe d'une femme non seulement au niveau du buste mais encore du haut jusqu'en bas, du décolleté jusqu'à l'ourlet –, sa mâchoire s'est mise à remuer, comme si elle faisait un effort pour parler. Ce ne sont pas des mots, cependant, qui ont émergé de sa bouche agrandie, mais le rat occupé à festoyer avec le mets délicat de sa langue. C'est la queue qui est apparue la première. Puis la mâchoire inférieure a béé plus largement à mesure qu'il reculait, enfonçant dans le menton les griffes de ses pattes arrière pour assurer sa prise.

Le rat s'est laissé tomber dans le giron d'Arlette et, au même moment, une nuée de ses congénères est sortie de sous sa robe. L'un d'eux avait un lambeau blanc coincé dans les moustaches – un fragment de sa combinaison, ou de son soutien-gorge peut-être. J'ai balancé la valise sur eux. Sans réfléchir. Un rugissement de répulsion et d'horreur s'était élevé dans mon crâne. Je l'ai balancée sans réfléchir. Elle a atterri sur ses jambes. La plupart des rongeurs – tous peut-être – l'ont évitée assez lestement. Puis ils se sont enfilés dans un trou rond et noir que le matelas (qu'ils avaient dû repousser par la seule pression du nombre) avait dissimulé et, en un clin d'œil, ils ont disparu. Je savais très bien ce qu'était ce trou : l'embouchure de la conduite qui amenait l'eau aux abreuvoirs de l'étable avant que la baisse de niveau ne la rende inutilisable.

Sa robe est retombée autour d'elle. La fausse respiration s'est arrêtée. Mais elle me *fixait* à présent, et ce qui auparavant ressemblait à un masque de clown évoquait maintenant le regard furieux d'une gorgone. Je distinguais des morsures de rats sur ses joues et un lobe de ses oreilles avait disparu.

J'ai murmuré : « Mon Dieu. Arlette, je suis désolé. »

Et son regard furieux semblait me dire : *Excuses refusées. Et quand on me retrouvera ici au fond avec des morsures de rats sur ma figure morte et mes sous-vêtements rongés sous ma robe, tu t'en iras danser la gigue des électrocutés, là-bas à Lincoln, pour sûr. Et le dernier visage que tu verras sera le mien. Tu me verras quand l'électricité te fera frire le foie et te calcinera le cœur, et moi je sourirai.*

J'ai rabattu le couvercle et rejoint l'étable en chancelant. Là, mes jambes m'ont trahi et si je m'étais trouvé en plein soleil, je me serais sûrement évanoui comme Henry la veille. Mais j'étais à l'ombre. Et après m'être assis cinq minutes, la tête baissée presque entre les genoux, je me suis ressaisi. Les rats l'avaient trouvée – et après ? Est-ce qu'ils ne nous trouvent pas tous à la fin ? Les rats et les insectes ? Tôt ou tard, même le plus résistant des cercueils finit par craquer pour laisser entrer la vie qui doit se nourrir de la mort. Ainsi va le monde et quelle importance en fin de compte ? Quand le cœur s'arrête et que le cerveau privé d'oxygène s'asphyxie, soit notre esprit s'en va autre part, soit il s'éteint tout simplement. Dans un cas comme dans l'autre, nous ne sommes plus là pour sentir les dents et les mandibules qui s'activent à détacher la chair de nos os.

J'ai pris le chemin de la maison et j'étais arrivé aux marches de la galerie lorsqu'une pensée m'a arrêté : et le tressaillement ? Et si elle était en vie quand je l'avais jetée dans le puits ? Si elle était *encore* en vie, paralysée, incapable de bouger ne serait-ce qu'un de ses doigts tailladés quand les rats avaient surgi par la conduite pour entamer leurs déprédations ? Et si elle avait senti celui qui s'était faufilé dans sa bouche opportunément élargie, si elle l'avait senti commencer à… !

« Non. Elle ne l'a pas senti car elle n'a pas tressailli. Jamais. Elle était morte quand je l'ai jetée au fond », ai-je murmuré.

« Papa ? » Henry m'appelait d'une voix assourdie par le sommeil. « P'pa, c'est toi ?

— Oui.

— À qui tu parles ?

— À personne. À moi. »

Je suis entré. Il était assis à la table de la cuisine, vêtu de son tricot de corps et de son caleçon court, l'air hébété et malheureux. Les épis dans ses cheveux m'ont rappelé le mouflet d'autrefois qui chassait les poules en riant dans la cour de ferme, son chien Bouh (mort depuis des lustres cet été-là) sur les talons.

Au moment où je m'asseyais en face de lui, il a dit : « J'aimerais qu'on l'ait pas fait. »

J'ai répondu : « Ce qui est fait est fait et ne peut être défait. Combien de fois te l'ai-je dit, mon garçon ?

— Dans les un million, je crois. » Il a baissé quelques instants la tête puis l'a relevée pour me regarder. Il avait les yeux bordés de rouge et injectés de sang. « Est-ce qu'on va se faire prendre ? Est-ce qu'on ira en prison ? Ou…

— Non. J'ai un plan.

— T'avais aussi un plan pour qu'elle souffre pas ! Tu vois ce que ça a donné ! »

Ma main m'a démangé de le gifler, alors je l'ai retenue en posant l'autre par-dessus. L'heure n'était pas aux récriminations. Et puis il avait raison. Tout avait dérapé par ma faute. *Sauf les rats*, me suis-je dit. *Eux, ce n'est pas ma faute.* Mais si, c'était ma faute. Bien sûr que c'était ma faute. Sans moi, elle aurait été là aux fourneaux à nous préparer le souper. Probablement à divaguer sur ces cent arpents, oui, mais vivante et bien portante et pas *au fond* du puits.

Dans mon esprit, une voix a susurré : *Les rats sont sans doute déjà revenus. La manger. Ils vont finir les bons morceaux, les morceaux délicats, les morceaux exquis et puis…*

Henry a tendu le bras par-dessus la table pour toucher mes mains nouées. J'ai sursauté.

Il m'a dit : « Excuse-moi. Nous sommes ensemble dans cette histoire. »

Je ne l'en ai aimé que davantage.

« Tout ira bien, Hank ; si nous gardons la tête froide, nous nous en tirerons. Maintenant, écoute-moi. »

Il m'a écouté. À un moment donné, il a commencé à faire oui de la tête. Et quand j'ai terminé, il m'a posé une seule question : quand est-ce que nous allions combler le puits ?

J'ai dit : « Pas encore.

— C'est risqué, non ? »

J'ai dit : « Oui, c'est risqué. »

Deux jours plus tard, je réparais un morceau de clôture à quelques centaines de mètres de la maison quand j'ai vu un gros nuage de poussière tourbillonner au-dessus du chemin qui reliait notre ferme à la route nationale Omaha-Lincoln. Nous allions avoir de la visite en provenance du monde dont Arlette avait désespérément voulu faire partie. J'ai pris la direction de la maison, mon marteau coincé dans un passant de ma ceinture, mon tablier de charpentier autour de la taille, sa longue poche remplie de clous cliquetants. Henry était invisible. Peut-être qu'il était allé se baigner à la source ; ou peut-être qu'il dormait dans sa chambre.

Le temps que j'arrive et m'asseye sur le billot dans la cour, j'avais reconnu le véhicule empanaché de sa queue de coq : la camionnette de livraisons Red Baby de Lars Olsen. Lars était le forgeron d'Hemingford Home et le laitier du village. Il faisait aussi office, moyennant rétribution, de chauffeur occasionnel et c'était cette fonction qu'il assumait en cet après-midi de juin. La camionnette a freiné dans la cour, déclenchant l'envol de George, notre irascible coq, et son harem de poules. Avant même que le moteur ait craché sa dernière toux moribonde, un homme corpulent ceint d'un long pardessus flottant est descendu du côté du passager. Il a ôté ses lunettes protectrices qui avaient dessiné deux grands cercles blancs (et comiques) autour de ses yeux.

« Wilfred James ? »

Je me suis levé en répondant : « À votre service. » Je me sentais assez calme. Ce qui n'aurait sûrement pas été le cas s'il était arrivé à bord de la Ford du comté marquée d'une étoile sur la portière. « Et vous êtes ?

— Andrew Lester, a-t-il déclaré. Avoué auprès de la cour. »

Il m'a tendu la main. Je l'ai observée sans la prendre.

« Avant que je vous la serre, vous feriez mieux de me dire de qui vous êtes l'avocat, monsieur Lester.

— Je suis actuellement mandaté par la Société d'élevage Farrington sise à Chicago, Omaha et Des Moines. »

J'ai pensé : *Oui, bien sûr. Mais je parie que ton nom n'est même pas marqué sur la porte. Les grosses légumes d'Omaha n'ont pas à aller bouffer la poussière de la campagne pour gagner leur pain quotidien, pas vrai ? Les grosses légumes ont les pieds sur leur bureau et ils boivent du café en admirant les jolies chevilles de leurs secrétaires.*

J'ai dit : « Dans ce cas, monsieur, ne vous gênez pas et remballez-la. Sauf votre respect. »

Ce qu'il a fait, avec un sourire d'avocat à la clé. La sueur traçait des rigoles blanches sur son visage joufflu couvert de poussière, et il avait les cheveux tout décoiffés par la course. Me détournant, je me suis approché de Lars, qui avait ouvert le capot et tripotait quelque chose dans le moteur. Il sifflotait, l'air plus heureux qu'un oiseau sur la branche. Je lui ai envié son insouciance. Je me disais qu'Henry et moi pourrions connaître à nouveau un jour heureux – dans un monde aussi changeant que le nôtre, tout est possible –, mais ça ne serait pas pendant l'été 1922. Ni pendant l'automne.

J'ai échangé une poignée de main avec Lars et lui ai demandé comment il allait.

« Plutôt pas mal, il m'a répondu, mais j'ai le gosier sec. Je boirais bien un coup. »

J'ai désigné le côté est de la maison. « Tu sais où est la pompe.

— Oui », qu'il a dit. Et il a claqué le capot dans un fracas métallique qui a fait de nouveau s'envoler les poules qui s'étaient furtivement rapprochées. « Toujours aussi fraîche et douce, j'imagine ?

— On peut le dire », j'ai fait. Tout en pensant : *Mais si tu pouvais encore la puiser à l'autre puits, Lars, je crois que son goût te plairait pas du tout.* « Goûte-la et tu verras. »

Il est parti vers le côté ombragé de la maison où se trouvait la pompe sous son petit appentis. M. Lester l'a suivi des yeux, puis s'est tourné vers moi. Il avait déboutonné son pardessus. Le costume en dessous aurait besoin d'un nettoyage à sec à son retour à Lincoln, Omaha, Deland, ou peu importe l'endroit où il suspendait son chapeau le soir quand il ne roulait plus pour Cole Farrington.

« Je boirais volontiers aussi, monsieur James.

— Et moi donc. Planter des clous dans une clôture, c'est un boulot qui donne chaud. » Je l'ai examiné de haut en bas et de bas en haut. « Mais pas autant, je parie, que se farcir trente kilomètres dans la camionnette de Lars. »

L'homme s'est frictionné le postérieur. Avec toujours ce sourire d'avocat où perçait cette fois un soupçon d'amertume. Je voyais déjà ses yeux fureter à droite et à gauche, dans tous les coins. Ça n'aurait pas été malin de le sous-estimer juste parce qu'il avait reçu l'ordre de se taper trente bornes en rase campagne par un après-midi d'été brûlant. « Mon séant risque de n'être plus jamais le même. »

Une louche était fixée par une chaîne à la paroi du petit abri. Lars l'a remplie à ras bord et a bu, sa pomme d'Adam montant et descendant dans son cou tanné et décharné, puis il l'a de nouveau remplie et offerte à Lester qui l'a observée avec autant de méfiance que j'avais observé sa main. « Nous pourrions peut-être aller nous désaltérer à l'intérieur, monsieur James. Il doit y faire un peu plus frais.

— Certes, ai-je convenu, mais je ne vous inviterai pas plus à l'intérieur que je ne vous serrerai la main. »

Voyant comme le vent tournait, Lars Olsen a regagné sa camionnette sans perdre de temps. Mais il a d'abord confié la louche à Lester. Mon visiteur n'a pas bu à grandes lampées comme Lars, mais a pris de délicates petites gorgées. Comme un avocat, autrement dit – mais il ne s'est pas arrêté avant que la louche soit vide et ça aussi, c'était typique d'un avocat. La porte à moustiquaire a claqué et Henry, en salopette et pieds nus, est sorti de la maison. Il nous a lancé un regard qui semblait absolument dépourvu d'intérêt – brave garçon ! – puis il est allé là où tout petit campagnard digne de ce nom serait allé : regarder Lars bricoler sa camionnette et, avec un peu de chance, apprendre une chose ou deux.

Je me suis assis sur le tas de bois que nous avions de ce côté-là de la maison, sous une toile de bâche. « J'imagine que vous êtes ici pour affaires. Celles de ma femme.

— C'est exact.

— Bien, vous avez eu votre rafraîchissement, alors venons-en au fait. J'ai encore une pleine journée de travail qui m'attend, et il est déjà trois heures de l'après-midi.

— Du lever au coucher du soleil. Dure vie que la vie de paysan. »

Il a soupiré, comme s'il savait.

« C'est vrai et une femme difficile peut la rendre encore plus dure. C'est elle qui vous envoie, je suppose, mais j'ignore pourquoi. Si c'était juste pour signer les papiers du divorce, un adjoint du shérif aurait fait l'affaire. »

Il m'a regardé avec surprise. « Ce n'est pas votre femme qui m'envoie, monsieur James. En fait, je suis venu ici pour la *trouver*. »

On aurait dit une pièce de théâtre et c'était à mon tour d'avoir l'air étonné. Puis de glousser, car le gloussement venait ensuite dans les didascalies. « C'est bien la preuve.

— La preuve de quoi ?

— Quand j'étais gosse à Fordyce, nous avions un voisin, une sale vieille fripouille du nom de Bradlee. Tout le monde l'appelait le père Bradlee.

— Monsieur James...

— Et mon père faisait affaire avec lui de temps en temps, alors quelquefois il m'emmenait. Au temps des voitures à cheval, je vous parle. C'était de la semence de maïs surtout qu'ils s'échangeaient, du moins au printemps, mais ils se prêtaient parfois des outils aussi. Pas de catalogues de vente par correspondance en ce temps-là et un bon outil pouvait parfois faire le tour du pays avant de revenir à son propriétaire.

— Monsieur James, je ne vois pas le rap...

— Et chaque fois, avant que nous partions pour aller voir le vieux bonhomme, ma mère me recommandait de me boucher les oreilles, parce qu'un mot sur deux qui sortait de la bouche du père Bradlee était un juron ou une obscénité. » Je commençais à éprouver une sorte d'amusement amer. « Alors naturellement, j'ouvrais encore plus grandes les oreilles. Et je me souviens qu'un des adages favoris du père Bradlee, c'était : Ne jamais monter une jument sans bride, parce qu'on ne sait jamais de quel côté il prendra folie à femelle d'aller.

— Suis-je censé comprendre le sens de cela ?

— De quel côté croyez-vous qu'il a pris folie à *ma* femelle d'aller, monsieur Lester ?

— Êtes-vous en train de me dire que votre femme a…?

— Décampé, monsieur Lester. Mis les bouts. Filé à l'anglaise. Déménagé à la cloche de bois. En tant qu'avide lecteur et amateur d'argot américain, ces expressions me viennent naturellement. Lars, lui, dira juste, comme la plupart au village quand la nouvelle se saura : "Elle s'est ensauvée et l'a laissé tomber." Ou "*les* a laissés tomber, lui et le garçon" dans le cas présent. J'ai pensé tout naturellement qu'elle irait trouver ses copains, les amis des porcs de la société Farrington, et que la prochaine fois que j'entendrais parler d'elle, ce serait pour apprendre qu'elle vendait les terres de son père.

— Ce qu'elle a l'intention de faire.

— Est-ce qu'elle a déjà signé ? Parce que si elle l'a fait, je crois bien que je devrais aller en procès.

— Elle n'a pas encore signé. Mais quand elle le fera, je vous déconseillerais d'engager des frais dans une procédure que vous seriez assuré de perdre. »

Je me suis levé. L'une des bretelles de ma salopette avait glissé de mon épaule, et je l'ai remontée en la crochetant du pouce. « Bon, puisqu'elle n'est pas là, c'est ce qu'on appelle dans votre profession "un cas d'école", n'est-ce pas ? Si j'étais vous, j'irais voir à Omaha. » J'ai souri. « Ou à Saint Louis. Elle parlait *tout le temps* de Sain' Lou. M'est avis qu'elle se sera fatiguée de vous, les gars, autant que de moi et du fils à qui elle a donné la vie. Elle a dit bon débarras, les cochonneries. La peste soit de vos deux maisons. Ça, c'est Shakespeare, pour votre gouverne. *Roméo et Juliette*. Une pièce où il est question d'amour.

— Vous me pardonnerez, monsieur James, mais tout ceci me semble très étrange. » Il avait tiré un mouchoir de soie d'une poche intérieure de son costume – je parie que les avocats-voyageurs comme lui en ont des quantités – et avait commencé à s'éponger le visage. Ses joues, juste empourprées un instant auparavant, étaient devenues rouge vif. Et la coloration de son visage n'était pas due à la chaleur du jour. « Très étrange, en effet, étant donné la somme d'argent que mon client est prêt à lui payer pour la propriété qu'elle détient en bordure de la rivière Hemingford et de la voie de chemin de fer de la Great Western.

— Moi aussi, il va me falloir du temps pour m'y habituer, mais j'ai un avantage sur vous.

— Oui ?

— Je la connais. Je suis sûr que vous et vos *clients* pensiez que l'affaire était dans le sac, mais Arlette James... disons que tenter de la faire tenir en place, c'est comme tenter de faire tenir de la gelée sur une planche à laver. Souvenons-nous, monsieur Lester, de ce que disait le père Bradlee. Ma parole, cet homme était un vrai génie rural.

— Pourrais-je regarder dans la maison ? »

J'ai ri à nouveau et cette fois mon rire n'était pas forcé. Ce type avait du cran, je le lui accordais, et il était compréhensible qu'il ne veuille pas rentrer bredouille. Il avait fait trente kilomètres dans une camionnette sans portières, toute poussiéreuse, il en avait encore trente à faire dans ce tape-cul avant de retrouver Hemingford City (et le train du retour, je suppose), il avait les fesses endolories et ceux qui l'avaient envoyé en mission seraient tout sauf ravis en entendant son rapport quand il arriverait enfin au terme de ces laborieuses pérégrinations. Pauvre bougre !

« Moi aussi, je vous demanderais une faveur : pourriez-vous baisser votre pantalon que j'examine vos bijoux de famille ?

— Je trouve vos propos insultants.

— Je ne vous en veux pas. Prenez ça comme... pas une analogie, non, disons plutôt une sorte de *parabole*.

— Je ne vous comprends pas.

— Eh bien, il vous reste une heure de trajet pour y réfléchir – deux, pour peu que la Red Baby de Lars crève en route. Et je peux vous assurer, monsieur Lester, que si je vous laissais *effectivement* fourrer votre nez dans ma maison – ma demeure, mon château, *mes* bijoux de famille –, vous ne trouveriez pas le corps de ma femme dans le placard ni... » Il y a eu un terrible moment, où j'ai failli dire *ni au fonds du puits*. J'ai senti mon front se couvrir de sueur. « Ni sous le lit.

— Je n'ai jamais dit... »

J'ai appelé : « Henry ! Viens ici une minute ! »

Henry est arrivé en traînant les pieds dans la poussière, la tête baissée. Il avait l'air préoccupé, peut-être même coupable, mais ça collait. « Oui, p'pa ?

— Dis à ce monsieur où est ta mère.

— Je sais pas. Quand tu m'as appelé pour déjeuner vendredi matin, elle était partie. Avec sa valise et tout. »

Lester le regardait avec attention. « Est-ce bien la vérité, fils ?

— Oui, m'sieur.

— Toute la vérité et *rien* que la vérité, tu le jures devant Dieu ?

— Papa, je peux retourner à la maison ? J'ai été malade, alors j'ai des devoirs à rattraper. »

J'ai dit : « Alors vas-y, mais ne lambine pas. N'oublie pas que c'est ton tour de traire.

— Oui, p'pa. »

Il a monté lourdement les marches et disparu à l'intérieur. Lester l'a regardé partir, puis s'est tourné vers moi. « Il y a anguille sous roche, ici.

— Je vois que vous ne portez pas d'alliance, monsieur Lester. Un jour viendra peut-être où vous en aurez porté une aussi longtemps que moi pour savoir que dans les familles, il y a toujours anguille sous roche. Et vous aurez aussi appris autre chose : on ne sait jamais de quel côté il prend folie à femelle d'aller. »

Il s'est levé. « Les choses n'en resteront pas là. »

Je lui ai dit : « Oh que si ! » Sachant que ce n'était pas vrai. Mais si tout se passait bien, nous étions plus près de la fin que du début. *Si* tout se passait bien.

Il a commencé à traverser la cour, puis s'est retourné. Il s'est encore épongé le visage avec son mouchoir de soie, puis m'a dit : « Si vous pensez que ces cent arpents sont à vous simplement parce que vous vous êtes débarrassé de votre femme en l'effrayant... que vous l'avez poussée à se réfugier chez sa tante à Des Moines ou chez une sœur dans le Minnesota... »

Avec un sourire, j'ai dit : « Vérifiez plutôt Omaha. Ou Sain' Lou. Elle se fichait bien de ses proches parentes, mais Dieu sait pourquoi, elle avait la folie d'aller vivre à Sain' Lou.

— Si vous pensez pouvoir cultiver cette parcelle, réfléchissez-y à deux fois. Ces terres ne vous appartiennent pas. Si vous y semez ne serait-ce qu'un grain de maïs, nous nous reverrons au tribunal. »

J'ai répondu : « Je suis sûr que vous aurez de ses nouvelles dès qu'elle aura les poches vides. »

Ce que je voulais dire, c'était : *Non, ces terres-là ne m'appartiennent pas... pas plus qu'à vous. Elles vont juste rester là, à attendre. Et c'est très bien comme ça parce que dans sept ans, elles seront à moi quand j'irai au tribunal faire reconnaître légalement son décès. Je peux attendre. Sept ans sans renifler la merde de porc quand le vent tournera à l'ouest ? Sept ans sans entendre les hurlements des porcs qu'on égorge (si semblables aux hurlements d'une femme qu'on égorge) ni voir leurs viscères flotter dans une rivière rougie de sang ? Ça m'a tout l'air de sept excellentes années.*

« Je vous souhaite une agréable journée, monsieur Lester, et prenez garde au soleil en rentrant. Il cogne dur en fin d'après-midi, et vous l'aurez en pleine face. »

Il est monté dans la camionnette sans répondre. Lars m'a salué de la main et Lester l'a apostrophé. Lars l'a gratifié d'un regard qui aurait pu signifier : *Rouspète et ronchonne tant que tu veux, ça fera toujours trente kilomètres d'ici à Hemingford City.*

Quand il ne resta des deux hommes que leur panache de poussière en queue de coq, Henry est ressorti sous la galerie. « J'ai répondu comme il fallait, papa ? »

J'ai pris son poignet et l'ai serré en feignant de ne pas le sentir se contracter brièvement sous ma main comme s'il se faisait violence pour ne pas le retirer. « Impeccable. Parfait.

— Est-ce qu'on va combler le puits demain ? »

J'y ai soigneusement réfléchi, car nos vies pouvaient dépendre de ma décision. Le shérif Jones avançait en âge et prenait du poids. Il n'était pas feignant, mais on ne le faisait pas déplacer sans une bonne raison. Lester finirait par le convaincre de venir jusqu'à chez nous, mais probablement pas avant d'avoir obtenu d'une des deux têtes brûlées de fils de Cole Farrington que leur père téléphone au shérif pour lui rappeler quelle société était le plus gros contribuable du comté de Hemingford (sans parler des comtés voisins de Clay, Filmore, York et Seward). Néanmoins, je pensais que nous avions au moins deux jours devant nous.

J'ai dit : « Pas demain. Après-demain.

— *Pourquoi*, papa ?

— Parce que nous allons avoir la visite du shérif du comté et le shérif Jones a beau être âgé, il n'est pas idiot. Un puits tout juste comblé risque d'éveiller ses soupçons : *pourquoi* l'avoir comblé si récemment et

tout ça... Mais un puits que nous serions *en train* de combler... et pour une bonne raison...
— Quelle raison ? Dis-moi ! »
J'ai répondu : « Bientôt. Bientôt. »

Toute la journée du lendemain, nous avons attendu de voir un nuage de poussière remonter en tourbillonnant notre chemin de terre, accroché non pas à la camionnette de Lars Olsen, mais à l'automobile du shérif du comté. Nous ne l'avons pas vu venir. Tout ce que nous avons vu venir, c'est Shannon Cotterie, toute mignonne dans un chemisier de coton et une jupe en vichy. Elle a demandé si Henry se portait bien, et si oui, est-ce qu'il pouvait souper chez elle avec son père et sa mère ?

Henry a dit qu'il allait bien et je les ai regardés s'éloigner sur le chemin, main dans la main, empli d'une grande inquiétude. Henry portait un terrible secret et les terribles secrets sont lourds à porter. Le désir de les partager est ce qu'il y a de plus naturel au monde. Et Henry aimait Shannon (ou pensait l'aimer, ce qui revient au même quand on va sur ses quinze ans). Pour aggraver les choses, il avait un mensonge à raconter et elle risquait de deviner que c'en était un. On dit que l'amour est aveugle, mais c'est une maxime stupide. Il est trop clairvoyant parfois.

J'ai sarclé au jardin (arrachant plus de petits pois que de mauvaises herbes), puis je me suis assis sous la galerie pour fumer ma pipe en attendant qu'il revienne. Ce qu'il a fait, juste avant que la lune se lève. Il avait la tête basse, les épaules voûtées, et il se traînait plus qu'il ne marchait. Ça m'a fait mal de le voir comme ça, mais j'ai quand même été soulagé. S'il avait livré son secret – ou ne serait-ce qu'une partie –, il n'aurait pas marché de cette façon-là. S'il avait livré son secret, peut-être qu'il ne serait pas revenu du tout.

Quand il s'est assis, je lui ai demandé : « Tu lui as bien tout raconté comme nous l'avons décidé ?

— Comme *tu* l'as décidé. Oui.

— Et elle a promis de ne pas le dire à ses parents ?

— Oui.

— Mais elle va leur dire ? »

Il a soupiré. « Oui, sans doute. Elle les aime et ils l'aiment. Ils vont le voir à sa figure, je pense, et ils vont la faire parler. Et même s'ils le font pas, elle le dira sans doute au shérif. S'il prend seulement la peine de passer interroger les Cotterie.

— Lester y veillera. Il aboiera après le shérif Jones parce que ses patrons d'Omaha aboient après lui. Et la roue tourne, et elle tourne, et elle tourne, et elle s'emballe !

— On n'aurait jamais dû le faire. »

Il a réfléchi, puis l'a répété dans un chuchotement farouche.

Je n'ai rien dit. Un moment, il n'a rien dit non plus. Nous avons regardé la lune se lever, rouge et grosse au-dessus du maïs.

« Papa ? Je peux avoir un verre de bière ? »

Je l'ai regardé, surpris mais pas vraiment. Puis je suis rentré nous en servir un à chacun. Je lui ai donné le sien en disant : « Pas de ça demain ni après-demain, je te préviens.

— Non. » Il a bu une petite gorgée, fait la grimace, et bu encore un peu. « J'ai détesté mentir à Shan, p'pa. Toute cette histoire est sale.

— La saleté se lave.

— Pas celle-là. »

Ayant dit ça, il a repris une petite gorgée. Sans grimacer cette fois.

Un peu plus tard, alors que la lune était devenue argentée, je me suis levé pour aller aux cabinets et écouter le maïs et la brise nocturne se raconter les antiques secrets de la terre. Quand je suis revenu sous la galerie, Henry n'y était plus. Son verre de bière à moitié bu était posé sur la balustrade à côté des marches. Et alors je l'ai entendu dans l'étable, qui disait : « Là, ma vache. Là. »

Je suis allé voir. Il avait passé les bras autour du cou d'Elphie et il la caressait. Je crois bien qu'il pleurait. Je suis resté là un moment à regarder, mais au bout du compte, je n'ai rien dit. Je suis retourné à la maison, je me suis déshabillé et étendu sur le lit où j'avais égorgé ma femme. J'ai mis longtemps à m'endormir. Et si vous ne comprenez pas pourquoi – *toutes* les raisons que j'avais –, alors lire ceci ne vous servira à rien.

J'avais donné à toutes nos vaches des noms de déesses grecques mineures, mais il s'est avéré que pour Elphie, j'ai fait un mauvais choix ou, du moins, il a tourné à la mauvaise plaisanterie. Au cas où vous auriez oublié comment le mal s'est répandu sur notre triste monde, laissez-moi vous rafraîchir la mémoire :

tous les maux de la terre se sont échappés lorsque Pandore, succombant à sa curiosité, a ouvert la jarre dont la garde lui avait été confiée. La seule chose qui soit restée à l'intérieur, quand elle a retrouvé assez de présence d'esprit pour refermer la jarre, c'était Elphie, la déesse de l'Espoir. Mais en cet été 1922, il n'y avait plus d'espoir pour notre Elphie. Elle était vieille et capricieuse, ne donnait plus beaucoup de lait, et nous avions quasiment renoncé à vouloir traire le peu qu'elle produisait ; elle cherchait à donner des coups de sabot dès qu'on s'asseyait sur le tabouret. Nous aurions dû l'abattre pour la viande un an plus tôt, mais je rechignais à la dépense. Il aurait fallu que je fasse venir Harlan Cotterie pour le faire, car je n'étais pas doué moi-même pour tuer autre chose que des porcs... Ceci, Lecteur, est un jugement auquel tu dois assurément souscrire à présent.

Arlette (qui avait toujours nourri une secrète affection pour Elphie – peut-être parce que ce n'était jamais elle qui la trayait) avait dit : « En plus, elle serait coriace. Mieux vaut la laisser en paix. » Mais à présent, nous avions une destination pour Elphie – le fond du puits, en fait –, ainsi sa mort servirait un but bien plus utile que celui de mettre quelques tranches de viande filandreuse dans notre assiette.

Deux jours après la visite de Lester, mon fils et moi lui avons passé un licol et l'avons conduite derrière l'étable. À mi-distance du puits, Henry s'est arrêté, les yeux brillant d'effroi. « Papa ! Elle *sent* !

— Va à la maison, alors, et mets-toi du coton dans le nez. Tu en trouveras sur sa coiffeuse. »

Il avait la tête baissée, mais j'ai bien vu le regard oblique qu'il m'a lancé avant d'y aller. Ce regard disait : *Tout est ta faute. Tout est ta faute parce que tu n'as pas voulu céder.*

Pourtant je n'avais aucun doute sur le fait qu'il m'aiderait à accomplir le travail qui nous attendait. Quelle que soit son opinion de moi, à présent, il y avait aussi une jeune fille dans la balance et il ne voulait pas qu'elle sache ce qu'il avait fait. Je l'y avais forcé mais ça, elle ne voudrait jamais le comprendre.

Nous avons conduit Elphie jusqu'au couvercle du puits devant lequel elle a assez raisonnablement renâclé. Nous nous sommes placés de l'autre côté, tenant les brides du harnais comme les rubans dans la danse de l'arbre de Mai, et nous l'avons forcée à grimper sur le bois pourri. Le couvercle a grincé sous son poids… il a ployé… mais il a tenu. La vieille vache était perchée dessus, tête baissée, l'air plus stupide et obstiné que jamais, montrant les chicots verdâtres de ses dents.

Henry a demandé : « Qu'est-ce qu'on fait maintenant ? »

Je m'apprêtais à dire que je ne savais pas, et c'est là que le couvercle du puits a cédé dans un craquement sec et sonore. Nous sommes restés cramponnés aux brides du harnais et, pendant un moment, j'ai bien cru que j'allais être entraîné dans ce puits maudit de Dieu, les deux bras désarticulés. Puis le licol s'est détaché d'un coup, nous revenant comme un boomerang. Il était déchiré des deux côtés. Au fond, Elphie meuglait de douleur en donnant des coups de sabot contre les parois du puits.

Henry a hurlé : « *Papa !* » Les deux poings devant la bouche, il pressait ses doigts sur sa lèvre supérieure. « *Fais-la taire !* »

Elphie a lâché un long meuglement qui a résonné en un écho caverneux. Ses sabots continuaient à frapper la pierre.

J'ai pris Henry par le bras et l'ai remorqué jusqu'à la maison en trébuchant. Je l'ai poussé sur le canapé d'Arlette acheté par correspondance et lui ai ordonné d'y rester jusqu'à ce que je revienne le chercher. « Et souviens-toi, nous en avons presque terminé. »

Il a dit : « Nous n'en aurons jamais terminé. » Et il s'est retourné à plat ventre, le visage enfoui dans les coussins, les mains plaquées sur les oreilles, même si les meuglements d'Elphie n'étaient pas audibles à l'intérieur. Mais Henry *continuait* à les entendre, et moi aussi.

J'ai attrapé ma carabine à nuisibles sur l'étagère du haut dans le cellier. Ce n'était qu'une .22, mais elle ferait l'affaire. Et si Harlan entendait les détonations se réverbérer à travers les arpents de terre qui s'étendaient entre nos deux propriétés ? Ça aussi, ça correspondrait à notre histoire. Du moins si Henry gardait ses esprits assez longtemps pour la raconter.

Voici ce que j'ai appris en 1922 : le pire est toujours à venir. On croit avoir vu la chose la plus terrible, l'horreur monstrueuse et bien réelle qui est la coalescence de tous nos cauchemars et dont on ne se console qu'en se disant qu'il ne peut rien exister de pire. Et que, même s'il y a pire, notre esprit se brisera à sa vue, et demandera grâce. Mais *il y a pire*, l'esprit ne se brise *pas* et, d'une façon ou d'une autre, nous continuons. Nous pouvons saisir que pour nous toute joie s'est définitivement retirée du monde, que nos actes ont relégué hors de notre portée tout le gain que nous avions pu espérer en retirer, nous pouvons regretter de ne pas être celui qui est mort – mais nous continuons malgré tout à avancer. Parce qu'il n'y a rien d'autre à faire.

Elphie avait atterri sur le corps de ma femme, mais le visage d'Arlette, avec son rictus grimaçant, était toujours parfaitement visible, semblant toujours me regarder, toujours tourné vers le monde ensoleillé d'en haut. Et les rats étaient revenus. La chute de la vache dans leur monde avait sans nul doute déclenché leur retraite dans le conduit, que j'appellerais bientôt en pensée le Boulevard des Rats, mais ensuite ils avaient reniflé la viande fraîche et s'étaient précipités pour voir. Ils s'employaient déjà à mordiller la pauvre Elphie qui continuait à meugler et à taper des sabots (quoique plus faiblement maintenant), et l'un d'entre eux trônait sur la tête de ma femme morte telle une sinistre couronne. De ses griffes habiles, il avait transpercé le sac en jute et tiré une mèche de ses cheveux par ce trou. Les joues d'Arlette, naguère si rondes et jolies, pendaient en lambeaux.

J'ai pensé : *Rien ne pourra jamais être pire. C'est sûr, j'ai atteint le summum de l'horreur.*

Mais non, le pire est toujours à venir. Comme je scrutais le fond, glacé par le choc et la répulsion, Elphie a trépigné à nouveau, et l'un de ses sabots a heurté ce qui restait du visage d'Arlette. Il s'est produit un claquement sec lorsque la mâchoire de ma femme s'est brisée. Et comme une porte qui tourne sur un gond, toute la partie inférieure de son visage s'est déportée vers la gauche. Son rictus d'une oreille à l'autre n'a pas changé cependant. Mais le fait qu'il ne soit plus aligné avec les yeux le rendait pire encore. C'était comme si à présent elle avait deux visages pour me hanter au lieu d'un. Son corps a bougé contre le matelas, le faisant glisser. Le rat qui trônait sur sa tête a sauté et s'est faufilé derrière. Elphie a encore meuglé. J'ai pensé que si Henry revenait et regardait au fond du puits, il me tuerait pour l'avoir rendu complice de ça. Je méritais sans doute la mort. Mais alors il serait seul, et seul il serait sans défense.

Une partie du couvercle avait chuté dans le puits ; l'autre pendait au-dessus. J'ai chargé ma carabine, je l'ai calée contre ce plan incliné, et j'ai visé Elphie qui gisait en bas, le cou brisé et la tête tordue contre la paroi de pierre. J'ai attendu que mes mains cessent de trembler, et j'ai tiré.

Un seul coup a suffi.

À la maison, j'ai trouvé Henry endormi sur le canapé. J'étais moi-même trop choqué pour rien y trouver d'étrange. À ce moment-là, Henry était pour moi la seule chose renfermant un véritable espoir en ce monde : souillé, mais pas au point de ne plus jamais pouvoir retrouver la propreté. Je me suis penché pour embrasser sa joue. Il a gémi et détourné la tête. Je l'ai laissé là et suis allé prendre mes outils à l'étable. Quand il m'a rejoint, trois heures plus tard, j'avais retiré le morceau de couvercle qui pendait dans le puits et commencé à combler celui-ci.

D'une voix éteinte, lugubre, il m'a dit : « Je vais t'aider.

— Bon. Prends la camionnette et va jusqu'au tas de terre à la clôture ouest...

— Tout seul ? »

L'incrédulité était à peine perceptible dans sa voix, mais y entendre ne serait-ce qu'un peu d'émotion m'a encouragé.

« Tu connais toutes les vitesses en marche avant, tu sauras bien trouver la marche arrière, dis-moi ?

— Oui...

— Alors, ça va aller. J'ai largement de quoi continuer en t'attendant, et le temps que tu reviennes, le pire sera terminé. »

J'ai attendu qu'il me répète que le pire ne serait jamais terminé, mais il n'en a rien fait. Je me suis remis à pelleter. Je voyais encore le sommet de la tête d'Arlette et le trou dans la toile de jute par où sortait cette terrible mèche de cheveux. En bas, dans le berceau formé par les cuisses de ma femme, il y avait peut-être déjà toute une portée de petits rats nouveau-nés.

J'ai entendu la camionnette tousser une fois, deux fois. J'espérais qu'un retour de manivelle n'irait pas lui casser le bras.

Au troisième coup, notre vieille camionnette s'est réveillée en pétaradant. Henry a retardé l'allumage, pompé une ou deux fois sur l'accélérateur et il s'est éloigné. Il est resté parti près d'une heure mais, à son retour, le plateau de la camionnette était chargé de terre et de pierres. Il a roulé jusqu'au bord du puits et coupé le moteur. Il avait tombé la chemise et son torse luisant de sueur paraissait trop maigre ; je pouvais lui compter les côtes. J'ai cherché dans ma tête quand je l'avais vu manger un repas copieux pour la dernière fois et, sur le moment, je n'ai pas trouvé. Puis je me suis avisé que ça devait être le matin de la nuit où nous l'avions supprimée.

J'ai pensé : *Je veillerai à ce qu'il prenne un bon dîner ce soir. J'y veillerai pour tous les deux. Pas du bœuf, mais il y a du porc dans la glacière…*

De sa nouvelle voix sans timbre, il m'a dit : « Regarde là-bas. » Et il a tendu le doigt.

J'ai vu le panache de poussière s'en venir vers nous. J'ai regardé au fond du puits. Ce n'était pas encore bon. Pas encore. La moitié du corps d'Elphie dépassait toujours. Ça, ça allait évidemment, mais le coin du matelas taché de sang dépassait toujours du remblayage de terre.

J'ai dit : « Aide-moi.

— Est-ce qu'on aura le temps, papa ? »

Son ton n'exprimait qu'un intérêt modéré.

« Je ne sais pas. Peut-être. Ne reste pas planté là, aide-moi. »

La deuxième pelle était appuyée contre le mur de l'étable à côté des restes du couvercle. Henry l'a saisie, et nous nous sommes mis à pelleter à tour de bras la terre et les pierres pour vider le plateau de la camionnette.

Quand l'automobile du shérif du comté, avec son étoile dorée sur la portière et son projecteur sur le toit, s'est arrêtée près du billot dans la cour (dispersant une nouvelle fois George et les poules), Henry et moi, assis torse nu sur les marches de la galerie, nous partagions un pichet de citronnade : la dernière chose qu'Arlette James avait jamais préparée. Le shérif Jones est descendu, a remonté son ceinturon, ôté son Stetson, passé la main dans sa chevelure grisonnante et rajusté son chapeau à la lisière de son front, là où la peau blanche s'arrêtait, remplacée par un rouge cuivré. Il était venu seul. J'y ai vu un bon signe.

« Bien le bonjour, messieurs. » Il a noté au vol nos torses nus, nos mains sales, et nos visages en sueur. « Rude après-midi de labeur, dites-moi ? »

J'ai craché par terre. « Ma maudite faute.

— Votre maudite faute ?

— Une de nos vaches est tombée dans l'ancien puits à abreuver le bétail, a dit Henry.

— Tombée ? a répété Jones.

— Eh oui, j'ai dit. Un verre de citronnade, shérif ? C'est celle d'Arlette.

— Arlette ? Alors elle s'est décidée à rentrer ?

— Non, j'ai dit. Elle a emporté ses habits préférés mais elle nous a laissé la citronnade. Goûtez-la donc.

— Je vais le faire. Mais laissez-moi d'abord utiliser votre petit coin. Depuis que j'ai passé les cinquante-cinq ans, ou à peu près, j'ai l'impression de devoir m'arrêter à tous les buissons pour pisser. Vous parlez d'un maudit embêtement.

— Les cabinets sont derrière la maison. Suivez le chemin et cherchez le croissant de lune sur la porte. »

Il a ri comme si c'était la plaisanterie la plus drôle qu'il avait entendue de toute l'année, et il a commencé à faire le tour de la maison. S'arrêterait-il en chemin pour regarder aux fenêtres ? Certes, s'il était consciencieux dans son boulot, et je m'étais laissé dire qu'il l'était. Du moins dans ses jeunes années.

Henry a dit : « Papa. » Il parlait à voix basse.

Je l'ai regardé.

« S'il découvre ce qu'on a fait, on ira pas plus loin. Je peux mentir, mais plus tuer.

— D'accord », ai-je accepté.

Brève conversation, mais que j'ai eu souvent l'occasion de méditer pendant les huit ans qui ont suivi.

Boutonnant sa braguette, le shérif Jones a reparu.

J'ai dit à Henry : « Va chercher un verre pour le shérif. »

Henry y est allé. En ayant terminé avec sa braguette, Jones a ôté son chapeau, repassé la main dans ses cheveux, rajusté le chapeau. Son insigne étincelait dans le soleil de l'après-midi. Le revolver calé sur sa hanche était un gros modèle et, bien que notre shérif fût trop âgé pour avoir fait la Grande Guerre, son holster ressemblait à ceux des Forces armées américaines. C'était peut-être celui de son fils. Son fils était mort de l'autre côté de l'Atlantique.

Il a observé : « Petit coin sans un brin d'odeur. Toujours agréable par un jour de canicule. »

J'ai expliqué : « Arlette était toujours à y verser de la chaux. Je tâcherai de garder l'habitude si elle ne se décide pas à rentrer. Montez donc sous la galerie vous asseoir à l'ombre avec nous.

— Pour l'ombre, ce n'est pas de refus, mais je crois que je vais rester debout. Besoin de m'étirer le dos. »

J'étais assis dans mon fauteuil à bascule, celui avec le coussin brodé Pa. Le shérif s'est posté debout à côté, le regard baissé vers moi. Ça ne me plaisait guère de me retrouver dans cette position, mais je me suis efforcé d'endurer ça patiemment. Henry est revenu avec un verre. Le shérif Jones s'est servi lui-même, a goûté la citronnade, puis a presque tout avalé d'un trait en concluant par un claquement de lèvres.

« Mmmh, bonne, dites-moi. Ni trop acide, ni trop sucrée, juste bonne comme il faut. » Il a ri. « On dirait Boucles d'Or, dites-moi ? » Il a terminé son verre, mais secoué la tête quand Henry lui a offert de le resservir. « Tu veux que je pisse sur tous les piquets de clôture d'ici à Hemingford Home ? Et jusqu'à Hemingford City après ça ? »

J'ai demandé : « Vous avez déménagé votre bureau ? Je croyais que vous étiez basé ici, à Home ?

— J'y suis, j'y suis. Et le jour où ils me feront déménager le bureau du shérif au siège du comté sera le jour où je démissionnerai pour laisser Hap Birdwell prendre la relève, comme il le souhaite. Non, non, j'y vais juste pour une audience au tribunal. De la paperasserie surtout, mais je ne peux pas y couper. Et vous connaissez le juge Cripps... ou non, j'imagine que vous ne le connaissez pas, citoyen respectueux de la loi comme vous l'êtes. C'est un atrabilaire, et si vous avez le malheur d'arriver en retard, il devient d'une humeur massacrante. Alors, même si les choses se résument à dire "je le jure" et à apposer ma signature sur une liasse de papelards, il me faut bien expédier mon affaire ici, dites-moi ? Et espérer que ma satanée Maxie ne tombe pas en panne en chemin. »

Je n'ai fait aucun commentaire. Il ne *parlait* pas comme un homme pressé, mais peut-être que c'était juste sa façon de faire.

Il a ôté son chapeau, repassé encore une fois la main dans ses cheveux, mais il ne l'a pas remis. Il m'a regardé avec sérieux, puis a regardé Henry, puis moi de nouveau. « J'imagine que vous savez que je ne suis pas ici par caprice ? Pour ma part, je crois que les affaires d'un homme avec sa femme ne regardent qu'eux. C'est bien ainsi qu'il doit en être, dites-moi ? La Bible dit que l'homme est la tête de la femme, et que si une femme doit être enseignée, elle doit l'être par son mari à la maison. Livre des Corinthiens. Si la Bible était mon seul patron, je ferais les choses selon la Bible et la vie serait plus simple. »

J'ai dit : « Je suis surpris que M. Lester ne soit pas venu avec vous.

— Oh, il voulait venir, mais j'y ai mis le holà. Il voulait aussi que je demande un mandat de perquisition, mais je lui ai dit que je n'en aurais pas besoin. Je lui ai dit que, soit vous me laissiez jeter un coup d'œil, soit vous ne me laissiez pas le faire. »

Il a haussé les épaules. Il avait le visage placide, mais son regard était pénétrant et toujours en mouvement : épinglant et sondant, sondant et épinglant.

Henry m'avait demandé, pour le puits, et je lui avais dit : *Nous observerons son visage pour voir s'il est futé. S'il est futé, nous prendrons les devants, et nous lui montrerons nous-mêmes. Nous ne pouvons pas donner l'impression d'avoir quelque chose à cacher. Si tu me vois remuer le pouce, ça voudra dire que je pense que nous devons tenter le coup. Mais nous devons être bien d'accord, Hank. Si je ne te vois pas me répondre en remuant le tien, je n'ouvrirai pas la bouche.*

J'ai levé mon verre et bu le restant de ma citronnade. Quand j'ai vu qu'Henry me regardait, j'ai remué le pouce. Juste un peu. Ça aurait pu être un tic.

Le ton indigné, Henry a demandé : « Qu'est-ce qu'il s'imagine, ce Lester ? Qu'on l'a ligotée à la cave ? » Ses deux mains, de chaque côté de son corps, n'ont pas bougé.

Le shérif Jones a ri de bon cœur, et son gros ventre tressautait sous sa ceinture. « *Ce* qu'il s'imagine, dites-moi ? Je ne le sais pas. Je m'en soucie peu, d'ailleurs. Les avocats sont des puces sur le dos de la nature humaine. Je peux le dire, car j'ai travaillé pour eux – et contre eux aussi – toute ma vie. Mais… » Son regard pénétrant a épinglé le mien. « Je jetterais bien un coup d'œil, juste parce que vous le lui avez refusé *à lui*. Il est assez remonté à cause de ça. »

Henry s'est gratté le bras. Et son pouce a remué deux fois.

J'ai dit : « Je ne l'ai pas invité à entrer parce qu'il m'a indisposé. Quoique pour être honnête, l'apôtre Jean lui-même m'aurait indisposé s'il s'était présenté en batteur de l'équipe Farrington. »

Le shérif Jones a ri en entendant ça : *Ha, ha, ha!* Mais ses yeux ne riaient pas.

Je me suis levé. Quel soulagement d'être sur mes pieds. Debout, je dépassais Jones de quinze bons centimètres. « Allez-y, regardez tant que vous voudrez.

— Je vous en remercie. Voilà qui me facilitera grandement la vie, dites-moi. C'est bien assez que j'aie à me coltiner le juge Cripps à mon retour. Pas envie d'entendre les jappements du limier de Cole Farrington, si je peux m'en dispenser. »

Nous sommes entrés dans la maison, moi en tête, Henry fermant la marche. Après quelques compliments sur l'ordre du salon et la propreté de la cuisine, nous avons longé le corridor. Le shérif Jones a jeté un coup d'œil de pure forme dans la chambre de Henry, puis nous sommes arrivés à l'attraction principale. J'ai poussé la porte de notre chambre avec un troublant sentiment de certitude : le sang serait revenu. Il y en aurait une flaque par terre, des éclaboussures sur les murs, et le nouveau matelas en serait imbibé. Le shérif Jones regarderait. Puis il se tournerait vers moi, ôterait les menottes qui pendaient sur sa hanche rebondie, du côté opposé à son revolver, et dirait : *Je vous arrête pour le meurtre d'Arlette Jones, dites-moi?*

Il n'y avait ni sang ni odeur de sang, car la chambre avait eu plusieurs jours pour s'aérer. Le lit était fait, quoique pas à la façon d'Arlette; ma manière à moi, c'était plutôt le style militaire, bien que mes pieds m'aient épargné la guerre qui avait emporté le fils du shérif. On peut pas aller tuer les Boches si on a les pieds plats. Un homme aux pieds plats, ça peut juste tuer sa femme.

Le shérif Jones a observé : « Jolie chambre. Elle reçoit la lumière du matin, dites-moi ? »

J'ai confirmé : « Oui. Et elle reste fraîche presque tous les après-midi, même en été, parce que le soleil donne de l'autre côté. »

Je me suis dirigé vers le placard et je l'ai ouvert. Mon sentiment de certitude était revenu, plus fort que jamais. *Où est la couverture matelassée ?* allait-il dire. *Celle qui devrait être rangée là, au milieu de l'étagère du haut ?*

Il ne l'a pas dit, bien sûr, mais il s'est empressé de s'avancer quand je l'y ai invité. Son regard pénétrant – d'un vert vif, presque félin – s'est posé d'un côté, de l'autre, partout. Il a constaté : « Des tonnes de frusques. »

J'ai reconnu : « Oui, Arlette aimait s'habiller et elle aimait les catalogues de vente par correspondance. Mais comme elle n'a emporté qu'une seule valise – nous en avons deux, et l'autre est toujours là, vous voyez, dans le coin derrière ? –, je dirais qu'elle n'a pris que les vêtements qu'elle préférait. Et ceux qui étaient pratiques, je suppose. Elle avait deux pantalons à pinces et une paire de bleus en denim, qui n'y sont plus, même si elle n'aimait pas trop les pantalons.

— Mais les pantalons, c'est pratique pour voyager, dites-moi? Homme ou femme, c'est pratique pour voyager. Et une femme pourrait les prendre sans hésiter. Si elle était pressée, j'entends.

— Je suppose. »

Derrière nous, Henry a dit : « Elle a pris ses beaux bijoux et sa photo de Pépé et Mémé. » J'ai un peu sursauté ; j'avais failli oublier qu'il était là.

« Elle a fait ça, dites-moi ? Bien, je suppose que c'est normal. »

Il a passé la main une dernière fois sur les vêtements suspendus, puis a refermé la porte de la penderie. « Jolie chambre. » Il l'a répété en rebroussant chemin dans le corridor d'un pas pesant, son Stetson dans les mains. « Jolie *maison*. Il faut que cette femme soit folle pour avoir quitté une jolie chambre et une jolie maison comme ça. »

Henry a dit : « Maman parlait beaucoup de la ville. » Et il a poussé un soupir. « Elle avait dans l'idée d'ouvrir une boutique.

— Elle avait ça dans l'idée ? » Le shérif Jones lui a jeté un regard, ses yeux verts de félin brillaient. « Fichtre ! Mais il faut de l'argent pour ça, dites-moi ? »

J'ai dit : « Elle a ces arpents de terre qui lui viennent de son père. »

Il a répondu : « Ah oui, oui. » Avec un sourire d'excuse, comme s'il avait oublié ces terres-là. « Et c'est peut-être pour le mieux. "Mieux vaut habiter dans une terre déserte qu'avec une femme querelleuse et irritable." Livre des Proverbes. Tu es content qu'elle soit partie, fils ? »

Henry a répondu : « Non. » Et des larmes ont jailli de ses yeux. J'ai béni chacune d'entre elles.

« Là-là », a dit le shérif Jones. Et, après avoir offert ce réconfort sommaire, il s'est penché, les deux mains appuyées sur ses genoux replets, et il a regardé sous le lit. « On dirait bien qu'il y a une paire de souliers de femme, là-dessous. Et bien usagés. Du genre bien pratiques pour marcher. Je ne pense pas qu'elle se soit sauvée pieds nus, dites-moi ? »

J'ai dit : « Elle a mis ses chaussures de toile. Ce sont celles qui manquent. »

Les vertes fanées qu'elle appelait ses mules de jardin. Je m'en étais souvenu juste avant de commencer à combler le puits.

Jones a dit : « Ah ! Un autre mystère de résolu. » Il a tiré une montre de gousset en argent de sa poche d'uniforme et l'a consultée. « Bien, je ferais mieux de presser le mouvement. *Tempus fugit* à toute allure. »

Nous avons rebroussé chemin à travers la maison, Henry fermant la marche, peut-être pour pouvoir essuyer ses yeux sans témoin. Nous avons raccompagné le shérif jusqu'à sa berline Maxwell avec l'étoile sur la portière. J'allais lui demander s'il voulait voir le puits – je savais même déjà ce que j'allais en dire – quand il s'est arrêté pour adresser à mon fils un regard d'une effrayante gentillesse.

Il a dit : « Je suis passé chez les Cotterie.

— Ah ? a dit Henry. Vous y êtes passé ?

— Comme je te disais, j'en suis rendu au point de devoir arroser tous les buissons, pratiquement. Mais je ne refuse pas de faire un tour dans de bons cabinets, quand il s'en présente, pour peu que les gens les gardent propres et que je n'aie pas à m'inquiéter de piqûres de guêpes pendant que j'attends que mon instrument veuille bien lâcher ses quelques gouttes. Et les Cotterie sont des gens bien propres. Ils ont une jolie fille, aussi. À peu près ton âge, dis-moi ? »

Henry a répondu : « Oui, m'sieur. » En relevant la voix juste ce qu'il fallait sur le *m'sieur*.

« Le béguin pour elle, j'imagine ? Et elle pour toi, d'après ce que dit sa mère.

— Elle a dit ça ? »

Henry avait l'air surpris, mais content aussi.

« Oui. Mme Cotterie m'a dit que tu étais chamboulé à cause de ta propre maman, et que Shannon lui avait raconté un détail que tu lui as confié à ce sujet. Je lui ai demandé de quoi il s'agissait, et elle a répondu que ce n'était pas à elle d'en parler, mais que je pouvais interroger Shannon. Ce que j'ai fait. »

Henry a regardé ses pieds. « Je lui avais dit de pas le répéter.

— Tu ne vas pas le lui reprocher, dis-moi ? a demandé le shérif Jones. Je veux dire, quand un grand bonhomme comme moi avec une étoile sur le torse demande à une petite chose comme elle ce qu'elle sait, c'est plutôt dur pour la petite chose de garder sa bouche fermée, dis-moi ? Elle est bien obligée de parler, tu ne crois pas ?

— Je ne sais pas, a dit Henry, les yeux toujours baissés. Probablement. »

Il ne *jouait* pas seulement le garçon malheureux ; il *était* malheureux. Même si tout se passait exactement comme nous l'avions espéré.

« Shannon dit que ta maman et ton papa ont eu une grosse dispute à propos de ces cent arpents de terre, et quand tu t'es rangé du côté de ton père, ma'me James t'aurait giflé bien comme il faut.

— Oui, a dit Henry d'une voix blanche. Elle avait trop bu. »

Le shérif Jones s'est tourné vers moi. « Soûle ou juste un peu émêchée ? »

J'ai dit : « Quelque part entre les deux. Si elle avait été complètement soûle, elle aurait dormi toute la nuit au lieu de se lever en douce, de faire sa valise et de filer comme une voleuse.

— Vous avez pensé qu'elle reviendrait quand elle aurait dessoûlé, dites-moi ?

— Je le pensais. Il y a six kilomètres jusqu'à la grand-route. J'étais sûr qu'elle reviendrait. Quelqu'un a dû passer et la prendre avant qu'elle ait retrouvé ses esprits. Un chauffeur routier faisant le trajet Lincoln-Omaha, je dirais.

— Mouais, c'est aussi ce que je dirais. Vous aurez de ses nouvelles quand elle contactera M. Lester, j'en suis sûr. Si elle a l'intention de vivre seule, si elle a ça derrière la tête, il va lui falloir de l'argent. »

Donc, ça aussi il le savait.

Son regard s'est aiguisé. « Est-ce qu'elle avait un peu d'argent à elle, monsieur James ?

— Eh bien...

— Ne soyez pas gêné. La confession, c'est bon pour l'âme. Les catholiques ont mis le doigt sur quelque chose avec ça, dites-moi ?

— J'avais une boîte dans ma table de chevet. J'y gardais deux cents dollars pour commencer à payer les moissonneurs quand ils arriveront dans un mois.

— Et aussi M. Cotterie », m'a rappelé Henry. Et, s'adressant au shérif Jones, il a dit : « M. Cotterie a une moissonneuse-batteuse. Une Harris Giant. Presque neuve. Une sacrée gazelle.

— Ouais, ouais, je l'ai vue dans sa cour. Un sacré gros cul, dis-moi ? Pardonnez mon latin. Et tout l'argent a disparu de cette boîte ? »

J'ai souri aigrement – sauf que ce n'était pas vraiment moi qu'il y avait derrière ce sourire-là : c'était le Rusé qui avait pris les commandes dès que le shérif Jones avait freiné dans la cour. « Elle a laissé vingt dollars. Très généreux de sa part. Mais vingt, c'est tout ce qu'Harlan Cotterie me demandera jamais pour le prêt de sa moissonneuse, donc *ça*, ça va. Et pour les ouvriers, je suppose que Stoppenhauser à la banque m'accordera une petite avance de liquidités. À moins, cela dit, qu'il ne soit l'obligé de la société Farrington. Quoi qu'il en soit, j'ai mon meilleur ouvrier agricole ici avec moi. »

J'ai voulu ébouriffer les cheveux d'Henry, mais il a esquivé mon geste avec embarras.

« Bien, j'ai une bonne fournée de nouvelles à rapporter à M. Lester. Mais aucune qui lui plaira, dites-moi ? Quoique, s'il est aussi malin qu'il le croit, il se préparera à la voir débarquer sous peu dans son bureau. Les gens ont le chic pour se matérialiser quand ils sont en panne de billets verts, dites-moi ?

— Je le sais par expérience, ai-je confirmé. Si nous en avons fini ici, shérif, mon garçon et moi allons reprendre l'ouvrage. Il y a trois ans que ce puits désaffecté aurait dû être comblé. Une de nos vieilles vaches...

— Elphie. » Henry a dit ça comme un garçon dans un rêve. « Elle s'appelait Elphie.

— Elphie, ai-je acquiescé. Elle s'est sauvée de l'étable et il lui a pris la fantaisie d'aller se promener sur le couvercle du puits qui a cédé. Et comme elle n'a pas eu la bonne grâce de mourir dans sa chute, j'ai dû l'achever d'une balle. Faites donc le tour de l'étable, shérif, et je vous montrerai cette bonne à rien, les quatre fers en l'air. Nous allons l'ensevelir à l'endroit où elle est tombée et, dorénavant, je m'en vais appeler ce vieux puits, la Sottise de Wilfred.

— Eh bien, ce ne serait pas de refus, dites-moi ? Pour une chose à voir, ça doit être une chose à voir. Mais j'ai ce vieux ronchon de juge à affronter. Une autre fois. »

Il s'est hissé dans son automobile avec force grognements. « Merci pour la citronnade et pour votre amabilité. Sachant qui m'envoyait, vous auriez pu être plus mal embouchés.

— C'est bon, j'ai dit. Nous avons tous notre boulot à faire.

— Et notre croix à porter. » Son regard pénétrant s'est de nouveau rivé sur Henry. « Fils, M. Lester me disait bien que tu cachais quelque chose. Qu'il en était sûr. Et c'était vrai, dis-moi ?

— Oui, m'sieur », a répondu Henry de sa voix blanche qui vous donnait froid dans le dos, comme si toutes ses émotions s'étaient envolées, avec tout ce que contenait la boîte de Pandore.

Mais pour Henry et moi, il n'y avait plus d'Elphie ; notre Elphie était morte au fond du puits.

Le shérif Jones a repris : « S'il me pose la question, je lui dirai qu'il se trompait. Un avocat d'entreprise n'a pas besoin de savoir qu'une mère a giflé son garçon sous l'empire de la boisson. » Il a tâtonné sous son siège, en a sorti un long engin en forme de S que je connaissais bien et l'a tendu à Henry. « Tu veux bien épargner le dos et l'épaule d'un vieil homme, fils ?

— Oui, m'sieur, avec joie. »

Henry a pris la manivelle et s'est dirigé vers l'avant de la Maxwell.

Jones lui a gueulé : « Attention à ton poignet ! Elle botte comme un taureau ! » Puis il s'est tourné vers moi. L'éclat inquisiteur avait disparu de son regard. La couleur verte aussi. Ses yeux étaient maintenant mats, gris et durs, comme l'eau d'un lac un jour d'orage. Il avait la tête d'un homme capable de tabasser un vagabond et de le laisser pour mort sur une voie ferrée sans souffrir d'insomnie ensuite. « Monsieur James, m'a-t-il dit. Il faut que je vous demande quelque chose. D'homme à homme.

— Allez-y », j'ai dit.

Et j'ai tâché de m'armer de courage pour ce qui n'allait pas manquer d'arriver : *Y a-t-il une autre vache au fond de ce puits-là ? Une qui aurait pour nom Arlette ?* Mais je me trompais.

« Si vous le voulez, je peux communiquer son nom et son signalement par télégraphe. Elle n'aura pas pu aller plus loin qu'Omaha, dites-moi ? Pas avec une poignée de dollars en poche. Et une femme qui a passé la plus grande partie de sa vie à tenir une maison n'aura pas la moindre idée de comment se cacher. On la retrouvera par là, dans une pension de famille bon marché des faubourgs d'Omaha. Je pourrais vous la faire ramener. Par la *peau du cou*, si vous voulez.

— C'est très généreux de votre part, mais... »

Les yeux gris m'observaient. « Réfléchissez-y avant de vous prononcer. Quelquefois, une femelle a besoin d'être flattée de la main, si vous voyez ce que je veux dire. Elles filent doux après ça. Une bonne correction a le chic pour en faire revenir certaines à de meilleurs sentiments. Réfléchissez-y.

— J'y réfléchirai. »

Le moteur de la Maxwell s'est réveillé dans une explosion. J'ai tendu la main – celle qui avait tranché le cou de ma femme – mais le shérif Jones ne s'en est pas aperçu. Il s'employait à retarder l'allumage de la Maxwell et à régler le ralenti.

Deux minutes plus tard, il n'était plus qu'un tourbillon de poussière s'amenuisant sur le chemin de la ferme.

« Il a même pas voulu regarder, s'est extasié Henry.
— Non. »

Et en fin de compte, il avait bien fait.

Nous nous étions mis à pelleter à tour de bras quand nous avions vu le shérif arriver. De sorte que maintenant il n'y avait plus qu'une seule des pattes arrière d'Elphie qui dépassait, son sabot à un mètre vingt environ du bord du puits. Une nuée de mouches l'environnait. Le shérif n'aurait pas manqué de s'en étonner, pour sûr, et il aurait été encore plus étonné de voir la terre se mettre à palpiter devant ce sabot dressé.

Henry a lâché sa pelle et m'a empoigné le bras. L'après-midi était brûlant, mais sa main était glacée. « C'est elle ! » a-t-il chuchoté. Ses yeux lui mangeaient le visage. « *Elle essaye de sortir !* »

J'ai répondu : « Cesse de faire ton maudit bêta. » Mais je ne pouvais détourner les yeux de ce cercle de terre qui palpitait. C'était comme si le puits vivait et que nous voyions les pulsations de son cœur secret.

Puis la terre et les graviers ont giclé et un rat a émergé. Ses yeux, aussi noirs que deux gouttes de pétrole, ont cligné dans la lumière du soleil. Il était presque aussi gros qu'un chat adulte. Pris dans ses moustaches, il y avait un lambeau marron de toile de jute tachée de sang.

« *Espèce de salopard !* » a glapi Henry.

Quelque chose m'est passé en sifflant au ras de l'oreille, puis le tranchant de la pelle d'Henry a fendu la tête du rat juste comme il la levait vers l'éblouissement du dehors.

« C'est elle qui l'envoie », a dit Henry. Il avait un petit sourire. « Les rats sont avec elle, à présent.

— Balivernes. Tu es perturbé, c'est tout. »

Il est allé s'asseoir sur le tas de pierres avec lesquelles nous comptions achever de combler le puits.

De là, il m'a fixé d'un regard fasciné. « Tu es sûr ? T'es absolument sûr qu'elle est pas en train de nous hanter ? On dit que quelqu'un qui a été assassiné revient hanter ceux…

— Les gens disent n'importe quoi. Que la foudre ne tombe jamais deux fois au même endroit, qu'un miroir brisé entraîne sept ans de malheur, que le cri d'un engoulevent à minuit annonce un décès dans la famille. »

J'avais pris un ton raisonnable, mais je ne lâchais pas des yeux le rat mort. Avec son lambeau de toile de jute taché de sang. Venant de sa *capuche*. Elle la portait encore en bas dans le noir, sauf que maintenant il y avait un trou dedans qui laissait dépasser une touffe de cheveux. J'ai pensé : *Ce style va faire fureur chez les femmes assassinées cet été.*

Henry a dit, songeur : « Quand j'étais petit, je croyais que si je marchais sur une fente par terre, je briserais le cœur de ma mère.

— Là… tu vois ! »

Il a brossé son fond de culotte pour en ôter la poussière et s'est mis debout à côté de moi. « Je l'ai eu, en tout cas – je l'ai eu, hein, ce salopard ?

— Ça oui, tu l'as eu ! »

Et je lui ai donné une claque dans le dos, parce que je n'aimais pas – mais pas du tout – le son de sa voix.

Henry avait toujours son petit sourire. « Si le shérif était venu voir, quand tu lui as proposé, et qu'il avait vu ce rat remonter, il aurait pu avoir un peu plus de questions à poser, tu crois pas ? »

Je ne sais pas pourquoi mais, à cette idée, Henry a été secoué d'un rire hystérique. Il lui a fallu quatre bonnes minutes pour en venir à bout, et son accès a effrayé la bande de corbeaux perchés sur la clôture qui gardait les vaches d'aller dans le maïs, mais il a fini par se calmer. Le temps qu'on termine notre ouvrage, le soleil était couché, et nous entendions les chouettes rivaliser d'appels en prenant leur envol du grenier de l'étable pour partir chasser avant le lever de la lune. Les pierres qui comblaient le puits englouti étaient étroitement serrées les unes contre les autres, et je ne pensais pas que d'autres rats pourraient se faufiler jusqu'à la surface. Nous n'avons pas pris la peine de replacer le couvercle cassé ; il n'avait plus aucune utilité. Henry semblait presque redevenu lui-même, et je me suis dit que nous allions peut-être pouvoir bénéficier d'une bonne nuit de sommeil, tous les deux.

Je lui ai demandé : « Saucisses, haricots et pain de maïs, ça te dirait ?

— Est-ce que je peux mettre le groupe électrogène en route pour écouter *Hayride Party* à la radio ?

— Oui, m'sieur, autorisation accordée. »

Il a souri à ces mots. Son bon vieux sourire d'autrefois. « Merci, p'pa. »

J'en ai préparé assez pour quatre ouvriers agricoles, et nous avons tout mangé.

Deux heures plus tard, alors que j'étais profondément enfoncé dans mon fauteuil au salon, dodelinant sur le *Silas Marner* de George Eliot, Henry est entré, venant de sa chambre, vêtu seulement de ses caleçons d'été. Il m'a dévisagé gravement. « Tu savais que maman m'obligeait encore à faire ma prière ? »

J'ai cligné des yeux, surpris. « Encore maintenant ? Non. Je ne savais pas.

— Oui. Même quand elle a plus voulu me regarder si j'avais pas mis mon pantalon parce qu'elle disait qu'à mon âge, ç'aurait été incorrect. Mais je peux plus prier maintenant, plus jamais. Si je m'agenouillais, je crois que Dieu me foudroierait. »

J'ai dit : « S'il y a un dieu.

— J'espère qu'il y en a pas. Ça voudrait dire qu'on est tout seuls. Mais j'espère qu'il y en a pas. J'imagine que tous les assassins espèrent qu'il y en a pas. Parce que s'il y a pas de Paradis, il y a pas d'Enfer.

— Fils, c'est moi qui l'ai tuée.

— Non... nous l'avons fait ensemble. »

Ce n'était pas vrai – il n'était qu'un enfant, et je l'avais entraîné –, mais pour lui ça l'était, et j'ai pensé que ça le serait toujours.

« Mais tu dois pas t'en faire pour moi, papa. Je sais ce que tu penses, que je vais déraper, probablement avec Shannon. Ou que la culpabilité pourrait me pousser à aller à Hemingford tout avouer au shérif. »

Ces pensées m'étaient venues, évidemment.

Henry a secoué la tête lentement et solennellement. « Le shérif – t'as vu sa façon de tout regarder ? T'as vu ses *yeux* ?

— Oui.

— Il nous enverrait tous les deux à la chaise éle'trique sans sourciller, voilà c'que je pense, et tant pis si j'ai pas quinze ans avant le mois d'août. Et il serait là pour nous regarder avec ses yeux durs pendant qu'ils nous attacheraient avec les sangles et…

— Tais-toi, Hank. Ça suffit. »

Mais ça ne suffisait pas ; pas pour lui. « … et qu'ils appuieraient sur le bouton. Je ferai tout ce que je peux pour que ça arrive jamais. Je veux pas que la dernière chose que je voie, c'est ses yeux. » Il a réfléchi à ce qu'il venait de dire. « *Soit*, je veux dire : je veux pas que ça *soit* ses yeux.

— Va te coucher, Henry.

— Hank.

— Hank. Va te coucher. Je t'aime. »

Il a souri. « Je sais, mais j'le mérite guère. » Il est parti en traînant les pieds sans me laisser le temps de répondre.

Et donc, au lit, comme dit Samuel Pepys. Nous avons dormi pendant que les chouettes chassaient et qu'Arlette était assise au fond de ses ténèbres plus obscures, la partie inférieure de son visage, enfoncée par le sabot d'Elphie, déportée sur le côté. Le lendemain, le soleil s'est levé, c'était un bon jour pour le maïs, et nous nous sommes mis à la besogne.

Quand je suis rentré à midi pour nous préparer à manger, en sueur et fatigué, j'ai trouvé sous la galerie une marmite fermée d'un couvercle. Un petit mot à moitié glissé dessous vibrait au vent. Il disait : *Wilf – Nous sommes désolés de tes ennuis et nous t'aiderons autant que nous le pourrons. Harlan te fait dire de pas t'en faire pour le paiement de la batteuse cet été. Et surtout préviens-nous si tu as des nouvelles de ta femme. Ta voisine, Sallie Cotterie.* P-S : *Si Henry passe voir Shan, je lui donnerai un gâteau aux myrtilles.*

Avec un sourire, j'ai glissé le mot dans la poche de poitrine de ma salopette. Notre vie après Arlette avait commencé.

Si Dieu nous rétribue sur terre pour nos bonnes actions – c'est ce que suggère l'Ancien Testament, et les anciens Puritains y croyaient fermement –, alors peut-être Satan nous rétribue-t-il pour les mauvaises. Je ne puis l'affirmer catégoriquement, tout ce que je puis dire, c'est que ce fut un bon été, avec quantité de chaleur et de soleil pour le maïs et juste assez de pluie pour garder la fraîcheur dans le potager. Il a fait de l'orage certains après-midi, mais jamais de ces vents à coucher les récoltes que redoutent les fermiers du Middle West. Harlan Cotterie est venu avec sa Harris Giant et elle n'est pas tombée en panne une seule fois. J'avais craint que la société Farrington ne vienne mettre le nez dans mes affaires, mais elle n'en a rien fait. J'ai obtenu sans problème mon prêt à la banque, et, dès octobre, j'avais tout remboursé, les prix du maïs ayant atteint des sommets cette année-là, alors que les tarifs de fret de la Great Western étaient au plus bas. Si vous connaissez votre histoire des États-Unis, vous savez qu'entre 1922 et 1923, le rapport entre ces deux données – prix des denrées et prix du transport – s'est inversé, et qu'il n'a pas rechangé depuis. Pour nous autres, fermiers du « Milieu », la Grande Dépression a commencé l'été suivant, quand la Bourse agricole de Chicago s'est effondrée. Mais l'été 1922 fut aussi parfait qu'un cultivateur peut l'espérer. Un seul accident est venu l'assombrir, en rapport avec une autre de nos déesses bovines, et de cela je m'en vais vous entretenir sans tarder.

Lester est venu deux fois. Il a bien essayé de nous asticoter, mais il n'avait rien sur quoi nous asticoter, et il devait bien le savoir, parce que, tout ce mois de juillet, il a eu l'air vraiment excédé. J'imagine que ses patrons l'asticotaient, *lui*, et qu'il se vengeait sur nous. Ou qu'il essayait. La première fois, il a posé tout un tas de questions qui n'avaient rien de questions, mais tout d'insinuations. Est-ce que je pensais que ma femme avait eu un accident ? Elle devait avoir eu un accident, n'est-ce pas ? Sans ça, elle l'aurait contacté pour qu'il procède au paiement comptant de ses cent arpents, ou elle serait rentrée à la ferme la queue (comme on dit) entre les jambes. Est-ce que je ne pensais pas plutôt qu'elle avait été victime d'un bandit de grand chemin ? Ce genre de choses arrivent de temps en temps, n'est-ce pas ? Et assurément, ç'aurait été bien commode pour moi, n'est-ce pas ?

La deuxième fois qu'il a débarqué, il avait l'air aussi désespéré qu'excédé, et il n'y est pas allé par quatre chemins : ma femme avait-elle eu un accident ici même, à la ferme ? Était-ce ce qui s'était passé ? Était-ce pour cela qu'elle n'était pas reparue, ni morte ni vive ?

« Monsieur Lester, si vous êtes en train de me demander si j'ai assassiné ma femme, la réponse est non.

— Évidemment, vous n'allez pas répondre le contraire, n'est-ce pas ?

— Ceci est votre dernière question pour moi, monsieur. Remontez dans la camionnette, fichez le camp, et ne revenez pas. Si vous osez, je vous accueillerai un manche de hache à la main.

— Vous iriez en prison pour agression ! »

Il portait un col en Celluloïd, ce jour-là, et le col était tout de guingois. Il faisait presque pitié, debout là, avec ce col qui lui mordait le gras du menton, la sueur qui traçait des rigoles sur son visage joufflu couvert de poussière, les lèvres frémissantes et les yeux exorbités.

« Balivernes. Je vous ai interdit de remettre les pieds sur ma propriété, comme la loi m'y autorise, et j'ai l'intention d'adresser une lettre recommandée à votre société afin de bien le stipuler. Si vous revenez, ce sera une violation de propriété et je vous *démolirai* le portrait. Tenez-vous-le pour dit, monsieur. » C'est tout juste si Lars Olsen, qui avait encore transbahuté Lester dans sa Red Baby, n'avait pas mis ses mains en cornet autour de ses oreilles pour mieux entendre.

Lorsque Lester est arrivé du côté passager sans portière de la camionnette, il a fait volte-face, le bras tendu et l'index pointé, comme un avocat théâtral à la barre. « Je pense que vous l'avez tuée ! Et tôt ou tard, ce meurtre sera prouvé ! »

Henry – ou Hank, comme il préférait être appelé désormais – est sorti de l'étable. Il était en train de distribuer le foin et il tenait la fourche contre son torse comme un fusil à la bretelle. Il a dit : « Et *moi*, ce que je pense, c'est que vous feriez mieux de déguerpir sinon ça va saigner. » Jamais le garçon gentil et plutôt timide que j'avais connu avant l'été 1922 n'aurait dit une chose pareille, mais ce garçon-là l'a dite, et Lester a vu qu'il ne plaisantait pas. Il est monté dans l'automobile. Comme il n'avait pas de portière à claquer, il s'est contenté de croiser les bras sur son torse.

Sur le ton de la plaisanterie, j'ai lancé : « Tu reviens quand tu veux, Lars, mais pas avec lui, peu importe combien il te propose pour transporter son cul inutile.

— Non, Wilf. Je veux dire, m'sieur James », a acquiescé Lars.

Et ils s'en sont allés.

Je me suis tourné vers Henry. « Tu l'aurais piqué avec cette fourche ?

— Oui, m'sieur. Histoire de le faire couiner un peu. »

Puis sans sourire, il est retourné dans l'étable.

Mais il lui est aussi arrivé de sourire, cet été-là, et ce fut grâce à Shannon Cotterie. Ils se sont beaucoup vus (beaucoup trop pour leur bien à tous les deux ; mais ça, je ne l'ai découvert qu'à l'automne). Elle a commencé à venir chez nous les mardis et jeudis après-midi, en jupe longue et coiffe ajustée, balançant au bout de son bras un sac à provisions rempli de bonnes choses. Elle disait qu'elle savait « comment cuisinent les hommes » – comme si elle avait trente ans et pas seulement quinze – et qu'elle entendait veiller à ce que nous fassions au moins deux soupers corrects par semaine. J'avais beau n'avoir goûté qu'une seule fois un ragoût mijoté par sa mère, je peux dire que, en comparaison, même à quinze ans, c'était elle le cordon bleu. Henry et moi nous contentions de retourner deux steaks dans la poêle sur la cuisinière ; elle, elle avait une façon de les assaisonner qui rendait n'importe quel morceau de barbaque délicieux. Elle apportait des légumes frais dans son sac à provisions – pas juste des carottes et des petits pois mais des choses exotiques (pour nous), comme des asperges et des gros haricots plats qu'elle cuisinait avec des petits oignons grelots et du bacon. Il y avait même du dessert. Je peux fermer les yeux dans cette chambre d'hôtel miteuse et sentir encore l'odeur de sa pâtisserie. Je la revois debout devant la paillasse de la cuisine, son derrière ondulant tandis qu'elle battait des œufs ou fouettait de la crème.

Généreuse est le mot qui convenait pour Shannon : généreuse de hanches, de buste, de cœur. Elle était gentille avec Henry, elle tenait à lui. Ce qui me la rendait chère… Sauf que ce mot est trop faible, Lecteur. Je l'aimais, et tous les deux nous aimions Henry. Après ces soupers du mardi et du jeudi, j'insistais pour faire la vaisselle et les expédiais tous les deux sous la galerie. Parfois, je les entendais échanger des murmures et si je risquais un œil, je les voyais assis côte à côte dans les fauteuils en osier, le regard fixé au loin, vers le champ ouest, et se tenant la main comme un vieux couple marié. D'autres fois, je les surprenais enlacés, et alors ils n'avaient rien d'un couple de vieux mariés. Il y avait une douce urgence dans leurs baisers qui n'appartient qu'aux très jeunes gens, et je me retirais discrètement, le cœur serré.

Par un mardi après-midi de grosse chaleur, elle est arrivée tôt. Son père était loin là-bas dans le champ nord au volant de sa batteuse, Henry perché à côté de lui, une petite équipe d'Indiens de la réserve shoshone de Lyme Biska marchant derrière... avec Old Pie derrière eux tous, conduisant le tracteur auquel était attelée la remorque. Shannon m'a demandé une louche d'eau fraîche, et je la lui ai offerte avec plaisir. Elle se tenait là, du côté ombragé de la maison, l'air incroyablement fraîche dans une volumineuse robe qui la couvrait du menton jusqu'aux chevilles et des épaules aux poignets – une robe de quaker, pour ainsi dire. Son attitude était grave, peut-être même effrayée, et un instant, j'ai eu peur moi-même. J'ai pensé : *Il lui a dit*. Ce n'était pas ça, en fait. Sauf qu'en un certain sens, ça l'était.

« Monsieur James, Henry est-il malade ?

— Malade ? Ma foi, non. Solide comme un roc, je dirais. Et il mange comme quatre, tu l'as vu toi-même. Quoique, à mon avis, même un homme malade aurait du mal à résister à ta cuisine, Shannon. »

Cela m'a valu un sourire, mais un sourire du genre distrait. « Il est différent, cet été. Avant, je savais toujours ce qu'il pensait mais, maintenant, je ne sais plus. Il est *sombre*. »

J'ai répondu (avec trop d'empressement) : « Tu crois ?

— Vous n'avez pas remarqué ?

— Non, m'dame. » (Si, je l'avais remarqué.) « Pour moi, il me semble qu'il est comme avant. Mais il est très épris de toi, Shan. Tu le crois sombre, alors qu'il a peut-être juste le mal d'amour. »

Je pensais que cela m'aurait valu un vrai sourire, mais non. Elle a touché mon poignet. Sa main gardait la fraîcheur de la louche en métal. « J'y ai pensé, mais… » La suite, elle l'a bredouillée d'un ton précipité : « Monsieur James, et s'il avait le béguin pour une autre – une des filles de l'école –, vous me le diriez, n'est-ce pas ? Vous n'essaieriez pas de… de me ménager ? »

J'ai ri en entendant ça, et j'ai vu le soulagement illuminer son joli minois. « Shan, écoute-moi. Parce que *je suis* ton ami. L'été est toujours une période de rude labeur, et avec Arlette partie, Hank et moi avons de l'ouvrage par-dessus la tête. Quand nous rentrons le soir, c'est pour manger – un bon repas, si tu es là –, lire un peu pendant une heure et aller nous coucher. Quelquefois il me confie combien sa mère lui manque. Et nous nous levons le lendemain pour recommencer comme la veille. Il a à peine le temps de te lutiner *toi*, alors une autre fille, pense donc…

— Pour me lutiner, il m'a lutinée », elle a dit.

Et son regard s'est porté au loin vers la silhouette de la batteuse de son père découpée contre le ciel à l'horizon.

« Eh bien… c'est une bonne chose, dis-moi ?

— Je me disais juste… il est tellement silencieux maintenant… tellement pensif… parfois son regard devient vague et je dois l'appeler deux ou trois fois avant qu'il m'entende et réponde. » Elle a rougi violemment.

« Même quand il m'embrasse, c'est différent. Je ne sais pas comment l'expliquer, mais je le sens. Et si vous lui répétez ce que je vous ai dit, j'en mourrai. Je vous jure, j'en *mourrai*. »

J'ai dit : « Je ne lui répéterai jamais. Les amis ne se mouchardent pas entre eux.

— Je dois vous paraître un peu bébête. Et puis, bien sûr, sa maman lui manque. Je le sais. Mais il y a tellement de filles à l'école qui sont plus jolies que moi... bien plus jolies que moi... »

J'ai relevé son menton pour qu'elle me regarde. « Shannon Cotterie, quand mon fils te regarde, il voit la plus jolie fille du monde. Et il a raison. Ma foi, si j'avais son âge, je te lutinerais moi aussi.

— Merci », elle m'a dit.

Des larmes perlaient comme de minuscules diamants aux coins de ses yeux.

« La seule chose qui doit te tracasser, c'est de le remettre à sa place, si jamais il s'en écarte. Les garçons s'échauffent vite, tu sais. Et si je radote, dis-le-moi, ne te gêne pas. Ça aussi, c'est sans problème, quand c'est entre amis. »

Elle m'a étreint alors, et je lui ai rendu son étreinte. Une bonne et solide étreinte, mais peut-être plus réconfortante pour Shannon que pour moi. Parce que Arlette était entre nous, voyez-vous. Elle était entre moi et tous les autres, en cet été 1922, et c'était la même chose pour Henry. Shannon venait juste de me le dire.

Un soir d'août, tout le bon maïs ramassé, l'équipe d'Old Pie payée et retournée dans la réserve, je me suis réveillé en entendant une vache meugler. J'ai pensé : *J'ai manqué l'heure de la traite*, mais quand j'ai tâtonné pour attraper la montre de gousset de mon père sur ma table de nuit et la lorgner, j'ai vu qu'il était trois heures un quart. Je l'ai collée à mon oreille pour voir si elle marchait toujours, mais un regard par la fenêtre à la nuit sans lune aurait suffi. Ça ne ressemblait pas non plus aux meuglements embarrassés d'une vache qui demande à être traite. C'étaient les cris d'une bête qui souffre. Les vaches ont parfois de ces cris de douleur quand elles vêlent, mais nos déesses avaient depuis longtemps passé l'âge de la maternité.

Je me suis levé, j'ai pris le chemin de la porte, puis je suis revenu sur mes pas pour prendre ma .22 dans le placard. Comme je me hâtais dans le couloir, la carabine dans une main et mes bottes dans l'autre, j'ai entendu Henry ronfler derrière la porte fermée de sa chambre. Pourvu qu'il ne se réveille pas pour tenter de me prêter main-forte dans une expédition qui pouvait s'avérer dangereuse. Il ne restait que peu de loups dans les plaines, à l'époque, mais Old Pie m'avait dit que des renards, le long de la Platte et de Medicine Creek, avaient attrapé le mal-de-l'été. C'est ainsi que les Shoshones appelaient la rage, et une bestiole enragée dans l'étable était la cause la plus vraisemblable de ces appels désespérés.

Dehors, les meuglements de douleur ont résonné plus fort, en se réverbérant comme un écho. Un écho caverneux. *Comme une vache au fond d'un puits*. Cette pensée m'a glacé les bras et j'ai resserré mon étreinte sur ma .22.

Le temps que j'atteigne les portes de l'étable et ouvre d'un coup d'épaule celle de droite, les autres vaches y allaient de leurs meuglements de sympathie, mais les leurs étaient calmement interrogateurs comparés à ceux qui m'avaient réveillé... et qui ne tarderaient pas à réveiller Henry aussi, si je n'en trouvais pas la cause. Nous avions une lampe à arc au charbon suspendue à un crochet à droite de la porte – et, sauf absolue nécessité, nous n'allumions jamais de flamme dans l'étable, surtout en été quand le grenier était rempli de foin et tous les silos bourrés à craquer de maïs.

J'ai tâtonné pour trouver le bouton commandant l'étincelle et quand je l'ai poussé, l'arc de cercle scintillant s'est allumé, émettant son rayonnement blanc-bleu. J'ai d'abord été trop ébloui pour y voir quoi que ce soit, je n'entendais que les meuglements de douleur et le trépignement de sabots de l'une de nos déesses cherchant à échapper à ce qui la blessait. C'était Achéloïs. Dès que mes yeux ont un peu accommodé, je l'ai vue qui balançait la tête d'un côté à l'autre, tout en reculant jusqu'à heurter de son arrière-train la porte de sa stalle – la troisième sur la droite en remontant l'allée centrale –, avant de recommencer à se jeter en avant. Les autres vaches étaient progressivement gagnées par une véritable panique.

J'ai enfilé mes bottes et trotté jusqu'à la stalle, la .22 coincée sous le bras gauche. J'ai ouvert grand la porte et reculé d'un pas. Achéloïs signifie « celle qui éloigne la douleur », mais cette Achéloïs-là était en proie à une grande souffrance. Quand elle s'est ruée dans l'allée, j'ai vu ses pattes arrière souillées de sang. Elle s'est cabrée comme un cheval (jamais je n'avais vu une vache se cabrer auparavant), et c'est là que j'ai vu un énorme rat brun suspendu à l'un de ses pis. Son poids distendait la chair rose. Pétrifié de surprise (et d'horreur), je me suis rappelé la façon qu'avait Henry, petit, d'étirer le chewing-gum rose qu'il mâchait. *Ne fais pas ça*, le grondait Arlette. *Personne n'a envie de voir ce que tu mastiques.*

J'ai levé la carabine, puis l'ai rabaissée. Comment aurais-je pu tirer, alors que le rat se balançait d'avant en arrière tel un poids vivant à l'extrémité d'un balancier ?

Dans l'allée, Achéloïs meuglait en secouant la tête de droite à gauche, comme si cela pouvait la soulager d'une quelconque façon. Elle avait reposé ses quatre sabots par terre, et le rat pouvait se tenir debout sur le plancher de l'étable jonché de foin. On aurait dit une espèce de chiot étrange et monstrueux avec des gouttes de lait sanguinolentes suspendues aux moustaches. J'ai cherché des yeux quelque chose avec quoi le frapper, mais avant que j'aie pu attraper le balai qu'Henry avait laissé appuyé contre la loge de Phémonoé, Achéloïs s'est cabrée une deuxième fois et le rat a chuté sur le sol. J'ai d'abord cru qu'elle l'avait simplement délogé, mais c'est là que j'ai vu l'appendice rose et ridé qui pointait hors de la gueule du rat, comme un cigare de chair. La maudite bestiole avait carrément sectionné l'un des pis de la pauvre

Achéloïs. La vache a appuyé sa tête contre l'une des poutres de l'étable et, en me regardant, elle a poussé un meuglement fatigué, comme pour me dire : *Toutes ces années, je t'ai donné du lait sans jamais te causer aucune difficulté, contrairement à d'autres que je pourrais citer, alors pourquoi as-tu laissé une telle chose m'arriver ?* Une flaque de sang se formait sous sa mamelle. Malgré mon état de choc et de répulsion, je n'ai pas pensé que sa blessure était mortelle, mais la vue de la pauvre bête – et de celle du rat, avec le pis généreux et irréprochable de ma brave vache dans la gueule – m'a empli de rage.

Je n'osais toujours pas tirer sur lui, en partie parce que je craignais de mettre le feu à l'étable, mais surtout parce que, avec la lampe à arc dans une main, j'avais peur de le manquer. J'ai projeté vers lui le fût de la carabine, espérant tuer l'intrus comme Henry avait tué de sa pelle le survivant du puits. Mais Henry était un garçon aux réflexes rapides, et j'étais un homme d'âge mûr qui venait d'être tiré d'un profond sommeil. Le rat a facilement esquivé le coup et s'est enfui au trot dans l'allée centrale. Le pis sectionné tressautait de bas en haut dans sa gueule, et je me suis rendu compte qu'il était en train de le manger – tout tiède et sans doute encore empli de lait – tandis qu'il courait. Je l'ai pourchassé, frappé encore à deux reprises, et raté les deux fois. C'est alors que j'ai vu vers où il se dirigeait : la conduite menant à l'intérieur du défunt puits à abreuver le bétail. Évidemment ! Le Boulevard des Rats ! Le puits étant comblé, c'était désormais leur seule issue. Sans ça, ils auraient été enterrés vivants. Enterrés avec *elle*.

J'ai pensé : *Mais cette bestiole doit être trop grosse pour entrer dans le conduit. Il a dû arriver de dehors – un nid dans le tas de fumier, peut-être.*

Il a bondi vers l'ouverture et, tout en bondissant, il a allongé son corps de la façon la plus extraordinaire. J'ai projeté une dernière fois le fût de ma carabine à nuisibles, qui s'est fracassé sur le bord de l'ouverture. Le rat, lui, s'en est tiré sans une égratignure. Quand j'ai abaissé la lampe à arc dans l'embouchure de la canalisation, j'ai vu dans un éclair flou sa longue queue glabre s'enfoncer en se tortillant dans l'obscurité et entendu ses petites griffes racler le métal galvanisé. Et il a disparu. Mon cœur cognait si fort que j'en avais des points blancs devant les yeux. J'ai inspiré profondément, mais avec la bouffée d'air que j'ai aspirée est montée une odeur de putréfaction et de décomposition si forte que j'en suis tombé à la renverse en portant la main à mon nez. La nausée a étranglé dans ma gorge l'envie de hurler. Avec cette puanteur dans les narines, je pouvais presque voir Arlette de l'autre côté de la conduite, sa chair grouillante d'insectes et d'asticots en train de se liquéfier, son visage commençant à se décoller de son crâne, le rictus de ses lèvres s'effaçant pour laisser place au rictus osseux, plus durable, en dessous.

À quatre pattes, je me suis éloigné de cette horrible ouverture, éclaboussant le sol de vomi, d'abord à gauche, puis à droite, et quand il n'est rien resté de mon souper, j'ai rejeté de longues traînées de bile. De mes yeux larmoyants, j'ai vu qu'Achéloïs était retournée dans sa stalle. Tant mieux. Au moins je n'aurais pas à la pourchasser à travers champs pour lui passer un licol et la ramener à l'étable.

Ce que je voulais faire en premier lieu, c'était boucher la conduite – je voulais le faire avant toute autre chose –, mais, tandis que les spasmes se calmaient dans ma gorge, le bon sens m'est revenu. Achéloïs était la priorité. C'était une bonne laitière. Et, plus important encore, j'étais responsable d'elle. J'avais un placard à pharmacie dans le petit bureau de l'étable où je tenais mes livres de comptes. J'y ai pris un gros pot de baume antiseptique Rawleigh. Il y avait une pile de chiffons dans le coin. J'en ai prélevé la moitié et je suis retourné dans la stalle d'Achéloïs. J'ai refermé la porte pour réduire les risques de recevoir un coup de sabot, et je me suis assis sur le tabouret à traire. Je crois que j'estimais en partie *mériter* un coup de sabot. Mais quand je lui ai caressé le flanc en murmurant : « Là, ma vache, là, ma bonne vache », la chère vieille Achéloïs s'est immobilisée et, bien que frissonnante, s'est tenue tranquille et m'a laissé enduire sa blessure d'onguent.

Après avoir pris les mesures nécessaires pour prévenir l'infection, je me suis servi des chiffons pour essuyer mon vomi. Il importait de le faire soigneusement, car tout fermier vous dira que les vomissures humaines attirent les prédateurs autant qu'une poubelle mal fermée. Ratons laveurs et marmottes, bien sûr, mais rats surtout. Les rats adorent les détritus abandonnés par les hommes.

Il me restait quelques chiffons, mais c'étaient les torchons usagés d'Arlette et ils étaient trop fins pour l'emploi suivant. J'ai décroché la faucille de son support et, tenant la lampe devant moi, je suis allé au tas de bois tailler un carré irrégulier dans la lourde toile de bâche qui le recouvrait. De retour dans l'étable, je me suis penché en approchant la lampe de l'entrée de la conduite pour bien m'assurer que le rat (ou l'un de ses congénères ; quand il y en a un, il y en a forcément d'autres) n'était pas tapi là, prêt à défendre son territoire, mais la canalisation était vide sur toute la longueur que je pouvais voir, soit plus d'un mètre. Elle était exempte de déjections, ce qui ne m'a pas surpris. C'était une voie de circulation fréquentée – à présent leur *seule* voie de circulation – et aussi longtemps qu'ils pourraient faire leurs besoins à l'extérieur, ils ne la souilleraient pas.

J'ai enfoncé la toile de bâche dans le tuyau. Elle était raide et volumineuse et, sur la fin, j'ai dû me servir du manche à balai pour bien la repousser au fond, mais j'y suis arrivé. « Voilà, j'ai dit. On va voir si vous aimez ça. Étouffez-vous avec. »

Je suis retourné voir Achéloïs. Elle était debout, calme, et elle m'a regardé avec douceur par-dessus son épaule pendant que je la caressais. Je savais alors, et je sais encore aujourd'hui, que ce n'était qu'une vache – apprenez que les fermiers n'ont pas une conception très romantique de la nature –, mais ce regard m'a néanmoins tiré des larmes et j'ai dû réprimer un sanglot. *Je sais que tu as fait de ton mieux*, disait ses yeux. *Je sais que ce n'est pas ta faute*.

Mais si, c'était ma faute.

Je pensais rester longtemps réveillé, et qu'une fois endormi je rêverais de ce rat avec ce pis rose dans la gueule détalant vers son issue de secours parmi le foin jonchant le plancher de l'étable, mais j'ai aussitôt succombé à un sommeil sans rêves et réparateur. Quand je me suis réveillé, la lumière du matin inondait ma chambre, et mes mains, mes draps et mon oreiller étaient imprégnés de la puanteur du corps en putréfaction de ma femme morte. Je me suis redressé en sursaut, hoquetant, sachant déjà que l'odeur était une illusion. C'était cette odeur-là, mon mauvais rêve. Je ne l'avais pas fait à la faveur de la nuit, mais dans la première et plus saine lumière du matin, et avec les yeux grands ouverts.

En dépit de l'onguent, je m'attendais à une infection consécutive à la morsure du rat, mais il n'y en eut pas. Achéloïs est morte plus tard cette année-là, mais pas de ça. Elle n'a plus jamais donné de lait, cependant ; pas une seule goutte. J'aurais dû l'abattre pour la viande, mais je n'avais pas le cœur à le faire. Elle avait trop souffert à cause de moi.

Le lendemain, j'ai tendu une liste de commissions à Henry en lui disant de prendre la camionnette et d'aller les faire. Un grand sourire ravi a illuminé son visage.

« *Moi ?* En camionnette ? Tout seul ?

— Tu connais encore toutes tes vitesses en marche avant ? Et tu peux encore trouver ta marche arrière ?

— Bon Dieu, oui !

— Alors, je pense que tu es prêt. Peut-être pas encore pour Omaha – ni même Lincoln –, mais en conduisant lentement, tu devrais pouvoir t'en tirer dans Hemingford Home.

— Merci ! »

Il a jeté ses bras autour de moi et m'a embrassé sur la joue. L'espace d'un instant, c'était comme si nous étions redevenus amis. Je me suis laissé aller à y croire un peu, même si, dans mon cœur, je n'avais aucune illusion. Les preuves pouvaient bien être sous terre, la vérité resterait entre nous et y serait à jamais.

Je lui ai remis un porte-monnaie en cuir contenant de l'argent. « C'était celui de ton grand-père. Tu n'auras qu'à le garder ; de toute façon, je comptais te le donner pour ton anniversaire. Tu as de l'argent dedans. Garde la monnaie, s'il en reste. »

J'ai failli ajouter : *Et ne nous ramène pas un chien perdu*, mais je me suis arrêté à temps. Ça, c'était la rengaine éculée de sa mère.

Il a encore voulu me remercier, mais n'a pas pu. C'était trop d'un coup.

« Arrête-toi à la forge de Lars Olsen au retour pour faire le plein. N'oublie pas surtout, sinon c'est à pied et pas au volant que tu rentreras à la maison.

— J'oublierai pas. Et, papa ?

— Oui. »

Il a frotté ses pieds par terre, puis m'a regardé timidement. « Est-ce que je peux m'arrêter chez les Cotterie demander à Shan de venir ?

— Non », ai-je répondu. Et son visage s'est fermé avant que j'ajoute : « Tu demandes à *Sallie* ou à *Harlan* si Shan peut venir. Et tu leur dis bien que tu n'as encore jamais conduit en ville. J'en appelle à ton honneur, fils. »

Comme si lui ou moi en avions encore un.

Du portail, j'ai regardé notre vieille camionnette disparaître dans son propre tourbillon de poussière. J'avais dans la gorge une boule impossible à avaler. J'avais la stupide, mais très forte, prémonition que je ne le reverrais jamais. Je suppose que c'est quelque chose que ressentent la plupart des parents la première fois qu'ils voient un enfant s'en aller tout seul et qu'ils s'avisent que, s'il est assez grand pour qu'on l'envoie faire des commissions sans surveillance, c'est qu'il n'est plus totalement un enfant. Mais je ne pouvais passer trop de temps à me complaire dans mes sentiments : une tâche importante m'attendait, et j'avais envoyé Henry en ville afin de pouvoir l'accomplir seul. Il verrait ce qui était arrivé à la vache, bien sûr, et devinerait probablement qui en était l'auteur, mais j'espérais encore pouvoir atténuer un peu sa prise de conscience.

J'ai d'abord vérifié l'état d'Achéloïs, qui semblait apathique, mais se portait bien, à part ça. Puis j'ai vérifié la conduite. Elle était toujours bouchée, mais j'étais sans illusions ; il leur faudrait peut-être du temps, mais les rats finiraient par ronger la toile de bâche pour sortir. Je devais trouver mieux. J'ai emporté un sac de ciment de Portland jusqu'à la pompe, de l'autre côté de la maison, et j'en ai gâché la valeur d'un vieux seau. De retour dans l'étable, en attendant qu'il prenne, j'ai repoussé le morceau de toile de bâche un peu plus loin au fond du tuyau. J'ai gagné une cinquantaine de centimètres que j'ai colmatés avec le ciment. Le temps qu'Henry revienne (et de très bonne humeur, avec ça ; il avait pris Shannon au passage et ils s'étaient partagé un soda à la crème glacée avec la monnaie des commissions), le ciment avait durci. Je suppose que quelques rats devaient être occupés à fureter dehors, mais j'étais persuadé d'avoir emmuré la plupart d'entre eux en bas dans le noir – y compris celui qui avait sauvagement attaqué la pauvre Achéloïs. Et en bas dans le noir, ils mourraient. Sinon d'asphyxie, du moins de famine, une fois épuisé leur innommable garde-manger.

C'était ce que je croyais.

Entre 1916 et 1922, même les fermiers du Nebraska peu futés ont prospéré. Harlan Cotterie, qui était loin d'être bête, a prospéré plus que la majorité. Sa ferme en témoignait. Il a ajouté une étable et un silo en 1919 et, en 1920, il a foré profondément et obtenu un débit incroyable de six gallons à la minute. Un an plus tard, il a fait installer la plomberie intérieure (tout en ayant le bon sens de garder les cabinets à l'extérieur, dans la cour de derrière). Ainsi, trois fois par semaine, lui, sa femme et sa fille pouvaient s'offrir ce luxe incroyable dans notre campagne reculée : un bain ou une douche d'eau chauffée, non pas dans des marmites sur le fourneau de la cuisinière, mais apportée par des conduites amenant d'abord l'eau depuis le puits de forage et l'évacuant ensuite vers le puisard. C'est leur salle de bains qui a révélé le secret que Shannon Cotterie gardait sous sa robe, même si je suppose que je l'avais déjà deviné, et ce du jour où elle avait dit : *Pour me lutiner, il m'a lutinée* – d'une voix éteinte et sans timbre qui ne lui ressemblait pas, sans me regarder, fixant au loin les silhouettes de la batteuse de son père et des glaneurs peinant derrière.

On était près de la fin septembre, avec tout le maïs engrangé pour l'année, mais encore tout un tas de récoltes à faire au jardin. Un samedi après-midi, pendant que Shannon se prélassait dans la salle de bains, sa mère est arrivée par le couloir de derrière avec une brassée de linge qu'elle avait ramassé plus tôt que prévu parce que la pluie menaçait. Shannon devait penser qu'elle avait bien fermé la porte – la plupart des dames qui font leur toilette sont jalouses de leur intimité, et Shannon Cotterie avait une raison toute particulière de l'être alors que l'été 1922 cédait la place à l'automne – mais peut-être que le loquet s'était soulevé et que la porte s'était entrouverte. Sa mère a jeté un œil en passant et, même si le vieux drap qui servait de rideau de douche était tiré tout autour de son rail en forme de U, les projections d'eau l'avaient rendu transparent. Sallie n'avait pas besoin de voir sa fille ; elle a vu la *forme* de sa fille, pour une fois sans l'une de ses volumineuses robes de style quaker qui d'habitude la cachaient. Ce seul regard a suffi. La jeune fille était enceinte de cinq mois ou pas loin ; elle n'aurait sans doute pas pu continuer à garder son secret bien longtemps, de toute manière.

Deux jours plus tard, Henry est rentré de l'école (il prenait maintenant la camionnette pour y aller), l'air coupable et effrayé. Il m'a dit : « Shan est pas venue depuis deux jours, alors je me suis arrêté chez les Cotterie pour demander ce qu'elle avait. Je pensais qu'elle avait peut-être attrapé la grippe espagnole. Ils ont pas voulu me laisser entrer. Mme Cotterie m'a juste dit de m'en aller et que son mari viendrait te parler ce soir, une fois ses corvées terminées. J'ai demandé si je pouvais faire què'que chose, et elle m'a répondu : "Tu en as déjà assez fait comme ça, Henry." »

C'est là que je me suis rappelé ce que Shan avait dit. Henry a pris son visage dans ses mains et m'a dit : « Elle est enceinte, papa, et ils s'en sont aperçus. Je sais que c'est ça. Nous voulons nous marier, mais j'ai peur qu'ils ne nous laissent pas faire. »

J'ai dit : « Eux, je ne sais pas, mais *moi* je ne vous laisserai pas. »

Il m'a lancé un regard blessé de ses yeux ruisselants de larmes. « Pourquoi pas ? »

J'ai pensé : *Tu as vu à quoi nous en sommes arrivés, ta mère et moi, et tu éprouves quand même le besoin de demander ?* Mais j'ai dit : « Elle a quinze ans, et toi tu ne les auras que dans deux semaines.

— Mais nous nous aimons ! »

Oh, ce cri de huard. Ce jappement de chiffe molle. J'avais les mains crispées sur les jambes de ma combinaison, et j'ai dû les forcer à s'ouvrir et à rester bien à plat sur mes cuisses. Me mettre en colère n'aurait servi à rien. Un garçon a besoin d'une mère pour discuter avec elle d'une chose comme celle-là, mais la sienne était assise au fond d'un puits rempli de terre, sans doute en compagnie d'une tripotée de rats morts.

« Je sais que tu l'aimes, Henry...

— *Hank* ! Et il y en a d'autres qui se marient aussi jeunes ! »

Autrefois, oui ; mais plus tellement depuis le tournant du siècle et la fermeture des frontières. Mais ça, je ne l'ai pas dit. Ce que j'ai dit, c'est que je n'avais pas d'argent pour les aider à démarrer dans la vie. Peut-être d'ici à 1925, si les récoltes et les prix se maintenaient, mais actuellement nous n'avions rien de rien. Et avec un bébé en route...

Il a dit : « On *aurait pu* en avoir ! Si t'avais pas été aussi chien à propos des cent arpents de terre, on en aurait *plein* ! *Elle* m'en aurait donné un peu ! Et *elle* m'aurait pas parlé comme ça ! »

D'abord, j'ai été trop sonné pour rien dire. Ça faisait six semaines ou plus que le nom d'Arlette – ou même son vague substitut pronominal, *elle* – n'avait pas été prononcé par l'un de nous.

Il me défiait du regard. C'est alors que, tout au bout de notre tronçon de chemin de terre, j'ai vu Harlan Cotterie arriver. Je l'avais toujours considéré comme mon ami, mais une fille qui se retrouve enceinte a le don de transformer ce genre de choses.

« Non, elle ne t'aurait pas parlé comme ça, ai-je convenu en m'obligeant à le regarder droit dans les yeux. Elle t'aurait parlé plus mal. Et elle aurait ri, j'en mettrais ma main au feu. Sonde ton cœur, Fils, et tu le sauras.

— Non !

— Ta mère a dit de Shannon qu'elle n'avait pas grand-chose dans le crâne, et elle t'a ensuite recommandé de ne pas tremper ton goupillon. Ç'a été son dernier conseil, il me semble, et même s'il était aussi cru et blessant que pratiquement tout ce qu'elle avait à dire, tu aurais dû le suivre. »

La colère d'Henry est retombée. « C'est seulement après… après ce soir-là… que nous… Shannon voulait pas, mais je l'ai cajolée. Et une fois qu'on a commencé, elle a aimé ça autant que moi. Une fois qu'on a commencé, c'est elle qui en redemandait. » Il a dit ça avec une étrange fierté un peu écœurée, puis il a secoué la tête avec lassitude. « Maintenant, ces cent arpents sont en friche, et moi je suis dans le pétrin. Si maman était là, elle m'aiderait à arranger tout ça. L'argent arrange tout, c'est *lui* qui le dit. »

Henry a hoché la tête en direction du tourbillon de poussière qui approchait.

Je lui ai dit : « Si tu as oublié à quel point ta mère était radine même pour lâcher un dollar, alors tu oublies trop vite pour ton bien. Et si tu as oublié comment elle t'a giflé en travers de la bouche, cette fois-là…

— J'ai pas oublié », a-t-il rétorqué d'un ton renfrogné. Puis, d'un ton plus renfrogné encore : « Je pensais que tu m'aiderais.

— Je vais essayer. Mais là, tout de suite, je veux que tu disparaisses. Te laisser attendre ici que le père de Shannon arrive serait comme agiter un chiffon rouge sous le nez d'un taureau. Laisse-moi voir où nous en sommes – et de quelle humeur il est – et je t'appellerai peut-être pour que tu nous rejoignes sous la galerie. » J'ai pris son poignet. « Je vais faire de mon mieux pour toi, Fils. »

Il me l'a retiré. « Tu as intérêt. »

Il est rentré dans la maison et, juste avant qu'Harlan freine au volant de son automobile neuve (une Nash aussi verte et luisante qu'une mouche véreuse sous sa couche de poussière), j'ai entendu claquer la porte à moustiquaire de derrière.

Le moteur de la Nash a toussé, pétaradé et capitulé. Harlan est descendu, a retiré son pardessus, l'a plié et déposé sur le siège. Il avait mis son pardessus parce qu'il s'était habillé pour l'occasion : chemise blanche, lien noué sous le col, pantalon du dimanche retenu par un ceinturon à boucle d'argent. Il a tiraillé un peu sur la boucle pour amener sa ceinture juste à la bonne hauteur, en dessous de son petit bedon. Harlan avait toujours été bon avec moi, et je nous avais toujours considérés comme mieux que des amis : de bons amis. Or, à cette seconde-là, je l'ai détesté. Pas parce qu'il venait m'asticoter au sujet de mon fils ; Dieu sait que j'aurais fait la même chose si nos places avaient été inversées. Non, c'était la Nash verte flambant neuve et étincelante. C'était la ceinture d'argent en forme de dauphin. C'était le nouveau silo peint en rouge vif et la plomberie intérieure. Surtout, c'était l'épouse docile et au physique quelconque qu'il avait laissée là-bas, dans leur ferme, sans aucun doute en train de préparer le souper malgré son tourment. L'épouse dont la réponse émise d'une voix douce à quelque problème que ce soit devait être : *Ce que tu penses être le mieux, mon ami.* Écoutez bien, femmes : cette épouse-là n'aura jamais à craindre de finir sa vie la gorge tranchée, ravalant son bouillon de sang.

Il s'est rapproché des marches de la galerie à grandes enjambées. Je me suis levé, main tendue, attendant de voir s'il allait la prendre ou la laisser. Il a eu une brève hésitation, pendant qu'il pesait le pour et le contre mais, en fin de compte, il l'a prise et pressée brièvement avant de la relâcher. Il m'a dit : « Wilf, nous avons un problème considérable sur les bras.

— Je suis au courant. Henry vient de me l'apprendre. Mieux vaut tard que jamais. »

Sévère, il a répondu : « Il aurait mieux valu jamais.

— Veux-tu t'asseoir ? »

Il a aussi hésité un bref instant avant de choisir le fauteuil à bascule qui avait toujours été celui d'Arlette. Je savais qu'il n'avait pas envie de s'asseoir – un homme qui est en colère et contrarié ne se sent pas bien assis – mais il l'a tout de même fait.

« Tu veux un peu de thé glacé ? Il n'y a pas de citronnade, Arlette était l'experte en citronnade, mais... »

Il m'a fait taire d'une main boudinée. Mais dure. Harlan était l'un des plus riches fermiers du comté de Hemingford, mais il n'était pas homme à se tourner les pouces en regardant les autres travailler ; à la période des foins ou de la moisson, il était dans les champs avec ses journaliers. « Je veux être rentré avant le coucher du soleil. J'y vois pas à trois pas avec ces phares. Ma fille a une brioche dans le four, et j'imagine que tu sais qui est le foutu cuisinier.

— Est-ce que ça irait mieux si je te disais que je suis désolé ?

— Non. »

Il pinçait très fort les lèvres et je voyais son sang battre de chaque côté de son cou.

« Je suis plus énervé qu'un frelon, et le pire, c'est que je n'ai *personne* contre qui être énervé. Je peux pas en vouloir aux gosses parce que c'est que des gosses. Quoique, si elle n'était pas enceinte, je retournerais la Shannon sur ma cuisse et lui administrerais une bonne fessée pour n'avoir pas su se tenir quand elle *savait* comment se tenir. Elle a été élevée mieux que ça, et catéchisée mieux que ça, aussi. »

J'ai eu envie de lui demander s'il insinuait qu'Henry avait été mal élevé. Mais j'ai préféré me taire et le laisser déballer tout ce qu'il avait ruminé pendant le trajet jusqu'à chez nous. Il avait préparé un laïus et, une fois qu'il l'aurait prononcé, il serait peut-être un peu moins à prendre avec des pincettes.

« J'aimerais en vouloir à Sallie de ne pas s'être rendu compte plus tôt de l'état de la petite, mais les premières grossesses se portent haut, tout le monde le sait… et mon Dieu, tu sais le genre de robes que porte Shan. Ça non plus, ce n'est pas une nouveauté. Elle met ces robes d'ancêtres depuis qu'elle a douze ans, quand elle a commencé à prendre… »

Il a avancé ses mains boudinées devant son torse. J'ai fait signe de la tête que je comprenais.

« Et j'aimerais t'en vouloir à *toi*, parce qu'il semblerait que tu aies négligé ce tête-à-tête qu'un père se doit d'avoir avec son fils. » J'ai pensé : *Comme si tu savais comment on élève des fils.* « Celui où il lui explique qu'il a un revolver dans le pantalon et intérêt à ne pas ôter le cran de sûreté. » Un sanglot s'est étranglé dans sa gorge et il s'est écrié : « Ma... petite... *fille*... est trop jeune pour être mère ! »

Évidemment, Harlan avait aussi une autre raison de m'en vouloir sans le savoir. Si je n'avais pas mis Henry en situation de manquer cruellement de l'amour d'une femme, Shannon n'aurait peut-être pas été dans l'embarras où elle se trouvait. J'aurais pu demander à Harlan si lui-même ne s'en voulait pas aussi un tout petit peu par la même occasion. Mais j'ai tenu ma langue. Tenir ma langue ne m'a jamais été très naturel, mais la vie avec Arlette m'avait fourni une grande expérience en ce domaine.

« Sauf que je ne peux pas t'en vouloir à toi non plus, parce que ta femme a pris la poudre d'escampette au printemps dernier et je peux comprendre que, dans ces circonstances, ton attention se soit un peu relâchée. Alors, avant de venir ici, je me suis enfermé dans le bûcher et j'ai bien dû fendre la moitié d'un maudit stère de bois pour essayer de défouler un peu ma colère, et ma foi, ça a dû marcher. Je t'ai serré la main, pas vrai ? »

En entendant l'auto-satisfaction dans sa voix, ça m'a démangé de lui dire : *Sauf dans le cas d'un viol, il me semble qu'il faut être deux pour danser le tango.* Mais je me suis contenté de dire : « Oui, tu me l'as serrée », sans autre commentaire.

« Ce qui nous amène à ce que vous comptez faire. Toi et ce garçon qui s'est assis à ma table et qui a mangé la cuisine que ma femme a préparée pour lui. »

Quelque démon – la créature, je suppose, qui entre dans un homme quand le Conspirateur en sort – m'a fait dire : « Henry veut l'épouser et donner un nom au bébé.

— Ça, c'est tellement ridicule que je ne veux même pas en entendre parler. Je ne te dirai pas que Henry ne possède ni un pot pour pisser ni une fenêtre par où le vider – je reconnais que tu as fait pour le mieux, Wilf, ou du mieux que tu pouvais, mais ne m'en demande pas plus. Nous sortons d'années d'opulence, et tu as tout juste une longueur d'avance sur la banque. Où en seras-tu quand les années de vaches maigres reviendront ? Parce qu'elles reviennent toujours. Si tu avais les liquidités de ces cent arpents, les choses pourraient être différentes – les liquidités amortissent les périodes difficiles, tout le monde le sait –, mais avec Arlette envolée, ces cent arpents restent posés là comme une vieille fille constipée sur un pot de chambre. »

Un bref moment, une partie de moi a essayé d'imaginer comment les choses auraient tourné si j'avais cédé à Arlette à propos de ces foutues terres, comme je lui avais cédé sur tant d'autres choses. *Je vivrais dans la puanteur, voilà où j'en serais. J'aurais dû recreuser l'ancienne source pour les vaches, parce que des vaches, ça boit pas dans une rivière où flottent du sang et des tripes de porc.*

Vrai. Mais je vivrais, au lieu d'exister seulement, Arlette vivrait avec moi, et Henry ne serait pas le garçon difficile, angoissé et taciturne qu'il était devenu. Le garçon qui avait mis sa petite voisine et amie d'enfance dans un fichu embarras.

J'ai demandé : « Bon, qu'est-ce que tu veux faire ? Je doute que tu sois venu jusqu'ici sans une idée derrière la tête. »

Il paraissait ne pas m'avoir entendu. Il regardait son silo neuf se profiler à l'horizon par-delà l'étendue des champs. Il avait le visage accablé et triste. Mais j'en suis rendu trop loin dans ce récit et j'en ai trop écrit pour vous mentir ; son expression ne m'a pas ému outre mesure : 1922 avait été la pire année de ma vie, celle où je m'étais transformé en un homme que je ne reconnaissais plus, et Harlan Cotterie n'était qu'une épave de plus rejetée sur une portion de route misérable et chaotique.

« Elle est intelligente, a dit Harlan. Mme McReady, son institutrice, dit que Shan est l'élève la plus intelligente qu'elle a eue de toute sa carrière, et ça fait dans les quarante ans qu'elle fait la classe. Elle est bonne en lettres, et encore meilleure en maths, ce qui, d'après Mme McReady, est rare chez les filles. Elle sait faire de la triqueneumétrie, Wilf. Tu savais ça ? Mme McReady elle-même ne sait pas faire de la triqueneumétrie. »

Non, je ne savais pas ça, mais je savais dire le mot, moi. J'ai eu le sentiment, toutefois, que le moment était sans doute mal venu pour corriger la prononciation de mon voisin.

« Sallie voulait l'envoyer à l'école normale d'Omaha. Ils prennent les filles aussi bien que les garçons depuis

1918, même si aucune femme n'en est encore sortie diplômée. » Il m'a lancé un regard difficile à encaisser : un mélange de dégoût et d'hostilité. « Les femmes veulent toujours se *marier*, tu comprends. Et faire des *bébés*. Et entrer à l'*Étoile* d'Orient et passer la foutue serpillière sur le *parterre*. »

Il a soupiré.

« Shan pourrait être la première. Elle a les compétences, et elle en a les capacités. Tu ne le savais pas, hein, ça ? »

Non, en vérité, je l'ignorais. J'avais simplement fait la supposition – une parmi les nombreuses dont je sais maintenant qu'elles étaient fausses – qu'elle était de l'étoffe dont on faisait les paysannes, rien de plus.

« Elle pourrait même enseigner à l'université. Nous avions prévu de l'envoyer dans cette école dès qu'elle aurait eu ses dix-sept ans. »

J'ai pensé : *Sallie avait prévu, c'est ça que tu veux dire. Livré à toi-même, jamais une idée aussi folle n'aurait traversé ta cervelle de paysan.*

« Shannon était partante et nous avions mis l'argent de côté. Tout était arrangé. » Il s'est tourné pour me regarder et j'ai entendu les tendons de son cou craquer. « Tout *reste* arrangé. Mais pour commencer – de suite, je dirais –, elle va aller au Foyer catholique de jeunes filles St Eusèbe à Omaha. Elle ne le sait pas encore, mais c'est ce qui va arriver. Sallie a parlé de l'envoyer à Deland – elle a sa sœur qui vit là-bas – ou chez mon oncle et ma tante à Lyme Biska, mais je ne me fie à aucun de ces gens-là pour veiller à ce que les choses se passent comme nous l'avons décidé. Et une fille qui cause ce genre de problème ne mérite pas d'aller habiter chez des gens qu'elle connaît et qu'elle aime.

— Et vous avez décidé quoi d'autre, Harl? À part envoyer votre fille dans une espèce de... je ne sais pas, moi... orphelinat? »

Il s'est rebiffé. « Ce n'est pas un orphelinat. C'est une maison propre et comme il faut, où l'on travaille. D'après ce qu'on m'en a dit. Je me suis renseigné par téléphone, et tous les témoignages que j'ai obtenus sont bons. Elle aura des travaux à faire, elle aura sa scolarité à poursuivre, et dans quatre mois d'ici, elle aura son bébé. Quand ce sera chose faite, l'enfant sera donné à l'adoption. Les sœurs de St Eusèbe s'en chargeront. Ensuite, elle pourra revenir à la maison, et dans un an et demi au plus, elle pourra entrer à l'École normale pour devenir professeur, tout comme Sallie le veut. Et moi, naturellement. Sallie et moi.

— Et mon avis dans l'histoire? Je dois bien en avoir un.

— Tu cherches à faire le malin avec moi, Wilf? Je sais que tu as eu une année difficile, mais je ne supporterai quand même pas que tu fasses le malin avec moi.

— Je ne fais pas le malin, mais il faut que tu saches que tu n'es pas le seul à te sentir honteux et en colère. Dis-moi seulement ce que tu veux, et peut-être que nous pourrons rester amis. »

Le petit sourire singulièrement froid avec lequel il a accueilli cette proposition – juste un frémissement des lèvres et l'apparition momentanée de fossettes aux coins de sa bouche – m'en a dit long sur le peu d'espoir qu'il plaçait dans cette éventualité.

« Je sais que tu n'es pas riche, mais il faut quand même que tu te montres beau joueur et assumes ta part de responsabilité. Son séjour à la maison familiale – les sœurs appellent ça surveillance prénatale – va me coûter trois cents dollars. Sœur Camille a parlé de donation quand je l'ai eue au téléphone, mais je sais reconnaître le prix d'une pension.

— Si tu comptes me demander d'en payer la moitié...

— Je sais que tu aurais du mal à mettre la main sur cent cinquante dollars, mais tu as intérêt à pouvoir en trouver soixante-quinze, parce que c'est ce que va coûter sa préceptrice. La personne qui va l'aider à continuer ses leçons.

— Je peux pas faire ça. Arlette m'a plumé quand elle est partie. »

Mais, pour la première fois, je me suis demandé si par hasard elle n'aurait pas eu un bas de laine caché quelque part. Cette histoire des deux cents dollars qu'elle était censée avoir emportés en partant était un pur mensonge, mais même des économies de bouts de chandelles auraient pu représenter un secours appréciable en la circonstance. Je me suis intimé mentalement de vérifier dans les placards et les boîtes en métal de la cuisine.

Il m'a dit : « Reprends un prêt à court terme à la banque. Tu as remboursé le dernier, j'ai entendu dire. »

Évidemment qu'il l'avait entendu dire. Ces choses-là sont censées être privées, mais les hommes comme Harlan Cotterie ont toujours les oreilles qui traînent.

J'ai ressenti une nouvelle vague d'antipathie pour lui. Il m'avait loué sa batteuse et demandé seulement vingt dollars de dédommagement ? Et alors ? Il en réclamait encore plus maintenant, comme si sa fille chérie n'avait jamais écarté les jambes : *Entre donc repeindre les murs.*

J'ai dit : « J'avais l'argent du maïs pour le rembourser. Maintenant, je ne l'ai plus. J'ai ma maison, mes terres, et c'est à peu près tout.

— Tu vas trouver un moyen, m'a-t-il dit. Hypothèque la maison, s'il le faut. Soixante-quinze dollars, c'est ta part, et pour éviter de voir ton fils de quinze ans changer des couches, je trouve que tu t'en sors à bon compte. »

Il s'est levé. Moi aussi. « Et si je ne trouve pas de moyen ? Qu'est-ce qui se passera, Harl ? Tu enverras le shérif ? »

Ses lèvres se sont ourlées d'une expression de mépris qui a aussitôt changé en haine mon antipathie pour lui. Cela s'est produit en une seconde, et cette haine je la ressens encore aujourd'hui, alors que tant d'autres sentiments ont été brûlés et extirpés de mon cœur.

« Je n'aurai jamais recours à la justice pour une affaire comme celle-ci. Mais si tu ne prends pas ta part de responsabilité, c'est fini entre toi et moi. » Il a plissé les yeux dans la lumière du jour déclinant. « Je m'en vais. Il le faut, si je veux être rentré avant la nuit. Je n'aurai pas besoin de ces soixante-quinze dollars avant une quinzaine de jours, donc tu as ce temps-là devant toi. Et je ne viendrai pas te harceler pour les avoir. Si tu ne les donnes pas, tu ne les donnes pas. Mais ne viens pas dire que tu ne peux pas, parce que je ne suis pas tombé de la dernière pluie. Tu aurais dû la laisser vendre ces arpents de terre à Farrington, Wilf. Si tu avais fait ça, elle serait encore là et tu aurais un peu d'argent entre les mains. Et ma fille ne serait peut-être pas enceinte jusqu'aux yeux. »

Mentalement, je l'ai flanqué par-dessus la rambarde de la galerie et j'ai sauté à pieds joints sur son bedon dur quand il a essayé de se relever. Puis j'ai pris ma faucille dans l'étable et je la lui ai fichée dans un œil. En réalité, je suis resté debout, une main sur la rampe, à le regarder descendre pesamment les marches.

J'ai demandé : « Souhaites-tu parler à Henry ? Je peux l'appeler. Il s'en veut autant que moi. »

Harlan n'a pas ralenti le pas. « Ma fille était propre et ton fils l'a souillée. Si tu le fais venir, je suis capable de l'assommer. Je risque de ne pas pouvoir m'en empêcher. »

Là-dessus, je me suis permis de m'interroger. Henry s'étoffait, était devenu fort, et, plus important que tout peut-être, il savait ce qu'était le meurtre. Harlan Cotterie l'ignorait.

Il a pas eu besoin de manivelle pour démarrer la Nash, juste eu à appuyer sur un bouton. La prospérité, c'était agréable de toutes sortes de façons. « Soixante-quinze, c'est tout ce dont j'ai besoin pour tirer un trait sur cette affaire », a-t-il lancé par-dessus la pétarade et le chevrotement du moteur. Puis il a viré autour du billot de bois, provoquant la débandade de George et de sa suite, et repris le chemin de sa ferme où l'attendaient son gros générateur et sa plomberie intérieure.

Quand je me suis retourné, Henry était debout à côté de moi, le visage furieux et blême. « Ils ne peuvent pas l'éloigner comme ça. »

Ainsi, il avait écouté. Cela ne me surprenait pas, je dois dire.

« Ils le peuvent et ils ne vont pas se gêner. Et si tu tentes quelque chose d'idiot et d'inconsidéré, tu ne feras qu'aggraver une situation déjà assez difficile comme ça.

— Je pourrais m'enfuir avec elle. Personne ne nous rattraperait. Si nous avons pu nous en tirer... après ce que nous avons fait... alors je dois bien pouvoir m'en tirer si je m'enfuis dans le Colorado pour me marier avec ma petite amie. »

J'ai dit : « Tu ne pourras pas, parce que tu n'as pas d'argent. L'argent arrange tout, d'après lui ? Eh bien, d'après moi, *pas* d'argent *gâche* tout. Je le sais, et Shannon l'apprendra, elle aussi. Elle doit penser à son bébé maintenant...

— Pas s'ils l'obligent à l'abandonner !

— Ça ne change rien à ce qu'une femme ressent quand elle porte un enfant. Porter un enfant les rend sages de bien des façons que les hommes ne comprennent pas. Je n'ai rien perdu de mon respect pour toi ou pour elle juste parce qu'elle va avoir un enfant – vous n'êtes pas les premiers à qui cela arrive, et vous ne serez pas les derniers, même si M. Grand-Seigneur se figurait qu'elle se servirait de ce qu'elle a entre les jambes seulement dans les cabinets. Mais si tu t'avisais de demander à une fille enceinte de cinq mois de s'enfuir avec toi... et qu'elle acceptait... je perdrais mon respect pour tous les deux. »

Alors il m'a demandé, avec un mépris infini : « Qu'est-ce que tu connais au respect ? Tu n'as même pas été capable de trancher une gorge sans tout cochonner. »

J'en suis resté sans voix. Il l'a vu et m'a planté là, comme ça.

Le lendemain, même si son amoureuse n'y allait plus, il est parti pour l'école sans discuter. Sans doute parce que je lui laissais prendre la camionnette. Pour un garçon qui commence à conduire, tous les prétextes sont bons pour conduire une camionnette. Mais évidemment, la nouveauté n'a qu'un temps. Tout ce qui est neuf finit par s'user et, bien souvent, cela a tôt fait d'arriver. Et ce qu'il y a dessous est gris et miteux, la plupart du temps. Comme un pelage de rat.

Henry parti, je suis allé à la cuisine. J'ai vidé le sucre, la farine et le sel de leurs boîtes métalliques et j'ai fouillé au milieu. Rien. Je suis allé dans la chambre et j'ai examiné ses vêtements. Rien. J'ai regardé dans ses souliers, toujours rien. Mais chaque fois que je ne trouvais rien, j'étais de plus en plus sûr qu'il y avait *quelque chose*.

J'avais à faire au jardin mais, au lieu d'y aller, j'ai contourné l'étable pour me rendre à l'emplacement du vieux puits. Des herbes folles poussaient dessus à présent : graminées d'automne et verges d'or échevelées. Elphie était là au fond, et Arlette aussi. Arlette et sa figure déportée sur le côté. Arlette et son rictus de clown. Arlette et sa *capuche*.

« Où est-il, chienne récalcitrante ? je lui ai demandé. Où l'as-tu caché ? »

J'ai tâché de vider mon esprit, comme mon père me le conseillait quand j'avais égaré un outil ou l'un de mes quelques précieux livres. Au bout d'un petit moment, j'ai repris le chemin de la maison, de la chambre et du placard. Il y avait deux cartons à chapeaux sur l'étagère du haut. Dans le premier, je n'ai rien trouvé qu'un chapeau – le blanc qu'elle mettait pour aller à l'église (quand elle voulait bien consentir l'effort d'y aller, soit une fois par mois environ). L'autre carton contenait un chapeau rouge que je ne lui avais jamais vu porter. Pour moi, il avait tout d'un chapeau de putain. Glissés sous la bande intérieure en satin, pliés en tout petits carrés guère plus gros que des comprimés, il y avait deux coupures de vingt dollars. Aujourd'hui, assis dans cette chambre d'hôtel minable, à écouter les rats galoper et fureter dans les murs (eh oui, mes vieux amis sont ici), je peux vous le dire : ce sont ces deux billets de vingt dollars qui ont scellé ma damnation.

Car ils ne suffisaient pas. Vous vous en rendez compte, n'est-ce pas ? Bien sûr que oui. Il ne faut pas être expert en triqueneumétrie pour savoir qu'il suffit d'ajouter trente-cinq à quarante pour obtenir soixante-quinze. Ça vous semble peu, dites-moi ? Mais en ce temps-là, on pouvait acheter pour deux mois d'épicerie avec trente-cinq dollars, ou un bon vieux harnais d'occasion à la forge de Lars Olsen. On pouvait se payer un billet de train pour aller aussi loin que Sacramento... et des fois je regrette de ne pas l'avoir fait.

Trente-cinq.

Et parfois la nuit, quand je suis couché dans mon lit, je peux réellement *voir* ce nombre. Il clignote en rouge comme un signal avertissant de ne pas traverser la voie parce qu'un train va arriver. J'ai quand même essayé de traverser, et le train m'a renversé. S'il y a un Rusé en chacun de nous, il y a aussi un Possédé. Et ces nuits-là, quand je ne dors pas parce que ce chiffre qui clignote en rouge ne *veut* pas me laisser dormir, mon Possédé me dit que c'était un complot : que Cotterie, Stoppenhauser et l'avocassier de Farrington étaient tous complices dans cette histoire. Je sais que non, bien sûr (du moins à la lumière du jour). Cotterie et Lester l'Avoué ont pu causer avec Stoppenhauser par la suite – une fois que j'ai eu fait ce que j'ai fait –, mais ça a dû commencer comme une conversation innocente ; Stoppenhauser essayait réellement de m'aider à m'en sortir... et de faire marcher les affaires de Home Bank & Trust, naturellement. Mais quand Harlan ou Lester – ou les deux ensemble – ont vu l'occasion se présenter, ils l'ont saisie. L'Homme Rusé trouve plus rusé que lui : qu'en dites-vous ? Mais lorsque ça m'est arrivé, ça m'était déjà presque devenu égal, parce que, à ce moment-là, j'avais perdu mon fils, et savez-vous à qui j'en voulais vraiment ?

À Arlette.

Oui.

Parce que c'était elle qui avait laissé ces deux billets à l'intérieur de son chapeau rouge de putain pour que je les trouve. Et vous voyez comme elle était d'une intelligence diabolique. Parce que ce ne sont pas ces *quarante* qui ont causé ma perte ; c'est la différence entre eux et la somme qu'exigeait Cotterie pour la préceptrice de sa fille enceinte ; ce qu'il demandait pour qu'elle puisse étudier le latin et entretenir son niveau en *triqueneumétrie*.

Trente-cinq, trente-cinq, trente-cinq.

Tout le reste de cette semaine, et le week-end suivant aussi, j'ai pensé à l'argent qu'il voulait pour la préceptrice. Parfois, je sortais ces deux billets – je les avais dépliés mais les traces des pliures étaient restées – et les examinais. Le dimanche soir, j'ai pris ma décision. J'ai dit à Henry qu'il devrait prendre la Model T pour aller à l'école lundi ; moi, il fallait que j'aille à Hemingford Home voir Stoppenhauser à la banque pour demander un prêt à court terme. Un petit. Juste de trente-cinq dollars.

« Pour quoi faire ? » Assis à la fenêtre, Henry regardait d'un air morose la nuit tomber sur le champ ouest.

Je le lui ai dit. Je pensais qu'il entamerait une nouvelle dispute à propos de Shannon et, d'une certaine façon, c'était ce que je voulais. Il n'avait pas parlé d'elle de la semaine, pourtant je savais que Shan était partie. Mert Donovan me l'avait appris quand il était venu chercher une charge de semence de maïs. Il m'avait dit : « Partie pour une école chic, par là à Omaha. Eh bien, qu'elle réussisse, voilà ce que je pense. Si elles doivent voter, mieux vaut qu'elles apprennent. Même si, a-t-il ajouté après une seconde de cogitation, la mienne fait ce que je lui dis. Elle a intérêt, si elle sait ce qui est bon pour elle. »

Si je savais qu'elle était partie, Henry le savait aussi, et l'avait sans doute su avant moi – les écoliers sont des cancaniers de première. Mais il n'avait rien dit. Je suppose que j'essayais de lui donner une raison d'exprimer son chagrin et ses récriminations. Ce ne serait pas agréable mais, sur le long terme, ce pourrait être bénéfique. Il ne faut jamais laisser s'envenimer une plaie au front ni au cerveau qu'abrite ce front. Sinon, l'infection est susceptible de se propager.

Mais il s'est contenté de grogner en écoutant mes explications. Alors j'ai décidé de pousser le bouchon un peu plus loin.

Je lui ai dit : « Toi et moi allons devoir nous partager le remboursement. Ça risque de ne pas se monter à plus de trente-huit dollars, si nous remboursons le prêt avant Noël. Ce qui fait dix-neuf chacun. Je prendrai les tiens sur ton argent de poche. »

J'ai pensé que ça allait déboucher sur une éruption de colère, c'était sûr... mais ça n'a entraîné qu'un autre petit grognement bourru. Il n'a même pas rouspété de devoir aller à l'école avec la Model T, alors qu'il disait que les autres gosses l'appelaient « le tape-cul de Hank » pour se moquer de lui.

« Fils ?

— Quoi.

— Est-ce que ça va ? »

Il s'est tourné vers moi et m'a souri – du moins, ses lèvres ont remué. « Ça va. Bonne chance demain à la banque, papa. Je vais me coucher. »

Comme il se levait, je lui ai dit : « Tu veux pas me faire une petite bise ? »

Il m'en a fait une sur la joue. Ce fut sa dernière.

Il est parti à l'école avec la T et je suis descendu en camionnette à Hemingford Home où, après cinq minutes d'attente à peine, M. Stoppenhauser m'a introduit dans son bureau. J'ai expliqué ce que je voulais, mais refusé de dire pour quoi je le voulais, me contentant d'invoquer des raisons personnelles. Je pensais bien que pour une somme aussi dérisoire, je n'aurais pas besoin d'être plus explicite, et je ne me trompais pas. Mais quand j'ai fini de parler, il a joint les mains sur son buvard et m'a regardé avec une sévérité quasi paternelle. Dans le coin, la pendule Regulator égrenait discrètement des tranches de temps. Dans la rue – considérablement plus fort –, le chevrotement d'un moteur a résonné. Puis ça s'est arrêté, il y a eu un silence, et un autre moteur a démarré. Était-ce mon fils, arrivant d'abord à bord de la T puis me volant ma camionnette ? Je n'ai aucun moyen de l'affirmer, mais je crois bien que c'était lui.

« Wilf, a dit M. Stoppenhauser, vous avez eu le temps de vous remettre du départ subit de votre épouse – pardonnez-moi de revenir sur un sujet douloureux, mais il me semble pertinent de le faire, et puis… le bureau d'un banquier ressemble un peu au confessionnal d'un prêtre –, je m'en vais donc vous parler comme un brave oncle de Hollande. Ce qui tombe à pic, puisque ma mère et mon père en sont originaires. »

Celle-là, je l'avais déjà entendue avant – comme la plupart des clients de passage dans ce bureau, j'imagine –, et j'ai répondu par le petit sourire obligé que sa plaisanterie était censée provoquer.

« Vous me demandez si la Bank & Trust de Home va vous prêter trente-cinq dollars ? Et comment ! Je suis même tenté de traiter ça d'homme à homme et de les tirer de mon propre porte-monnaie, à ceci près que je ne transporte jamais sur moi plus qu'il ne m'en faut pour payer mon déjeuner au Splendid Diner et faire cirer mes souliers chez le barbier. Trop d'argent représente une tentation constante, même pour un vieux de la vieille comme moi, et puis, les affaires sont les affaires. *Mais !* » Il a levé le doigt. « Vous n'avez pas *besoin* de trente-cinq dollars.

— J'ai le regret de vous dire que si. » Je me suis demandé s'il savait pourquoi j'en avais besoin. Probablement que oui : c'était un vieux de la vieille, en effet. Mais Harlan Cotterie l'était aussi. Et cet automne-là, Harl était également un vieux de la vieille *déshonoré*.

« Non, croyez-moi. Vous avez besoin de sept cent cinquante dollars, voilà combien il vous faut, et vous pourriez les avoir dès aujourd'hui. Que vous les placiez sur votre compte ou les mettiez dans votre poche en partant, pour moi, c'est du pareil au même. Il y a trois ans que vous avez remboursé l'hypothèque sur votre maison. Vous en êtes totalement libéré. Par conséquent, absolument rien ne vous empêche de remettre ça et de contracter une nouvelle hypothèque. Ça se fait tout le temps, mon brave, et chez les gens les plus haut placés. Vous seriez surpris de voir certains documents que nous détenons. Tous les gens les plus haut placés. Oui, mon ami.

— Je vous remercie très sincèrement, monsieur Stoppenhauser, mais je ne pense pas, non. Cette hypothèque a été comme un nuage gris au-dessus de ma tête tout le temps qu'elle a couru, et…

— Mais Wilf, c'est bien *ça* ! » Son doigt s'est levé encore une fois. Cette fois, il l'a fait aller d'avant en arrière, comme le balancier de la Regulator. « C'est bigrement fichtrement sacrément absolument *ça* ! Ce sont les autres, ceux qui contractent une hypothèque et qui ensuite ont toujours l'impression de se promener sous le soleil, qui finissent par être en défaut de paiement et par perdre leur précieuse propriété ! Les gens comme vous, qui portent leur contrat comme une brouettée de pierres sous un ciel gris, sont ceux qui remboursent toujours ! Et n'allez pas me dire qu'il n'y a pas quelques aménagements dont vous pourriez avoir le projet ? Un toit à réparer ? Quelques têtes de bétail de plus ? » Il m'a lancé un regard entendu et malin. « Peut-être même la plomberie intérieure, comme votre voisin un peu plus haut sur la route ? Ces choses-là se remboursent d'elles-mêmes, vous savez. Vous pourriez finir avec des aménagements dépassant largement le coût de l'hypothèque. La plus-value, Wilf ! La plus-value ! »

J'y ai réfléchi. Pour finir, j'ai dit : « Vous me tentez beaucoup, monsieur. Je vous mentirais en disant le contraire…

— C'est inutile. Le bureau d'un banquier, le confessionnal d'un prêtre – très peu de différence. Les hommes les plus haut placés de ce pays se sont assis dans ce même fauteuil, Wilf. Les plus haut placés.

— Mais je venais seulement pour un modeste prêt à court terme – que vous m'avez généreusement accordé – et cette nouvelle proposition exige un petit temps de réflexion. » Une idée m'était venue, nouvelle et étonnamment agréable. « Et il faudrait que j'en parle avec mon fils, Henry – Hank, comme il aime à se faire appeler maintenant. Il arrive à un âge où il doit être consulté, car tout ce que j'ai sera un jour à lui.

— Je comprends, je comprends parfaitement. Mais c'est la meilleure chose à faire, croyez-moi. » Il s'est levé et m'a tendu la main. Je me suis levé et je l'ai serrée. « Vous veniez acheter un poisson, Wilf. Je vous propose une canne à pêche. Bien meilleure affaire.

— Merci. »

Et, en quittant la banque, je pensais : *Je vais en parler avec mon fils.* C'était une bonne pensée. Une chaude pensée pour un cœur qui depuis des mois était glacé.

Drôle de chose que l'esprit, n'est-ce pas ? Préoccupé comme je l'étais par l'offre d'hypothèque inattendue de M. Stoppenhauser, je n'ai même pas remarqué que le véhicule avec lequel j'étais venu avait été remplacé par celui qu'Henry avait pris pour aller à l'école. Même sans avoir eu l'esprit accaparé par d'aussi sérieuses réflexions, je ne suis pas sûr que je l'aurais remarqué de suite. Les deux m'étaient familiers, après tout ; les deux étaient à moi. C'est seulement au moment où je me suis penché à l'intérieur pour attraper la manivelle que je m'en suis avisé, quand j'ai vu un bout de papier plié maintenu par un caillou sur le siège du conducteur.

Je suis resté un moment en suspens, moitié dehors, moitié dedans, une main sur le flanc extérieur de l'habitacle, l'autre sous le siège, où nous rangions la manivelle. Je crois bien que j'ai su, avant même d'avoir retiré le billet de sous son presse-papier de fortune et de l'avoir déplié, pourquoi Henry avait quitté l'école et procédé à l'échange. La camionnette était plus fiable pour un long trajet. Un trajet jusqu'à Omaha, par exemple.

Papa,
 J'ai pris la camionnette. Je me doute que tu sais où je vais. Laisse-moi tranquille. Je sais que tu peux me faire rechercher et ramener par le shérif Jones, mais si tu le fais, je raconterai tout. Tu peux penser que je vais changer d'avis, parce que je suis qu'un « gosse », MAIS JE CHANGERAI PAS. Sans Shan, j'ai plus le goût à rien. Je t'aime papa, même si je sais pas pourquoi, vu que tout ce qu'on a fait m'a causé que de la mizère.

Ton fils qui T'Aime

Henry « Hank » James

Je suis rentré à la ferme dans un brouillard. Je pense que des gens m'ont salué – je crois même que Sallie Cotterie, qui tenait l'étal de légumes des Cotterie au bord de la route, m'a fait un signe de la main – et j'ai probablement répondu, mais je n'ai aucun souvenir de l'avoir fait. Pour la première fois depuis que le shérif Jones était venu à la ferme poser ses joviales questions de pure forme et ses yeux froids et inquisiteurs partout, la chaise électrique me semblait une éventualité réelle, si réelle que je pouvais presque sentir les sangles de cuir se resserrer sur mes poignets et au-dessus des coudes, et les boucles de métal se refermer sur ma peau.

Que je le signale ou pas, il se ferait prendre. Ça me semblait inévitable. Il n'avait pas d'argent, même pas trois sous pour remplir le réservoir d'essence, si bien qu'il serait à pied avant même d'avoir atteint Elkhorn. S'il arrivait à voler un peu d'essence, il se ferait prendre en essayant de s'approcher de la maison où elle vivait à présent (en prisonnière, s'imaginait Henry ; il n'était pas venu à son esprit mal dégrossi qu'elle pouvait y être une pensionnaire consentante). Harlan avait sûrement fourni à la directrice – sœur Camille – le signalement d'Henry. Même si lui-même n'avait pas envisagé l'apparition du soupirant bafoué sur le lieu de captivité de sa bien-aimée, sœur Camille y aurait pensé. Dans son métier, sûrement qu'elle avait déjà eu affaire à des soupirants bafoués.

Mon seul espoir était qu'une fois interpellé par les forces de l'ordre, Henry se taise suffisamment longtemps pour comprendre qu'il s'était fait piéger par ses propres visions romantiques idiotes plutôt que par mon ingérence. Espérer qu'un adolescent retrouve la raison, c'est comme parier à dix contre un au champ de courses, mais que me restait-il d'autre ?

En entrant dans notre cour, une folle pensée m'est venue : laisser tourner le moteur de la T, boucler une valise et prendre la route du Colorado. Cette idée a vécu deux secondes, pas plus. Certes, j'avais de l'argent – soixante-quinze dollars, en fait –, mais la T aurait rendu l'âme bien avant que je franchisse la frontière à Julesburg. Mais le plus important n'était pas là : car j'aurais toujours pu rouler jusqu'à Lincoln et y échanger la T et soixante de mes dollars contre une automobile fiable. Non, l'important, c'était la ferme. Notre ferme. *Ma* ferme. J'avais assassiné ma femme pour la garder, et je n'allais pas l'abandonner maintenant sous prétexte que mon complice idiot et immature s'était mis en tête de se lancer dans une quête d'amour romantique. Si j'abandonnais la ferme, ce ne serait pas pour le Colorado ; mais pour la prison d'État. Où l'on me conduirait enchaîné.

Ça, c'était le lundi. Je n'ai pas eu de nouvelles le mardi ni le mercredi. Le shérif n'est pas venu me dire qu'Henry avait été appréhendé alors qu'il faisait de l'autostop sur la nationale Lincoln-Omaha, et Harl Cotterie n'est pas venu me dire (avec une satisfaction toute puritaine, je n'en doute pas) que la police d'Omaha avait procédé à l'arrestation d'Henry à la demande de sœur Camille, qu'il se trouvait en ce moment même en prison, en train de raconter des contes à dormir debout remplis de couteaux, de puits et de sacs en toile de jute. Tout était calme à la ferme. J'ai travaillé au jardin, ramassé des légumes à mettre au cellier, j'ai réparé des clôtures, trait les vaches, nourri les poules – et j'ai fait tout cela dans un brouillard. Une partie de moi, et non la moindre, croyait que tout ceci n'était qu'un long rêve terriblement complexe dont j'allais finir par me réveiller avec Arlette ronflant à mes côtés et Henry en train de fendre du bois pour la flambée du matin.

Et puis, le jeudi, Mme McReady – la chère et corpulente veuve qui était l'institutrice de l'école d'Hemingford – est arrivée à bord de sa propre Model T pour me demander si Henry allait bien. « Il y a une épidémie de… d'*embarras* intestinal en ce moment, m'a-t-elle dit. Je me demandais si Henry l'avait attrapé. Il nous a quittés de façon si soudaine. »

J'ai dit : « Il a de l'embarras, pour sûr, mais c'est plutôt au niveau du cœur que de l'estomac. Il s'est enfui, madame McReady. » Et là, des larmes inattendues, chaudes et cuisantes, me sont montées aux yeux. J'ai pris mon mouchoir dans la poche de poitrine de ma salopette, mais quelques-unes ont roulé sur mes joues avant que j'aie pu les essuyer.

Quand j'ai retrouvé une vision claire, j'ai vu que Mme McReady, qui était la bienveillance même pour tous les enfants, même les plus difficiles, était elle-même au bord des larmes. Elle devait savoir depuis le début de quel genre d'embarras souffrait Henry.

« Il va revenir, monsieur James. Soyez sans crainte. J'ai déjà vu cela auparavant, et je m'attends à le revoir encore une ou deux fois avant de prendre ma retraite, même si celle-ci n'est plus aussi éloignée qu'elle l'a été. » Elle a baissé la voix, comme si elle craignait que George, le coq, ou l'une des donzelles à plumes de son harem ne soient des espions. « Celui dont vous devez vous méfier, c'est le père de la petite. Un homme dur et intransigeant. Pas un mauvais homme, mais dur.

— Je sais, ai-je dit. Et je suppose que vous savez où se trouve sa fille à présent. »

Elle a baissé les yeux. C'était une réponse suffisante.

« Merci d'être venue, madame McReady. Puis-je vous demander de garder ça pour vous ?

— Naturellement… mais ça chuchote déjà entre les enfants. »

Oui. Il fallait s'y attendre.

« Avez-vous l'interurbain, monsieur James ? » Elle a cherché des yeux des fils de téléphone. « Je vois que non. Ce n'est pas grave. Si j'entends quelque chose, je viendrai jusqu'ici vous le dire.

— Si vous l'entendez avant Harlan Cotterie ou le shérif Jones, vous voulez dire.

— Dieu prendra soin de votre fils. De Shannon, aussi. Vous savez, ils faisaient vraiment un bien joli couple ; tout le monde le disait. Parfois, le fruit mûrit trop vite, et une gelée a raison de lui. Quel dommage ! Vraiment, quel dommage ! »

Elle m'a serré la main – une solide poigne d'homme –, puis s'en est allée au volant de sa guimbarde. Je ne pense pas qu'elle s'en soit aperçue mais, à la fin, elle avait parlé de Shannon et de mon fils au passé.

Le vendredi, le shérif Jones est arrivé, au volant de l'automobile avec l'étoile sur la portière. Il n'était pas venu seul. Ma camionnette suivait. Mon cœur a bondi en la voyant, puis a de nouveau coulé à pic quand j'ai vu qui la conduisait : c'était Lars Olsen.

J'ai tâché d'attendre patiemment pendant que Jones accomplissait son Rituel d'Arrivée : rajuster-ceinture, éponger-front (même si ce jour-là était froid et couvert), passer-main dans les cheveux. Mais je n'ai pu y tenir : « Est-ce qu'il va bien ? Est-ce que vous l'avez retrouvé ?

— Non, no-non, peux pas dire qu'on l'ait retrouvé. » Il a monté les marches de la galerie. « Un chauffeur routier a trouvé la camionnette, là-bas à l'est de Lyme Biska, mais aucune trace du gosse. Si vous l'aviez signalé tout de suite quand c'est arrivé, nous en saurions peut-être un peu plus sur son état de santé, dites-moi ?

— J'espérais qu'il serait rentré de lui-même, ai-je répondu d'une voix sourde. Il est parti pour Omaha. Je ne sais pas trop ce que je dois vous raconter de tout ça, shérif… »

Lars Olsen s'était furtivement rapproché à distance d'écoute, les oreilles quasiment dressées. « Retournez m'attendre à l'automobile, Olsen, a dit Jones. Ceci est une conversation privée. »

En âme humble et soumise, Lars s'est éclipsé sans protester. Jones s'est retourné vers moi. Il était bien moins jovial que lors de sa précédente visite, et il avait mis de côté aussi son personnage faussement niais.

« J'en sais déjà assez, dites-moi ? Que votre gosse a fait un petit à la fille d'Harl Cotterie et qu'il a probablement déguerpi à Omaha. Quand il a vu que le réservoir était pratiquement vide, il a flanqué la camionnette dans un champ d'herbes hautes. Futé d'avoir fait ça. Il tient ce côté futé de vous ? Ou d'Arlette ? »

Je n'ai rien répondu, mais il venait de me donner une idée. Une toute petite idée, mais qui pourrait peut-être bien me servir.

« Je vais vous dire une chose qu'il a faite pour laquelle nous le remercierons, a dit Jones. Et qui pourrait lui éviter la prison. Il a pris la peine d'arracher toute l'herbe de sous la camionnette avant de filer. Pour ne pas que le pot d'échappement y mette le feu, vous voyez. Démarrer un grand feu de prairie qui aurait fait partir deux mille arpents en fumée, ça n'aurait pas mis un jury de son côté, qu'en pensez-vous ? Même pour un accusé d'une quinzaine d'années seulement ?

— Bon, ça n'est pas arrivé, shérif – mon fils a fait ce qu'il fallait –, alors pourquoi vous en rajoutez ? » Je connaissais la réponse, bien sûr. Andrew Lester (avoué-près-de-la-cour) et consorts ne valaient peut-être pas un pet de lapin aux yeux du shérif Jones, mais Harl et lui étaient bons amis. Ils étaient tous les deux membres de la toute nouvelle loge des Elks, et Harl en avait gros après mon fils.

« Un brin à cran, dites-moi ? » Il s'est épongé le front de nouveau, puis a rajusté son Stetson. « Bon, je serais peut-être un peu à cran, moi aussi, si c'était mon fils. Et vous savez quoi ? Si c'était mon fils, et qu'Harl Cotterie était mon voisin – mon *bon* voisin –, j'aurais peut-être bien couru jusqu'à chez lui pour lui dire : "Harl ? Tu sais quoi ? Je crois bien que mon fils pourrait essayer de revoir ta fille. Si tu veux prévenir pour que quelqu'un ouvre l'œil, des fois qu'il arrive. Mais vous n'avez pas fait ça non plus, dites-moi ? »

L'idée qu'il m'avait donnée me plaisait de plus en plus, et le moment était presque venu de la tirer de mon chapeau.

« Il ne s'est pas présenté dans cet endroit où elle est, n'est-ce pas ?

— Non, pas encore, il la cherche peut-être encore. »

J'ai dit : « Je ne crois pas qu'il se soit enfui pour aller voir Shannon.

— Et pour quoi, alors ? Est-ce qu'ils auraient une meilleure marque de crème glacée là-bas, à Omaha ? Parce que c'est là-bas qu'il est allé, ma main à couper.

— Je pense qu'il est parti chercher sa mère. Je pense qu'elle a pu entrer en contact avec lui. »

Ça a bien dû lui couper la chique pendant dix secondes, assez longtemps pour un éponger-front et un passer-main-dans-les-cheveux. Puis il a dit : « Comment aurait-elle fait cela ?

— Une lettre, d'après moi. » L'épicerie de Hemingford Home était aussi le bureau de poste où s'effectuait la distribution générale du courrier. « Ils ont pu la lui donner un jour qu'il sera entré acheter des bonbons ou des cacahuètes, comme il le fait souvent au retour de l'école. Je ne sais pas exactement, shérif, pas plus que je ne sais pourquoi vous venez ici vous comporter comme si j'avais commis une espèce de crime. Ce n'est pas moi qui l'ai engrossée.

— Vous ne devriez pas parler comme ça d'une brave petite !

— P't-être bien que oui et p't-être bien que non, mais la surprise a été aussi grande pour moi que pour les Cotterie, figurez-vous, et maintenant voilà que mon fils est parti. Eux, au moins, ils savent où est leur fille. »

Je l'avais encore une fois séché. Puis il a sorti un petit calepin de sa poche arrière pour y noter quelque chose. Il l'a remis à sa place et m'a demandé : « Vous ne savez cependant pas précisément si votre épouse est entrée en contact avec votre fils – c'est bien ce que vous me dites ? Ce n'est qu'une supposition ?

— Je sais qu'après son départ, il parlait beaucoup de sa mère, mais ensuite il a arrêté. Et je sais qu'il n'est pas allé tourner autour de ce foyer où Harlan et sa femme ont collé Shannon. » Et de ce côté-là, j'étais aussi surpris que le shérif Jones... mais terriblement soulagé. « Mettez les deux choses ensemble, et qu'est-ce que vous obtenez ?

— Je ne sais pas, a dit Jones en fronçant les sourcils. Franchement, je ne sais pas. Je pensais tenir la clé de l'énigme, mais je me suis déjà trompé avant, dites-moi ? Oui, et je me tromperai encore. "Nous sommes tous voués à l'erreur", comme il est dit dans le Livre. Mais bonté divine, on peut dire que les gosses me font la vie dure. Si vous recevez des nouvelles de votre fils, Wilfred, dites-lui de ramener son petit cul à la maison et de ne pas chercher à s'approcher de Shannon Cotterie, s'il sait où elle se trouve. Elle ne voudra pas le voir, je vous le garantis. La bonne nouvelle est qu'il n'y a pas eu de feu de prairie, et nous ne pouvons pas l'arrêter pour avoir volé la camionnette de son père.

— Non, j'ai dit d'un ton âpre, vous ne me ferez jamais porter plainte pour ça.

— *Mais*. » Il a levé un doigt, ce qui m'a rappelé M. Stoppenhauser à la banque. « Il y a trois jours, à Lyme Biska – pas très loin de l'endroit où le chauffeur routier a retrouvé votre camionnette – quelqu'un a cambriolé l'épicerie et pompe à éthyle à l'entrée du village. Celle à la Fille au Béguin Bleu sur le toit, voyez ? Reparti avec vingt-trois dollars. J'ai le rapport posé sur mon bureau. C'était un jeune type en vieille défroque de cow-boy, avec un bandana sur la bouche et un chapeau de feutre avachi sur les yeux. La mère du propriétaire était à la caisse, et le jeune type l'a menacée avec une sorte d'outil. Un pied-de-biche, peut-être, d'après elle, mais qu'est-ce qu'elle en sait ? Elle a pas loin de quatre-vingts ans et elle est à moitié aveugle. »

C'était à mon tour de me taire. J'étais suffoqué. Finalement, j'ai dit : « Henry est parti de l'école, shérif, et si mes souvenirs sont bons, il portait ce jour-là une chemise de flanelle et un pantalon de velours côtelé. Il n'a emporté aucun de ses habits et, de toute façon, il n'a pas la moindre tenue de cow-boy, ni bottes ni rien. Et pas de chapeau de feutre non plus.

— Il aurait pu voler ces affaires-là, aussi, dites-moi ?

— Si vous ne savez rien de plus que ce que vous venez de dire, vous devriez vous arrêter là. Je sais que vous êtes ami avec Harlan...

— Allons, allons, ceci n'a rien à voir avec cela. »

Cela avait tout à voir au contraire et nous le savions tous les deux, mais il n'y avait aucune raison de poursuivre dans cette voie-là. Peut-être que mes quatre-vingts arpents ne pesaient pas bien lourd face aux quatre cents d'Harlan Cotterie, mais j'étais tout de même propriétaire et contribuable, et je n'allais pas faire profil bas. C'était le message que je voulais faire passer, et le shérif Jones l'avait reçu.

« Mon fils n'est pas un voleur, et il ne menace pas les femmes. Ce n'est pas sa façon de faire et ce n'est pas comme ça qu'il a été élevé. »

Une voix intérieure a chuchoté : *Jusqu'à récemment en tout cas*.

Jones a dit : « Juste un vagabond cherchant à ramasser vite fait sa paye de la journée, sans doute. Mais je pensais devoir vous le signaler, alors je l'ai fait. Et on ne sait jamais ce que les gens pourraient raconter, n'est-ce pas ? Les rumeurs circulent. Tout le monde parle. Et pas en bien. Parler ne coûte rien. En ce qui me concerne, le sujet est clos – laissons au shérif du comté de Lyme le soin de s'inquiéter de ce qui se passe à Lyme Biska, voilà ma devise – mais sachez aussi que la police d'Omaha surveille l'endroit où se trouve Shannon Cotterie. Juste au cas où votre fils se manifesterait, vous savez. »

Il a passé la main dans ses cheveux, puis rajusté son chapeau une dernière fois.

« Peut-être qu'il reviendra de lui-même, sans avoir fait de mal à personne, et nous pourrons tirer un trait sur toute cette affaire comme sur… je ne sais pas… disons une vilaine dette.

— Très bien. Mais de grâce, ne le traitez pas de mauvais fils, sauf si vous décidez d'appeler Shannon Cotterie une mauvaise fille. »

À voir comment ses narines se sont dilatées, cette réflexion ne lui a pas beaucoup plu, mais il s'est abstenu d'y répondre. Il a seulement dit : « S'il revient en disant avoir vu sa mère, vous voudrez bien me le faire savoir, dites-moi ? Nous l'avons inscrite au fichier des personnes disparues. C'est idiot, je sais, mais la loi c'est la loi.

— Je le ferai, bien sûr. »

Il a hoché la tête et regagné son automobile. Lars s'était installé au volant et Jones l'a houspillé pour l'en déloger – le shérif était le genre d'homme à ne pas avoir besoin de chauffeur. Moi, je pensais au jeune type qui avait cambriolé le magasin, et je cherchais à me persuader que mon Henry n'aurait jamais fait une chose pareille, et que même s'il y avait été poussé par l'adversité, il n'aurait jamais été assez fourbe pour revêtir les vêtements d'un autre, volés dans quelque étable ou baraquement de journaliers. Mais Henry était différent maintenant, et les meurtriers *apprennent* la fourberie, n'est-ce pas ? C'est une technique de survie. J'ai pensé que peut-être…

Mais non. Je ne veux pas le formuler ainsi. Ce serait faire preuve de faiblesse. Ceci est ma confession, mon dernier mot sur tout ce passé, et si je ne puis dire la vérité, toute la vérité, et rien que la vérité, alors à quoi bon ? À quoi le malheur serait-il bon ?

C'était lui. C'était Henry. J'avais vu dans les yeux du shérif Jones qu'il avait seulement évoqué cette histoire de cambriolage parce que je ne me confondais pas en courbettes devant lui comme j'aurais dû le faire, mais *moi* j'avais tout de suite su que c'était Henry. Parce que j'en savais plus que le shérif Jones. Quand vous avez aidé votre père à assassiner votre mère, qu'est-ce que c'est que de voler quelques vieilles frusques et agiter un pied-de-biche au nez d'une vieille grand-mère ? Pas grand-chose. Et s'il s'y était essayé une fois, il s'y essayerait encore, une fois les vingt-trois dollars envolés. Probablement à Omaha. Où il se ferait attraper. Et alors, toute l'affaire risquait de s'ébruiter. *S'ébruiterait*, presque à coup sûr.

Je suis remonté m'asseoir sous la galerie, et j'ai pris mon visage dans mes mains.

Les jours se sont succédé. Je ne saurais dire combien, seulement qu'ils furent pluvieux. Lorsque la pluie arrive, en automne, les besognes extérieures doivent attendre, et je n'avais ni assez de bétail ni assez de granges pour m'occuper à des travaux d'intérieur toute la journée. J'ai bien essayé de lire, mais les mots ne semblaient pas vouloir se lier, même si, de temps à autre, l'un d'entre eux me sautait au visage en hurlant. Meurtre. Culpabilité. Trahison. Des mots comme ceux-là.

Le jour, je restais assis sous la galerie, emmitouflé dans ma pelisse en mouton retourné pour me protéger du froid et de l'humidité, un livre sur les genoux, à regarder la pluie dégoutter de l'avant-toit. La nuit, je restais éveillé jusqu'aux premières lueurs de l'aube, à écouter la pluie crépiter sur le toit au-dessus de moi. Ça résonnait comme des doigts timides tapotant pour demander à entrer. Je passais trop de temps à penser à Arlette dans le puits avec Elphie. J'ai commencé à imaginer qu'elle était encore… non pas vivante (j'étais perturbé mais pas fou), mais *consciente*, d'une certaine manière. Occupée, comme qui dirait, à observer la suite des événements depuis sa tombe de fortune, et à y prendre plaisir.

Tu es content de la tournure qu'ont prise les événements, Wilf? aurait-elle demandé si elle avait pu (et, dans mon imagination, elle le faisait). *Cela en valait-il la peine? Vraiment?*

Un soir, une semaine environ après la visite du shérif Jones, j'étais assis dans mon fauteuil à essayer de lire *La Maison aux sept pignons* quand Arlette s'est approchée à pas de loup par-derrière et, contournant de sa main le côté de ma tête, m'a tapoté l'arête du nez d'un doigt froid et mouillé.

J'ai lâché le livre sur le tapis tressé du salon, poussé un hurlement et bondi sur mes pieds. Au même moment, le doigt froid a glissé jusqu'au coin de ma bouche. Puis il m'a encore touché, sur le sommet de la tête cette fois, à l'endroit où mes cheveux se raréfiaient. Et là, j'ai ri – d'un rire tremblant et furieux – et je me suis penché pour ramasser mon livre. Alors que j'étais penché, le doigt m'a tapoté une troisième fois, sur la nuque à présent, comme si ma femme morte me disait : *Ça y est, Wilf, tu m'écoutes ?* Je me suis reculé – pour ne pas recevoir le quatrième tapotement dans l'œil – et j'ai levé les yeux. Il y avait une tache sombre au plafond, qui gouttait. Le plâtre n'avait pas encore commencé à gondoler, mais ça viendrait, si la pluie continuait. Peut-être même qu'il se déliterait et tomberait en morceaux. La gouttière était juste au-dessus de ma place de lecture attitrée. Évidemment. Le reste du plafond paraissait intact, du moins pour le moment.

J'ai pensé à Stoppenhauser me disant : *N'allez pas me dire qu'il n'y a pas quelques aménagements que vous pourriez faire ? Un toit à réparer ?* Et ce regard sournois. Comme s'il *savait*. Comme si lui et Arlette étaient de mèche.

Ne te mets pas des choses pareilles dans la tête, me suis-je dit. *C'est déjà assez que tu n'arrêtes pas de penser à elle, là en bas. Les vers lui auront-ils déjà creusé les yeux, je me le demande ? Et les insectes mangé sa langue acérée, ou l'auront-ils au moins émoussée ?*

Je suis allé jusqu'à la table dans le coin, de l'autre côté de la pièce, j'ai pris la bouteille posée dessus, et je me suis versé une bonne rasade de whisky ambré. Ma main tremblait juste un peu. Je l'ai avalé en deux gorgées. Je savais que je serais mal parti si je commençais à en faire une habitude, mais ce n'est pas tous les soirs qu'un homme sent le doigt de sa femme morte lui tapoter le nez. Et le tord-boyaux m'a requinqué. Aidé à me ressaisir. Je n'avais pas besoin de contracter une hypothèque de sept cent cinquante dollars pour réparer mon toit ; quand la pluie s'arrêterait, je pourrais toujours colmater la gouttière avec des planches. Mais ce serait un pis-aller qui donnerait à la maison l'air d'être habitée par de pauvres diables, comme aurait dit ma mère. Mais là n'était pas non plus le problème. Il ne me faudrait qu'un jour ou deux pour réparer une gouttière. Or j'avais besoin d'un travail qui m'occuperait tout l'hiver. Le labeur m'empêcherait de penser à Arlette sur son trône de terre, à Arlette et à sa *capuche* en jute. J'avais besoin de projets d'aménagement pour la maison qui me feraient me coucher le soir tellement éreinté que je dormirais comme une masse, au lieu de rester éveillé à écouter tomber la pluie en me demandant si Henry était dehors en train de tousser avec la grippe. Parfois le travail est la seule chose qui reste, la seule réponse.

Le lendemain, je suis allé en ville avec la camionnette et j'ai fait ce que je n'aurais jamais pensé faire si je n'avais pas eu besoin d'emprunter trente-cinq dollars : j'ai contracté une hypothèque pour sept cent cinquante dollars. Finalement, nous nous laissons tous prendre à nos propres pièges. C'est ce que je crois. Finalement, nous nous retrouvons tous pris au piège.

À Omaha, cette semaine-là, un jeune homme coiffé d'un chapeau de feutre avachi est entré chez un prêteur sur gages de Dodge Street pour acheter un revolver plaqué en nickel de calibre 32. Il a payé avec un billet de cinq dollars qui lui avait sans doute été remis, sous la contrainte, par une vieille dame à moitié aveugle qui tenait une pompe à éthyle sous l'enseigne de la Fille au Béguin Bleu. Le lendemain, un jeune homme coiffé d'une casquette, avec un bandana lui couvrant la bouche et le nez, est entré dans la succursale d'Omaha de la Première Banque agricole d'Amérique, a braqué un revolver sur une jolie caissière nommée Rhoda Penmark, et réclamé tout l'argent qu'elle avait dans sa caisse. Elle lui a remis environ deux cents dollars, principalement en billets de un et de cinq – de ces billets crasseux que les fermiers transportent en liasses roulées dans les poches de leurs salopettes.

Au moment où il sortait, en fourrant l'argent d'une seule main dans une poche de son pantalon (manifestement nerveux, il avait laissé tomber plusieurs billets par terre), le gardien corpulent – un policier à la retraite – lui a dit : « Fils, ce n'est pas ça que tu veux faire. »

Le jeune homme a tiré en l'air avec son calibre 32. Plusieurs personnes ont hurlé. Derrière son bandana, le jeune homme a dit : « Je ne veux pas vous tuer non plus, mais je le ferai s'il le faut. Reculez contre ce pilier, monsieur, et restez-y si vous ne voulez pas qu'il vous arrive malheur. J'ai un ami dehors qui surveille la porte. »

Le jeune homme est sorti en courant, arrachant déjà le bandana de son visage. Le gardien a attendu une minute environ, puis il est sorti, les mains en l'air (il n'avait pas d'arme de poing), au cas où il y aurait réellement eu un ami. Il n'y en avait pas, évidemment. Hank James n'avait pas d'amis à Omaha, sauf la petite avec l'enfant qu'il lui avait fait dans le ventre.

J'ai pris deux cents dollars en espèces sur l'argent de mon hypothèque et laissé le reste à la banque de M. Stoppenhauser. Je suis allé acheter ce qu'il me fallait à la quincaillerie, à la scierie et à l'épicerie où Henry aurait pu recevoir une lettre de sa mère... si elle avait été encore en vie pour l'écrire. J'ai quitté la ville sous un crachin qui, le temps que j'arrive à la maison, avait tourné à la pluie battante. J'ai déchargé mes planches et mes bardeaux tout neufs, j'ai nourri et trait les bêtes, puis j'ai rangé mes commissions – denrées de base et non périssables pour la plupart, dont les réserves s'épuisaient sans Arlette pour superviser la cuisine. M'étant acquitté de cette besogne, j'ai mis de l'eau à chauffer sur la cuisinière à bois pour me laver et je me suis débarrassé de mes vêtements mouillés. J'ai sorti la liasse de billets de la poche de poitrine de ma salopette froissée et je les ai comptés et vu qu'il me restait encore presque cent soixante dollars. Pourquoi avais-je pris autant de liquide ? Parce que j'avais la tête ailleurs. Et à quoi je pensais, dites-le-moi ? À Arlette et Henry. Henry et Arlette. Au cours de ces jours pluvieux, je n'ai pour ainsi dire pensé qu'à eux.

Je savais qu'avoir autant d'argent liquide chez soi n'était pas une bonne idée. Il faudrait que je le redépose à la banque, où il pourrait me rapporter quelques intérêts (largement moins que les intérêts dus pour le prêt, cela dit) en attendant que j'aie réfléchi à la meilleure façon de l'employer. Mais d'ici là, je devais le ranger dans un endroit sûr.

J'ai tout de suite pensé au carton à chapeau, celui avec le chapeau rouge de putain. C'était là qu'elle avait caché son argent, et il y était resté en sécurité pendant Dieu sait combien de temps. Comme ma liasse était trop grosse pour tenir sous le ruban, je me suis dit que je la déposerais dans le chapeau lui-même. Elle y resterait seulement le temps que je trouve un prétexte pour retourner en ville.

Nu comme un ver, je suis allé dans la chambre et j'ai ouvert la porte du placard. J'ai déplacé le carton qui contenait le chapeau blanc, celui pour la messe, et j'ai tendu la main pour attraper l'autre. Je l'avais repoussé tout au fond de l'étagère, aussi j'ai dû me dresser sur la pointe des pieds pour l'atteindre. Il y avait un bracelet élastique autour. J'ai glissé un doigt dessous pour tirer le carton vers l'avant, j'ai eu fugitivement conscience de le trouver beaucoup trop lourd – comme s'il contenait une brique et non pas un couvre-chef – et j'ai alors éprouvé une étrange sensation *glaciale*, comme si on m'avait aspergé la main d'eau très froide. Une seconde plus tard, le feu avait remplacé la glace. C'était une souffrance si intense qu'elle me paralysait tous les muscles du bras. J'ai reculé en titubant sous le choc, poussant un rugissement de surprise et de douleur, éparpillant des billets aux quatre coins de la pièce. Mon doigt était resté pris sous l'élastique, et le carton à chapeau avait dégringolé de l'étagère. Accroupi dessus, se tenait un gros rat gris à l'allure par trop familière.

Vous pourriez me dire : « Wilf, tous les rats se ressemblent » et, en temps ordinaire, vous auriez raison, mais celui-ci, je le connaissais ; ne l'avais-je pas vu prendre la fuite devant moi avec un pis de vache pointant hors de sa gueule comme l'extrémité d'un cigare ?

Le carton à chapeau s'est détaché de ma main sanguinolente, et le rat a roulé à terre. Si j'avais pris le temps de réfléchir, il aurait pu s'échapper à nouveau, mais toute pensée consciente avait été éradiquée par la souffrance, la surprise et l'horreur que tout homme, j'imagine, ressent en voyant du sang ruisseler d'une partie de son corps encore intacte quelques secondes auparavant. Je ne me suis même pas rappelé que j'étais aussi nu que le jour de ma naissance, j'ai juste abattu mon pied en plein sur le rat. J'ai entendu ses os craquer et senti ses entrailles exploser. Du sang et des intestins liquéfiés ont giclé par-dessous sa queue, aspergeant ma cheville gauche d'une moiteur chaude. Il a cherché à se tortiller pour me mordre à nouveau ; j'ai vu ses grandes incisives cisailler l'air, mais il ne pouvait pas m'atteindre. Du moins, tant que je le coinçais sous mon pied. C'est donc ce que j'ai fait. J'ai appuyé plus fort, tout en gardant ma main blessée contre mon torse, où je sentais le sang chaud s'agglutiner à l'épaisse toison qui le couvrait. Le rat se tortillait et martelait le sol. Sa queue a d'abord cinglé mon mollet, puis s'est entortillée autour comme une couleuvre à collier. Du sang jaillissait de sa gueule. Ses yeux noirs saillaient comme des billes.

Je suis resté là un long moment, le pied sur le rat agonisant. Il avait tout l'intérieur broyé, les entrailles réduites en bouillie, pourtant il se débattait encore en cherchant à mordre. Finalement, il a cessé de bouger. J'ai encore gardé le pied dessus pendant une minute, pour bien m'assurer qu'il ne faisait pas le mort, comme font les opossums (un rat faisant l'opossum – ah !), et quand j'ai été sûr qu'il était bien mort, j'ai boité jusqu'à la cuisine en laissant des empreintes de pieds sanglantes et en pensant confusément à l'oracle qui avait mis Pélias en garde contre un homme chaussé d'une seule sandale. Mais je n'étais pas Jason ; j'étais un fermier à demi fou de douleur et de stupeur, un fermier qui semblait condamné à souiller de sang sa chambre à coucher.

Tandis que je tenais ma main sous la pompe pour l'insensibiliser avec l'eau glacée, j'ai entendu quelqu'un répéter : « Assez, assez, assez. » C'était moi, je le savais, mais cela ressemblait à la voix d'un vieil homme. Un vieil homme réduit à la mendicité.

Du reste de cette nuit-là, je garde encore le souvenir, mais c'est comme de regarder de vieilles photos dans un album jauni. Les dents du rat avaient transpercé de part en part la membrane entre le pouce gauche et l'index – une terrible morsure mais, d'une certaine façon, j'avais eu de la chance. S'il m'avait mordu l'index que j'avais passé sous le bracelet élastique, il aurait pu carrément le sectionner. Je me suis avisé de ça quand je suis retourné dans la chambre et que j'ai ramassé mon adversaire par la queue (en me servant de ma main droite ; la gauche était trop raide et trop douloureuse pour la plier). L'animal faisait deux pieds de long pour six livres au moins.

Je vous entends dire : *Alors ce n'était pas le rat qui s'était enfui par la conduite. Ça ne pouvait pas être lui.* Mais c'était lui, je vous assure que c'était lui. Il n'avait aucune marque permettant de l'identifier – pas de tache blanche sur le pelage ni de blessure de guerre distinctive lui ayant découpé l'oreille –, mais je savais que c'était celui qui avait sauvagement agressé Achéloïs. Tout comme je savais qu'il ne se tenait pas accroupi là par hasard.

Je l'ai emporté à la cuisine en le tenant par la queue et l'ai laissé choir dans le seau à cendres. Que j'ai emporté dehors jusqu'à notre fosse à ordures. J'étais nu sous l'averse, mais c'est à peine si j'en avais conscience. Ce dont j'avais surtout conscience, c'était de ma main gauche, qui palpitait d'une douleur si intense qu'elle menaçait d'oblitérer toute pensée. J'ai décroché mon pardessus du crochet du vestibule, je l'ai jeté sur mes épaules (c'était tout ce que je pouvais faire), et je suis ressorti, pour me rendre à l'étable, cette fois. J'ai enduit ma main blessée de baume de Rawleigh. J'avais empêché le pis d'Achéloïs de s'infecter, je pourrais peut-être en faire autant pour ma main. J'allais ressortir quand je me suis rappelé comment le rat m'avait échappé la dernière fois. La conduite ! J'y suis allé et je me suis penché pour regarder, m'attendant à trouver le bouchon de ciment à moitié dévoré ou complètement disparu, mais il était intact. Évidemment qu'il l'était. Même des rats de six livres avec des incisives démesurées ne peuvent pas ronger le ciment. Que cette idée m'ait même effleuré prouve bien dans quel état j'étais. Un moment, il m'a semblé me voir de l'extérieur : un homme nu sous un pardessus déboutonné, le poil du torse englué de sang du cou jusqu'à l'aine, sa main gauche déchirée luisant sous une couche de baume pour les vaches, épaisse et visqueuse comme de la morve, les yeux lui sortant de la tête. Comme les yeux du rat lui étaient sortis de la tête quand je l'avais écrasé avec le pied.

Ce n'était pas le même rat, je me suis dit. *Celui qui a mordu Achéloïs est étendu raide mort, soit dans la conduite, soit sur les genoux d'Arlette.*

Mais je savais que c'était lui. Je le savais alors, comme je le sais aujourd'hui.

C'était lui.

Revenu dans la chambre, je me suis agenouillé pour ramasser les billets souillés de sang. D'une seule main, j'allais lentement. À un moment, j'ai cogné ma main blessée contre le bord du lit et j'ai hurlé de douleur. J'ai vu du sang frais affleurer sous le baume, qui a rosi. J'ai foutu l'argent sur la commode, sans même prendre la peine de poser un livre dessus ou une des satanées assiettes décoratives d'Arlette. Je n'arrivais même pas à me rappeler pourquoi il m'avait semblé si important de planquer les billets, si peu de temps auparavant. J'ai refoutu le carton avec le chapeau rouge dans le placard, et j'ai claqué la porte. Il pouvait y rester jusqu'à la fin des temps, pour ce que j'en avais à fiche.

Quiconque a un jour été fermier ou travaillé dans une ferme vous dira qu'un accident est une chose banale, et que des précautions s'imposent. J'avais un gros rouleau de bandage dans le buffet, à côté de la pompe de la cuisine – le buffet qu'Arlette avait toujours appelé « le meuble à bobos ». Je m'apprêtais à y aller pour prendre le rouleau, quand la grosse marmite fumante sur la cuisinière a attiré mon regard. Je l'avais oubliée : l'eau que j'avais mise à chauffer pour me laver quand j'étais encore indemne et que la monstrueuse douleur qui semblait me consumer tout entier était encore toute théorique. Je me suis dit que de l'eau chaude savonneuse serait tout indiquée pour ma plaie. La blessure ne pourrait pas me lancer davantage, ai-je raisonné, et l'immersion la nettoierait. Je me trompais sur toute la ligne, mais comment l'aurais-je su ? Après tant d'années, ça me semble encore être une idée raisonnable. Je suppose que si j'avais été mordu par un rat ordinaire, le traitement aurait même pu être efficace.

Je me suis servi de ma main droite pour puiser à la louche de l'eau bouillante dans la marmite (il était hors de question de tenter de l'incliner pour verser), et j'y ai ajouté un morceau du gros savon noir de ménage d'Arlette. Le dernier morceau, comme je m'en suis aperçu par la suite ; il y a tant de provisions qu'un homme néglige de faire quand il n'y a pas été habitué. J'ai ajouté un chiffon, puis je suis allé dans la chambre, je me suis remis à genoux et j'ai commencé à lessiver le sang et les entrailles. En me rappelant tout le temps (évidemment) la dernière fois que j'avais nettoyé du sang sur le plancher de cette chambre maudite de Dieu. Cette fois-là au moins, Henry avait été avec moi pour partager l'horreur. Faire ça tout seul, et en souffrant, fut un travail terrible. Mon ombre sur le mur faisait une bosse qui enflait et dansait, m'évoquant le Quasimodo de *Notre-Dame de Paris* de Victor Hugo.

Ma tâche presque accomplie, je me suis arrêté, la tête inclinée, les yeux écarquillés, retenant mon souffle, avec mon cœur qui semblait palpiter dans ma main blessée. J'entendais *galoper*, et ça semblait venir de tous les côtés. Le bruit de rats qui cavalaient. À cet instant, j'en ai eu la certitude. Ses loyaux courtisans. Ils avaient trouvé une autre issue de secours. Celui qui m'attendait, accroupi sur le carton à chapeau, n'était que le premier et le plus hardi d'entre eux. Ils avaient infiltré la maison, ils étaient dans les murs et ils en sortiraient bientôt pour me submerger. Elle aurait sa vengeance. Je l'entendrais rire tandis qu'ils me mettraient en pièces.

Le vent soufflait en rafales assez fortes pour ébranler la maison et mugir par à-coups le long des avant-toits. Le bruit de cavalcade s'est intensifié, puis a décru un peu quand le vent s'est calmé. Le soulagement qui m'a empli alors fut si intense qu'il a supplanté la douleur (du moins pendant quelques secondes). Ce n'étaient pas des rats ; c'était de la neige fondue qui crépitait.

Avec la tombée de la nuit, la température avait chuté et la pluie s'était à demi solidifiée. Je me suis remis à frotter le plancher.

Quand j'ai eu fini, j'ai balancé l'eau de lessive sanglante par-dessus la rampe de la galerie, puis je suis retourné à l'étable pour appliquer une couche de baume fraîche sur ma main. La plaie était bien propre maintenant, et je pouvais voir que la membrane entre le pouce et l'index était déchirée en trois endroits, trois entailles en forme de galons de sergent. Mon pouce gauche pendait de guingois, comme si les dents du rat avaient sectionné un tendon important entre lui et le reste de ma main gauche. Je me suis bien enduit d'onguent à vache avant de rentrer d'un pas lourd à la maison, en pensant : *Ça fait mal, mais au moins, c'est propre. Achéloïs s'en est tirée ; je m'en tirerai aussi. Tout va bien.* J'ai tenté de me représenter les défenses de mon corps se mobilisant et arrivant sur le lieu de la morsure sous la forme de minuscules pompiers en casquettes rouges et longs manteaux de toile.

Sur l'étagère du bas, dans le meuble à bobos, enveloppé dans un morceau de soie déchiré qui avait pu appartenir naguère à une combinaison féminine, j'ai trouvé un flacon de médicament de la pharmacie d'Hemingford Home. Au stylo à plume sur l'étiquette, en capitales bien propres, il était indiqué **ARLETTE JAMES Prendre 1 ou 2 comprimés le soir en cas de douleurs menstruelles**. J'en ai pris trois, avec une bonne rasade de whisky. J'ignore ce qu'il y avait dans ces comprimés – de la morphine, je suppose – mais ils ont fait de l'effet. La douleur était toujours là, mais elle semblait appartenir à un Wilfred James existant dans quelque réalité parallèle. La tête me tournait ; le plafond a commencé à tanguer doucement au-dessus de moi ; l'image des minuscules pompiers arrivant pour arroser le foyer infectieux avant qu'il se propage a gagné en netteté. Le vent forcissait, et pour mon esprit en état de semi-rêve, la constante trépidation étouffée de la neige fondue contre la maison ressemblait plus que jamais à des rats, mais je savais à présent ce qu'il en était. Je crois même l'avoir dit tout haut : « Je sais ce que c'est, Arlette, tu ne m'auras pas. »

Tandis que le champ de ma conscience rétrécissait et que je commençais à sombrer, je me suis avisé que je risquais de disparaître pour de bon ; que le cocktail choc-alcool-morphine risquait de me liquider. On me retrouverait dans une maison froide, ma peau virée au bleu-gris, ma main mutilée reposant sur mon ventre. Cette idée ne m'a pas effrayé ; au contraire, elle m'a réconforté.

Pendant que je dormais, la neige fondue a tourné à la neige.

Quand je me suis réveillé le lendemain matin, la maison était plus glaciale qu'une tombe et ma main avait doublé de volume. La peau autour de la morsure était d'un gris de cendre, mais les trois premiers doigts en partant du pouce étaient d'un rose mat qui virerait au rouge avant la fin de la journée. Toucher n'importe quel point de cette main, mis à part le petit doigt, déclenchait une douleur abominable. Je l'ai cependant bandée aussi étroitement que j'ai pu, ce qui a atténué la palpitation lancinante. J'ai allumé le feu dans la cuisinière à bois – avec une seule main, ce fut long, mais j'y suis arrivé –, puis je me suis collé contre la cuisinière pour tenter de me réchauffer. Réchauffer le reste de mon corps, s'entend ; car ma main mordue était déjà chaude. Chaude et palpitante comme un gant avec un rat blotti dedans.

Quand le milieu de l'après-midi est arrivé, je tremblais de fièvre et ma main était tellement enflée sous le bandage que j'ai dû le desserrer un peu. Ce simple geste m'a fait crier de douleur. J'avais besoin de voir un médecin, mais comme il neigeait plus fort que jamais, il me serait impossible d'aller plus loin que chez les Cotterie et, à plus forte raison, jusqu'à Hemingford Home. Même par un jour clair, sec et lumineux, comment aurais-je pu faire démarrer la camionnette, ou la T, avec une seule main ? Je suis resté assis dans la cuisine, à alimenter la cuisinière jusqu'à ce qu'elle ronfle comme un dragon, à suer comme un porc et à trembler de froid, tenant le gourdin de ma main bandée contre ma poitrine et me souvenant comment la gentille Mme McReady avait parcouru du regard ma cour de ferme encombrée et pas particulièrement prospère. *Avez-vous l'interurbain, monsieur James ? Je vois que non.*

Non. Je ne l'avais pas. J'étais tout seul dans la ferme pour laquelle j'avais tué, sans aucun moyen d'appeler à l'aide. Je voyais la peau commencer à rougir sous les bords du bandage, au niveau du poignet parcouru de veines qui propageraient le poison à travers tout mon corps. Les pompiers avaient échoué. J'ai pensé me comprimer le poignet avec des élastiques – tuer ma main gauche pour tenter de sauver le reste – et même m'amputer avec la hachette qui nous servait à fendre le petit bois et à décapiter de temps à autre un poulet. Les deux solutions semblaient parfaitement acceptables, mais elles représentaient aussi un trop gros effort. En fin de compte, je n'ai rien fait sinon me traîner de nouveau jusqu'au meuble à bobos pour reprendre des comprimés d'Arlette. J'en ai avalé trois de plus, avec de l'eau froide cette fois – j'avais la gorge brûlante –, et j'ai repris mon attente auprès du feu. J'allais mourir de cette morsure. J'en étais sûr, et j'y étais résigné. Dans les Grandes Plaines, la mort par morsures et infections était aussi banale que la terre sous les pieds. Si la douleur devenait trop intolérable, j'avalerais le reste des comprimés en une fois. Ce qui me retenait de le faire tout de suite – à part la peur de la mort qui, je suppose, nous afflige tous à un degré ou à un autre – était la possibilité que quelqu'un vienne : Harlan ou le shérif Jones ou la gentille Mme McReady. Il était même possible que Lester l'Avoué se pointe pour me harceler un peu plus au sujet de ces cent arpents maudits de Dieu.

Mais ce que j'espérais plus que tout c'était qu'Henry revienne. Il ne l'a pas fait cependant.

C'est Arlette qui est venue.

1922

Vous vous êtes peut-être demandé comment je sais, pour le revolver qu'Henry a acheté au prêteur sur gages de Dodge Street, et pour le cambriolage de la banque de Jefferson Square. Dans ce cas, vous avez dû vous dire : *Bah, il s'est passé assez de temps entre 1922 et 1930 pour reconstituer de nombreux détails, surtout dans une bibliothèque ayant dans ses archives les anciens numéros de l'*Omaha World-Herald.

J'ai consulté les journaux, bien sûr. Et j'ai écrit à des gens que mon fils et sa petite amie enceinte ont rencontrés sur le bref et désastreux parcours qui les a conduits du Nebraska au Nevada. La plupart de ces gens m'ont répondu et m'ont volontiers fourni des détails. Ce genre de travail de recherche est logique et répond sans doute à vos interrogations. Mais ces recherches, je les ai entreprises des années plus tard, après avoir quitté la ferme, et elles n'ont fait que confirmer ce que je savais déjà.

Déjà ? demandez-vous, et je vous réponds simplement : *Oui. Déjà. Et je ne l'ai pas seulement su* au moment *où cela arrivait, mais* avant *que cela arrive, du moins pour une partie. La toute dernière partie.*

Comment ? La réponse est simple. C'est ma femme morte qui me l'a dit.

Vous hésitez à le croire, évidemment. Je le comprends. Aucune personne rationnelle ne voudrait le croire. Tout ce que je puis faire, c'est vous redire que ceci est ma confession, qu'elle contient mes dernières paroles sur cette terre, et que je n'y ai rien écrit que je ne sache être vrai.

Le lendemain soir (ou le surlendemain; avec la fièvre qui empirait, j'avais perdu la notion du temps), je me suis réveillé après un somme devant la cuisinière, et j'ai encore entendu les bruits de galopade, les petits froissements crépitants. J'ai d'abord cru que la neige fondue avait recommencé à tomber, mais quand je me suis levé pour aller arracher un morceau de pain à la miche en train de rassir sur la paillasse, j'ai vu que l'horizon était finement strié d'orange au couchant et que Vénus brillait dans le ciel. La tempête était passée, mais les bruits de galopade résonnaient plus forts que jamais. Ils ne venaient pas des murs cependant mais de la galerie de derrière.

Le loquet de la porte a commencé à bouger. Au début, il a seulement tremblé, comme si la main qui essayait de le soulever était trop faible pour l'ôter complètement du mentonnet. Le mouvement a cessé, et je venais de décider que je n'avais rien vu du tout – que c'était une hallucination due à la fièvre – quand il s'est soulevé d'un coup avec un petit *clac* et la porte s'est ouverte en grand dans un souffle de vent froid. Debout sous la galerie se tenait ma femme. Elle portait encore sa capuche en toile de jute, maintenant parsemée de neige; le trajet avait dû être long et pénible depuis l'endroit qui aurait dû être sa dernière demeure. Son visage décomposé était flasque, la partie inférieure toujours déportée sur le côté, son rictus plus accentué que jamais. C'était un rictus *entendu* et quoi d'étonnant à cela? Les morts comprennent tout.

Elle était entourée de sa cour loyale. C'étaient eux qui, d'une façon ou d'une autre, l'avaient fait sortir du puits. C'étaient eux qui la faisaient tenir debout. Sans eux, elle n'aurait été rien de plus qu'un fantôme, malveillant certes, mais inoffensif. Mais ils l'avaient animée. Elle était leur reine ; elle était aussi leur pantin. D'une horrible démarche désarticulée, qui n'avait rien de commun avec la marche, elle est entrée dans la cuisine. Les rats trottaient autour d'elle, certains posant sur elle des yeux emplis d'amour, d'autres les levant vers moi avec haine. Elle a fait le tour de la cuisine en oscillant, parcourant le domaine qui avait été le sien tandis que des mottes de terre se détachaient de sa jupe (il n'y avait pas trace de la couverture matelassée ni de la courtepointe) et que sa tête tressautait et roulait sur sa gorge tranchée. À un moment, sa tête s'est renversée en arrière jusqu'à toucher ses omoplates avant de revenir comme un ressort vers l'avant dans un claquement de chairs molles.

Quand enfin elle a tourné ses yeux vitreux vers moi, j'ai battu en retraite dans le coin où se trouvait la caisse à bois, quasiment vide à présent. « Laisse-moi tranquille, ai-je chuchoté. Tu n'es même pas là. Tu es dans le puits et tu ne peux pas en sortir même si tu n'es pas morte. »

Elle a émis un gargouillis – comme quelqu'un qui s'étrangle en avalant un épais jus de viande – et continué à avancer, assez réelle pour projeter une ombre. Et je sentais l'odeur de sa chair putréfiée, cette femme qui avait parfois, au plus fort de la passion, introduit sa langue à l'intérieur de ma bouche. Elle était là. Elle était réelle. Comme l'était son cortège royal. Je les sentais trottiner dans un sens puis dans l'autre sur mes pieds, chatouiller de leurs moustaches mes chevilles tandis qu'ils reniflaient le bas de mes caleçons.

Mes talons ont heurté la caisse à bois et, au moment où je voulais me pencher pour éviter le cadavre qui approchait, j'ai perdu l'équilibre et me suis retrouvé assis dedans. Ma main enflée et infectée s'est cognée, mais j'ai à peine enregistré la douleur. Elle se penchait au-dessus de moi, et son visage… *pendait*. La chair était détachée des os et son visage pendouillait comme un visage dessiné sur un ballon dégonflé. Un rat a escaladé la paroi de la caisse à bois, s'est laissé choir sur mon ventre, a couru vers le haut de ma poitrine et m'a reniflé le dessous du menton. J'en sentais d'autres galoper autour de mes genoux repliés. Mais ils ne m'ont pas mordu. Cette tâche-là, un autre l'avait déjà accomplie.

Elle s'est penchée plus près. L'odeur qu'elle dégageait était suffocante, et son rictus fendu d'une oreille à l'autre… je le vois encore aujourd'hui, alors que j'écris ces lignes. Je me suis intimé de mourir, mais mon cœur a continué de cogner. Sa figure pendante a glissé le long de la mienne. J'ai senti mes poils de barbe accrocher de minuscules lambeaux de sa peau ; entendu sa mâchoire fracturée grincer comme une branche prise dans la glace. Puis ses lèvres froides se sont pressées contre le pavillon de mon oreille brûlante de fièvre, et elle a commencé à chuchoter des secrets que seule une femme morte pouvait connaître. J'ai poussé un cri perçant. J'ai promis de me tuer et de prendre sa place en Enfer si seulement elle voulait bien arrêter. Mais elle n'a pas arrêté. Elle ne voulait pas. Les morts n'arrêtent jamais.

C'est une chose que je sais à présent.

Après s'être enfui de la Première Banque Agricole avec les deux cents dollars fourrés à la va-vite dans sa poche (ou dans les cent cinquante, plus probablement ; une partie étant tombée par terre, rappelez-vous), Henry a disparu pendant quelque temps. Il s'est « planqué », comme disent les criminels. Je le dis non sans une certaine fierté. Je pensais qu'il se serait fait prendre peu après son arrivée en ville, mais il m'a prouvé que je me trompais. Il était amoureux. Il était désespéré. Il brûlait encore de la culpabilité et de l'horreur du crime qu'il avait commis avec moi… Mais, en dépit de ces distractions (ces *infections*), mon fils a démontré sa bravoure et son ingéniosité, et même une certaine noblesse poignante. C'est de penser à cette dernière qui est le pire. Cela m'emplit encore de mélancolie pour sa vie gâchée (ces *trois* vies gâchées ; je ne dois pas oublier la pauvre Shannon Cotterie enceinte) et de honte pour la ruine à laquelle je l'ai conduit, comme un veau avec une corde au cou.

Arlette m'a montré la cabane où il s'était terré et la bicyclette qu'il tenait cachée derrière – cette bicyclette était la première chose qu'il avait achetée avec l'argent volé. À l'époque, je n'aurais pas su vous dire exactement où se trouvait sa planque, mais dans les années qui ont suivi je l'ai localisée et même visitée ; c'est juste une cabane en bord de route avec une réclame pour Royal Crown Cola peinte sur un côté. À quelques kilomètres des faubourgs ouest d'Omaha et en vue du siège de Boys Town, qui avait commencé ses activités l'année précédente. Une pièce, une seule fenêtre sans carreaux, pas de poêle à bois ni de fourneau. Il avait couvert la bicyclette de foin et d'herbe et forgé son plan. Ensuite, une semaine environ après le cambriolage de la Première Banque Agricole – l'intérêt de la police pour un cambriolage aussi mineur se serait sans doute tassé –, il avait commencé à se rendre à bicyclette à Omaha.

Un garçon borné serait allé directement au Foyer catholique St Eusèbe et se serait fait piéger par les policiers d'Omaha (comme l'avait sans doute escompté le shérif Jones), mais Henry Freeman James était plus malin que ça. Il a localisé le foyer, mais ne s'en est pas approché. Il a préféré se mettre en quête de la confiserie et fontaine à sodas la plus proche. Il présumait, très justement, que les filles du foyer la fréquentaient dès qu'elles en avaient l'occasion (c'est-à-dire chaque fois que leur conduite méritait une après-midi de liberté et qu'elles avaient un peu d'argent de poche dans leurs sacs), et même si les filles de St Eusèbe n'étaient pas tenues de porter un uniforme, elles étaient assez faciles à repérer avec leurs robes démodées, leurs regards baissés, et leurs manières tour à tour aguicheuses et ombrageuses. Celles qui avaient un gros ventre et pas d'alliance devaient tout particulièrement se remarquer.

Un garçon borné, au risque d'attirer l'attention, aurait cherché à adresser la parole à l'une de ces infortunées filles d'Ève, juste là, à la fontaine à sodas. Henry, lui, s'est posté à l'extérieur, à l'entrée d'une ruelle séparant la confiserie de la mercerie voisine. Assis sur une caisse, il a lu le journal, sa bicyclette appuyée contre le mur de brique à côté de lui. Il attendait la venue d'une fille plus aventureuse que les autres, de celles qui ne se contentaient pas de siroter leurs sodas à la crème glacée avant de retourner se cacher chez les sœurs. Autrement dit, une fille qui fumait. Son troisième après-midi dans la ruelle, cette fille-là s'est présentée.

Je l'ai retrouvée depuis, et je lui ai parlé. Je n'ai pas eu à fournir un gros travail de détective. Je suis sûr que pour Henry et Shannon, Omaha devait ressembler à une métropole, mais en 1922 ce n'était vraiment qu'une grosse bourgade du Middle West un peu plus importante que la moyenne, avec des prétentions urbaines. Victoria Hallett est aujourd'hui une femme respectable, mariée et mère de trois enfants, mais à l'automne 1922, elle était Victoria Stevenson : jeune, curieuse, rebelle, enceinte de six mois, et avec un goût prononcé pour les Sweet Caporal. Elle n'a pas refusé celles d'Henry quand il lui a tendu son paquet.

« Prends-en deux autres, pour plus tard », il lui a dit.

Elle a ri. « Y faudrait qu'j'sois zinzin pour faire ça ! Les sœurs fouillent nos sacs et retournent nos poches quand on rentre. J'vais devoir mâcher trois tablettes de Black Jack pour seulement m'ôter l'odeur de cette cibiche du bec. » Elle a tapoté son ventre proéminent avec un geste d'amusement et de défi. « J'ai avalé un os, comme j'imagine que tu vois. Mauvaise fille! Et mon chéri s'est fait la paire. Mauvais *garçon*, mais ça, le monde s'en fout! Alors l'daron m'a cloquée dans une tôle avec des pingouines pour m'surveiller...

— Je comprends pas ce que tu dis.

— *Cristo!* L'daron, c'est mon père! Et les pingouines, c'est comment qu'on appelle les bonnes sœurs! » Elle a ri. « Toi t'es un neuneu de la campagne, ça s'voit! Et comment! *Bon*, la tôle où c'que je suis enfermée s'appelle...

— St Eusèbe.

— *Là*, tu cuisines au gaz, Jackson. » Elle a soufflé une bouffée de sa clope, en plissant les yeux. « Voyons voir, j'parie que j'sais qui tu es – le petit ami de Shan Cotterie.

— Cette fille gagne une poupée Kewpie, a dit Henry.

— Bon, j'm'approcherais pas à deux blocs de chez nous, si j'étais toi. Les flics ont ton signalement. » Elle a ri de bon cœur. « Le tien et celui d'une demi-douzaine d'autres Lenny-Je-M'ennuie, mais aucun mignon cul-pailleux aux yeux verts comme toi et aucun qu'a une pépette aussi belle que la Shannon. C'est une vraie reine de Saba! Fffiou!

— Pourquoi tu crois que je suis ici plutôt que là-bas?

— Je donne ma langue au chat – t'es là pour *quoi*?

— Je veux la contacter, mais je veux pas me faire prendre. Je te donnerai un billet de deux dollars si tu lui apportes un mot. »

Virginia a écarquillé les yeux. « Mon poteau, pour deux bibis, j'pars avec le clairon sous l'bras porter le message à Garcia – te dire à quel point je suis fauchée ! Aboule la monnaie !

— Et deux autres si tu dis pas un mot de tout ça. Ni maintenant ni plus tard.

— Pour ça, t'as pas besoin de rajouter une prime, elle a dit. J'adore couillonner ces salopes de saintes-nitouches. T'imagines, elles te tapent sur les mains si t'essayes de prendre un petit pain en rabiot au repas ! On se croirait dans *Gulliver Twist* ! »

Il lui a donné le mot et Victoria l'a donné à Shannon. Il se trouvait dans son petit sac de voyage quand la police a fini par les rattraper, elle et Henry, à Elko, Nevada, et j'en ai vu une photographie prise par la police. Mais Arlette m'avait dit ce qu'il contenait longtemps avant, et le billet original y correspondait mot pour mot.

J'attendrai toutes les nuits pendant deux semaines de minuit jusqu'à l'aube derrière ton foyer, disait-il. *Si tu ne viens pas, je saurai que c'est fini entre nous & je retournerai à Hemingford Home & je ne t'ennuierai plus jamais même si je continuerai à t'aimer pour toujours. Nous sommes jeunes mais nous pourrions mentir sur notre âge & recommencer une bonne vie dans un autre endroit (Californie). J'ai un peu d'argent & je sais comment en obtenir davantage. Victoria sait comment me trouver si tu veux m'envoyer un mot, mais un seul. Ça ne serait pas prudent d'en échanger plus.*

Je suppose qu'Harlan et Sallie Cotterie doivent avoir récupéré ce mot. S'ils l'ont, ils auront remarqué que mon fils a inscrit sa signature dans un cœur.

Je me demande si c'est ça qui a convaincu Shannon. Je me demande si elle avait seulement besoin d'être convaincue. Il est possible que tout ce qu'elle ait souhaité sur terre c'était de garder (et de rendre légitime) un bébé qu'elle avait déjà commencé à aimer. C'est une question que la terrible voix chuchotante d'Arlette n'a jamais abordée. Elle s'en souciait probablement comme d'une guigne.

Après cette rencontre, Henry est retourné tous les jours à l'entrée de la ruelle. Je suis sûr qu'il savait que les flics risquaient de débarquer à la place de Victoria, mais qu'il pensait n'avoir pas le choix. Le troisième jour, Victoria est revenue. « Shan t'a répondu aussitôt, mais je n'ai pas pu sortir avant, lui a-t-elle dit. Les pingouines ont mis la main sur de l'herbe qui fait rigoler dans ce trou qu'elles ont le culot d'appeler une salle de musique et depuis, elles sont sur le sentier de la guerre. » Henry a tendu la main pour avoir le billet de Shannon que Victoria lui a donné en échange d'une Sweet Caporal. Il ne contenait que quatre mots : *Demain matin. 2 heures.*

Henry a pris Victoria dans ses bras et l'a embrassée. Elle a ri d'excitation, ses yeux pétillaient. « Fichtre ! Y'a des filles qui raflent toute la chance ! »

Il y en a, sans aucun doute. Mais si vous considérez que Victoria a fini avec un mari, trois gosses et une jolie maison sur Maple Street dans le meilleur quartier d'Omaha, et que Shannon Cotterie n'a pas vu la fin de cette année de malheur... à laquelle des deux diriez-vous que la chance a souri ?

J'ai un peu d'argent & je sais comment en obtenir davantage, avait écrit Henry, et c'était vrai. Quelques heures à peine après avoir embrassé la délurée Victoria (qui rapporta à Shannon le message comme quoi *Il y sera avec son plus beau harnais à grelots !*), un jeune homme avec une casquette rabattue sur les yeux et un bandana lui couvrant la bouche et le nez a cambriolé la Première Banque Nationale d'Omaha. Cette fois-là, le voleur a emporté huit cents dollars, ce qui était plutôt bien. Mais le gardien était plus jeune et avait un sens plus aigu de ses responsabilités, ce qui était plutôt bien. Le voleur a été obligé de lui tirer un coup de revolver dans la cuisse pour garantir sa fuite et, même si Charles Griner a survécu, une infection s'est déclarée (je peux compatir) et il a perdu sa jambe. Lorsque je l'ai rencontré au domicile de ses parents au cours du printemps 1925, Griner s'est montré philosophe :

« J'ai bien de la chance d'être en vie, qu'il m'a dit. Le temps qu'on me pose un garrot, je baignais dans une flaque de sang d'un bon pouce d'épaisseur. Je parie qu'il aura bien fallu un paquet de lessive Dreft pour nettoyer tout ce gâchis. »

Quand j'ai voulu lui présenter mes excuses pour mon fils, il les a écartées d'un geste.

« Je n'aurais jamais dû m'approcher de lui. Il n'y avait pas un grand espace entre la casquette et le bandana, mais j'ai bien vu ses yeux, allez. J'aurais dû savoir que rien ne l'arrêterait tant qu'il ne se ferait pas tuer, et il ne m'a même pas laissé le temps de dégainer mon revolver. Je l'ai vu dans ses yeux, voyez-vous. Mais j'étais jeune, moi aussi. Je suis plus vieux maintenant. C'est une chance que n'a pas eue votre fils. Je suis désolé pour vous. »

Après cet exploit, Henry avait plus d'argent qu'il n'en fallait pour s'acheter une automobile – une belle, une berline –, mais il a été plus malin que ça. (En écrivant ce mot, j'éprouve encore ce sentiment de fierté : furtif mais indéniable.) Un gosse avec l'air d'avoir commencé à se raser pas plus tard que la veille, sortant de sa poche assez de biffetons pour se payer une Oldsmobile presque neuve ? Sûr que les pandores lui seraient tombés sur le paletot.

Alors donc, au lieu de s'acheter une automobile, il en a volé une. Pas une grosse berline non plus ; il a opté pour un joli, mais quelconque, coupé Ford. C'est ce véhicule qu'il a garé derrière le foyer St Eusèbe, et c'est dans ce véhicule qu'est montée Shannon, après avoir quitté sa chambre en catimini, descendu l'escalier à pas de loup avec son sac de voyage à la main, et s'être faufilée par la fenêtre de la buanderie contiguë à la cuisine. Ils n'ont eu que le temps d'échanger un baiser – ce n'est pas quelque chose qu'Arlette m'a dit, mais je sais encore me servir de mon imagination – et Henry a pris la direction de l'ouest. À l'aube, ils étaient sur la nationale Omaha-Lincoln. Ils ont dû passer pas loin de leurs maisons d'enfance – celle d'Henry et celle de Shannon – aux alentours de trois heures du matin. Ils ont peut-être regardé dans cette direction, mais je doute qu'Henry ait ralenti ; il ne devait pas avoir envie de s'arrêter pour la nuit dans un secteur où ils risquaient d'être reconnus.

Leur vie de fugitifs avait commencé.

Sur cette vie, Arlette m'en a chuchoté davantage que je n'aurais voulu savoir, et je n'ai pas le cœur d'en coucher ici plus que les grandes lignes. Si vous voulez en connaître davantage, écrivez à la bibliothèque publique d'Omaha. Moyennant une participation, ils vous enverront les copies hectographiques des articles concernant les Amoureux Hors-la-Loi, ainsi qu'ils ont été surnommés (et qu'ils se sont surnommés eux-mêmes). Et même si vous ne résidez pas à Omaha, il se peut que vous trouviez des articles dans votre propre quotidien ; la conclusion de l'histoire a été jugée assez déchirante pour mériter une couverture nationale.

Le Beau Hank et la Douce Shannon, comme les a appelés le *World-Herald*. Sur les photographies, ils paraissent incroyablement jeunes. (Et ils l'étaient, bien sûr.) Je ne voulais pas regarder ces clichés, mais je l'ai fait. Il y a plus d'une façon d'être mordu par des rats, n'est-ce pas ?

L'automobile volée a crevé dans la région des Sand Hills du Nebraska. Deux hommes à pied se sont approchés au moment où Henry montait la roue de secours. L'un d'eux a sorti un fusil de chasse d'un étui à bandoulière caché sous son manteau – ce qu'on appelait un « bastringue » de bandit à l'époque de l'Ouest sans foi ni loi – et l'a braqué sur les amants en fuite. Henry n'a même pas eu le temps de tirer son propre revolver, et, s'il avait essayé, il aurait presque certainement été abattu. Et voilà donc le voleur volé. Henry et Shannon ont marché main dans la main jusqu'à la ferme la plus proche sous un ciel d'automne froid, et quand le fermier est venu à la porte demander en quoi il pouvait leur être utile, Henry a braqué son arme sur la poitrine de l'homme en lui disant qu'il voulait son automobile et tout son argent liquide.

La fille qui était avec lui, a raconté le fermier à un journaliste, se tenait sous la galerie, le regard détourné. Le fermier a cru la voir pleurer. Il a dit qu'il avait eu pitié d'elle, parce qu'elle n'était pas plus grosse que le pouce, déjà très enceinte, et qu'elle voyageait avec un jeune desperado destiné à mal finir.

A-t-elle tenté de l'en empêcher ? a demandé le journaliste. De lui parler pour l'en dissuader ?

Non, a dit le fermier. Elle est juste restée là, le dos tourné, comme si elle pensait que, si elle ne le voyait pas, cela ne se produisait pas. On a retrouvé le vieux tacot Reo du fermier abandonné près du dépôt ferroviaire de McCook, avec un petit mot sur le siège : *Nous vous rendons votre automobile et vous enverrons l'argent que nous vous avons pris dès que nous le pourrons. Nous vous avons volé seulement parce que nous étions aux abois. Très sincèrement vôtres, « Les Amoureux Hors-la-Loi ».* Ce nom, qui en avait eu l'idée ? Shannon, sans doute : le mot était rédigé de sa main. Ils l'ont seulement utilisé parce qu'ils ne voulaient pas dévoiler leur identité, mais c'est de cette étoffe que sont faites les légendes.

Un ou deux jours plus tard, un cambriolage a eu lieu dans une toute petite succursale de la Banque de la Frontière à Arapahoe, Colorado. Le voleur – portant une casquette rabattue sur les yeux et un bandana remonté sur le nez – était seul. Il a emporté moins de cent dollars et pris la fuite à bord d'une Hupmobile déclarée volée à McCook. Le lendemain, à la Première Banque de Cheyenne Wells (la seule banque de Cheyenne Wells), le jeune homme était accompagné d'une jeune femme. Elle aussi avait masqué son visage d'un bandana, mais son état de grossesse était impossible à dissimuler. Ils se sont enfuis avec quatre cents dollars à bord d'une automobile qui a quitté la ville à grande vitesse en direction de l'ouest. La police a installé un barrage sur la route de Denver, mais Henry l'a jouée fine et sa chance a tenu. Ils ont bifurqué vers le sud assez vite après avoir quitté Cheyenne Wells, empruntant des chemins de terre et des pistes à bétail.

Une semaine plus tard, un jeune couple se présentant sous le nom de Harry et Susan Freeman est monté à bord du train pour San Francisco à Colorado Springs. Pourquoi sont-ils subitement descendus à Grand Junction, je l'ignore, et Arlette ne me l'a pas dit – ils ont dû voir quelque chose qui leur a mis le diable aux trousses. Tout ce que je sais, c'est qu'ils ont cambriolé une banque là, et une autre à Ogden, Utah. Leur façon à eux, peut-être, de mettre de l'argent de côté pour une nouvelle vie. Et à Ogden, quand un homme a essayé d'arrêter Henry à la sortie de la banque, il lui a tiré dans la poitrine. L'homme s'est quand même jeté sur

Henry, et Shannon l'a poussé en bas de l'escalier de granit. Tous deux se sont enfuis. L'homme qu'Henry avait blessé est mort à l'hôpital deux jours plus tard. Les Amoureux Hors-la-Loi étaient devenus des meurtriers. En Utah, être reconnu coupable de meurtre vous valait la corde.

On n'était pas loin de Thanksgiving à ce moment-là, mais vous dire si c'était avant ou après, je ne saurais. La police avait leur signalement et était sur le qui-vive à l'ouest des Rocheuses. Moi, je venais d'être mordu par le rat caché dans le placard – je crois –, ou n'allais pas tarder à l'être. Arlette m'a dit qu'ils étaient morts, mais ils ne l'étaient pas ; pas quand elle et sa cour royale sont venues me rendre visite, en tout cas. Soit elle mentait, soit elle prophétisait. Pour moi, c'est du pareil au même.

Leur avant-dernier arrêt fut à Deeth, Nevada. C'était fin novembre ou début décembre par une journée de froid mordant, le ciel était blanc et commençait à crachoter de la neige. Ils voulaient seulement déjeuner d'œufs et de café au seul petit restaurant de la ville, mais leur chance ne tenait déjà plus qu'à un fil. L'homme au comptoir était de Helkhorn, Nebraska, et il avait beau n'avoir pas remis les pieds chez lui depuis longtemps, sa mère continuait fidèlement à lui envoyer, par gros paquets, les numéros du *World-Herald*. Il venait juste de recevoir l'un de ces paquets, quelques jours plus tôt, et il a reconnu les Amoureux Hors-la-Loi d'Omaha assis sur l'une de ses banquettes.

Au lieu d'appeler la police (ou les hommes de sécurité de la mine de cuivre toute proche, ce qui aurait été plus rapide et plus efficace), il a décidé de procéder à une arrestation citoyenne. Il a pris un vieux pistolet de cow-boy rouillé sous le comptoir, l'a braqué sur eux et les a priés – dans la plus gracieuse tradition de l'Ouest – de lever les mains en l'air. Henry n'en a rien fait. Il s'est glissé hors de la banquette et s'est avancé vers le type en disant : « Ne faites pas ça, l'ami, nous ne vous voulons aucun mal, nous allons juste payer et partir. »

L'employé du comptoir a pressé la détente et le vieux pistolet a fait long feu. Henry le lui a ôté de la main, l'a ouvert, a regardé dans le magasin et s'est mis à rire. « Bonne nouvelle ! il a dit à Shannon. Ces balles sont là-dedans depuis si longtemps qu'elles sont vertes. »

Il a posé deux dollars sur le comptoir – pour leur nourriture – et c'est là qu'il a commis une terrible erreur. Aujourd'hui, je continue à croire que les choses se seraient mal terminées pour eux de toutes les façons, et pourtant j'aimerais pouvoir lui crier par-dessus le gouffre du temps : *Ne repose pas ce pistolet encore chargé. Ne fais pas ça, Fils ! Moisies ou non, mets ces balles dans ta poche !* Mais il n'y a que les morts qui peuvent appeler à travers le couloir du temps ; je le sais d'expérience, à présent.

Comme ils s'en allaient (*main dans la main*, a chuchoté Arlette à mon oreille brûlante), l'homme du comptoir a ramassé son vieux pistolet de carabin, l'a tenu à deux mains, et a de nouveau appuyé sur la détente. Cette fois, le coup est parti, et même si l'homme pensait viser Henry, sa balle a touché Shannon Cotterie dans les reins. Elle a poussé un cri en tombant en avant, par la porte ouverte. Henry l'a rattrapée avant qu'elle ne s'affale dans la neige que le vent poussait par rafales et il l'a aidée à monter dans leur dernière automobile volée, une autre Ford. L'homme du comptoir a essayé de l'atteindre à travers la vitre, et cette fois, le vieux pistolet lui a explosé entre les mains. Un éclat de métal lui a crevé l'œil gauche. Je n'ai jamais pensé à le plaindre. Je ne suis pas aussi charitable que Charles Griner.

Grièvement blessée – peut-être même déjà mourante –, Shannon est entrée en travail tandis que Henry conduisait sous la neige qui tombait de plus en plus dru en direction d'Elko, à cinquante kilomètres au sud-ouest, pensant peut-être trouver là-bas un médecin. J'ignore s'il y avait un docteur ou pas, mais il y avait assurément un poste de police, et le tenancier de la gargote, avec ce qui lui restait de globe oculaire en train de sécher sur la joue, a passé un appel téléphonique. Deux policiers locaux et quatre membres de la patrouille d'État du Nevada attendaient Henry et Shannon à l'entrée de la ville, mais Henry et Shannon ne les ont jamais vus. Il y a cinquante kilomètres entre Deeth et Elko, et Henry n'en a parcouru que quarante-huit.

Ils étaient à peine entrés sur le territoire de la commune (mais pas encore arrivés aux abords du village), quand le dernier fil qui retenait la chance d'Henry a lâché. Avec Shannon qui hurlait en se tenant le ventre et se vidait de son sang sur la banquette, Henry devait conduire vite

– trop vite. Ou peut-être a-t-il heurté un nid-de-poule. Quoi qu'il en soit, la Ford est partie en dérapage dans le fossé où elle a calé. Alors ils sont restés là, dans ce vide immense du haut désert de l'Ouest américain pendant qu'un vent de plus en plus fort soufflait de la neige tout autour d'eux. Et que pensait Henry? Que ce que nous avions fait dans le Nebraska, lui et moi, les avait conduits, lui et la fille qu'il aimait, dans ce trou perdu du Nevada. Arlette ne me l'a pas dit, mais elle n'a pas eu à le faire. Je savais. À travers la neige qui épaississait, il a repéré le fantôme d'une bâtisse et a fait sortir Shannon de l'automobile. Elle a réussi à faire quelques pas dans le vent, puis elle a renoncé. La fille qui pouvait faire de la triqueneumétrie et qui aurait pu être la première femme diplômée de l'école normale d'Omaha a posé sa tête sur l'épaule de son jeune homme et lui a dit : « Je ne peux pas aller plus loin, chéri, pose-moi par terre.

— Et le bébé? lui a-t-il demandé.

— Le bébé est mort, et je veux mourir, moi aussi, a-t-elle dit. Je ne peux pas supporter cette douleur. Elle est terrible. Je t'aime, chéri, mais pose-moi par terre. »

Il l'a portée jusqu'au fantôme de bâtisse qui était en définitive un refuge de cow-boys pas très différent de la cabane près de Boys Town, celle avec la bouteille de Royal Crown Cola fanée peinte sur un côté. Il y avait un poêle, mais pas de bois. Henry est sorti ramasser quelques branchages avant que la neige ne les recouvre, et quand il est revenu dans la cabane, Shannon était inconsciente. Il a allumé le poêle, puis il a posé la tête de sa bien-aimée sur ses genoux. Avant que le petit feu qu'il avait allumé soit réduit en cendres, Shannon Cotterie était morte, et alors il n'est plus resté qu'Henry, assis sur un maigre lit de camp où des dizaines de cowboys sales s'étaient allongés avant lui, ivres le plus souvent. Il est resté assis là, à caresser les cheveux de Shannon pendant que le vent hurlait au-dehors et que le toit de tôle tremblait.

Toutes ces choses-là, Arlette me les a dites alors que ces deux enfants condamnés étaient encore vivants. Toutes ces choses-là, elle me les a dites pendant que les rats grouillaient autour de moi, que sa puanteur m'emplissait les narines et que ma main enflée et infectée me lançait comme du feu.

Je l'ai suppliée de me tuer, de m'ouvrir la gorge comme j'avais ouvert la sienne, mais elle a refusé.

C'était sa vengeance.

Ce pourrait être deux jours plus tard que mon visiteur est arrivé à la ferme, ou même trois, mais je ne le pense pas. Je ne pense pas qu'il se soit écoulé plus d'un jour. Je ne crois pas que j'aurais pu tenir deux ou trois jours de plus sans aide. J'avais cessé de manger et presque cessé de boire. Pourtant, j'ai réussi à sortir du lit et à me traîner jusqu'à la porte quand le martèlement a commencé. Une partie de moi pensait que c'était peut-être Henry, parce qu'une partie de moi osait encore espérer que la visite d'Arlette était une hallucination née du délire… ou que même si la vision avait été réelle, elle m'avait menti.

C'était le shérif Jones. Mes genoux ont cédé quand je l'ai vu, et j'ai basculé vers l'avant. S'il ne m'avait pas rattrapé, je me serais affalé dehors, sous la galerie. J'ai tenté de le prévenir pour Henry et Shannon – que Shannon allait être blessée d'une balle, qu'ils allaient finir dans une cabane de cow-boys dans les environs d'Elko, que lui, le shérif Jones, devait appeler quelqu'un pour empêcher que cela arrive. Tout ce qui est sorti, ç'a été un gargouillis, mais il a attrapé les noms au passage.

« Oui, il s'est enfui avec elle, c'est bien ça, a dit Jones. Mais si Harl est venu ici pour vous le dire, pourquoi vous a-t-il laissé dans cet état ? *Qu'est-ce* qui vous a mordu ?

— ... rat », suis-je parvenu à articuler.

Il m'a passé un bras autour du buste et m'a à moitié porté pour descendre les marches de la galerie et me conduire à son automobile. George le coq gisait gelé par terre à côté du tas de bois, et les vaches meuglaient. Quand les avais-je nourries pour la dernière fois ? Je ne m'en souvenais pas.

« Shérif, vous devez... »

Mais il m'a fait taire. Il pensait que je délirais, et pourquoi pas ? Il sentait irradier la fièvre dont je brûlais et la voyait resplendir sur mon visage. Il devait avoir l'impression de transporter un four. « Économisez vos forces. Et soyez reconnaissant à Arlette, parce que, sans elle, je ne serais jamais venu jusqu'ici.

— Morte, suis-je parvenu à articuler.

— Oui. Elle est morte, c'est bien ça. »

Et alors je lui ai dit que je l'avais tuée, et ah! le soulagement. Une conduite bouchée à l'intérieur de ma tête s'était ouverte comme par magie, et le fantôme infecté qui y était piégé était enfin sorti.

Il m'a jeté dans son automobile comme un sac de farine. « Nous reparlerons d'Arlette, mais pour le moment, je vous emmène aux Anges de la Miséricorde, et je vous saurais gré de ne pas vomir dans mon auto. »

Et il a démarré, laissant derrière nous le coq gelé et les vaches qui meuglaient (et les rats! Ah! ne les oublions pas ceux-là!), pendant que j'essayais de lui dire encore une fois qu'il n'était peut-être pas trop tard pour Henry et Shannon, qu'il était peut-être encore possible de les sauver. Je me suis entendu dire *ces choses-là se peuvent*, comme si j'étais le Fantôme des Noëls Futurs dans le conte de Dickens. Puis je me suis évanoui. Quand je me suis réveillé, c'était le 2 décembre, et les journaux de l'Ouest titraient : LES « AMOUREUX HORS-LA-LOI » ÉCHAPPENT À LA POLICE D'ELKO, LA CAVALE CONTINUE. Ils ne lui avaient pas échappé, mais personne encore ne le savait. À part Arlette, évidemment. Et moi.

Le docteur pensait que la gangrène n'était pas encore remontée dans l'avant-bras, et il a joué ma vie en ne m'amputant que de la main gauche. Pari gagné. Cinq jours après avoir été emmené à l'hôpital des Anges de la Miséricorde d'Hemingford City par le shérif Jones, je gisais, livide et fantomatique, dans un lit d'hôpital, allégé de trente-cinq livres et de ma main gauche, mais vivant.

Jones est venu me voir, le visage grave. J'attendais qu'il me dise qu'il m'arrêtait pour le meurtre de ma femme, puis me menotte au pied du lit d'hôpital par la main qui me restait. Mais ce n'est pas ce qui s'est passé. Au lieu de ça, il m'a dit qu'il compatissait à ma perte. Ma perte ! Qu'est-ce que cet imbécile savait de ma perte ?

Pourquoi est-ce que je me trouve dans cette chambre d'hôtel minable (mais pas seul !), au lieu d'être couché dans la tombe d'un assassin ? Je vais vous le dire en deux mots : ma mère.

Comme le shérif Jones, elle avait l'habitude de parsemer son discours de questions rhétoriques. Pour lui, c'était une stratégie discursive élaborée au fil de toute une vie de maintien de l'ordre – il posait ses stupides petites questions, puis observait la personne à qui il s'adressait, à l'affût d'une réaction de culpabilité : une grimace, un froncement de sourcils, un bref mouvement des yeux. Pour ma mère, c'était seulement une habitude de langage qu'elle tenait de sa propre mère, qui était anglaise, et qu'elle m'a transmise. J'ai perdu toute trace de l'accent britannique que j'ai pu avoir un jour, mais je n'ai jamais perdu cette façon qu'avait ma mère de transformer ses affirmations en questions. *Tu ferais mieux de rentrer maintenant, dis-moi ?* disait-elle. Ou bien : *Ton père a encore oublié son déjeuner ; tu vas bien aller le lui porter, dis-moi ?* Même des observations sur le temps qu'il faisait étaient formulées comme des questions : *Encore un jour de pluie, dis-moi ?*

J'avais beau être fiévreux et très malade, en ce jour de fin novembre où le shérif Jones s'était présenté à ma porte, je ne délirais pas. Je me souviens clairement de notre conversation, comme un homme ou une femme peut se souvenir des images d'un cauchemar particulièrement net.

Soyez reconnaissant à Arlette, parce que sans elle je ne serais jamais venu jusqu'ici, avait-il dit.

Morte, avais-je répondu.

Le shérif Jones : *Oui, elle est morte, c'est bien ça.*

Et moi, parlant comme j'avais appris à le faire dans le giron de ma mère : *Je l'ai tuée, dites-moi ?*

Le shérif Jones avait interprété le dispositif rhétorique de ma mère (et le sien propre, ne l'oubliez pas) comme une véritable question. Des années plus tard – à l'usine où j'ai trouvé du travail après avoir perdu la ferme –, j'ai entendu un contremaître réprimander un employé pour avoir expédié une commande à Des Moines, au lieu de Davenport, avant d'avoir reçu le bon d'expédition du bureau central. *Mais nous envoyons toujours les commandes du mercredi à Des Moines*, avait protesté l'employé qui allait se faire virer. *J'ai tout simplement considéré…*

Considérer, ça fait un con et un sidéré, avait répliqué le contremaître. Une vieille formule, je suppose, mais c'était la première fois que je l'entendais. Et faut-il s'étonner si c'est au shérif Frank Jones que j'ai pensé en l'entendant ? L'habitude de ma mère de transformer les assertions en questions m'a sauvé de la chaise électrique. Je n'ai jamais été jugé par un jury pour le meurtre de ma femme.

Jusqu'à maintenant.

Ils sont ici avec moi, et ils sont bien plus de douze, alignés le long de la plinthe qui fait le tour de la pièce, à m'observer de leurs yeux huileux. Si une femme de chambre entrait avec une pile de draps propres et voyait ces jurés à pelage, elle prendrait la fuite en hurlant, mais aucune femme de chambre ne viendra ; j'ai accroché la pancarte NE PAS DÉRANGER à la porte depuis deux jours, et elle n'en a pas bougé. Je ne suis pas sorti. Je suppose que je pourrais commander de la nourriture et me la faire monter du restaurant un peu plus bas dans la rue, mais je soupçonne que la nourriture déclencherait leur attaque. Je n'ai pas faim, de toute façon, ce n'est donc pas un grand sacrifice. Mes jurés se sont montrés patients jusqu'ici, mais je les soupçonne de ne plus le rester très longtemps. Comme n'importe quel jury, ils sont impatients d'entendre la fin du témoignage pour pouvoir rendre leur verdict, recevoir leur rétribution symbolique (payable en livres de chair, dans notre cas), et rentrer chez eux dans leur famille. Je dois donc en finir. Ce ne sera pas long. Le plus dur est accompli.

Ce que m'a dit le shérif quand il s'est assis à côté de mon lit d'hôpital, ce fut : « Vous l'avez vu dans mes yeux, je suppose. N'est-ce pas ? »

J'étais encore très malade, mais assez rétabli pour être prudent. « Vu quoi, Shérif ?

— Ce que j'étais venu vous dire. Vous ne vous en souvenez pas, dites-moi ? Eh bien, je n'en suis guère surpris. Vous étiez un Américain bien malade, Wilf. J'étais à peu près sûr que vous alliez mourir, et je me disais même que cela risquait d'arriver avant que je vous aie ramené en ville. J'imagine que Dieu n'en a pas encore terminé avec vous, dites-moi ? »

Quelque chose n'en avait pas terminé avec moi, mais je doutais qu'il s'agisse de Dieu.

« C'était pour Henry ? Vous étiez venu me dire quelque chose au sujet d'Henry ?

— Non, m'a-t-il dit, c'était pour Arlette que j'étais venu. Une mauvaise nouvelle, la pire, mais vous ne pouvez pas vous le reprocher. Ce n'est pas comme si vous l'aviez chassée de la maison à coups de bâton. » Il s'est penché en avant. « Vous vous êtes peut-être mis dans l'idée que je ne vous aime pas, Wilf, mais ce n'est pas vrai. Il y en a certains par ici qui ne vous aiment pas – et nous les connaissons, n'est-ce pas ? – mais ne me mettez pas dans le même sac sous prétexte que je dois prendre leurs intérêts en considération. Vous m'avez exaspéré une fois ou deux, et je veux croire que vous seriez toujours ami avec Harl Cotterie si vous aviez mieux tenu la bride à votre fils, mais je vous ai toujours respecté. »

J'en doutais, mais je n'ai pas desserré les lèvres.

« Quant à ce qui est arrivé à Arlette, je vais me répéter, car cela mérite d'être répété : vous ne pouvez pas vous le reprocher. »

Ah, je ne le pouvais pas ? *Ça* alors, je trouvais que c'était une bien étrange conclusion à tirer, même par un représentant de la loi qui ne pourrait jamais être pris pour Sherlock Holmes.

« Si certains des rapports que je reçois sont exacts, a-t-il dit d'un ton affligé, Henry a des ennuis, et il a entraîné Shan Cotterie dans la marmite avec lui. Ils risquent d'y bouillir tous les deux. Vous avez déjà assez à faire sans vous accuser en plus de la mort de votre femme. Vous n'avez pas besoin…

— Racontez-moi tout », lui ai-je dit.

Deux jours avant sa visite – peut-être le jour où le rat m'avait mordu, ou peut-être pas, en tout cas dans ces eaux-là –, un fermier qui se rendait à Lyme Biska pour vendre la fin de sa production avait aperçu à une vingtaine de pas de la route un trio de chiens-coyotes se disputant une proie. Il aurait peut-être continué son chemin s'il n'avait pas aperçu aussi un soulier de dame en cuir verni éraflé et une paire de culottes bouffantes roses abandonnés dans le fossé. Il s'était arrêté, avait tiré un coup de fusil en l'air pour effrayer les chiens-coyotes et s'était avancé dans le champ pour examiner leur proie. Ce qu'il avait trouvé, c'était un squelette de femme portant encore les haillons d'une robe et quelques lambeaux de chair. Ce qui restait de ses cheveux était d'un brun terne, la couleur qu'aurait pu devenir l'auburn chaud d'Arlette après des mois d'exposition aux éléments.

« Deux molaires manquaient, m'a dit Jones. Arlette avait-elle deux dents du fond en moins ?

— Oui, lui ai-je menti. Elle les avait perdues suite à une infection des gencives.

— Quand je suis venu chez vous le lendemain de son départ, votre fils m'a dit qu'elle avait emporté ses beaux bijoux.
— Oui. »
Les bijoux qui se trouvaient à présent au fond du puits.
« Quand j'ai demandé si elle avait pu mettre la main sur un peu d'argent, vous m'avez parlé de deux cents dollars. C'est exact ? »
Ah, oui. L'argent fictif qu'Arlette avait censément pris dans ma table de nuit. « C'est exact. »
Voilà qu'il hochait la tête à présent. « Eh bien, nous y voilà. Quelques bijoux, un peu d'argent. Voilà qui explique tout, dites-moi ?
— Je ne vois pas...
— Parce que vous ne regardez pas les choses du point de vue d'un représentant de la loi. Elle se sera fait voler sur la route, voilà tout. Un gredin l'aura repérée : une femme faisant de l'autostop entre Hemingford et Lyme Biska, il l'aura embarquée, assassinée, l'aura dépouillée de son argent et de ses bijoux, puis aura transporté son corps assez loin de la route dans le champ le plus proche pour qu'il ne soit pas visible de la route. »
À sa longue face de carême, j'ai compris qu'il pensait qu'en plus de s'être fait voler, elle avait probablement été violée, et que c'était sans doute une bonne chose qu'il ne reste pas assez d'elle pour s'en assurer.
J'ai dit : « Ça doit être ça, alors. » Et je ne sais comment je suis parvenu à garder mon sérieux jusqu'à après son départ. Alors, j'ai roulé sur le flanc, et bien

que je me sois cogné le moignon dans le mouvement, j'ai commencé à rire. J'ai enfoui mon visage dans mon oreiller, mais ça n'a pas suffi à étouffer le bruit. Quand l'infirmière – une vieille mégère – est entrée dans la chambre et a vu les larmes qui striaient mes joues, elle a considéré (ce qui faisait un con et un sidéré) que je pleurais. Elle s'est radoucie, chose dont je l'aurais crue incapable, et m'a donné un comprimé supplémentaire de morphine. Après tout, j'étais le mari affligé et le père esseulé. Je méritais bien un peu de réconfort.

Et savez-vous pourquoi je riais ? Était-ce de la bêtise bien intentionnée de Jones ? Ou de l'opportune apparition d'une vagabonde morte, qui avait peut-être bien été tuée par son compagnon de voyage pendant qu'ils étaient ivres tous les deux ? Pour ces deux raisons, mais surtout à cause du soulier. Si le fermier s'était arrêté pour voir ce que les chiens-coyotes se disputaient, c'est parce qu'il avait vu un soulier de femme en cuir verni dans le fossé. Mais en ce jour de l'été précédent, à la maison, quand le shérif Jones avait demandé quelles chaussures Arlette avait emportées, je lui avais dit que c'étaient ses chaussures de *toile* qui manquaient. Cet imbécile l'avait oublié.

Et il ne s'en est jamais souvenu.

Quand je suis rentré à la ferme, presque tout mon bétail était mort. La seule survivante était Achéloïs, qui m'a regardé avec des yeux agrandis par la faim et le reproche, en meuglant plaintivement. Je l'ai nourrie avec autant d'amour que l'on peut en témoigner à un animal de compagnie, car réellement, c'était tout ce qu'elle était à présent. Comment appelleriez-vous une bête qui ne peut plus contribuer à la subsistance de la famille ?

Il fut un temps où Harlan, avec l'aide de sa femme, serait venu s'occuper de mon exploitation pendant mon séjour à l'hôpital : c'était ainsi qu'on vivait entre voisins dans la région du « Milieu ». Mais même après que le beuglement pitoyable de ma dernière vache mourante avait porté à travers champs jusqu'à lui, assis à sa table du souper, il n'avait pas bougé. Si j'avais été à sa place, j'aurais peut-être fait de même. Car aux yeux d'Harlan Cotterie (et du monde), mon fils, non content d'avoir conduit sa fille à sa perte, l'avait suivie jusqu'au lieu qui aurait dû être pour elle un refuge, l'avait emmenée et entraînée de force dans une vie de crime. Comme cette histoire des « Amoureux Hors-la-Loi » avait dû ronger le père de la jeune fille ! Ah ! Le ronger comme de l'acide !

La semaine suivante – à peu près au moment où l'on commençait à suspendre les décorations de Noël dans les fermes et le long de la Grand-Rue de Hemingford Home –, le shérif Jones est revenu me voir à la ferme. Un coup d'œil à son visage m'a appris la nouvelle du jour, et j'ai commencé à secouer la tête. « Non. Ça suffit. Je ne veux pas savoir. Je ne veux plus savoir. Allez-vous-en. »

Je suis rentré dans la maison et j'ai essayé de fermer la porte pour l'empêcher d'entrer, mais, outre que j'étais encore trop faible, je n'avais plus qu'une main, et il n'a pas eu à forcer beaucoup pour entrer. « Courage,

Wilf, m'a-t-il dit. Vous vous en remettrez. » Comme s'il savait de quoi il parlait.

Il a regardé dans le buffet sur lequel était posée la grosse chope à bière en céramique décorative, est tombé sur ma bouteille de whisky sévèrement purgée, a versé le doigt qu'il restait dans la chope, et me l'a tendue. « Le docteur n'approuverait pas, m'a-t-il dit, mais il n'est pas là et vous allez en avoir besoin. »

Les Amoureux Hors-la-Loi avaient été découverts dans leur ultime retraite, Shannon ayant succombé à la balle du tenancier de bar, et Henry à l'une des siennes qu'il s'était tirée dans la cervelle. Leurs corps avaient été transportés à la morgue d'Elko, en attente d'instructions. Harlan Cotterie s'occupait de sa fille, mais ne voulait rien avoir à faire avec mon fils. Naturellement. Je m'en suis chargé moi-même. Henry est arrivé par le train à Hemingford le 18 décembre, et j'étais présent au dépôt, accompagné du corbillard noir des frères Castings. J'ai été pris en photo à plusieurs reprises. On m'a posé des questions auxquelles je n'ai même pas essayé de répondre. Les journaux, aussi bien le *World-Herald* que l'humble *Hemingford Weekly*, ont titré : L'AFFLICTION D'UN PÈRE.

Cependant, si les journalistes m'avaient vu au bureau des pompes funèbres lorsque la boîte en pin de quatre sous fut ouverte, ils auraient vu l'affliction véritable ; et auraient pu titrer L'ÉPOUVANTE D'UN PÈRE. La balle que mon fils s'était tirée dans la tempe, alors qu'il était assis dans cette cabane avec la tête de Shannon sur les genoux, avait fait exploser son cerveau et emporté une grande partie de son crâne, du côté gauche du visage.

Mais là n'était pas le pire. Il n'avait plus d'yeux. Sa lèvre inférieure avait été dévorée, en sorte que les dents saillaient vers l'avant en un rictus macabre. Tout ce qui restait de son nez était un tubercule rouge. Avant qu'un policier ou un shérif adjoint quelconque n'ait découvert les corps de mon fils et de sa bien-aimée, les rats avaient festoyé sur eux.

« Arrangez-le, ai-je ordonné à Herbert Castings quand j'ai réussi à rouvrir la bouche et à parler de façon rationnelle.

— Monsieur James... mais monsieur... les dommages sont...

— Je vois quels sont les dommages. Arrangez-le. Et sortez-le de cette boîte minable. Mettez-le dans le plus beau cercueil que vous ayez. Je me moque du prix. J'ai de l'argent. »

Je me suis penché et j'ai embrassé sa joue arrachée. Aucun père ne devrait avoir à embrasser ainsi son fils pour la dernière fois, mais si un père avait jamais mérité un tel destin, c'était bien moi.

Les enterrements furent célébrés tous les deux en l'église méthodiste de la Gloire de Dieu d'Hemingford, celui de Shannon le 22 décembre et celui d'Henry le 24. L'église était pleine pour Shannon, et les gens pleuraient presque assez fort pour soulever le plafond. Je le sais, parce que j'y étais, un petit moment du moins. Je suis resté debout dans le fond, anonyme, jusqu'à la moitié de l'éloge funèbre du révérend Thursby ; là, je me suis glissé au-dehors. Le révérend Thursby a aussi présidé à la cérémonie funèbre d'Henry, mais ai-je vraiment besoin de vous dire que l'assistance était nettement plus réduite ? Thursby n'a vu qu'une personne, mais il y en avait deux. Arlette était là, aussi, assise à côté de moi, invisible et souriante. Me chuchotant à l'oreille :

Tu es content de la tournure qu'ont prise les événements, Wilf ? Cela en valait-il la peine ?

En additionnant le coût des pompes funèbres, le prix de l'enterrement et les frais de conservation à la morgue, plus le montant du rapatriement du corps, les dispositions funéraires pour la dépouille mortelle de mon fils m'ont coûté un tout petit peu plus de trois cents dollars. J'ai payé avec l'argent de l'hypothèque. Que me restait-il d'autre ? Quand l'enterrement a été terminé, je suis rentré chez moi pour trouver une maison déserte. Mais d'abord, j'étais passé m'acheter une nouvelle bouteille de whisky.

1922 avait encore un tour dans son sac. Le lendemain de Noël, un énorme blizzard est arrivé en grondant des Rocheuses, nous ensevelissant sous un pied de neige avec des vents soufflant en rafales. Comme la nuit tombait, la neige a d'abord viré à la neige fondue puis s'est transformée en une pluie battante. Autour de minuit, alors qu'assis au salon dans la pénombre je soignais mon moignon lancinant à coups de petites goulées de whisky, un grincement, puis un craquement ont retenti à l'arrière de la maison. C'était le toit de ce côté-là qui s'était effondré – la partie endommagée pour la réparation de laquelle j'avais, du moins en partie, contracté l'hypothèque. J'ai levé mon verre en son honneur et lampé une autre gorgée. Quand le vent froid a commencé à souffler autour de mes épaules, j'ai décroché mon manteau dans le vestibule, je l'ai endossé, puis je me suis rassis pour boire encore un peu de whisky. Au bout d'un moment, je me suis assoupi. Un autre craquement grinçant m'a réveillé autour de 3 heures. Cette fois-ci, c'était la moitié avant de l'étable qui s'était écroulée. Achéloïs avait survécu pour la troisième fois, et le lendemain soir, je l'ai rentrée dans la maison avec moi. Pourquoi? pourriez-vous me demander, et je vous répondrais : Et pourquoi pas? Pourquoi pas, que diable? Nous étions les survivants, elle et moi. Nous étions les survivants.

Le matin de Noël (que j'ai passé à siroter du whisky dans mon salon froid, avec ma vache survivante pour compagnie), j'ai compté ce qui restait de l'argent de l'hypothèque et me suis avisé que ça ne paierait même pas le commencement des réparations du toit abîmé par la tempête. Ça m'était plutôt égal, parce que j'avais perdu le goût de la vie à la ferme, mais la pensée que la société Farrington monte son abattoir à cochons et pollue la rivière me faisait encore grincer les dents de fureur. Surtout après avoir payé un coût si élevé pour que ces cent arpents de terre triplement maudits de Dieu ne tombent pas entre leurs mains.

Je me suis subitement avisé qu'avec la disparition d'Arlette devenue officiellement un décès, ces cent arpents m'appartenaient. C'est ainsi que 2 jours plus tard, ravalant ma fierté, je suis allé trouver Harlan Cotterie.

L'homme qui m'a ouvert s'en était sorti mieux que moi, mais les chocs de l'année écoulée avaient quand même laissé des traces. Il avait perdu du poids, il avait perdu des cheveux et sa chemise était chiffonnée – moins chiffonnée que sa figure toutefois, et la chemise pouvait se repasser. Lui faisait soixante-cinq ans, et non plus quarante-cinq.

« Ne me frappe pas, je lui ai dit quand je l'ai vu serrer les poings. Écoute-moi d'abord.

— Je ne frapperai pas un homme qui n'a plus qu'une main, il m'a dit, mais je te serais reconnaissant d'être bref. Et nous allons devoir parler ici sur le perron parce qu'il est hors de question que tu remettes les pieds dans ma maison.

— Je comprends », lui ai-je dit. J'avais perdu du poids moi aussi – beaucoup –, et je tremblais, mais c'était bon de sentir l'air froid sur mon moignon, et sur la main invisible qui semblait encore exister au bout. « Harl, je veux te vendre cent arpents de bonnes terres. Les cent qu'Arlette voulait tellement vendre à la société Farrington. »

Il a souri en entendant ça, et ses yeux ont étincelé dans leurs orbites creusées. « Les temps sont durs, dis-moi ? La moitié de ta maison et la moitié de ton étable écroulées. Et Hermie Gordon dit que tu as une vache qui vit avec toi dans la maison. » Hermie Gordon était le facteur de la tournée rurale, et un bavard de première.

J'ai annoncé un prix si bas que la bouche de Harl s'est mise à béer tandis que ses sourcils se soulevaient. C'est à ce moment-là que j'ai remarqué l'odeur qui filtrait de l'intérieur si bien tenu et si bien équipé des Cotterie : une odeur de nourriture brûlée qui semblait totalement étrangère au lieu. Apparemment, ce n'était plus Sallie Cotterie qui cuisinait. À une époque, ce genre de détail aurait pu m'intéresser, mais cette époque était révolue. Tout ce qui m'importait, présentement, c'était de me défaire de ces cent arpents de terres. Il semblait parfaitement légitime de les vendre bon marché, vu le prix si élevé qu'ils m'avaient coûté.

Il a dit : « C'est donné. » Puis, avec une évidente satisfaction : « Arlette doit se retourner dans sa tombe. »

J'ai pensé : *Elle a fait plus que se retourner*.

« Qu'est-ce qui te fait sourire, Wilf ?

— Rien. À un détail près, je me fiche de ce que vont devenir ces terres. La *seule* chose qui m'importe, c'est d'en tenir éloigné le maudit abattoir des Farrington.

— Même si tu dois perdre ta propre ferme ? » Et il a hoché la tête comme si c'était moi qui lui avais posé une question. « Je suis au courant pour ton hypothèque. Pas de secrets dans un petit village. »

J'ai répondu : « Oui, même si je dois la perdre. Accepte mon offre, Harl. Tu serais fou de ne pas le faire. La rivière qu'ils vont souiller de sang, de poils et de tripes de porcs – c'est ta rivière aussi. »

Il a dit : « Non. »

Je l'ai regardé fixement, trop surpris pour rien dire. Mais il a de nouveau hoché la tête comme si je lui avais posé une autre question.

« Tu crois savoir ce que tu m'as fait, mais tu n'en sais pas la moitié. Sallie m'a quitté. Elle est retournée vivre chez ses parents à McCook. Elle dit qu'elle reviendra peut-être, qu'elle va y réfléchir, mais je ne crois pas qu'elle le fera. Ce qui nous rend, toi et moi, passagers du même vieux chariot brisé, pas vrai ? Deux hommes qui ont commencé l'année avec des épouses et la finissent sans elles. Deux hommes qui ont commencé l'année avec des enfants en vie et la finissent avec des enfants morts. La seule différence que je vois, c'est que je n'ai pas perdu la moitié de ma maison ni la moitié de mon étable dans une tempête. » Il a réfléchi à ça. « Et j'ai encore mes deux mains. Il y a ça aussi, je suppose. Si l'envie me prend de pisser, je peux encore choisir avec quelle main.

— Mais que... pourquoi est-elle...

— Oh, fais marcher ta tête. Elle me reproche la mort de Shannon autant qu'à toi. Elle a dit que si je n'étais pas monté sur mes grands chevaux et si je n'avais pas envoyé Shan loin de chez nous, elle serait encore en vie et vivrait avec Henry dans votre ferme, à deux pas d'ici, au lieu d'être couchée toute froide dans une boîte sous terre. Elle dit qu'elle aurait un petit-fils ou une petite-fille. Elle m'a traité d'imbécile père la Vertu, et elle avait raison. »

J'ai tendu vers lui la main qui me restait. Il l'a chassée d'une claque.

« Ne me touche pas, Wilf. Je ne te le répéterai pas deux fois. »

J'ai ramené ma main contre moi.

« S'il y a une chose dont je suis sûr, il m'a dit, c'est que si j'accepte ton offre, si tentante soit-elle, je le regretterai. Parce que cette terre est maudite. Nous n'avons peut-être pas le même avis sur tout, mais je parie que là-dessus nous serions d'accord. Si tu veux la vendre, vends-la à la banque. Tu récupéreras ton hypothèque, et un peu de liquidités en plus.

— Ils auront tôt fait de se retourner pour la vendre à Farrington !

— Je suis une brave bête, dommage que je ne donne pas de lait. »

Ce furent ses derniers mots avant qu'il ne me ferme la porte au nez.

Le dernier jour de l'année, j'ai pris la camionnette pour aller à Hemingford Home voir M. Stoppenhauser à la banque. Je lui ai dit que j'avais décidé que je ne pouvais plus vivre à la ferme. Je lui ai dit que j'aimerais vendre les terres d'Arlette à sa banque et utiliser le solde créditeur de l'opération pour me libérer de l'hypothèque. Comme Harlan Cotterie, il a dit non. Pendant une ou deux secondes, je suis resté là, assis dans le fauteuil face à son bureau, incapable d'en croire mes oreilles.

« Pourquoi non ? C'est de la bonne terre ! »

Il m'a répondu qu'il travaillait pour une banque et qu'une banque n'était pas exactement une agence immobilière. Il m'a donné du *Monsieur James*. Fini le temps où j'étais Wilf dans ce bureau.

« Mais c'est complètement… » *Ridicule* était le seul mot qui me venait à l'esprit, mais je ne voulais pas risquer de le froisser s'il y avait la moindre chance qu'il change d'avis. Une fois la décision prise de vendre la terre (et la vache, il allait falloir que je trouve un acheteur aussi pour Achéloïs, vraisemblablement un étranger avec un sac de haricots magiques à troquer en échange), l'idée était devenue une véritable obsession. Aussi, je n'ai pas haussé le ton et j'ai parlé calmement :

« Ce n'est pas tout à fait vrai, monsieur Stoppenhauser. La banque a acheté la ferme des Rideout quand elle a été mise aux enchères. La radio Triple M, aussi.

— Ces situations étaient différentes. Nous détenons une hypothèque sur vos quatre-vingts arpents d'origine, et nous n'en voulons pas davantage. Ce que vous faites de ces cent arpents de pâturages ne nous intéresse pas.

— Qui est-ce qui est venu vous voir ? lui ai-je demandé, avant de m'aviser que je n'avais pas besoin de demander. C'est Lester, hein ? La mouche du coche de Farrington.

— Je n'ai aucune idée de ce dont vous parlez, a dit Stoppenhauser, mais j'ai vu la petite lumière dans ses yeux. Je pense que votre chagrin et votre... votre blessure... ont temporairement altéré votre capacité à penser clairement.

— Oh non », je lui ai dit. Et j'ai commencé à rire. C'était un son dangereusement détraqué, même à mes propres oreilles. « Je n'ai jamais pensé plus clairement de ma vie, monsieur. Il est venu vous voir – lui ou un autre, je suis sûr que Cole Farrington a les moyens d'engager tous les marchands de paroles qu'il veut – et vous avez conclu un marché. Vous avez fait *c-c-collusion* ! »

Je riais plus fort que jamais.

« Monsieur James, je crains de devoir vous demander de partir.

— Peut-être que vous aviez tout prévu à l'avance, je lui ai dit. Peut-être que c'est pour ça que vous teniez tellement à me faire contracter cette maudite hypothèque pour commencer. Ou peut-être que quand Lester a su, pour mon fils, il a vu une occasion en or de tirer profit de mon infortune et il s'est précipité chez vous. Peut-être qu'il s'est assis dans ce même fauteuil et qu'il vous a dit : "C'est dans la poche pour nous, Stoppie – tu décroches la ferme, mon client décroche la terre près de la rivière, et Wilf James peut aller rôtir en Enfer." C'est pas comme ça que ça s'est passé ? »

Il avait pressé un bouton sur son bureau, et la porte s'est ouverte. C'était juste une petite banque, trop petite pour employer un gardien de sécurité, mais le caissier qui a passé la tête à l'intérieur était un costaud. Un fils Rohrbacher, d'après l'allure ; j'étais allé à l'école avec son père, et Henry avait dû être en classe avec sa plus jeune sœur, Mandy.

Il a demandé : « Un problème, monsieur Stoppenhauser ?

— Pas si M. James s'en va maintenant, a dit l'autre. Voulez-vous l'accompagner jusqu'à la porte, Kevin ? »

Kevin est entré, et comme j'étais lent à me lever, il a refermé une main juste au-dessus de mon coude gauche. Il était vêtu comme un banquier, jusqu'aux bretelles et au nœud papillon, mais c'était une main de paysan, dure et calleuse, qui me tenait. Mon moignon encore en voie de cicatrisation m'a envoyé un élancement d'avertissement.

« Venez, monsieur », m'a-t-il dit.

Je lui ai dit : « Ne me tire pas. Ça fait mal, là où j'avais ma main avant.

— Alors suivez-moi.

— Je suis allé en classe avec ton père. Il était assis à côté de moi et il copiait sur moi pendant la semaine des compositions de printemps. »

Il m'a tiré du fauteuil où l'on s'était naguère adressé à moi en m'appelant Wilf. Ce bon vieux Wilf, qui serait un idiot de ne pas prendre une hypothèque. Le fauteuil a failli se renverser.

« Bonne année, monsieur James », m'a dit Stoppenhauser.

Je lui ai répondu : « À vous aussi, espèce de salaud. » Voir son expression choquée a peut-être été la dernière bonne chose qui me soit arrivée dans la vie.

Ça fait cinq minutes que je suis là, à mâchonner le bout de mon stylo en essayant de me souvenir d'une autre fois depuis – un bon livre, un bon repas, une belle après-midi au parc –, et je ne trouve rien.

Kevin Rohrbacher m'a *escorté* pour traverser le vestibule. Je suppose que c'est le verbe qui convient ; il ne m'a pas traîné carrément. Le sol était en marbre, et nos pas résonnaient. Les murs étaient en chêne foncé. Derrière les hautes vitres des caisses, deux femmes servaient un petit groupe de clients de fin d'année. L'une des caissières était jeune, l'autre vieille, mais leurs mines aux yeux écarquillés étaient identiques. Pourtant ce n'est pas leur intérêt horrifié et presque morbide qui a accroché mon propre regard ; j'étais captivé par tout autre chose. Au-dessus des guichets des caissières courait une barre en loupe de chêne de trois pouces de large, et, trottant dessus d'un air affairé…

J'ai crié : « Attention au rat ! » en tendant le doigt.

La jeune caissière a lâché un petit cri, levé les yeux, puis échangé un regard avec sa collègue plus âgée. Il n'y avait pas de rat, seulement le passage de l'ombre du ventilateur qui tournait au plafond. Et maintenant, tout le monde me dévisageait.

Je leur ai dit : « Regardez tant que vous voudrez ! Regardez à gogo ! Regardez jusqu'à ce que vos maudits yeux vous en tombent ! »

Puis je me suis retrouvé dans la rue, à souffler par la bouche des bouffées d'air froid hivernal qui ressemblaient à de la fumée de cigarette. « Ne revenez pas, à moins que ce ne soit pour affaires, m'a dit Kevin. Et à moins de savoir rester poli.

— Ton père était la plus grande saleté de tricheur maudit de Dieu avec qui j'aie jamais été à l'école », je lui ai dit.

Je voulais qu'il me frappe, mais il s'est contenté de retourner à l'intérieur en me laissant seul sur le trottoir, debout devant ma vieille camionnette aux suspensions avachies.

Et voilà comment s'est passée la sortie en ville de Wilfred Leland James le dernier jour de l'année 1922.

Quand je suis rentré, Achéloïs n'était plus dans la maison. Elle était dans la cour, couchée sur le flanc et soufflant ses propres nuées de vapeur blanche. J'ai vu les plaques de neige décollées par ses sabots dans sa course pour dévaler la galerie, la plus grande étant celle où elle avait mal atterri et s'était brisé les deux pattes avant. Apparemment, même une vache irréprochable ne pouvait pas survivre longtemps avec moi.

Je suis passé par le vestibule prendre ma carabine, avant d'entrer dans la maison ; je voulais voir – si possible – ce qui l'avait à ce point effrayée pour qu'elle quitte son nouvel abri au grand galop. C'étaient les rats, évidemment. Trois d'entre eux étaient perchés sur le vaisselier vénéré d'Arlette, et ils me regardaient de leurs yeux noirs et solennels.

« Retournez d'où vous venez et dites-lui de me laisser tranquille, je leur ai dit. Dites-lui qu'elle a fait assez de dégâts. Pour l'amour de Dieu, dites-lui de me laisser en paix. »

Ils sont seulement restés là, à me regarder avec leurs queues enroulées autour de leurs corps gris-noir et dodus. Alors j'ai épaulé ma carabine à nuisibles et abattu celui du milieu. La balle l'a déchiré en deux, faisant gicler ses tripes partout sur le papier peint qu'Arlette avait choisi avec tant de soin neuf ou dix ans auparavant. Quand Henry était encore juste un 'tit loupiot et que tout se passait bien entre nous trois.

Les deux autres ont détalé. Pour retourner sous terre par leur boulevard secret, je n'ai aucun doute là-dessus. Pour retrouver leur reine en décomposition. Laissant derrière eux, sur le vaisselier de ma femme morte, des petits tas de crottes de rats et trois ou quatre petits morceaux du sac en toile de jute qu'Henry était allé chercher à l'étable en cette nuit de début d'été 1922. Les rats étaient venus tuer ma dernière vache et m'apporter des lambeaux de la *capuche* d'Arlette.

Je suis ressorti et j'ai tapoté la tête d'Achéloïs. Elle a tendu le cou en meuglant plaintivement. *Achève-moi. Tu es le maître, tu es le dieu de mon monde, alors achève-moi.*

Ce que j'ai fait.

Bonne année.

Ce fut la fin de l'année 1922, et c'est aussi la fin de mon histoire ; le reste n'est qu'épilogue. Les émissaires agglutinés autour de cette pièce – le gérant de ce vieil hôtel bien tenu pousserait un fameux hurlement s'il les voyait ! – n'auront pas à attendre beaucoup plus longtemps pour rendre leur verdict. Elle est le juge, ils sont les jurés, mais je serai mon propre bourreau.

J'ai perdu la ferme, bien entendu. Personne, y compris la société Farrington, n'a voulu acheter ces cent arpents tant que la ferme familiale n'était pas liquidée, et quand l'armée des bouchers de porcs a fini par déferler, j'ai été forcé de vendre à un prix odieusement bas. Le plan de Lester a fonctionné à la perfection. Je suis sûr que c'était le sien, et je suis sûr qu'il a décroché une prime.

Ah, bah ; même si j'avais disposé de ressources financières sur lesquelles me rabattre, j'aurais quand même perdu ma petite part d'univers dans le comté de Hemingford, et j'éprouve une sorte de réconfort pervers à le savoir. Il paraît que cette crise que nous sommes en train de vivre a commencé en ce Vendredi noir de l'an dernier, mais les habitants d'États comme le Kansas, l'Iowa et le Nebraska savent qu'elle a commencé en 1923, quand les cultures qui avaient survécu aux terribles tempêtes du printemps ont été tuées par la sécheresse qui a suivi, une sécheresse qui a duré deux ans. Les quelques récoltes rescapées qui ont pu arriver jusqu'aux marchés des grandes villes et dans les bourses agricoles des petites ont rapporté une misère. Harlan Cotterie a tenu jusqu'en 1925 ou à peu près, puis la banque lui a pris sa ferme. Je suis tombé sur cette nouvelle en parcourant la rubrique « Ventes bancaires » dans le *World-Herald*. En 1925, ce genre de rubriques occupait parfois des pages entières dans le journal. Les petites fermes avaient commencé à être liquidées, et je veux croire que dans cent ans – peut-être seulement soixante-quinze – elles le seront toutes. Quand viendra 2030 (si une telle année arrive), tout le Nebraska à l'ouest d'Omaha sera une seule immense ferme. Probablement qu'elle appartiendra à la société Farrington, et ceux qui auront l'infortune de vivre sur cette terre passeront leur existence sous des ciels jaune sale et porteront des masques à gaz pour ne pas suffoquer à cause de la puanteur des carcasses de porcs. Et *tous* les cours d'eau couleront rouges du sang du massacre.

Quand viendra 2030, seuls les rats seront heureux.

C'est donné, m'avait dit Harlan le jour où je lui avais proposé de lui vendre les terres d'Arlette, et c'est tout juste si je n'ai pas dû *payer* pour vendre finalement, sous la contrainte, à Cole Farrington. Andrew Lester, avoué-auprès-de-la-cour, a apporté les documents à la pension où je logeais alors à Hemingford City, et il a souri pendant que je les signais. Évidemment qu'il a souri. Les gros bras gagnent toujours. J'ai été un imbécile de croire que les choses pourraient un jour tourner autrement. J'ai été un imbécile, et tous ceux que j'aimais en ont payé le prix. Il m'arrive de me demander si Sallie Cotterie est jamais retournée vivre avec Harlan, ou si c'est lui qui est allé la retrouver à McCook lorsqu'il a perdu la ferme. Je ne sais pas, mais je pense que la mort de Shannon a probablement mis fin à un ménage jusque-là heureux. Le poison se répand comme l'encre dans l'eau.

Pendant que j'écris, les rats ont commencé à se rapprocher depuis les plinthes des murs. Le carré est devenu un cercle qui se resserre. Ils savent que ceci n'est que la *suite*, et rien de ce qui fait suite à un acte irrévocable n'a beaucoup d'importance. Je terminerai cependant. Et ils ne m'auront pas vivant ; la victoire finale m'appartiendra. Ma vieille veste marron est suspendue au dossier de la chaise que j'occupe. Le pistolet est dans la poche. Lorsque j'aurai terminé d'écrire les quelques dernières pages de cette confession, je m'en servirai. Il paraît que les suicidés et les meurtriers vont en Enfer. Si c'est le cas, je n'y serai pas dépaysé, parce que c'est là que j'ai passé ces huit dernières années.

Je suis parti vivre à Omaha, et si c'est effectivement une ville d'imbéciles, comme je le proclamais naguère, alors j'en ai d'abord été un citoyen modèle. Je me suis employé à boire les cent arpents d'Arlette, et même si j'avais été payé une misère, cela m'a pris deux ans. Quand je ne buvais pas, je visitais les lieux qu'Henry avait traversés au cours des derniers mois de sa vie : l'épicerie et pompe à éthyle de Lyme Biska, avec la Fille au Béguin Bleu sur le toit (fermée alors, avec sur la porte barricadée de planches une pancarte qui disait EN VENTE SUR ORDRE DE LA BANQUE), le prêteur sur gages de Dodge Street (où j'ai suivi l'exemple de mon fils et acheté le pistolet qui se trouve maintenant dans la poche de ma veste), la succursale d'Omaha de la Première Banque Agricole. La jeune et jolie caissière y travaillait toujours, mais son nom de famille n'était plus Penmark.

Elle m'a dit : « Quand je lui ai passé l'argent, il m'a dit merci. Il avait peut-être mal tourné, mais quelqu'un l'avait bien élevé. Vous le connaissiez ? »

J'ai dit : « Non, mais je connaissais sa famille. »

Bien sûr, je suis allé à St Eusèbe, mais je n'ai pas voulu entrer poser des questions sur Shannon Cotterie à la gouvernante ou mère supérieure ou quel que soit le titre qu'on lui donne. C'était une forteresse froide et menaçante, dont la pierre épaisse et les fenêtres en meurtrières illustraient parfaitement le sentiment que la hiérarchie papiste semble nourrir au fond de son cœur envers les femmes. Observer les quelques filles enceintes qui se glissaient au-dehors, les yeux baissés et les épaules voûtées, m'a dit tout ce que j'avais besoin de savoir sur les raisons pour lesquelles Shan avait été si pressée d'en partir.

Étrangement, c'est dans une ruelle que je me suis senti le plus proche de mon fils. La ruelle contiguë à la rue Gallatin avec son drugstore et sa fontaine à sodas (Spécialités Bonbons Schrafft et Caramel Maison), à deux pâtés de maisons de St Eusèbe. Il s'y trouvait une caisse, probablement trop récente pour être celle sur laquelle Henry s'était assis pendant qu'il attendait une fille assez aventureuse pour échanger des renseignements contre des cigarettes, mais je pouvais faire comme si. Et je l'ai fait. Cette comédie était plus facile à jouer quand j'avais bu et, certains jours, quand je me présentais dans la rue Gallatin, j'étais très ivre, en vérité. Parfois, je faisais comme si on était encore en 1922 et que c'était moi qui attendais Victoria Stevenson. Si elle venait, j'échangerais avec elle une cartouche entière de cigarettes contre un seul message à délivrer : *Quand un jeune homme qui se fait appeler Hank se présentera ici pour demander des nouvelles de Shan Cotterie, dites-lui d'aller se faire pendre ailleurs. De déguerpir. Dites-lui que son père a besoin de lui à la ferme, qu'en travaillant ensemble tous les deux, ils pourront peut-être la sauver.*

Mais cette fille-là ne m'était plus accessible. La seule Victoria que j'ai rencontrée, c'est sa version ultérieure, celle avec trois petits drôles et le titre respectable de Mme Hallett. Je ne buvais plus à ce moment-là, j'avais un emploi à l'usine textile Bilt-Rite, et j'avais renoué avec le rasoir et le savon à barbe. Étant donné ce vernis de respectabilité, elle m'a reçu d'assez bonne grâce. Et si je lui ai dit qui j'étais – si je veux être honnête jusqu'au bout –, c'est seulement qu'il ne me fut pas possible de mentir. J'avais vu, à ses yeux légèrement écarquillés, qu'elle avait noté la ressemblance.

Elle m'a dit de lui : « Fichtre, ce qu'il était gentil. Et fou d'amour à un point ! Je regrette tellement pour Shan aussi. C'était une fille en or. Ça ressemble à une tragédie de Shakespeare, non ? »

Sauf qu'elle a dit *tra-dé-gie*, et après ça, je ne suis plus jamais retourné dans la ruelle près de la rue Gallatin, parce que pour moi, le meurtre d'Arlette avait empoisonné jusqu'à l'élan de gentillesse de cette jeune mère irréprochable d'Omaha. Elle trouvait que la mort d'Henry et de Shannon ressemblait à une *tra-dé-gie* de Shakespeare. Elle trouvait que c'était romantique. Aurait-elle continué à le penser, me suis-je demandé, si elle avait entendu ma femme pousser ses derniers hurlements à travers une capuche en toile de jute gorgée de sang ? Ou si elle avait vu le visage sans yeux et sans lèvres de mon enfant ?

Durant toutes mes années dans la Ville Portail[1], connue aussi sous le nom de Ville des Imbéciles, j'ai occupé deux emplois. Vous me direz, *évidemment* que j'ai occupé des emplois : j'aurais vécu à la rue sans ça. Mais des hommes plus honnêtes que moi ont continué à boire alors même qu'ils voulaient arrêter, et des hommes plus corrects que moi ont fini par coucher devant des portes cochères. Je suppose que je pourrais dire qu'après mes années perdues, j'ai consenti un effort supplémentaire pour vivre une vraie vie. Il

---

1. ... de l'Ouest : *Gateway City (of the West)*, surnom d'Omaha. *(Toutes les notes sont de la traductrice.)*

y a des fois où j'ai même pu le croire, mais couché dans mon lit la nuit (à écouter les rats – mes indéfectibles compagnons – galoper dans les murs), je connaissais toujours la vérité : j'étais encore en train d'essayer de gagner. Même après la mort d'Henry et de Shannon, même après avoir perdu la ferme, j'essayais de l'emporter sur le cadavre dans le puits. Elle et ses *sbires*.

John Hanrahan était contremaître des entrepôts de l'usine Bilt-Rite. Il ne voulait pas embaucher un homme privé d'une main, mais je l'ai supplié de faire un essai, et quand je lui ai prouvé que je pouvais tirer un chariot chargé de chemises et de salopettes aussi bien que n'importe lequel de ses salariés, il m'a pris. J'ai tiré ces chariots pendant quatorze mois et, bien souvent, je rentrais en claudiquant le soir à la pension où je logeais, le dos et le moignon en feu. Mais je ne me suis jamais plaint, et j'ai même trouvé le loisir d'apprendre à coudre. J'ai pris sur mon temps de déjeuner (quinze minutes en tout et pour tout) et sur ma pause de l'après-midi. Pendant que les autres hommes se retrouvaient dehors sur le quai de chargement, à boire et à se raconter des blagues cochonnes, j'apprenais tout seul à piquer des coutures, d'abord dans les sacs en toile de jute qui servaient aux expéditions, puis dans les salopettes qui étaient le principal article fabriqué à l'usine. Je me suis découvert un don pour ça : j'arrivais même à poser des fermetures Éclair, ce qui n'est pas un mince talent sur une chaîne de montage de vêtements. J'appuyais mon moignon sur l'étoffe pour la maintenir pendant que mon pied actionnait la pédale électrique.

Coudre les vêtements, ça payait mieux que tirer les chariots, et c'était moins pénible pour mon dos, mais l'Étage Couture était obscur et caverneux et, au bout de quatre mois environ, j'ai commencé à voir des rats perchés sur les montagnes de toile denim fraîchement teinte en bleu et tapis dans les ombres sous les diables qui nous apportaient les pièces à coudre et les remportaient une fois cousues.

À plusieurs reprises, j'ai attiré l'attention de mes collègues de travail sur la présence de ces nuisibles. Ils ont prétendu ne pas les voir. Peut-être qu'ils ne les voyaient pas, en effet. Il me paraît nettement plus plausible qu'ils aient craint une fermeture temporaire de l'Étage Couture pour permettre aux dératiseurs de venir faire leur ouvrage. L'équipe de couture aurait risqué d'y perdre trois jours, ou même une semaine de salaire. Pour des hommes et des femmes chargés de familles, ç'aurait été catastrophique. Ils trouvaient plus facile de dire à M. Hanrahan que j'avais des hallucinations. Je le comprends. Et quand ils ont commencé à m'appeler Wilf le Cinglé? Ça aussi, je le comprends. Ce n'est pas pour ça que j'ai démissionné.

J'ai démissionné parce que les rats continuaient d'avancer.

J'avais mis un peu d'argent de côté, et je me préparais à vivre dessus le temps de trouver un autre emploi, mais je n'ai pas eu besoin de le faire. Trois jours seulement après avoir quitté Bilt-Rite, j'ai vu une annonce dans le journal : on cherchait un bibliothécaire pour la bibliothèque publique d'Omaha – références ou diplôme exigés. Je n'avais aucun diplôme, mais j'avais lu des livres toute ma vie, et si les événements de 1922 m'avaient appris une chose, c'était l'art de tromper son monde. J'ai fabriqué de toutes pièces des références émanant des bibliothèques publiques de Kansas City et de Springfield, Missouri, et j'ai décroché le poste. J'étais sûr que M. Quarles vérifierait les références et découvrirait qu'elles étaient fausses, je me suis donc employé à devenir le meilleur bibliothécaire d'Amérique, et m'y suis employé vite. Lorsque mon nouveau patron me confronterait à ma fraude, je m'en remettrais simplement à sa miséricorde en espérant le meilleur. Mais il n'y eut pas de confrontation. J'ai conservé mon emploi à la bibliothèque publique d'Omaha durant quatre ans. D'un point de vue réglementaire, je suppose que je l'occupe toujours, même si je ne m'y suis pas présenté depuis une semaine et que je n'ai pas téléphoné pour me faire porter malade.

Les rats, voyez-vous. Ils sont venus m'y trouver aussi. J'ai commencé à les voir assis sur leur derrière sur des piles de vieux livres dans la Salle de Reliure, ou cavalant le long des plus hautes étagères dans les réserves, et me scrutant de là-haut d'un regard entendu. La semaine dernière, dans la Salle de Lecture, alors que je tirais des rayonnages un volume de l'*Encyclopædia Britannica* pour une lectrice âgée (c'était le Ra-St, qui contient sans doute une entrée pour *Rattus norvegicus*, et une autre pour *sang*, évidemment), j'ai vu un museau gris-noir affamé me regarder fixement depuis l'espace laissé vacant. C'était le rat qui avait sectionné de ses dents le pis de la pauvre Achéloïs. J'ignore comment c'est possible – je suis sûr de l'avoir tué – mais ça ne fait aucun doute. Je l'ai reconnu. Comment aurais-je pu ne pas le reconnaître ? Il avait un lambeau de toile de jute, de la toile de jute *tachée de sang*, coincé dans les moustaches.

La capuche !

J'ai apporté le volume de la *Britannica* à la vieille dame qui me l'avait demandé (elle portait une étole d'hermine, et les petits yeux noirs de la bestiole me dévisageaient d'un air morose). Puis je suis sorti, tout simplement. J'ai erré par les rues des heures durant et fini par arriver ici, à l'hôtel Magnolia. Et je ne l'ai pas quitté depuis, y dépensant l'argent gagné comme bibliothécaire – ce qui n'a plus aucune importante maintenant – et y rédigeant ma confession, qui, elle, en a une grande. Je…

L'un d'eux vient juste de me mordiller la cheville. Comme pour dire, *Finissons-en, le temps est bientôt écoulé.* Un peu de sang a commencé à tacher ma chaussette. Cela ne me dérange pas. Pas le moins du monde. Du sang, j'en ai vu bien plus en mon temps ; en 1922, il y en avait une chambre pleine.

Et maintenant, il me semble entendre… est-ce mon imagination ?

Non.

Quelqu'un vient me rendre visite.

J'ai bouché la conduite, mais les rats se sont quand même échappés. J'ai comblé le puits, mais *elle* aussi a réussi à sortir. Et cette fois-ci, je ne crois pas qu'elle soit venue seule. Je crois entendre deux paires de pas traînants, au lieu d'un seulement. Ou…

Trois ? Sont-ils trois ? La jeune fille qui aurait été ma bru dans un monde meilleur se trouve-t-elle aussi avec eux ?

Je pense que oui. Trois cadavres remontent le couloir à pas traînants, leurs visages (ce qu'il en reste) défigurés par les morsures de rats, celui d'Arlette déporté sur le côté par le coup de sabot d'une vache mourante.

Une autre morsure à la cheville.

Et une autre !

Que dirait la Direction si…

Aïe ! Une autre. Mais ils ne m'auront pas. Et mes visiteurs non plus, même si je vois déjà tourner le bouton de la porte et si je les *sens*, si je sens les lambeaux de chair encore accrochés à leurs os et qui répandent cette puanteur de carcasses abattues

abatt

le pistolet

Dieu où est le

arrêtez

OH FAITES QU'ILS ARRÊTENT DE ME MOR

Extrait du *Omaha World-Herald* du 14 avril 1930

UN BIBLIOTHÉCAIRE SE SUICIDE
DANS UN HÔTEL DE LA VILLE

Une étrange scène découverte par l'employé de la sécurité

Le corps de Wilfred James, bibliothécaire à la bibliothèque publique d'Omaha, a été retrouvé dimanche dans un hôtel de la ville après que les efforts du personnel hôtelier pour entrer en contact avec lui furent demeurés vains. L'occupant d'une chambre voisine s'était plaint « d'une mauvaise odeur, comme de la viande avariée », et, tard dans l'après-midi du vendredi, une femme de chambre de l'hôtel avait rapporté avoir entendu « des cris ou des appels étouffés, comme ceux d'un homme qui souffre ».

Après avoir frappé avec insistance sans obtenir de réponse, le responsable de la sécurité de l'hôtel a utilisé son passe et découvert le corps de M. James, effondré sur le bureau de la chambre. « J'ai aperçu un pistolet et présumé qu'il s'était suicidé, a confié le responsable de la sécurité. Mais personne n'avait entendu de détonation, et il n'y avait aucune odeur de poudre. Quand j'ai vérifié l'arme, j'ai pu constater que c'était un calibre 25 mal entretenu, et qu'il n'était pas chargé. J'avais tout de suite remarqué le sang, bien sûr. Je n'avais jamais rien vu de tel auparavant, et je ne souhaite jamais revoir une telle scène. L'homme s'était infligé des morsures sur tout le corps – les bras, les jambes, les chevilles, et même les orteils. Mais ce n'est pas tout. Il était visiblement absorbé dans un projet d'écriture, mais il avait également déchiqueté le papier avec ses dents. Les restes étaient éparpillés par terre. Cela ressemblait aux débris dont se servent les rats pour faire leurs nids. En fin de compte, il s'était aussi sectionné les poignets avec les dents. Je crois bien que c'est ça qui l'a tué. Cet homme devait certainement être dérangé. »

On sait peu de choses sur M. James à l'heure où nous écrivons ces lignes. Ronald Quarles, le bibliothécaire en chef de la bibliothèque publique d'Omaha, avait embauché M. James à la fin de l'année 1926. « C'était un homme qui, à l'évidence, avait connu l'infortune. Et il était handicapé par la perte d'une de ses mains. Mais il connaissait bien les livres et avait de bonnes références, a témoigné M. Quarles. C'était un bon collègue, quoique distant. Je crois qu'il avait travaillé un temps en usine avant de se présenter pour ce poste, et il avait confié à certaines personnes qu'avant de perdre sa main, il possédait une petite ferme dans le comté de Hemingford. » Le *World-Herald* recherche des informations sur le malheureux M. James et sollicite tout lecteur qui pourrait l'avoir connu. Le corps est conservé à la morgue du comté d'Omaha, en attendant les instructions de la famille. « Si aucun membre de la famille ne se manifeste, déclare le Dr Tattersall, médecin légiste en chef de la morgue, je suppose qu'il sera enseveli dans la fosse commune. »

GRAND CHAUFFEUR

1

Tess acceptait douze interventions publiques rémunérées par an, si on les lui proposait. À mille deux cents dollars l'intervention, ça lui faisait quatorze mille quatre cents dollars dans l'année. Après douze volumes écrits et publiés, le Club des Indémaillables de Willow Grove faisait toujours son bonheur, mais elle ne nourrissait aucune illusion sur ses capacités à poursuivre dans la même veine jusqu'à soixante-dix ans bien sonnés. Que pourrait-elle alors racler dans les fonds de tiroirs ? *Le Club des Indémaillables part pour Terre Haute ? Le Club des Indémaillables visite la station spatiale internationale ?* Non. Même si les dames des cercles de lecture qui constituaient le pilier de son lectorat continuaient à la lire (et elles continueraient sans doute). Non.

Tout en vivant confortablement des subsides que lui rapportaient ses livres, Tess jouait donc les écureuils amassant des glands pour l'hiver. Ces dix dernières années, elle avait placé de douze à seize mille dollars par an dans son portefeuille d'actions. Le total n'était pas aussi mirobolant que ce qu'elle aurait pu espérer – étant donné les aléas de la Bourse – mais elle se disait que si elle continuait à en mettre un coup, elle s'en tirerait probablement bien ; elle était une valeureuse petite locomotive. Et elle donnait aussi au moins trois conférences gratuites par an pour soulager sa conscience, cet organe bien souvent agaçant qui n'aurait pas dû la faire culpabiliser parce qu'elle empochait de l'argent honnêtement gagné – mais qui le faisait parfois. Probablement parce que tenir le crachoir et signer des autographes ne correspondait pas au concept de travail qu'on lui avait inculqué en grandissant.

Outre ces honoraires minimum de mille deux cents dollars, son autre exigence était qu'elle puisse se rendre en voiture sur les lieux de ses conférences sans devoir passer plus d'une nuit en route, à l'aller ou au retour. Ce qui signifiait qu'elle descendait rarement plus au sud que Richmond et s'aventurait rarement plus à l'ouest que Cleveland. Passer une nuit dans un motel était fatigant, mais acceptable ; deux, et il lui fallait une semaine pour s'en remettre. En plus, Fritzy, son chat, détestait rester tout seul à la maison. Et il ne se privait pas de le lui faire savoir quand elle rentrait, se mettant dans ses jambes quand elle montait l'escalier et la pétrissant un peu trop amoureusement de ses griffes quand elle le prenait sur ses genoux. Patsy McClain, sa voisine, avait beau venir le nourrir consciencieusement il mangeait rarement bien jusqu'au retour de Tess.

Ce n'était pas qu'elle redoutait de prendre l'avion, ou qu'elle répugnait à facturer ses frais de déplacement aux associations qui faisaient appel à elle, comme elle leur facturait ses nuits dans des motels (toujours convenables, mais jamais somptueux). Elle détestait tout bonnement ça : la foule, l'indignité du passage au scanner qui te déshabille, la façon dont les compagnies aériennes vous vendent aujourd'hui ce qui auparavant était gratuit, l'attente… et le fait indéniable qu'on n'était pas maître de son destin. C'était ça le pire. Une fois qu'on avait passé les interminables contrôles de sécurité et qu'on était autorisé à embarquer, on devait remettre son bien le plus précieux – sa vie – entre les mains d'inconnus.

Bien sûr, c'était vrai aussi sur les autoroutes et les nationales qu'elle empruntait majoritairement quand elle circulait : un ivrogne pouvait perdre le contrôle de son véhicule, franchir la ligne blanche et venir mettre fin à votre vie dans une collision frontale (l'autre s'en sortirait ; apparemment, les ivrognes s'en sortaient toujours), mais du moins avait-elle une *illusion* de contrôle quand elle était au volant de sa voiture. Et puis, elle aimait conduire. C'était apaisant. Certaines de ses meilleures idées lui étaient venues en roulant, régulateur de vitesse activé, radio éteinte.

« Je parie que t'étais chauffeur routier dans une autre vie », lui avait dit un jour Patsy McClain.

Tess ne croyait pas aux vies antérieures, ni aux vies postérieures non plus – pour le dire en termes métaphysiques, elle pensait que ce qu'on voyait, c'était en gros tout ce qu'on avait –, mais elle aimait cette idée d'une vie où au lieu d'être une petite bonne femme au visage d'enfant, au sourire timide et au métier consistant à écrire de gentils romans à suspense, elle aurait été un grand gaillard aux joues mal rasées et au grand chapeau rabattu sur un front tanné par le soleil, se laissant entraîner sur les millions de routes sillonnant ce pays par une mascotte-bouledogue vissée sur le capot de son camion. Pas besoin d'assortir ses tenues avant chaque apparition publique dans cette vie-là ; une paire de jeans délavés et de bottes bouclées sur le côté, et le tour était joué. Tess aimait écrire, et prendre la parole en public ne la dérangeait pas, mais ce qu'elle aimait par-dessus tout, c'était conduire. Après sa prestation à Chicopee, ça lui parut drôle... mais pas drôle dans le sens qui fait rire, non. Pas du tout drôle dans ce sens-là.

2

L'invitation du club des Books & Brown Baggers de Chicopee correspondait en tout point à ses exigences. Il n'y avait pas plus de quatre-vingts kilomètres entre Chicopee et Stoke Village, ce serait donc l'affaire d'une journée, et les 3B offraient non pas mille deux cents dollars d'honoraires mais mille cinq cents. Plus les frais, naturellement. Mais ceux-ci seraient réduits au minimum – même pas une nuit dans un Courtyard Suites ou un Hampton Inn. La lettre de proposition émanait d'une certaine Ramona Norville, laquelle expliquait que nonobstant sa fonction de documentaliste en chef de la bibliothèque municipale de Chicopee, c'était en qualité de présidente du club des Books & Brown Baggers qu'elle lui écrivait. Le club organisait un après-midi lecture par mois, les auditeurs étaient invités à apporter leur pique-nique, et ces rencontres étaient très populaires. Janet Evanovitch, programmée pour le 12 octobre, s'était vue contrainte d'annuler pour raisons familiales – mariage ou enterrement, Ramona Norville ne savait pas exactement.

« J'ai conscience de la brièveté du préavis, écrivait dame Norville dans son dernier paragraphe au ton quelque peu enjôleur, mais Wikipédia m'apprend que vous vivez dans le Connecticut voisin, et nos lectrices de Chicopee sont tellement *fans* du Club des Indémaillables ! Vous auriez notre gratitude éternelle si vous acceptiez, ainsi que les honoraires susmentionnés. »

Tess doutait que leur gratitude s'étende au-delà d'un jour ou deux et elle avait déjà un engagement prévu pour octobre (semaine de Cavalcade Littéraire dans les Hamptons), mais l'Interstate I-84 lui permettrait de rejoindre facilement l'I-90 qui la conduirait directement à Chicopee. Aller-retour les doigts dans le nez ; Fritzy ne s'apercevrait même pas qu'elle était partie.

Ramona Norville lui avait bien sûr communiqué son adresse e-mail, et Tess lui écrivit immédiatement pour lui dire qu'elle acceptait la date et le montant des honoraires. Elle précisa aussi – comme elle en avait l'habitude – qu'elle ne signerait pas d'autographes pendant plus d'une heure. « Je possède un chat qui exerce des représailles si je ne suis pas là en personne pour lui servir son repas du soir », expliqua-t-elle. Elle termina en sollicitant tout renseignement complémentaire, même si elle savait déjà pratiquement tout ce qu'on attendrait d'elle ; elle se livrait à des prestations similaires depuis l'âge de trente ans. Mais les spécialistes de l'organisation comme Ramona Norville s'attendaient à ce qu'on leur pose la question, sans quoi elles s'angoissaient et commençaient à se demander si l'écrivaine du jour n'allait pas se pointer sans soutien-gorge et avec un verre dans le nez.

Il vint à l'esprit de Tess de suggérer que deux mille dollars seraient peut-être plus appropriés pour ce qui, de fait, était une mission de dépannage d'urgence, mais elle s'en abstint. Ce serait profiter de la situation. De plus, elle doutait que tous les volumes réunis (pile une douzaine) du Club des Indémaillables se soient vendus à plus d'exemplaires qu'un seul opus des aventures de Stéphanie Plum. Que ça lui plaise ou non – et à dire vrai, peu lui importait –, Tess était le plan B de Ramona Norville. Demander une majoration s'apparenterait à du chantage. Mille cinq cents, c'était plus que correct. Évidemment, quand elle se retrouverait gisant dans une conduite souterraine, toussant du sang par sa bouche et son nez tuméfiés, ça ne lui semblerait pas correct du tout. Mais est-ce que deux mille l'auraient été davantage ? Ou même deux millions ?

Qu'un prix puisse être attribué ou non à la douleur, au viol et à la terreur était une question que les dames du Club des Indémaillables n'avaient jamais eu à examiner. Les crimes qu'elles élucidaient n'étaient somme toute que des *idées* de crimes. Mais lorsque Tess se vit elle-même contrainte d'examiner la question, elle conclut que la réponse était non. Il lui apparut qu'une seule chose pouvait raisonnablement valoir dédommagement pour un tel crime. Et Fritzy et Tom tombèrent tous les deux d'accord.

3

Ramona Norville se révéla être une sexagénaire joviale et rougeaude, aux épaules larges et à la poitrine généreuse, la coupe en brosse et la poignée de main virile. Elle attendait Tess devant la bibliothèque, au milieu de la place de stationnement réservée à l'Auteur du Jour. Au lieu de souhaiter le bonjour à Tess (il était onze heures moins le quart), ou de la complimenter sur ses boucles d'oreilles (des gouttes en diamant, une extravagance réservée à ses rares dîners en ville et à des occasions comme celle-ci), elle lui posa une question d'homme : était-elle venue par la 84 ?

Lorsque Tess répondit par l'affirmative, dame Norville écarquilla les yeux en gonflant les joues. « Contente que vous soyez arrivée saine et sauve. La 84 est la pire nationale d'Amérique, à mon humble avis. Et ça vous fait un fameux détour ! Nous vous trouverons une meilleure solution pour le retour, si Internet dit vrai et que vous habitez Stoke Village. »

Tess en convint, même si elle n'aimait pas trop l'idée que des inconnus – même une sympathique bibliothécaire – sachent où elle rentrait le soir poser sa tête fatiguée. Mais à quoi bon récriminer : tout était sur Internet de nos jours.

« Je peux vous faire économiser quinze bons kilomètres, annonça dame Norville comme elles montaient les marches de la bibliothèque. Vous avez un GPS ? Ce sera plus commode que des gribouillis au dos d'une enveloppe. Quels engins fantastiques. »

Tess, qui avait en effet ajouté un GPS aux fonctionnalités du tableau de bord de son Ford Expédition (ça s'appelait un tomtom et se branchait sur l'allume-cigares), déclara qu'elle ne serait pas contre une réduction de quinze kilomètres sur son trajet de retour.

« Mieux vaut couper droit à travers la cabane de Robin des Bois plutôt que de faire un grand tour pour l'éviter, commenta Norville en donnant une légère tape dans le dos de Tess. J'ai raison ou j'ai raison ?

— Absolument », convint Tess.

Et son destin fut scellé aussi simplement que ça.

Elle n'avait jamais su résister à un raccourci.

4

Les affaires du livre[1] se déroulaient toujours en quatre actes, et la prestation de Tess lors de la réunion mensuelle des Books & Brown Baggers aurait pu passer pour un modèle du genre. Le seul écart par rapport à la norme fut la présentation à laquelle se livra Ramona, d'une concision frisant l'aridité. Pas de décourageant répertoire de fiches, pas de retour sur l'enfance de Tess dans une ferme du Nebraska, pas non plus de feu d'artifice de critiques élogieuses des livres de la série des Indémaillables (ce qui était une bonne chose en soi car, outre le fait qu'ils étaient rarement l'objet de critiques, c'était généralement le nom

---

1. Les mots en italique accompagnés d'un astérisque sont en français dans le texte.

de Miss Marple qui était invoqué, et pas toujours de façon flatteuse). Ramona indiqua simplement que ces romans étaient extraordinairement populaires (une hyperbole excusable), et que leur auteure s'était montrée extrêmement généreuse en acceptant à la dernière minute de venir leur donner de son temps (bien qu'à mille cinq cents dollars la prestation, on puisse difficilement parler de don). Puis elle céda le podium sous les applaudissements enthousiastes des quelque quatre cents personnes – la plupart étant de ces dames qui ne sauraient se présenter en public autrement que chapeautées – rassemblées dans le petit (mais tout à fait adéquat) auditorium de la bibliothèque.

La présentation, cependant, s'apparentait davantage à un *entracte**. L'Acte Un fut la réception de onze heures, où les plus grosses contributrices eurent le privilège de rencontrer Tess en privé autour de fromages, de biscuits salés et de mauvais café servi dans des tasses en plastique (les prestations en soirée comprenaient du mauvais vin servi dans des gobelets en plastique). Quelques-unes sollicitèrent un autographe. Quelques autres, beaucoup plus nombreuses, sollicitèrent une photo, qu'elles prirent presque toutes avec leur téléphone portable. On demanda à Tess où elle trouvait ses idées et elle répondit par ses petites onomatopées humoristiques habituelles, évasives et polies. Une demi-douzaine de personnes lui demandèrent, avec une lueur dans le regard qui suggérait qu'elles avaient payé le supplément de vingt dollars rien que pour poser cette question, comment on faisait pour trouver un agent. Tess répondit qu'on écrivait des lettres sans se lasser jusqu'à ce que l'un des plus avides de la profession accepte de regarder ce qu'on écrivait. C'était loin d'être *toute* la vérité – en matière d'agents, toute la vérité n'existait pas – mais on s'en rapprochait.

L'Acte Deux fut la causerie proprement dite, qui dura environ quarante-cinq minutes et consista essentiellement en anecdotes (dont aucune trop personnelle) et une description de sa façon de travailler ses récits (en commençant par la fin). Il était important de citer au moins trois fois le dernier titre paru, qui cet automne se trouvait être *Le Club des Indémaillables fait de la spéléo* (elle expliqua ce que c'était pour celles qui l'ignoraient).

L'Acte Trois fut le Moment des Questions, au cours duquel on lui demanda où elle trouvait ses idées (réponse humoristique et évasive), si elle tirait ses personnages de la vie réelle (« mes tantes »), et comment on s'y prenait pour décrocher un agent. Aujourd'hui, on voulut également savoir où elle avait acheté son chouchou (la réponse, « chez JC Penney », souleva d'inexplicables applaudissements).

Le Dernier Acte fut le Moment des Autographes, au cours duquel elle accéda obligeamment aux demandes de dédicaces et aux souhaits les plus variés, *Pour Janet, grande amatrice de tous mes livres*, et *Pour Leah – en espérant te revoir au lac Toxaway cet été*! (Requête quelque peu étrange, vu que Tess n'y avait jamais mis les pieds, ce qui n'était manifestement pas le cas de la demandeuse d'autographe.)

Quand tous les livres furent signés et les dernières à partir récompensées par quelques photos supplémentaires sur leur portable, Ramona Norville escorta Tess jusqu'à son bureau pour une tasse de vrai café. Ramona prit le sien noir, ce qui ne surprit nullement Tess ; son hôtesse était du genre café noir (et probablement Doc Martens ses jours de congé). La seule chose surprenante dans son bureau était la photo dédicacée et encadrée qui se trouvait au mur. Le visage était familier, et Tess mit un moment à retrouver son nom dans le dépotoir de sa mémoire, qui est l'atout le plus précieux de tout écrivain.

« Richard Widmark ? »

Ramona Norville eut un petit rire embarrassé, mais ravi. « Mon acteur préféré. J'avais le béguin pour lui quand j'étais jeune, si vous voulez savoir toute la vérité. Il m'a dédicacé cette photo dix ans avant sa mort. Il était déjà très âgé, mais c'est une vraie signature, pas un tampon. C'est pour vous. » Pendant un instant fou, Tess crut que Ramona parlait de la photo dédicacée. Puis elle vit l'enveloppe entre les doigts carrés de la femme. Une enveloppe à fenêtre, du genre avec vue sur le chèque à l'intérieur.

« Merci, dit Tess en la prenant.

— Pas de merci. Vous n'en avez pas volé un centime. »

Tess ne broncha pas.

« Et maintenant, voyons ce raccourci. »

Tess se pencha attentivement en avant. Dans l'un des titres du Club des Indémaillables, Doreen Marquis avait dit : *Ce qu'il y a de meilleur dans la vie, ce sont les croissants chauds et rentrer chez soi par un raccourci.* Typiquement le cas où l'écrivain puise dans ses croyances les plus intimes pour relever sa fiction.

« Pouvez-vous programmer les intersections sur votre GPS ?

— Oui, Tom est très malin. »

Ramona Norville sourit. « Entrez *route du Taur*, alors, et *US 47*. La route du Taur est très peu fréquentée en cette époque moderne – quasi oubliée depuis cette fichue 84 –, mais elle est pittoresque. Elle va vous faire cahoter sur, oh, disons une vingtaine de kilomètres. Le bitume est rapiécé, mais pas trop bosselé, en tout cas il ne l'était pas la dernière fois que je l'ai prise, et c'était au printemps, quand les pires bosses apparaissent. C'est du moins mon expérience.

— La mienne aussi, confirma Tess.

— Quand vous arriverez sur la 47, vous verrez un panneau qui vous ramènera sur l'I-84, mais à partir de là vous n'aurez plus qu'une quinzaine de kilomètres d'autoroute à faire : voilà le plus. Et vous aurez économisé des tonnes de temps et d'embarras.

— Ça aussi, c'est un plus », dit Tess.

Et elles rirent de concert, deux femmes complices sous le regard d'un Richard Widmark souriant. La station-service abandonnée avec son enseigne en fer-blanc cliquetant au vent était encore à quatre-vingt-dix minutes de là, douillettement lovée dans le futur tel un serpent dans son trou. Et la conduite souterraine aussi, bien sûr.

5

Non seulement Tess avait un GPS, mais elle avait payé un supplément pour un modèle perfectionné. Elle aimait bien les joujoux. Lorsqu'elle eut programmé l'intersection (sous le regard de Ramona Norville, penchée à sa portière et l'observant avec un intérêt tout masculin), le gadget réfléchit une ou deux secondes, et dit : « Je calcule ton itinéraire, Tess.

— Ouah, ça alors ! » fit Norville. Et elle rit, comme on rit d'une gentille bizarrerie.

Tess sourit, mais en son for intérieur, elle se dit que programmer son GPS pour qu'il vous appelle par votre prénom n'était pas plus bizarre que d'avoir la photo d'un acteur mort accrochée au mur de son bureau. « Merci pour tout, Ramona. Tout était très professionnel.

— Les 3B font de leur mieux. Maintenant, filez. Et encore merci.

— Je file, renchérit Tess. Et il n'y a pas de quoi. C'était un plaisir. »

C'était vrai ; en général, elle appréciait vraiment ce genre d'obligations, qu'elle remplissait avec un mélange de désinvolture et de détermination. Et son fonds de retraite apprécierait certainement la transfusion de liquide inattendue.

« Bon retour chez vous », dit Norville. Et Tess leva le pouce.

Quand elle déboîta, son GPS dit : « Salut, Tess. On part en balade, à ce que je vois.

— Exact, répondit-elle. Et c'est un bon jour pour une balade, tu ne trouves pas ? »

Sur l'écran du tomtom, aspirant l'info d'une boule de technologie métallique tournoyant très haut dans l'espace, la carte affichait des flèches vertes et des noms de rues. Contrairement aux ordinateurs des films de science-fiction, Tom était mal équipé pour faire la conversation, mais Tess l'y aidait parfois. Il lui intima de tourner à droite à quatre cents mètres, puis de prendre la première à gauche.

Elle se retrouva bientôt à la périphérie de Chicopee, mais Tom la laissa dépasser l'embranchement vers l'I-84 sans moufter et pénétrer dans la campagne où flambaient les couleurs d'octobre et planait l'odeur de fumée des feuilles brûlées. Après une dizaine de kilomètres sur une voie dénommée route du Vieux Comté, et juste au moment où elle se demandait si son GPS n'avait pas fait une erreur (sans blague), Tom reprit la parole :

« À un kilomètre cinq, tourner à droite. »

Et sans surprise, elle aperçut bientôt *route du Taur* sur un panneau de signalisation vert tellement grêlé de plomb qu'il en était presque illisible. Mais bien évidemment, Tom n'avait pas besoin de panneaux de signalisation ; dans le jargon des sociologues (et Tess en avait été une super bonne avant de se découvrir un talent pour les histoires de vieilles dames détectives), il était *extrodirigé*.

Elle va vous faire cahoter sur une vingtaine de kilomètres, avait dit Ramona Norville, mais Tess ne cahota guère que sur une petite quinzaine. Au sortir d'un virage, elle aperçut sur sa gauche une vieille bâtisse décrépite (l'enseigne décolorée au-dessus de l'îlot sans pompes portait encore la marque ESSO), puis vit – trop tard – des éclats de planches brisées répandus sur la route. Beaucoup avaient des clous rouillés qui dépassaient. Tess cahota dans le nid-de-poule qui avait dû les déloger du chargement mal arrimé d'un quelconque péquenaud local, puis braqua vers le bas-côté dans une tentative pour contourner l'obstacle, qu'elle sut tout de suite désespérée : sinon pourquoi se serait-elle entendue dire *AÏE* ?

Un *tacatac-poum-pouf* retentit sous elle lorsque des morceaux de planches tapèrent dans le bas de caisse, puis son fidèle Expédition se mit à danser le pogo en tirant à gauche, comme un cheval soudain devenu boiteux. Elle le força à s'engager dans la cour envahie d'herbes folles de la station-service abandonnée, pour ne pas piler sur la route et risquer de se faire emplafonner par un autre véhicule déboulant du virage derrière elle. Elle n'avait pas vu beaucoup de circulation sur la route du Taur, mais un peu quand même, y compris deux ou trois gros camions.

« Putain de Ramona ! » s'exclama-t-elle. Elle savait que ce n'était pas vraiment la faute de la bibliothécaire ; la présidente (et probablement unique membre) du fanclub de Richard Widmark, section Chicopee, avait seulement voulu lui rendre service, mais Tess ne connaissait pas le nom du crétin qui avait semé son bordel plein de clous sur la route et continué son chemin en sifflotant, alors c'était Ramona qui prenait.

« Veux-tu que je recalcule ton itinéraire, Tess ? » La question de Tom la fit sursauter.

Elle éteignit le GPS, puis coupa aussi le moteur. Elle n'irait plus nulle part pendant un petit bout de temps. C'était très calme ici. Elle entendait des chants d'oiseaux, un cliquètement métallique comme celui d'un vieux réveil à ressort, et rien d'autre. La bonne nouvelle, c'était que l'Expédition avait un air penché seulement sur l'avant gauche, et pas sur tout le côté gauche. Peut-être qu'elle n'avait qu'un pneu crevé. Dans ce cas, elle n'aurait pas besoin de remorquage ; juste un petit dépannage de l'Automobile Club.

Quand elle descendit de voiture et examina son pneu, elle vit qu'un éclat de bois s'y était empalé par une longue pointe rouillée. Tess lâcha un explétif de cinq lettres qui n'avait encore jamais franchi les lèvres d'une Indémaillable, et alla récupérer son téléphone portable dans le petit espace de rangement entre les sièges baquets. Elle aurait de la chance si elle rentrait chez elle avant la nuit maintenant, et Fritzy devrait se contenter de son bol de croquettes dans le cellier. Bravo, Ramona Norville et son raccourci… quoique, pour être honnête, Tess supposait que la même chose aurait pu lui arriver sur la nationale ; elle pouvait dire qu'elle avait évité sa part d'obstacles potentiellement dangereux sur pas mal de voies rapides, pas seulement l'I-84.

Dans les histoires d'horreur et les romans à suspense – même ceux de la catégorie « un seul cadavre, pas de sang » qu'affectionnaient ses lectrices – les conventions étaient étonnamment similaires. En ouvrant son téléphone d'un petit coup sec, elle pensa : *Dans une histoire d'horreur, il ne fonctionnerait pas.* Et comme dans certains cas la vie imite l'art, le message PAS DE RÉSEAU s'afficha sur l'écran lorsqu'elle alluma son Nokia. Évidemment. Ç'aurait été trop simple qu'elle puisse utiliser son portable.

Entendant un moteur à l'échappement mal réglé approcher, elle se retourna et vit un vieux fourgon blanc déboucher du virage qui l'avait plantée. Sur sa carrosserie était peint un squelette de dessin animé tapant sur une batterie de caissettes à petits gâteaux. Au-dessus de cette apparition (*bien* plus bizarre qu'une photo de fan de Richard Widmark dans un bureau de bibliothécaire), les mots BABAS ZOMBIES étaient écrits en lettres dégoulinantes de film d'horreur. Un instant, Tess en resta trop baba elle-même pour leur faire signe, et lorsqu'elle leva le bras, le conducteur des Babas Zombies faisait une embardée pour éviter le bordel étalé sur la route et ne la remarqua pas.

Il monta sur le bas-côté plus rapidement que Tess ne l'avait fait, mais son centre de gravité était plus haut que celui de l'Expédition, et, l'espace d'un instant, Tess fut certaine qu'il allait se renverser dans le fossé. De justesse, le fourgon se maintint debout, revint sur la chaussée au-delà du fatras de planches et disparut derrière le virage suivant, laissant derrière lui un nuage de gaz d'échappement bleus et une odeur d'huile bouillante.

« *Putains de Babas Zombies !* » hurla Tess. Puis elle se mit à rire. Parfois c'était tout ce qu'il y avait à faire.

Clipsant son portable à la ceinture de son pantalon de tailleur, elle s'avança sur la route et entreprit de ramasser elle-même le foutoir. Elle procédait avec lenteur et précaution, car vus de près, il s'avérait que tous les morceaux de planches (couverts d'une peinture blanche écaillée et l'air d'avoir été arrachés par un bricoleur en proie aux affres de la rénovation) étaient hérissés de clous. De gros vilains clous. Elle prenait son temps parce qu'elle ne voulait pas se blesser, mais elle espérait aussi être là, en train de faire ostensiblement une Bonne Action de Charité Chrétienne, quand la prochaine voiture arriverait. Mais le temps qu'elle ait fini de tout ramasser – à part quelques débris inoffensifs – et de jeter les plus gros morceaux dans le fossé, aucun autre véhicule ne s'était présenté. Peut-être que les Babas Zombies avaient mangé tout le monde dans le secteur, se dit-elle, et qu'ils couraient rejoindre leur cuisine pour accommoder les restes en tourtes à la chair humaine façon Sweeney Todd.

Elle retourna dans la cour envahie d'herbes de la station-service défunte et considéra avec mauvaise humeur son véhicule à l'air penché. Trente mille dollars de tôle laminée, quatre roues motrices, freins à disques indépendants, Tom le tomtom parlant... tout ça pour se retrouver en rade à cause d'un simple morceau de bois avec un clou dedans.

Bien sûr qu'ils étaient tous hérissés de clous, pensa-t-elle. *Dans un roman à suspense – ou un film d'horreur – ça n'aurait rien à voir avec de la négligence; ce serait un plan. Un piège, en fait.*

« Trop d'imagination, Tessa Jean », se rabroua-t-elle avec la voix de sa mère... et ça ne manquait pas de sel puisque c'était son imagination, en fin de compte, qui lui payait son pain quotidien. Sans parler de la maison de retraite de Daytona Beach où sa mère avait passé les six dernières années de sa vie.

Dans le grand silence, elle prit à nouveau conscience de ce petit cliquètement métallique. Le vieux magasin était d'un genre qui ne se voit plus guère aujourd'hui : il avait une galerie en bois. L'angle gauche était affaissé et la rampe brisée en deux ou trois endroits, mais c'était une authentique galerie en bois, au charme intact en dépit de sa dérélication. Ou peut-être *en raison* de sa dérélication. Tess supposait que les magasins à galerie étaient devenus obsolètes au vingt et unième siècle parce qu'ils vous incitaient à vous asseoir une minute pour parler du base-ball, ou de la pluie et du beau temps, au lieu de vous hâter de payer pour courir porter vos cartes de crédit plus loin. À la toiture de la galerie pendait une enseigne en fer-blanc de guingois, encore plus décolorée que le panneau ESSO. Tess s'en approcha en abritant ses yeux sous sa main en visière. VOUS L'AIMEZ IL VOUS AIME. Qui était le slogan de quoi?

Elle avait presque exhumé la réponse de son dépotoir mental quand ses pensées furent interrompues par un bruit de moteur. Comme elle se tournait dans sa direction, sûre que les Babas Zombies étaient de retour, le bruit de moteur fut ponctué par un grincement de freins antédiluviens. Ce n'était pas le fourgon blanc mais une vieille camionnette Ford F-150 badigeonnée d'une mauvaise peinture bleue, avec du Bondo autour des phares. Un homme vêtu d'une salopette et coiffé d'une casquette publicitaire était assis au volant. Il contemplait le tas de planches dans le fossé.

« Pardon, monsieur ? Bonjour ? » appela Tess.

Il tourna la tête, la vit debout dans la cour au milieu des herbes, leva une main en guise de salut, vint se ranger à côté de l'Expédition et coupa son moteur. Vu le boucan qu'il faisait, ça ressemblait à un geste d'euthanasie compassionnelle.

« Holà, dit-il. C'est vous qu'avez enlevé ce joyeux merdier de la route ?

— Ouais, sauf le morceau qui a chopé mon pneu avant gauche. Et... » *Et mon portable passe pas*, faillit-elle ajouter, mais elle se retint.

Elle était une femme, moins de quarante ans, soixante kilos toute mouillée, et cet homme était un inconnu. Un grand gabarit aussi.

« ... voilà où j'en suis, acheva-t-elle, un peu lamentablement.

— J'vais vous l'changer, si vous en avez un d'secours, dit-il en se dépliant pour sortir de sa camionnette. Z'avez ça ? »

Un instant, elle fut incapable de répondre. Ce type n'était pas grand, elle s'était gourée. Ce type était géant. Il devait bien mesurer un mètre quatre-vingt-quinze. Mais sa hauteur n'était qu'un aspect des choses. Il était volumineux du bide, des cuisses, et aussi large qu'une porte cochère. Elle savait qu'il était impoli de fixer les gens (une autre réalité du monde inculquée par sa mère), mais elle avait du mal à se retenir. Ramona Norville était un sacré morceau de bonne femme, mais plantée à côté de ce gars-là, elle aurait eu l'air d'une ballerine.

« Je sais, je sais, dit-il d'un ton amusé. Pensiez pas tomber sur le Géant Vert ici, dans le trou du cul du monde, pas vrai ? » Sauf qu'il n'était pas vert. Il avait un teint hâlé brun foncé. Des yeux bruns aussi. Même sa casquette était brune, bien que décolorée par endroits, comme si elle avait été éclaboussée d'eau de Javel à un moment ou un autre de sa longue vie.

« Excusez-moi, dit-elle. C'est juste que j'étais en train de me dire que c'est pas votre camionnette qui vous porte, c'est plutôt vous qui la portez. »

Il mit ses poings sur ses hanches et s'esclaffa, la tête tournée vers le ciel. « Jamais entendu dire ça comme ça, mais dans un sens, z'avez raison. Dès que je gagne à la loterie, je m'achète un Hummer.

— Désolée de ne pas pouvoir vous l'offrir, mais si vous me changez mon pneu, je vous paierai volontiers cinquante dollars.

— Vous rigolez ? J'vous le fais gratis. Vous m'avez épargné du dégât à moi aussi en ôtant ce bordel de là.

— Quelqu'un est passé dans un drôle de fourgon avec un squelette sur le côté, mais il l'a évité. »

Le grand gaillard, parti pour chercher la roue de secours de Tess, se retourna à ces mots en fronçant les sourcils. « Quelqu'un est passé et il a pas proposé de vous aider ?

— Je pense pas qu'il m'ait vue.

— Il s'est pas non plus arrêté pour ôter ce bazar pour le prochain, hein ?

— Non. Il s'est pas arrêté.

— Il a filé comme ça ?

— Oui. »

Il y avait dans ces questions quelque chose qui ne plaisait à Tess qu'à moitié. Puis le grand gaillard sourit et elle se traita d'idiote.

« Roue de secours dans le coffre ? Sous le tapis de sol, j'suppose ?

— Oui. Enfin, je crois. Tout ce que vous avez à faire, c'est…

— Tirer la poignée, ouais, ouais. J'connais, j'ai déjà fait. »

Comme il contournait son Expédition d'un pas tranquille, les deux mains profondément enfoncées dans les poches de sa salopette, Tess remarqua qu'il n'avait pas bien fermé la portière de sa camionnette et que le plafonnier était resté allumé. Pensant que la batterie de sa vieille Ford risquait d'être aussi vétuste que la camionnette qu'elle alimentait, Tess ouvrit la portière (les charnières grincèrent presque aussi fort que les freins) et la claqua pour bien la refermer. En même temps, par la vitre arrière de la cabine, elle posa les yeux sur le plateau de la camionnette. Plusieurs planches cassées étaient éparpillées sur la tôle ondulée rouillée. Elles étaient couvertes d'une peinture blanche écaillée et truffées de clous.

Un moment, Tess eut l'impression de vivre une expérience de sortie du corps. Le cliquetis de l'enseigne VOUS L'AIMEZ IL VOUS AIME ne résonnait plus comme un vieux réveil d'antan mais comme une bombe à retardement.

Elle essaya de se dire que ces vieilles planches ne signifiaient rien, que des trucs comme ça ne signifiaient quelque chose que dans le style de romans qu'elle n'écrivait pas et le style de films qu'elle allait rarement voir : le style horrible et sanglant. Vaine tentative. Ce qui la plaçait devant cette seule alternative : soit tenter de continuer à faire semblant parce que faire autrement était trop terrifiant, soit s'enfuir en courant vers les bois de l'autre côté de la route.

Avant qu'elle ait pu décider, un puissant effluve de transpiration masculine lui parvint. Elle se retourna et il était là, la dominant de toute sa taille, les mains enfoncées dans les poches de sa salopette. « Et si au lieu d'te changer ton pneu, j'te niquais plutôt ? dit-il aimablement. Qu'est-ce t'en dirais ? »

Alors Tess courut, mais seulement dans sa tête. Dans le monde réel, tout ce qu'elle fit fut de rester plaquée à la camionnette, les yeux levés vers lui, un homme tellement haut qu'il masquait le soleil et la couvrait de son ombre. Il y avait moins de deux heures, quatre cents personnes – principalement des dames en chapeau – l'applaudissaient dans un auditorium, certes petit, mais parfaitement adéquat. Et un peu plus au sud, Fritzy l'attendait. La pensée lui vint – péniblement, comme on soulève quelque chose de lourd – qu'elle risquait de ne plus jamais revoir son chat.

« S'il vous plaît, ne me tuez pas, dit une femme inconnue d'une toute petite voix humble.

— Salope », fit-il. Du ton d'un homme qui commente le temps. Sous l'avant-toit de la galerie, l'enseigne se balançait toujours en cliquetant. « Putain de salope chouinarde. Enfoirée. »

Sa main droite quitta sa poche. C'était une très grande main. Au petit doigt, il portait une bague ornée d'une pierre rouge. On aurait dit un rubis, mais c'était trop gros pour en être un. Tess se dit que ça devait juste être du verre. L'enseigne faisait entendre son cliquetis. VOUS L'AIMEZ IL VOUS AIME. Alors la main se transforma en poing et se précipita sur elle à grande vitesse, grossissant jusqu'à oblitérer tout le reste.

Un choc métallique étouffé lui parvint. Tess pensa que c'était sa tête heurtant la carrosserie de la camionnette. Elle pensa : *Babas Zombies*. Puis ce fut le noir.

6

Quand elle revint à elle, elle se trouvait dans une vaste pièce plongée dans la pénombre qui sentait le bois moisi, le café antédiluvien et les cornichons préhistoriques. Suspendu au plafond, juste au-dessus d'elle, il y avait un vieux ventilateur à pales à moitié décroché. Il ressemblait au manège cassé dans *L'Inconnu du Nord-Express* d'Hitchcock. Elle était couchée par terre, nue de la taille aux pieds, et il était en train de la violer. Le viol semblait secondaire par rapport au poids qui l'écrasait. Elle pouvait à peine respirer. Ça devait être un rêve. Mais elle sentait son nez enflé, la bosse qui lui était poussée à la base du crâne et les échardes qui lui entraient dans les fesses. On ne remarque pas ce genre de détails dans les rêves. Pas plus qu'on ne ressent de véritable souffrance en rêve ; on se réveille toujours avant qu'elle ne commence. C'était en train d'arriver. Il était en train de la violer. Il l'avait emmenée à l'intérieur du magasin abandonné et il était en train de la violer pendant que des grains de poussière dorés tourbillonnaient paresseusement dans le soleil oblique de l'après-midi. Ailleurs, les gens écoutaient de la musique, achetaient des produits en ligne, faisaient la sieste, parlaient au téléphone, mais ici une femme était en train de se faire violer et cette femme c'était elle. Il lui avait pris sa culotte. Elle voyait la dentelle dépasser de la poche de poitrine de sa salopette. Elle pensa au film *Délivrance*, qu'elle avait vu à l'occasion d'une rétrospective à l'université, du temps où elle était un peu plus aventureuse dans ses choix cinématographiques. *Baisse ton caleçon. Comme ça*, avait dit un des bouseux avant de commencer à violer le gros citadin. C'est drôle, ce qui te passe par la tête quand t'es couchée sous cent cinquante kilos de bidoche de campagne avec la queue d'un violeur qui te va et vient en dedans en grinçant comme un gond mal huilé.

« S'il vous plaît, dit-elle. Oh, s'il vous plaît, arrêtez.

— Non, dit-il, ça fait que commencer. »

Et le poing revint dans son champ de vision. Elle ressentit une brûlure sur le côté du visage, entendit un déclic se produire au milieu de sa tête, et ce fut le noir.

7

Quand elle reprit connaissance pour la deuxième fois, il dansait autour d'elle, dans sa salopette, en balançant ses mains d'un côté à l'autre et en chantant « Brown

Sugar » des Rolling Stones d'une voix atonale et criarde. Le soleil se couchait et les vitres poussiéreuses des deux fenêtres donnant à l'ouest, miraculeusement épargnées par les vandales, flamboyaient. Derrière lui, son ombre qui dansait caracolait sur le plancher puis remontait sur le mur marqué de carrés pâles, où des plaques publicitaires étaient naguère accrochées. Ses godasses de chantier qui martelaient le sol faisaient un bruit apocalyptique.

Sous le comptoir où autrefois devait se trouver la caisse enregistreuse (voisinant probablement avec un bocal d'œufs durs et un autre de pieds de porc au vinaigre), Tess apercevait son pantalon de tailleur jeté en boule. Elle reniflait l'odeur de moisi. Et, oh bon Dieu, ce qu'elle avait mal. À la figure, à la poitrine, et surtout entre les jambes, où elle se sentait comme déchirée et béante.

Fais la morte. C'est ta seule chance.

Elle ferma les yeux. La chanson s'arrêta et elle sentit l'odeur de sueur masculine approcher. Plus âcre à présent.

Parce qu'il s'est dépensé, songea-t-elle. Elle en oublia de faire la morte et essaya de crier. Les énormes mains la saisirent à la gorge et commencèrent à serrer. Elle pensa : *C'est fini. C'en est fini de moi.* C'étaient des pensées calmes, soulagées. Au moins, ce serait la fin de la souffrance, la fin des retours à la conscience pour voir ce monstre humain danser dans la lumière incendiée du couchant.

Elle perdit connaissance.

8

Quand Tess émergea pour la troisième fois, le monde avait viré au noir argenté et elle flottait.

Voilà ce que ça fait d'être mort.

Puis elle détecta la présence de mains sous elle (de grandes mains, *ses* mains) et le fil barbelé de douleur qui lui ceignait la gorge. Il ne l'avait pas assez étranglée pour la tuer mais elle portait la forme de ses mains en sautoir, les paumes devant, les doigts sur les côtés et la nuque.

Il faisait nuit. La lune s'était levée. Une lune presque pleine. Il traversait la cour de la station-service abandonnée et il la portait. Il dépassait sa camionnette et il la portait. Elle ne voyait pas son Expédition. Son Expédition avait disparu.

Où es-tu mon Tom ?

Il s'arrêta au bord de la route. Elle flairait sa forte odeur de sueur, sentait sa poitrine s'abaisser et se soulever. Elle sentait l'air nocturne, frais sur ses jambes nues. Elle entendait l'enseigne cliqueter derrière elle. VOUS L'AIMEZ IL VOUS AIME.

Est-ce qu'il me croit morte ? Il ne peut pas me croire morte. Je saigne encore.

Était-elle morte ? Difficile à dire avec certitude. Elle gisait, inerte dans ses bras, comme une fille dans un film d'horreur, celle emportée par Jason, Michael, Freddy, qu'importe son nom, une fois que tous les autres ont été massacrés. Emportée jusque dans un repaire sordide au fond des bois où elle serait enchaînée à un crochet fixé au plafond. Dans ces films-là, il y avait toujours des chaînes et des crochets fixés au plafond.

Il reprit sa marche. Elle entendit ses godasses marteler le bitume rapiécé de la route du Taur : *clop-clomp-clop*. Puis, de l'autre côté, des claquements et des raclements. Il dispersait à coups de pied les morceaux de planches qu'elle avait si soigneusement ramassés et jetés dans le fossé. Elle n'entendait plus cliqueter l'enseigne, mais percevait un bruit d'eau courante. Pas un jaillissement sonore, juste un ruissellement. Il s'agenouilla. Un grognement étouffé lui échappa.

Il va me tuer maintenant, c'est sûr. Au moins, je n'aurai plus à écouter ses chansons horribles. Voilà le plus, comme dirait Ramona.

« Hé, la fille », dit-il gentiment.

Elle ne répondit pas, mais elle le voyait penché sur elle, regardant dans ses yeux aux paupières mi-closes. Elle veilla à les garder immobiles. S'il voyait ne serait-ce qu'un frémissement… ou l'éclat d'une larme…

« Hé. » Il lui appliqua le plat de la main contre la joue. Elle laissa sa tête rouler sur le côté.

« Hé ! » Cette fois, il la gifla carrément, mais sur l'autre joue. Tess laissa sa tête rouler de l'autre côté.

Il lui pinça le téton, mais comme il ne s'était pas donné la peine de lui retirer son chemisier et son soutien-gorge, elle ne sentit pas trop la douleur. Elle demeura inerte.

« Je m'excuse de t'avoir traitée de pute, dit-il, toujours de cette voix gentille. T'étais un bon coup. Mais j'les aime un p'tit peu plus vieilles. »

Tess se rendit compte qu'il la croyait peut-être *vraiment* morte. C'était fou, mais possible. Et subitement, elle ressentit une très forte envie de vivre.

Il la souleva à nouveau. Soudain, l'odeur de transpiration masculine fut suffocante. Des poils de barbe lui chatouillèrent le visage, et elle eut le plus grand mal à ne pas broncher. Il lui colla une bise au coin de la bouche.

« Pardon d'y avoir été un peu fort. »

Puis il l'emporta à nouveau. Le bruit d'eau courante devint plus sonore. La lune était voilée de nuages. Du sol montait une odeur – non, un remugle – de feuilles pourrissantes. Il la déposa dans une dizaine de centimètres d'eau. De l'eau très froide, et elle faillit crier. Il la poussa par les pieds et elle laissa ses genoux remonter. *Désarticulée*, pensa-t-elle. *Je dois être désarticulée*. Ses genoux n'allèrent pas loin avant de heurter une surface métallique ondulée.

« Merde », dit-il. D'un ton pensif. Puis il la poussa.

Tess resta inerte, même quand quelque chose, une branche sans doute, lui griffa le milieu du dos de haut en bas. Ses genoux raclaient les ondulations de tôle. Ses fesses repoussèrent une masse spongieuse et l'odeur de matière végétale en décomposition s'intensifia. Aussi lourde qu'une odeur de viande. Elle éprouva un besoin irrépressible de tousser pour la chasser. Elle sentit un paquet de feuilles humides s'amonceler au creux de ses reins, comme un oreiller imbibé d'eau.

S'il pige maintenant, je me battrai. Je lui donnerai des coups de pied, des coups de pied, des coups de pied…

Mais rien ne se passa. Pendant un long moment, elle craignit d'entrouvrir davantage les yeux ou de les bouger un tant soit peu. Elle l'imaginait, accroupi là, regardant dans la canalisation où il l'avait fourrée, attentif, la tête penchée sur le côté, attendant précisément ce genre de mouvement. Comment pouvait-il ne pas savoir qu'elle était vivante ? Il avait sûrement senti le martèlement de son cœur. Et à quoi cela servirait-il de cogner le géant de la camionnette à coups de pied ? Il empoignerait ses pieds nus d'une seule main, la traînerait dehors, et recommencerait à l'étrangler. Sauf que cette fois, il irait jusqu'au bout.

Elle resta couchée dans les feuilles pourrissantes et l'eau stagnante, ne regardant rien derrière ses paupières mi-closes, s'appliquant à faire la morte. Elle dériva dans une fugue grise qui ressemblait à une perte de connaissance mais qui n'en était pas une, et y resta durant un temps qui lui parut long mais ne le fut sans doute pas. Quand elle entendit un moteur (la camionnette, oui, sûrement la camionnette), Tess pensa : *J'imagine ce son. Ou je le rêve. Il est encore là.*

Mais le claquement irrégulier du moteur s'amplifia, avant de décroître progressivement en s'éloignant sur la route du Taur.

C'est une ruse.

Elle faisait une réaction hystérique, c'était sûr. Mais même sans ça, elle ne pouvait pas rester là toute la nuit. Et quand elle souleva la tête (la violente douleur dans sa gorge écrasée la fit grimacer) pour regarder vers l'entrée de la conduite d'eau, Tess vit seulement un cercle parfait de clair de lune argenté. Elle commença à se tortiller dans sa direction, puis elle s'arrêta.

C'est une ruse. Je me fous de ce que tu as entendu, il est encore là.

Cette fois, l'idée était plus puissante. Ne rien voir que ce cercle argenté à l'entrée de la buse la *rendait* plus puissante. Dans un roman à suspense, ce serait le moment de fausse détente avant la grosse décharge d'adrénaline. Ou dans un film d'épouvante. Comme quand la main blanche émerge du lac dans *Délivrance*. Ou qu'Alan Arkin bondit sur Audrey Hepburn dans *Seule dans la nuit*. Elle n'aimait ni les livres ni les films d'épouvante mais, qu'elle le veuille ou non, d'avoir été violée et laissée pour morte semblait avoir déverrouillé toute une crypte remplie de souvenirs de ce genre. Comme s'ils avaient toujours été là, planant dans l'air ambiant.

Il se *pouvait* qu'il soit encore là, à attendre. S'il avait disposé d'un complice pour ramener sa camionnette, par exemple. Il pouvait être là, assis sur ses talons à côté de l'entrée de la canalisation, dans cette posture patiente des hommes de la campagne.

« Baisse ton caleçon », chuchota-t-elle. Puis elle se couvrit la bouche. Et s'il l'entendait ?

Cinq minutes passèrent. Oui, peut-être cinq. L'eau était très froide et elle se mit à frissonner. Bientôt ses dents commenceraient à claquer. Et s'il était dehors, il l'entendrait.

Il est parti dans sa camionnette. Tu l'as entendu.
Peut-être. Peut-être pas.

Et peut-être qu'elle n'était pas obligée de sortir de la canalisation par le côté où elle y était entrée. C'était une buse souterraine qui devait passer sous la route, et qui n'était pas obstruée, puisqu'elle sentait l'eau couler sous elle. Elle pouvait ramper sur toute sa longueur, ressortir de l'autre côté, et regarder dans la cour de la station-service abandonnée. Vérifier que la vieille camionnette était partie. Bon, s'il y avait un complice, ça ne signifierait pas qu'elle serait en sécurité. Mais tout au fond d'elle-même, là où son esprit rationnel était allé se cacher, Tess était à peu près sûre qu'il n'y avait pas de complice. Un complice aurait insisté pour avoir sa part du butin. Profiter d'elle. Et les géants travaillent seuls.

Et s'il est parti ? Je fais quoi ?

Elle ne savait pas. Elle ne pouvait imaginer sa vie après son après-midi dans le magasin abandonné et sa soirée dans la conduite souterraine avec un coussin de feuilles en décomposition au creux des reins, mais peut-être qu'elle n'avait pas besoin de l'imaginer. Peut-être qu'il lui suffisait de se concentrer sur son retour chez elle, retrouver Fritzy, lui ouvrir une terrine de Fancy Feast. Elle visualisait très clairement la boîte de Fancy Feast. Posée sur une étagère dans son paisible cellier.

Elle se retourna à plat ventre, et elle commençait à se redresser sur les coudes pour ramper le long de la canalisation quand elle vit ce qui partageait la buse avec elle. L'un des cadavres était réduit à l'état de squelette (tendant ses mains osseuses comme en un geste de supplique), mais il lui restait encore assez de cheveux sur le crâne pour que Tess soit à peu près sûre qu'il s'agissait d'une femme. L'autre aurait pu être un mannequin de grand magasin horriblement défiguré, les yeux exorbités et la langue saillante. Ce corps-là était plus récent, mais des bestioles l'avaient attaqué et, même dans l'obscurité, Tess voyait le large rictus que dessinaient les dents de la morte.

S'extirpant des cheveux du mannequin, un insecte dévala la pente de son nez.

Avec un hurlement rauque, Tess sortit de la buse à reculons et se redressa sur ses pieds, trempée dans ses vêtements jusqu'à la taille. À partir de la taille, elle était nue. Elle n'eut pas d'autre évanouissement (du moins, elle n'eut pas l'impression d'en avoir), mais pendant un moment, sa conscience lui fit l'effet d'être une chose curieusement brisée. Plus tard, l'heure qui suivrait lui reviendrait sous la forme d'une scène plongée dans l'obscurité, trouée par des lumières de projecteurs intermittentes. Par moments, une femme commotionnée, avec le nez cassé et du sang sur les cuisses, entrait dans la lumière d'un des projecteurs. Avant de disparaître à nouveau dans l'obscurité.

9

Elle était dans le vieux magasin, dans la vaste pièce centrale vide, jadis divisée en rayons avec un coffre pour la nourriture surgelée (peut-être) dans le fond et un réfrigérateur à bière (c'est sûr) occupant toute la longueur du mur opposé. Elle était dans l'odeur du café et des cornichons d'antan. Elle était en train de repêcher son pantalon de tailleur sous le comptoir. Soit le géant l'avait oublié là, soit il projetait de revenir le chercher plus tard – en même temps peut-être que les morceaux de planches farcies de clous. Sous le pantalon, il y avait ses chaussures et son portable – en miettes. Oui, il reviendrait tôt ou tard. Son chouchou avait disparu. Elle se souvenait (vaguement, comme on se souvient d'images lointaines de son enfance) d'une femme, plus tôt dans la journée, lui demandant où elle l'avait trouvé et d'applaudissements inexplicables quand elle avait répondu chez JC Penney. Elle pensa au géant en train de chanter « Brown Sugar » des Rolling Stones – cette voix enfantine, monocore et criarde – et s'absenta de nouveau.

10

Elle marchait derrière le vieux magasin dans le clair de lune. Elle avait drapé un vieux bout de moquette autour de ses épaules frissonnantes, mais elle n'arrivait pas à se rappeler où elle l'avait trouvé. Il était crasseux mais il lui tenait chaud et elle le serra plus étroitement contre elle. Il lui vint à l'esprit qu'elle *tournait en rond* autour du vieux magasin, en fait, et que c'était peut-être bien son deuxième, troisième ou même quatrième tour. Il lui vint à l'esprit qu'elle cherchait son Expédition, mais chaque fois qu'elle ne le trouvait pas derrière le vieux magasin, elle oubliait qu'elle avait regardé et refaisait le tour. Elle oubliait parce qu'elle avait été frappée à la tête, violée, étranglée et qu'elle était en état de choc. Il lui vint à l'esprit qu'elle faisait peut-être une hémorragie cérébrale – mais comment savoir, à moins de se réveiller parmi les anges et qu'ils vous l'apprennent ? La brise de l'après-midi avait forci, et le cliquetis de l'enseigne en fer-blanc était plus sonore. VOUS L'AIMEZ IL VOUS AIME.

« Seven Up », dit-elle. Sa voix était rauque mais pas cassée. « C'est ça. Vous l'aimez et il vous aime. » Elle s'entendit hausser la voix pour chanter le refrain. Elle chantait bien et d'avoir été étranglée lui donnait un timbre éraillé étonnamment séduisant. C'était comme d'écouter Bonnie Tyler chanter au clair de lune. « Seven

Up a le goût du vrai… comme une cigarette devrait ! » Il lui vint à l'esprit que ce n'était pas tout à fait ça, et même si ça l'était, elle aurait dû profiter d'avoir cette chouette voix éraillée pour chanter quelque chose de mieux qu'un refrain publicitaire à la con ; tant qu'à être violée et laissée pour morte dans une conduite souterraine avec deux cadavres en décomposition, autant qu'il en sorte quelque chose de bon.

Je vais chanter le grand tube de Bonnie Tyler. Je vais chanter « It's a Heartache ». Je suis sûre que je connais les paroles, je suis sûre qu'elles sont quelque part dans le dépotoir que tous les écrivains ont au fond de leur…

Mais là, elle s'absenta de nouveau.

11

Elle était assise sur une pierre et elle pleurait toutes les larmes de son corps. Le bout de moquette crasseux était toujours sur ses épaules. Son entrejambe la brûlait et la lançait. D'après le goût aigre qu'elle avait dans la bouche, elle avait dû vomir entre le moment où elle avait tourné en rond autour du vieux magasin et celui où elle s'était assise sur cette pierre, mais elle n'arrivait pas à se le rappeler. Ce qu'elle se rappelait…

J'ai été violée, j'ai été violée, j'ai été violée !

« T'es pas la première et tu seras pas la dernière », dit-elle. Mais cette déclaration d'amour vache, qu'elle éructa par saccades dans une série de sanglots étranglés, ne fit rien pour la réconforter.

Il a essayé de me tuer, il a failli me tuer !

Oui, oui. Et en cet instant, le fait qu'il ait échoué ne semblait pas une bien grosse consolation. Elle regarda sur sa gauche, et là-bas, sur la route, à une cinquantaine de mètres, vit le magasin abandonné.

Il en a tué d'autres ! Elles sont dans la buse ! Des bestioles leur grouillent dessus et elles s'en foutent !

« Oui, oui », dit-elle avec sa voix éraillée de Bonnie Tyler. Et elle eut une nouvelle absence.

12

Elle marchait au milieu de la route du Taur en chantant « It's a Heartache » quand elle entendit un bruit de moteur derrière elle. Elle fit volte-face, manqua tomber, vit des phares illuminer le sommet d'une côte qu'elle devait venir de descendre. C'était lui. Le géant. Il était revenu, avait exploré la canalisation après avoir découvert que ses vêtements avaient disparu, constaté qu'elle n'y était plus. Il la cherchait.

Tess se jeta dans le fossé, trébucha, tomba sur un genou, perdit son châle de fortune en route, se releva et fonça dans les fourrés. Une branche lui écorcha la joue. Elle entendit une femme sangloter de frayeur. Elle se laissa tomber à quatre pattes, les cheveux dans les yeux. La route s'illumina quand les phares franchirent le sommet de la côte. Elle voyait très clairement le bout de moquette qu'elle avait laissé tomber et savait que le géant le verrait aussi. Il s'arrêterait et descendrait. Elle essaierait de fuir, mais il la rattraperait. Elle hurlerait, mais personne ne l'entendrait. Dans les histoires comme ça, personne n'entendait jamais. Il la tuerait, mais d'abord il la violerait encore.

La voiture – car c'était une voiture, pas une camionnette – passa sans ralentir. De l'habitacle lui parvint, plein pot, le son de Bachman-Turner-Overdrive : « *B-B-B-Bébé, t'as encore r-r-r-rien vu.* » Elle regarda les feux arrière clignoter et disparaître. Elle sentit qu'elle allait encore avoir une absence et se claqua les joues avec les deux mains.

« *Non*, gronda-t-elle de sa voix de Bonnie Tyler. *Non !* »

Elle revint un peu à elle. Elle avait très envie de rester là, tapie dans les fourrés, mais ce ne serait pas une bonne idée. On n'était pas seulement longtemps avant l'aube, on était sans doute longtemps avant minuit. La lune était basse à l'horizon. Elle ne pouvait pas se terrer là et elle ne pouvait pas non plus continuer à… se barrer comme ça. Il fallait qu'elle réfléchisse.

Tess ramassa le bout de moquette dans le fossé, le drapa à nouveau autour de ses épaules, puis porta ses mains à ses oreilles, sachant déjà ce qu'elle allait trouver. Ses pendants d'oreilles en diamant, l'une de ses rares vraies extravagances, avaient disparu. Elle se remit à pleurer, mais cet accès de larmes fut plus bref et quand il fut terminé, elle se sentit redevenue un peu plus elle-même. Ou plutôt *revenue* en elle-même, habitante de sa tête et de son corps plutôt que spectre flottant autour d'eux.

Réfléchis, Tessa Jean !

D'accord, elle allait essayer. Mais elle allait le faire en marchant. Et fini de chanter. Le son de sa voix altérée était flippant. C'était comme si, en la violant, le géant avait créé une nouvelle femme. Elle ne *voulait* pas être une nouvelle femme. L'ancienne lui plaisait telle qu'elle était.

Marcher. Marcher sous la lune avec son ombre marchant sur la route à côté d'elle. Quelle route ? Route du Taur. D'après Tom, elle se trouvait à un peu moins de six kilomètres du croisement de la route du Taur avec l'US 47 quand elle était tombée dans le piège du géant. Ce n'était pas si terrible ; elle faisait au moins cinq kilomètres de marche par jour pour garder la forme et de l'exercice en salle quand il pleuvait ou neigeait. Évidemment, c'était la première marche de la Nouvelle Tess, celle à l'entrejambe douloureux et sanglant et à la voix rauque. Mais il fallait voir le bon côté des choses : elle commençait à se réchauffer, le haut de son corps était en train de sécher, et elle portait des chaussures plates. Dire qu'elle avait failli mettre ses escarpins. La promenade de ce soir aurait vraiment été très désagréable. Même si on ne pouvait pas dire qu'elle aurait été très agréable en tout autre circonstance, non non non n...

Réfléchis !

Mais avant qu'elle puisse le faire, la route s'illumina devant elle. Tess fila de nouveau dans les broussailles, en restant cramponnée à son bout de moquette, cette fois. C'était encore une voiture, Dieu merci, pas sa camionnette. Et le véhicule ne ralentit pas.

Ça pourrait quand même être lui. Peut-être qu'il a changé de véhicule. Il a pu retourner chez lui, dans son repaire, *et prendre une voiture à la place. En se disant, elle verra que c'est une voiture et sortira de sa cachette. Elle me fera signe pour que je m'arrête et là, je l'aurai.*

Oui, oui. C'était ce qui se passerait dans un film d'horreur, non ? *Victimes Hurlantes 4* ou *Horreur route du Taur 2*, ou…

Elle cherchait encore à se barrer, alors elle se claqua les joues pour la deuxième fois. Dès qu'elle serait chez elle, une fois Fritzy nourri et elle dans son lit (avec toutes les portes verrouillées et toutes les lumières allumées), elle pourrait s'absenter tant qu'elle voudrait. Mais pas maintenant. Non, non, non. Maintenant il fallait qu'elle continue à marcher et à se cacher à l'approche des voitures. Si elle arrivait à faire ces deux choses, elle finirait par atteindre l'US 47 et là, il y aurait peut-être un magasin. Un *vrai* magasin, avec un taxiphone, si elle avait de la chance… et elle méritait bien un peu de chance. Elle n'avait pas de sac à main, son sac à main était resté dans l'Expédition (où qu'il se trouve maintenant), mais elle connaissait son numéro de carte téléphonique AT&T par cœur ; c'était son numéro de fixe plus 9712.

Fastoche.

Tiens, un panneau au bord de la route. Tess le lut assez facilement au clair de lune :

AMI, BIENVENUE !
VOUS ENTREZ SUR LE TERRITOIRE
DE LA COMMUNE DE COLEWICH

« Vous aimez Colewich, Colewich vous aime », chuchota-t-elle.

Elle connaissait la ville, que les gens du cru prononçaient « Collitch ». C'était une petite ville, en fait, une parmi beaucoup d'autres en Nouvelle-Angleterre qui avaient été prospères au temps des filatures et continuaient à se maintenir vaille que vaille dans cette nouvelle ère de libre-échange où les pantalons et les blousons des Américains étaient fabriqués en Asie ou en Amérique centrale par des enfants qui ne savaient ni lire ni écrire, probablement. Elle se trouvait dans les faubourgs, mais en continuant à marcher elle devait pouvoir atteindre une cabine de téléphone.

Et ensuite, quoi?

Ensuite elle pourrait... elle pourrait...

« Appeler une limousine », dit-elle. L'idée s'épanouit en elle comme un lever de soleil. Oui, elle ferait exactement ça. Si c'était bien Colewich, alors sa propre ville dans le Connecticut se trouvait à quarante-cinq kilomètres, peut-être moins. Le service de limousines auquel elle avait recours quand elle voulait se rendre à l'aéroport de Bradley International à Hartford, ou bien à New York (Tess ne conduisait pas en ville si elle pouvait s'en dispenser) était basé dans la ville voisine de Woodfield. Royal Limousine offrait un service non-stop 24/24. Encore mieux, ils auraient sa carte de crédit en mémoire.

Tess se sentit mieux et accéléra le pas. Puis des phares illuminèrent la route et elle courut se cacher une fois de plus dans les broussailles où elle s'accroupit, aussi terrifiée qu'une biche, un renard, un lapin : n'importe quel animal traqué. Cette fois, *c'était* une camionnette, et elle se mit à trembler. Elle continua à trembler même après avoir vu que c'était une petite Toyota blanche, rien de comparable avec la vieille Ford du géant. Quand la voiture fut passée, Tess voulut se forcer à retourner sur la route, mais dans un premier temps elle en fut incapable. Elle avait recommencé à pleurer, des larmes chaudes coulaient sur son visage glacé. Elle se sentait encore à deux doigts de quitter le faisceau de lumière des projecteurs de la conscience. Elle ne pouvait pas se le permettre. Si elle se laissait trop aller à entrer dans cet état de somnambulisme éveillé, elle risquait d'oublier comment faire pour en ressortir.

Elle s'intima de penser à remercier le chauffeur de la limousine et à ajouter un pourboire sur le reçu de sa carte de crédit avant de remonter lentement l'allée bordée de fleurs menant à sa porte d'entrée. D'incliner sa boîte aux lettres pour récupérer la clé de secours suspendue à un crochet derrière. D'écouter les miaulements anxieux de Fritzy.

Penser à Fritzy fut le déclic. Elle s'extirpa des taillis et reprit sa marche, prête à foncer de nouveau à couvert à la seconde où elle apercevrait encore des phares. À la seconde même. Parce qu'il était *quelque part par là*. Elle prit conscience qu'à partir de maintenant, il serait toujours *quelque part par là*. À moins que la police l'attrape, évidemment, et qu'on le mette en prison. Mais pour que ça arrive, il faudrait qu'elle porte plainte et, à l'instant où cette idée la traversa, elle visualisa un grand titre noir agressif dans le style du *New York Post* :

L'AUTEUR DES « INDÉMAILLABLES »
VIOLÉE AU RETOUR D'UNE CONFÉRENCE

Des journaux à sensation comme le *Post* publieraient à tous les coups une photo d'elle datant de la sortie de son premier livre du Club des Indémaillables, dix ans plus tôt, quand elle n'avait pas encore trente ans. Elle avait alors de longs cheveux blond foncé qui lui descendaient en bas des reins et de jolies jambes qu'elle aimait mettre en valeur sous des jupes courtes. Plus – le soir – le genre d'escarpins à brides laissant le talon nu que certains hommes (dont le géant, pas de doute) appelaient des pompes de pute. Ces journaux ne mentionneraient pas qu'elle avait aujourd'hui dix ans et dix kilos de plus, et qu'elle était vêtue au moment des faits d'un tailleur tout ce qu'il y a de convenable – pour ne pas dire ringard : ces détails-là ne correspondaient pas au genre d'histoires que la presse à scandale aimait raconter. L'article serait assez respectueux (encore qu'un tantinet salace entre les lignes), mais la photo d'elle jeune raconterait la véritable histoire, une histoire probablement plus ancienne que l'invention de la roue : *Elle l'a cherché... Elle l'a trouvé.*

Ce scénario était-il réaliste, ou bien étaient-ce seulement sa honte et son estime de soi salement amochée qui imaginaient le pire ? Cette partie d'elle qui risquait bien de vouloir rester cachée dans les fourrés même si elle arrivait à sortir de cette odieuse route et de cet odieux État du Massachusetts et à retrouver la sécurité de sa petite maison de Stoke Village ? Elle l'ignorait et pensait que la bonne réponse se trouvait quelque part entre les deux. Ce qu'elle savait, en revanche, c'était qu'elle obtiendrait le genre de couverture nationale que tout écrivain aimerait avoir quand il sort un nouveau livre et qu'aucune femme ne souhaite quand elle a été violée, volée et laissée pour morte. Elle visualisait parfaitement le doigt qui se lèverait au Moment des Questions et entendait la voix qui demanderait : « L'avez-vous encouragé d'une quelconque façon ? »

C'était ridicule. Même dans son état actuel, Tess le savait... mais elle savait aussi que si la chose s'ébruitait, quelqu'un, à tous les coups, lèverait le doigt pour demander : « Allez-vous écrire quelque chose là-dessus ? »

Et que répondrait-elle ? *Que pourrait-elle bien répondre ?*

Rien, pensa Tess. *Je m'enfuirais de l'estrade en plaquant mes mains sur mes oreilles.*

Mais non.

Non, non, non.

La vérité, c'était qu'elle n'irait pas, pour commencer. Comment pourrait-elle jamais donner une nouvelle conférence, lecture, ou séance d'autographes sachant qu'*il* pourrait se pointer et être là, tout sourire, au dernier rang ? Tout sourire sous cette drôle de casquette marron éclaboussée d'eau de Javel ? Avec peut-être ses boucles d'oreilles dans sa poche. En train de les tripoter.

L'idée d'aller raconter ça à la police lui mettait le feu aux joues, et elle sentait son visage grimacer de honte, même ici, seule dans le noir sur la route. Peut-être qu'elle n'était ni Sue Grafton ni Janet Evanovitch, mais elle n'était pas non plus une inconnue au sens strict. On la verrait même sur CNN pendant un jour ou deux. Tout le monde saurait qu'un géant hilare et taré avait purgé son radiateur à l'intérieur de l'Auteur de la Série des Indémaillables. Même le fait qu'il avait gardé sa petite culotte en souvenir risquait d'être divulgué. CNN ne parlerait pas de ça, mais le *National Enquirer* ou *Inside View* n'auraient pas autant de scrupules.

Selon des sources proches de l'enquête, on aurait retrouvé le sous-vêtement de l'écrivain dans le tiroir de l'homme accusé de viol : un boxer bleu bordé de dentelle de la marque Victoria's Secret.

« Je peux pas le dire, dit-elle tout haut. Je le dirai pas. »

Mais il y en a eu d'autres avant toi, il pourrait y en avoir d'autres après…

Elle repoussa cette pensée. Elle était trop fatiguée pour réfléchir à ce qui était ou n'était pas de sa responsabilité morale. Elle se consacrerait à cet aspect-là plus tard, si Dieu entendait lui accorder un plus tard… ce à quoi Il semblait assez enclin pour le moment. Mais pas ici, pas sur cette route déserte où derrière n'importe quel faisceau de phares pouvait se trouver son violeur.

Le sien. Oui. C'était le sien à présent.

13

Un ou deux kilomètres environ après avoir dépassé le panneau Colewich, Tess commença à entendre un sourd martèlement rythmique qui semblait monter de la route sous ses pieds. Sa première pensée fut que c'étaient les Morlocks mutants d'Herbert George Wells, occupés à entretenir leur mécanisme dans les entrailles de la Terre, mais cinq minutes supplémentaires suffirent à clarifier l'origine du son. Il provenait non pas du sol mais de l'air, et c'était un son qu'elle connaissait : la pulsation cardiaque d'une guitare basse. Au fur et à mesure qu'elle avançait, le reste du groupe fusionna autour. Elle commença à percevoir une lumière à l'horizon, pas une lumière de phares, mais un éclat blanc d'arcs au sodium et une lueur rouge de néons. Le groupe jouait « Mustang Sally », et elle entendait rire. Des rires d'ivresse magnifiques, ponctués de joyeuses clameurs de bambocheurs. D'entendre ça lui redonna envie de pleurer.

La boîte de nuit, une grosse vieille grange transformée en bastringue, avec un immense parking en terre battue qui paraissait comble, s'appelait le Taur Inn. Sourcils froncés, elle se tint à la lisière de l'éclat aveuglant projeté par les lumières du parking. Pourquoi tant de voitures ? Puis elle se souvint que c'était vendredi soir. Apparemment, le Taur Inn était l'endroit où aller le vendredi soir si on était de Colewich ou des environs. Sûr qu'il y aurait un téléphone. Mais il y avait trop de monde. On verrait son visage tuméfié et son nez dévié. On voudrait savoir ce qui lui était arrivé et elle n'était pas en état d'inventer une histoire. Du moins, pas tout de suite. Même un taxiphone extérieur ne ferait pas l'affaire parce qu'elle voyait des gens dehors. Plein de gens. Évidemment. De nos jours, si on voulait fumer une cigarette, il fallait sortir. Et puis…

Il pouvait y être. Est-ce qu'il n'avait pas dansé autour d'elle en chantant une chanson des Rolling Stones de sa horrible voix sans timbre ? Cet épisode, Tess se disait qu'elle pouvait l'avoir rêvé – ou halluciné –, mais elle ne pensait pas. Il était fort possible qu'après être allé cacher son véhicule, il soit venu directement ici, au Taur Inn, toutes ses tuyauteries nettoyées et prêt pour une nuit de bringue…

L'orchestre attaqua une reprise d'une vieille chanson des Cramps, parfaitement de circonstance : « Can Your Pussy Do the Dog[1] ». *Non*, pensa Tess, *mais aujourd'hui, on peut dire qu'un chien s'est tapé ma*

---

1. Est-ce que ta chatte peut se taper le chien ?

chatte. L'Ancienne Tess n'aurait pas apprécié ce genre de blague, mais la Nouvelle Tess la trouva bougrement drôle. Elle lâcha un rire rauque qui résonna comme un aboiement et se remit en marche, traversant la route pour gagner l'autre côté, relativement hors d'atteinte des lumières du parking.

Comme elle dépassait le bâtiment, elle aperçut un fourgon blanc garé à cul contre l'entrée des livraisons. Il n'y avait pas d'arcs au sodium de ce côté du Taur Inn, mais le clair de lune était suffisant pour qu'elle voie le squelette en train de taper sur sa batterie de moules à gâteaux. Pas étonnant qu'ils se soient pas arrêtés pour ramasser les planches truffées de clous sur la route. Les Babas Zombies étaient en retard pour leur mise en place et ça tombait mal, parce que, le vendredi soir au Taur Inn, ça guinchait, ça tanguait et ça pulsait un max.

« Est-ce que ta chatte peut se taper le chien ? » demanda Tess. Et elle resserra un peu le bout de moquette crasseux autour de son cou. C'était pas une étole en vison, mais par une fraîche nuit d'octobre, c'était mieux que rien.

14

À son arrivée à l'intersection de la route du Taur et de la route 47, Tess aperçut quelque chose de magnifique : une station Gas & Dash avec deux taxiphones fixés au mur en parpaings entre les portes des toilettes.

Elle entra dans celles des dames toutes affaires cessantes et dut plaquer une main sur sa bouche pour étouffer un cri quand son urine commença à couler ; c'était comme si on y avait enflammé toute une boîte d'allumettes. Quand elle se leva du siège, de nouvelles larmes ruisselaient sur ses joues. L'eau dans la cuvette était d'un rose pastel. À l'aide d'une boule de papier-toilette, elle se tamponna – très délicatement – puis tira la chasse. Si elle avait pu, elle aurait placé une autre garniture de papier plié dans sa culotte, mais le géant l'avait emportée en souvenir.

« Salopard », dit-elle.

La main sur la poignée, elle s'immobilisa le temps de regarder la femme contusionnée et hagarde dans la glace éclaboussée d'eau au-dessus du lavabo. Puis elle ressortit.

15

Elle découvrit que se servir d'un téléphone public était devenu étrangement difficile en cette ère moderne, même en ayant son numéro de carte en mémoire. Le premier poste qu'elle essaya ne marchait que dans un sens : elle pouvait entendre l'opératrice des renseignements mais l'opératrice, ne pouvant l'entendre, coupa la communication. L'autre téléphone – ça n'augurait rien de bon – était fixé de travers sur le mur en parpaings, mais il fonctionnait. Il était affligé d'un agaçant sifflement ininterrompu, mais au moins, elle et l'opératrice purent communiquer. Sauf que Tess n'avait ni crayon ni stylo. Elle avait plusieurs ustensiles destinés à l'écriture dans son sac à main, mais évidemment son sac à main avait disparu.

« Vous ne pouvez pas juste me passer le numéro ? demanda-t-elle à l'opératrice.

— Non, madame, vous devez le composer vous-même pour pouvoir utiliser votre carte de crédit. » L'opératrice avait pris la voix de quelqu'un qui explique une évidence à un enfant stupide. Tess n'en fut pas vexée ; elle se *sentait* comme une enfant stupide. Puis elle vit à quel point le mur en parpaings était sale. Elle demanda alors à l'opératrice de lui dicter le numéro et l'inscrivit dans la poussière avec son doigt.

Avant qu'elle ait pu le composer, une camionnette pénétra dans le parking de la station. Son cœur se catapulta dans sa gorge avec une vertigineuse et acrobatique facilité, et lorsque deux garçons hilares, en blouson orné de l'écusson de leur lycée, en descendirent pour foncer dans la boutique, elle ne fut pas mécontente que son cœur se soit logé là, bloquant le cri qui, sinon, en aurait jailli.

Elle sentit que le monde cherchait une nouvelle fois à se débiner et appuya un instant sa tête contre le mur en respirant à grands coups. Elle ferma les yeux. Vit le géant la dominer de toute sa taille, les mains enfoncées dans les poches de sa salopette. Les rouvrit. Composa le numéro écrit dans la poussière sur le mur.

Elle se préparait mentalement à tomber sur un répondeur, ou sur un régulateur blasé qui lui dirait qu'ils n'avaient aucune voiture disponible – évidemment qu'ils n'en avaient aucune, un vendredi soir, vous êtes idiote de naissance, ma bonne dame, ou vous l'êtes devenue en grandissant ? Mais à la seconde sonnerie, une voix de femme au ton très professionnel lui répondit. Elle se présenta sous le nom d'Andréa, écouta Tess, l'assura qu'une voiture lui serait envoyée immédiatement et l'informa que son chauffeur serait Manuel. Oui, elle savait exactement d'où appelait Tess car ils envoyaient tout le temps des voitures au Taur Inn.

« D'accord, mais je ne suis pas là-bas, dit Tess. Je suis à l'intersection, à peu près à sept cents mètres de…

— Oui, je l'ai aussi, madame, dit Andréa. Le Gas & Dash. Nous y allons également. Les gens s'y rendent souvent à pied et appellent de là, quand ils ont un peu forcé sur l'alcool. Ce sera l'affaire de quarante-cinq minutes, peut-être une heure.

— C'est parfait », répondit Tess. Les larmes coulaient de nouveau. Des larmes de gratitude cette fois, même si intérieurement elle s'intimait de ne pas se relâcher. Car tellement souvent, dans ce genre d'histoires, il arrivait que les espoirs de l'héroïne se révèlent infondés. « C'est absolument parfait. Je serai à l'angle près des taxiphones. Je guetterai. »

Maintenant, elle va me demander si moi aussi j'ai un peu forcé sur l'alcool. Parce que c'est probablement le genre de voix que j'ai.

Mais tout ce que voulut savoir Andréa, c'est si elle paierait comptant ou par carte de crédit.

« American Express. Vous devez m'avoir dans votre ordinateur.

— Oui, madame, vous y êtes. Merci d'avoir appelé Royal Limousine, qui traite tous ses clients royalement. »

Andréa raccrocha avant que Tess ait pu répondre que c'était elle qui la remerciait.

Elle s'apprêtait à raccrocher quand un homme – *lui, c'est lui* – déboula en courant de l'angle de la boutique, venant droit sur elle. Cette fois, elle n'eut pas le loisir de crier ; elle était paralysée de frayeur.

C'était l'un des lycéens. Il passa devant elle sans la regarder et s'engouffra dans les toilettes pour hommes. La porte claqua. Un instant plus tard, elle entendit le flot enthousiaste et chevalin d'un jeune homme en train de vider une vessie pétant magnifiquement la santé.

Tess longea le côté du bâtiment et tourna pour gagner l'arrière. Là, elle se posta (*non*, pensa-t-elle, *je ne suis pas postée, je suis embusquée*) à côté d'une benne à ordures nauséabonde, attendant que le jeune homme en ait terminé et s'en aille. Puis elle retourna près des taxiphones pour surveiller la route. Son estomac, en dépit de tous les autres endroits de son corps qui la faisaient souffrir, grondait de faim. Elle avait loupé l'heure du dîner, trop occupée qu'elle était à se faire violer et presque assassiner pour songer à se restaurer. Elle aurait même considéré comme une gâterie n'importe lequel de ces encas qu'ils vendent dans ce genre d'endroits – elle aurait même considéré comme une gâterie ces infects petits biscuits salés au beurre de cacahuète d'un jaune bizarre – mais elle n'avait pas d'argent. Et même si elle en avait eu, elle ne serait jamais entrée là-dedans. Elle savait le genre de lumière qu'ils ont dans les relais routiers comme le Gas & Dash, des tubes fluorescents étincelants et impitoyables qui donnent même aux gens bien portants l'air d'avoir un cancer du pancréas. L'employé au comptoir l'observerait, détaillerait ses joues et son front contusionnés, son nez cassé et ses lèvres tuméfiées. Il ne dirait rien, mais Tess verrait ses yeux s'écarquiller. Et peut-être l'esquisse d'un sourire promptement réprimé. Parce qu'il fallait regarder les choses en face, voir une femme battue, ça pouvait amuser les gens. Surtout un vendredi soir. *Qui s'est défoulé sur vous, ma petite dame, et qu'avez-vous fait pour le mériter ? Maintenant qu'un type a joué les prolongations sur vous, vous pouvez bien l'avouer, non ?*

Ça lui rappela une blague pas drôle qu'elle avait entendue un jour : *Pourquoi y a-t-il trois cent mille femmes battues chaque année en Amérique ? Parce qu'elles veulent pas*... écouter... *bordel.*

« Tant pis, chuchota-t-elle. Je mangerai quelque chose en rentrant. Une salade de thon, peut-être. »

C'était tentant, mais quelque chose lui disait qu'elle ne mangerait plus jamais de salade de thon – ni non plus de ces affreux petits biscuits salés au beurre de cacahuète qu'ils vendent dans les relais routiers. L'idée qu'une limousine allait arriver pour l'emporter loin de ce cauchemar tenait du mirage fou.

Quelque part sur sa gauche, Tess entendait des voitures filer sur l'I-84 – l'autoroute qu'elle aurait prise si elle n'avait pas été si enchantée de prendre le chemin le plus court pour rentrer. Là-bas, des gens qui n'avaient jamais été violés ni fourrés dans des canalisations roulaient pour se rendre d'un endroit à un autre. Le son de leur course insouciante était la musique la plus solitaire que Tess eût jamais entendue.

16

La limousine arriva. C'était une Lincoln Town Car. L'homme qui était au volant en descendit et regarda autour de lui. Tess l'observa attentivement depuis l'angle de la boutique. Il portait un costume sombre. Il était de petite taille, portait des lunettes et ne ressemblait pas à un violeur… mais naturellement tous les géants ne sont pas des violeurs et tous les violeurs ne sont pas des géants. En tout état de cause, il fallait qu'elle se fie à lui. Il n'y avait pas d'autre solution si elle voulait rentrer chez elle nourrir Fritzy. Elle laissa donc choir son châle de fortune crasseux près du taxiphone en état de marche et se dirigea vers la voiture d'un pas lent et régulier. La lumière qui brillait à travers les vitrines du magasin semblait aveuglante au sortir de l'ombre sur le côté du bâtiment, et elle savait à quoi ressemblait son visage.

Il va me demander ce qui m'est arrivé et ensuite il va me demander si je veux aller à l'hôpital.

Mais Manuel (qui avait peut-être vu pire, ce n'était pas impossible) lui tint seulement la portière en disant : « Bienvenue chez Royal Limousine, madame. » Il avait un léger accent hispanique assorti à sa peau olivâtre et à ses yeux foncés.

« Qui me traite royalement », répondit Tess en essayant de sourire. Ses lèvres tuméfiées le lui firent regretter.

« Oui, madame. » Rien d'autre. Dieu bénisse Manuel, qui avait peut-être bien vu pire – là d'où il venait, ou à l'arrière de cette même voiture. Qui sait quels secrets gardent les chauffeurs de limousines ? Cette question pouvait contenir le germe d'un bon livre. Pas le genre qu'elle écrivait, naturellement… Seulement, qui savait le genre de livres qu'elle écrirait après ça ? Ou si elle écrirait encore ? L'aventure de ce soir risquait de l'avoir vaccinée de ce plaisir solitaire pour un moment. Peut-être pour toujours. C'était impossible à savoir.

Avec des mouvements de vieille femme à un stade d'ostéoporose avancé, elle monta à l'arrière de la voiture.

Quand elle se fut assise et qu'il eut refermé la portière, elle enroula ses doigts autour de la poignée et observa attentivement pour être bien sûre que c'était Manuel qui montait au volant et non le géant en salopette. Dans *Horreur route du Taur 2*, ç'aurait été le géant : un dernier coup pour la route avant le générique. *Fais dans l'ironie, ma belle, c'est bon pour ta santé.*

Mais c'est Manuel qui prit le volant. Bien sûr que c'était lui. Qui d'autre ? Elle se détendit.

« L'adresse que l'on m'a donnée est le 19 allée des Primevères, à Stoke Village. Est-ce exact ? »

L'espace d'un instant, elle fut incapable de s'en souvenir ; elle avait tapé son numéro de carte sur les touches du taxiphone d'une seule traite mais elle faisait un blocage sur son adresse.

Détends-toi, s'intima-t-elle. *C'est fini. Tu n'es pas dans un film d'horreur, tu es dans ta vie. Tu viens de vivre une terrible expérience, mais c'est fini. Alors détends-toi.*

« Oui, Manuel, c'est exact.

— Souhaitez-vous vous arrêter ailleurs auparavant ou dois-je vous conduire directement à votre domicile ? »

Ce fut l'allusion la plus directe que se permit le délicat Manuel à ce que les lumières du Gas & Dash avaient dû lui révéler quand elle s'était avancée vers sa voiture.

C'était une chance qu'elle prenne encore un contraceptif oral (une chance et peut-être bien de l'optimisme aussi, car en trois ans elle n'avait même pas eu une seule aventure d'un soir... sauf si on comptait celle-ci) et comme on ne pouvait pas dire que la chance lui avait beaucoup souri aujourd'hui, elle était reconnaissante de ce moindre bienfait. Elle était certaine que Manuel aurait su trouver une pharmacie de nuit quelque part en route, les chauffeurs de limousines semblent être au courant de tout ça, mais elle savait qu'elle n'aurait pas été capable d'y entrer pour demander la pilule du lendemain. Son visage aurait proclamé trop clairement pourquoi elle la voulait. Et évidemment, il y avait la question de l'argent.

« Pas d'autre arrêt, conduisez-moi directement chez moi, s'il vous plaît. »

Ils furent bientôt sur l'I-84 encombrée par la circulation du vendredi soir. La route du Taur et sa station-service abandonnée étaient derrière elle. Devant elle, il y avait sa maison, avec son système de sécurité et ses verrous à toutes les portes. Et c'était bien comme ça.

17

Tout se passa exactement comme elle l'avait visualisé : l'arrivée, le pourboire rajouté au bordereau du paiement à crédit, la lente remontée de l'allée bordée de fleurs (elle avait demandé à Manuel de rester pour l'éclairer de ses phares jusqu'à ce qu'elle soit entrée), les miaulements de Fritzy lui parvenant tandis qu'elle inclinait la boîte aux lettres pour repêcher sa clé de secours derrière. Et puis elle fut à l'intérieur, Fritzy s'enroulant avec anxiété autour de ses chevilles, réclamant d'être pris dans les bras et caressé, réclamant d'être nourri. Tess fit toutes ces choses, mais avant tout, elle verrouilla la porte d'entrée derrière elle, brancha l'alarme anti-effraction pour la première fois depuis des mois. Quand elle vit le mot **ARMÉ** clignoter sur le petit écran vert au-dessus du clavier de commande, elle commença à se sentir enfin redevenir un peu elle-même. Elle consulta l'horloge de la cuisine et découvrit avec surprise qu'il n'était que onze heures et quart.

Pendant que Fritzy mangeait son Fancy Feast, elle vérifia les portes du jardin de derrière et du patio sur le côté pour s'assurer qu'elles étaient bien verrouillées. Puis les fenêtres. Le boîtier de commande de l'alarme était censé la prévenir si une issue était restée ouverte, mais elle ne lui faisait pas confiance. Lorsqu'elle fut sûre et certaine que tout était barricadé, elle alla ouvrir le placard de l'entrée et en retira une boîte qui avait séjourné si longtemps sur l'étagère du haut qu'un voile de poussière la recouvrait.

Cinq ans plus tôt, une vague de cambriolages et d'effractions avait sévi dans le nord du Connecticut et le sud du Massachusetts. Les malfaiteurs étaient surtout des drogués accros au « 80 », comme ses nombreux adeptes de Nouvelle-Angleterre appelaient l'Oxycontine. Les habitants s'étaient vus incités à la plus grande vigilance et à « prendre des mesures raisonnables ». Tess n'avait alors aucune opinion tranchée sur le pour ou le contre des armes à feu, pas plus qu'elle n'était spécialement inquiète de l'irruption intempestive d'inconnus pendant la nuit (pas encore), mais la possession d'un revolver semblait entrer dans la catégorie des précautions raisonnables et, de toute façon, cela faisait un moment qu'elle souhaitait s'initier à la pratique du tir pour sa prochaine aventure des Indémaillables. L'alerte aux cambriolages ressemblait à une parfaite opportunité.

Elle s'était rendue à l'armurerie d'Hartford la mieux cotée sur Internet où le vendeur lui avait recommandé un modèle Smith & Wesson 38 qu'il surnommait le « Presse-Citron ». Elle l'avait acheté essentiellement parce que ce nom lui plaisait. Il lui avait aussi parlé d'un bon champ de tir à la sortie de Stoke Village. Tess s'y était scrupuleusement présentée avec son arme, une fois la période réglementaire des quarante-huit heures écoulée, dès lors qu'elle en était officiellement détentrice. Elle y avait tiré environ quatre cents cartouches en une semaine, se délectant du frisson de tirer à tout-va, dans un premier temps, puis s'en lassant rapidement. Depuis lors, le revolver était resté dans le placard, rangé dans sa boîte avec cinquante cartouches et le permis de port d'arme de Tess.

Elle le chargea, se sentant mieux – se sentant *rassurée* – à chaque chambre du magasin remplie, le posa sur le comptoir de la cuisine puis vérifia son répondeur téléphonique. Il n'y avait qu'un message. De Patsy McClain, sa voisine. « Comme je n'ai pas vu de lumière ce soir, j'en ai conclu que tu avais décidé de passer la nuit à Chicopee. Ou peut-être Boston ? De toute façon, j'ai pris la clé derrière la boîte aux lettres pour aller nourrir Fritzy. Ah, et j'ai posé ton courrier sur la table de l'entrée. Que des pubs, désolée. Appelle-moi demain avant que je parte au travail, si tu es rentrée. Juste pour que je sache que tout s'est bien passé. »

« Hé, Fritz, dit Tess en se penchant pour le caresser. Je viens d'apprendre que tu as eu double ration ce soir. Petit malin, v... »

Des ailes grises passèrent devant ses yeux et si elle ne s'était pas retenue à la table de la cuisine, elle se serait étalée de tout son long sur le linoléum. Elle poussa une exclamation de surprise qui rendit un son faible et lointain. Fritzy rabattit en arrière ses oreilles frémissantes, lui coula un regard étroit et calculateur, sembla décider qu'elle n'allait pas tomber (du moins pas sur lui), et s'en retourna à son deuxième souper.

Tess se redressa lentement, en se tenant par précaution à la table, et ouvrit le frigo. Il n'y avait pas de salade de thon, mais il restait du fromage blanc à la confiture de fraise. Elle l'avala goulûment et racla le récipient en plastique pour recueillir jusqu'au dernier soupçon de lait fermenté. Le dessert coulait, frais et lisse, dans sa gorge meurtrie. Elle ne pensait pas qu'elle aurait pu mastiquer de la chair, de toute façon. Même des miettes de poisson en boîte.

Elle but le jus de pomme à même la bouteille, rota, puis se traîna jusqu'à la salle de bains du rez-de-chaussée en emportant le revolver, les doigts passés autour du pontet, comme on le lui avait appris.

Sur l'étagère du lavabo, il y avait un miroir grossissant ovale, cadeau de Noël de son frère établi au Nouveau-Mexique. Il portait en anglaises dorées l'inscription JOLIE TOI. L'Ancienne Tess s'en était servie pour s'épiler les sourcils et retoucher rapidement son maquillage. La Nouvelle Tess s'en servit pour examiner ses yeux. Ils étaient injectés de sang, évidemment, mais les pupilles paraissaient de la même taille. Elle éteignit la lumière de la salle de bains, compta jusqu'à vingt, puis la ralluma et regarda ses pupilles se contracter. Ça aussi, apparemment, c'était normal. Donc, sans doute pas de fracture du crâne. Peut-être une commotion, une *légère* commotion cérébrale, mais…

Comme si je le savais. J'ai une licence de lettres de l'université du Connecticut et une maîtrise en vieilles dames détectives qui passent au moins le quart de chaque livre à s'échanger des recettes de cuisine. Je pompe sur Internet en changeant juste ce qu'il faut pour ne pas être accusée de plagiat. Je pourrais aussi bien tomber dans le coma ou mourir d'une hémorragie cérébrale dans la nuit. Patsy me trouverait la prochaine fois qu'elle viendrait nourrir le chat. Tu as besoin de voir un médecin, Tessa Jean. Et tu le sais.

Ce qu'elle savait, c'est que si elle allait voir son toubib, sa mésaventure risquait vraiment de tomber dans le domaine public. Les médecins étaient tenus au secret professionnel, cela faisait partie de leur serment, et si elle avait été avocate, femme de ménage ou agent immobilier, probable qu'elle aurait pu compter là-dessus. En tant que Tess elle-même, elle aurait peut-être pu l'obtenir aussi, c'était toujours possible. Probable, même. Mais d'un autre côté, il suffisait de voir ce qui était arrivé à Farrah Fawcett : la proie des tabloïds dès qu'un quelconque employé d'hôpital avait bavé. Tess elle-même avait entendu des rumeurs sur les mésaventures psychiatriques d'un romancier, devenu fournisseur malgré lui, pendant des années, de données statistiques de santé avec les récits de ses prouesses lascives. Au cours d'un déjeuner, pas plus tard que deux mois auparavant, le propre agent de Tess s'était fait le relais des plus croustillantes de ces rumeurs... et Tess avait écouté.

J'ai fait plus qu'écouter, pensa-t-elle en regardant son double tuméfié dans le miroir grossissant. *J'ai refilé le bébé dès que j'ai pu.*

Même si le toubib et sa secrétaire restaient muets sur le compte de la dame écrivain à suspense qui s'était fait tabasser, violer et voler en rentrant chez elle après une conférence, *quid* des autres patients qui pourraient l'apercevoir dans la salle d'attente ? Pour certains d'entre eux, ce ne serait pas juste une autre femme dont le visage tuméfié signalait la violence dont elle avait été l'objet : ce serait « la romancière de Stoke Village, vous savez qui, ils ont fait un téléfilm avec ses vieilles dames détectives il y a un an ou deux, c'est passé sur Lifetime Channel et, oh, mon Dieu, si vous l'aviez *vue* ».

Son nez n'était pas cassé, en fin de compte. Dur de croire qu'un nez puisse faire aussi mal *sans* être cassé, mais non, il ne l'était pas. Enflé (évidemment, le pauvre malheureux), et horriblement douloureux, mais elle arrivait à respirer et elle avait de la Vicodine à l'étage pour supporter la douleur cette nuit. Elle avait aussi deux coquards qui s'étalaient, une joue contusionnée et enflée, et un cercle d'ecchymoses autour du cou. C'était ça le pire, le genre de collier qu'on n'obtient que d'une seule façon. Elle avait aussi des écorchures, des bosses et des bleus assortis dans le dos, sur les jambes et sur les fesses. Mais vêtements et collants pareraient au plus urgent.

Super. Je suis poète et je l'ignorais.

« Pour la gorge... je pourrais mettre un col roulé... »

Parfaitement. Octobre était un temps à cols roulés. Quant à Patsy, elle pourrait lui dire qu'elle était tombée dans les escaliers en pleine nuit et qu'elle s'était cogné la figure. Dire que...

« ... j'ai cru entendre du bruit et Fritzy s'est mis dans mes jambes alors que je descendais vérifier. »

En entendant son nom, Fritzy miaula depuis la porte de la salle de bains.

« Oui, que tu m'as fait me casser la figure sur le pilastre en bas de l'escalier. Je pourrais même... »

Faire une petite marque sur le pilastre, bien sûr qu'elle pouvait. Avec l'attendrisseur à viande, peut-être, qu'elle avait dans un de ses tiroirs de cuisine. Rien de trop voyant, juste un petit coup ou deux pour érafler la peinture. Une telle histoire n'abuserait pas un médecin (ni une vieille dame détective aussi perspicace que Doreen Marquis, la doyenne du Club des Indémaillables), mais elle bernerait la gentille Patsy McClain, dont le mari n'avait assurément jamais levé le petit doigt sur elle en vingt ans de mariage.

« C'est pas que j'aie à avoir honte de quoi que ce soit », dit-elle à la Femme dans le Miroir. La Nouvelle Femme au nez de traviole et aux lèvres enflées. « C'est pas ça. » Non, mais d'être exposée au regard public lui *ferait* honte. Elle serait nue. Une victime nue.

Mais les autres femmes, Tessa Jean ? Les femmes dans la buse ?

Elle penserait à elles, mais pas ce soir. Ce soir, elle était recrue de fatigue, de douleur et meurtrie jusqu'au fond de l'âme.

Et tout au fond d'elle-même (dans son âme meurtrie), elle sentait rougeoyer une braise de fureur envers l'homme responsable de ça. L'homme qui l'avait mise dans cette situation. Elle regarda le revolver posé près du lavabo et sut que si cet homme avait été là, elle aurait tiré sur lui sans hésiter une seconde. Découvrir ça sur elle-même était troublant. Et la fit aussi se sentir un peu plus forte.

18

Elle écorna le pilastre avec l'attendrisseur à viande. Elle était déjà tellement claquée à ce moment-là qu'elle avait l'impression d'être un rêve dans la tête d'une autre femme. Elle examina le coup, décida qu'il paraissait trop délibéré, et l'affina de quelques tapotements légers sur le pourtour. Lorsqu'elle trouva que ça ressemblait assez à la marque que le côté le plus contusionné de son visage aurait pu laisser, elle monta lentement les marches, son revolver à la main, et longea le couloir.

Un moment, elle hésita devant la porte entrouverte de sa chambre. Et s'*il* était à l'intérieur ? Il avait son sac à main, donc il avait son adresse. L'alarme anti-effraction n'était pas enclenchée avant qu'elle rentre (belle négligence). Il aurait pu garer sa vieille Ford au coin de la rue. Forcer la serrure de la porte de la cuisine. Sans rien de plus qu'un ciseau à bois, sans doute.

S'il était là, je le sentirais. Cette odeur de sueur masculine. Et je l'abattrais. Pas de « À plat ventre par terre », pas de « Gardez les mains en l'air pendant que j'appelle la police », pas de ces conneries de film d'horreur. Je l'abattrais, point. Mais tu sais ce que je lui dirais d'abord ?

« Vous l'aimez il vous aime », dit-elle de sa voix gutturale. Oui. Exactement ça. *Lui* ne comprendrait pas, mais *elle* oui.

Elle s'aperçut qu'elle *voulait*, d'une certaine façon, le trouver dans sa chambre. Ce qui devait signifier que la Nouvelle Femme était plus qu'un peu givrée, non ? Et alors ? Si ensuite toute l'affaire éclatait, ça en vaudrait la peine. De l'avoir abattu rendrait l'humiliation publique supportable. Et, vois le bon côté des choses ! Ça stimulerait probablement les ventes !

J'aimerais bien voir la terreur dans ses yeux quand il comprendrait que je plaisante pas. Ça rééquilibrerait au moins un peu la balance.

Sa main tâtonnante mit une éternité à trouver l'interrupteur de la chambre, et elle s'attendait bien sûr à ce que d'autres doigts se referment sur les siens pendant qu'elle tâtonnait. Elle se déshabilla lentement et laissa échapper un pitoyable sanglot mouillé quand elle baissa la fermeture de son pantalon et vit ses poils pubiens collés par du sang séché.

Elle régla la température de la douche aussi brûlant qu'elle put le supporter, lava les parties qui supportaient d'être lavées, laissa l'eau rincer le reste. L'eau brûlante et propre. Elle ne voulait plus de son odeur sur elle, ni de l'odeur de moisi du vieux bout de moquette. En sortant de la douche, elle s'assit sur les toilettes. Uriner était moins douloureux cette fois, mais l'éclair de douleur qui lui traversa le crâne quand elle essaya – très prudemment – de redresser son nez dévié lui arracha un cri. Bon, et alors ? Nell Gwyn, la célèbre actrice élisabéthaine, avait bien le nez dévié. Tess était sûre de l'avoir lu quelque part.

Elle enfila un pyjama en flanelle et se traîna jusqu'à son lit où elle se coucha, toutes les lumières allumées et le Presse-Citron posé sur sa table de nuit. Elle pensait qu'elle ne trouverait jamais le sommeil, que son imagination enfiévrée transformerait le moindre bruit de la rue en l'approche du géant. Et puis Fritzy sauta sur le lit, se lova à côté d'elle et se mit à ronronner. C'était mieux comme ça.

Je suis rentrée, pensa-t-elle. *Je suis rentrée, je suis rentrée, je suis rentrée.*

19

Quand elle se réveilla, la saine lueur de l'aube filtrait par la fenêtre. Elle avait des choses à faire et des décisions à prendre, mais pour le moment, il lui suffisait d'être en vie et dans son lit plutôt que fourrée au fond d'une canalisation.

Cette fois, la sensation qu'elle éprouva en faisant pipi était presque normale, et il n'y avait pas de sang. Elle reprit une douche, régla encore l'eau le plus brûlant possible, ferma les yeux et laissa le jet marteler son visage palpitant. Quand elle fut à bout de résistance, elle se fit un shampoing, lentement, méthodiquement, se massant le crâne du bout des doigts, évitant les zones douloureuses où il avait dû la frapper. Au début, la profonde écorchure qu'elle avait dans le dos la brûla, puis la sensation passa, et elle éprouva une sorte de béatitude. C'est à peine si elle pensa à la scène de la douche dans *Psychose*.

À part dans sa voiture, c'était toujours sous la douche qu'elle pensait le mieux – un environnement matriciel – et si elle avait jamais eu besoin de penser fort et bien, c'était maintenant.

J'ai pas envie d'aller voir le Dr Hedstrom, et j'ai pas besoin *d'aller voir le Dr Hedstrom. Ma décision est prise. Plus tard – dans quinze jours peut-être, quand mon visage sera redevenu à peu près normal –, j'irai faire des examens pour les MST...*

« Oublie pas le test du sida », dit-elle à haute voix. Et cette pensée la fit grimacer au point de réveiller la douleur dans sa bouche. C'était une pensée terrifiante. Quoi qu'il en soit, elle devrait faire le test. Pour sa tranquillité d'esprit. Mais ça ne répondait pas à la question qui, ce matin, lui apparaissait comme centrale. Ce qu'elle décidait concernant son propre viol, c'était son affaire, mais il n'en allait pas de même pour les autres femmes dans la buse. Ces femmes avaient tout perdu. Et *quid* de la prochaine à qui s'en prendrait le géant ? Parce qu'il y en aurait une autre, elle n'avait aucun doute là-dessus. Pas avant un mois, un an peut-être, mais il y en aurait une. Tandis qu'elle fermait la douche, Tess s'avisa (encore une fois) que ça pourrait même être elle, s'il retournait vérifier dans la conduite souterraine et ne l'y trouvait pas. Et ne retrouvait pas ses affaires dans le vieux magasin, évidemment. S'il avait fouillé dans son sac à main (et elle était sûre qu'il l'avait fait), alors il *avait* son adresse.

« Et mes boucles en diamant aussi, dit-elle. Putain de salopard pervers, il m'a volé mes boucles d'oreilles. »

Même s'il évitait le vieux magasin et la canalisation pendant un moment, ces femmes appartenaient à Tess maintenant. Elles étaient sous sa responsabilité et elle ne pouvait pas se défiler sous prétexte que sa photo risquait de paraître en couverture d'*Inside View*.

Dans la lumière d'un calme matin de banlieue dans le Connecticut, la réponse était ridiculement simple : un appel anonyme à la police. Qu'en romancière professionnelle dotée de dix ans d'expérience elle n'y ait pas pensé immédiatement, ça méritait presque un carton jaune. Elle leur donnerait le lieu – la station-service abandonnée VOUS L'AIMEZ IL VOUS AIME sur la route du Taur – et elle décrirait le géant. Ils ne devraient pas avoir trop de mal à localiser un homme comme lui, si? Ni une Ford F-150 bleue avec du Bondo autour des phares?

Fastoche.

Mais tandis qu'elle se séchait les cheveux, son regard tomba sur son Presse-Citron et elle pensa : *Trop fastoche. Parce que…*

« Je deviens quoi, moi? demanda-t-elle à Fritzy, assis sur le seuil, qui la regardait de ses yeux verts lumineux. Hein, je deviens quoi, moi, dans l'histoire? »

20

Debout dans la cuisine, une heure et demie plus tard. Son bol de céréales en train de tremper dans l'évier. Sa deuxième tasse de café en train de refroidir sur le comptoir. Et elle, en train de parler au téléphone.

« Oh, mon Dieu! s'exclama Patsy. J'arrive tout de suite!

— Non, non, Pats, je vais bien. Ne te mets pas en retard pour le travail.

— Notre présence est facultative le samedi matin. Et il faut que tu ailles chez le docteur! Imagine que tu aies une commotion cérébrale, ou autre?

— J'ai pas de commotion cérébrale, juste quelques bleus. Et j'aurais honte d'aller voir le docteur, parce que j'avais trop bu. La seule chose raisonnable que j'aie faite de ma soirée, ça a été d'appeler une limousine pour rentrer.

— Tu es sûre que tu n'as pas le nez cassé ?
— Sûre et certaine. »

Enfin... *presque*.

« Est-ce que Fritzy va bien ? »

Tess éclata d'un rire parfaitement authentique. « Je descends l'escalier en pleine nuit à moitié beurrée parce que le détecteur de fumée s'est mis à sonner, je me prends les pieds dans mon chat et je manque me tuer, et toi, tu t'inquiètes pour le chat. Sympa.

— Mais non, ma chérie, je...
— Je plaisantais. Ne t'en fais pas et va travailler. Je voulais juste éviter que tu hurles en me voyant. J'ai deux coquards absolument superbes. Si j'avais un ex-mari, tu croirais certainement qu'il est venu me rendre visite.

— Personne n'oserait lever la main sur toi, dit Patsy. Tu es une fille coriace.

— Exact, répondit Tess. Faut pas me la faire.
— On dirait que tu es enrouée.
— J'ai attrapé un rhume, par-dessus le marché.
— Bon... si tu as besoin de quelque chose ce soir... un bouillon de poule... deux cachets d'aspirine... un DVD de Johnny Depp...

— Je t'appellerai si j'ai besoin de quoi que ce soit. Maintenant, file. Les femmes à la mode en quête du rarissime modèle en taille 36 de chez Ann Taylor n'attendent pas.

— Va te faire voir ! » répliqua Patsy.

Et elle raccrocha en riant.

Tess apporta son café sur la table de la cuisine. Le revolver y était posé à côté du sucrier ; pas tout à fait une image à la Dalí, mais fichtre, on n'en était pas loin. Puis l'image se dédoubla tandis qu'elle fondait en larmes. C'était le souvenir de sa voix enjouée. La musique du mensonge dans lequel elle devrait vivre désormais jusqu'à ce qu'il ressemble à la vérité. « Espèce de salopard ! hurla-t-elle. Espèce de salopard de merde. *Je te déteste !* »

Elle s'était douchée deux fois en l'espace de sept heures, mais elle se sentait encore sale. Elle s'était lavée, mais il lui semblait encore le sentir, là, en bas, son…

« Son jus de bite dégueu. »

Elle bondit sur ses pieds, vit du coin de l'œil son chat alarmé déguerpir dans l'entrée, et atteignit l'évier juste à temps pour ne pas en mettre plein le carrelage. Son café et ses Cheerios remontèrent d'une seule contraction brutale. Quand elle fut certaine d'avoir tout expulsé, elle ramassa son revolver sur la table et monta se doucher une troisième fois.

21

Une fois douchée et enveloppée dans un réconfortant peignoir en éponge, elle s'allongea sur son lit pour réfléchir à l'endroit d'où elle devrait passer son coup de téléphone anonyme. Un endroit vaste et animé de préférence. Doté d'un parking, de façon qu'elle puisse raccrocher et filer. Le centre commercial de Stoke Village paraissait tout indiqué. Il y avait aussi la question de savoir quelles autorités appeler. Le commissariat de Colewich ?

Ou est-ce que ça ferait un peu trop « Shérif Dawg » ? La police d'État serait peut-être plus indiquée. Et elle devrait écrire ce qu'elle avait à dire… l'appel irait plus vite… elle risquerait moins d'oublier quel…

Couchée sur son lit dans un rai de soleil, Tess s'endormit.

22

Très loin, dans un univers adjacent, le téléphone sonnait. Puis la sonnerie s'arrêta et Tess entendit sa propre voix, l'enregistrement agréablement impersonnel qui commençait ainsi : *Vous êtes en communication avec…* puis quelqu'un laissa un message. Une femme. Le temps que Tess émerge complètement du sommeil, sa correspondante avait raccroché.

Un coup d'œil à son réveil lui apprit qu'il était dix heures moins le quart. Elle avait encore dormi deux heures. Un instant, elle s'en alarma : peut-être souffrait-elle d'une commotion cérébrale en fin de compte, ou d'une fracture du crâne. Puis elle se détendit. Elle s'était beaucoup dépensée la nuit précédente. De façon extrêmement déplaisante, pour une bonne part, mais néanmoins dépensée. Qu'elle se soit rendormie était naturel. Peut-être même qu'elle referait une sieste cet après-midi (et elle reprendrait une douche, ça c'était sûr), mais d'abord elle avait une course à faire. Une responsabilité à remplir.

Elle enfila une jupe longue en tweed et un col roulé trop grand pour elle qui lui couvrait le menton. Mais pour aujourd'hui, c'était parfait. Le fond de teint ne masquait pas entièrement ses ecchymoses, pas plus que sa plus grande paire de lunettes de soleil ne dissimulerait ses yeux au beurre noir (et tant pis pour les lèvres enflées), mais le maquillage arrangeait quand même un peu les choses. Le simple fait de s'être maquillée l'avait davantage ancrée dans sa réalité. Rendue plus volontaire.

Au rez-de-chaussée, elle appuya sur le bouton « Messages » du répondeur, pensant que c'était probablement la mère Norville, passant le courtois appel du lendemain : « C'était très sympa ! Pour vous aussi, j'espère ? Je n'ai eu que des retours enthousiastes, revenez vite nous voir (tu peux toujours courir), et bla bla bla et bla bla bla. » Mais ce n'était pas Ramona. Le message provenait d'une certaine Betsy Neal, qui disait appeler du Taur Inn.

« Dans le cadre de notre politique d'incitation à "boire ou conduire, il faut choisir", nous nous faisons un devoir de courtoisie de rappeler tous nos clients ayant laissé leur véhicule sur notre parking après la fermeture, disait Betsy Neal. Votre Ford Expédition, immatriculé 775 NSD dans le Connecticut, restera à votre disposition jusqu'à cinq heures ce soir. Après cinq heures, il sera remorqué jusqu'au garage Auto-Répar' Excellence, 1500 route John Higgins, Colewich Nord, à vos frais. Veuillez noter, madame, que vous ne nous avez pas laissé vos clés. N'oubliez pas de vous en munir pour venir récupérer votre véhicule. » Betsy Neal fit une pause. « N'oubliez pas non plus de passer à la réception, nous avons autre chose vous appartenant. Et j'aurai besoin d'une pièce d'identité. Je vous remercie de votre attention et vous souhaite une bonne journée. »

Tess s'assit sur son canapé et éclata de rire. Avant d'écouter le message formaté de cette Mlle Neal, elle projetait de conduire son Expédition jusqu'au centre commercial. Elle n'avait pas de sac à main, pas de clés de voiture, pas de foutue *voiture*, mais elle avait quand même prévu de sortir dans l'allée, de se mettre au volant, et…

Elle se renversa contre les coussins en s'esclaffant et en se tapant sur les cuisses. Sous le fauteuil en face d'elle, Fritzy la zieutait comme si elle était devenue folle. *Nous sommes tous fous ici, alors tu reprendras bien un peu de thé*, pensa-t-elle. Et son rire redoubla.

Quand elle s'arrêta enfin (ça lui faisait plutôt l'effet d'avoir ri jusqu'à épuisement), elle réécouta le message. Cette fois, elle se concentra sur la partie disant que Mlle Neal détenait autre chose lui appartenant. Son sac à main ? Ses boucles d'oreilles en diamant ? Ce serait trop beau pour être vrai. Non ?

Se pointer au Taur Inn dans une automobile noire de chez Royal Limo risquait de ne pas vraiment passer inaperçu, elle préféra donc appeler les Taxis de Stoke Village. Le régulateur l'informa qu'ils se feraient un plaisir de la conduire jusqu'au « Taur », comme il disait, pour un prix net de cinquante dollars. « Désolé pour la surtaxe, lui dit-il, mais notre chauffeur devra rentrer à vide.

— Comment le savez-vous ? lui demanda Tess sidérée.

— Vous avez laissé votre voiture là-bas ? Ça arrive tout le temps, surtout les week-ends. Les soirs de karaoké aussi, on a quelques appels. Votre taxi sera là dans quinze minutes au plus. »

Tess mangea une Pop-Tart (c'était douloureux d'avaler mais sa première tentative de petit déjeuner s'était soldée par un échec, et elle avait faim), puis se posta à la fenêtre du salon pour guetter son taxi en faisant sauter le double des clés de son Expédition dans la paume de sa main. Elle avait décidé de changer de plan. Plus de centre commercial de Stoke Village ; une fois qu'elle aurait récupéré sa voiture (et autre chose lui appartenant), elle remonterait les quelque cinq cents mètres qui la sépareraient du Gas & Dash et appellerait la police de là.

Ça tombait sous le sens.

23

Lorsque le taxi tourna dans la route du Taur, le pouls de Tess s'accéléra. Le temps d'arriver au Taur Inn, son cœur battait à un rythme proche des cent trente pulsations-minute. Le chauffeur de taxi avait dû voir sa figure dans le rétroviseur... mais ce furent peut-être simplement les signes visibles de ses pulsations cardiaques qui l'incitèrent à demander :

« Tout va bien, madame ?

— Impeccable, répondit-elle. C'est juste que je n'avais pas vraiment prévu de revenir ici ce matin.

— Vous n'êtes pas la seule dans ce cas », la rassura le taxi. Le cure-dents qu'il suçait effectua un lent et philosophique voyage d'un coin de sa bouche à l'autre. « Ils ont vos clés, je suppose ? Vous les avez laissées au barman ?

— Oh, aucun problème pour mes clés, répliqua-t-elle gaiement. Mais ils ont aussi autre chose m'appartenant – la femme qui m'a appelée ne m'a pas dit quoi, et je me demande bien ce que ça peut être. »

Oh, bonté divine, voilà que je me mets à parler comme l'une de mes vieilles dames détectives.

Pour toute réponse, le taxi fit rouler son cure-dents, le ramenant ainsi à son point de départ.

« Je rajouterai dix dollars à votre course si vous attendez que je ressorte, reprit Tess avec un signe de tête en direction de la boîte de nuit. Je voudrais être sûre que ma voiture démarre.

— No problemo », acquiesça le taxi.

Et si je hurle parce qu'il m'attend à l'intérieur, arrivez en courant, d'accord ?

Mais elle n'aurait jamais dit ça, même si elle avait pu le faire sans paraître complètement dingo. Le taxi avait la cinquantaine, il était gros et avait le souffle court. Il ne ferait pas le poids face au géant si tout ça était une mise en scène... ce qui aurait été le cas dans un film d'horreur.

Incitée à revenir sur les lieux du crime, pensa lugubrement Tess. *Appâtée par un coup de fil de la petite amie du géant, qui est tout aussi cinglée que lui.*

Idée paranoïaque et absurde, mais le trajet lui parut long jusqu'à la porte du Taur Inn, et ses souliers résonnaient très bruyamment sur la terre battue du parking : *clop-clomp-clop*. Le parking, hier soir océan de voitures, était maintenant désert, à l'exception de quatre petits îlots automobiles, dont son Expédition, garé tout au fond de l'espace de stationnement. Évidemment, *il* ne tenait pas à ce qu'on le voie l'y déposer. D'où elle était, elle pouvait distinguer le pneu avant gauche. Un bon vieux pneu à bande noire ordinaire qui tranchait avec les trois autres mais à part ça, il paraissait en bon état. Il avait changé son pneu. Évidemment. Sinon comment aurait-il pu l'enlever de son... son...

Son terrain de jeu. Sa zone de chasse. Il l'a conduit jusqu'ici, l'a garé, est retourné à pied jusqu'au magasin abandonné, et a filé au volant de sa vieille Ford. Heureusement que je suis pas revenue à moi plus tôt ; il m'aurait trouvée en train de tourner en rond, hébétée, et je serais plus là à l'heure qu'il est.

Elle regarda en arrière par-dessus son épaule. Dans un de ces films qui l'obsédaient maintenant, elle aurait sûrement vu le taxi repartir à toute allure *(m'abandonnant à mon sort)*, mais il était toujours là. Elle leva la main pour faire signe au chauffeur, et il lui fit signe à son tour. Tout allait bien. Sa voiture était là et le géant n'y était pas. Le géant était chez lui (dans son *repaire*), encore en train de dormir peut-être, pour se remettre de l'épuisement de la veille.

Sur la porte, un écriteau indiquait NOUS SOMMES FERMÉS. Tess frappa et n'obtint aucune réponse. Elle essaya la poignée et lorsque celle-ci tourna, de sinistres intrigues de films lui revinrent à l'esprit. Ces intrigues vraiment stupides dans lesquelles la poignée tourne et l'héroïne appelle (d'une voix frémissante) : « Il y a quelqu'un ? » Tout le monde sait qu'elle est folle d'entrer, mais elle le fait quand même.

Tess jeta un deuxième coup d'œil au taxi, vit qu'il était toujours à la même place, se rappela qu'elle transportait un revolver chargé dans son sac à main de rechange et entra.

24

Elle se retrouva dans un vestibule qui occupait toute la longueur du bâtiment, côté parking. Les murs étaient décorés de photos de groupes : des groupes en cuir, des groupes en jean, un groupe exclusivement féminin en minijupe. Un bar annexe occupait l'espace au-delà du vestiaire ; pas de tabourets, juste une barre d'appui où l'on pouvait prendre un verre en attendant quelqu'un ou parce que le bar intérieur était bondé. Une seule enseigne publicitaire rouge pour BUDWEISER luisait au-dessus des bouteilles alignées.

Vous aimez la Bud, la Bud vous aime, pensa Tess.

Elle retira ses lunettes noires afin de pouvoir avancer sans rencontrer d'obstacle et traversa le vestibule pour aller lorgner dans la pièce principale. Celle-ci était vaste et exhalait un relent de bière. Il y avait un stroboscope, immobile et obscur pour le moment. Le plancher lui rappela la piste de roller où elle et ses copines avaient carrément élu domicile l'été de ses treize ans, avant leur entrée au collège. Les instruments étaient encore sur scène, indiquant que les Babas Zombies seraient de retour ce soir pour une autre fournée de rock'n'roll tout chaud.

« Ohé ? » Sa voix se réverbéra dans la pièce vide.

« Je suis là », répondit doucement une voix dans son dos.

25

Si ç'avait été une voix d'homme, Tess aurait hurlé. Elle parvint à se contenir, mais fit néanmoins volte-face si vivement qu'elle chancela un peu. La femme qui se tenait dans le vestiaire – une brindille haute comme trois pommes – en cilla de surprise et recula d'un pas. « Holà, ne vous affolez pas !

— Vous m'avez fait peur, dit Tess.

— Je vois ça. »

Autour de l'ovale minuscule et parfait de son visage, elle portait ses cheveux noirs en un halo crêpé. Avec un crayon planté dedans. Ses yeux, d'un bleu saisissant, n'étaient pas très bien assortis. *Un Picasso, cette fille*, pensa Tess. « J'étais dans le bureau. Vous venez pour l'Expédition ou pour la Honda ?

— L'Expédition.

— Vous avez une pièce d'identité ?

— Oui, deux, mais une seule avec photo. Mon passeport. Le reste était dans mon sac. Mon autre sac. Je pensais que vous l'aviez…

— Non, désolée. Vous l'aurez peut-être glissé sous votre siège ? Nous vérifions seulement la boîte à gants, et encore, quand le véhicule est ouvert. Le vôtre l'était, et votre numéro de téléphone figurait sur la carte d'assurance. Mais je ne vous apprends rien. Vous retrouverez sans doute votre sac chez vous. » La voix de Neal exprimait le doute. « Une pièce d'identité avec photo suffira, si elle est ressemblante. »

Neal précéda Tess pour franchir une porte au fond du vestiaire et longer un corridor étroit qui contournait la grande salle. Il y avait d'autres photos de groupes sur les murs. Les deux femmes dépassèrent une zone où flottait un relent de chlore qui agressa la gorge et les yeux sensibles de Tess.

« Si vous trouvez que les chiottes puent, vous devriez venir quand la boîte est bondée », fit remarquer Neal. Puis elle ajouta : « Ah, mais j'oubliais – vous y étiez. »

Tess s'abstint de tout commentaire.

Au bout du couloir, une porte indiquait RÉSERVÉ AU PERSONNEL. La pièce qui s'ouvrait derrière était vaste, agréable et inondée de soleil matinal. Au mur, il y avait une photo encadrée de Barack Obama avec le slogan YES, WE CAN sur un autocollant. Tess ne pouvait pas voir son taxi de là – il était caché par le bâtiment – mais elle apercevait son ombre.

C'est bon. Reste là et tu auras tes dix dollars. Et si je ne ressors pas, appelle la police. Surtout n'entre pas.

Neal passa derrière le bureau d'angle et s'assit. « Voyons voir ces papiers. »

Tess ouvrit son sac, fouilla autour du .38, et en sortit son passeport et sa carte de la Guilde des Écrivains. Neal posa un bref regard, pour la forme, sur la photo du passeport, mais quand elle vit la carte de la Guilde, ses yeux s'écarquillèrent. « Vous êtes l'auteur des Indémaillables ! »

Tess sourit bravement. Ses lèvres la lancèrent. « Je plaide coupable. » Elle avait la voix un peu étouffée, comme si elle sortait d'un mauvais rhume.

« Ma grand-mère adore vos livres !

— Beaucoup de grands-mères les adorent, confirma Tess. Quand leur affection se transmettra à la génération suivante – celle qui n'aura peut-être pas la chance d'avoir des revenus fixes –, j'irai m'acheter un château en France ! »

Cette boutade lui valait parfois un sourire. Pas de la part de Betsy Neal, toutefois. « J'espère que ça ne vous est pas arrivé chez nous. » Elle n'avait pas besoin d'en dire plus. Tess savait de quoi elle parlait, et Betsy Neal le savait aussi.

Tess envisagea de recycler l'histoire qu'elle avait déjà servie à Patsy – l'alarme du détecteur de fumée, le chat dans les pieds, la collision avec le pilastre de l'escalier – mais y renonça. Cette femme travaillait ici pendant la journée et dégageait une impression de réelle compétence. Sans doute fréquentait-elle le Taur Inn le moins possible la nuit, mais il était clair qu'elle ne se faisait aucune illusion sur ce qui s'y passait parfois à une heure tardive lorsque les clients étaient ivres. C'était elle, après tout, qui, de bonne heure le samedi matin, venait procéder aux appels de courtoisie. Elle avait probablement entendu son content de versions du lendemain mentionnant des faux pas à minuit, des glissades sous la douche, et ainsi de suite...

« Non, pas ici, répondit Tess. Ne vous inquiétez pas.

— Pas non plus sur le parking ? Si vous avez eu des ennuis dehors, il faudra que je dise à M. Rumble – c'est le patron – d'en parler aux gars de la sécurité. Les nuits d'affluence, ils sont censés contrôler régulièrement les écrans de surveillance.

— Ça s'est passé après mon départ. »

Maintenant, je vais vraiment *devoir passer un coup de fil anonyme, si du moins je le passe. Parce que je suis en train de lui mentir, et elle s'en souviendra.*

« J'en suis vraiment désolée. » Neal se tut. Elle semblait débattre intérieurement. Puis elle ajouta : « Sans vouloir vous offenser, vous n'avez probablement pas grand-chose à faire dans un endroit comme celui-ci. D'ailleurs, ça ne vous a pas tellement réussi, et si les journaux s'en emparaient... eh bien... ma grand-mère serait très déçue. »

Tess en convenait. Et comme elle savait enjoliver de façon convaincante (après tout, c'était ce talent qui payait ses factures), elle enjoliva : « Un petit ami méchant est plus venimeux que la dent d'un serpent. Je crois que c'est dans la Bible. Ou alors, c'est du Dr Phil. De toute façon, j'ai rompu avec lui.

— C'est ce que disent beaucoup de femmes, et puis elles craquent. Et un type qui fait ça une fois...

— Le refera. Oui, je sais, j'ai vraiment été idiote. Si ce n'est pas mon sac que vous avez, de quoi d'autre s'agit-il ? »

Betsy Neal se retourna sur sa chaise pivotante (le soleil lui lécha le visage, mettant furtivement en lumière ses insolites yeux bleus), ouvrit l'un de ses placards de rangement, et en sortit Tom le tomtom. Tess fut ravie de retrouver son vieux compagnon de route. Ça n'effaçait pas tout le reste, bien sûr, mais c'était un pas dans la bonne direction.

« En général, nous ne retirons rien des voitures de nos clients, nous prenons seulement leur adresse et leur numéro de téléphone si possible, et nous les verrouillons, mais j'ai préféré ne pas laisser ça. Les voleurs n'hésitent pas à casser une vitre pour s'emparer d'un truc particulièrement attirant, et celui-ci était bien en évidence sur votre tableau de bord.

— Merci. » Sous ses lunettes noires, Tess sentit des larmes lui monter aux yeux et les refoula. « C'est très gentil à vous. »

Betsy Neal sourit et, en un instant, sa physionomie sévère de Madame Je-Prends-Les-Choses-En-Main se métamorphosa en un visage radieux.

« Avec plaisir. Et quand votre super petit ami reviendra, la queue entre les jambes, pour vous demander une deuxième chance, n'oubliez pas ma grand-mère, et toutes vos autres loyales lectrices, et dites-lui bien qu'*y a pas moyen, crétin*. » Elle réfléchit. « Mais surtout, faites-le sans détacher votre chaîne de porte. Parce qu'un petit ami méchant est *vraiment* plus venimeux que la dent d'un serpent.

— Merci de votre bon conseil. Écoutez, il faut que j'y aille. J'ai demandé au taxi d'attendre le temps que je sois sûre de pouvoir récupérer ma voiture. »

Et les choses auraient pu en rester là – vraiment. Mais c'est là que Neal demanda à Tess, avec une petite hésitation tout à fait charmante, si ça ne la dérangerait pas de lui signer un autographe pour sa grand-mère. Tess répondit que non, pas du tout. Et en dépit de tout ce qui s'était passé, c'est avec un réel amusement qu'elle regarda Neal dénicher une feuille de papier à en-tête, déchirer le logo du Taur Inn avec une règle et la lui tendre par-dessus le bureau.

« "Pour Mary, une vraie fan". Ça vous va ? »

Ça lui allait. Et, comme elle ajoutait la date, un mensonge supplémentaire lui vint à l'esprit : « Un homme m'a aidée quand mon copain et moi on... enfin, vous savez, on se chamaillait. Sans lui, j'aurais pu m'en tirer beaucoup plus mal. » *Oui ! Même me faire violer !* « J'aimerais le remercier, mais je ne connais pas son nom.

— Je doute de pouvoir vous renseigner. Je ne suis que l'employée de bureau.

— Mais vous êtes du coin, n'est-ce pas ?

— Oui...

— Je l'ai rencontré au petit magasin un peu plus loin sur la route.

— Le Gas & Dash ?

— Oui, je crois que c'est ça. C'est là que mon petit ami et moi on a eu notre grosse dispute. Au sujet de la voiture. Je voulais pas conduire, et je voulais pas qu'il conduise. On s'est disputés pour ça tout le long de la route du Taur... on s'est fait du tort sur la route du Taur... »

Neal sourit comme quelqu'un qui a déjà beaucoup entendu une blague.

« En tout cas, ce gars-là est arrivé dans une vieille camionnette bleue avec du mastic antirouille autour des phares...

— Du Bondo ?

— Oui, je crois que ça s'appelle comme ça. » Elle savait parfaitement comment ça s'appelait. Son père avait dû doubler les bénéfices de cette boîte à lui tout seul. « En tout cas, je me souviens d'avoir pensé quand il est descendu de sa camionnette que c'était lui qui la portait et pas le contraire. »

Quand elle rendit le papier signé à Betsy Neal, elle vit que maintenant la fille Picasso souriait. « Oh ça alors, il se pourrait bien que je le connaisse.

— Sans blague ?

— Il était grand ou *super* grand ?

— Super grand », répondit Tess.

Elle ressentait une bizarre attente fiévreuse, située non pas dans sa tête mais au centre de sa poitrine. C'était ce qu'elle éprouvait quand elle sentait les ficelles d'une de ses intrigues saugrenues commencer à se nouer, à se resserrer comme la gueule d'un sac fourre-tout bien foutu. Ça lui causait toujours un mélange d'étonnement et d'évidence quand ça arrivait. Aucune satisfaction n'égalait celle-là.

« Avez-vous remarqué s'il portait une bague au petit doigt ? Avec une pierre rouge.

— Oui ! Comme un rubis ! Mais trop gros pour être un vrai. Et une casquette marron... »

Neal approuvait de la tête. « Oui, éclaboussée d'eau de Javel. Ça doit bien faire dix ans qu'il la porte. C'est Grand Chauffeur. Je sais pas où il habite, mais il est du coin, Colewich ou Nestor Falls. Je le vois souvent : au supermarché, au magasin de bricolage, au Walmart, ce genre d'endroits. Et une fois qu'on l'a vu, on l'oublie pas. Son vrai nom, c'est Al Quelque-Chose-De-Polonais. Vous savez, un de ces noms difficiles à prononcer. Strelkowicz, Stancowitz, un truc comme ça. Je parie que je pourrais le trouver dans l'annuaire du téléphone : lui et son frère ont une entreprise de transport. Le Faucon Rouge, je crois que ça s'appelle. Ou peut-être L'Aigle Rouge. En tout cas, quelque chose avec un nom d'oiseau dedans. Vous voulez que je cherche ?

— Non, merci, répondit Tess aimablement. Vous m'avez déjà bien dépannée, et j'ai mon taxi qui m'attend.

— Entendu. Et faites-moi plaisir, évitez votre ex-petit ami. Et évitez aussi le Taur à l'avenir. Évidemment, si vous avez le malheur de raconter que j'ai dit ça, je devrais vous retrouver et vous tuer.

— Normal, répondit Tess en souriant. Je l'aurais mérité. » À la porte, elle se retourna. « Je peux vous demander une faveur ?

— Oui, si je peux.

— Si vous rencontrez Al Quelque-Chose-De-Polonais en ville, ne lui dites pas que vous m'avez parlé. » Elle agrandit son sourire. Ça faisait mal aux lèvres, mais c'était pour la bonne cause. « Je veux lui faire une surprise. Un petit cadeau, quelque chose.

— Pas de problème. »

Tess s'attarda encore un peu. « J'adore vos yeux. »

Neal haussa les épaules et sourit. « Merci. Ils sont pas tout à fait pareils, hein ? Ça me donnait des complexes avant, mais maintenant…

— Maintenant, ça vous va bien, dit Tess. Vous vous y êtes faite.

— Oui, je crois bien. J'ai même travaillé un peu comme modèle avant mes trente ans. Mais parfois, vous savez quoi ? Il vaut mieux se défaire de certaines choses que de s'y faire. Comme d'un penchant pour les hommes violents. »

À cela, il semblait n'y avoir rien à ajouter.

26

Elle s'assura que son Expédition démarrait, puis donna vingt dollars au lieu de dix au taxi. Il la remercia chaleureusement et démarra en direction de l'I-84. Tess le suivit, non sans avoir au préalable rebranché Tom à l'allume-cigares et l'avoir allumé.

« Salut, Tess, dit Tom. On part en balade, à ce que je vois.

— On rentre juste à la maison, mon p'tit Tom », répondit-elle. Et elle quitta sa place de parking, consciente de rouler sur un pneu changé par l'homme qui avait bien failli l'assassiner. Al Quelque-Chose-De-Polonais. Un grand salopard chauffeur de camion. « On va juste faire un arrêt en route.

— Je sais pas ce que t'as en tête, Tess, mais tu ferais bien d'être prudente. »

Si elle avait été chez elle, et pas dans sa voiture, c'est Fritzy qui aurait pu lui dire ça, et Tess n'en aurait pas été autrement surprise. Elle inventait des voix et des conversations depuis son enfance, même si elle avait cessé de le faire en présence d'autrui depuis l'âge de huit ou neuf ans, sauf si elle cherchait un effet comique.

« Je sais pas non plus ce que j'ai en tête », renchérit-elle. Mais ce n'était pas tout à fait vrai.

Un peu plus loin, au niveau de l'intersection avec l'US 47, elle mit son cligno, tourna et gara son Expédition pile entre les deux taxiphones fixés au mur latéral du Gas & Dash. Elle voyait le numéro de Royal Limousine inscrit dans la poussière du mur. Les chiffres étaient tordus et mal alignés, tracés par un doigt qui ne pouvait s'empêcher de trembler. Un frisson lui parcourut l'échine, elle referma ses bras autour d'elle et serra fort. Puis elle descendit et se dirigea vers le téléphone en état de marche.

La notice d'instructions avait été griffée, peut-être par un soûlard avec une clé de voiture, mais l'information principale était encore lisible : « Appels gratuits vers le 911, décrochez et composez le numéro ».

Fastoche.

Elle composa le 9, hésita, composa le 1, hésita encore. Elle visualisait une piñata, et une femme figée dans le geste de la frapper avec un bâton. Bientôt, tout le contenu se répandrait. Ses amis, ses confrères et consœurs sauraient qu'elle avait été violée. Patsy McClain saurait que son histoire comme quoi elle avait trébuché sur Fritzy en pleine nuit était un mensonge éhonté... et que Tess ne lui avait pas fait suffisamment confiance pour lui dire la vérité. Mais vraiment, tout ça n'était que considérations secondaires. Elle pouvait supporter un intérêt un peu appuyé de la part du public, du moins le supposait-elle, si cela empêchait l'homme que Betsy Neal avait appelé Grand Chauffeur de violer et de tuer d'autres femmes. Tess s'avisa qu'elle risquait même d'être perçue comme une héroïne, chose encore impensable la veille, lorsque uriner la faisait tellement souffrir qu'elle en aurait pleuré et que son esprit ne cessait de revenir à la vision obsédante de sa petite culotte dépassant de la poche de poitrine du géant.

Et après…

« Et après, je redeviens quoi, moi ? » redemanda-t-elle. Elle parlait très doucement tout en contemplant le numéro de téléphone qu'elle avait tracé dans la poussière. « Je redeviens quoi, moi, dans l'histoire ? »

Et elle pensa : *J'ai une arme et je sais m'en servir.*

Elle raccrocha et regagna son véhicule. Elle consulta Tom, dont l'écran montrait l'intersection de la route du Taur et de la route 47. « Je vais y réfléchir encore un peu, lui dit-elle.

— À quoi vas-tu réfléchir ? lui demanda Tom. Si tu le tuais et que tu te faisais pincer, tu irais en prison. Viol ou pas viol.

— C'est à ça que j'ai besoin de réfléchir », dit-elle.

Et elle tourna sur l'US 47, d'où elle rejoindrait l'I-84.

Sur la grande nationale, la circulation était fluide comme un samedi matin, et c'était bon d'être au volant de l'Expédition. Consolant. Normal. Tom se tut jusqu'à ce qu'elle ait dépassé le panneau SORTIE 9, STOKE VILLAGE 3 KM. Puis il lui dit : « T'es sûre que c'était le hasard ?

— Quoi ? » Tess sursauta, interloquée. Elle avait entendu la question de Tom sortir de sa propre bouche (avec la voix plus grave qu'elle prenait toujours pour incarner cet interlocuteur imaginaire dans ses conversations imaginaires – une voix très peu semblable au véritable timbre de robot de Tom le tomtom), mais ça ne ressemblait pas à la traduction de sa *pensée*.

« T'es en train de dire que ce salopard m'a violée par *hasard*?
— Non, répondit Tom. Je suis en train de dire que si ça n'avait tenu qu'à toi, tu serais repartie par le chemin d'où tu étais venue. *Celui-ci*. L'I-84. Mais quelqu'un avait une meilleure idée, n'est-ce pas? Quelqu'un connaissait un raccourci.
— Oui, convint-elle. Ramona Norville connaissait un raccourci. » Elle considéra un instant la chose, puis secoua la tête. « Ça me paraît un peu farfelu, mon ami. »
À quoi Tom ne répondit rien.

27

En quittant le Gas & Dash, elle avait pris la décision d'aller voir sur Internet si elle pouvait localiser une entreprise de transport, peut-être une petite boîte indépendante, située à Colewich ou dans l'une des localités environnantes. Une entreprise dont la raison sociale comportait un nom d'oiseau, aigle ou faucon probablement. C'était ce que les Indémaillables auraient fait : elles adoraient leurs ordinateurs et se textotaient à tout-va comme des ados. Toute autre considération mise à part, il ne serait pas inintéressant de voir si sa version de l'investigation amateur fonctionnait dans la vie réelle.

En remontant la bretelle de sortie de l'I-84, à un peu moins de deux kilomètres de chez elle, elle décida de commencer par se renseigner sur Ramona Norville.

Qui sait, elle découvrirait peut-être qu'en plus de présider à la destinée des Books & Brown Baggers, Ramona était présidente de l'Association de Prévention du Viol de Chicopee. C'était même plausible. Il était clair que son hôtesse n'était pas juste une lesbienne, c'était une lesbienne *active* et, généralement, les femmes de cette obédience n'avaient déjà pas beaucoup d'affection pour les hommes qui n'étaient *pas* des violeurs.

« Beaucoup d'incendiaires sont pompiers, observa Tom alors qu'elle tournait dans sa rue.

— Et c'est censé vouloir dire quoi, *ça*? demanda Tess.

— Que tu ne devrais éliminer personne en te basant sur sa façade publique. Les Indémaillables ne feraient jamais ça. Mais vas-y, je t'en prie, cherche-la sur Internet. »

Tom avait pris un ton condescendant auquel Tess ne s'attendait pas et qu'elle trouva vaguement irritant.

« Comme c'est gentil à toi de me donner la permission, Thomas », dit-elle.

28

Mais quand elle se retrouva dans son bureau, assise devant l'ordinateur allumé, elle resta immobile pendant les cinq premières minutes à fixer l'écran d'accueil d'Apple et à se demander si elle pensait vraiment pouvoir retrouver le géant et l'abattre, ou si c'était juste le genre de fantasme auquel étaient portés les menteurs professionnels comme elle. Un fantasme de vengeance, dans le cas présent. Elle évitait les films de cette sorte, mais elle savait qu'il en existait ; sauf à vivre en reclus, ce qui n'était pas son cas, on ne pouvait échapper aux vibrations de la culture environnante. Dans les films de vengeance, des types admirablement musclés tels Charles Bronson et Sylvester Stallone ne s'encombraient pas de considérations policières, ils réglaient eux-mêmes leur compte aux crapules. Justice de cowboy. *Alors, tu la tentes, ta chance, connard ?* Elle croyait savoir que même Jodie Foster, l'une des plus célèbres diplômées de Yale, avait tourné dans un film de ce style. Tess ne se souvenait pas exactement du titre. *La Femme courage* ? Quelque chose comme ça.

Son ordinateur passa à l'écran de veille Mot-Du-Jour. Aujourd'hui, le mot du jour se trouvait être *cormoran*, un oiseau justement.

« Avec les Camions Cormoran, vos colis arrivent à temps », chantonna Tess de sa voix de Tom un peu grave. Puis elle appuya sur une touche et l'écran de veille disparut. Elle ouvrit Internet, mais pas le moteur de recherche, du moins pas dans un premier temps. D'abord elle passa sur la page YouTube et tapa RICHARD WIDMARK. Pourquoi faisait-elle ça ? Elle n'en avait aucune idée, aucune idée consciente en tout cas.

Peut-être que je veux savoir si ce type méritait réellement d'avoir des fans, pensa-t-elle. *Ramona le pense, assurément.*

Il y avait des tas de vidéos. La plus regardée était une compilation de six minutes intitulée UN MÉCHANT VRAIMENT MÉCHANT. Plusieurs centaines de milliers de gens l'avaient vue. Elle comportait des scènes tirées de trois films, mais c'est la première d'entre elles qui la scotcha. Noir et blanc, style un peu ringard… mais pas de doute, c'était bien *un* de ces films-là. Même le titre, *Le Carrefour de la mort*, était évocateur.

Tess regarda la vidéo en entier, puis revint au passage extrait du *Carrefour de la mort*. Widmark y jouait un voyou ricanant qui menaçait une vieille dame en fauteuil roulant. Il voulait un renseignement : « Il est où, votre fils la balance ? » Et comme la vieille dame refusait de répondre : « Vous savez ce que je leur fais, moi, aux mouchards ? Je leur plombe le bide, histoire qu'ensuite ils se roulent un bon moment par terre en y repensant. » Il n'avait pas tiré dans le ventre de la vieille dame, cependant. Il l'avait attachée à son fauteuil roulant à l'aide d'un cordon de lampe et l'avait poussée dans les escaliers.

Tess ferma YouTube, ouvrit Bing, tapa RICHARD WIDMARK, et trouva ce qu'elle espérait trouver. C'était surtout pour *Le Carrefour de la mort* et son rôle de Tommy Udo, le psychotique ricanant, que Richard Widmark était resté célèbre, même s'il avait ensuite joué dans de nombreux films, et de plus en plus souvent le rôle du héros.

« Ça me fait une belle jambe, dit Tess. Des fois, un cigare, c'est juste un cigare.

— Ce qui veut dire ? s'enquit Fritzy depuis l'appui de fenêtre où il prenait le soleil.

— Ce qui veut dire que Ramona a dû tomber amoureuse de lui après l'avoir vu jouer un shérif héroïque, un courageux capitaine de vaisseau de guerre, un truc du genre.

— Ça doit être ça, convint Fritzy. Parce que si tu as vu juste sur le chapitre de ses préférences sexuelles, elle ne doit pas idolâtrer les types qui assassinent des vieilles dames en fauteuil roulant. »

Ça, c'était vrai. Bien pensé, Fritzy.

Le chat épia Tess d'un œil sceptique et dit : « Mais peut-être que tu n'as pas vu juste sur ce chapitre-là.

— Et même, répondit Tess. *Personne* n'est du côté des méchants psychopathes. »

À peine furent-ils sortis de sa bouche qu'elle mesura toute l'inanité de ces propos. Si les gens ne se passionnaient pas pour les psychopathes, il y aurait belle lurette qu'on ne ferait plus de films sur le cinglé au masque de hockey et le grand brûlé aux doigts en ciseaux. Mais Fritzy eut l'amabilité de ne pas rire.

« T'as intérêt à pas rigoler, dit Tess. Et si t'es tenté de le faire, rappelle-toi qui remplit ta gamelle. »

Elle googla RAMONA NORVILLE, obtint quarante-quatre mille résultats, rajouta CHICOPEE, ce qui ramena les résultats au nombre plus gérable de mille deux cents (même si la plupart seraient l'effet de coïncidences sans valeur, elle le savait). Le premier résultat pertinent renvoyait au *Weekly Reminder* de Chicopee, et concernait Tess elle-même : RAMONA NORVILLE, BIBLIOTHÉCAIRE, ANNONCE « LE VENDREDI DES INDÉMAILLABLES ».

« Me voilà dans le rôle principal, murmura Tess. Hourra pour Tessa Jean. Voyons voir le second rôle maintenant. » Mais quand elle ouvrit l'article, la seule photo qui apparut était la sienne : le cliché promotionnel qu'envoyait systématiquement son assistante à mi-temps, celui où elle posait les épaules dénudées. Elle grimaça et retourna sur Google, sans très bien savoir pourquoi elle voulait revoir Ramona, sachant seulement qu'elle voulait la revoir. Lorsqu'elle tomba enfin sur une photo de la bibliothécaire, elle vit ce que son subconscient avait sans doute déjà soupçonné, du moins à en juger par les commentaires de Tom sur le chemin du retour.

La photo accompagnait un article paru dans le *Weekly Reminder* du 3 août, intitulé : LES BROWN BAGGERS ANNONCENT LEUR PROGRAMME DE CONFÉRENCES D'AUTOMNE. En dessous, une Ramona Norville souriante, les yeux plissés face au soleil, posait debout sur les marches de sa bibliothèque. Mauvaise photo (prise par un photographe occasionnel dénué de talent) et mauvais choix de vêtements (mais sans doute caractéristique de Norville). Le blazer masculin lui faisait un torse de footballeur professionnel. Ses chaussures étaient de vilaines tatanes plates marronnasses. Son pantalon à pinces gris trop serré moulait ce que Tess et ses copines, au lycée, appelaient « de bons cuissots ».

« Putain de bordel de Dieu, Fritzy », dit-elle. Elle en avait la voix tremblante d'incrédulité. « Viens voir ça. » Fritzy ne vint pas voir et ne répondit pas – comment l'aurait-il pu alors qu'elle était trop bouleversée pour contrefaire sa voix ?

Assure-toi bien de ce que tu vois, s'intima-t-elle. *Tu as eu un choc terrible, Tessa Jean, peut-être le plus grand choc qu'une femme puisse avoir, hormis peut-être un diagnostic médical fatal. Alors, assure-toi bien de ce que tu vois.*

Elle ferma les yeux et invoqua l'image de l'homme qui était descendu de la vieille camionnette bleue. Il lui avait semblé si amical au premier abord. *Pensiez pas tomber sur le Géant Vert ici, dans l'trou du cul du monde, pas vrai ?*

Sauf qu'il n'était pas vert, c'était un géant au teint hâlé qui portait sa camionnette plutôt qu'il ne la conduisait.

Et si Ramona, qui n'était pas un Grand Chauffeur mais était assurément une Grande Bibliothécaire, était aujourd'hui lesbienne, elle ne l'avait pas toujours été. Car si elle était trop âgée pour être la sœur du premier, elle ne l'était pas trop pour être sa mère. Parce que la ressemblance sautait aux yeux.

Sauf si je me plante dans les grandes largeurs, cette photo est celle de la mère de mon violeur.

29

Elle alla boire un verre d'eau à la cuisine, mais ce n'était pas de l'eau qu'il lui fallait. Elle avait une vieille bouteille de tequila qui se morfondait depuis des lustres au fond d'un placard. Elle la sortit, envisagea brièvement de se munir d'un verre, puis porta le goulot directement à ses lèvres. L'alcool lui brûla la bouche, puis la gorge, mais eut un effet positif, à part ça. Elle remit ça – une gorgée plutôt qu'une goutte cette fois – puis rangea la bouteille à sa place. Elle n'avait aucune intention de se soûler. Si elle avait jamais eu besoin de présence d'esprit, c'était aujourd'hui.

Une rage – la plus grosse vraie rage de sa vie d'adulte – s'était emparée d'elle comme une fièvre, mais ça ne ressemblait à aucune fièvre qu'elle connaissait. Ça circulait dans son corps comme un étrange sérum, froid du côté droit, bouillant du côté gauche, le côté du cœur. Ça ne semblait pas devoir se propager à sa tête qui demeurait claire. Plus claire depuis qu'elle avait avalé la tequila, en fait.

La tête baissée, elle se mit à arpenter la cuisine en décrivant des cercles rapides, massant d'une main le collier d'ecchymoses qu'elle avait autour du cou. Il ne lui vint pas à l'esprit qu'elle tournait en rond dans sa cuisine comme elle avait tourné en rond autour du magasin abandonné après avoir rampé hors de la buse dont Grand Chauffeur avait voulu faire sa tombe. Pensait-elle vraiment que Ramona Norville l'avait expédiée à son fils psychotique comme une espèce de sacrifice ? Une chose pareille était-elle plausible ? Non. Pouvait-elle même être sûre qu'ils étaient mère et fils sur la foi d'une seule mauvaise photo et de sa mémoire ?

Mais j'ai une bonne mémoire. Surtout des visages.

C'est ce qu'elle pensait en tout cas, mais sans doute comme tout un chacun. Pas vrai ?

Oui, et cette idée est complètement folle. Admets-le.

Elle l'admettait, mais elle avait vu des choses encore plus folles dans les émissions de télé traitant de *vrais* crimes (*ça*, elle regardait). Comme ces femmes, propriétaires d'une maison à San Francisco, qui pendant des années avaient tué les locataires âgés de leurs appartements pour toucher leurs chèques de Sécurité sociale et les avaient enterrés dans leur jardin. Comme ce pilote de ligne qui avait assassiné sa femme puis congelé son corps pour pouvoir le passer au broyeur à bois derrière son garage. Comme cet homme qui avait arrosé ses propres enfants d'essence et les avait flambés comme des coquelets pour que sa femme n'ait jamais la garde que le tribunal lui avait attribuée. Qu'une femme fournisse des victimes à son propre fils était choquant et peu probable... mais pas impossible. L'obscure crapulerie du cœur humain semblait n'avoir aucune limite.

« Oh merde, s'entendit-elle dire d'une voix où la colère le disputait à la consternation. Oh merde, oh merde, oh merde. »

Vérifie-le. Vérifie. Si tu peux.

Elle retourna à son bon vieil ordinateur. Ses mains tremblaient méchamment, et elle dut s'y reprendre à trois fois pour taper ENTREPRISES TRANSPORT, COLEWICH dans le champ de recherche de la page Google. Elle finit par faire un sans-faute, appuya sur « Entrée », et la réponse apparut, en haut de la liste : GERFAUT ROUGE TRANSPORTS. Le lien la mena sur le site du Gerfaut Rouge, avec en page d'accueil un dessin animé rudimentaire de semi-remorque, avec ce qu'elle supposa être un gerfaut rouge sur la portière et un bizarre personnage à tête d'émoticône au volant. Le camion traversait l'écran de droite à gauche, faisait demi-tour, retraversait l'écran de gauche à droite et recommençait, décrivant des allers-retours sans fin. La devise de la société clignotait, bleu, blanc, rouge, au-dessus du camion animé : LE SOURIRE EST COMPRIS DANS LE SERVICE !

Pour les visiteurs désireux de s'aventurer au-delà de l'écran d'accueil, il y avait quatre ou cinq choix possibles, parmi lesquels figuraient les numéros de téléphone, les tarifs et les témoignages de satisfaction des clients. Tess sauta tout ça et cliqua directement sur le dernier, qui proposait : ADMIREZ NOTRE DERNIÈRE ACQUISITION ! Et quand la photo apparut, la dernière pièce du puzzle se mit en place.

Sur cette photo, bien meilleure que celle de Ramona Norville sur les marches de sa bibliothèque, le violeur de Tess était assis au volant d'un semi-remorque Peterbilt rutilant avec écrit sur la portière, en anglaises fantaisie : *Gerfaut Rouge Transports, Colewich, Massachusetts.* Il ne portait pas sa casquette éclaboussée d'eau de Javel, et la brosse blonde et raide révélée par l'absence de couvre-chef accusait d'une manière presque inquiétante sa ressemblance avec sa mère. Et ce grand sourire jovial destiné à inspirer la confiance était bien celui que Tess avait vu la veille. Le sourire qu'il avait affiché en disant : *Et si au lieu d'te changer ton pneu, j'te niquais plutôt ? Qu'est-ce t'en dirais ?*

À la vue de la photo, le cycle bizarre du sérum de rage s'accéléra dans son système. Elle ressentait un martèlement dans les tempes qui n'était pas exactement une migraine ; en fait, c'était plutôt une sensation agréable.

Il portait la bague au cabochon de verre rouge.

La légende sous la photo disait : « Al Strehlke, président de Gerfaut Rouge Transports, au volant de la dernière acquisition de notre société : un magnifique semi-remorque Peterbilt 389 de 2008. Ce puissant tracteur routier est maintenant à la disposition de nos clients, qui sont LES PLUS FORMIDABLES DE TOUT LE PAYS ! Al a tout du Fier Papa, vous ne trouvez pas ? »

Elle entendit le Fier Papa la traiter de salope, de putain de salope chouinarde, et serra les poings. Elle sentit ses ongles mordre ses paumes et serra encore plus fort, prenant plaisir à la douleur.

Fier Papa. C'est à ça que ne cessait de revenir son regard. *Fier Papa.* La rage prenait toujours plus de vitesse, tournant dans son corps comme elle-même avait tourné dans sa cuisine. Comme elle avait tourné la veille autour du magasin abandonné, entrant et sortant de zones de conscience comme une actrice entre et sort de la lumière des projecteurs.

Tu vas me le payer, Al. Et rien à foutre des flics, c'est moi qui vais venir encaisser.

Et puis, il y avait Ramona Norville. La Fière Maman du Fier Papa. Même si Tess n'était pas encore sûre pour elle. En partie parce qu'elle ne voulait pas croire qu'une femme puisse vouloir qu'une chose aussi horrible arrive à une autre femme, mais aussi parce qu'il pouvait y avoir une explication innocente. Chicopee n'était pas très loin de Colewich, et Ramona devait emprunter tout le temps le raccourci de la route du Taur pour s'y rendre.

« Pour aller voir son fils, dit Tess en hochant la tête. Pour aller rendre visite au Fier papa dans son nouveau semi-remorque Peterbilt. Pour ce que j'en sais, c'est peut-être elle qui a pris cette photo de lui au volant. » Et pourquoi n'aurait-elle pas recommandé son itinéraire favori à la conférencière du jour ?

Dans ce cas, pourquoi ne m'a-t-elle pas dit : « Je passe tout le temps par là pour aller voir mon fils ? » Est-ce que ça n'aurait pas été une réflexion naturelle ?

« Peut-être qu'elle ne parle pas aux inconnus de la période Strehlke de sa vie, observa Tess. La période d'avant qu'elle découvre la coupe en brosse et les godillots. » C'était possible, mais il ne fallait pas oublier l'étalage de planches hérissées de clous. Le piège. Norville l'avait envoyée dans cette direction, et le piège avait été disposé à l'avance. Parce qu'elle avait appelé Al? Pour le prévenir en disant : *Je t'en envoie une bien bandante, la loupe pas*?

Ça ne veut toujours pas dire qu'elle soit impliquée... ou impliquée sciemment. Le Fier Papa surveillait peut-être de près sa programmation d'invités. Pas difficile, si?

« Pas difficile du tout », dit Fritzy après avoir sauté sur son classeur de dossiers. Il entreprit de lécher une de ses pattes.

« Et s'il tombait sur la photo d'une qui lui plaisait... une qui soit raisonnablement séduisante... je suppose qu'il devait savoir que sa mère la renverrait par... » Elle s'interrompit. « Non, ça colle pas. Sans avoir été tuyauté par maman, comment aurait-il pu savoir que je ne rentrais pas en voiture à Boston? Ou en avion à New York?

— Tu l'as googlé, observa Fritzy. Lui aussi t'a peut-être googlée. Comme elle-même l'a fait. Tout est sur Internet de nos jours; tu l'as dit toi-même. »

Ça tenait. À un fil, mais ça tenait.

Cela dit, il y avait une façon d'en avoir le cœur net. C'était d'aller rendre une petite visite à ma'me Norville. La regarder dans les yeux au moment où elle verrait Tess. Si son regard ne trahissait rien d'autre que de la surprise et de la curiosité devant le Retour de l'Auteur du Jour... chez elle plutôt qu'à sa bibliothèque... ce serait une chose. Mais si son regard trahissait aussi de la peur, le genre de peur suscitée par cette pensée : *Qu'est-ce que vous faites là au lieu d'être dans une conduite d'évacuation rouillée sous la route du Taur…* eh bien…

« Ça changerait tout, Fritzy. N'est-ce pas ? »

Sans cesser de se lécher la patte, Fritzy la regarda de ses yeux verts et rusés. Elle paraissait inoffensive, cette patte, or elle dissimulait des griffes.

Elle a trouvé où j'habitais ; voyons voir si je peux lui rendre la politesse.

Tess retourna à son ordinateur, pour chercher cette fois un site des Books & Brown Baggers. Elle était à peu près sûre de le trouver. Tout le monde avait son site Web de nos jours, même des détenus condamnés à perpétuité pour meurtre avaient leur site Web. Et elle le trouva. Les Brown Baggers publiaient des nouvelles de leurs membres, des commentaires de lecture, des comptes rendus informels – pas exactement des minutes, donc – de leurs réunions. Tess choisit cette dernière rubrique et la fit défiler à l'écran. Il ne lui fallut pas longtemps pour découvrir que la réunion du 10 juin s'était tenue au domicile de Ramona Norville, à Brewster. Tess n'était jamais allée à Brewster, mais hier, sur l'autoroute, en se rendant à son engagement du jour, elle avait dépassé un panneau vert indiquant la sortie vers ce patelin. C'était à seulement deux ou trois sorties au sud de Chicopee.

Elle passa ensuite à la page Taxes Foncières de la ville de Brewster et fit défiler les noms jusqu'à tomber sur celui de Ramona. Qui avait payé l'année d'avant 913,06 dollars de taxes foncières pour sa propriété, sise 75 passage de la Dentellière.

« Trouvée, ma chère, murmura Tess.

— Il faut que tu réfléchisses à la façon dont tu vas t'y prendre, dit Fritzy. Et jusqu'où tu es prête à aller.

— Peut-être bien assez loin, dit Tess. S'il se trouve que j'ai raison. »

Elle allait éteindre l'ordinateur, quand elle pensa à faire une dernière vérification. Ça risquait de ne rien donner, mais ça valait la peine d'essayer. Elle ouvrit la page d'accueil du *Weekly Reminder* et cliqua sur AVIS DE DÉCÈS. Dans la zone dédiée au nom recherché, Tess tapa STREHLKE. Un seul résultat s'afficha, un nommé Roscoe Strehlke. D'après la notice nécrologique datant de 1999, il était mort subitement à son domicile, à l'âge de quarante-huit ans. Il laissait une femme, Ramona, et deux fils : Alvin (23 ans) et Lester (17 ans). Chez une écrivaine de romans à suspense, même du genre taxés de « gentillets », *mort subitement* agissait comme un signal d'alarme. Une recherche dans la base de données générale du *Reminder* ne révéla rien de plus.

Tess resta assise un moment sans bouger, pianotant nerveusement sur les accoudoirs de son fauteuil comme elle le faisait quand elle travaillait et se trouvait en panne d'un mot, d'une phrase, ou de l'angle d'attaque d'une description. Puis elle chercha la liste des journaux du sud et de l'ouest du Massachusetts, et tomba sur le *Republican* de Springfield. Et lorsqu'elle entra le nom de l'époux de Ramona Norville, un titre apparut, d'une éloquente brièveté : CHICOPEE : UN ENTREPRENEUR SE SUICIDE.

Strehlke avait été retrouvé pendu à une poutre de son garage. Il n'avait pas laissé de message et le témoignage de Ramona n'était pas rapporté, mais un voisin avait affirmé que M. Strehlke avait été très affecté par « des ennuis concernant son fils aîné ».

« Quel genre d'ennuis concernant Al ont-ils pu t'affecter autant ? demanda Tess à son écran d'ordinateur. Des ennuis avec une fille ? Tentative de viol, peut-être ? Viol avec coups et blessures ? Est-ce qu'il montrait déjà des tendances pour le meurtre ? Si c'est pour ça que tu t'es pendu, t'étais une merde trouillarde de père.

— Roscoe s'est peut-être fait aider par quelqu'un, intervint Fritzy. Ramona, pour ne pas la nommer. Une grande femme costaud, tu sais. Tu *dois* savoir ; tu l'as vue. »

De nouveau, ça ne ressemblait pas à la voix qu'elle prenait quand elle se parlait à elle-même. Elle regarda Fritzy, étonnée. Fritzy lui rendit son regard : ses yeux verts semblaient demander *qui, moi ?*

Ce que Tess voulait faire, c'était filer directement passage de la Dentellière avec son revolver dans son deuxième sac à main. Ce qu'elle *aurait dû* faire, c'est arrêter de jouer les détectives et appeler la police. Les laisser prendre l'affaire en main. C'est ce qu'aurait fait l'Ancienne Tess, mais elle n'était plus cette femme. Cette femme maintenant ressemblait pour elle à une parente éloignée, du genre à qui l'on envoie une carte postale à Noël et qu'on oublie le reste de l'année.

Comme elle n'arrivait pas à se décider – et qu'elle avait mal partout –, elle remonta se coucher. Elle dormit quatre heures et se leva presque trop courbaturée pour marcher. Elle prit deux Tylenol extra fort, attendit qu'ils améliorent la situation, puis monta en voiture pour aller chez Blockbuster Videos. Elle avait glissé le

Presse-Citron dans son sac. Dorénavant, se dit-elle, elle l'aurait toujours sur elle quand elle voyagerait seule.

Elle arriva chez Blockbuster juste avant la fermeture et demanda un film avec Jodie Foster intitulé *La Femme courage*. L'employé (cheveux verts, épingle de nourrice dans une oreille, et l'air d'avoir pas plus de dix-huit ans) sourit avec indulgence et lui dit que le film s'appelait en fait *L'Épreuve du courage*. M. Rétro-Punk lui signala que pour cinquante centimes de plus, elle pouvait avoir un sachet de pop-corn micro-ondes pour aller avec. Tess faillit dire non, puis se ravisa. « Et merde après tout, pourquoi pas ? demanda-t-elle à M. Rétro-Punk. On ne vit qu'une fois, pas vrai ? »

Il lui adressa un regard qui trahissait son étonnement, et le fait qu'il révisait son jugement. Et avec un sourire, il lui répondit que oui, effectivement, c'était « une vie par client ».

Rentrée chez elle, elle souffla le pop-corn au micro-ondes, inséra le DVD et s'affala dans le canapé avec un oreiller au creux des reins pour amortir ses blessures. Fritzy la rejoignit et ils regardèrent Jodie Foster prendre en chasse les hommes (les *connards*, comme dans *tu la tentes, ta chance, connard ?*) qui avaient tué son copain. En cours de route, avec l'aide d'un revolver, Foster faisait leur fête à d'autres connards du même acabit. *L'Épreuve du courage* était complètement *ce* genre de film, mais Tess le trouva sympa malgré tout. Elle trouva que c'était la logique même. Elle pensa aussi qu'elle avait raté quelque chose, toutes ces années : la catharsis, médiocre mais authentique, que des films tels que *L'Épreuve du courage* procuraient. Quand ce fut terminé, elle se tourna vers Fritzy et lui dit : « J'aurais bien aimé que Richard Widmark rencontre Jodie Foster à la place de la vieille dame en fauteuil roulant, pas toi ? »

Fritzy fut d'accord à cent pour cent.

30

Couchée dans son lit ce soir-là, avec un vent d'octobre de tous les diables en train de se lever autour de la maison et Fritzy lové en boule à côté d'elle, Tess conclut un accord avec elle-même : si elle se réveillait demain dans le même état d'esprit qu'aujourd'hui, elle irait trouver Ramona Norville, et après Ramona, peut-être – tout dépendrait de la façon dont se passeraient les choses, passage de la Dentellière –, elle ferait une petite visite à Alvin « Grand Chauffeur » Strehlke. Plus vraisemblablement, elle se réveillerait en ayant recouvré un semblant de bon sens et elle appellerait la police. Mais pas d'appel anonyme, cette fois : elle assumerait les conséquences ; en avant musique, et on danse. Apporter les preuves effectives du viol quarante heures et Dieu sait combien de douches après les faits risquait d'être difficile, mais tout son corps portait les signes d'une agression sexuelle.

Et les femmes dans la buse : elle était leur avocate, qu'elle le veuille ou non.

Demain, toutes ces idées de vengeance me paraîtront ridicules. Comme le genre d'hallucinations qu'on peut avoir quand on est malade avec une fièvre de cheval.

Mais quand elle se réveilla le dimanche, elle carburait toujours au régime Nouvelle Tess. Elle regarda le revolver sur sa table de nuit et pensa : *Je veux m'en servir. Je veux régler cette histoire moi-même, et vu ce par quoi je suis passée, je mérite de la régler moi-même.*

« Mais je dois prendre mes précautions, si je ne veux pas me faire prendre », dit-elle à Fritzy qui s'étirait, debout sur ses pattes, se préparant pour une nouvelle journée harassante à se prélasser et à casse-croûter dans sa gamelle à volonté.

Tess se doucha, s'habilla, puis sortit sous la véranda munie d'un bloc-notes à feuilles jaunes. Elle passa un quart d'heure à regarder fixement sa pelouse tout en trempant de temps à autre les lèvres dans une tasse de thé qui refroidissait. Finalement, elle écrivit NE PAS ME FAIRE PRENDRE en haut de la première page. Elle considéra ces mots gravement, puis commença à prendre des notes. De la même manière que dans son travail quotidien, lorsqu'elle écrivait un livre, elle commença lentement, puis prit peu à peu de la vitesse.

31

À dix heures, elle était affamée. Elle se confectionna un brunch copieux et l'avala jusqu'à la dernière bouchée. Elle rapporta ensuite son film chez Blockbuster et demanda s'ils avaient *Le Carrefour de la mort*. Ils ne l'avaient pas, mais après dix minutes de recherche, elle se rabattit sur un autre, intitulé *La Dernière Maison sur la gauche*.

Rentrée chez elle, elle le regarda attentivement. Dans ce film, des hommes violaient une adolescente et la laissaient pour morte. Cela ressemblait tellement à ce qui lui était arrivé que Tess fondit en larmes et pleura si fort que Fritzy s'enfuit de la pièce en courant. Mais elle regarda le film jusqu'au bout et fut récompensée par une fin heureuse : les parents de la jeune fille éliminaient les violeurs.

Elle replaça le disque dans sa boîte, qu'elle posa sur la table de l'entrée. Elle le rapporterait demain – si elle était toujours vivante demain. Elle y comptait bien, mais rien n'était certain ; il y avait maints tours et détours étranges et tortueux lorsqu'on s'aventurait d'un pas léger sur le sentier herbeux de la vie. Tess l'avait découvert à ses dépens.

Ayant du temps à tuer – les heures du jour semblaient traîner en longueur –, elle retourna sur Internet chercher des renseignements sur les ennuis qu'avait eus Al Strehlke avant que son père ne se suicide. Elle ne découvrit rien. Possible que le voisin ait raconté des conneries (ce que faisaient souvent les voisins), mais Tess pouvait imaginer un autre scénario : les ennuis avaient pu se produire alors que Strehlke était encore mineur. Dans ce genre d'affaires, les noms n'étaient pas révélés à la presse et les archives judiciaires (pour peu que l'affaire soit allée en justice) étaient placées sous scellés.

« Et peut-être qu'il a tourné plus mal, dit-elle à Fritzy.

— Ouais, ces gars-là tournent souvent plus mal », convint Fritzy. (Chose rare ; généralement l'interlocuteur conciliant était Tom. Fritzy tendait à jouer le rôle de l'avocat du diable.)

« Et alors, quelques années plus tard, il est arrivé autre chose. Quelque chose de pire. Disons que m'man l'a aidé à le camoufler…

— N'oublie pas le frère cadet, dit Fritzy. Lester. Lui aussi a pu être au parfum.

— Ne me trouble pas avec trop de personnages, Fritz. Tout ce que je sais, c'est que Grand-Chauffeur-de-Merde Al m'a violée, et que sa mère a pu être complice. C'est suffisant pour moi.

— Peut-être que Ramona est sa tante, raisonna Fritzy.

— Oh, ferme-la », répliqua Tess.

Et Fritz obtempéra.

32

À quatre heures, elle s'allongea, sans grand espoir de fermer l'œil, mais son corps en train de cicatriser avait ses propres impératifs. Elle sombra presque aussitôt et quand elle se réveilla au *dah-dah-dah* insistant de son réveil de chevet, elle se réjouit d'avoir programmé l'alarme. Dehors, des bourrasques d'octobre décoiffaient les arbres et emportaient leurs feuilles en tourbillons colorés à travers son jardin de derrière. La lumière avait pris cette étrange teinte or sans relief qui semble être la propriété exclusive des après-midi de fin d'automne en Nouvelle-Angleterre.

Son nez allait mieux – la douleur n'était plus qu'une palpitation sourde – mais elle avait toujours la gorge endolorie et elle boitilla plutôt qu'elle ne marcha jusqu'à la salle de bains. Elle passa sous la douche et y resta jusqu'à ce que la pièce soit aussi embrumée que la lande anglaise dans une aventure de Sherlock Holmes. La douche la ragaillardit. Deux comprimés de Tylenol feraient le reste.

Elle se sécha les cheveux, puis essuya le miroir pour dégager un espace clair. La femme qui lui faisait face dans la glace lui renvoyait un regard fiévreux composé d'un mélange égal de rage et de lucidité. Le miroir ne resta pas longtemps clair, mais assez tout de même pour que Tess réalise qu'elle avait vraiment l'intention de le faire. Quelles que soient les conséquences.

Elle revêtit un col roulé noir et un pantalon cargo noir doté de grandes poches à rabats. Elle ramena ses cheveux en un chignon serré, puis enfonça une grande casquette publicitaire noire par-dessus. Son chignon faisait une petite bosse à l'arrière de la casquette, mais au moins aucun témoin potentiel ne pourrait dire : *Je n'ai pas bien vu son visage, mais elle était blonde avec des cheveux longs. Retenus par un de ces machins, là, un chouchou. Vous savez, du genre qu'on trouve chez JC Penney.*

Elle descendit au sous-sol où était rangé son kayak depuis le jour de la fête du Travail et prit le rouleau de cordage bateau jaune sur l'étagère au-dessus. À l'aide des cisailles pour tailler la haie, elle en coupa un mètre vingt qu'elle enroula autour de son avant-bras puis glissa dans une des grandes poches de son pantalon. Revenue dans la cuisine, elle fourra son couteau suisse dans la même poche – la gauche. La droite était pour le Presse-Citron calibre 38… et une dernière chose, qu'elle prit dans le tiroir à côté de la gazinière. Elle servit ensuite une double ration à Fritzy, mais avant de le laisser commencer à manger, elle le serra dans ses bras et lui posa un baiser sur le sommet de la tête. Le vieux chat rabattit ses oreilles en arrière (de surprise plus que de dégoût, probablement, Tess n'était pas une maîtresse portée sur les mamours d'ordinaire) et courut à sa gamelle dès qu'elle le reposa.

« Économise, lui dit Tess. Patsy viendra s'occuper de toi si je rentre pas, mais il se peut que ça soit pas avant un jour ou deux. » Elle sourit un peu et ajouta : « Je t'aime, vieux matou pelé.

— Je sais, je sais », répondit Fritzy avant de se mettre à manger.

Tess vérifia une dernière fois son aide-mémoire intitulé NE PAS ME FAIRE PRENDRE, tout en inventoriant mentalement ses armes et en récapitulant les étapes du plan qu'elle comptait mettre à exécution une fois arrivée passage de la Dentellière. Elle pensait que le plus important à garder à l'esprit, c'était que les choses ne se passeraient pas comme elle espérait qu'elles se passeraient. Dans ce genre d'histoires, il y avait toujours des inconnues. Ramona pourrait ne pas être chez elle. Ou elle pourrait y être mais avec son fils l'assassin-violeur, tous deux confortablement installés dans le salon à regarder un truc excitant de chez Blockbuster. *Saw*, peut-être. Le frère cadet – sans doute connu à Colewich sous le nom de Petit Chauffeur – serait peut-être là, lui aussi. Pour ce que Tess en savait, Ramona pouvait avoir organisé une réunion Tupperware ce soir, ou une soirée lecture. Le tout était de ne pas se laisser déstabiliser par des développements inattendus. Tess se disait que si elle n'était pas capable d'improviser, il y avait fort à parier qu'elle quittait sa maison de Stoke Village pour toujours.

Elle brûla l'aide-mémoire intitulé NE PAS ME FAIRE PRENDRE dans la cheminée, dispersa les cendres avec le tisonnier, puis enfila son blouson de cuir et une paire de fins gants de cuir. Le blouson avait une poche profonde dans la doublure. Tess y glissa l'un de ses couteaux à viande, juste pour se porter chance, en se rappelant mentalement de ne pas oublier qu'il y était. Elle n'avait vraiment pas besoin d'une mastectomie accidentelle pour couronner son week-end.

Juste avant de sortir, elle brancha le système d'alarme.

Le vent l'encercla aussitôt, faisant claquer le col de son blouson et les jambes de son pantalon cargo. Les feuilles tournoyaient en mini-cyclones. Dans le ciel pas encore tout à fait noir au-dessus de son petit lopin de banlieue du Connecticut arrangé avec goût, des nuages filaient devant la face d'une lune aux trois quarts pleine. Tess trouva la nuit parfaite pour un film d'horreur.

Elle monta dans son Expédition et ferma la portière. Une feuille se posa en tourbillonnant sur son pare-brise, avant d'être chassée par le vent. « J'ai perdu la boule, constata-t-elle d'un ton réaliste. Elle aura roulé et crevé comme un chien dans cette canalisation. Ou alors quand je tournais en rond autour du vieux magasin. C'est ma seule explication à tout ça. »

Elle démarra. Tom le tomtom s'alluma et dit : « Salut, Tess. On part en balade, à ce que je vois.

— Tout juste, mon ami. »

Tess se pencha et programma 75 passage de la Dentellière dans le petit cerveau mécanique bien ordonné de Tom.

33

Elle avait examiné le quartier de Ramona sur Google Earth, et c'était exactement à ça qu'il ressemblait quand elle y arriva. Jusque-là, pas de problème. Brewster était une petite bourgade de Nouvelle-Angleterre, le passage de la Dentellière se trouvait à sa périphérie, et les maisons étaient à bonne distance les unes des autres. Tess dépassa le numéro 75 à une vitesse modérée de zone résidentielle, trente kilomètres à l'heure, observa que les lumières y étaient allumées et qu'un seul véhicule – un Subaru d'un modèle récent qui proclamait quasiment « Bibliothécaire ! » – était garé dans l'allée. Aucun signe, en revanche, de semi-remorque Peterbilt ni d'aucun autre gros cube. Pas non plus de vieille camionnette mastiquée au Bondo.

La rue se terminait par un rond-point. Tess le contourna, revint sur ses pas et tourna dans l'allée de Norville sans se donner le loisir d'hésiter. Elle éteignit les phares, coupa le moteur et prit ensuite une profonde et longue inspiration.

« Reviens saine et sauve, Tess, dit Tom de sa place sur le tableau de bord. Reviens saine et sauve et je te conduirai à ta prochaine destination.

— Je te promets de faire de mon mieux. »

Elle attrapa son bloc-notes jaune (il n'y avait plus rien d'écrit dessus à présent) et descendit. Tenant le bloc plaqué contre le devant de son blouson, elle marcha vers la porte d'entrée de Ramona. Son ombre lunaire – peut-être était-ce tout ce qui restait de l'Ancienne Tess – marchait à côté d'elle.

34

La porte d'entrée de Norville présentait des panneaux de verre biseauté de chaque côté. Ils étaient épais et gauchissaient la vue, mais Tess put distinguer au travers un coquet papier peint et une entrée avec du parquet ciré. Une petite table avec quelques magazines posés dessus. Ou peut-être étaient-ce des catalogues. Il y avait une grande pièce dans le fond. Le son d'une télé en provenait. Ça chantait, donc Ramona ne devait pas être en train de regarder *Saw.* En fait – si Tess entendait bien et que la chanson était « Climb Ev'ry Mountain » –, Ramona regardait *La Mélodie du bonheur*.

Tess sonna. De l'intérieur lui parvint le son d'un carillon dont les notes ressemblaient au début de « Dixie » – drôle de choix pour la Nouvelle-Angleterre, mais bon, si Tess avait vu juste, Ramona Norville était une drôle de femme.

Tess entendit le claquement de grands pieds et se tourna de côté pour que la lumière du carreau biseauté n'éclaire qu'une partie de son visage. Elle abaissa le bloc-notes et fit mine d'écrire d'une main gantée. Elle voûta un peu les épaules. Elle était une enquêtrice quelconque, on était dimanche soir, elle était fatiguée, et tout ce qu'elle voulait c'était connaître la marque de dentifrice préférée de cette femme (ou peut-être savoir si son boucher avait des pieds de cochon) et rentrer chez elle.

T'affole pas, Ramona, tu peux ouvrir la porte, n'importe qui peut voir que je suis inoffensive, le genre de souris qui péterait pas dans sa petite culotte même si sa vie en dépendait.

Du coin de l'œil, elle aperçut une face de poisson difforme surgir en nageant derrière le verre biseauté. Il y eut un silence qui sembla durer une éternité, puis Ramona Norville ouvrit la porte. « Oui ? En quoi puis-je vous être ut... »

Tess se retourna. La lumière venant de la porte ouverte tomba sur son visage. Et le choc qu'elle vit sur celui de Norville, le choc absolu qui vous décroche la mâchoire, lui apprit tout ce qu'elle avait besoin de savoir.

« *Vous ?* Mais que faites-vous i... »

Tess sortit le Presse-Citron de sa poche droite. Sur le trajet depuis Stoke Village, elle l'avait imaginé se coinçant dans la doublure – l'avait imaginé avec une clarté cauchemardesque – mais il sortit sans difficulté.

« Recule loin de la porte. Si t'essayes de la refermer, je te bute.

— Vous n'y pensez pas », dit Norville. Elle ne recula pas, mais ne referma pas la porte non plus. « Êtes-vous devenue folle ?

— Rentrez. »

Norville portait une grande robe de chambre bleue et quand Tess vit le devant se soulever précipitamment, elle leva son revolver. « N'essaye pas de crier ou je tire. T'as intérêt à me croire, salope, parce que je suis loin de plaisanter. »

La vaste poitrine de Norville se dégonfla. Ses lèvres s'étaient retroussées en arrière sur ses dents et ses yeux roulaient d'un côté à l'autre dans leurs orbites. Elle ne ressemblait plus à une bibliothécaire à présent, et elle n'était plus ni joviale ni accueillante. De l'avis de Tess, elle ressemblait à un rat piégé hors de son trou.

« Si vous tirez avec ce revolver, tout le quartier vous entendra. »

Tess en doutait, mais elle ne discuta pas. « Tu t'en foutras, puisque tu seras morte. Rentre. Si tu te tiens bien et que tu réponds à mes questions, tu seras peut-être encore vivante demain matin. »

Norville recula, et Tess franchit le seuil, revolver braqué avec raideur devant elle. Dès qu'elle eut refermé la porte – du pied –, Norville s'immobilisa. Près de la petite table aux catalogues.

« Pas touche », lui dit Tess. Et elle constata, à l'esquisse de grimace de l'autre femme, que c'était effectivement ce qu'elle avait en tête. « Je lis en toi à livre ouvert, ma cocotte. Pourquoi je serais là, à ton avis ? Continue à reculer. Jusqu'au salon. J'adore la famille Trapp quand ils swinguent méchamment.

— Vous êtes folle », dit Ramona.

Mais elle recommença à reculer. Elle avait des chaussures. Même en robe de chambre, elle portait des chaussures. De vilains brodequins d'homme à lacets.

« Cherche pas à me blouser, maman. Essaye même pas. C'était écrit en capitales sur ta gueule quand t'as ouvert. Le moindre détail. Tu me croyais morte, hein ?

— Je ne sais pas ce que v...

— Vas-y, accouche, y'a que nous, les filles, ici. »

Elles étaient dans le salon à présent. Il y avait des tableaux sentimentaux aux murs – clowns, petits poulbots aux grands quinquets – et des quantités d'étagères et de tables encombrées de bibelots : boules à neige, bébés trolls, figurines d'enfants Hummel, Bisounours, même une maison en pain d'épices en céramique à la Hänsel et Gretel. Norville avait beau être bibliothécaire, il n'y avait pas un livre en vue. Face à la télé, trônait un fauteuil relax inclinable La-Z-Boy[1] avec son pouf repose-jambes assorti. À côté était posé un plateau-télé. Dessus, un paquet de Chipsters au fromage, une grande bouteille de Cola Light, la télécommande, et *TV Guide*. Sur la télé, une photo encadrée de Ramona avec une autre femme, joue contre joue, serrées dans les bras l'une de l'autre, qui semblait avoir été prise dans un parc d'attractions ou une fête foraine. Devant la photo, une bonbonnière en verre miroitait de mille points de lumière sous l'applique murale fixée au-dessus.

« Depuis combien de temps tu fais ça ?

— Je ne sais pas de quoi vous parlez.

— Depuis combien de temps tu fais la rabatteuse pour ton fils assassin-violeur ? »

---

1. Prononcer *leiziboy* : littéralement, « le paresseux » ; marque américaine.

Les yeux de Ramona papillotèrent, mais elle nia encore… ce qui constituait un problème pour Tess. En arrivant ici, tuer Ramona Norville ne lui avait pas semblé une simple option mais l'issue la plus probable. Tess était quasiment certaine qu'elle pouvait le faire et qu'elle n'aurait pas besoin de se servir de la corde rangée dans la poche gauche de son pantalon. Or, à présent, elle découvrait qu'elle ne le pouvait pas, sauf si la femme admettait sa complicité. Parce que ce qui s'était inscrit sur son visage quand elle avait vu Tess debout à sa porte, commotionnée mais à part ça tout à fait vivante, n'était pas suffisant.

Pas *vraiment* suffisant.

« Quand est-ce que ça a commencé ? Quel âge il avait ? Quinze ans ? Il a dit quoi, que c'était "juste pour s'amuser" ? C'est ce que beaucoup prétendent quand ils commencent à y goûter.

— Je ne vois pas de quoi vous me parlez. Vous venez au club nous faire une présentation tout à fait acceptable – sans éclat, je dois dire, il était évident que vous n'étiez là que pour l'argent, mais au moins ça bouchait un trou dans notre programme – et subitement, vous débarquez chez moi en brandissant une arme et en tenant tout un tas de propos extrav…

— C'est pas la peine, Ramona. J'ai vu sa photo sur le site du Gerfaut Rouge. Avec sa bague et tout. Il m'a violée et il a essayé de me tuer. Il *croit* m'avoir tuée. *Et c'est toi qui m'as envoyée à lui.* »

La bouche de Ramona s'ouvrit, son menton tomba, dans un mélange de choc, d'incrédulité et de culpabilité. « *C'est faux ! Espèce de stupide conne, tu sais pas de quoi tu parles !* » Elle fit un pas en avant.

Tess leva le revolver. « No-non, pas de ça. Non. »

Norville s'immobilisa, mais Tess ne pensait pas qu'elle resterait longtemps immobile. Soit elle s'armait de courage pour attaquer, soit pour décamper. Et comme elle devait savoir que Tess la suivrait si elle tentait de s'enfoncer dans les entrailles de la maison, elle choisirait probablement l'attaque.

La famille Trapp s'était remise à chanter. Étant donné la situation dans laquelle Tess se trouvait – dans laquelle elle s'était fourrée –, toutes ces joyeuses conneries chorales étaient exaspérantes. Gardant le Presse-Citron braqué sur Norville de la main droite, Tess cueillit la télécommande de la gauche et réduisit la télé au silence. Elle allait reposer la télécommande quand elle se figea. Il y avait deux choses sur le dessus de la télé, mais elle n'avait d'abord enregistré que la photo de Ramona et de sa copine ; la bonbonnière n'avait eu droit qu'à un survol rapide.

Tess voyait maintenant que les miroitements qu'elle avait attribués au verre à facettes de la bonbonnière n'en provenaient pas en réalité. Ils provenaient du *contenu* de la bonbonnière. La bonbonnière contenait ses boucles d'oreilles. Ses boucles d'oreilles en diamant.

Attrapant la maison en pain d'épices d'Hänsel et Gretel sur l'étagère, Norville la lança. De toutes ses forces. Tess se baissa, la maison passa deux centimètres au-dessus de sa tête et se fracassa sur le mur derrière elle. Tess recula d'un pas, trébucha sur le pouf, et s'étala. Le revolver lui échappa.

Toutes deux se jetèrent dessus. Norville se laissa choir sur les genoux en balançant un coup d'épaule dans le bras et l'épaule de Tess tel un joueur de football américain décidé à plaquer le quarterback. Comprenant qu'elle risquait d'arriver trop tard, Tess plongea la main dans son blouson et la referma sur le manche du couteau à viande qui était son arme de remplacement. Norville était trop baraquée... et trop maternelle. Oui, c'était ça. Elle protégeait sa crapule de fils depuis des années, et elle était bien décidée à continuer à le protéger. Tess aurait dû la tuer dans l'entrée, à l'instant où la porte s'était refermée derrière elles.

Mais je pouvais pas, pensa-t-elle. Et à cet instant précis, cette vérité la réconforta quelque peu. Elle se redressa sur les genoux, la main toujours dans son blouson, faisant face à Ramona Norville.

« T'es une écrivaine de merde et t'as été une conférencière de merde », lâcha Norville. Elle souriait et parlait de plus en plus vite. Sa voix avait une inflexion nasale de vendeuse à la criée. « T'as téléphoné ton speech de la même manière que tu téléphones tes stupides bouquins. T'étais parfaite pour lui, et il allait s'en faire une, je sais reconnaître les signes. Je t'ai envoyée de ce côté-là et ça a marché comme sur des roulettes et je suis bien contente qu'il t'ait baisée. Je sais pas ce que tu pensais faire, en débarquant ici, mais voilà ce que t'auras récolté. »

Elle pressa la détente et rien ne se produisit à part un cliquètement sec. Tess avait pris des leçons lorsqu'elle avait acheté le revolver, la règle plus importante à observer étant de ne jamais placer de projectile dans la chambre qui se présentera la première devant le canon. Au cas où la détente serait pressée par accident.

Une expression de surprise quasi comique se peignit sur le visage de Norville. Elle en redevint jeune. Elle abaissa les yeux sur le revolver et, profitant du moment, Tess sortit le couteau de la poche intérieure de son blouson, se jeta en avant, et l'enfonça jusqu'à la garde dans le ventre de Norville.

La femme émit un « OOO-*OOO* » sans timbre qui se voulait un cri mais n'y parvint pas. Le revolver tomba et, les yeux posés sur le manche du couteau, Ramona tituba en arrière contre le mur. Un bras battant l'air renversa une rangée de figurines Hummel qui dégringolèrent de l'étagère et se brisèrent sur le sol. La femme émit encore ce même « OOO-*OOO* » sans timbre. Le devant de sa robe de chambre n'était pas encore taché, mais du sang commençait à dégoutter par en dessous sur ses brodequins à lacets. Ramona posa ses mains sur le manche du couteau, tenta de le dégager, et émit ce même « OOO-*OOO* » pour la troisième fois.

Elle leva des yeux incrédules vers Tess. Tess lui rendit son regard. Elle se souvenait d'un épisode qui s'était produit lors de son dixième anniversaire. Son père lui avait offert un lance-pierres et elle était partie en quête de cibles. À cinq ou six pâtés de maisons de chez elle, elle avait aperçu un chien errant aux oreilles déchirées occupé à fouiller dans un sac-poubelle. Elle avait placé un petit caillou dans son lance-pierres et tiré, sans autre intention que de l'effrayer (c'est du moins ce qu'elle s'était dit à l'époque), mais elle l'avait touché à l'arrière-train. Le chien avait poussé un misérable glapissement, *kaï-kaï-kaï*, avant de détaler, mais il avait d'abord regardé Tess avec une expression de reproche qu'elle n'avait jamais oubliée. Elle aurait donné n'importe quoi pour reprendre ce tir inconsidéré, et plus jamais elle ne s'était resservie de son lance-pierres contre un autre être vivant. Elle comprenait que tuer était partie intégrante de la vie – elle n'éprouvait aucun scrupule à écraser des moustiques, à tendre des tapettes à souris quand elle découvrait des crottes dans son cellier, et elle avait ingurgité sans sourciller sa part de steaks hachés chez Mickey D –, mais à l'époque, elle avait bien cru qu'elle ne pourrait jamais plus infliger de souffrance sans en éprouver du remords ou du regret. Elle n'éprouvait ni l'un ni l'autre en ce moment, dans le salon du 75 passage de la Dentellière. Peut-être parce que, en fin de compte, il s'agissait d'autodéfense. À moins que ça n'ait rien à voir avec ça.

« Ramona, dit-elle, je me sens une certaine parenté avec Richard Widmark, en cet instant. Voilà ce qu'on leur fait aux balances, ma chérie. »

Norville était debout, plantée dans une flaque de son propre sang, et sur sa robe de chambre commençaient enfin à fleurir des coquelicots sanglants. Son visage était livide. Ses yeux foncés étaient agrandis et étincelants sous le choc. Sa langue pointa et lécha lentement sa lèvre inférieure.

« Maintenant, tu peux te rouler un bon moment par terre en y repensant – hein, quel effet ça fait ? »

Norville commença à glisser. Ses brodequins produisaient des sons spongieux dans la flaque de sang. Elle tendit le bras pour se retenir à une autre étagère et l'arracha du mur. Un escadron de Bisounours plongea dans le vide dans un suicide collectif.

Toujours sans regrets ni remords, Tess découvrait néanmoins qu'en dépit de son courageux baratin, elle n'avait que peu de Tommy Udo en elle ; elle n'avait aucun désir de contempler ou de prolonger les souffrances de Norville. Elle se pencha et ramassa le calibre 38. De la poche avant droite de son pantalon, elle retira l'objet qu'elle avait prélevé dans son tiroir de cuisine, à côté de la gazinière. C'était un gant de cuisine matelassé. Un silencieux parfait pour un seul et unique coup de feu, pour peu que le calibre ne soit pas trop gros. Elle avait appris ça en écrivant *Le Club des Indémaillables embarque pour une Croisière Mystère.*

« Vous ne comprenez pas. » La voix de Norville était un murmure rauque. « Vous ne pouvez pas faire ça. C'est une erreur. Emmenez-moi… hôpital.

— L'erreur, c'est toi qui l'as faite. » Tess enroula le gant autour du revolver. « Tu aurais dû faire castrer ton fils dès que tu as découvert ce qu'il était. »

Elle amena le gant contre la tempe de Ramona Norville, tourna légèrement la tête de côté, et appuya sur la détente. Ça fit *pleuh*, une petite explosion assourdie, comme un gros type qui se serait raclé la gorge.

Et ce fut tout.

35

Elle n'avait pas googlé l'adresse personnelle d'Al Strehlke ; c'était un renseignement qu'elle pensait obtenir de Norville. Mais ainsi qu'elle s'en était fait la réflexion en partant, ce genre de scène ne se déroule jamais conformément au scénario. Maintenant, il ne lui restait plus qu'à garder la tête sur les épaules et terminer le boulot.

Le bureau personnel de Norville se trouvait à l'étage, dans une pièce sans doute prévue à l'origine pour être une chambre. Il y avait là encore plus de Bisounours et de petits Hummel. Il y avait aussi une demi-douzaine de photos, mais aucune de ses fils, ni de son amazone principale, ni de feu Roscoe Strehlke, ce héros ; ce n'étaient que photos dédicacées d'écrivains venus parler aux Brown Baggers. La pièce rappelait à Tess le vestibule du Taur Inn, avec ses photos de groupes musicaux.

Elle m'a pas demandé de lui dédicacer la mienne, pensa Tess. *Évidemment, pourquoi aurait-elle voulu garder un souvenir d'une écrivaine de merde comme moi ? J'étais rien de plus à la base qu'une tête parlante destinée à boucher un trou dans son programme. Et en prime, un morceau de barbaque pour le hachoir à viande de son fils. Ce qu'ils ont eu comme chance, tous les deux, que je me ramène au bon moment.*

Sur le bureau de Norville, sous un tableau d'affichage surchargé de circulaires et de courriers de bibliothèque, il y avait un Mac de bureau très semblable à celui de Tess. L'écran était noir, mais la lumière allumée sur l'unité centrale lui indiqua qu'il n'était qu'en veille. Elle appuya sur une touche d'un doigt ganté. L'écran se rafraîchit instantanément et le bureau électronique de Norville apparut. Sympa, pas besoin d'un de ces enquiquinants mots de passe.

Tess cliqua sur l'icône du carnet d'adresses, fit défiler la liste jusqu'aux G, et trouva Gerfaut Rouge Transports. Leur adresse était le 7 Transport Plaza, route du Centre, Colewich. Elle descendit encore, jusqu'aux S, et tomba non seulement sur Alvin, son petit copain trop grand de vendredi soir, mais aussi sur Lester, le petit frère du petit copain. Grand Chauffeur et Petit Chauffeur. Tous deux habitaient route du Centre, près de l'entreprise qu'ils avaient dû hériter de leur père. Alvin au 23, Lester au 101.

S'ils étaient trois frères, pensa-t-elle, *ça ferait les Trois Petits Chauffeurs. Le premier dans une maison de paille, le deuxième dans une maison de branches, le troisième dans une maison de brique. Dommage, y sont que deux.*

Au rez-de-chaussée, elle récupéra ses boucles d'oreilles dans la bonbonnière et les rangea dans la poche de son blouson. Ce faisant, elle observa la femme morte assise dos au mur. Il n'y avait aucune pitié dans ce regard, seulement le genre de constat d'adieu qu'on adresse à un ouvrage enfin achevé qui nous a donné du fil à retordre. Pas besoin de se soucier d'effacer les traces. Tess se faisait confiance pour n'en avoir laissé aucune, même pas le plus petit cheveu. Le gant de cuisine – désormais troué – avait réintégré sa poche. Le couteau était un article ordinaire vendu dans tous les rayons ménagers d'Amérique. Si ça se trouvait (mais ça l'indifférait), il était assorti à la propre panoplie de Ramona. Jusqu'ici, elle avait les mains propres, mais la partie coton était peut-être encore à venir. Elle quitta la maison, remonta en voiture, et s'éloigna. Quinze minutes plus tard, elle s'arrêtait sur le parking d'un centre commercial désert, juste le temps de programmer 23 route du Centre, Colewich dans son GPS.

36

Avec l'aide de Tom, Tess arriva non loin de sa destination peu après neuf heures. La lune aux trois quarts pleine était encore basse dans le ciel. Le vent soufflait plus fort que jamais.

La route du Centre était un embranchement de l'US 47, située à une bonne dizaine de kilomètres du Taur Inn et encore plus du centre-ville de Colewich. Transport Plaza se trouvait à l'intersection des deux routes. D'après la signalétique, trois entreprises de transport et une société de déménagement étaient basées là. Les locaux qui les abritaient avaient le vilain aspect du préfabriqué. Le plus modeste était celui de Gerfaut Rouge Transports. Tous étaient plongés dans l'obscurité en ce dimanche soir. Tout autour s'étendaient des espaces de parking entourés de clôtures grillagées et éclairés de lampes à arc puissantes. Le parking du dépôt était plein de cabines dételées et de remorques de transport de marchandises. Au moins l'un des semi-remorques portait le logo GERFAUT ROUGE TRANSPORTS sur la portière, mais Tess ne pensait pas que c'était celui qui figurait en photo sur le site, celui avec le Fier Papa assis au volant.

Il y avait un relais routier adjacent à la zone de dépôt. Les pompes – plus d'une douzaine – étaient éclairées par les mêmes lampes à arc à haute intensité. Un éclat de néons blancs incandescents émanait du côté droit du bâtiment principal ; le côté gauche était plongé dans l'ombre. Il y avait un autre bâtiment, en forme de U, à l'arrière. Voitures et camions disséminés y étaient stationnés. Sur la route, le panneau était un immense machin à affichage digital saturé d'infos en lettres rouges lumineuses :

CHEZ RICHIE, RELAIS ROUTIER DU CENTRE
« ROULEZ, NOUS FAISONS LE RESTE »
ESS. $2.99/GALLON
DIES. $2.69/GALLON
DERNIERS BILLETS DE LOTERIE : TOUJOURS DISPONIBLES
RESTAURANT : FERMÉ LE DIM. SOIR
DÉSOLÉS : PAS DE DOUCHES LE DIM. SOIR
BOUTIQUE ET MOTEL : TOUJOURS OUVERTS
CAMPING-CARS : TOUJOURS BIENVENUS

Et tout en bas, mal orthographié mais plein de ferveur :

TOUS AVEC NOS SOLDATS !
VICTOIRE EN AFGANDISTAN !

En semaine, avec les allées et venues des routiers faisant le plein de carburant pour leurs gros-culs et pour leur pomme, l'endroit devait être une vraie ruche (même toutes lumières éteintes, Tess devinait que le restaurant, lorsqu'il était ouvert, était du genre à avoir toujours au menu steaks de bœuf panés, pain de viande et gâteau de pain grand-mère), mais le dimanche soir, comme il n'y avait rien d'autre dans les environs, même pas une boîte comme le Taur, c'était un vrai cimetière.

Un seul véhicule était stationné devant les pompes, l'avant tourné vers la route, un pistolet de pompe enfoncé dans la trappe du réservoir. C'était une vieille camionnette Ford F-150 avec du Bondo autour des phares. Impossible d'en distinguer la couleur sous l'éclairage cru, mais c'était inutile pour Tess. Elle avait vu ce véhicule de très près et savait parfaitement de quelle couleur il était. La cabine était vide.

« T'as pas l'air surprise, Tess », dit Tom alors qu'elle ralentissait et s'arrêtait sur le bas-côté de la route pour épier le magasin, les yeux plissés. Malgré l'éclat féroce de l'éclairage extérieur, elle distinguait deux personnes à l'intérieur, et elle voyait bien que l'un des deux était grand. *Il était grand ou* super *grand ?* avait demandé Betsy Neal.

« Je suis pas surprise du tout, dit-elle. Il vit juste à côté. Pourquoi irait-il faire le plein ailleurs ?

— Peut-être qu'il se prépare à partir en balade ?

— À cette heure-ci un dimanche soir ? Non, je crois pas. Je crois qu'il était chez lui, en train de regarder *La Mélodie du bonheur*. Je crois qu'il a liquidé toutes ses bières et qu'il a fait un saut jusqu'ici pour refaire le plein. Tant qu'il y était, il a décidé d'en faire autant pour sa caisse.

— Et si tu te trompes ? Est-ce que tu ferais pas mieux d'aller te garer derrière le magasin et de le suivre quand il s'en ira ? »

Mais Tess ne voulait pas faire ça. La façade du relais routier était tout en verre. Il risquait de regarder dehors et de la voir quand elle tournerait dans le parking.

Même si le violent éclairage au-dessus des pompes ne lui permettait pas de distinguer son visage, il pourrait reconnaître son véhicule. Des quantités de 4 × 4 de loisir Ford circulaient sur les routes, mais, après sa soirée de vendredi, Al Strehlke devait être tout particulièrement sensible à la vue des Ford Expédition noirs. Et il y avait son immatriculation – il avait sûrement dû remarquer sa plaque du Connecticut quand il s'était garé derrière elle dans la cour envahie d'herbes de la vieille station déserte.

Mais il y avait autre chose. Une chose encore plus importante. Elle redémarra, laissant Chez Richie, Relais Routier du Centre, disparaître dans son rétro extérieur.

« Je veux pas être derrière lui, dit-elle. Je veux être en avance sur lui. Je veux être chez lui à l'attendre.

— Et s'il est marié, Tess ? demanda Tom. S'il a une femme qui l'attend ? »

L'idée la décontenança un instant. Puis elle sourit, et pas seulement parce qu'il ne portait qu'une seule bague, celle à la pierre rouge trop grosse pour être un rubis. « Les types comme lui n'ont pas de femme, dit-elle. Aucune qui reste longtemps, en tout cas. Il y avait une seule femme dans la vie de Al, et elle est morte. »

37

Contrairement au passage de la Dentellière, la route du Centre n'avait rien de la banlieue résidentielle ; elle était aussi « pur country » que James Travis Tritt. Les maisons étaient des îlots miroitants de lumière électrique sous l'éclat de la lune montante.

« Tess, ta destination est proche », annonça Tom de sa voix non imaginaire.

Elle déboucha au sommet d'une côte et là, sur sa gauche, il y avait une boîte aux lettres marquée STREHLKE, numéro 23. L'allée, longue, goudronnée d'asphalte aussi lisse que de la glace noire, montait en décrivant une courbe. Tess s'y engagea sans hésitation, mais l'appréhension lui tomba dessus dès que la route du Centre fut derrière elle. Elle dut lutter pour ne pas piler et faire marche arrière pour ressortir. Car si elle continuait, elle n'aurait plus le choix. Elle serait comme un insecte dans une bouteille. Et même s'il n'était pas marié, que ferait-elle s'il y avait quelqu'un d'autre à la maison ? Petit frère Les, par exemple. Que ferait-elle si Grand Chauffeur était allé chez Richie acheter de la bière non pas pour un, mais pour deux petits cochons ?

Tess coupa ses phares et continua éclairée par la lune.

Survoltée comme elle l'était, l'allée lui parut interminable, mais elle n'avait pas dû parcourir plus de quatre cents mètres lorsqu'elle aperçut les lumières de la maison Strehlke. Posée en haut de la colline, c'était une bâtisse d'aspect soigné, plus grande qu'un pavillon mais plus petite qu'un corps de ferme. Pas une maison en brique, mais pas non plus une maison en paille. Dans l'histoire des Trois Petits Cochons et du Grand Méchant Loup, Tess pensait que celle-ci aurait été la maison de branches.

Garée à gauche de la maison, il y avait un long conteneur avec la mention GERFAUT ROUGE TRANSPORTS sur le côté. Garé au bout de l'allée, devant le garage, se trouvait le semi-remorque Peterbilt figurant sur le site internet. Il paraissait hanté dans le clair de lune. Tess ralentit en approchant et soudain, elle fut noyée sous un flot de lumière blanche aveuglante qui l'éblouit et illumina vivement la pelouse et l'allée. C'était un éclairage automatique à détecteur de mouvement et si Strehlke arrivait alors qu'il était allumé, il apercevrait son éclat depuis l'entrée de sa propriété. Peut-être même depuis la route du Centre.

Elle enfonça la pédale de frein avec la même sensation qu'adolescente lorsqu'elle avait rêvé qu'elle s'était retrouvée toute nue dans la cour du lycée. Elle entendit une femme grogner. Elle supposa que c'était elle, mais ni le son ni la sensation ne lui ressemblaient.

« Mauvais, ça, Tess.

— Ta gueule, Tom.

— Il pourrait rentrer à tout moment, et tu sais absolument pas combien de temps ce truc est programmé pour rester allumé. T'as déjà eu du mal avec la mère. Et il est *vachement* plus balèze qu'elle.

— J'ai dit *ta gueule*! »

Elle essaya de réfléchir, mais cette lumière aveuglante rendait la chose ardue. Les ombres projetées par le semi-remorque garé en face et le long conteneur sur la gauche semblaient se tendre vers elle pour l'attraper avec des doigts noirs acérés – des doigts de croque-mitaine. Foutu éclairage automatique! *Évidemment*, il fallait qu'un homme comme lui ait un éclairage automatique! Elle avait intérêt à repartir dare-dare, faire volte-face sur la pelouse et retourner à fond de train jusqu'à la route, mais elle allait le croiser en chemin si elle faisait ça. Elle le savait. Et, privée de l'élément de surprise, elle mourrait.

Réfléchis, Tessa Jean, réfléchis !

Oh, nom de Dieu, voilà que pour arranger les choses, un chien s'était mis à aboyer. Il y avait un chien dans la maison. Elle imagina un pitbull à la gueule farcie de dents proéminentes.

« Si tu comptes rester, tu dois te planquer », lui dit Tom. ... Non, décidément, cette voix ne ressemblait pas à la sienne. Ou pas *exactement* à la sienne. C'était peut-être la voix qui appartenait à son moi le plus profond, à la survivante. Et à la tueuse – à celle-là aussi. De combien d'identités insoupçonnées une personne disposait-elle, cachées tout au fond d'elle-même ? Tess commençait à penser que le nombre en était peut-être illimité.

Tout en mordillant sa lèvre inférieure encore enflée, elle jeta un coup d'œil dans son rétroviseur extérieur. Pas encore de phares en vue. Mais entre la luminosité de la lune et ce foutu éclairage automatique, serait-elle seulement capable de les voir ?

« Il est sur minuteur, dit Tom. Mais à ta place, Tess, je me bougerais avant qu'il s'éteigne. Si tu déplaces la voiture après, tu ne feras que le redéclencher. »

Elle passa en quatre roues motrices, commença sa manœuvre pour contourner le semi-remorque, puis s'interrompit. Il y avait de l'herbe haute de ce côté-là. Dans l'éclat impitoyable de l'éclairage automatique, il ne manquerait pas de voir les traces qu'elle y laisserait. Même si cette foutue lumière s'éteignait, elle se rallumerait quand Al rentrerait, et là, il les verrait.

À l'intérieur, le chien continuait à rajouter son grain de sel : *Yark ! Yark ! YarkYarkYark !*

« Traverse la pelouse et va te mettre derrière le grand conteneur, dit Tom.

— Oui, mais les traces ! Les traces !

— Il faut bien que tu te caches quelque part », répliqua Tom. Il parlait d'un ton d'excuse, mais avec fermeté. « Au moins, l'herbe est tondue de ce côté. La plupart des gens ne font pas attention, tu sais. C'est ce que dit tout le temps Doreen Marquis.

— Strehlke est pas une gonzesse du Club des Indémaillables, c'est un foutu cinglé. »

Mais comme elle n'avait plus vraiment le choix, maintenant qu'elle était là, Tess s'engagea sur la pelouse en direction du long conteneur rangé contre la maison sous une lumière plus éblouissante qu'un soleil de midi en été. Elle le fit les fesses légèrement décollées du siège, comme si elle pouvait de cette façon, par magie en quelque sorte, rendre invisibles les traces de son Expédition.

« Même si la lumière est toujours allumée quand il rentre, il se peut qu'il se méfie pas, dit Tom. Je parie que les cerfs la déclenchent tout le temps. Il est même possible qu'il ait ce genre d'éclairage pour les éloigner de son potager. »

C'était tout à fait sensé (et ça ressemblait de nouveau à sa voix spéciale pour incarner Tom), mais ça ne la rassura guère.

Yark ! Yark ! YarkYark ! Pitbull ou autre, c'était à croire que ce maudit clébard chiait des pièces d'or dans cette baraque.

Le terrain, derrière le conteneur métallique, était bosselé et pelé – d'autres engins de transport de marchandises avaient dû y être garés occasionnellement – mais il était assez ferme. Tess poussa l'Expédition autant que possible dans l'ombre de la longue boîte, puis coupa le moteur. Elle transpirait abondamment, dégageant un bouquet âcre dont aucun déodorant n'aurait pu venir à bout.

Elle descendit, et la lumière commandée par détecteur de mouvement s'éteignit quand elle claqua la portière. Durant une superstitieuse seconde, Tess pensa que c'était à son geste qu'elle le devait, avant de réaliser que la minuterie de ce foutu engin terrifiant était arrivée en bout de course. Elle s'appuya sur le capot tiède de l'Expédition, inspirant et soufflant comme un coureur à pied dans les quatre cents derniers mètres d'un marathon. Il aurait été intéressant de savoir combien de temps la lumière était restée allumée, mais c'était une question à laquelle elle était bien incapable de répondre. Elle était trop terrifiée. Ça lui avait paru des heures.

Quand elle eut repris le contrôle d'elle-même, elle refit l'inventaire, en s'obligeant à la lenteur et à la méthode. Revolver et gant. Présents, mon commandant. Le gant n'amortirait pas une deuxième détonation, pas avec un trou dedans ; elle devrait compter sur l'isolement de la petite maison en haut de la colline. Pour le couteau, elle ne regrettait pas de l'avoir laissé dans le ventre de Ramona ; si elle en était réduite à tenter de supprimer Grand Chauffeur à l'aide d'un couteau à viande, c'est qu'elle serait en mauvaise posture.

Et il te reste seulement quatre balles dans le revolver, t'as intérêt à pas l'oublier et à le flinguer de suite.

Pourquoi t'as pas emporté plus de munitions, Tessa Jean ? Tu croyais avoir planifié, mais tu m'as pas l'air d'avoir fait du très bon travail.

« Ta gueule, chuchota-t-elle. Tom, ou Fritzy, ou qui que tu sois, ta gueule. »

La voix réprobatrice se tut et, au même moment, Tess réalisa que le monde réel aussi était redevenu silencieux. Le chien avait cessé d'aboyer furieusement quand la lumière automatique s'était éteinte. À présent, il n'y avait pour tout son que le vent et la lune pour toute lumière.

38

Le long conteneur faisait un excellent abri, mais elle ne pouvait pas y rester. Pas si elle comptait faire ce qu'elle était venue faire. Terrifiée à l'idée de déclencher un autre éclairage mais consciente de ne pas avoir le choix, Tess se faufila derrière la maison. Il n'y avait là aucune lumière automatique, mais la lune glissa derrière un nuage et Tess trébucha contre le mur de soutènement de l'escalier du sous-sol et faillit se cogner la tête contre une brouette en tombant à genoux. Pendant un moment, étendue par terre, elle se demanda une nouvelle fois en quoi elle s'était transformée. Elle était un membre de la Guilde des Écrivains, qui venait d'abattre une femme d'une balle dans la tête. Après l'avoir poignardée à l'estomac. *Je suis complètement partie en vrille.* Puis elle se rappela comment il l'avait traitée de salope, de putain de salope chouinarde, et elle ne se soucia plus de savoir si elle était partie en vrille ou pas.

Strehlke avait effectivement un potager derrière sa maison, mais il était de faibles dimensions et ne méritait apparemment pas d'être protégé des déprédations de la faune à l'aide d'un éclairage automatique. Il n'y restait plus rien, de toute façon, mis à part quelques potirons, pour la plupart en train de pourrir sur pied. Tess enjamba les rangs, tourna le dernier coin de la maison, et le Peterbilt était là. La lune, émergeant de son halo de nuages, métamorphosait ses chromes en argent liquide comme celui des lames d'épées dans les romans d'*heroic fantasy*.

Arrivant par l'arrière du camion, elle remonta le long de son flanc gauche et s'agenouilla à côté de la roue avant, qui lui arrivait à hauteur du menton. Elle sortit le Presse-Citron de sa poche. Al ne pourrait pas rentrer dans son garage puisque le semi-remorque lui barrait le passage. Même s'il l'avait pu, le garage était sans doute envahi du capharnaüm de célibataire habituel : outils, attirail de pêche, matériel de camping, pièces détachées de camion, caisses de soda à prix discount.

Ça, c'est juste une supposition. Il est dangereux de faire des suppositions. Doreen te gronderait pour ça.

Évidemment qu'elle la gronderait. Personne ne connaissait les Indémaillables mieux que Tess. Mais ces grosses gourmandes de desserts prenaient rarement des risques. Or quand on en prenait, on était bien obligée de se livrer à un certain nombre de suppositions.

Tess jeta un coup d'œil à sa montre et constata avec stupéfaction qu'il était seulement dix heures moins vingt-cinq. Il lui semblait avoir versé double ration à Fritzy et quitté sa maison depuis au moins quatre ans. Peut-être même cinq. Elle crut entendre un bruit de moteur approcher, puis décida que non. Elle aurait bien aimé que le vent souffle moins fort, mais *Vœu pieu dans une main, merde dans l'autre, vois laquelle se remplit le plus vite*. Voilà un dicton qu'aucune des Indémaillables n'avait jamais énoncé – Doreen Marquis et ses acolytes étaient plutôt du genre *Rien ne sert de courir, il faut partir à point* – mais c'était néanmoins un bon dicton.

Dimanche soir ou pas, peut-être qu'il partait *vraiment* en balade. Peut-être qu'elle serait encore là au lever du soleil, transie jusqu'aux os – qu'elle avait déjà endoloris – par le vent qui ne cessait de ratisser ce sommet de colline où elle avait la folie de se trouver.

Non, la folie, c'est lui. Tu te souviens comme il dansait? Avec son ombre dansant sur le mur derrière lui? Tu te souviens comme il chantait? Sa voix nasillarde? Tu vas l'attendre, Tessa Jean. Tu vas l'attendre jusqu'à ce qu'il neige en enfer, ma fille. Tu es parvenue trop loin pour faire demi-tour.

C'était précisément de ça qu'elle avait peur.

Ça peut pas être un joli meurtre de salon bien convenable. Tu comprends ça, n'est-ce pas?

Elle comprenait. Ce meurtre particulier – si elle était capable de le perpétrer – s'apparenterait davantage à *Un justicier dans la ville* qu'aux *Indémaillables décrochent un pass backstage*. Avec un peu de chance, il se garerait juste derrière le Peterbilt où elle-même était cachée. Il éteindrait les phares de la camionnette, et avant que ses yeux puissent accommoder…

Ce n'était pas le vent, cette fois. Elle reconnut le claquement du moteur mal calé avant même que l'éclaboussement de lumière des phares n'émerge du virage de l'allée. Tess posa un genou à terre et abaissa d'un coup sec la visière de sa casquette pour ne pas qu'elle soit emportée par le vent. Elle devrait l'approcher au plus près, ce qui signifiait que sa synchronisation devrait être parfaite. Si elle tentait de l'abattre en restant embusquée, elle le manquerait, c'était sûr, même à courte portée ; son instructeur de tir lui avait appris à ne pas compter sur le Presse-Citron à plus de deux mètres ou deux mètres cinquante maximum. Il lui avait recommandé d'acheter une arme de poing plus fiable, mais elle ne l'avait jamais fait. Et ce n'était pas tout. Non seulement elle devait l'approcher suffisamment pour être sûre de ne pas le rater, mais aussi pour s'assurer que c'était bien lui au volant de la camionnette, et pas le petit frère ou un ami quelconque.

J'ai aucun plan.

Mais il était trop tard pour en élaborer un, parce que la camionnette arrivait, et lorsque l'éclairage automatique s'alluma, elle vit la casquette éclaboussée d'eau de Javel. Elle le vit aussi grimacer dans la lumière crue comme elle-même l'avait fait et sut qu'il était momentanément aveuglé. C'était maintenant ou jamais.

Je suis la Femme Courage.

Sans aucun plan, sans même réfléchir, elle quitta l'abri du Peterbilt. Elle ne courait pas, mais marchait à grandes et calmes enjambées. Le vent qui soufflait autour d'elle en rafales fit claquer les jambes de son pantalon cargo. Elle ouvrit la portière côté passager et vit la bague avec la pierre rouge sur sa main tendue pour saisir un sac en papier à travers lequel on devinait une forme carrée. Des bières, sans doute un pack de douze. Il se tourna vers elle et quelque chose de terrible se produisit : Tess se divisa en deux. La Femme Courage vit l'animal qui l'avait violée, étranglée, et poussée au fond d'une buse souterraine déjà occupée par deux autres corps en décomposition. Tess vit la face légèrement plus large, les rides autour de la bouche, et des yeux qui n'étaient pas ceux du vendredi après-midi. Mais en même temps qu'elle enregistrait ces choses, le Presse-Citron aboya deux fois dans sa main. La première balle troua la gorge de Strehlke juste en dessous du menton. La seconde ouvrit un trou noir au-dessus du sourcil droit en broussaille et explosa la vitre côté conducteur. L'homme partit à la renverse contre la portière. La main qui se tendait vers le sac en papier retomba sur le côté. Il fut parcouru d'une monstrueuse contraction de tout le corps et la main sans bague heurta le centre du volant, déclenchant l'avertisseur. Dans la maison, le chien se remit à aboyer.

« Non, c'est lui ! » Tess était debout dans l'angle formé par la portière ouverte, le revolver à la main, le regard fixé à l'intérieur.

Elle s'élança pour contourner l'avant de la camionnette, perdit l'équilibre, tomba sur un genou, se releva et ouvrit à l'arraché la portière du conducteur. Strehlke s'écroula à l'extérieur et sa tête morte heurta le goudron lisse de son allée. Sa casquette tomba. Son œil droit, dévié de l'orbite par la balle qui avait pénétré son crâne juste au-dessus, fixait la lune. Le gauche fixait Tess. Mais ce ne fut pas le visage qui acheva de la convaincre – le visage qui présentait des rides qu'elle voyait pour la première fois, le visage grêlé de vieilles cicatrices d'acné qui n'y étaient pas le vendredi après-midi.

Il était grand ou super *grand?* avait demandé Betsy Neal.

Super grand, avait répondu Tess. Et il l'était, c'est vrai… mais pas aussi grand que celui-ci. Son violeur mesurait un mètre quatre-vingt-quinze, c'est ce qu'elle avait pensé quand il était sorti de sa camionnette (sur la camionnette, elle n'avait aucun doute). Volumineux du bide, des cuisses, et aussi large qu'une porte cochère. Mais celui-ci faisait au moins *deux* mètres. Elle était venue chasser un géant et avait tué un léviathan.

« Oh, mon Dieu! dit Tess, et le vent emporta brutalement ses paroles. Oh, cher bon Dieu, qu'ai-je fait?

— Tu m'as tué, Tess », dit l'homme couché par terre… Et c'était tout à fait sensé, étant donné le trou qu'il avait dans la tête et celui qu'il avait dans la gorge. « T'as tué Grand Chauffeur, exactement comme tu comptais le faire. »

La force l'abandonna. Elle se laissa tomber à genoux à côté de lui. Du ciel qui grondait, là-haut, la lune jeta un rayon lumineux.

« La bague, chuchota-t-elle. La casquette. La *camionnette*.

— Il met la bague et la casquette quand il part en chasse, dit Grand Chauffeur. Et il prend la camionnette. Quand il part en chasse, je suis sur la route dans un semi-remorque du Gerfaut Rouge et si quelqu'un le voit – surtout quand il est assis au volant –, ils pensent que c'est moi.

— Pourquoi est-ce qu'il fait ça? demanda Tess au mort. Tu es son *frère*.

— Parce qu'il est fou, répondit Grand Chauffeur d'un ton patient.

— Et parce que ça a marché avant, intervint Doreen Marquis. Quand ils étaient plus jeunes, et que Lester a eu des ennuis avec la police. La question est de savoir si Roscoe Strehlke s'est suicidé à cause de cette première affaire, ou parce que Ramona en a fait porter le chapeau au grand frère. Ou peut-être Roscoe allait-il parler, alors Ramona l'a supprimé. En maquillant le meurtre en suicide. Qu'en dis-tu, Al? »

Mais sur ce point, Al observa le silence. Un silence de mort, en somme.

« Je vais te dire comment je vois les choses, reprit Doreen sous le clair de lune. Je pense que Ramona savait que si ton petit frère se retrouvait dans une salle d'interrogatoire, même avec un policier moyennement futé en face, il risquait d'avouer bien pire que d'avoir tripoté une fille dans le bus scolaire, ou lorgné aux vitres des voitures dans le chemin creux des amants du coin, ou quelque autre délit insignifiant dont on l'a accusé à l'époque. Je pense qu'elle t'a convaincu *toi* de porter le chapeau, et a baratiné son mari pour qu'il ferme les yeux. Ou l'a rudoyé plutôt, pour qu'il la boucle. Dans l'un ou l'autre cas, il n'y a pas eu de suites, soit parce que la police n'a pas demandé à la fille de faire une identification formelle, soit parce que la fille a retiré sa plainte. »

Al ne dit rien.

Tess pensa : *Je suis là à genoux à parler avec des voix imaginaires. J'ai perdu la raison.*

Pourtant, une partie d'elle-même savait qu'elle essayait de *garder* la raison. La seule façon de le faire était de comprendre, et elle pensait que l'histoire qu'elle racontait avec la voix de Doreen était soit vraie, soit proche de la vérité. Elle était basée sur des suppositions et des déductions, mais elle était sensée. Et elle correspondait à ce que Ramona avait dit dans ses derniers instants.

Espèce de stupide conne, tu sais pas de quoi tu parles.

Et : *Vous ne comprenez pas. C'est une erreur.*

C'était une erreur, d'accord. Tout ce qu'elle avait fait ce soir était une erreur.

Non, pas tout. Elle était complice. Elle savait.

« Est-ce que *tu* savais ? » demanda Tess à l'homme qu'elle avait tué. Elle tendit la main pour saisir le bras de Strehlke, puis la retira précipitamment. Se croyant toujours vivant, le bras serait encore chaud sous sa manche. « *Tu savais ?* »

Il ne répondit pas.

« Laisse-moi essayer », dit Doreen. Et de sa voix plus gentille, sa voix de vieille dame à qui l'on peut tout dire, celle qui fonctionnait toujours dans les livres, elle demanda : « Dans quelle *mesure* le saviez-vous, monsieur Chauffeur ?

— Je l'ai parfois soupçonné, dit-il. Le plus souvent, je n'y pensais pas. J'avais une boîte à faire tourner.

— Avez-vous jamais questionné votre mère ?

— Ça se peut », dit-il.

Et Tess trouva qu'il y avait quelque chose de fuyant dans son œil droit étrangement excentré. Mais sous ce clair de lune exubérant, qui aurait pu jurer de ce genre de choses ? Qui aurait pu l'affirmer ?

« Quand des filles disparaissaient ? C'est là que vous l'avez questionnée ? »

À cela, Grand Chauffeur ne répondit rien, peut-être parce que la voix de Doreen avait commencé à résonner comme celle de Fritzy. Et comme celle de Tom le tomtom, évidemment.

« Mais il n'y a jamais eu de preuves, n'est-ce pas ? » Cette fois, c'était Tess elle-même qui avait parlé. Elle n'était pas certaine qu'il répondrait à sa voix, mais il le fit :

« Non. Aucune preuve.

— Et tu ne *voulais* pas de preuves, n'est-ce pas ? »

Pas de réponse cette fois, alors Tess se leva et marcha d'un pas mal assuré jusqu'à la casquette marron éclaboussée d'eau de Javel que le vent avait emportée sur la pelouse de l'autre côté de l'allée. Juste comme elle la ramassait, l'éclairage automatique s'éteignit. À l'intérieur, le chien cessa d'aboyer. Elle pensa à Sherlock Holmes, et debout là dans le clair de lune venteux, Tess s'entendit émettre le plus triste petit rire que gorge humaine ait jamais émis. Elle retira sa propre casquette, la fourra dans la poche de son blouson et coiffa celle-ci à la place. Elle était trop grande pour elle, alors elle l'ôta juste le temps de régler la patte de serrage à l'arrière. Elle retourna auprès de l'homme qu'elle avait tué, celui qu'elle jugeait peut-être pas tout à fait innocent... mais sûrement trop innocent pour mériter le châtiment que la Femme Courage lui avait infligé.

Elle tapota la visière de la casquette marron, tout en connaissant d'avance la réponse, demanda : « C'est celle-ci que tu mets quand tu pars sur la route ? »

Strehlke ne répondit pas, mais Doreen Marquis, doyenne du Club des Indémaillables, le fit pour lui. « Bien sûr que non. Lorsque vous prenez la route pour le Gerfaut Rouge, vous coiffez une casquette du Gerfaut Rouge, n'est-ce pas, mon garçon ?

— Oui, répondit Strehlke.

— Et vous ne portez pas votre bague non plus, n'est-ce pas ?

— Non. Trop clinquant pour les clients. Pas assez professionnel. Et puis, on ne sait jamais. Dans un de ces relais routiers cradingues, imaginez que quelqu'un la voie – un type trop soûl ou trop drogué pour faire la différence – et aille s'imaginer qu'elle est vraie ? Personne prendrait le risque de me démolir le portrait, je suis trop grand et trop fort pour ça – du moins, je l'étais avant ce soir – mais quelqu'un aurait pu me zigouiller. Et je mérite pas d'être zigouillé. Pas pour une bague en toc, en tout cas, ni pour les choses terribles que mon frère a pu faire.

— Et vous et votre frère ne partez jamais en même temps au volant des camions de la société, n'est-ce pas, mon garçon ?

— Non. Quand il est sur la route, je m'occupe du bureau. Quand je suis sur la route, il… bon. Je suppose que vous savez ce qu'il fait quand je suis sur la route.

— Tu aurais dû le *dénoncer*! hurla Tess en se penchant sur lui. Même si tu n'avais que des soupçons, tu aurais dû le *dénoncer*!

— Il avait peur, intervint Doreen de sa voix gentille. N'est-ce pas que vous aviez peur, mon garçon?

— Oui, dit Al. J'avais peur.

— De ton frère? demanda Tess, incrédule. Tu avais peur de ton *petit frère*?

— Non, pas de lui, répondit Al Strehlke. *D'elle.* »

39

Lorsque Tess remonta dans son véhicule et démarra, Tom parla : « Tu pouvais pas savoir, Tess. Et tout s'est passé si vite. »

C'était vrai, mais ça ne tenait pas compte du fait central qui se dégageait : en se lançant après son violeur comme un justicier dans un film, elle s'était expédiée elle-même en enfer.

Elle leva le revolver vers sa tempe, puis le rabaissa. Elle ne pouvait pas, pas maintenant. Elle avait encore une obligation envers les femmes dans la conduite souterraine, et de toutes les autres femmes qui risquaient de les rejoindre si Lester Strehlke s'en tirait. Et après ce qu'elle venait de faire, il était plus important que jamais qu'il ne s'en tire pas.

Elle avait une dernière destination à rallier. Mais pas au volant de son Expédition.

40

L'allée du 101 route du Centre n'était pas longue, et elle n'était pas goudronnée. C'était juste une paire d'ornières bordées de broussailles assez envahissantes pour racler les flancs de la camionnette bleue au volant de laquelle elle se dirigeait vers la maisonnette. Rien de soigné dans celle-ci ; celle-ci était une vieille bicoque flippante et trapue qui aurait pu sortir tout droit de *Massacre à la tronçonneuse*. C'est fou ce que la vie imite l'art quelquefois. Et plus brut l'art, plus fidèle l'imitation.

Tess ne chercha pas à être discrète – à quoi bon éteindre les phares quand Lester Strehlke reconnaîtrait le bruit de la camionnette de son frère aussi sûrement qu'il aurait reconnu le son de sa voix ?

Elle portait toujours la casquette marron éclaboussée d'eau de Javel qu'arborait Grand Chauffeur quand il n'était pas sur la route, la casquette porte-bonheur qui, en fin de compte, lui avait porté malheur. La bague au faux rubis étant beaucoup trop grande pour n'importe lequel de ses doigts, elle l'avait rangée dans la poche avant gauche de son pantalon cargo. Petit Chauffeur empruntait la casquette et la camionnette de son grand frère quand il partait en chasse, et même s'il risquait de ne pas avoir le temps (ou la présence d'esprit) d'apprécier l'ironie de la situation (voir débarquer sa dernière victime nantie des mêmes accessoires) Tess, elle, l'apprécierait.

Elle arrêta la camionnette devant la porte de derrière, éteignit le moteur, et descendit. Elle avait le revolver au poing. La porte n'était pas verrouillée. Tess entra dans un appentis qui sentait la bière et la nourriture avariée. Une simple ampoule de soixante watts pendait au plafond au bout d'un fil crasseux. En face, quatre poubelles en plastique – de ces grosses de cent vingt litres qu'on trouve dans tous les Walmart – débordaient de détritus. Derrière, empilés contre le mur de l'appentis, cinq ans au moins d'*Uncle Henry's*, le guide du troc. Sur la gauche, une autre porte, à laquelle on accédait par une seule marche. Celle-ci devait donner dans la cuisine. Elle n'était pas munie d'une poignée mais d'un loquet à l'ancienne. Lorsque Tess actionna le loquet et la poussa, la porte grinça sur des gonds qui n'avaient pas été huilés depuis perpète. Une heure plus tôt, ce grincement l'aurait terrifiée et figée sur place. À présent, ça ne la dérangeait pas le moins du monde. Elle avait à faire. Ce n'était pas plus compliqué que ça. Et quel soulagement d'être libérée de tout le fardeau émotionnel. Elle pénétra dans une odeur de viande graisseuse, celle que Petit Chauffeur avait fait frire pour son dîner. Elle entendait les rires en boîte d'une télé. Une sitcom quelconque. *Seinfeld*, pensa-t-elle.

« Qu'est-ce tu viens foutre ici ? lança Lester Strehlke du voisinage immédiat des rires de télé. Y m'reste plus qu'une bière et demie, si c'est ça qui t'amène. Je me la siffle, et au lit. » Tess suivit le son de la voix. « Si t'avais appelé, je t'aurais économisé le voy… »

Elle entra dans la pièce. Il la vit. Tess n'avait pas anticipé ce que pourrait être sa réaction en voyant réapparaître sa dernière victime, armée d'un revolver et coiffée de la casquette que Lester lui-même portait lorsque ses pulsions le prenaient. Quand bien même, elle n'aurait pu en prédire l'énormité. Elle vit sa bouche s'ouvrir très grand, puis tout son visage se figer. Sa boîte de bière échappa à sa main, éclaboussant le seul article vestimentaire qu'il portait, un caleçon de coton jauni.

Il voit un fantôme, pensa-t-elle tout en marchant vers lui et en levant son revolver. *Tant mieux.*

Elle eut le temps de remarquer, outre le fait qu'il régnait un bordel sans nom dans le salon et qu'il n'y avait pas de boules à neige ni de figurines de mignons oursons, que le décor de soirée télé était pareil que chez sa mère, passage de la Dentellière : le La-Z-Boy, le plateau-télé (ici avec une ultime boîte à ouvrir de Pabst Blue Ribbon et des chips Doritos à la place du Cola Light et des Chipsters au fromage), et le même *TV Guide*, celui avec Simon Cowell en couverture.

« T'es morte, chuchota-t-il.

— Non », répondit Tess. Elle appuya le canon du Presse-Citron contre sa tempe. Il esquissa un faible effort pour lui saisir le poignet, mais c'était un effort dérisoire et il arrivait trop tard. « C'est toi qui es mort. »

Elle pressa la détente. Du sang lui sortit par l'oreille et sa tête se déporta brusquement sur le côté. On aurait dit un homme cherchant à se soulager d'une crampe dans la nuque. À la télé, elle entendit George Costanza dire : « J'étais dans la piscine, j'étais dans la piscine. » Et le public rire.

41

Il était près de minuit, et le vent soufflait plus fort que jamais. À chaque rafale, toute la maison de Lester Strehlke tremblait, et à chaque fois, Tess pensait au Petit Cochon qui avait bâti sa maison en paille.

Le Petit Cochon qui avait vécu dans celle-ci n'aurait plus jamais à s'inquiéter que sa bicoque minable soit emportée par le vent, parce qu'il était mort dans son fauteuil La-Z-Boy. *Et c'était pas un Petit Cochon, de toute façon*, pensa Tess. *C'était un Grand Méchant Loup.*

Assise à la table de la cuisine, elle écrivait sur un vieux bloc scolaire Blue Horse crasseux trouvé dans la chambre de Strehlke, à l'étage. Il y avait quatre pièces au premier étage, mais la chambre était la seule à ne pas être encombrée de bric-à-brac, tout ce qu'on pouvait imaginer, depuis des cadres de lit métalliques jusqu'à un moteur Evinrude qui paraissait avoir été jeté du haut d'un immeuble de quatre étages. Vu qu'il lui aurait fallu des semaines, ou des mois, pour explorer toutes ces caches emplies de choses dénuées de valeur, d'utilité ou d'intérêt, Tess avait concentré toute son attention sur la chambre à coucher de Strehlke et l'avait consciencieusement fouillée. Elle avait récolté le vieux bloc Blue Horse en prime. Et elle avait trouvé ce qu'elle cherchait dans un vieux sac de voyage poussé au fond d'une étagère de placard, planqué (vraiment très mal) derrière de vieux numéros du *National Geographic*. À l'intérieur, un fouillis de sous-vêtements féminins. Avec sa petite culotte sur le dessus. Tess l'avait mise dans sa poche et, dans le style malade-de-la-récup de feu Strehlke, l'avait remplacée par le rouleau de cordage jaune. Qui serait surpris de trouver de la corde dans la valise remplie de lingerie féminine d'un assassin-violeur ? De toute façon, elle n'en aurait plus besoin.

« *Tonto, dit le Lone Ranger, nous en avons terminé par ici.* »

Ce qu'elle écrivait, tandis que *Seinfeld* faisait place à *Frasier* et *Frasier* aux nouvelles locales (un habitant de Chicopee avait gagné à la loterie, un autre s'était brisé les reins en tombant d'un échafaudage, donc de ce côté-là les choses s'équilibraient), était une confession sous forme de lettre. Comme elle entamait la cinquième page, les nouvelles télévisées cédèrent la place à une publicité qui semblait devoir durer interminablement pour le Purgatif Tout-Puissant. Danny Vierra disait : « Certains Américains ne vont à la selle qu'une seule fois tous les deux ou trois *jours*, et sous prétexte que cela dure depuis des années, *ils croient que c'est normal* ! Tout médecin digne de ce nom vous dira que *non* ! »

La lettre de Tess était adressée AUX AUTORITÉS COMPÉTENTES, et les quatre premières pages consistaient en un seul paragraphe. Ce paragraphe résonnait comme un cri dans sa tête. Elle avait la main qui fatiguait et le stylo-bille trouvé dans un tiroir de cuisine (avec GERFAUT ROUGE TRANSPORTS imprimé dessus en doré fané) donnait lui aussi des signes d'épuisement, mais Dieu merci, elle en avait quasiment terminé. Pendant que Petit Chauffeur, écroulé dans son La-Z-Boy, continuait à ne plus regarder la télé, elle entama enfin, en haut de la cinquième page, la rédaction de son deuxième couplet :

Je ne regrette pas ce que j'ai fait. Je ne prétends pas non plus l'avoir fait avec l'esprit dérangé. J'étais furieuse,

et j'ai commis une erreur. C'est aussi simple que cela. En d'autres circonstances – des circonstances moins terribles, je veux dire –, j'aurais pu invoquer le caractère naturel de cette méprise : tous deux se ressemblent tellement qu'ils auraient quasiment pu être jumeaux. Mais les circonstances sont ce qu'elles sont.
Tout en écrivant ces pages, assise dans cette pièce, écoutant le son de sa télé et le bruit du vent, j'ai réfléchi à une forme d'expiation – non dans l'espoir d'un pardon, mais parce qu'il semble injuste de commettre un acte injuste sans tenter au moins de le compenser par un acte juste. (Là, Tess pensa à l'histoire de celui qui avait gagné à la loterie compensant d'une certaine manière celui qui était tombé de l'échafaudage mais, recrue de fatigue comme elle l'était, un tel concept risquait d'être difficile à faire passer, et elle n'était pas tellement sûre que le rapprochement soit pertinent.) *J'ai pensé m'engager en Afrique auprès de malades du sida. J'ai pensé m'engager comme volontaire dans un foyer pour sans-abris ou une banque alimentaire à La Nouvelle-Orléans. J'ai pensé aller nettoyer des oiseaux mazoutés dans le golfe du Mexique. J'ai pensé donner le million de dollars que j'ai mis de côté pour ma retraite à une association de lutte contre les violences faites aux femmes. Il doit bien en exister une, peut-être même plusieurs, dans le Connecticut.*
Et puis j'ai pensé à Doreen Marquis, du Club des Indémaillables, et à ce qu'elle dit une fois par livre…

Ce que disait Doreen au moins une fois par livre c'était : *Les meurtriers négligent toujours le plus évident. C'est imparable, mesdames.* Et alors même qu'elle évoquait l'éventualité de l'expiation, Tess s'était rendu compte que ce serait impossible. Car Doreen avait absolument raison.

Elle avait coiffé une casquette pour ne risquer de laisser aucun cheveu pouvant faire l'objet d'un test ADN. Elle avait enfilé des gants, qu'elle n'avait jamais retirés, y compris pour conduire la camionnette d'Al Strehlke. Elle pouvait encore brûler cette confession dans la cuisinière à bois de Lester, regagner la maison considérablement plus agréable de Grand Frère Alvin (une maison de branches au lieu d'une maison de paille), grimper dans son Expédition et regagner le Connecticut. Elle pouvait rentrer chez elle retrouver Fritzy. À première vue, elle paraissait exempte de soupçon et la police pourrait mettre quelques jours à remonter jusqu'à elle, mais ils remonteraient jusqu'à elle tôt ou tard. Car pendant qu'elle se concentrait sur des détails de médecine légale, elle avait, comme tous les meurtriers de la série des Indémaillables, négligé la piste la plus évidente.

La piste la plus évidente avait pour nom Betsy Neal. Une jolie femme au visage ovale, aux yeux désassortis à la Picasso, au halo crêpé de cheveux noirs. Elle avait reconnu Tess, lui avait même demandé un autographe, mais l'argument décisif serait ailleurs. L'argument décisif, ce seraient ses ecchymoses sur le visage (*J'espère que ça ne vous est pas arrivé chez nous*, avait dit Neal) et le fait que Tess se soit renseignée sur Alvin Strehlke, décrivant sa camionnette, reconnaissant la bague rouge lorsque Neal l'avait évoquée. *Comme un rubis*, avait-elle acquiescé.

Neal verrait l'info à la télé, ou l'apprendrait par le journal – trois morts dans la même famille, comment pourrait-elle passer à côté ? – et elle irait trouver la police. Et la police viendrait trouver Tess. On procéderait à une vérification de routine dans le registre des détenteurs d'armes à feu du Connecticut et on découvrirait que Tess possédait un calibre 38 Smith & Wesson connu sous le nom de Presse-Citron. On lui demanderait de le produire pour qu'il soit soumis aux tests balistiques de rigueur en vue d'établir la correspondance avec les balles retrouvées dans le corps des trois victimes. Que dirait-elle alors ? Les regarderait-elle avec ses yeux pochés en disant (d'une voix encore rauque des suites des tentatives de strangulation de Lester Strehlke) qu'elle l'avait perdu ? Persisterait-elle dans cette version des faits même lorsqu'on aurait retrouvé les femmes mortes dans la buse ?

Tess reprit son stylo-bille, qui n'était pas le sien, et recommença à écrire :

... ce qu'elle dit une fois par livre : les meurtriers négligent toujours le plus évident. Un jour, empruntant une page à Dorothy Sayers, Doreen a également laissé un revolver chargé à la disposition d'un meurtrier, l'invitant à choisir l'issue la plus honorable. J'ai un revolver. J'ai aussi un frère, Mike, qui sera mon seul parent survivant. Il vit à Taos, Nouveau-Mexique. Je suppose qu'il sera aussi mon héritier. Tout dépend des implications légales de mes crimes. S'il hérite de mes biens, je souhaite que les autorités en possession de cette lettre la lui montrent et lui transmettent mon vœu qu'il fasse don de l'ensemble de ma succession à une organisation caritative dévouée aux femmes victimes d'abus sexuels.

Je suis désolée pour Grand Chauffeur – Alvin Strehlke. Ce n'est pas lui qui m'a violée, et Doreen a la conviction que ce n'est pas non plus lui qui a violé et tué les autres femmes.

Doreen ? Non, *elle*. Doreen n'était pas réelle. Mais Tess était trop fatiguée pour raturer et modifier. Et, diable – elle approchait de la fin, de toute façon.

Pour Ramona et pour le tas d'ordures dans la pièce à côté, je ne fais aucune excuse. Il vaut mieux pour tout le monde qu'ils soient morts.
Et moi aussi.

Elle s'interrompit le temps de parcourir les pages qu'elle venait de rédiger, afin de vérifier qu'elle n'avait rien oublié. Il lui sembla que non, alors elle signa – son ultime autographe. Le stylo-bille s'assécha sur la dernière lettre et elle le reposa.

« Quelque chose à ajouter, Lester ? » demanda-t-elle.

Seul le vent répondit, soufflant des rafales assez fortes pour faire grincer la petite bicoque sur ses articulations et soulever des courants d'air froid.

Tess retourna dans le salon. Elle remit la casquette délavée sur la tête de Petit Chauffeur et la bague à son doigt. C'est ainsi qu'elle voulait qu'on le trouve. Il y avait une photo encadrée sur la télé. On y voyait Lester et sa mère enlacés. Qui souriaient. Juste une photo d'une mère et son fils. Elle la regarda un moment, puis s'en alla.

42

Il lui semblait que pour en finir elle devait retourner à la station-service abandonnée où tout était arrivé. Elle pourrait passer un moment assise sur le terre-plein envahi d'herbes à écouter le vent faire cliqueter la vieille enseigne (VOUS L'AIMEZ IL VOUS AIME), à penser aux choses auxquelles les gens peuvent penser dans les derniers instants de leur vie. Dans son cas, ce serait probablement Fritzy. Elle supposait que Patsy l'adopterait, et ce serait parfait. Les chats sont des survivants. Ils se moquent de savoir qui les nourrit, du moment que la gamelle est remplie.

Il ne faudrait pas longtemps à cette heure pour arriver au vieux magasin, mais ça semblait encore trop loin. Elle était exténuée. Elle décida de remonter dans la vieille camionnette de Al Strehlke et d'en finir là. Mais elle ne tenait pas à éclabousser de son sang sa douloureuse confession qui décrivait en détail tout le sang déjà versé. Alors…

Elle emporta les pages arrachées au bloc Blue Horse dans le salon, où la télé continuait à marcher (un jeune type avec une tête de criminel vendait maintenant un robot pour laver le sol), et les laissa tomber sur les genoux de Strehlke. « Tiens-moi ça, Lester, tu veux ? lui dit-elle.

— Pas de problème », répondit-il.

Elle nota qu'un morceau de son cerveau malade était en train de sécher sur son épaule nue. Pas de problème là-dessus non plus.

Tess sortit dans l'obscurité venteuse et se hissa lentement au volant de la camionnette. Le cri que poussa la charnière quand la portière se referma résonna avec une étrange familiarité. Pas si étrange que ça, en fait ; elle l'avait entendu pour la première fois devant le magasin abandonné. Quand elle avait voulu lui faire une fleur parce qu'il s'apprêtait à lui en faire une – il allait lui changer son pneu pour qu'elle puisse rentrer chez elle nourrir son chat. « Je voulais pas qu'il se retrouve avec la batterie à plat », dit-elle. Et elle rit.

Elle appuya le court canon du Presse-Citron contre sa tempe, puis hésita. Un coup dans la tempe n'était pas toujours fatal. Elle voulait que son argent serve à aider des femmes qui avaient souffert, pas à lui payer des soins *ad vitam æternam* dans un hospice pour légumes humains.

Dans la bouche, c'était plus sûr.

Elle sentit le contact huileux du canon contre sa langue et la petite protubérance du cran de mire contre son palais.

J'ai eu une bonne vie – plutôt bonne, oui. J'ai commis une terrible erreur sur la fin, mais peut-être que ça ne sera pas retenu contre moi, en fin de compte, s'il y a quelque chose après.

Oh, mais le vent de la nuit était si suave. Tout comme l'étaient les parfums délicats qu'il apportait par la vitre en partie ouverte de la portière du conducteur. Quel dommage de devoir s'en aller ainsi. Mais avait-elle le choix ? Il était temps d'en finir.

Tess ferma les yeux, resserra son doigt autour de la détente, et Tom choisit cet instant-là pour élever la voix. Ce qui était étrange puisque Tom se trouvait dans l'Expédition et l'Expédition chez l'autre frère, à presque un kilomètre de là. Et puis la voix qu'elle entendait ne ressemblait pas du tout à celle qu'elle prenait d'habitude pour incarner Tom. Pas plus qu'elle ne ressemblait à la sienne. C'était une voix froide. Et avec un revolver dans la bouche, elle-même ne pouvait pas parler du tout.

« Ça n'a jamais été une très bonne détective, si ? »

Tess retira l'arme de sa bouche. « Qui ? Doreen ? »

Elle était choquée malgré tout.

« Qui d'autre, Tessa Jean ? Et pourquoi ça en serait une *bonne* ? C'est le produit de ton ancien Toi. Non ? »

Tess voulait bien admettre que c'était vrai.

« Doreen croit que Grand Chauffeur n'a ni violé ni tué ces autres femmes. C'est bien ce que tu as écrit ?

— C'est *moi*, corrigea Tess. C'est *moi* qui en suis sûre. J'étais fatiguée, c'est tout. Et sous le choc, je suppose.

— Et tu te sentais coupable, aussi.

— Oui. Je me sentais coupable, aussi.

— Et quelqu'un qui se sent coupable, ça fait de bonnes déductions, d'après toi ? »

Non. Peut-être que non.

« Qu'est-ce que tu essayes de me dire ?

— Que tu n'as résolu qu'une partie du mystère. Avant que tu aies pu le résoudre dans sa totalité – *toi*, pas une espèce de vieille détective à l'esprit truffé de clichés –, un événement malencontreux s'est produit.

— Malencontreux ? C'est comme ça que tu dis ? »

Comme de très loin, Tess s'entendit rire. Quelque part, le vent faisait claquer une gouttière décrochée contre un avant-toit. Ça ressemblait au cliquètement de l'enseigne en fer-blanc à la station abandonnée.

« Avant de te *zigouiller*, reprit la nouvelle et étrange voix de Tom (elle semblait plus féminine à chaque fois), pourquoi t'essaierais pas de *penser* par toi-même ? Mais pas ici.

— Où, alors ? »

Tom ne répondit pas à cette question. Il n'avait pas besoin de le faire. « Et embarque-moi cette foutue confession avec toi », dit-il à la place.

Tess descendit de la camionnette et retourna dans la maison de Lester Strehlke. Plantée dans la cuisine du mort, elle passa un moment à réfléchir. Ce qu'elle fit à haute voix. La voix de Tom (qui ressemblait un peu plus à la sienne à chaque fois). Doreen semblait avoir pris la tangente.

« La clé de Al doit se trouver avec sa clé de voiture sur son trousseau, dit Tom. Mais il y a le chien. Tu ne dois pas oublier le chien. »

Non, ce serait risqué. Tess se dirigea vers le réfrigérateur de Lester. Après avoir fouillé un peu à l'intérieur, elle dénicha un paquet de viande à hamburgers dans le fond, sur l'étagère du bas. Elle prit un guide du troc *Uncle Henry's* pour l'emballer doublement, puis retourna dans le salon. Du bout des doigts, elle récupéra sa confession sur les genoux de Strehlke, consciente que l'élément de son anatomie qui l'avait agressée – celui qui avait causé la mort de trois personnes ce soir – se trouvait juste en dessous. « Je t'ai pris ta viande hachée. Mais tu m'en voudras pas, c'est une faveur que je te fais. Elle commençait à sentir l'avarié, limite pourri.

— Voleuse, en plus d'être tueuse, commenta Petit Chauffeur de sa voix de mort monocorde. Charmant.

— Ta gueule, Lester », répliqua-t-elle. Et elle s'en alla.

43

Avant de te zigouiller, *pourquoi t'essaierais pas de* penser *par toi-même?*

C'est ce qu'elle s'efforçait de faire en conduisant la vieille camionnette sur la route venteuse en direction de chez Alvin Strehlke. Elle commençait à se dire que Tom, quand il n'était pas dans la voiture avec elle, était meilleur détective que Doreen Marquis au mieux de sa forme.

« Je serai bref, dit Tom. Si tu ne crois pas que Al Strehlke était complice – et je ne parle pas seulement de complicité *passive* –, tu es folle.

— Évidemment que je suis folle, répondit-elle. Sinon, pourquoi est-ce que j'essaierais de me convaincre que je n'ai pas tué le mauvais frère alors que je sais pertinemment que je l'ai *fait*?

— C'est la voix de la culpabilité, pas celle de la logique », argua Tom. Sa suffisance était exaspérante. « Al n'était pas un petit agneau innocent, ni même une grosse brebis galeuse. Réveille-toi, Tessa Jean. Ils n'étaient pas juste frères, ils étaient partenaires.

— En *affaires*, oui.

— On n'est jamais juste partenaires en affaires quand on est frères. C'est toujours plus compliqué que ça. Surtout quand on a pour mère une femme comme Ramona. »

Tess tourna dans l'allée soigneusement goudronnée de Al. Il était possible que Tom ait raison sur ce point. Quant à elle, elle savait une chose : jamais Doreen et ses amies du Club des Indémaillables n'avaient rencontré de femme telle que Ramona Norville.

L'éclairage automatique se déclencha. Le chien donna de la voix : *yark-yark, yarkyarkyark*. Tess attendit que la lumière s'éteigne et que le chien se calme.

« Je n'ai aucun moyen de le savoir avec certitude, Tom.

— Tu ne pourras le savoir avec certitude que si tu cherches.

— Et même si je le savais, *ce n'est pas lui qui m'a violée.* »

Tom resta silencieux un moment. Elle pensait qu'il avait renoncé. Puis il dit : « Lorsque quelqu'un fait quelque chose de mal et que quelqu'un d'autre le sait mais ne fait rien pour l'empêcher, ils sont aussi coupables l'un que l'autre.

— Aux yeux de la loi ?

— Aux miens aussi. Admettons que c'était seulement Lester qui partait en chasse, qui violait et qui tuait. Je ne le pense pas, mais admettons. Si Grand Frère le savait et qu'il n'a rien dit, il n'a pas volé sa mort. En fait, je dirais même que c'était lui faire un cadeau que de l'abattre. Il aurait mérité qu'on l'empale sur un tisonnier brûlant. »

Tess secoua la tête avec lassitude et toucha le revolver posé sur le siège. La dernière balle. Si elle devait l'utiliser pour le chien (et réellement, qu'est-ce qu'un petit meurtre entre amis de plus ou de moins ?), elle devrait se mettre en quête d'une autre arme pour elle, sauf si elle envisageait d'essayer de se pendre, ou autre. Mais des types comme les Strehlke possédaient généralement des armes à feu. Voilà le plus, aurait dit Ramona.

« S'il *savait*, oui. Mais un "si" de cette taille ne méritait pas une balle dans la tête. Pour leur mère, oui – en ce qui la concerne, mes boucles d'oreilles étaient la seule preuve dont j'avais besoin. Mais ici, je n'ai aucune preuve.

— Vraiment ? » La voix de Tom était si basse que Tess l'entendait à peine. « Vas-y voir. »

44

Le chien n'aboya pas quand elle monta lourdement les marches. Mais elle pouvait se le représenter posté derrière la porte, tête baissée, babines retroussées.

« Gaspard ? » Diable, c'était un nom aussi bon qu'un autre pour un chien de la campagne. « C'est moi, Tess. J'ai du steak haché pour toi. J'ai aussi un revolver où il reste encore une balle. Je vais ouvrir la porte maintenant. Si j'étais toi, je choisirais le steak. D'accord ? On fait un pacte ? »

Toujours pas d'aboiement. Il fallait peut-être l'éclairage automatique pour le déclencher. Ou une petite cambrioleuse juteuse. Tess essaya une clé, une autre. Pas les bonnes. Ces deux-là devaient être celles du bureau du Gerfaut. La troisième tourna dans la serrure, et tant qu'elle avait du courage, Tess poussa la porte sans attendre. Elle avait visualisé un bouledogue, un rottweiler ou un pitbull aux yeux rouges et aux mâchoires dégoulinantes de bave. Elle se retrouvait face à un jack russell qui remuait la queue en la regardant d'un air plein d'espoir.

Tess rangea le revolver dans la poche de son blouson et caressa la tête du chien. « Bon Dieu, dit-elle. Et dire que j'étais *terrorisée* par *toi*.

— Trop d'honneur, repartit Gaspard. Mais dis voir, où's qu'est Al?

— Me demande pas, dit-elle. Tu veux du steak? Je t'avertis, il est peut-être un peu faisandé.

— T'inquiète, envoie, bébé », lui fit Gaspard.

Tess lui fila un steak haché du paquet, puis entra, referma la porte derrière elle, et alluma la lumière. Pourquoi pas? Après tout, il n'y avait plus qu'elle et Gaspard.

Alvin Strehlke était plus soigneux que son frère cadet. Les sols et les murs étaient propres, il n'y avait pas de tas de guides du troc *Uncle Henry's* et elle apercevait même quelques livres sur les étagères. Il y avait aussi des figurines Hummel disposées en plusieurs petits groupes et une grande photo encadrée de Momzilla sur le mur. Tess y vit un vague indice, mais rien d'une preuve formelle. *S'il y avait une photo de Richard Widmark dans son célèbre rôle de Tommy Udo, je pourrais penser différemment.*

« C'est quoi qui te fait rire? voulut savoir Gaspard. Je peux savoir?

— En fait, non, lui dit Tess. Par où on commence?

— Je sais pas, dit Gaspard. Je suis que le chien. Si tu me filais encore un peu de cette délicieuse barbaque? »

Tess lui donna encore un peu de viande. Gaspard fit le beau et tourna deux fois sur lui-même. Tess se demanda si elle n'était pas en train de devenir maboule.

« Tom? Je t'écoute.

— Tu as retrouvé ta petite culotte chez l'autre Petit Cochon, exact?

— Oui, et je l'ai reprise. Elle est déchirée… et même si elle était intacte, je ne voudrais plus jamais la porter… mais c'est *la mienne*.

— Et tu as trouvé *quoi d'autre* à part un tas de petites culottes ?

— Qu'est-ce que tu veux dire, *quoi d'autre* ? »

Mais Tom n'avait pas besoin de préciser. La question ne portait pas sur ce qu'elle avait trouvé, mais sur ce qu'elle n'avait *pas* trouvé : son sac et ses clés. Les clés, Lester Strehlke avait dû les jeter dans les bois. C'est ce que Tess aurait fait à sa place. Mais le sac, c'était une autre affaire. C'était un Kate Spade hors de prix, et il y avait son nom sur une petite étiquette en soie cousue à l'intérieur. Si le sac – et le contenu du sac – n'était pas chez Lester, et s'il ne l'avait pas jeté dans les bois avec ses clés, alors où était-il ?

« Moi, je vote pour ici, dit Tom. Jetons un coup d'œil, veux-tu.

— Steak ! » cria Gaspard en faisant une autre pirouette.

45

Par où commencer ?

« Ben, voyons, dit Tom. Les hommes ont un ou deux endroits où ils gardent la plupart de leurs secrets : la chambre et le bureau. Doreen ne sait peut-être pas ça, mais toi, oui. Et il n'y a pas de bureau dans cette maison. »

Elle se rendit (Gaspard sur les talons) dans la chambre d'Al Strehlke, laquelle contenait un lit double en 220, fait au carré comme à l'armée. Elle regarda dessous. Nada. Elle allait se diriger vers le placard quand elle s'arrêta, et pivota de nouveau vers le lit. Elle souleva le matelas. Regarda dessous. Au bout de cinq secondes – peut-être dix –, elle prononça un unique mot sur un ton de froide ironie :

« Bingo. »

Posés sur le sommier à ressorts, il y avait trois sacs à main de dames. Celui du milieu était une pochette de couleur crème que Tess aurait reconnue entre mille. Elle l'ouvrit d'un coup sec. Il ne contenait rien, à part quelques Kleenex et un crayon à sourcils doté d'une astucieuse petite brosse à cils dissimulée dans le capuchon. Elle chercha l'étiquette en soie avec son nom dessus, mais elle n'y était plus. Elle avait été soigneusement décousue, mais Tess distingua une minuscule coupure dans le fin cuir italien, là où le fil avait été sectionné.

« Le tien ? demanda Tom.

— Tu sais bien que oui.

— Et le crayon à sourcils ?

— On en trouve par milliers dans tous les bazars d'Amér…

— *Est-ce que c'est le tien ?*

— Oui. C'est le mien.

— Alors, t'es convaincue ?

— Je… » Tess avala. Elle ressentait quelque chose, mais elle ne savait pas exactement quoi. Du soulagement ? De l'horreur ? « Je crois que oui. Mais *pourquoi* ? Pourquoi *tous les deux* ? »

Tom ne la renseigna pas. C'était inutile. Peut-être que Doreen n'aurait pas su (ou pas voulu l'admettre si elle l'avait su, car les vieilles dames qui aimaient ses aventures n'aimaient pas les trucs tordus), mais Tess pensait savoir. Parce que Momzilla les avait bousillés tous les deux. Ce serait la thèse d'un psychiatre. Lester était le violeur ; Al le fétichiste qui participait par procuration. Peut-être même qu'il avait donné un coup de main pour une des deux ou pour les deux femmes dont les restes se trouvaient dans la conduite souterraine. Elle ne le saurait jamais avec certitude.

« Il te faudrait probablement jusqu'à l'aube pour fouiller toute la maison, dit Tom, mais tu peux fouiller le reste de cette pièce, Tessa Jean. Il a dû détruire tout ce qui se trouvait dans le sac – couper les cartes de crédit en morceaux, j'imagine, et les jeter dans la rivière Colewich – mais tu dois t'en assurer, car tout objet où figurerait ton nom conduirait immanquablement la police jusqu'à ta porte. Commence par le placard. »

Tess ne trouva pas ses cartes de crédit dans le placard ni rien d'autre lui appartenant, mais elle trouva autre chose. Sur l'étagère du haut. Elle descendit de la chaise sur laquelle elle était montée et examina l'objet avec une consternation grandissante : c'était un canard en peluche qui avait dû être le doudou longtemps chéri d'un enfant. Il lui manquait un œil et sa fourrure synthétique était toute feutrée. Et complètement usée par endroits, comme si le canard avait été tripoté et câliné à mort.

Sur son bec jaune fané, il y avait une éclaboussure brun foncé.

« Est-ce que c'est bien ce que je crois que c'est ? demanda Tom.

— Oh, Tom, je crois que oui.

— Les corps que tu as vus dans la buse... l'un d'eux pourrait-il être celui d'un enfant ? »

Non, aucun des deux n'était assez petit. Mais peut-être que la buse qui passait sous la route du Taur n'était pas la seule décharge humaine des frères Strehlke.

« Repose-le sur l'étagère. Laisse à la police le soin de le trouver. Vérifie ensuite qu'il n'a pas un ordinateur contenant des informations sur toi. Puis fiche le camp d'ici en vitesse. »

Quelque chose de froid et d'humide chercha la main de Tess. Elle faillit pousser un cri. C'était Gaspard, qui levait des yeux brillants vers elle.

« Encore du steak ! » réclama Gaspard. Et Tess lui en donna.

« Si Al Strehlke a un ordinateur, dit Tess, tu peux être sûr qu'il est protégé par un mot de passe. Et le sien ne sera sûrement pas allumé et en veille attendant que je vienne fouiner dedans.

— Alors emporte-le et jette-le dans la foutue rivière en repartant. Qu'il aille dormir au fond avec les poissons. »

Mais il n'y avait pas d'ordinateur.

À la porte, Tess donna le reste du steak à Gaspard. Il allait probablement tout dégobiller sur le tapis, mais Grand Chauffeur ne risquait plus d'en être incommodé.

Tom dit : « Contente, Tessa Jean ? Contente de ne pas avoir tué un innocent ? »

Elle supposait qu'elle l'était, parce que le suicide avait cessé de la tenter. « Et Betsy Neal, Tom ? Qu'est-ce que tu en fais ? »

Il ne répondit pas... et encore une fois, il n'avait pas besoin de le faire. Parce que, en fin de compte, il était elle.

C'est bien ce qu'elle était, non ?

Tess n'en était pas entièrement persuadée. Mais quelle importance, du moment qu'elle savait quoi faire ensuite. Quant à demain... Demain est un autre jour. Là-dessus, au moins, Scarlett O'Hara ne s'était pas trompée.

Le plus important, c'était que la police sache pour les corps dans la buse. Ne serait-ce que parce qu'il y avait des amis et des parents, quelque part, qui voudraient savoir. Et aussi parce que...

« Parce que ce qu'indique le canard en peluche, c'est qu'il pourrait y en avoir d'autres. »

Ça, c'était sa propre voix.

Et c'était bien comme ça.

46

À sept heures trente le lendemain matin, après moins de trois heures de sommeil entrecoupé, hanté de cauchemars, Tess alluma son ordinateur de bureau. Pas pour écrire. Écrire était le cadet de ses soucis.

Betsy Neal était-elle célibataire ? Tess pensait que oui. Elle n'avait pas remarqué d'alliance à son doigt, ni aucune photo de famille dans son bureau, non plus. La seule photo dont elle se souvenait était celle de Barack Obama, encadrée... et il était déjà marié. Alors, oui – Betsy Neal était probablement célibataire, ou divorcée. Et sans doute pas dans les Pages Blanches. Dans ce cas, une recherche sur Internet ne mènerait pas à grand-chose. Tess supposait qu'elle pouvait se rendre au Taur Inn et la rencontrer là-bas... Mais elle ne *voulait plus* retourner au Taur Inn. Plus jamais.

« Pourquoi tu te tritures les méninges ? lui dit Fritzy de l'appui de la fenêtre. Consulte au moins les Pages Blanches de Colewich. Et c'est quoi cette odeur sur toi ? Un *chien* ?

— Oui. C'est Gaspard.

— Traîtresse », lâcha Fritzy avec mépris.

Sa recherche donna très exactement douze Neal. Dont une E. Neal. E pour Elizabeth ? Il n'y avait qu'un seul moyen de le savoir.

Sans la moindre hésitation – toute hésitation l'aurait à coup sûr amputée de son courage –, Tess composa le numéro. Elle transpirait, et son cœur battait à coups précipités.

Le téléphone sonna. Une fois. Deux fois.

Ça ne doit pas être elle. Ça pourrait être une Édith Neal. Une Edwina Neal. Ou même une Elvira Neal.

Trois fois.

Si c'est le numéro de Betsy Neal, elle est peut-être même pas chez elle. Elle doit être en vacances dans les Catskills...

Quatre fois.

... ou au pieu avec un des Babas Zombies, qu'est-ce que t'en dis ? Le guitariste solo. Ils chantent

probablement « Can Your Pussy Do the Dog » ensemble sous la douche après avoir…

Ça décrocha. Et Tess reconnut aussitôt la voix.

« Bonjour, vous êtes bien chez Betsy, mais je ne peux pas vous répondre pour le moment. Il va y avoir un bip, et vous savez ce qu'il vous reste à faire. Merci et bonne journée. »

Merci, j'ai déjà passé une affreuse *journée, et la nuit dernière a été encore pi…*

Le bip retentit, et Tess s'entendit parler avant même de savoir qu'elle avait décidé de le faire : « Bonjour, madame Neal, c'est Tessa Jean – l'auteur des Indémaillables, vous vous rappelez ? Nous nous sommes vues au Taur Inn. Vous m'avez rendu mon tomtom et je vous ai signé un autographe pour votre grand-mère. Vous avez vu les marques que j'avais au visage et je vous ai raconté des blagues. Ce n'était pas mon petit ami, madame Neal. » Tess se mit à parler plus vite, craignant que le temps d'enregistrement ne se termine avant qu'elle soit arrivée au bout… et elle découvrait qu'elle avait terriblement envie d'arriver au bout. « J'ai été violée et c'était grave, mais ensuite j'ai voulu me faire justice moi-même et… je… je… il faut que j'en parle avec vous parce que… »

Il y eut un déclic sur la ligne et la vraie Betsy Neal prit la communication. « Recommencez, dit-elle, mais plus lentement. Je viens de me réveiller et je dors encore à moitié. »

47

Elles se retrouvèrent dans le jardin public de Colewich à l'heure du déjeuner et s'assirent sur un banc près du kiosque à musique. Tess ne pensait pas avoir faim, mais Betsy Neal l'obligea à prendre un sandwich. Et quand elle se surprit à le dévorer à belles dents, Tess repensa à Gaspard engloutissant les steaks de Lester Strehlke.

« Commencez par le commencement », dit Betsy. Tess la trouvait calme, d'un calme quasi olympien. « Commencez par le commencement et racontez-moi tout. »

Tess commença par l'invitation des Books & Brown Baggers. Betsy Neal ne disait rien, ou plaçait par moments un « Hm-hmm » ou un « D'accord » pour indiquer à Tess qu'elle suivait toujours son histoire. Ça donnait soif de raconter. Heureusement, Betsy avait aussi apporté deux boîtes de soda du Dr Brown.

Il était une heure de l'après-midi passée quand Tess arriva au bout de son récit. Les quelques personnes venues déjeuner dans le jardin public étaient parties. Deux femmes promenaient des bébés en poussette, mais elles se tenaient assez loin.

« Je voudrais être sûre de bien comprendre, dit Betsy Neal. Vous alliez vous tuer, quand une espèce de voix fantôme vous a dit de retourner chez Alvin Strehlke ?

— Oui, dit Tess. C'est là que j'ai trouvé mon sac à main. Et le canard en peluche taché de sang.

— Votre petite culotte, vous l'avez retrouvée chez le petit frère.

— Chez Petit Chauffeur, oui. Elle est dans mon Expédition. Avec mon sac à main. Vous voulez les voir ?

— Non. Et le revolver ?

— Je l'ai aussi dans ma voiture. Il reste une balle dedans. » Elle regarda Neal avec curiosité et pensa : *La fille aux yeux Picasso*. « Vous n'avez pas peur de moi ? Vous êtes la seule piste que je n'aie pas éliminée. La seule qui me soit venue à l'esprit, en tout cas.

— Nous sommes dans un jardin public, Tess. Et puis, j'ai votre confession sur mon répondeur à la maison. »

Tess tiqua. Encore un truc auquel elle n'avait pas pensé.

« Même si vous arriviez à me tuer sans que ces deux jeunes mères le remarquent...

— Je n'ai plus le courage de tuer personne. Ni ici, ni ailleurs.

— Contente de le savoir. Parce que, même si vous m'éliminiez, et mon répondeur aussi, tôt ou tard quelqu'un tombera sur le chauffeur de taxi qui vous a amenée au Taur samedi matin. Et quand les flics arriveront chez vous, ils trouveront que vous avez beaucoup d'ecchymoses compromettantes.

— Oui, dit Tess en touchant les plus sérieuses d'entre elles. C'est vrai. Alors, je fais quoi maintenant ?

— Pour commencer, vous auriez intérêt à ne pas trop vous montrer le temps que votre joli minois le redevienne. Joli, je veux dire.

— Je crois que de ce côté-là, je suis couverte », dit Tess.

Et elle raconta à Betsy l'histoire qu'elle avait servie à Patsy.

« Plutôt pas mal.

— Madame Neal... Betsy... est-ce que vous me croyez?

— Oh, oui, dit l'autre femme comme d'un ton absent. Maintenant écoutez-moi. Vous m'écoutez? »

Tess fit oui de la tête.

« Nous sommes deux femmes venues pique-niquer dans le parc, et ça n'a rien d'extraordinaire. Mais, à compter d'aujourd'hui, nous ne nous reverrons plus. D'accord?

— Si vous le dites », répondit Tess.

Son cerveau lui semblait anesthésié, comme sa mâchoire lorsque son dentiste lui injectait une bonne dose de novocaïne.

« Je le dis et je le pense. Et vous devez vous fabriquer une autre histoire pour le cas où les flics interrogeraient le chauffeur de limousine qui vous a ramenée chez vous...

— Manuel. Il s'appelait Manuel.

— ... ou le chauffeur de taxi qui vous a amenée au Taur samedi matin. Tant qu'aucune de vos pièces d'identité ne refait surface, je pense que personne ne fera le lien entre vous et les Strehlke, mais quand la nouvelle éclatera, ça fera les gros titres, et on ne peut pas être sûres que l'enquête ne remontera pas jusqu'à vous. » Elle se pencha en avant et tapota Tess au-dessus du sein gauche. « Je compte sur vous pour faire en sorte qu'elle ne remonte pas jusqu'à *moi*. Parce que je ne le mérite pas. »

Non. Elle ne le méritait certainement pas.

« Quelle histoire pourriez-vous raconter aux flics, ma chérie? Une bonne histoire dans laquelle je ne figure pas. Allez, c'est vous l'écrivain. »

Tess réfléchit durant une longue minute. Betsy ne la brusqua pas.

« Je dirais que Ramona m'a parlé du raccourci par la route du Taur après ma conférence – ce qui est la vérité – et que j'ai vu le Taur Inn en passant. Je dirais que je me suis arrêtée quelques kilomètres plus loin pour dîner, puis que j'ai décidé de retourner passer la soirée là-bas, prendre quelques verres, écouter le groupe.

— C'est bien. Ils s'appellent...

— Je sais comment ils s'appellent », dit Tess. Peut-être que la novocaïne se dissipait. « Je dirais que j'ai rencontré des gens, un peu forcé sur la boisson, et décidé que j'étais trop pompette pour prendre le volant. Vous ne figurez pas dans cette histoire, puisque vous ne travaillez pas la nuit. Je pourrais aussi dire...

— Peu importe, ça me suffit. Vous êtes plutôt bonne, une fois que vous êtes lancée. N'en rajoutez pas trop quand même.

— Non, c'est promis, dit Tess. Et peut-être que c'est une histoire que je n'aurai jamais à raconter. Une fois qu'ils tiendront les Strehlke et les victimes des Strehlke, ils chercheront un meurtrier bien différent d'une petite écrivaine de rien du tout comme moi. »

Betsy Neal sourit. « Petite écrivaine de rien du tout, mon cul. Une chienne enragée, oui. » C'est alors qu'elle vit la mine alarmée de Tess. « Quoi ? *Quoi encore ?*

— Dites-moi, ils *pourront* faire le lien entre les femmes dans la buse et les Strehlke ? Au moins entre elles et Lester ?

— Est-ce qu'il a mis un préservatif pour vous violer ?

— Non. Mon Dieu, non. J'avais encore son truc sur les cuisses en rentrant chez moi. Et le lendemain aussi. »

Elle frémit.

« Alors il aura fait la même chose avec les autres. Les preuves ne manqueront pas. Ils feront les recoupements. Si ces mauvais garçons se sont vraiment débarrassés de vos pièces d'identité, vous devriez être exempte de tout soupçon. Et il ne sert à rien de s'inquiéter de ce qu'on ne peut pas maîtriser, n'est-ce pas ?

— Oui.

— Quant à vous... Dites-moi que vous n'avez pas l'intention de rentrer vous taillader les veines dans la baignoire ? Ni de vous tirer la dernière balle ?

— Non. » Tess repensa au doux parfum de l'air nocturne quand elle était assise dans la camionnette avec le canon du Presse-Citron dans la bouche. « Non, ça va, ne vous inquiétez pas.

— Alors, il est temps que vous partiez. Je vais rester encore un peu ici. »

Tess se leva du banc, puis se rassit. « Je voudrais savoir quelque chose. Vous vous rendez complice après les faits. Pourquoi faites-vous cela pour moi ? Une femme que vous ne connaissez même pas ? Que vous n'avez rencontrée qu'une seule fois ?

— Me croiriez-vous si je vous disais que c'est parce que ma grand-mère adore vos livres et qu'elle serait très déçue si vous alliez en prison pour triple meurtre ?

— Pas une seconde », dit Tess.

Un moment, Betsy ne dit rien. Elle souleva sa boîte de Dr Brown, puis la reposa. « Beaucoup de femmes se font violer, vous êtes d'accord ? Je veux dire, vous n'êtes pas un cas unique, n'est-ce pas ? »

Non, Tess savait qu'elle n'était pas un cas unique, mais le savoir n'enlevait rien à la honte et à la souffrance. Et n'enlèverait rien à l'angoisse, quand elle attendrait les résultats du test de dépistage du sida.

Betsy eut un sourire. Qui n'avait rien d'agréable. Ni de joli. « Pendant que nous parlons, il y a partout dans le monde des femmes en train d'être violées. Des fillettes aussi. Dont certaines ont sans aucun doute des jouets en peluche préférés. Certaines sont assassinées, d'autres survivent. Parmi les survivantes, combien, à votre avis, déclarent ce qui leur est arrivé ? »

Tess secoua la tête.

« Moi non plus je ne sais pas, dit Betsy. Mais je sais ce que dit le Rapport national sur la criminalité, parce que j'ai cherché sur Google. D'après cette étude, soixante pour cent des viols ne sont pas signalés. Trois sur cinq. Je pense que c'est peut-être inférieur à la réalité, mais qui peut le dire ? En dehors des cours de maths, difficile de prouver une valeur négative. Impossible, en fait.

— Qui vous a violée ? demanda Tess.

— Mon beau-père. J'avais douze ans. Il m'a menacée avec un couteau de cuisine qu'il tenait devant mon visage pendant qu'il le faisait. Je n'ai pas bougé – j'avais trop peur –, mais le couteau a glissé quand il a joui. Ce n'était sans doute pas intentionnel, mais qui peut le dire ? »

De la main gauche, Betsy tira sur sa paupière inférieure gauche. Elle plaça sa main droite en coupe en dessous, et l'œil de verre roula en souplesse dans sa paume.

L'orbite vide, un peu rouge et tournée vers le haut, donnait l'impression de fixer le monde avec surprise.

« La douleur a été... il n'y a pas de mots pour décrire une douleur pareille, non, pas vraiment. J'avais l'impression que c'était la fin du monde. Il y avait du sang aussi. Beaucoup. Ma mère m'a emmenée chez le docteur. Elle m'a dit que je devais dire que je courais en chaussettes et que j'avais glissé sur le lino de la cuisine parce qu'elle venait juste de le cirer. Que j'avais basculé en avant et que je m'étais crevé l'œil sur l'angle du comptoir de cuisine. Elle m'a dit que le docteur voudrait me parler en tête à tête, et que tout dépendait de moi. "Je sais qu'il t'a fait quelque chose de terrible, elle m'a dit, mais si ça se savait, c'est moi qu'on blâmerait. Je t'en prie, fais ça pour moi, ma chérie, et je veillerai à ce qu'il ne t'arrive plus jamais rien." Alors, c'est ce que j'ai fait.

— Et cela ne s'est pas reproduit?

— Si, encore trois ou quatre fois. Et je n'ai jamais bronché, parce que je n'avais plus qu'un œil à sacrifier à la cause, vous comprenez. Bon, écoutez, on en a fini, là, ou pas? »

Tess eut un élan pour l'étreindre, mais Betsy eut un mouvement de recul – *comme un vampire devant un crucifix*, pensa Tess.

« Non, surtout pas ça, dit Betsy.

— Mais...

— Je sais, je sais, mucho merci, solidarité, sœurs pour l'éternité, tout ça. Je supporte pas qu'on m'étreigne, c'est tout. Nous en avons terminé là, ou pas?

— Nous en avons terminé.

— Alors partez. Et si j'étais vous, je balancerais mon revolver à la rivière en repartant. Vous avez brûlé la confession ?

— Oui. Plutôt deux fois qu'une. »

Betsy hocha la tête. « Et moi, j'effacerai le message que vous avez laissé sur mon répondeur. »

Tess se leva et s'éloigna. Elle se retourna une fois. Betsy Neal était toujours assise sur le banc. Elle avait remis son œil de verre.

48

Remontée dans son Expédition, Tess se dit que supprimer ses derniers trajets de son GPS serait une riche idée. Elle appuya sur le bouton et l'écran s'alluma. Tom dit : « Salut, Tess. On part en balade, à ce que je vois. »

Tess acheva de supprimer ce qu'elle avait à supprimer et éteignit de nouveau l'engin. Pas une balade. Non, pas vraiment : elle rentrait seulement chez elle. Et elle pensait pouvoir trouver son chemin toute seule.

EXTENSION CLAIRE

S'il n'avait pas dû se ranger pour vomir, Streeter n'aurait jamais vu l'écriteau. Il vomissait beaucoup maintenant, et sans beaucoup de signes avant-coureurs – quelquefois un goût métallique dans le fond de la bouche, parfois un vague haut-le-cœur, et d'autres fois rien de tout ça ; juste un *eurh* et ça sortait tout seul, salut, bon appétit. La conduite en devenait risquée, or il conduisait aussi beaucoup maintenant, en partie parce qu'il ne pourrait plus le faire d'ici la fin de l'automne, et en partie parce qu'il avait quantité de choses auxquelles penser, et c'était toujours au volant qu'il pensait le mieux.

Il roulait sur l'Extension de Harris Avenue, la large rocade qui longe sur plus de trois kilomètres l'aéroport du comté de Derry et sa zone commerciale : motels et entrepôts pour la plupart. L'Extension, qui reliait l'est et l'ouest de Derry tout en desservant l'aéroport, était très fréquentée de jour mais quasiment déserte le soir. Streeter se rangea sur la bande cyclable, chopa un sac à vomi en plastique dans la pile posée à côté de lui sur le siège passager, colla sa figure dedans et ouvrit les vannes. Son dîner remonta pour un dernier rappel. C'est ce qu'il aurait vu s'il avait eu les yeux ouverts. Mais il les avait fermés. Quand on a vu une platée de vomi, c'est bon, on les a vues toutes.

Au début de la phase vomi, il n'avait pas ressenti de douleur. Mais le Dr Henderson l'avait prévenu que ça changerait et, au cours de la dernière semaine, c'est ce qui s'était passé. Pas encore le supplice ; juste un éclair fulgurant qui lui remontait des tripes jusqu'à la gorge, comme une brûlure d'estomac. Ça venait, puis se dissipait. Mais ça empirerait. Le Dr Henderson le lui avait dit aussi.

Streeter sortit la tête du sac, ouvrit la boîte à gants, y prit un lien qu'il noua pour mettre son dîner sous clé avant que l'odeur n'imprègne la voiture. Regardant sur sa droite, il aperçut une providentielle poubelle ornée d'un joyeux clebs aux oreilles tombantes et du message au pochoir suivant : **LE CHIEN DE DERRY VOUS DIT : « METTEZ LES ORDURES A LEUR PLACE! »**

Streeter descendit, marcha jusqu'à la Boîte au Clebs, et s'y délesta de la dernière éjection de son corps en déroute. Un soleil d'été rouge se couchait sur l'étendue plane (et actuellement déserte) de l'aéroport, et l'ombre clouée à ses talons était longue et d'une minceur grotesque. C'était comme si, en avance de quatre mois sur son corps, elle était déjà totalement rongée par le cancer qui bientôt le boufferait vivant.

Comme il se retournait vers sa voiture, il avisa un écriteau de l'autre côté de la route. Il lui sembla lire EXTENSION CAPILLAIRE – probablement parce qu'il avait encore les yeux qui larmoyaient. Puis il cilla et vit qu'en réalité il était écrit EXTENSION CLAIRE. Et en dessous, en lettres plus petites PRIX CLAIR.

Extension claire, prix clair. Ma foi, ça sonnait bien, et c'était presque sensé.

Il y avait une zone gravillonnée de l'autre côté de l'Extension, à l'extérieur de la clôture grillagée délimitant l'enceinte de l'aéroport. Beaucoup de gens y dressaient des étals en bordure de route pendant les heures ouvrables, parce qu'il était possible aux clients de se ranger sur le bas-côté sans se faire accrocher (pourvu, cela dit, qu'ils aient les réflexes rapides et n'oublient pas de mettre leur clignotant). Streeter avait vécu toute sa vie dans la petite ville de Derry dans le Maine et, au fil des ans, il avait vu des gens vendre là de jeunes crosses de fougères au printemps, des baies fraîches et des épis de maïs en été, et des homards quasiment toute l'année. À la saison du dégel, un vieux fou que les gens avaient baptisé le Bonhomme de Neige s'y installait pour vendre des trucs récupérés à droite et à gauche, des choses perdues l'hiver et que la fonte des neiges faisait réapparaître. Streeter, il y avait de ça des années, avait acheté une jolie poupée de chiffon au Bonhomme de Neige dans l'intention de la donner à sa fille May, âgée de deux ou trois ans à l'époque. Il avait commis l'erreur de dire à Janet d'où il tenait la poupée, et elle la lui avait fait jeter. « Tu crois peut-être qu'on peut faire bouillir une poupée de chiffon pour tuer les microbes ? avait-elle demandé. Parfois, je me demande comment un homme intelligent peut être aussi stupide. »

Bon, le cancer ne faisait pas la différence, lui. Intelligent ou stupide, Streeter était en passe de quitter le terrain et de retirer le maillot.

Une table de jeu était installée à l'endroit où le Bonhomme de Neige avait naguère déballé sa marchandise.

Un homme rondouillard y était assis, abrité des rayons rouges du soleil déclinant par un grand parasol jaune incliné d'un air coquin.

Streeter resta une minute debout devant sa voiture, faillit remonter (le rondouillard ne l'avait pas remarqué ; il semblait occupé à regarder une petite télé portative), puis la curiosité l'emporta. Il vérifia la circulation, ne vit personne – l'Extension, comme on pouvait s'y attendre, était morte à cette heure-ci, tous les banlieusards rentrés chez eux et attablés pour dîner, tenant leur état de non-cancéreux pour acquis – et il traversa la quatre-voies déserte en traînant derrière lui son ombre décharnée, le Fantôme du Streeter à Venir.

Le rondouillard leva les yeux. « Et bonsoir », dit-il. Avant qu'il n'éteigne son poste, Streeter eut le temps de voir qu'il regardait *Inside Edition*. « En forme, ce soir ?

— Ben, je ne sais pas vous, mais j'ai été mieux, dit Streeter. Un peu tard pour la vente, non ? Pas beaucoup de passage après l'heure de pointe. Vous savez que c'est l'arrière de l'aéroport ici. Livraisons de marchandises uniquement. L'entrée des passagers se fait sur Witcham Street.

— Oui, répondit le rondouillard. Mais hélas, le zonage interdit les petits étals comme le mien du côté fréquenté de l'aéroport. » Il secoua la tête face à l'injustice du monde. « J'allais remballer pour rentrer à sept heures, mais j'ai eu l'intuition qu'un dernier client potentiel allait se présenter. »

Streeter regarda la table, n'y vit aucun article à vendre (à part la télé, peut-être) et sourit. « Je ne suis pas vraiment un client potentiel, monsieur... ?

— George Dabiel », dit le rondouillard en se levant pour lui tendre une main tout aussi boudinée que sa personne.

Streeter la serra. « Dave Streeter. Et je ne peux pas vraiment être un client potentiel, vu que je n'ai aucune idée de ce que vous vendez. D'abord, j'ai cru que votre panneau disait extension capillaire.

— C'est des cheveux en plus que vous voulez? demanda Dabiel en l'évaluant du regard. Je demande, parce que les vôtres ont l'air de se raréfier.

— Et ils auront bientôt disparu, dit Streeter. Je suis en chimio.

— Oh, mince. Désolé.

— Merci. Mais je me demande à quoi peut bien servir la chimio... »

Il haussa les épaules. La facilité qu'il avait à confier ces choses à un inconnu le déconcertait. Il n'avait rien dit à ses enfants, mais Janet savait, bien sûr.

« Peu d'espoir? » demanda Dabiel. Il y avait une sympathie toute simple dans sa voix – ni plus ni moins – et Streeter sentit ses yeux s'emplir de larmes. Pleurer devant Janet l'embarrassait terriblement, et il ne l'avait fait que deux fois. Ici, avec cet inconnu, cela semblait aller de soi. Néanmoins, il sortit son mouchoir de sa poche arrière pour s'essuyer les yeux. Un petit avion approchait pour l'atterrissage. En contre-jour sur le ciel rouge, on aurait dit un crucifix volant.

« Aucun, d'après ce que j'ai compris, répondit-il. Donc, j'imagine que la chimio n'est que... je ne sais pas, moi...

— De la sélection artificielle? »

Streeter rit. « C'est exactement ça.

— Peut-être que vous devriez envisager d'échanger la chimio contre une plus forte dose d'antalgiques. Ou alors, vous pourriez conclure un petit marché avec moi.

— Comme je vous le disais, je ne peux pas vraiment être un client potentiel tant que je ne sais pas ce que vous vendez.

— Bon, disons que la plupart des gens appelleraient ça de la poudre de perlimpinpin », dit Dabiel, souriant, en se balançant sur ses talons derrière la table.

L'homme était rondouillard mais Streeter observa, non sans fascination, que son ombre était aussi mince et d'aspect aussi chétif que la sienne. Il supposait que l'ombre de tout un chacun commençait à paraître chétive à l'approche du coucher du soleil, surtout en août, quand la fin du jour traînait en longueur, s'éternisait et n'était finalement pas si agréable que ça.

« Je ne vois pas vos fioles », dit Streeter.

George Dabiel planta ses doigts sur la table comme des piquets de tente et se pencha en avant, l'air brusquement très commerçant.

« Je vends des extensions, dit-il.

— Ce qui rend le nom de cette route particulièrement opportun.

— Je n'y avais jamais pensé en ces termes, mais je suppose que vous avez raison. Même si parfois un cigare n'est qu'un truc à fumer et une coïncidence, une coïncidence. Tout le monde veut une extension, monsieur Streeter. Si vous étiez une jeune femme accro du shopping, je vous proposerais une extension de crédit. Si vous étiez un homme affligé d'une petite bite – les gènes sont parfois si cruels –, je vous proposerais une extension de pénis. »

Streeter était surpris et amusé par tant de toupet. Pour la première fois depuis un mois – depuis le diagnostic –, il oublia qu'il souffrait d'une forme de cancer agressive et d'évolution extrêmement rapide.

« Vous rigolez.

— Ah, je suis un grand farceur, mais je ne plaisante jamais en affaires. J'ai vendu des dizaines d'extensions de bites dans ma vie, et je fus un temps connu en Arizona sous le nom d'*El Pene Grande*. Je suis totalement honnête avec vous, mais, heureusement pour moi, je n'attends ni n'exige que vous me croyiez. Les hommes de petite taille désirent fréquemment une extension en hauteur. Si vous vouliez plus de *cheveux*, monsieur Streeter, je serais *ravi* de vous vendre une extension capillaire.

— Est-ce qu'un homme avec un grand nez – vous savez, comme Jimmy Durante – pourrait en obtenir un plus petit? »

Dabiel secoua la tête en souriant. « Là, c'est vous qui rigolez. La réponse est non. Si c'est une réduction qu'il vous faut, vous devez aller voir ailleurs. Ma spécialité, ce sont les extensions, un produit typiquement américain. J'ai vendu des extensions d'amour, qu'on appelle aussi *potions*, aux âmes en peine, des extensions d'emprunt aux fauchés comme les blés – il n'en manque pas dans l'économie actuelle –, des extensions de temps à ceux qu'une échéance quelconque pressurait, et même une fois une extension oculaire à un type qui voulait devenir pilote de l'US Air Force et savait qu'il ne réussirait jamais le test de vision. »

Un petit sourire aux lèvres, Streeter s'amusait. Il aurait cru que s'amuser, c'était fini pour lui, mais la vie est pleine de surprises.

Dabiel aussi arborait un petit sourire, comme s'ils partageaient une excellente blague. « Et une fois, j'ai fourgué une extension de *réalité* à un peintre – un homme de grand talent – qui s'abîmait peu à peu dans la schizophrénie paranoïaque. *Ça*, c'était cher.

— Combien? Si je peux me permettre?

— L'un de ses tableaux, qui agrémente désormais mon domicile. Son nom ne vous serait pas inconnu; célèbre dans l'Italie de la Renaissance. Vous l'avez sans doute étudié si vous avez choisi un module d'histoire de l'art à l'université. »

Tout en continuant à sourire, Streeter recula d'un pas, par simple précaution. Il avait accepté le fait qu'il allait mourir, mais cela ne signifiait pas qu'il voulait que ça arrive aujourd'hui, entre les mains d'un possible évadé de l'asile de fous criminels de Juniper Hill à Augusta.

« Ce qui veut dire? Que vous êtes du genre… je ne sais pas moi… immortel?

— Un p'tit bout de temps que j'suis de ce monde, c'est vrai, confirma Dabiel. Ce qui nous amène à ce que je peux faire pour vous, je crois. Vous aimeriez sans doute une extension de *vie*.

— Pas faisable, je suppose? » demanda Streeter.

Il était en train de calculer mentalement la distance qui le séparait de sa voiture, et combien de temps il lui faudrait pour l'atteindre.

« Bien sûr que si… en y mettant le prix. »

Streeter, qui avait pas mal joué au Scrabble dans sa vie, avait déjà imaginé les lettres de Dabiel sur un chevalet et les avait réorganisées. « De l'argent? Ou est-ce que nous parlons de mon âme? »

Dabiel eut un geste indolent de la main qu'il accompagna d'un roulement d'yeux coquins. « Comme on dit, je ne saurais pas reconnaître une âme même si elle me mordait le cul. Non, la réponse c'est l'argent, naturellement. Quinze pour cent de vos revenus sur quinze ans, ça devrait le faire. Appelez ça une commission d'agent, si vous voulez.

— C'est la durée de mon extension ? »

Streeter envisageait ces quinze ans avec une avidité pleine de mélancolie. Ce temps semblait très long, surtout comparé à ce qui l'attendait : six mois à vomir, une souffrance accrue, le coma, la mort. Puis un avis de décès où figurerait à tous les coups la formule «... après un long et douloureux combat contre la maladie ». « *Ta da, ta da* », comme ils font dans *Seinfeld*.

« *Qui sait ?* » sembla dire Dabiel d'un geste large de ses deux mains ouvertes à hauteur d'épaules. « Vingt, si ça se trouve. Je ne peux jurer de rien ; c'est pas une science exacte. Mais si vous vous attendez à l'immortalité, pouvez aller vous rhabiller. Moi, tout ce que je vends, c'est des extensions claires. Le mieux que je puisse faire.

— Ça me va », dit Streeter. Ce gars lui avait remonté le moral, et s'il cherchait un type carré, Streeter était tout disposé à l'obliger. Jusqu'à un certain point, cependant. Souriant toujours, il lui tendit la main par-dessus la table. « Quinze pour cent, quinze ans. Mais laissez-moi vous dire que ce n'est pas avec quinze pour cent du salaire d'un sous-directeur d'agence bancaire que vous risquez de vous retrouver au volant d'une Rolls. Une Metro, peut-être, et...

— Ce n'est pas encore tout, coupa Dabiel.

— Ah, évidemment », dit Streeter. Il soupira et retira sa main. « Monsieur Dabiel, c'était un vrai plaisir de parler avec vous, vous avez illuminé ma soirée, chose que j'aurais crue rigoureusement impossible. J'espère que vous trouverez de l'aide pour vos problèmes psy…

— Taisez-vous, homme stupide », coupa Dabiel, et même s'il souriait toujours, son sourire n'avait plus rien d'agréable. Il paraissait plus grand tout à coup – de six bons centimètres –, et plus vraiment rondouillard.

C'est la lumière, pensa Streeter. *La lumière du couchant est trompeuse.* Et l'odeur désagréable qu'il percevait tout à coup n'était probablement rien d'autre que celle du kérosène brûlé apportée par un souffle de vent volage jusqu'à ce petit carré gravillonné hors de l'enceinte de l'aéroport. Tout était parfaitement sensé… mais il se tut, comme on le lui avait ordonné.

« Qu'est-ce qui fait que quelqu'un a besoin d'une extension ? Vous êtes-vous déjà posé cette question ?

— Bien sûr que oui, dit Streeter avec une pointe d'aspérité dans la voix. Je travaille dans une banque, monsieur Dabiel – l'Écureuil de Derry. Les gens me demandent tout le temps des extensions de crédit.

— Dans ce cas, vous savez que les gens ont besoin d'*extensions* pour compenser des *déficits*. Déficit de crédit, déficit de bite, déficit de vision, ainsi de suite…

— Ouais, c'est un foutu monde de déficit.

— Je ne vous le fais pas dire. Mais même ce qui manque pèse un poids. Un poids *négatif*, le pire de tous. Le poids qui vous est ôté doit se porter ailleurs. Simple loi physique. Physique *psychique*, voyez-vous. »

Streeter contemplait Dabiel avec fascination. L'impression momentanée que l'homme était plus grand (et qu'il y avait trop de dents dans son sourire) s'était dissipée. Ce type était juste petit et joufflu, et il avait probablement dans son portefeuille une carte verte de patient externe, sinon de Juniper Hill, alors du Centre de santé mentale d'Acadia à Bangor. Si du moins il possédait un portefeuille. Il possédait en tout cas une géographie délirante extrêmement sophistiquée qui faisait de lui un objet d'observation fascinant.

« Puis-je aller droit au but, monsieur Streeter ?
— Faites donc.
— Vous devez transférer le poids. En termes clairs, vous devez faire la crasse à quelqu'un pour que la crasse vous soit enlevée.
— Je vois. »

Et de fait il voyait. Dabiel émettait de nouveau cinq sur cinq. Et son message était un classique.

« Mais attention, pas à n'importe qui. Le vieux sacrifice anonyme, on a déjà donné, et ça ne marche pas. Il faut que ce soit quelqu'un que vous haïssiez. Y a-t-il quelqu'un que vous haïssez, monsieur Streeter ?
— Je ne suis pas particulièrement mordu de Kim Jong-il, dit Streeter. Et pour moi, les ignobles salopards qui ont fait sauter l'USS *Cole* méritent *bien* pire que la prison, mais je suppose qu'ils ne seront jamais…
— Soyez sérieux ou disparaissez », dit Dabiel.

Et de nouveau, il parut plus grand. Streeter se demanda si ça n'était pas un effet secondaire bizarre de son traitement.

« Si vous voulez parler de ma vie privée, non je ne hais personne. Il y a des gens que je n'aime pas beaucoup – Mme Denbrough, ma voisine, elle sort ses poubelles sans mettre le couvercle, et si le vent se met à souffler, je me retrouve avec des détritus plein ma pelouse…

— Monsieur Streeter, si vous me permettez de paraphraser feu Dino Martino, tout le monde *déteste* quelqu'un quelquefois.

— Will Rogers disait…

— Will Rogers était un affabulateur manipulateur de lasso qui portait son chapeau enfoncé jusqu'aux yeux comme un petit garçon qui joue au cow-boy. Qui plus est, si vous ne haïssez vraiment personne, nous ne pourrons pas faire affaire. »

Streeter médita la chose. Il baissa les yeux vers ses chaussures et, d'une petite voix qu'il reconnut à peine, parla : « Je suppose que je hais Tom Goodhugh[1].

— Qui est-il pour vous ? »

Streeter soupira : « Mon meilleur ami depuis l'école primaire. »

Il y eut un moment de silence puis Dabiel se mit à hurler de rire. Il contourna sa table à grandes enjambées pour venir taper dans le dos de Streeter (avec une main qui paraissait froide et des doigts longs et fins plutôt que courts et boudinés), avant de s'en retourner à sa chaise pliante où il se laissa choir, sans cesser de s'esclaffer. Il avait la figure toute rouge, et les larmes qui ruisselaient sur ses joues paraissaient rouges aussi – sanglantes, en vérité – dans les feux du couchant.

« *Votre meilleur… depuis l'école… alors ça c'est…* »

Dabiel n'en pouvait plus. Ses éclats de rire étaient devenus des rugissements, il était parcouru de spasmes qui lui secouaient le bide. Et son menton (étrangement

---

1. Se prononce *Good You*.

anguleux pour un visage aussi joufflu) montait et descendait, acquiesçant frénétiquement à l'adresse de l'innocent ciel d'été (qui s'assombrissait). Il finit par se ressaisir. Streeter pensa lui proposer son mouchoir, puis décida qu'il ne voulait pas qu'il entre en contact avec la peau du marchand d'extensions.

« Voilà qui est excellent, monsieur Streeter, dit-il. Nous pouvons faire affaire.

— Wouah, c'est génial, dit Streeter en reculant encore d'un pas. Je savoure déjà mes quinze ans de rabiot. Mais je suis garé sur la bande cyclable, et c'est une infraction. Je risque de me choper une amende.

— Je ne m'inquiéterais pas, si j'étais vous, dit Dabiel. Vous avez peut-être remarqué que depuis le début de notre négociation, pas une seule voiture civile n'est passée, et un sous-fifre de la police de Derry encore moins. Je m'assure que la circulation ne vienne jamais interférer quand je suis en pourparlers sérieux avec quelqu'un de sérieux. »

Mal à l'aise, Streeter regarda autour de lui. C'était vrai. Il entendait la circulation sur Witcham Street, dans la direction d'Upmile Hill, mais ici, Derry était absolument déserte. *Forcément*, se rappela-t-il. *À la fin de la journée de boulot, y'a jamais beaucoup de circulation par ici.*

Mais *rien*? *Pas un seul* véhicule? À minuit, d'accord, mais pas à sept heures et demie du soir.

« Racontez-moi pourquoi vous haïssez votre meilleur ami », l'invita Dabiel.

Streeter se rappela à nouveau que cet homme était fou. Personne ne voudrait croire ce qu'il irait raconter. Ce fut une idée libératrice.

« Tom était déjà plus beau quand on était gosses, et il est *encore* plus beau aujourd'hui. Il s'est distingué dans trois sports différents ; moi, le seul où je sois à peu près bon, c'est le mini-golf.

— Et on n'a jamais vu d'équipe de pom-pom girls au mini-golf », fit observer Dabiel.

Streeter sourit sombrement. Il commençait à être possédé par son sujet. « Tom est une tête, mais au lycée il se la coulait douce. Il n'avait aucune ambition universitaire. Mais quand ses notes chutaient assez pour risquer de lui coûter sa bourse d'études sportive, il paniquait. Et il appelait qui ?

— Vous ! s'écria Dabiel. Ce bon vieux Monsieur Responsable ! Vous lui avez donné des cours particuliers, pas vrai ? Peut-être écrit quelques dissertations aussi ? En veillant bien à faire les fautes d'orthographe que ses profs attendaient de lui ?

— Je plaide coupable. En fait, en terminale – l'année où Tom a décroché le prix du Sportif de l'État du Maine – j'étais *deux* élèves : Dave Streeter et Tom Goodhugh.

— Raide.

— Vous savez le plus raide ? J'avais une petite amie. Norma Witten, une fille superbe. Brune aux yeux noirs, une peau parfaite, des pommettes magnifiques…

— Des nibards opul…

— Absolument. Mais en laissant de côté l'aspect sexuel…

— Sauf que vous ne l'avez *jamais* laissé de côté…

— … j'aimais cette fille. Vous savez ce que Tom a fait ?

— Il vous l'a volée ! » s'écria Dabiel sur un ton indigné.

« Exact. Le coup classique : ils sont venus ensemble me le dire. Histoire de soulager leur conscience.

— Beau geste !

— Prétendant qu'ils n'avaient pas pu s'en empêcher.

— Prétendant être *amoureux*. *AMOÛ-OÛ-REUX*.

— C'est ça. La force de la nature. Ce qui nous arrive nous dépasse. Tout le truc.

— Laissez-moi deviner. Il l'a mise en cloque.

— Y s'en est pas privé. »

Streeter regardait de nouveau ses pieds, il se souvenait d'une petite jupe que Norma portait quand elle était en seconde ou en première. Un modèle qui laissait juste deviner la combinaison en dessous. Il y avait presque trente ans de ça, mais parfois il avait encore cette image en tête quand Janet et lui faisaient l'amour. Il n'avait jamais fait l'amour avec Norma – pas le Grand Jeu, en tout cas ; elle ne voulait pas en entendre parler. Mais elle n'avait pas hésité longtemps avant de baisser sa culotte pour Tom Goodhugh. *Probablement la première fois qu'il le lui avait demandé.*

« Et il l'a plaquée avec une brioche au four.

— Non. » Streeter soupira. « Il l'a épousée.

— Puis il a divorcé ! Peut-être bien après l'avoir rouée de coups ?

— Encore pire. Ils sont toujours mariés. Trois enfants. Et quand on les voit se promener dans Bassey Park, en général ils se tiennent par la main.

— C'est le truc le plus crado que j'aie jamais entendu. Ça pourrait difficilement être pire. À moins que… » Sous ses sourcils broussailleux, Dabiel lui lança un coup d'œil qui en disait long. « À moins que *vous* ne soyez pris au piège d'un mariage sans amour.

— Pas du tout, répondit Streeter, surpris par cette idée. J'aime beaucoup Janet, et elle m'aime. La façon dont elle me soutient depuis le début de cette histoire de cancer est tout simplement extraordinaire. Si l'harmonie existe dans l'univers, alors Tom et moi avons décroché les bonnes partenaires. Absolument. Mais...

— Mais ? »

Dabiel attendait, l'air gourmand.

Streeter prit conscience que ses ongles s'enfonçaient dans ses paumes. Au lieu de relâcher la pression, il les enfonça encore plus fort. Les enfonça jusqu'à sentir le sang perler. « Mais *il me l'a volée, l'enflure !* » Ça le rongeait depuis des années, et ça faisait du bien de le crier haut et fort.

« Ça, y s'en est pas privé. Et nous ne cessons jamais de désirer l'objet de notre désir, que ce soit bon pour nous ou pas. Qu'en pensez-vous, monsieur Streeter ? »

Streeter ne répondit pas. Il respirait fort, comme un homme qui aurait couru un cent mètres ou participé à un combat de rue. De petites boules rouges et dures lui étaient montées aux joues, qu'il avait précédemment si pâles.

« Et c'est tout ? » Dabiel avait pris un ton patelin de prêtre de paroisse.

« Non.

— Déballez tout, alors. Videz votre sac.

— Il est millionnaire. Y devrait pas, mais il l'est. À la fin des années quatre-vingt – peu de temps après le déluge qui a bien failli rayer cette ville de la carte –, il a monté une affaire de décharge publique… seulement il l'a appelée Retrait et Recyclage des Déchets de Derry. Plus joli comme nom, vous comprenez.

— Moins malsain.

— Il est venu me voir pour le prêt, et même si tout le monde à la banque trouvait le projet vaseux, je l'ai appuyé. Vous savez *pourquoi* je l'ai appuyé, Dabiel?

— Bien sûr! Parce que c'est votre ami!

— Essayez encore.

— Parce que vous pensiez qu'il se planterait en beauté.

— Exactement. Il a foutu toutes ses économies dans quatre camions-bennes et hypothéqué sa maison pour acheter un terrain vague à la périphérie de Newport. Pour y installer sa décharge. Le genre d'endroits qu'ont les gangsters new-yorkais pour blanchir l'argent de la drogue et des putes et pour se débarrasser des cadavres. Je trouvais ça complètement fou et je me suis empressé de monter le prêt. Il m'aime encore comme un frère pour ça. Il rate jamais une occasion de raconter comment je l'ai soutenu sans craindre de perdre ma position à la banque. "Dave m'a porté à bout de bras, comme au temps du lycée", qu'il dit. Vous savez comment les gosses de la ville appellent sa décharge maintenant?

— Je suis tout ouïe!

— Le mont Trashmore[1]! Il est géant! Il serait radio-actif que ça ne m'étonnerait pas! Il est recouvert de

---

1. Littéralement : « plus d'ordures » (*trash* : ordures + *more* : plus) et jeu de mots avec le nom du mont Rushmore, dans le Dakota du Sud, où ont été sculptées dans le roc les effigies géantes de quatre présidents des États-Unis.

gazon, mais il y a des panneaux ENTRÉE INTERDITE tout autour. Probable qu'il y a tout un Manhattan de Rats sous cette belle herbe verte ! Et à tous les coups, ils sont radioactifs eux aussi ! »

Il se tut, conscient d'avoir l'air ridicule, mais il s'en fichait. Dabiel était cinglé, mais – surprise ! – Streeter se révélait tout aussi cinglé ! Du moins sur le sujet de son vieil ami. Et puis…

In cancer veritas, pensa-t-il.

« Récapitulons », dit Dabiel. Et il commença à compter sur ses doigts, qui n'étaient pas du tout longs mais aussi courts, boudinés et inoffensifs que le reste de sa personne. « Tom Goodhugh était beaucoup plus beau que vous, même quand vous étiez gosses. Il était doté d'aptitudes sportives dont vous pouviez tout au plus rêver. La fille qui gardait ses douces cuisses blanches serrées à l'arrière de votre voiture les a ouvertes pour Tom. Il l'a épousée. Ils sont toujours amoureux. Enfants impeccables, je suppose ?

— Beaux et en pleine santé ! cracha Streeter. L'une va se marier, l'autre est en fac, le dernier au lycée ! *Celui-là* est le capitaine de son équipe de football ! Digne héritier de son enfoiré de père !

— C'est ça. Et, cerise sur le sundae chocolat : il est riche et vous vous en sortez tout juste avec un salaire annuel d'environ soixante mille dollars.

— J'ai eu une prime pour lui avoir monté son prêt, marmonna Streeter. Pour avoir eu du *flair*.

— Mais ce que vous vouliez en vérité, c'était une promotion.

— Comment le savez-vous ?

— Je suis un homme d'affaires à présent, mais il fut un temps où je n'étais qu'un humble salarié. J'ai commencé à voler de mes propres ailes quand on m'a viré. La meilleure chose qui me soit jamais arrivée. Je sais comment ça se passe, allez. Autre chose ? Allons-y, autant crever l'abcès.

— Il boit de la bière artisanale Spotted Hen Microbrew ! gueula Streeter. Personne d'autre à Derry ne boit cette merde prétentieuse ! Rien que lui ! Rien que Tom Goodhugh, le Roi des Ordures !

— A-t-il une voiture de sport ? demanda Dabiel d'une voix de velours.

— Non. S'il en avait une, je pourrais au moins déconner avec Janet sur la ménopause des voitures de sport. Non, il pilote une foutue *Range Rover* !

— J'ai idée qu'il pourrait bien y avoir une dernière chose, dit Dabiel. Si c'est le cas, je vous invite à vous en délester également.

— Il n'a pas le cancer. » Streeter le chuchota presque. « Il a cinquante et un ans comme moi et il pète la santé comme un... un putain... *de cheval*.

— Vous aussi, dit Dabiel.

— *Quoi ?*

— C'est fait, monsieur Streeter. Ou peut-être, étant donné que j'ai guéri votre cancer, du moins temporairement, puis-je vous appeler Dave ?

— Vous êtes complètement fou, dit Streeter, non sans une pointe d'admiration.

— Non m'sieur. Je suis aussi sain d'esprit que vous. Mais notez que j'ai dit *temporairement*. Nous sommes à présent dans la phase "l'essayer, c'est l'acheter" de notre relation. Elle va durer une semaine, peut-être dix jours. Je vous suggère fortement d'aller voir votre médecin. Je pense qu'il constatera une remarquable amélioration de votre état. Mais ça ne durera pas. À moins que…

— À moins que ? »

Dabiel se pencha en avant, le sourire copain. Ses dents semblaient une fois de plus trop nombreuses (et trop grandes) pour sa bouche inoffensive. « Je viens ici de temps en temps, dit-il. Généralement à cette heure-ci.

— Juste avant le coucher du soleil.

— Exactement. La plupart des gens ne me remarquent pas – leur regard passe à travers moi comme si je n'étais pas là – mais vous, vous me chercherez. N'est-ce pas ?

— Si je vais mieux, je le ferai, cela va sans dire, assura Streeter.

— Et vous m'apporterez quelque chose. »

Le sourire de Dabiel s'élargit, et Streeter vit une chose prodigieuse et terrible : les dents de l'homme n'étaient pas seulement trop grandes et trop nombreuses. Elles étaient *effilées*.

Janet pliait du linge dans la buanderie quand il rentra. « Ah, tu es là, dit-elle. Je commençais à m'inquiéter. Tu as fait une chouette balade ?

— Oui », répondit-il.

Il balaya sa cuisine du regard. Elle paraissait différente. Comme une cuisine dans un rêve. Puis il alluma une lumière, et la sensation passa. C'était Dabiel le rêve. Dabiel et ses promesses. Juste un timbré de l'asile d'Acadia avec une permission de sortie pour la journée.

Janet s'approcha de lui et l'embrassa sur la joue. Elle était toute rouge à cause de la chaleur du sèche-linge et très jolie. Elle-même avait cinquante ans, mais en faisait beaucoup moins. Streeter pensait qu'elle aurait probablement une vie très agréable après son décès. Il imaginait que May et Justin pourraient un jour avoir un beau-papa.

« Tu as bonne mine, dit-elle. C'est vrai, tu as pris des couleurs.

— Tu crois?

— Je t'assure. » Elle lui adressa un sourire encourageant où perçait à peine l'inquiétude. « Viens me parler, le temps que je finisse de plier ce linge. C'est tellement barbant. »

Il la suivit et resta debout à l'entrée de la buanderie. Il n'allait pas se fatiguer à lui proposer de l'aider ; elle disait qu'il pliait même les torchons de travers.

« Justin a téléphoné, poursuivit-elle. Il est à Venise avec Carl. Dans une auberge de jeunesse. Il m'a dit que leur chauffeur de bateau-taxi parlait très bien anglais. Il s'amuse beaucoup.

— Super.

— Tu as eu raison de garder le diagnostic pour toi, dit-elle. Tu avais raison et j'avais tort.

— Une première dans notre couple. »

Janet lui répondit en fronçant le nez : « Ju était tellement enchanté à l'idée de ce voyage. Mais tu devras lui dire à son retour. May remontera de Searsport pour le mariage de Gracie, ce sera le bon moment. » Elle parlait de Gracie Goodhugh, la fille aînée de Tom et Norma. Carl Goodhugh, le compagnon de voyage de Justin, était leur fils cadet.

« On verra », dit Streeter. Il avait un de ses sacs à vomi dans la poche arrière de son pantalon, mais il n'avait jamais eu aussi peu envie de dégobiller. Par contre, il avait *bien* envie de manger. Pour la première fois depuis des jours.

Il ne s'est rien passé là-bas – tu le sais, d'accord ? Ce n'est qu'une petite élévation psychosomatique. Ça va retomber.

« Comme mes cheveux, dit-il.

— Qu'est-ce que tu dis, chéri ?

— Rien, rien.

— Oh, et en parlant de Gracie, Norma a téléphoné. Pour me rappeler que c'est leur tour de nous inviter à dîner chez eux jeudi. J'ai dit que j'allais te demander, mais que tu étais affreusement occupé à la banque, que tu travaillais tard, avec toute cette histoire de produits toxiques. Je ne pensais pas que tu aurais tellement envie de les voir. »

Sa voix était aussi calme et normale qu'à l'accoutumée, mais tout à coup, elle se mit à pleurer, des grosses larmes de livre d'images qui noyèrent ses yeux avant de rouler sur ses joues. Avec les années, l'amour devenait monotone dans un couple, mais aujourd'hui celui de Streeter refleurissait, aussi neuf qu'aux premiers jours quand ils vivaient tous les deux dans un appartement cradingue de Kossuth Street et qu'ils faisaient parfois l'amour sur le tapis du salon. Il entra dans la buanderie, lui retira des mains la chemise qu'elle était en train de plier et l'enlaça. Elle l'enlaça aussi, avec ferveur.

« C'est tellement dur et injuste, dit-elle. On va s'en sortir. Je ne sais pas comment, mais on y arrivera.

— Parfaitement. Et on va commencer par aller dîner jeudi soir avec Tom et Norma, comme on l'a toujours fait. »

Elle se recula pour le dévisager de ses yeux mouillés. « Tu vas leur dire ?

— Et gâcher le dîner ? Certainement pas.

— Est-ce que tu pourras seulement manger ? Sans... » Elle posa deux doigts sur sa bouche fermée, gonfla les joues, loucha et fit mine de dégobiller de façon si comique que Streeter sourit.

« Je ne sais pas jeudi, mais je mangerais bien quelque chose tout de suite, dit-il. Ça t'ennuie si je me fais un petit hamburger vite fait ? Ou alors je pourrais aller m'en chercher un au McDo... et peut-être te rapporter un milkshake au chocolat...

— Mon Dieu, dit-elle en s'essuyant les yeux. C'est un miracle. »

« Je ne parlerais pas exactement de miracle, déclara le Dr Henderson à Streeter le mercredi après-midi. Mais... »

C'était le surlendemain du jour où Streeter avait discuté de questions de vie et de mort sous le parasol jaune de M. Dabiel et la veille du dîner hebdomadaire des Streeter avec les Goodhugh, qui aurait lieu cette fois dans la demeure tentaculaire que Streeter, intérieurement, appelait parfois La Maison Bâtie Par l'Ordure. La conversation se déroulait non pas dans le bureau du Dr Henderson, mais dans une petite salle de conférence de l'hôpital général de Derry. Henderson avait tenté de déconseiller l'IRM, disant à Streeter que son assurance ne la couvrirait pas et que les résultats ne manqueraient pas d'être décevants, mais Streeter avait insisté.

« Mais quoi, Roddy ?

— Il apparaît que les tumeurs ont régressé. Et tes poumons semblent clairs. Je n'ai jamais observé un tel résultat, pas plus que les deux autres toubibs à qui j'ai demandé de venir voir les clichés. Plus important – ceci entre toi et moi –, le technicien de l'IRM n'a jamais vu de tel, et c'est à ces gars-là que je fais vraiment confiance. Pour lui, c'est probablement un dysfonctionnement de l'ordinateur interne à la machine.

— Je me sens bien pourtant, dit Streeter. C'est la raison pour laquelle j'ai demandé l'examen. C'est un dysfonctionnement, ça ?

— Est-ce que tu as vomi ?

— J'ai dû vomir deux, trois fois, admit Streeter. Mais je pense que c'était dû à la chimio. À propos, je l'arrête. »

Robby Henderson fronça les sourcils. « C'est très imprudent.

— La chose imprudente, c'était de la commencer, mon ami. Tu me sors : "Désolé, Dave, tes chances de mourir avant d'avoir eu le temps de dire 'Joyeuse Saint-Valentin' avoisinent les quatre-vingt-dix pour cent, alors on va te gâcher le temps qui te reste en te bourrant de poison. Possible que tu te sentirais plus mal si je t'injectais les jus de ruissellement de la décharge de Tom Goodhugh, mais c'est pas sûr." Et comme un imbécile, j'ai accepté. »

Henderson avait l'air peiné. « La chimio est le dernier espoir et le mieux pour...

— Cherche pas à baratiner un baratineur », fit Streeter avec un sourire bon enfant. Il prit une forte inspiration qui lui descendit jusqu'au tréfonds des poumons. Ce que c'était *bon*. « Quand le cancer est agressif, la chimio n'est pas pour le malade. C'est juste une surtaxe de souffrance qu'on fait payer au patient pour qu'après sa mort, les toubibs et la famille puissent s'étreindre autour du cercueil en disant : "On a fait tout ce qu'on a pu."

— Ça, c'est rude, dit Henderson. Tu sais que tu risques une récidive, n'est-ce pas ?

— Dis ça à mes tumeurs, répliqua Streeter. Celles qui ont disparu. »

Henderson regarda les clichés du Streeter Des Plus Obscures Profondeurs qui continuaient à défiler toutes les vingt secondes sur l'écran de la salle de conférence, et soupira. Les clichés étaient bons, même Streeter le savait, mais ils semblaient mécontenter son toubib.

« Relax, Roddy. » Streeter parlait gentiment, comme il aurait pu parler autrefois à May ou Justin quand un jouet préféré s'était perdu ou cassé. « Une merde est vite arrivée ; un miracle aussi, ça peut vite arriver. Je l'ai lu dans le *Reader's Digest*.

— Dans mon expérience, aucun ne s'est jamais produit dans un tunnel d'IRM. »

Henderson ramassa un stylo et en tapota le dossier médical de Streeter qui s'était considérablement épaissi au cours des trois derniers mois.

« Il y a un début à tout », répondit Streeter.

Jeudi soir à Derry. Crépuscule d'une nuit d'été. Le soleil déclinant, comme dans un rêve, projetait ses rayons rouges sur les douze mille mètres carrés paysagers parfaitement taillés et arrosés que Tom Goodhugh avait l'audace d'appeler ce « bon vieux jardin de derrière ». Installé sur une chaise longue dans le patio, Streeter écoutait s'entrechoquer les assiettes et Janet et Norma rire tandis qu'elles remplissaient le lave-vaisselle.

Son jardin ? C'est pas un jardin, c'est l'idée qu'un fan de Téléachat se fait du paradis.

Il y avait même une fontaine avec un chérubin en marbre planté au milieu. Curieusement, c'était le mouflet cul nu (en train de pisser, cela va sans dire) qui offensait le plus Streeter. Il était sûr que c'était une idée de Norma – elle avait rempilé à l'université pour décrocher un diplôme d'arts libéraux et affichait des prétentions classiques à la con – mais quand même, voir un truc pareil ici, dans le rougeoiement mourant d'une soirée parfaite dans le Maine et savoir que sa présence était le fruit du monopole de l'ordure de Tom...

Et quand on parle du diable *(ou du Dabiel, si tu aimes mieux*, pensa Streeter), on en voit la queue : voici que paraît le Roi des Ordures en personne, deux goulots de Spotted Hen embuées coincés entre les doigts de sa main gauche. Mince et droit en chemise Oxford ouverte à l'encolure et jean délavé, son visage anguleux parfaitement illuminé par l'éclat du couchant, Tom Goodhugh ressemblait à un modèle de publicité de bière dans un magazine. Streeter voyait même le slogan : *Vivez la belle vie, débouchez une Spotted Hen.*

« Me suis dit que t'en prendrais volontiers une autre bien fraîche, puisque ta charmante épouse a dit que c'est elle qui conduit.

— Merci. »

Streeter prit une des deux bouteilles, la porta à ses lèvres et but. Prétentieuse ou pas, elle était bonne.

Alors que Goodhugh s'asseyait, Jacob, son fils joueur de football, sortit avec une assiette de fromage et de biscuits salés. Il était aussi beau et baraqué que Tom en son temps. *Doit avoir des pom-pom girls sur le dos à ne plus savoir qu'en faire*, pensa Streeter. *Doit être obligé de les chasser à coups de trique.*

« Maman a pensé que vous aimeriez, dit Jacob.

— Merci, Jake. Tu sors ?

— Juste un petit moment. Lancer le frisbee avec des potes dans les Friches-Mortes jusqu'à la nuit, puis je rentre étudier.

— Restez de ce côté. Il y a du sumac vénéneux là-bas depuis que cette saleté a repoussé.

— Ouais, on sait. Denny en a touché quand on était au lycée, et c'était tellement sérieux que sa mère a cru qu'il avait un cancer.

— Ouille ! dit Streeter.

— Sois prudent en rentrant, fiston. Pas d'acrobaties au volant.

— T'inquiète. »

Le jeune homme passa un bras autour de son père et l'embrassa sur la joue avec une absence de gêne que Streeter trouva déprimante. Non seulement Tom avait une santé insolente, une épouse encore éblouissante, et un chérubin pisseur ridicule, il avait aussi un beau garçon de dix-huit ans qui trouvait encore tout naturel de faire la bise à son papa avant de sortir retrouver ses meilleurs potes.

« C'est un bon garçon, dit Tom avec tendresse en regardant Jacob monter les marches de la maison et disparaître à l'intérieur. Il pioche dur et il a de bonnes notes. Pas comme son vieux. Heureusement pour moi, je t'avais.

— Heureusement pour nous deux », dit Streeter, souriant, en posant un morceau de brie coulant sur un Triscuit. Il se le fourra dans la bouche.

« Ça me fait du bien de te voir manger, mon vieux, dit Goodhugh. Avec Norma, on commençait à se demander s'il n'y avait pas un souci.

— Jamais été mieux, dit Streeter avant de boire un peu plus de la goûteuse (et sans doute coûteuse) Spotted Hen Microbrew. Je perds mes cheveux sur le devant, par contre. Jan dit que ça me mincit.

— Ça, c'est une chose dont les femmes n'ont pas à s'inquiéter », dit Goodhugh.

Et d'une main il coiffa en arrière ses propres mèches qu'il avait aussi drues et brillantes qu'à dix-huit ans. Pas une touche de gris non plus. Les jours avec, Janet Streeter pouvait encore paraître quarante ans, mais dans la lumière rouge du soleil déclinant, le Roi des Ordures en faisait trente-cinq. Il ne fumait pas, buvait sans excès, et travaillait sa forme dans un club de gym avec lequel la banque de Streeter avait un accord, mais que Streeter quant à lui ne pouvait se permettre. Son deuxième enfant, Carl, faisait en ce moment l'Europe avec Justin Streeter, et tous deux voyageaient sur le pécule de Carl Goodhugh. Qui était en fait, bien entendu, le pécule du Roi des Ordures.

Ô homme qui as tout, ton nom est Goodhugh, pensa Streeter en souriant à son vieil ami.

Son vieil ami lui rendit son sourire, et toucha le goulot de la bière de Streeter avec le sien. « La vie est belle, tu ne trouves pas ?

— Très belle, convint Streeter. Jours longs et nuits agréables. »

Goodhugh leva les sourcils. « D'où tu tiens ça ?

— De moi, je crois bien, dit Streeter. Mais c'est vrai, non ?

— Si c'est le cas, je te dois beaucoup de mes nuits agréables, dit Goodhugh. Il m'est même arrivé de penser, vieux frère, que je te dois ma vie. » Il porta un toast à son démentiel jardin de derrière. « Sa qualité "premier choix" en tout cas.

— Mais non, tu es un homme qui s'est fait tout seul. » Goodhugh baissa la voix et lui parla en confidence : « Tu veux savoir la vérité ? C'est ma femme qui m'a fait. La Bible dit : "Qui peut trouver une bonne épouse ? Car elle a plus de valeur que des rubis." Quelque chose comme ça, en tout cas. Et c'est toi qui nous as présentés. Je ne sais pas si tu te souviens de ça. »

Streeter éprouva une soudaine et quasi irrésistible envie de fracasser sa bière sur les briques du patio et d'enfoncer le goulot acéré et enduit de mousse dans les yeux de son vieil ami. Au lieu de quoi il sourit, sirota un peu plus de bière, et se leva. « Je crois que j'ai besoin d'aller faire un petit tour aux toilettes.

— On prend pas une bière, on l'emprunte », dit Goodhugh. Et il éclata de rire. Comme s'il avait trouvé ça tout seul, là, en direct.

« On peut pas dire mieux, dit Streeter. Si tu veux bien m'excuser.

— Tu as vraiment meilleure mine, lui lança Goodhugh tandis qu'il montait les marches.

— Merci, répondit Streeter. Vieux frère. »

Il ferma la porte de la salle de bains, tourna le verrou, alluma la lumière et – pour la première fois de sa vie – ouvrit l'armoire à pharmacie dans la maison de quelqu'un. La première chose qui lui tomba sous les yeux – un tube de shampoing colorant *Just For Men* – lui remonta énormément le moral. Il y avait aussi quelques médicaments délivrés sur ordonnance.

Streeter pensa alors : *Les gens qui laissent leurs médicaments dans la salle de bains que leurs invités utilisent cherchent à s'attirer des ennuis.* Non qu'il y eût rien de bien sensationnel : Norma avait des médicaments pour l'asthme ; Tom prenait des comprimés pour la tension artérielle – de l'Aténolol – et utilisait un genre de crème pour la peau.

Le flacon d'Aténolol était à moitié plein. Streeter préleva un comprimé, le glissa dans le gousset de son jean, et tira la chasse d'eau des toilettes. Puis il quitta la salle de bains avec la sensation d'être un homme venant de passer clandestinement la frontière d'un pays inconnu.

Le soir suivant était couvert, mais George Dabiel était encore assis sous son parasol jaune et encore une fois en train de regarder *Inside Edition* sur sa télé portative. L'histoire principale concernait Whitney Houston qui, de façon suspecte, avait perdu beaucoup de poids peu de temps après avoir signé un énorme contrat d'enregistrement pour un nouvel album. Dabiel se débarrassa de cette rumeur en tournant le bouton de ses doigts boudinés et considéra Streeter avec un sourire.

« Comment vous sentez-vous depuis l'autre jour, Dave ?
— Mieux.

Extension claire 433

— Oui?
— Oui.
— Des vomissements?
— Non, pas aujourd'hui.
— Vous mangez?
— Comme un ogre.
— Et je parierais que vous avez passé quelques examens médicaux?
— Comment le savez-vous?
— Je n'en attendais pas moins d'un employé de banque prospère. M'avez-vous apporté quelque chose? »

L'espace d'un instant, Streeter songea à s'en aller. Il y pensa vraiment. Puis il plongea la main dans la poche du blouson léger qu'il portait (la soirée était fraîche pour un mois d'août et il lui manquait encore quelques kilos sur les os) et en sortit un minuscule carré de Kleenex. Il hésita, puis le donna à Dabiel, qui le déplia.

« Ah, de l'Aténolol », dit Dabiel. Il se fourra le comprimé dans le clapet et l'avala.

La bouche de Streeter s'ouvrit, puis se referma lentement.

« Ne prenez pas cet air choqué, dit Dabiel. Si vous aviez un boulot aussi stressant que le mien, vous aussi auriez des problèmes de tension artérielle. Et les brûlures d'estomac que je me tape, ouh là là. Je vous raconte pas.

— Et maintenant? » demanda Streeter.

Même avec son blouson, il avait froid.

« Maintenant? » Dabiel avait l'air surpris. « Maintenant vous commencez à jouir de vos quinze ans de bonne santé. Pourquoi pas vingt ou même vingt-cinq. Qui sait ?

— Et de bonheur ? »

Dabiel le gratifia d'un de ses regards coquins. Qui aurait pu être amusant, sans la froideur que Streeter percevait sous la surface. Et l'*âge*. À ce moment-là, il eut la certitude que, brûlures d'estomac ou pas, George Dabiel exerçait son négoce depuis très très longtemps. « En ce qui concerne le bonheur, ça ne dépend que de vous, Dave. Et de votre famille, bien sûr – Janet, May et Justin. »

Lui avait-il dit leurs noms ? Streeter ne s'en souvenait pas.

« Peut-être surtout des enfants. Un vieux dicton voudrait que les enfants soient les otages de notre fortune, mais en fait, ce sont les enfants qui retiennent leurs *parents* en otages, voilà ce que je pense. L'un d'eux pourrait avoir un accident mortel, ou invalidant, sur une route de campagne déserte... être la proie d'une maladie débilitante...

— Êtes-vous en train de me dire...

— Non, non, non ! On est pas dans une fable morale à la con. Je suis un *homme d'affaires*, pas le diable de Daniel Webster[1]. Tout ce que je dis, c'est que votre bonheur est entre vos mains et celles de vos proches. Et si vous croyez que je vais me pointer dans quinze ou vingt ans d'ici pour empocher votre âme dans mon vieux portefeuille moisi, vous vous gourez. Les âmes des humains sont devenues des pauvres choses transparentes. »

---

1. Voir *La Peau sur les os* de Richard Bachman (alias Stephen King), Le Livre de Poche n° 15 154.

Il parlait, se dit Streeter, comme le renard ayant reçu confirmation, après des sauts répétés, que les raisins étaient effectivement hors d'atteinte. Mais Streeter n'avait aucune intention de dire une chose pareille. Maintenant que l'affaire était faite, tout ce qu'il voulait c'était se tirer d'ici au plus vite. Mais il s'attarda malgré tout, sans se décider à poser la question qui le tarabustait tout en sachant qu'il devait la poser. Parce qu'on n'était pas non plus dans l'échange de cadeaux, ici; Streeter avait passé une bonne partie de sa vie à conclure des transactions bancaires, et il savait reconnaître quand ça sentait le marchandage à plein nez : en l'occurrence, une légère et désagréable puanteur, comme du kérosène brûlé.

En termes clairs, vous devez faire la crasse à quelqu'un pour que la crasse vous soit enlevée.

Mais voler un seul comprimé contre l'hypertension n'était pas exactement faire une crasse. Si?

Dabiel, pendant ce temps, avait replié d'un coup sec son grand parasol. Streeter remarqua alors un fait étonnant et déprimant : le parasol n'était absolument pas jaune. Il était aussi gris que le ciel. La fin de l'été était proche.

« La plupart de mes clients sont parfaitement satisfaits, parfaitement heureux. C'est cela que vous voulez savoir? »

Oui... et non.

« Je sens que vous avez une question plus pertinente à poser, dit Dabiel. Si vous voulez une réponse, cessez de tourner autour du pot et posez-la. Il va pas tarder à pleuvoir, et j'aimerais m'abriter avant que ça se mette à tomber. À mon âge, j'ai vraiment pas besoin d'attraper une bronchite.

— Où est votre voiture?

— Ah, c'était ça votre question ? » Dabiel le raillait ouvertement. Son visage était émacié, pas joufflu le moins du monde, et ses yeux relevés aux coins où le blanc prenait une déplaisante nuance d'un noir… – oui, c'était vrai – d'un noir cancéreux. Il ressemblait au clown le moins sympathique du monde, un clown à moitié démaquillé.

« Vos dents, lança Streeter sottement. Elles sont *pointues*.

— *Votre question, monsieur Streeter !*

— Est-ce que Tom Goodhugh va avoir le cancer ? »

Dabiel resta bouche bée un instant, puis se mit à ricaner. Un ricanement sifflant et poussiéreux désagréable – comme un calliope à l'agonie.

« Non, Dave, dit-il. Tom Goodhugh ne va pas avoir le cancer. Pas *lui*.

— Quoi, alors ? Quoi ? » Streeter sentit ses os ramollir sous le regard méprisant de Dabiel – comme s'ils avaient été rongés par une sorte d'acide indolore mais terriblement corrosif.

« Qu'est-ce que vous en avez à faire ? Vous le détestez, vous l'avez dit vous-même.

— Mais…

— Observez. Attendez. *Jouissez*. Et prenez ceci. »

Il tendit une carte professionnelle à Streeter. Dessus était écrit FONDS NON SECTAIRE POUR LES ENFANTS avec l'adresse d'une banque dans les îles Caïmans.

« Paradis fiscal, expliqua Dabiel. Vous m'y expédierez mes quinze pour cent. Si vous me roulez, je le saurai. Et alors là, ça ira très mal pour vous, mon petit.

— Et si ma femme s'en aperçoit et me pose des questions ?

— Votre femme a son chéquier personnel. En plus, elle ne vérifie jamais rien. Elle a confiance en vous. J'ai raison ?

— Eh bien… » Streeter ne fut aucunement surpris de voir les gouttes de pluie qui s'écrasaient sur les mains et les bras de Dabiel s'évaporer en grésillant. « Oui.

— Évidemment que j'ai raison. Notre transaction est terminée. Fichez le camp et allez retrouver votre femme. Je suis sûr qu'elle vous accueillera à bras ouverts. Emmenez-la au lit. Collez-lui votre mortel pénis entre les jambes en imaginant que c'est la femme de votre meilleur ami. Vous ne la méritez pas, mais la chance est avec vous.

— Et si je veux me retirer ? » murmura Streeter.

Dabiel le gratifia d'un sourire glacial qui révéla une enfilade protubérante de dents cannibales. « Vous ne pouvez pas. »

C'était en août 2001. Moins d'un mois avant la chute des Tours.

En décembre (le jour où Winona Ryder fut arrêtée pour vol à l'étalage, en fait), le Dr Roderick Henderson déclara Dave Streeter guéri du cancer – et authentique miraculé de l'ère moderne par-dessus le marché.

« Je n'ai aucune explication », avoua Henderson.

Streeter en avait une, mais il la garda pour lui.

La consultation eut lieu au cabinet de Henderson. À l'hôpital général de Derry, dans la salle de conférence où Streeter avait regardé les premières images de son corps miraculeusement guéri, Norma Goodhugh, assise sur la chaise même que Streeter avait occupée, contemplait des clichés d'IRM nettement moins agréables. Pétrifiée, elle écouta son médecin lui annoncer – avec autant de délicatesse que possible – que la grosseur dans son sein gauche était bel et bien un cancer, et qu'il s'était propagé à ses ganglions lymphatiques.

« La situation est grave, mais pas désespérée », dit le médecin en tendant le bras par-dessus la table pour prendre la main froide de Norma dans la sienne. Il sourit. « Nous allons attaquer la chimiothérapie immédiatement. »

En juin de l'année suivante, Streeter obtint enfin sa promotion et sa fille fut admise en fac de journalisme à l'université de Columbia. Pour fêter ça, Streeter et sa femme prirent de longues vacances longtemps différées à Hawaï. Ils firent l'amour plein de fois. Leur dernier jour à Maui, Tom Goodhugh appela. Il avait beaucoup de mal à parler, et la liaison était mauvaise, mais le message passa : Norma était morte.

« Nous serons auprès de toi », promit Streeter.

Quand il annonça la nouvelle à Janet, elle s'effondra en pleurs sur le lit de leur chambre d'hôtel, le visage enfoui dans les mains. Streeter s'allongea près d'elle, la prit contre lui, et pensa : *On allait rentrer de toute façon.* Il était triste pour Norma (et compatissait plus ou moins avec Tom), mais il fallait voir le bon côté des choses : ils avaient échappé à la saison des moustiques, qui peut être une vraie saloperie à Derry.

En décembre, Streeter adressa un chèque d'un peu plus de quinze mille dollars au Fonds Non Sectaire pour les Enfants. Et porta la somme en déduction sur sa déclaration d'impôts.

En 2003, Justin Streeter figura sur la Liste du Doyen de l'université de Brown et inventa – pour le fun – un jeu vidéo appelé *Ramène Fido à la Maison*. Le but était de revenir du centre commercial en tenant son chien en laisse tout en évitant des chauffards, des objets chutant de balcons du dixième étage, et une bande de vieilles mémés siphonnées qui se faisaient appeler les Canicidées. Pour Streeter, ça avait tout d'une blague (et Justin assura à ses parents que ça se *voulait* satirique), mais au premier coup d'œil, la société Games, Inc. paya sept cent cinquante mille dollars à leur beau et ingénieux garçon pour les droits d'exploitation. Droits d'auteur en sus. Ju offrit à ses parents deux Toyota Pathfinder assortis, un rose pour madame, un bleu pour monsieur. Janet pleura en l'étreignant et en le traitant de garçon fou, impétueux, absolument splendide et généreux. Streeter invita son fils au bar Le Roxie et lui paya une Spotted Hen.

En octobre, rentrant de cours à Emerson College, le colocataire de Carl Goodhugh trouva ce dernier étendu face contre terre dans la cuisine de leur appartement. Le sandwich au fromage qu'il était en train de se concocter fumait encore dans la poêle. À vingt-deux ans seulement, Carl avait fait un infarctus. Les médecins chargés de son dossier diagnostiquèrent une cardiopathie congénitale (une histoire de paroi atriale trop fine) qui n'avait jamais été détectée. Carl ne mourut pas ; son colocataire était arrivé juste à temps et connaissait les gestes de premiers secours. Mais, ayant souffert d'anoxie cérébrale, le beau jeune homme bien bâti et plein de vie qui hier encore parcourait l'Europe en compagnie de Justin Streeter n'était plus que l'ombre dodelinante de lui-même. Il était parfois incontinent, il ne pouvait s'éloigner de plus de deux pâtés de maisons de chez lui sans se perdre (il était retourné vivre chez son père encore en deuil) et il s'exprimait avec des râles confus que seul Tom parvenait à comprendre. Goodhugh engagea pour lui un auxiliaire de vie. L'auxiliaire de vie se chargeait de la kinésithérapie et de le faire changer de vêtements. Il l'emmenait aussi deux fois par semaine en « sortie ». La « sortie » la plus courante étant chez Glaces à Gogo, où Carl prenait toujours un cône à la pistache dont il se tartinait copieusement le visage ; à la suite de quoi, son auxiliaire le débarbouillait, patiemment, à l'aide de lingettes humides.

Janet avait cessé d'aller dîner chez Tom avec son mari. « Je supporte plus de voir ça, lui avait-elle avoué. C'est Carl. Pas tellement sa façon de se dandiner comme un zombie, ni qu'il se fasse pipi dessus… mais ce qu'il a dans le regard, comme s'il se rappelait ce qu'il a été et qu'il n'arrivait pas à comprendre comment il en est arrivé là. Et puis… je ne sais pas… *l'espoir* qu'il y a sur son visage, à croire que tout dans la vie n'est qu'une vaste blague. »

Streeter comprenait ce qu'elle voulait dire, et il méditait souvent cette idée au cours de ses dîners avec son vieil ami (sans Norma pour cuisiner, c'étaient la plupart du temps des plats à emporter). Ça lui faisait plaisir de regarder Tom nourrir son fils handicapé, et ça lui faisait plaisir de voir cette expression d'espoir chez Carl. Celle qui disait : « Tout ça n'est qu'un rêve dont je vais bientôt me réveiller. » Jan avait raison, c'était une sacrée blague, mais une sacrée bonne blague.

Tout bien considéré.

En 2004, May Streeter décrocha un poste au *Boston Globe* et se déclara la fille la plus heureuse des États-Unis. Justin Streeter créa le jeu de rythme *Rock à Fond la Maison* qui allait rester un best-seller jusqu'à l'avènement de *Guitar Hero*. Mais à ce moment-là, Justin était déjà passé à la création d'un programme informatique de composition musicale appelé *Allez, Moog-Toi*. Quant à Streeter, il fut nommé directeur de sa succursale bancaire parmi des rumeurs de promotion ultérieure à un poste régional. Il emmena Janet à Cancún où ils passèrent des vacances fabuleuses. Elle se mit à l'appeler son « lapin-câlin ».

Le comptable de Tom chez Retrait et Recyclage des Déchets de Derry détourna deux millions de dollars et décampa vers des contrées inconnues. Le bilan comptable suivant révéla une entreprise très flageolante : le comptable véreux grignotait sa part du gâteau depuis des années, apparemment.

Grignotait ? pensa Streeter en lisant le récit dans le *Derry News*. *Y mordait à pleines dents plutôt.*

Tom faisait maintenant soixante ans, et plus trente-cinq comme avant. Et il devait le savoir, car il avait cessé de se teindre les cheveux. Streeter constata avec satisfaction que ceux-ci n'avaient pas blanchi sous la couleur artificielle ; les cheveux de Goodhugh étaient du même gris terne et fade que le parasol de Dabiel quand il l'avait replié. La couleur, décida Streeter, des vieux qu'on voit nourrir les pigeons, dans les parcs assis sur les bancs. Teinte Spécial Pauvres Types.

En 2005, Jacob le fiston joueur de football rencontra une fille et l'épousa. Une petite brune pétillante nommée Cammy Dorrington. Il avait précédemment laissé tomber l'université – où il aurait pu rester grâce à une bourse sportive à taux plein – pour se lancer dans l'entreprise moribonde de son père. Streeter et sa femme convinrent que ce fut une très belle cérémonie, même si Carl Goodhugh passa son temps à glapir, à marmonner et à gargouiller, et si Gracie, la fille aînée de Goodhugh, trébucha sur l'ourlet de sa robe en sortant de l'église, tomba et se fractura la jambe en deux endroits. Jusqu'à cet incident, Tom Goodhugh ressemblait presque à celui qu'il avait été auparavant. Heureux, en d'autres termes. Streeter ne lui mégotait pas son bonheur. Même en enfer, il supposait que les damnés avaient droit à une petite gorgée d'eau de temps en temps, ne serait-ce que pour mieux éprouver, quand elle revenait, toute l'horreur de la soif non étanchée.

Le jeune couple partit passer sa lune de miel au Belize. *Je parie qu'il va pleuvoir tout le temps*, pensa Streeter. Il ne plut pas, mais Jacob, en proie à une gastro-entérite aiguë, passa le plus clair de la semaine dans un hôpital décrépit, à chier dans des couches en papier. Il n'avait bu que de l'eau minérale puis, par distraction, s'était brossé les dents avec l'eau du robinet. « Ma putain de faute », reconnut-il.

Cette année-là, plus de huit cents soldats américains moururent en Irak. La faute à pas de chance, pour ces filles et ces gars.

Tom Goodhugh, qui avait commencé à souffrir de la goutte, se mit à boiter et à se servir d'une béquille.

Cette année-là, le montant du chèque au profit du Fonds Non Sectaire pour les Enfants fut extrêmement conséquent, mais Streeter le remplit sans chipoter. Il est plus gratifiant de donner que de recevoir. Toutes les bonnes âmes vous le diront.

En 2006, Gracie fut atteinte de pyorrhée alvéolaire et perdit toutes ses dents. Son odorat aussi. Un soir, peu de temps après, lors du dîner hebdomadaire de Goodhugh et Streeter (les deux hommes étaient seuls, l'auxiliaire de vie ayant emmené Carl en « sortie »), Tom Goodhugh fondit en larmes. Il avait renoncé aux bières artisanales au profit du gin Bombay Sapphire, et il était fin soûl. « Je ne comprends pas ce qui m'arrive! sanglota-t-il. Je me sens... je ne sais pas... comme *ce foutu Job*! »

Streeter le prit dans ses bras et le réconforta. Il dit à son vieil ami que les nuages arrivent et repartent toujours.

« Merde, ces nuages sont là depuis sacrément longtemps! » pleura Goodhugh en assenant plusieurs fois son poing dans le dos de Streeter. Streeter ne lui en tint pas rigueur. Son vieil ami n'était plus aussi fort qu'autrefois.

Charlie Sheen, Tori Spelling, David Hasselhoff divorcèrent. Pendant ce temps, à Derry, David et Janet Streeter célébraient leur trentième anniversaire de mariage. Ils donnèrent une fête. Vers la fin de la soirée, Streeter escorta sa femme à l'arrière de la maison. Il avait organisé un feu d'artifice. Tout le monde applaudit sauf Carl Goodhugh. Il essaya bien, mais il n'arrêtait pas de se louper les mains. Finalement, l'ancien étudiant d'Emerson College lâcha l'affaire et tendit le doigt vers le ciel en braillant.

En 2007, pendant que Kiefer Sutherland allait en prison (encore) pour conduite en état d'ivresse, Gracie Goodhugh Dickerson perdait son mari dans un accident de voiture. Un chauffard bourré avait coupé la route à Andy Dickerson alors qu'il rentrait du travail. Bonne nouvelle : ce n'était pas Kiefer Sutherland qui conduisait. Mauvaise nouvelle : Gracie Dickerson, enceinte de quatre mois, se retrouvait sur la paille. Pour faire des économies, son mari n'avait pas renouvelé son assurance-vie. Gracie revint s'installer chez son père avec son frère Carl.

« Avec leur poisse, ce bébé naîtra malformé, dit Streeter un soir, allongé auprès de son épouse après l'amour.

— Tais-toi ! s'exclama Janet, choquée.

— Si on le dit tout haut, ça ne se réalisera pas », expliqua Streeter.

Et bien vite, nos deux lapins-câlins furent endormis dans les bras l'un de l'autre.

Cette année-là, le chèque au Fonds pour les Enfants se monta à trente mille dollars. Streeter le remplit sans sourciller.

Le bébé de Gracie arriva au plus fort d'une tempête de neige en février 2008. La bonne nouvelle ? C'est qu'il n'était pas malformé. La mauvaise ? C'est qu'il était mort-né. Encore cette satanée défaillance cardiaque congénitale. Gracie – sans dents, sans odorat, et sans mari – tomba dans une profonde dépression. Pour Streeter, ça reflétait sa bonne santé mentale. Si elle avait siffloté « Don't Worry, Be Happy », il aurait conseillé à Tom de mettre sous clé tous les objets tranchants de la maison.

Un avion qui transportait deux membres du groupe de rock Blink-182 s'écrasa. Mauvaise nouvelle : quatre passagers trouvèrent la mort. Bonne nouvelle : les rockeurs survécurent, pour changer… même si l'un d'eux devait mourir peu de temps après.

« J'ai offensé Dieu », dit Tom au cours d'un des dîners que les deux hommes appelaient désormais leurs « soirées de célibataires ». Streeter avait apporté des spaghettis de chez Cara Mamma et il racla son assiette. Tom Goodhugh toucha à peine à la sienne. Dans l'autre pièce, Gracie et Carl regardaient *La Nouvelle Star*, Gracie en silence, l'ancien étudiant d'Emerson College en poussant des cris et des sons inarticulés. « Je ne sais pas comment j'ai fait, mais je l'ai offensé.

— Ne dis pas ça, parce que ce n'est pas vrai.

— Tu n'en sais rien.

— *Si*, je le sais, répliqua Streeter, catégorique. C'est n'importe quoi.

— Puisque tu le dis, mon vieux. » Les yeux de Tom s'emplirent de larmes. Elles roulèrent le long de ses joues. L'une d'elles resta accrochée à l'arête de sa mâchoire pas rasée, demeura suspendue là un instant, avant de se laisser choir dans ses pâtes froides. « Dieu merci, Jacob, *lui*, va bien. Il travaille en ce moment pour une chaîne de télé à Boston, et sa femme est comptable chez Brigham & Women's. Ils croisent May de temps en temps.

— Excellente nouvelle, répondit Streeter avec entrain, tout en espérant que la compagnie de Jake ne contamine pas sa fille.

— Et tu continues à venir me voir. Je comprends pourquoi Jan ne vient plus, et je ne lui en veux pas, mais… J'attends ces soirées avec impatience. Elles me rappellent le bon vieux temps. »

Oui, pensa Streeter, *le bon vieux temps où tu avais tout et où j'avais le cancer.*

« Tu m'auras toujours », lui promit-il. Et il prit dans les siennes l'une des mains légèrement tremblantes de Goodhugh. « Amis jusqu'au bout. »

2008, quelle année ! Bordel de Dieu ! Les JO en Chine ! Chris Brown et Rihanna lapins-câlins après les Grammy Awards ! Les banques écroulées ! Les marchés boursiers naufragés ! Et en novembre, le mont Trashmore, ultime source de revenus de Tom Goodhugh, fermé par l'Agence de protection de l'environnement. Avec annonce par le gouvernement de son intention de poursuivre l'entreprise en justice pour pollution des nappes phréatiques et dépôt illégal de déchets médicaux. Le *Derry News* laissait même entendre qu'il pourrait y avoir une procédure pénale.

Souvent, en soirée, Streeter empruntait l'Extension de Harris Avenue, cherchant des yeux certain parasol jaune familier. Pas pour marchander ; il voulait juste discuter le bout de gras. Mais il ne revit jamais le parasol ni son propriétaire. Il en fut déçu, mais pas surpris. Les hommes d'affaires sont comme les requins ; ils doivent rester perpétuellement en mouvement, sinon ils meurent.

Il signa un nouveau chèque et l'expédia à la banque aux Caïmans.

En 2009, après les Grammy Awards, Chris Brown cassa la gueule de sa Lapine-Câline Numéro Un. Quelques semaines plus tard, Jacob Goodhugh, l'ex-footballeur, tabassait Cammy sa pétillante épouse, laquelle venait de découvrir un demi-gramme de cocaïne et certain sous-vêtement féminin dans la poche de son veston. Allongée par terre, en larmes, elle le traita de fils de pute. Jacob répliqua en lui plantant une fourchette à viande dans le ventre. Il regretta aussitôt son geste et appela les urgences, mais le mal était fait ; il lui avait perforé l'estomac en deux endroits. Il raconta plus tard à la police qu'il ne se rappelait absolument rien de tout ça. Le trou noir, dit-il.

Son avocat commis d'office était un tocard qui ne sut pas négocier la réduction de sa caution. Jacob Goodhugh fit appel à son père, qui pouvait à peine payer ses factures de chauffage, que dire alors d'honoraires exorbitants d'un prodige du barreau de Boston pour défendre son fils auteur de violences conjugales ? Goodhugh se tourna donc vers Streeter, qui accepta d'un « *Et comment !* » sans laisser à son vieil ami le temps de placer plus de dix mots de sa requête douloureusement répétée. Il se rappelait encore comment Jacob avait embrassé sans complexes son vieux sur la joue. En outre, payer les frais de justice lui permit de questionner l'avocat sur la santé mentale de Jacob, qui n'était pas reluisante ; le garçon était rongé par la culpabilité et profondément déprimé. L'avocat informa Streeter qu'il en prendrait probablement pour cinq ans, dont trois avec sursis, s'il avait de la chance.

Quand il sortira, pensa Streeter, *il pourra toujours retourner à la maison regarder* La Nouvelle Star *avec Gracie et Carl. Si ça existe toujours. Probable que ça existera toujours.*

« J'ai mon assurance-vie », dit Tom Goodhugh un soir. Il avait perdu beaucoup de poids et ses vêtements flottaient sur lui. Ses yeux étaient troubles. Il avait attrapé un psoriasis et se grattait les bras sans répit, laissant de longues marques rouges sur sa peau blanche. « Je me tuerais si j'étais sûr de pouvoir le faire passer pour un accident.

— Je ne veux pas entendre ça, dit Streeter. Les choses vont s'arranger. »

En juin, Michael Jackson cassa sa pipe. En août, Carl Goodhugh en fit autant, en s'étouffant avec un quartier de pomme. L'auxiliaire de vie aurait pu le sauver grâce à la méthode Heimlich, mais l'auxiliaire avait été remercié seize mois plus tôt faute de moyens. Gracie avait entendu Carl gargouiller mais avait pensé que « c'étaient juste ses conneries habituelles ». La bonne nouvelle, c'est que Carl aussi avait une assurance-vie. Pas grand-chose, mais assez pour payer son enterrement.

Extension claire

Après la cérémonie (Tom Goodhugh sanglota du début à la fin, appuyé sur son vieil ami), Streeter fut pris d'un élan de générosité. Il trouva l'adresse du studio de Kiefer Sutherland et lui envoya le Grand Livre des Alcooliques Anonymes. Il savait que son cadeau irait sans doute directement à la poubelle (rejoindre les autres innombrables Grands Livres que les fans lui envoyaient depuis des années), mais on ne sait jamais. Un miracle est vite arrivé.

Début septembre 2009, par une chaude soirée d'été, Streeter et Janet empruntèrent l'extension qui contourne l'aéroport de Derry. Personne ne vendait rien sur le carré gravillonné à l'extérieur de l'enceinte. Monsieur y gara donc son beau Pathfinder bleu et passa un bras autour de son épouse qu'il aimait d'un amour plus profond et plus total que jamais. Le soleil était une boule rouge descendant sur l'horizon.

Il se tourna vers Janet et vit qu'elle pleurait. Il lui releva le menton et effaça solennellement ses larmes avec des baisers. Cela la fit sourire.

« Qu'y a-t-il, ma chérie ?

— Je pensais aux Goodhugh. Je n'ai jamais vu une famille avoir autant de malchance. *De la malchance ?* » Elle rit. « Ça ressemble plutôt à une malédiction.

— Moi non plus, dit-il. Mais ça arrive tout le temps. Tu savais qu'une des femmes tuées dans les attentats de Bombay était enceinte ? Son aîné, un gamin de deux ans, a survécu, mais il a failli être battu à mort. Et... »

Elle posa deux doigts sur ses lèvres. « Chut. Assez. La vie est injuste. On le sait.

— Mais non, elle *est* juste ! » Streeter parlait sérieusement. Dans les feux du couchant, son visage rutilait de santé. « Regarde-moi. À une époque, tu n'aurais jamais cru que je vivrais jusqu'en 2009, pas vrai ?

— Si, mais…

— Et notre couple : plus solide qu'une porte en chêne. Est-ce que je me trompe ? »

Elle secoua la tête. Il ne se trompait pas.

« Tu as commencé à faire des piges pour le *Derry News*. May cartonne au *Globe*, et notre geek de fils est un nabab des médias à vingt-cinq ans. »

Elle s'était remise à sourire. Streeter était content. Il détestait la voir déprimée.

« La vie *est* juste. On se fait tous secouer dans le gobelet pendant neuf mois, et puis les dés sont jetés. Certains ont une suite de sept. D'autres, malheureusement, n'ont que des double un. Ainsi va le monde. »

Elle l'entoura de ses bras. « Je t'aime, mon chou. Tu vois toujours le bon côté des choses. »

Streeter haussa les épaules avec modestie. « La loi des probabilités favorise toujours les optimistes : n'importe quel banquier te le dirait. Les choses finissent toujours par s'équilibrer. »

Vénus apparut au-dessus de l'aéroport, scintillante contre le bleu du ciel qui s'assombrissait.

« Fais un vœu ! » ordonna Streeter.

Janet rit et secoua la tête. « Qu'est-ce que je pourrais bien souhaiter ? J'ai tout ce que je désire.

— Moi aussi », dit Streeter.

Et là, les yeux fermement fixés sur Vénus, il fit le vœu d'en avoir encore plus.

BON MÉNAGE

1

Comment va ton ménage ? Voilà bien la seule question que personne ne pose jamais dans la conversation de tous les jours, se prit à penser Darcy dans les jours qui suivirent sa découverte dans le garage. Les gens te demandent comment s'est passé ton week-end, et comment s'est passé ton voyage en Floride, et comment va la santé, et comment vont les enfants ; ils te demandent même comment va la vie, ma chérie ? Mais personne ne te demande jamais comment va ton ménage.

Il va bien, aurait-elle répondu avant ce soir-là. *Tout va très bien.*

Elle était née Madsen, Darcellen de son prénom (lequel n'avait pu séduire que de futurs parents entichés d'un guide des prénoms tout neufs), l'année de l'élection de John Fitzgerald Kennedy à la présidence des États-Unis, elle avait grandi à Freeport, dans le Maine, du temps où c'était encore une petite ville et pas une extension de L.L. Bean et d'une demi-douzaine de gigantesques magasins de détail, de ceux qu'on appelle des « succursales » (comme si c'étaient des canalisations d'égout et non des points de vente). Après avoir fréquenté le lycée de Freeport, puis l'École de commerce d'Addison, où elle avait appris le métier de secrétaire, elle avait été embauchée par la filiale Chevrolet de Joe Ransome qui, au moment où elle avait quitté sa société en 1984, était le plus gros vendeur d'automobiles de Portland. Elle avait un physique ordinaire, mais avec l'aide de deux copines à peine plus sophistiquées, elle avait appris à se maquiller assez pour se faire jolie en semaine et carrément éblouissante les vendredis et samedis soir, quand elles sortaient entre filles boire des margaritas au Lighthouse ou au Mexican Mike's (où il y avait des soirées-concerts).

En 1982, Joe Ransome avait pris un comptable pour l'aider à débrouiller sa situation devenue compliquée au regard du fisc (« Le genre de problème qu'on est content d'avoir », Darcy l'avait entendu confier à l'un de ses plus anciens vendeurs). Deux types avec attachés-cases s'étaient présentés, un jeune et un vieux, tous deux portant lunettes et costume trois-pièces, cheveux courts peignés sur le côté, front dégagé, dans un style qui rappelait à Darcy les photos du livre d'or de terminale de sa mère, SOUVENIRS DE 1954, avec, imprimée sur la couverture en skaï, l'image d'un crieur sportif avec un mégaphone devant la bouche.

Le plus jeune des deux comptables était Bob Anderson. Le deuxième jour de leur mission, l'occasion de bavarder avec lui s'était présentée et Darcy lui avait demandé s'il avait un passe-temps quelconque. Oui, avait-il répondu, il était numismate.

Alors qu'il commençait à lui expliquer ce que c'était, elle lui avait dit : « Je sais. Mon père collectionne les pièces de dix *cents* à l'effigie de la statue de la Liberté et les pièces de cinq *cents* à la tête de bison. Il les appelle ses dadas numismatiques. Avez-vous un dada, monsieur Anderson ? »

Il en avait un : les pièces de un *cent* à l'épi de blé. Son grand espoir était de tomber un jour sur une date doublée de 1955, une date doublée étant…

Mais Darcy le savait aussi. Les dates doublées de 1955 étaient une erreur. Une erreur de grand prix.

Anderson, le jeune comptable à la belle tête de cheveux châtains soigneusement peignés sur le côté, fut enchanté de sa réponse. Il la pria de l'appeler Bob. Plus tard, au cours du déjeuner – qu'ils prirent au soleil sur un banc, derrière l'atelier carrosserie, sandwich de pain de seigle au thon pour lui, salade grecque dans une boîte Tupperware pour elle –, il lui proposa de venir à une braderie à Castle Rock avec lui le samedi. Il cherchait, dit-il, un fauteuil pour meubler le nouvel appartement qu'il louait. Une télé aussi, s'il en trouvait une bonne pour un bon prix. *Une bonne pour un bon prix* : phrase qui devait devenir confortablement familière aux oreilles de Darcy au cours des années à venir.

Bob avait un physique aussi ordinaire que le sien : un gars parmi d'autres, qu'on croiserait dans la rue sans le voir, et qui ne se maquillerait jamais pour paraître plus joli… sauf ce jour-là sur le banc. Quand il lui avait proposé de sortir avec lui, il avait piqué un fard, juste assez pour illuminer un peu son visage et le rendre rayonnant.

« Pas de collection de pièces à compléter ? » le taquina-t-elle.

Il lui sourit, découvrant des dents régulières. Petites, bien soignées, blanches. Pas une seconde, il n'était venu à l'esprit de Darcy que penser à ces dents pourrait un jour la faire frissonner – pourquoi en aurait-il été autrement ?

« Si je vois un joli lot de pièces, bien sûr que je les regarderai, dit-il.

— Surtout celles à l'épi de blé ? »

Toujours taquine, mais juste un peu.

« Surtout celles-là. Prendriez-vous plaisir à m'accompagner, Darcy ? »

Elle y prit plaisir. Comme elle prit plaisir pendant leur nuit de noces. Et ensuite. Pas avec une fréquence exceptionnelle, mais assez fréquemment tout de même pour se considérer comme normale et comblée.

En 1986, Bob eut une promotion. Il démarra également (avec les encouragements et l'aide de Darcy) une petite affaire de vente par correspondance de pièces de collection américaines. Dès le départ, celle-ci rencontra un beau succès et, en 1990, il y ajouta des cartes de baseball à échanger et des souvenirs de vieux films. Il n'avait pas de stock d'affiches, ni de prospectus, ni de cartes postales promotionnelles, mais quand on lui en demandait, il parvenait presque toujours à s'en procurer. En réalité, c'était Darcy qui s'en chargeait, avec l'aide de son volumineux Rolodex (en ces temps d'avant les ordinateurs), appelant des collectionneurs dans tout le pays. Ce commerce n'avait jamais pris assez d'envergure pour devenir une activité à plein temps, et c'était très bien ainsi. Ni elle ni lui ne l'auraient voulu. Ils étaient tombés d'accord là-dessus comme ils étaient tombés d'accord sur la maison qu'ils avaient fini par acheter à Pownal, et sur les enfants lorsque le moment était venu d'en avoir. Ils tombaient d'accord. Dans le cas contraire, ils adoptaient un compromis. Mais la plupart du temps, ils tombaient d'accord. Ils étaient sur la même longueur d'onde.

Comment va ton ménage ?

Il allait bien. C'était un bon ménage. Donnie était né en 1986 – Darcy avait quitté son emploi pour l'avoir, et, mis à part son activité pour Anderson Numismatique et Objets de Collection en Tout Genre, n'en avait jamais repris un – et Petra était née en 1988. À cette époque, l'épaisse chevelure châtain de Bob avait commencé à se clairsemer sur le sommet du crâne et, en 2002, l'année où l'ordinateur Macintosh de Darcy avait fini par avaler son Rolodex tout entier, Bob arborait à cet endroit-là une grande plaque chauve et luisante. Il avait essayé différentes manières de peigner ce qui lui restait, ce qui, de l'avis de Darcy, ne faisait que rendre la plaque chauve encore plus voyante. Et quand il avait essayé deux remèdes miracle repousse-totale-garantie, le genre de trucs vendus tard le soir sur le câble par des bonimenteurs au regard sournois (en prenant de l'âge, Bob Anderson était plus ou moins devenu un oiseau de nuit), cela l'avait irritée. Il ne lui en avait rien dit, mais ils partageaient la même chambre et même si Darcy était trop petite pour voir ce qui se trouvait sur l'étagère supérieure du placard, elle montait parfois sur un tabouret pour ranger les « T-shirts de jardin » de son mari, ceux dont il se servait pour bricoler le samedi. Et c'était là qu'elle les avait trouvés : un flacon de lotion à l'automne 2004, un flacon de petites capsules de gel vert un an plus tard. Elle avait cherché les noms sur Internet, et découvert que ces trucs-là n'étaient pas donnés. Évidemment, la magie ne l'est jamais, se souvenait-elle d'avoir pensé.

Mais elle avait gardé par-devers elle l'agacement que ces potions magiques lui avaient causé, de même que celui causé par le 4×4 Suburban Chevrolet d'occasion que Bob avait cru bon d'acheter, pour elle ne savait quelle raison, l'année précisément où le prix du carburant avait commencé à grimper. Tout comme Bob avait gardé le sien par-devers lui, supposait-elle (en réalité, elle le savait) quand elle avait insisté pour que les enfants partent dans de très bons camps d'été, que Donnie ait une guitare électrique (il en avait joué pendant deux ans, juste le temps de devenir étonnamment bon, avant d'arrêter d'un seul coup), que Petra monte à cheval. Un ménage harmonieux est un numéro d'équilibrisme – tout le monde vous le dira. Un ménage harmonieux dépend aussi d'un seuil de tolérance élevé à l'agacement – *Darcy* vous l'aurait dit. Comme le chantait Steve Winwood : « *You have to roll with it, baby* », laisse courir, ma fille.

Elle avait laissé courir. Lui aussi.

En 2004, Donnie était parti en fac en Pennsylvanie, et en 2006, Petra avait intégré Colby College à Waterville, à deux pas de chez eux. À l'époque, Darcy Madsen Anderson avait quarante-six ans, Bob quarante-neuf, et il encadrait toujours les louveteaux avec Stan Morin, un entrepreneur en bâtiment qui habitait à moins de deux kilomètres de chez eux, sur la même route. Quand il partait pour leur Rando-Nature mensuelle, Darcy trouvait son mari dégarni plutôt croquignol avec son short kaki et ses longues chaussettes marron, mais elle se gardait bien de le dire. La plaque chauve s'était définitivement installée ; les lunettes étaient maintenant à double foyer ; et côté poids, il avait lâché les quatre-vingt-dix kilos pour entrer dans la catégorie des cent dix. Il était désormais associé de son cabinet comptable : Benson & Bacon s'appelait maintenant Benson, Bacon & Anderson. Leur maison des débuts à Pownal avait été remplacée par une demeure plus coûteuse à Yarmouth. Quant à elle, ses seins naguère petits, fermes et hauts (ce qu'elle avait de mieux, à son humble avis – elle n'aurait jamais voulu ressembler à une serveuse de chez Hooters) étaient maintenant plus gros et moins fermes, et ils s'affaissaient inévitablement quand elle retirait son soutien-gorge le soir. À quoi d'autre voulez-vous vous attendre quand vous approchez de la barre fatidique du demi-siècle ? Mais il arrivait encore assez fréquemment à Bob de s'approcher d'elle par-derrière pour prendre ses seins en coupe dans ses mains. Et assez fréquemment aussi se déroulait, dans la chambre à l'étage surplombant leur paisible terrain d'un hectare, l'agréable interlude vespéral, et si Bob était un peu rapide à la détente et la laissait sur sa faim, souvent ne signifiait pas toujours, et la satisfaction de le tenir ensuite dans ses bras, de sentir la chaleur de son corps d'homme tandis qu'il s'assoupissait contre elle... cette satisfaction-là ne se démentait pas. C'était la satisfaction, supposait-elle, de savoir qu'ils étaient encore ensemble quand tant d'autres ne l'étaient plus ; la satisfaction de savoir qu'à l'approche de leurs noces d'argent, leur navire gardait le cap.

En 2009, vingt-cinq ans après leur échange de vœux dans une petite église baptiste qui n'existait plus (il y avait aujourd'hui un parking à la place), Donnie et Petra leur avaient organisé une fête-surprise au restaurant des Bouleaux, sur Castle View. Il y avait eu plus de cinquante invités, du champagne (et du bon), des brochettes d'aloyau, une pièce montée de quatre étages. Les invités d'honneur avaient dansé au son de « Footloose » de Kenny Loggins, tout comme le jour de leur mariage. Les invités avaient applaudi le pas de *breakdance* de Bob, dont Darcy avait tout oublié jusqu'à ce qu'elle le revoie ce jour-là, et son exécution encore très aérienne lui avait fait un coup au cœur. Et cela sans surprise ; car si Bob avait pris de la brioche, pour aller avec son embarrassante plaque chauve (embarrassante pour lui, du moins), il avait toujours le pied extrêmement léger pour un comptable.

Mais tout ça n'était plus que de l'histoire ancienne, tout juste bonne pour les notices nécrologiques, auxquelles ils étaient encore trop jeunes pour penser. Tout ça ne tenait pas compte des petits détails intimes qui jalonnent une vie de couple, ces petits mystères ordinaires qui, elle le croyait (elle y croyait dur comme fer), sont le ciment qui assure la cohésion de l'ensemble. Comme la fois où, après avoir mangé des crevettes avariées, elle avait passé toute la nuit à vomir, assise au bord du lit, ses cheveux trempés par la sueur lui collant à la nuque, les larmes ruisselant sur ses joues rougies pendant que Bob, assis à côté d'elle, lui tenait patiemment la cuvette qu'il emportait à la salle de bains après chaque rejet pour la vider et la rincer – afin que l'odeur ne l'incommode pas davantage, disait-il. Ses épouvantables nausées avaient fini par se calmer à six heures le lendemain matin, alors qu'il faisait chauffer la voiture pour l'emmener aux urgences. Il avait appelé B, B & A pour prévenir qu'il ne viendrait pas travailler ; et annulé aussi un déplacement à White River pour rester auprès d'elle au cas où son malaise la reprendrait.

Ce genre d'attention n'était pas à sens unique ; ce qui valait pour l'un l'année précédente valait pour l'autre l'année suivante. Comme par exemple lorsqu'il s'était découvert (en prenant sa douche) une grosseur suspecte sous l'aisselle gauche. Elle avait attendu avec lui les résultats de la biopsie dans la salle d'attente de l'hôpital St Stephen. Ce devait être en 94 ou 95. La biopsie s'était révélée négative, le diagnostic avait été réorienté vers un ganglion lymphatique infecté et, en un mois à peu près, la grosseur s'était résorbée d'elle-même.

… L'entrevoir sur le trône par la porte entrouverte de la salle de bains, un magazine de mots croisés sur les genoux… Sentir son eau de toilette sur ses joues, signe que pendant un ou deux jours, le Suburban ne serait plus stationné dans leur allée, et que pendant une nuit ou deux, son côté du lit resterait vide parce qu'il partait mettre de l'ordre dans les comptes d'une entreprise quelconque dans le New Hampshire ou le Vermont (B, B & A avait maintenant des clients dans tous les États du nord de la Nouvelle-Angleterre)… Parfois, l'odeur d'eau de toilette signifiait un déplacement pour aller procéder à l'examen d'une collection de pièces à l'occasion d'une vente successorale ; car toutes les transactions, achats ou ventes, impliquées par leur commerce d'appoint ne pouvaient être réalisées à distance, ils en avaient conscience l'un comme l'autre… Sa vieille sacoche noire – celle dont il ne se serait débarrassé pour rien au monde, peu importe les sarcasmes de son épouse – posée dans l'entrée… Ses pantoufles, toujours rentrées l'une dans l'autre, au pied du lit… Le verre d'eau sur sa table de chevet, avec son comprimé de vitamines orange posé à côté sur le numéro du mois du *Collectionneur de Pièces et Monnaies*… Sa façon de dire toujours : « Stop, on n'accepte plus de passagers » après avoir roté, et « Tous aux abris ! » après avoir pété… Son manteau sur la première patère dans l'entrée… Le reflet de sa brosse à dents dans la glace (si Darcy ne s'était pas chargée de la remplacer, elle était certaine qu'il utiliserait encore celle qu'il avait lorsqu'ils s'étaient mariés)… Sa façon de se tamponner les lèvres avec sa serviette toutes les deux ou trois bouchées… La préparation minutieuse du matériel de camping (avec toujours une deuxième boussole de rechange) avant chacun de ses départs en randonnée avec Stan et un nouveau groupe de garçons de neuf ans sur le sentier du Macchabée – une marche dangereuse et terrifiante qui après les avoir emmenés à travers bois derrière le centre commercial Golden Grove les faisait ressortir à la Casse Auto Weinberg… Ses ongles, toujours propres et courts… Son haleine parfumée au Dentyne quand ils s'embrassaient… Ces choses-là, et dix mille autres encore, renfermaient l'histoire secrète de leur couple.

Elle savait que lui-même devait avoir sa propre histoire d'elle, tout ce qui la concernait depuis le baume à lèvres à la cannelle qu'elle utilisait en hiver jusqu'au parfum de son shampoing quand il lui faisait des bisous dans le cou (des bisous qui allaient en se raréfiant mais qui existaient encore), en passant par le cliquetis de son ordinateur à deux heures du matin, les deux ou trois nuits mensuelles où, elle ne savait trop pourquoi, le sommeil la fuyait.

Cela faisait vingt-sept ans maintenant, ou neuf mille huit cent cinquante-cinq jours – elle s'était amusée à le calculer sur son ordinateur. Presque un quart de million d'heures et plus de quatorze millions de minutes. Bien sûr, il avait passé une partie de ce temps en déplacements professionnels, et elle avait fait quelques voyages de son côté (le plus triste d'entre eux pour aller rejoindre ses parents à Minneapolis lorsque sa petite sœur Brandolyne avait disparu dans un stupide accident), mais la plupart du temps ils l'avaient passé ensemble.

Savait-elle tout de lui? Certainement pas. Pas plus qu'il ne savait tout d'elle – qu'elle se gavait parfois (les jours de pluie le plus souvent, mais aussi pendant ses nuits d'insomnie) de Butterfingers ou de Baby Ruth, par exemple, continuant à engloutir compulsivement les barres chocolatées même quand elle n'en avait plus aucune envie et frôlait le dégoût. Ou qu'elle trouvait le nouveau facteur plutôt mignon. Non, on ne pouvait pas tout savoir, mais elle avait le sentiment qu'au bout de vingt-sept ans, ils savaient le plus important. Leur ménage était un bon ménage, au nombre des cinquante pour cent environ qui tenaient sur la durée. Elle y croyait de façon aussi inconditionnelle qu'au pouvoir de la gravité de maintenir ses pieds sur terre quand elle marchait sur le trottoir.

Jusqu'à ce soir dans le garage.

2

La télécommande avait cessé de fonctionner, et il n'y avait plus de piles AA dans le placard de la cuisine à gauche de l'évier. Il y avait des piles C et des piles D, et même un paquet intact de mini AAA, mais pas une seule fichue AA. Elle était donc sortie pour se rendre au garage où elle savait que Bob gardait toute une réserve de Duracell, et c'était tout ce qu'il avait fallu pour changer sa vie. C'était comme si tout le monde marchait sur un fil. Un seul petit faux pas dans la mauvaise direction, et tu tombes.

La cuisine et le garage étaient reliés par un passage couvert. Darcy s'y engouffra en serrant sa robe de chambre contre elle – depuis deux jours, l'intermède d'été indien exceptionnellement chaud dont ils avaient bénéficié était terminé, et le temps ressemblait moins à octobre qu'à novembre. Le vent lui pinça les chevilles. Elle aurait mieux fait de mettre des chaussettes et un pantalon, mais *Mon oncle Charlie* commençait dans moins de cinq minutes, et cette fichue télé était bloquée sur CNN. Si Bob avait été là, elle lui aurait demandé de changer de chaîne manuellement – il y avait des boutons pour ça quelque part, probablement à l'arrière où seul un homme irait les chercher – puis l'aurait envoyé chercher les piles. Le garage était surtout son domaine à lui, après tout. Elle-même n'y allait jamais que pour sortir sa voiture, et encore, seulement quand il pleuvait ; sinon elle la garait dans le tournant de l'allée. Mais Bob était à Montpelier, évaluer une collection de pièces en acier de la Seconde Guerre mondiale, et, du moins temporairement, elle était la seule gardienne du fort Anderson.

Elle tâtonna pour trouver le trio d'interrupteurs près de la porte, les releva tous du gras de la paume. Les tubes fluorescents s'allumèrent en grésillant au plafond. Le garage était spacieux et net : outils suspendus à leur place sur les tableaux, établi en ordre. Au sol, une dalle de ciment peint gris cuirassé. Sans une tache d'huile. Pour Bob, des taches d'huile sur le sol d'un garage signifiaient soit que les propriétaires du garage conduisaient de vieux clous, soit qu'ils négligeaient l'entretien. La Prius d'un an qu'il utilisait pour ses déplacements de semaine à Portland était là; il avait pris son vieux dinosaure de 4×4 de loisir, au kilométrage élevé, pour aller dans le Vermont. Sa Volvo à elle était stationnée dehors.

« C'est pas plus difficile de la rentrer, avait remarqué Bob plus d'une fois (quand on est mariés depuis vingt-sept ans, les commentaires originaux ont tendance à se raréfier). Sers-toi de l'ouverture automatique de porte qui est sur le pare-soleil.

— J'aime mieux l'avoir sous les yeux », répondait-elle toujours, même si la vraie raison était sa peur d'accrocher la porte du garage en reculant.

Elle détestait reculer. Et elle supposait qu'il le savait... comme elle-même savait qu'il avait une curieuse manière fétichiste de ranger ses billets dans son porte-monnaie, effigie des présidents sur le devant, et qu'il n'aurait jamais laissé un livre ouvert retourné sur une table quand il interrompait sa lecture – parce que ça leur cassait le dos, disait-il.

Ici au moins, il faisait chaud; un réseau de grosses canalisations argentées (on appelait probablement ça des conduites, mais Darcy n'en était pas tout à fait sûre) s'entrecroisaient au plafond. Elle se dirigea vers l'établi, où plusieurs boîtes carrées étaient alignées, chacune soigneusement étiquetée : ÉCROUS, VIS, FORETS ET CHEVILLES, PLOMBERIE, et – elle trouvait la formule plutôt attendrissante – TOUT-VENANT. Il y avait un calendrier au mur, illustré d'une fille en maillot de bain de *Sports Illustrated*, l'air tellement jeune et sexy que c'en était déprimant ; et à gauche du calendrier, deux photos punaisées. L'une était un vieux cliché de Donnie et Petra en tenue des Boston Red Sox sur le terrain de la Petite Ligue de Yarmouth. En dessous, au Marqueur Magique, Bob avait écrit : **L'ÉQUIPE MAISON, 1999**. Sur l'autre, beaucoup plus récente, une Petra adulte, et pas loin d'être une vraie beauté, posait avec son fiancé, Michael, devant une baraque à palourdes à Old Orchard Beach, tous deux enlacés. **L'HEUREUX COUPLE!** telle était pour celle-ci la légende au Marqueur Magique.

Le placard des piles, marqué MATÉRIEL ÉLECTRIQUE sur une étiquette Dymo, était fixé au mur, à gauche des photos. Confiante dans la propreté quasi maniaque de Bob, Darcy mit le cap vers le placard sans regarder où elle mettait les pieds, et buta sur un carton qui n'avait pas été complètement repoussé sous l'établi. Elle trébucha, puis se rattrapa in extremis à l'établi. Cela lui valut un ongle cassé – ce qui était embêtant et douloureux – mais lui épargna ce qui aurait pu être une vilaine chute, ce qui était une bonne chose. *Très bonne*, vu qu'il n'y avait personne à la maison pour appeler le 911 au cas où elle se serait fendu le crâne sur le sol en ciment (propre et sans tache de graisse, mais d'une extrême dureté).

Elle aurait pu simplement repousser le carton sous l'établi avec le pied – plus tard, quand elle s'aviserait de cela, elle le méditerait attentivement, comme un mathématicien tente de résoudre une abstruse et complexe équation. Elle était pressée, après tout. Mais ayant aperçu un catalogue de tricot *Patternworks* sur le dessus, elle s'agenouilla pour le récupérer dans l'intention de l'emporter à la maison avec les piles. Et lorsqu'elle le souleva, il y avait en dessous un catalogue *Brookstone* qu'elle croyait avoir égaré. Et en dessous, un *Paula Young*… un *Talbots*… un *Forzieri*… un *Bloomingdale*…

« Bob ! » s'exclama-t-elle. Mais le mot sortit en deux syllabes exaspérées (comme les fois où il rentrait avec les pieds boueux ou abandonnait ses serviettes trempées sur le carrelage de la salle de bains, comme s'ils étaient dans un hôtel de luxe avec femmes de chambre), pas Bob, mais *BOH-ob* ! Parce que, vraiment, elle lisait en lui comme dans un livre. Il trouvait qu'elle commandait beaucoup trop dans les catalogues et une fois, il était allé jusqu'à déclarer qu'elle avait une addiction à la VPC (ce qui était ridicule, c'était une addiction aux Butterfingers qu'elle avait). Sa petite analyse psychologique lui avait valu deux jours d'indifférence glaciale. Mais il savait comment elle fonctionnait, et que pour tout ce qui n'était pas d'importance vitale, elle était du genre « loin des yeux, loin du cœur ». Il avait donc subtilisé tous ses catalogues – le rat ! – et les avait entassés là. Probablement que la prochaine étape aurait été la benne de recyclage.

Danskin… *Express*… *Computer Outlets*… *Macworld*… *Monkey Ward*… *Layla Grace*…

Plus elle fouillait, plus l'exaspération montait. À croire qu'ils étaient au bord de la faillite à cause de sa frénésie de dépenses, ce qui était de la connerie totale. Elle avait complètement oublié *Mon oncle Charlie* ; elle répétait déjà mentalement la sortie qu'elle allait faire à Bob quand il appellerait de Montpelier (il appelait toujours en rentrant à son motel après avoir dîné). Mais d'abord, elle avait l'intention de rapporter tous ces catalogues à l'intérieur, bon sang de bonsoir, en trois ou quatre voyages s'il le fallait, parce que la pile faisait au moins soixante centimètres de haut et que ces gros catalogues en papier glacé pesaient leur poids. Vraiment pas étonnant qu'elle ait trébuché sur ce carton.

La mort par les catalogues, pensa-t-elle. *Ce serait bien l'ironie du sort d'être expéd…*

Sa pensée, comme une branche sèche, se brisa net. Elle feuilletait tout en refléchissant, et elle en était au tiers de la pile quand, sous *Gooseberry Patch* (décors campagnards), elle venait de tomber sur une chose qui n'était pas un catalogue. Non, rien à voir avec un catalogue. C'était un magazine qui s'appelait *Chiennes Attachées*. Elle faillit ne pas le sortir, et ne l'aurait probablement pas fait si elle était tombée dessus dans un des tiroirs de Bob, ou là-haut sur l'étagère aux produits miracle pour la repousse des cheveux. Mais le trouver là, fourré au milieu d'une pile de bien deux cents catalogues… ses catalogues à *elle*… il y avait là quelque chose qui dépassait le simple embarras d'un homme vis-à-vis d'une déviance sexuelle.

Sur la couverture, on voyait une femme ligotée sur une chaise, nue à part une cagoule noire, mais la cagoule ne couvrait que la moitié supérieure de son visage et l'on voyait bien qu'elle hurlait. Elle était attachée avec de grosses cordes qui lui sciaient le ventre et les seins. Il y avait de l'hémoglobine sur son menton, son cou et ses bras. En bas de la page, en caractères jaunes agressifs, s'étalait cette désagréable accroche : **P.49 : SHEILA, CHIENNE EN CHALEUR : ELLE EN VEUT ? ELLE EN PREND !**

Darcy n'avait aucune intention d'aller à la page 49, ni à aucune autre d'ailleurs. Elle était déjà en train de s'expliquer mentalement ce que tout cela signifiait :

c'était de l'investigation masculine. Elle avait découvert ce qu'était l'investigation masculine par un article de *Cosmo* qu'elle avait lu dans la salle d'attente chez son dentiste. Une lectrice avait écrit à l'une des nombreuses conseillères de la revue (en l'occurrence la psychiatre maison spécialisée dans les comportements souvent mystérieux du sexe barbu) pour raconter qu'elle avait trouvé plusieurs magazines gays dans la serviette de son mari. Au contenu très explicite, précisait-elle, si bien qu'elle s'inquiétait maintenant que son mari puisse être de la jaquette. Mais s'il l'était, ajoutait-elle, il le cachait vraiment bien dans la chambre à coucher.

Pas d'inquiétude, avait répondu la conseillère. Les hommes étaient aventureux par nature et nombre d'entre eux s'adonnaient à l'investigation de pratiques sexuelles qui étaient, soit alternatives (le sexe gay étant Numéro Un à cet égard, le sexe de groupe ne venant pas loin derrière), soit fétichistes : sports aquatiques, travestisme, sexe en public, latex. Et, bien entendu, le bondage. La psy ajoutait que les femmes aussi étaient fascinées par le bondage, chose qui avait mystifié Darcy, bien qu'elle eût été la première à admettre qu'elle était loin de tout connaître…

De l'investigation masculine, donc, voilà ce que c'était. Il avait peut-être aperçu le magazine sur un présentoir quelque part (même si l'esprit de Darcy répugnait à imaginer cette couverture-là exposée dans un kiosque à journaux), et avait répondu à l'appel de la curiosité. Ou peut-être l'avait-il extrait d'une poubelle. Il l'avait rapporté à la maison, parcouru ici, au garage, avait été aussi horrifié qu'elle (la cagoule portée par le modèle en couverture faisait à l'évidence partie d'une mise en scène, mais ce hurlement avait quelque chose de beaucoup trop réel), et l'avait étouffé au milieu de cette pile de catalogues géante destinée à la benne de recyclage, pour qu'elle ne risque pas de tomber dessus et de lui faire passer un mauvais quart d'heure. Voilà tout ce que c'était : une malheureuse expérience. Si elle parcourait le reste de ces catalogues, elle ne trouverait rien d'autre de comparable. Peut-être quelques *Penthouse* et des magazines de lingerie – elle savait que la plupart des hommes aimaient la soie et la dentelle, et Bob ne faisait pas exception à la règle – mais rien de plus dans le genre *Chiennes Attachées*.

Elle regarda encore une fois la couverture, et remarqua une chose étrange : il n'y figurait aucun prix. Aucun code-barres, non plus. Elle le retourna, curieuse de savoir combien pouvait coûter un tel magazine, et grimaça à la vue de la photo qui se trouvait au dos : une blonde nue sanglée sur ce qui ressemblait à une table d'opération métallique. L'expression de terreur de celle-là, toutefois, paraissait aussi fausse qu'un billet de trois dollars, ce qui était à peine plus rassurant. Et l'homme corpulent qui se tenait debout au-dessus d'elle, armé de ce qui ressemblait à un couteau Ginsu, avait l'air tout simplement ridicule avec ses brassards et ses sous-vêtements de cuir – plus l'air d'un comptable que de quelqu'un prêt à torturer la Chienne Attachée du jour.

Bob est comptable, observa-t-elle mécaniquement.

Ça, c'était une pensée stupide catapultée depuis la Zone Stupide de son cerveau, qui en occupait une superficie beaucoup trop grande. Elle la repoussa comme elle avait repoussé le magazine particulièrement déplaisant dans la pile de catalogues après avoir vérifié qu'il n'y avait pas non plus de prix ni de code-barres au dos. Et, alors qu'elle repoussait le carton sous l'établi – elle avait changé d'avis et ne tenait plus à rembarquer les catalogues à la maison –, la réponse au mystère ni prix ni code-barres lui apparut. C'était un de ces magazines vendus sous plastique, avec tous les trucs cochons recouverts. Le prix et le code-barres figuraient sur l'emballage en plastique : bien sûr, c'était ça, quoi d'autre ? Il avait dû acheter cette maudite saleté quelque part, pour autant qu'il ne l'ait pas repêchée dans une poubelle.

Il a peut-être acheté ce magazine sur Internet. Il existe probablement des sites spécialisés dans ce genre de choses. Sans parler des jeunes femmes qui s'habillent pour ressembler à des gamines de douze ans.

« Peu importe », dit-elle. Et elle imprima à sa tête un unique hochement sec. Affaire classée, lettre morte, discussion close. Si elle abordait la question par téléphone quand il appellerait tout à l'heure, ou à son retour à la maison, il serait embarrassé et sur la défensive. Il lui dirait probablement que, sur le plan sexuel, elle était naïve – ce qu'elle était, supposait-elle –, et l'accuserait de réagir de façon disproportionnée – ce qu'elle comptait bien ne pas faire. Ce qu'elle comptait faire, c'était de laisser courir, ma fille. Un couple ressemble à une maison en construction permanente qui voit l'addition de nouvelles pièces chaque année. Après un an de mariage, c'est un cottage ; après vingt-sept ans de vie commune, une vaste demeure pleine de coins et de recoins. Il y a forcément des cachettes et des espaces de rangement, pour la plupart abandonnés et poussiéreux, dont certains contiennent quelques déplaisantes reliques que l'on préférerait ne jamais retrouver. Mais il n'y avait pas de quoi en faire un drame. Soit on jetait ces reliques, soit on les donnait aux Bonnes Œuvres.

Elle fut si séduite par cette pensée (qui résonna dans sa tête comme une conclusion) qu'elle dit à haute voix : « Il n'y a pas de quoi en faire un drame. » Et pour le prouver, elle repoussa vigoureusement le carton à deux mains, l'expédiant bien loin jusqu'au mur du fond.

Où résonna un *clonk*. Quoi encore ?

Je ne veux pas le savoir, se dit-elle. Avec la certitude à peu près absolue que cette pensée-là ne venait pas de la Zone Stupide de son cerveau, mais de l'Intelligente. Il faisait sombre, là au fond sous l'établi, et il y avait peut-être bien des souris. Même un garage bien rangé comme celui-ci pouvait abriter des souris, surtout une fois que le froid était là, et on pouvait se faire mordre par une souris effrayée.

Darcy se leva, épousseta sa robe de chambre au niveau des genoux, et quitta le garage. Elle avait parcouru la moitié du passage couvert quand elle entendit le téléphone sonner.

3

Elle rentra dans la cuisine avant que le répondeur ne se déclenche. Mais elle attendit. Si c'était Bob, elle laisserait la machine répondre. Là, tout de suite, elle ne tenait pas à lui parler. Il risquait de percevoir quelque chose dans sa voix. Il la croirait partie faire un saut jusqu'à l'épicerie du coin, ou peut-être à Video Village, et rappellerait dans une heure. Dans une heure, lorsque le choc de sa désagréable découverte se serait un peu tassé, elle serait calme et ils pourraient avoir une conversation agréable.

Mais ce n'était pas Bob, c'était Donnie. « Oh, bouse, les vieux !! J'avais vraiment envie de vous parler. »

Elle décrocha, s'adossa au comptoir, et dit : « Vas-y, parle. J'arrive du garage. »

Donnie avait mille choses à raconter. Il vivait maintenant à Cleveland, Ohio, et après avoir passé deux ans à trimer à un poste de débutant pour la plus grosse agence de publicité de la ville, lui et un copain avaient décidé de lancer leur propre boîte. Bob avait fortement déconseillé l'aventure, arguant que Donnie et son associé n'obtiendraient jamais le prêt de départ dont ils avaient besoin pour tenir le choc la première année.

« Réveille-toi », avait-il dit à son fils quand Darcy lui avait passé le téléphone. C'était au début du printemps, il y avait encore un peu de neige tapie sous les arbres et les arbustes du jardin. « Tu as vingt-quatre ans, Donnie, et ton copain Ken aussi. Vous pouvez tout juste souscrire une assurance au tiers pour vos véhicules, même pas encore une tous risques, mes gros balourds. Aucune banque ne va financer une entreprise débutante à hauteur de soixante-dix mille dollars, surtout dans l'état actuel de l'économie. »

Mais ils l'avaient obtenu, leur prêt, et ils venaient de décrocher deux gros clients, les deux le même jour. Le premier, un concessionnaire automobile qui cherchait à rafraîchir son image pour s'attirer une clientèle de trentenaires. L'autre, la banque même qui avait accordé à Anderson & Hayward leur prêt de lancement. Donnie et elle bavardèrent pendant vingt minutes environ. À un moment, ils furent interrompus par le signal sonore d'appel en attente.

« Tu veux le prendre ? demanda Donnie.

— Non, c'est juste ton père. Il est allé à Montpelier voir une collection de pièces en acier de la Deuxième Guerre. Il rappellera avant d'aller se coucher.

— Comment va-t-il ? »

Bien, pensa-t-elle. *Il développe de nouveaux centres d'intérêt.*

« Bof, la queue en l'air et la truffe au vent », répondit-elle. C'était l'une des expressions préférées de Bob, et cela fit rire Donnie. Elle adorait entendre son rire.

« Et Pretty ?

— Appelle-la toi-même et tu sauras, Donald.

— Je vais le faire, je vais le faire. Je finis toujours par y arriver. En attendant, donne-moi les grandes lignes.

— Elle est en pleine forme. En pleins projets de mariage.

— On dirait que c'est pour la semaine prochaine, et pas pour le mois de juin.

— Donnie, si tu ne fais aucun effort pour comprendre les femmes, tu ne te marieras jamais toi-même.

— Je suis pas pressé, je m'amuse trop pour le moment.

— Tant que tu t'amuses prudemment.

— Je suis très prudent et très poli. Il faut que je file, maman. J'ai rendez-vous avec Ken dans une demi-heure. On commence le brainstorming pour la campagne automobile autour d'un verre. »

Elle faillit lui dire de ne pas trop boire, mais se retint. Il avait beau ressembler encore à un lycéen et être, dans son souvenir le plus net, le gamin de cinq ans en salopette de velours rouge qui poussait infatigablement sa trottinette dans les allées en pente du parc Joshua-Chamberlain à Pownal, il n'était plus aucun de ces garçons-là. Il était un jeune homme et, aussi improbable que cela paraisse, un jeune entrepreneur qui commençait à faire son chemin dans le monde.

« D'accord, dit-elle. Merci d'avoir appelé, Donnie. C'était un cadeau.

— Idem pour moi. Salue le vieux de ma part quand il appellera, et embrasse-le pour moi.

— Je n'y manquerai pas.

— La queue en l'air et la truffe au vent », répéta Donnie. Et il rit doucement. « À combien de meutes de louveteaux l'a-t-il apprise, celle-là ?

— À tous sans exception. » Darcy ouvrit le réfrigérateur pour voir si, par hasard, il n'y aurait pas à l'intérieur un Butterfinger tout frais attendant ses intentions amoureuses. Mais non. Rien. « C'est terrifiant.

— J't'aime, m'an.

— J't'aime aussi. »

Elle raccrocha, elle se sentait bien de nouveau. Souriante. Mais tandis qu'elle restait là, debout, appuyée au comptoir, son sourire s'estompa.

Un *clonk*.

Ça avait fait *clonk* quand elle avait repoussé le carton de catalogues sous l'établi. Pas un *clac*, comme si le carton avait heurté un outil tombé par terre, mais un *clonk*. Un genre de son creux.

Ça m'est égal.

Malheureusement, ce n'était pas la vérité. Ce *clonk* résonnait comme une énigme à élucider. Le carton aussi.

Y avait-il d'autres magazines comme *Chiennes Attachées* dedans ?

Je ne veux pas le savoir.

D'accord, d'accord. Mais peut-être aurait-elle intérêt à savoir quand même. Parce que, s'il n'y en avait qu'un, elle ne s'était pas trompée en interprétant ça comme de la curiosité sexuelle amplement satisfaite par un seul aperçu sur un univers répugnant (*et désaxé*, ajouta-t-elle intérieurement). S'il y en avait d'autres, c'était encore acceptable – il se disposait à les jeter, après tout –, mais peut-être qu'elle aurait intérêt à le savoir.

Surtout… ce *clonk*. Il résonnait dans sa tête plus fort que l'énigme des magazines.

Elle attrapa une lampe torche dans le cellier et sortit pour retourner au garage. Immédiatement, elle pinça les pans de sa robe de chambre pour la refermer et regretta de ne pas avoir mis sa veste. Il commençait à faire vraiment froid.

4

Darcy s'agenouilla, poussa le carton de catalogues sur le côté, et éclaira le dessous de l'établi avec la lampe. Un instant, elle ne comprit pas ce qu'elle voyait : deux lignes obscures, dont l'une était un peu plus épaisse que l'autre, coupant verticalement la surface lisse de la plinthe. Puis une sensation de malaise s'insinua dans sa poitrine, et se dilata de son plexus solaire jusqu'au fond de son estomac. C'était une cachette.

Ne touche pas à ça, Darcy. C'est ses affaires. Et pour la paix de ton esprit, tu ne devrais rien changer.

Bon conseil, mais elle était allée trop loin pour le suivre, à présent. La lampe torche à la main, elle rampa sous l'établi, se préparant mentalement à rencontrer des toiles d'araignées, mais il n'y en avait aucune. Si elle était la fille du genre « loin des yeux, loin du cœur », alors son collectionneur de mari et chef des louveteaux au crâne dégarni était l'authentique garçon du genre « propre et net ».

Et puis, lui aussi, il rampe là-dessous, ce qui fait que pas une araignée n'a une chance de s'y installer.

Était-ce vrai? Elle n'en savait rien, en fait. Si?

Mais si. Elle pensait qu'elle savait.

Les rainures étaient situées de part et d'autre d'une section de plinthe de vingt-cinq centimètres de longueur au milieu de laquelle paraissait avoir été fixée une cheville pour permettre de la faire pivoter. Elle l'avait heurtée avec le carton juste assez fort pour l'entrouvrir, mais cela n'expliquait pas le *clonk*. Elle appuya sur un côté de la section de plinthe. Celle-ci pivota sur elle-même, révélant une cache de vingt centimètres de long, sur trente de haut, et peut-être quarante-cinq de profondeur. Elle imaginait y découvrir d'autres magazines, roulés probablement. Mais il n'y avait aucun magazine, juste un petit coffret en bois, qu'elle était à peu près sûre de reconnaître. C'était de ce coffret qu'était venu le bruit. Il était posé verticalement et, en pivotant, la section de plinthe l'avait fait tomber.

Elle tendit la main, le saisit et – avec un sentiment d'appréhension si fort qu'il en était presque palpable – le ramena à l'air libre. C'était le petit coffret en chêne qu'elle lui avait offert pour un Noël, il y avait bien cinq ans de ça ou plus. Ou pour son anniversaire ? Elle ne s'en souvenait pas bien, juste qu'elle était tombée dessus à la boutique d'artisanat de Castle Rock et avait trouvé que c'était une bonne affaire. Sur le couvercle, sculptée à la main, figurait une chaîne en bas-relief. Sous la chaîne, toujours en bas-relief, était gravée l'utilisation prévue pour le coffret : **LINKS**[1]. Bob avait tout un fatras de boutons de manchettes[2], et même s'il préférait les chemises à poignets boutonnés pour aller travailler, certains de ses boutons de manchettes étaient de vrais bijoux. Darcy se rappelait avoir pensé que le coffret permettrait de les ranger. Ensuite, après l'ouverture du cadeau et les exclamations rituelles, elle se souvenait de l'avoir vu posé sur sa commode, de son côté à lui de la chambre, mais elle n'avait aucun souvenir de l'avoir vu depuis. Évidemment, qu'elle ne l'avait pas vu. Il le gardait ici au garage, dans la cachette sous l'établi, et elle aurait parié la baraque avec les meubles et tout le tremblement (une autre des expressions de Bob) que si elle l'ouvrait, ce ne seraient pas des boutons de manchettes qu'elle y trouverait.

Dans ce cas, ne regarde pas.

Encore un bon conseil, mais maintenant elle était allée *beaucoup* trop loin pour le suivre. Avec le sentiment d'être une femme entrée par mégarde dans un casino et ayant, pour quelque folle raison, misé les économies de

---

1. Littéralement : liens, maillons, chaînons.
2. En anglais : *cuff links* (littéralement : « liens, maillons de manchettes »).

toute une vie sur le retournement d'une seule carte, elle ouvrit le coffret.

Faites qu'il soit vide. Je vous en prie, mon Dieu, si vous m'aimez faites qu'il soit vide.

Mais il ne l'était pas. À l'intérieur, il y avait trois rectangles de plastique retenus par un bracelet élastique. Du bout des doigts – comme une femme manipulerait un chiffon usagé dont elle soupçonne qu'il est non seulement sale mais rempli de microbes –, Darcy retira le petit paquet. Et fit glisser l'élastique.

Ce n'étaient pas des cartes de crédit (sa première idée en les voyant). Celle du dessus était une carte de donneur de sang de la Croix-Rouge appartenant à une certaine Marjorie Duvall. Groupe : A +. Région : Nouvelle-Angleterre. Darcy regarda au dos et vit que cette Marjorie qu'elle ne connaissait pas avait donné du sang pour la dernière fois le 16 août 2010. Il y avait trois mois de ça.

Qui diable était Marjorie Duvall ? Comment Bob la connaissait-il ? Et pourquoi ce nom éveillait-il en elle un faible, mais très distinct écho ?

La carte suivante était une carte d'abonnement à la bibliothèque de North Conway, toujours au nom de Marjorie Duvall, et elle portait une adresse : 17 Cherie Lane, South Gansett, New Hampshire.

Le dernier morceau de plastique était le permis de conduire de Marjorie Duvall délivré par l'État du New Hampshire. Sur la photo, elle ressemblait à une femme américaine parfaitement ordinaire d'environ trente-cinq ans, pas très jolie (même si personne n'était au mieux de sa personne sur une photo de permis de conduire), mais présentable. Cheveux blond foncé ramenés en arrière, en chignon ou queue-de-cheval ; la photo ne permettait pas de le dire. Date de naissance : 6 janvier 1974. L'adresse était la même que sur la carte de bibliothèque.

Darcy s'aperçut qu'elle était en train de pousser une sorte de vagissement désolé. C'était horrible d'entendre un tel son sortir de sa gorge, mais elle était incapable de s'arrêter. Et son estomac s'était changé en une boule de plomb. Qui entraînait vers le bas tous ses organes, les étirait et leur faisait prendre des formes nouvelles et désagréables. Elle avait vu le visage de Marjorie Duvall dans le journal. Et aussi aux infos de six heures.

De ses doigts qui ne sentaient plus rien, elle replaça l'élastique autour des cartes, replaça les cartes dans le coffret, puis replaça le coffret dans sa cachette. Elle s'apprêtait à l'y ré-enfermer quand elle s'entendit dire : « Non, non, non, c'est pas normal. Ce n'est pas possible. »

Était-ce la voix de l'Intelligente ou de la Stupide Darcy ? Difficile à dire. Ce qu'elle savait sans l'ombre d'un doute, c'est que celle qui avait ouvert la boîte était la Stupide Darcy. Et que grâce à la Stupide Darcy, elle était en train de perdre pied.

Ressortir le coffret. Penser : *C'est une erreur, ce doit être une erreur, ça fait plus de la moitié de notre vie que nous sommes mariés, je le saurais, je l'aurais su.* Ouvrir le coffret. Penser : *Est-ce qu'on connaît jamais quelqu'un ?*

Avant ce soir, elle aurait dit que oui.

Le permis de conduire de Marjorie Duvall se trouvait maintenant dessus. Avant, il se trouvait dessous. Darcy l'y replaça. Mais laquelle des deux autres cartes se trouvait sur le dessus, celle de la Croix-Rouge ou celle de la bibliothèque ? C'était simple, c'était forcément simple quand on n'avait que deux choix possibles, mais elle était trop bouleversée pour se rappeler. Elle plaça la carte de bibliothèque sur le dessus et se rendit compte aussitôt que ce n'était pas ça, parce que la première chose qu'elle avait vue en ouvrant le coffret, ç'avait été une tache rouge, rouge comme du sang, et bien sûr, une carte de donneur de sang, ça devait être rouge, donc, c'était celle-là, celle du dessus.

Elle l'y remit, et comme elle repassait l'élastique autour de la petite collection de cartes, le téléphone se remit à sonner dans la maison. C'était lui. C'était Bob, qui appelait du Vermont, et si elle s'était trouvée dans la cuisine pour répondre, elle aurait pu entendre au bout du fil sa voix enjouée (une voix qu'elle connaissait comme sa propre voix) lui demander : *Ho, chérie, comment va ?*

Elle sursauta, ses doigts glissèrent et l'élastique claqua. Il fila dans les airs et elle poussa un cri, de colère ou de dépit, elle ne savait pas. Mais enfin, pourquoi aurait-elle eu peur ? En vingt-sept ans de mariage, il n'avait jamais levé la main sur elle, sauf pour la caresser. Et il n'avait que rarement haussé le ton pour lui parler.

Le téléphone sonna encore... encore... puis s'arrêta au beau milieu d'une sonnerie. Maintenant, il allait laisser un message. *Je t'ai encore loupée ! Zut ! Appelle-moi, d'accord, pour pas que je m'inquiète ? Mon numéro est le...*

Il lui donnerait son numéro de chambre aussi. Il ne laissait jamais rien au hasard, ne tenait rien pour acquis.

Ce qu'elle pensait ne pouvait rigoureusement pas être vrai. Ça ressemblait à un de ces délires monstrueux qui surgissent parfois de la boue stagnant dans les profondeurs d'un esprit, et qui étincellent de l'éclat hideux du plausible : que des remontées d'acide sont les prémices d'une crise cardiaque, un mal de tête une tumeur au cerveau, et que Petra n'ait pas téléphoné dimanche soir le signe qu'elle avait eu un accident de voiture et qu'elle était en ce moment même dans le coma à l'hôpital. Mais ces délires survenaient généralement à quatre heures du matin, quand l'insomnie prenait les commandes. Pas à huit heures du soir... Et où était ce nom de Dieu d'élastique ?

Elle le retrouva enfin, derrière le carton de catalogues dans lequel elle ne voulait plus jamais regarder. Elle le mit dans sa poche, commença à se relever pour aller en chercher un autre, en oubliant où elle se trouvait, et se cogna la tête sous le plateau.

Darcy se mit à pleurer.

Elle ne trouva aucun élastique dans aucun des tiroirs de l'établi, ce qui fit redoubler ses pleurs. Elle enfila le passage pour retourner à la maison, avec ces terribles, ces inexplicables pièces d'identité dans la poche de sa robe de chambre, et prit un élastique dans le tiroir de la cuisine où elle gardait tout un tas de bazar plus ou moins utile : trombones, liens pour sacs de congélation, aimants de frigo qui avaient perdu presque tout leur pouvoir d'aimanter. Sur l'un d'eux était écrit LA PATRONNE ICI, C'EST DARCY ; un petit cadeau signé Bob dans son bas de laine de Noël.

Sur le comptoir, clignotant régulièrement, le voyant du téléphone signalait : *message, message, message.*

Elle retourna précipitamment au garage sans tenir les pans de sa robe de chambre. Elle ne sentait plus le froid extérieur, car celui qu'elle ressentait à l'intérieur était sans commune mesure. Et puis il y avait la boule de plomb qui tirait ses entrailles vers le bas. Les étirait. Elle avait vaguement conscience d'avoir envie de déféquer. Affreusement envie.

Peu importe. Retiens-toi. Fais comme si tu étais sur l'autoroute et que la prochaine aire de repos est à trente kilomètres. Fais d'abord ça. Remets tout en place, comme c'était. Ensuite tu pourras…

Ensuite elle pourrait quoi ? L'oublier ?

Tu parles.

Elle entoura les cartes d'identité avec l'élastique, s'aperçut que le permis de conduire était repassé sur le dessus sans qu'elle sache comment, et se traita de stupide conne… une injure qui aurait valu une bonne gifle à Bob si jamais il avait essayé de la lui balancer. Ce qu'il n'avait jamais fait.

« Une stupide conne mais pas une chienne attachée », marmonna-t-elle, et une crampe, comme un coup de couteau dans le ventre, la plia en deux. Elle se laissa tomber à genoux et resta figée dans cette position, attendant que le spasme passe. Elle se serait précipitée aux toilettes s'il y en avait eu au garage, mais il n'y en avait pas. Quand la crampe se dénoua – avec réticence –, Darcy replaça les cartes dans l'ordre où elle était pratiquement certaine de les avoir trouvées (donneur de sang, bibliothèque, permis de conduire), puis les remit dans le coffret marqué **LINKS**. Le coffret dans le trou. La section de plinthe pivotante soigneusement refermée. Le carton de catalogues à l'endroit où il était quand elle avait buté dessus ; dépassant légèrement. Il ne remarquerait pas la différence.

Était-elle bien sûre de ça ? S'il était ce qu'elle pensait – qu'une chose aussi monstrueuse puisse lui être seulement entrée dans la tête, alors que tout ce qu'elle venait chercher, moins d'une demi-heure auparavant, c'étaient des piles neuves pour cette fichue télécommande –, si c'était bien ce qu'il était, alors, cela faisait longtemps qu'il se montrait prudent. Prudent et soigneux ; et prudent et soigneux, il l'était. Il était l'authentique gars du genre « propre et net ». Mais s'il était aussi ce que ces fichues (non, ces *foutues*) cartes en plastique semblaient suggérer, alors il devait être *surnaturellement* prudent. Sournois.

C'était un mot qu'elle n'avait jamais pensé à associer à Bob avant ce soir.

« Non », dit-elle, s'adressant au garage. Elle transpirait, ses cheveux lui collaient au visage comme de vilaines queues de rats, elle avait des crampes dans le bas-ventre et ses mains tremblaient comme celles d'un malade de Parkinson, mais sa voix était étonnamment calme, étrangement sereine. « Non, ce n'est pas lui. C'est une erreur. *Mon mari n'est pas Beadie.* »

Là-dessus, elle retourna dans la maison.

5

Elle décida de se faire du thé. Pour se calmer. Elle emplissait la bouilloire, quand le téléphone se remit à sonner. Elle lâcha la bouilloire dans l'évier – *clong*, le son lui arracha un petit cri – puis se dirigea vers le téléphone en s'essuyant les mains sur sa robe de chambre.

Du calme, du calme, s'enjoignit-elle. *S'il peut garder un secret, moi aussi. Souviens-toi qu'il y a une explication raisonnable à tout ça...*

Ah, tu crois ?

... et je ne la connais pas, voilà. J'ai besoin de temps pour y réfléchir, c'est tout. Alors : du calme.

Elle décrocha et lança gaiement : « Si c'est toi, mon beau, rapplique de suite. Mon mari est absent. »

Bob rit. « Ho, chérie, comment va ?

— La queue en l'air et la truffe au vent. Et toi ? »

Il y eut un long silence. Elle trouva qu'il se prolongeait en tout cas, même s'il n'avait pu durer plus de quelques secondes. Dans ce silence, elle entendit la complainte soudain lugubre du réfrigérateur, l'eau du robinet gouttant sur la bouilloire qu'elle avait abandonnée dans l'évier, et son propre battement de cœur – ce dernier semblant provenir de sa gorge et de ses oreilles plutôt que de sa poitrine. Ils étaient mariés depuis si longtemps qu'ils étaient devenus extraordinairement accordés l'un à l'autre. Est-ce que cela arrivait dans tous les couples ? Elle l'ignorait. Elle ne connaissait que le sien. Encore que maintenant, elle ait tout lieu de se demander si elle le connaissait un tant soit peu.

« Tu as l'air toute drôle, dit-il. La voix pâteuse. Tout va bien, chérie ? »

Sa sollicitude aurait dû la toucher. Au lieu de quoi elle en fut terrifiée. Marjorie Duvall : non seulement ce nom flottait devant ses yeux mais il semblait clignoter comme une enseigne au néon. Un instant, elle resta sans voix et, à son horreur, la cuisine qu'elle connaissait si bien se mit à trembler devant elle tandis que d'autres larmes lui montaient aux yeux. Cette lourdeur, et ces crampes, étaient revenues dans son ventre. Marjorie Duvall. A +. 17 Cherie Lane. Comme dans *Ho, chérie, la vie te sourit ? La queue en l'air et la truffe au vent ?*

Elle s'entendit dire : « Je pensais à Brandolyne.

— Oh, bébé », fit-il.

Et cette sympathie dans sa voix, c'était tout lui. Elle était si familière à Darcy. Elle l'avait soutenue tant de fois depuis 1984. Et même avant, à l'époque où ils se fréquentaient tout juste, quand elle avait progressivement compris que c'était lui le bon numéro. Oh oui, cette sympathie dans sa voix l'avait soutenue. Comme Darcy elle-même avait soutenu Bobby. L'idée que pareille sympathie puisse n'être qu'un joli glaçage sur un gâteau empoisonné était démentielle. Qu'elle-même, en cet instant, fût en train de lui mentir était encore plus démentiel. En admettant, cela dit, qu'il y ait des degrés dans la démence. Mais l'adjectif démentiel était peut-être comme unique, sans comparatif ni superlatif, pas de « plus démentiel » ni de « moins démentiel ». Démentiel tout court. Mais enfin, à quoi pensait-elle ? Pour l'amour du ciel, à quoi ?

Il venait de parler. Et elle n'avait aucune idée de ce qu'il avait dit.

« Répète-moi ça, tu veux. J'étais en train d'attraper le thé. » Encore un mensonge – ses mains tremblaient trop pour attraper quoi que ce soit –, mais un petit mensonge plausible. Et sa voix ne tremblait pas. C'est du moins ce qu'il lui semblait.

« Je disais... et qu'est-ce qui a déclenché ça ?

— Donnie a appelé et demandé des nouvelles de sa sœur. Ça m'a fait penser à la mienne. Je suis sortie et j'ai marché dehors un moment. J'ai commencé à renifler, et voilà, même si c'était en partie à cause du froid. Tu as dû l'entendre à ma voix.

— Ouais, de suite, dit-il. Écoute, je pourrais annuler Burlington demain et rentrer directement à la maison. »

Elle faillit s'écrier : *Non !* mais c'était exactement la chose à ne pas faire. Son cri du cœur risquait de lui faire prendre la route, débordant de sollicitude, à la première heure demain matin.

« Tu fais ça, et je te colle un marron dans l'œil », lui dit-elle. Et elle fut soulagée de l'entendre rire. « Charlie Frady t'a bien dit que cette vente à Burlington méritait le déplacement, et ses contacts sont toujours bons. Son instinct aussi, tu l'as toujours dit.

— Oui, mais je n'aime pas t'entendre aussi déprimée. »

Mauvais pour elle, ça, qu'il ait entendu de suite (de suite !) que quelque chose n'allait pas. Et qu'elle doive mentir sur la réalité du problème était... Ah, ça c'était pire. Elle ferma les yeux, vit Sheila la Chienne en Chaleur hurler sous sa cagoule noire, et les rouvrit.

« J'étais déprimée, mais je ne le suis plus, lui dit-elle. J'ai juste eu un petit passage à vide. C'était ma sœur, après tout, et j'étais là quand mon père l'a ramenée à la maison. Quelquefois j'y pense, c'est tout.

— Je sais », dit-il.

Lui aussi y pensait. Ce n'était pas à cause de la mort de sa sœur qu'elle était tombée amoureuse de Bob Anderson, mais la compréhension qu'il avait témoignée face à sa douleur avait resserré leurs liens.

Brandolyne Madsen avait été renversée par un conducteur de scooter des neiges ivre alors qu'elle faisait une randonnée à skis. Le chauffard avait pris la fuite, abandonnant son corps dans les bois à moins de deux kilomètres du domicile des Madsen. Brandi n'étant toujours pas rentrée à huit heures du soir, le comité de vigilance du voisinage, accompagné de deux policiers de Freeport, avait monté une expédition de recherches. C'était leur père qui avait retrouvé son corps et l'avait ramené dans ses bras, deux kilomètres à travers les bois de pins, jusqu'à la maison familiale. Darcy – postée dans le salon où elle répondait au téléphone et veillait à ce que sa mère reste calme – avait été la première à l'apercevoir. Sous la lumière crue d'une pleine lune d'hiver, il gravissait la pelouse en pente, sa respiration formant de petits nuages blancs devant lui. La première chose qui était venue à l'esprit de Darcy (c'était encore un souvenir terrible pour elle), c'était un de ces vieux films d'amour romantique en noir et blanc qu'ils passent parfois sur TCM, dans lesquels on voit toujours un type porter sa jeune épouse dans ses bras pour franchir le seuil du havre heureux de leur lune de miel pendant que le sirop de cinquante violons dégouline dans la bande-son.

Bob Anderson était capable de compatir d'une façon qui n'était pas donnée à tout le monde, avait découvert Darcy. Il n'avait perdu ni frère ni sœur, mais il avait perdu son meilleur ami à l'adolescence. Le garçon s'était jeté sur la route pour rattraper une balle de base-ball perdue (pas sur un lancer de Bob, c'était déjà ça : Bob ne jouait pas au base-ball et se trouvait à la piscine ce jour-là), s'était fait renverser par un camion de livraison et était mort à l'hôpital peu de temps après. Ce n'était pas seulement cette coïncidence de chagrins anciens qui lui faisait trouver leur union spéciale, mais c'était ce qui lui conférait cette qualité mystique, d'une certaine manière – moins de l'ordre de la coïncidence que du destin.

« Reste dans le Vermont, Bobby. Va à ta vente aux enchères. Ça me fait plaisir que tu te sentes concerné, mais si tu rentres en catastrophe à la maison, j'aurais l'impression d'être une gosse. Et ça me rendra folle.

— D'accord. Mais je t'appelle demain matin à sept heures trente. Te voilà prévenue. »

Elle rit et fut soulagée d'entendre que c'était un vrai rire... ou si proche qu'on ne percevait pas la différence. Et pourquoi n'aurait-elle pas eu droit à un vrai rire ? Pourquoi, au nom du ciel ? Elle aimait Bob et était prête à lui accorder le bénéfice du doute. Du moindre doute. Bon, d'accord, elle n'avait pas le choix. On ne peut pas fermer le robinet de l'amour comme on ferme un robinet d'eau – même un amour vieux de vingt-sept ans, du genre vaguement absent et trop souvent tenu pour acquis. L'amour prend sa source dans le cœur, et le cœur a ses propres raisons.

« Bobby, tu m'appelles toujours à sept heures trente !

— Faute avouée... N'hésite pas à me rappeler ce soir...

— ... si tu as besoin de quelque chose, à n'importe quelle heure », termina-t-elle pour lui. À présent, elle se

sentait presque redevenue elle-même. C'était vraiment incroyable, le nombre de coups durs qu'un esprit peut encaisser. « Je m'en souviendrai.
— J't'aime, chérie. »
Coda de tant de leurs conversations au fil des ans.
« J't'aime aussi », dit-elle en souriant.
Puis elle raccrocha, appuya le front contre le mur, ferma les yeux et se mit à pleurer avant que le sourire n'ait eu le temps de quitter ses lèvres.

6

Son ordinateur, un iBook désormais assez ancien pour faire « vintage », se trouvait dans sa salle de couture. Elle l'utilisait rarement pour autre chose que consulter ses e-mails et aller sur eBay, mais cette fois, elle ouvrit Google et tapa le nom de Marjorie Duvall. Elle hésita, juste un peu, avant de rajouter Beadie. Pourquoi prolonger le supplice ? Ce nom surgirait de toute façon, elle en était sûre. Elle appuya sur « Entrée », et tandis qu'elle regardait le petit disque d'attente tournicoter tout en haut de l'écran, ses crampes la reprirent. Elle courut aux toilettes, s'assit sur la cuvette et, tenant sa figure dans ses mains, vida ses intestins. Il y avait une glace derrière la porte, et elle ne tenait pas à se voir dedans. Qu'est-ce que cette glace faisait là, de toute façon ? Pourquoi avait-elle accepté qu'elle y soit ? Même dans un moment d'euphorie (tout le contraire de maintenant), qui avait envie de se regarder sur le trône ?

Elle retourna à son ordinateur lentement, traînant les pieds comme une petite fille qui sait qu'elle va être punie pour avoir « Fait la Vilaine », comme disait sa mère. Elle vit que Google avait procuré plus de cinq millions de résultats à sa recherche : Ô omnipotent Google, si terrible et généreux. Mais le premier d'entre eux la fit rire, sans rire : c'était une invitation à suivre Marjorie Duvall Beadie sur Twitter. Darcy devina qu'elle pouvait ignorer ce fil-là. Sauf si elle se trompait (et quel fameux soulagement ce serait), il y avait un certain temps que la Marjorie qu'elle cherchait avait twitté son dernier twitt sur Twitter.

Le deuxième résultat renvoyait sur le *Portland Press Herald*, et quand Darcy cliqua dessus, la photo qui l'accueillit (cet accueil lui fit l'effet d'une gifle) était celle qu'elle se rappelait avoir vue à la télé, et aussi dans cet article sans doute, puisque le *Press Herald* était leur journal local. L'article avait fait la une dix jours plus tôt. LA FEMME DU NEW HAMPSHIRE : 11e VICTIME DE « BEADIE » ? hurlait le titre. Et en sous-titre : *« Probable à quatre-vingt-dix pour cent », selon une source policière.*

Marjorie Duvall était beaucoup plus jolie sur la photo du journal, un cliché de studio sur lequel elle posait de façon classique, dans une robe noire ondulante. Ses cheveux lâchés étaient d'un blond beaucoup plus clair aussi. Darcy se demanda si c'était son mari qui avait procuré la photo. Elle supposait que oui. Elle supposait que cette photo avait dû orner leur dessus de cheminée au 17 Cherie Lane, ou y avait été encadrée sur le mur. La jolie maîtresse de maison accueillant ses invités de son éternel sourire.

Pourquoi les hommes préfèrent les blondes ? Parce qu'ils ne supportent plus la fumée des brunes.

Encore une blague à Bob. Elle l'avait jamais beaucoup aimée, celle-là. Et elle détestait qu'elle lui vienne à l'esprit maintenant.

Marjorie Duvall avait été découverte dans une ravine à dix kilomètres de son domicile de South Gansett, à l'extérieur de l'agglomération de North Conway. D'après les premières observations du shérif du comté, la mort avait vraisemblablement été provoquée par strangulation, mais il laissait au médecin légiste le soin de le confirmer. Il refusait de se livrer à d'autres spéculations, ou déclarations, mais la source non révélée du journaliste (qualifiée de « proche de l'enquête », ce qui validait l'information au moins à moitié) indiquait que Marjorie Duvall avait été mordue et agressée sexuellement « selon un mode opératoire qui rappelait les autres meurtres de Beadie ».

La transition était toute trouvée pour un récapitulatif complet des meurtres antérieurs. Le premier remontait à 1977. Il y en avait eu deux autres en 1978, un en 1980, puis encore deux en 1981. Deux de ces meurtres avaient été perpétrés dans le New Hampshire, deux dans le Massachusetts, le cinquième et le sixième dans le Vermont. Puis il y avait eu une interruption de seize ans. La police envisageait trois hypothèses : soit Beadie avait déménagé et poursuivi ses agissements dans une autre région, soit Beadie avait été arrêté pour un autre crime sans lien apparent et se trouvait en prison, soit Beadie avait mis fin à ses jours. La seule hypothèse impossible à envisager, selon le psychiatre consulté par le journaliste pour l'occasion, était que Beadie en ait eu assez. « Ces individus n'en ont jamais assez, avait affirmé le psy. C'est leur sport, leur compulsion. Plus encore, c'est leur vie secrète. »

Vie secrète. Quel bonbon empoisonné, cette expression.

La sixième victime de Beadie, à Barre dans le Vermont, avait été dégagée d'une congère par un chasse-neige une semaine avant Noël. *Quelles fêtes ont dû passer ses proches*, pensa Darcy. Son Noël à elle n'avait pas été terrible non plus, cette année-là. Souffrant de solitude loin de chez elle (un aveu qu'on ne lui aurait pas arraché, même sous la torture, lors de ses conversations téléphoniques avec sa mère), occupant un emploi pour lequel elle n'était pas sûre d'être qualifiée, même après dix-huit mois et une promotion au mérite, elle ne s'était absolument pas sentie animée par l'esprit de Noël. Elle avait bien quelques copines (les Filles des Soirées Margaritas), mais aucune véritable amie. Elle n'avait jamais été douée pour se faire des amis. Le mot gentil pour qualifier sa personnalité était « timide »; « introvertie » aurait probablement été plus exact.

Et puis Bob Anderson était entré dans sa vie, le sourire aux lèvres – Bob qui l'avait invitée à sortir avec lui et pour qui il n'y avait pas de « non » qui tienne. Ça devait être moins de trois mois après la découverte dans la neige du corps de la sixième victime de « Beadie première période ». Ils étaient tombés amoureux. Et Beadie avait arrêté pendant seize ans.

À cause d'elle ? Parce qu'il l'aimait ? Parce qu'il voulait arrêter de « Faire le Vilain » ?

Ou était-ce juste une coïncidence ? Oui, ça pouvait être ça.

La septième victime de Beadie, et la première de ce que le journal appelait sa « nouvelle période », était originaire de Waterville, Maine et s'appelait Stacey Moore. Son mari l'avait trouvée dans leur cave à son retour de Boston où il était allé voir un match des Red Sox avec deux amis. Août 1997, c'était. Stacey Moore avait été retrouvée la tête enfoncée dans une caisse de maïs doux que les Moore proposaient en vente directe au bord de la route 106. Elle était nue, les mains attachées dans le dos, les fesses et les cuisses portant plus de dix marques de morsures.

Deux jours plus tard, le permis de conduire et la carte de la Croix-Bleue de Stacey Moore, entourés d'un bracelet élastique, étaient arrivés par la poste à Augusta, adressés en lettres capitales à AVOCAT JENRAL NUL, BUREAU D'ENKÊTE CRINIMEL. Accompagné d'un mot : *SALUT ! C'EST RE-MOI ! BEADIE !*

Les inspecteurs chargés du meurtre Moore avaient tout de suite reconnu ce type d'envoi. Des pièces d'identité similaires – accompagnées de joyeux petits mots similaires – avaient été reçues consécutivement à chacun des meurtres précédents. Beadie savait quand ces femmes étaient seules. Il les torturait, principalement avec ses dents ; les violait ou les agressait sexuellement ; les assassinait ; et, des semaines ou des mois plus tard, envoyait leurs pièces d'identité à un commissariat de police quelconque. Pour les narguer.

Et s'assurer qu'on lui en attribue le crédit, pensa lugubrement Darcy.

Il y avait eu un autre meurtre signé Beadie en 2004. Le neuvième et le dixième avaient eu lieu en 2007. Ces deux-là étaient les pires, car l'une des victimes était un enfant : le fils de dix ans de la femme assassinée. L'enfant, dispensé d'école après s'être plaint de maux d'estomac, avait apparemment surpris Beadie sur le fait. Son corps avait été retrouvé avec celui de sa mère dans une rivière voisine. Quand les pièces d'identité de cette femme – deux cartes de crédit et un permis de conduire – étaient arrivées au commissariat n° 7 de l'État du Massachusetts, la carte qui les accompagnait portait ces mots : *COUCOU ! DÉSOLÉ POUR LE GOSSE ! C'ÉTAIT UN ACCIDENT ! MAIS J'AI FAIT VITE ! IL A PAS « SOUFERT » ! BEADIE !*

Elle aurait pu consulter beaucoup d'autres articles (Ô omnipotent Google), mais à quoi bon ? Le doux rêve d'un autre soir ordinaire dans une vie ordinaire avait été balayé par un cauchemar. En lire plus au sujet de Beadie conjurerait-il le cauchemar ? La réponse à cette question était évidente.

Le ventre de Darcy se contracta. Elle courut à la salle de bains, qui sentait encore malgré la ventilation – on arrivait en général, mais pas toujours, à oublier que la vie ne sent pas la rose –, et tomba à genoux devant la cuvette, la bouche ouverte et les yeux rivés sur l'eau bleue. Un moment, elle crut que l'envie de vomir allait passer, puis elle pensa à Stacey Moore étranglée, son visage violacé enfoncé dans le maïs, ses fesses couvertes de sang séché de la couleur du chocolat au lait. Elle bascula en avant et vomit deux fois, assez fort pour recevoir des éclaboussures de Cuvette-Nette dans la figure, mêlée à ses propres déjections.

En pleurs, suffoquant, elle tira la chasse. Elle devrait nettoyer la porcelaine, mais pour le moment elle se contenta d'abaisser le couvercle et de poser sa joue rougie sur le frais plastique beige.

Que vais-je faire ?

La mesure évidente était d'appeler la police. Mais que se passerait-il si elle le faisait et que tout ça se révélait être une lamentable erreur ? Bob avait toujours été le plus généreux et le plus indulgent des hommes – le jour où elle avait foncé dans un arbre près du bureau de poste, emboutissant l'avant de leur vieux van et explosant le pare-brise, il ne s'était inquiété que de savoir si elle s'était blessée au visage – mais voudrait-il lui pardonner si elle le dénonçait à tort pour onze meurtres qu'il n'avait pas commis ? Et puis le monde entier saurait. Coupable ou innocent, sa photo paraîtrait dans le journal. En première page. La sienne aussi.

Darcy se hissa péniblement sur ses pieds, prit la balayette dans le placard et commença à nettoyer. Elle procédait avec lenteur. Elle avait une douleur dans le dos. Elle avait dû vomir assez violemment pour se froisser un muscle.

Elle n'en avait nettoyé que la moitié quand la suite de sa prise de conscience lui tomba dessus. Ils ne seraient pas les seuls à être entraînés dans le battage médiatique et le brassage exécrable des journaux télévisés en boucle ; il fallait penser aux enfants. Donnie et Ken qui venaient de décrocher leurs premiers clients. La banque et le concessionnaire automobile soucieux de son image leur fausseraient compagnie dans les trois heures qui suivraient l'explosion de cette bombe infecte. L'agence Anderson

& Hayward, qui venait de prendre sa première vraie respiration aujourd'hui, serait morte demain. Darcy ignorait combien Ken Hayward avait investi, mais Donnie avait tout mis dans la balance. Ça ne se montait pas à une somme énorme, mais quand on se lançait, il y avait aussi d'autres choses que l'on investissait. Son cœur, son cerveau, son estime de soi.

Et Petra et Michael. Amoureux, en pleins projets de mariage, inconscients d'avoir un coffre-fort de deux tonnes suspendu au-dessus de leur tête au bout d'une corde vilainement effilochée. Pretty avait toujours idolâtré son père. Quel effet cela lui ferait-il de découvrir que les mains qui l'avaient naguère poussée sur la balançoire du jardin étaient les mêmes qui avaient étranglé dix femmes ? Que les lèvres qui l'avaient embrassée pour lui souhaiter bonne nuit dissimulaient des dents qui les avaient mordues, pour certaines jusqu'au sang ?

Alors qu'elle s'était réinstallée à son ordinateur, un titre terrible s'imprima dans l'esprit de Darcy. Elle le visualisait, accompagné d'une photo de Bob avec son foulard, son short kaki ridicule et ses longues chaussettes. Si nettement qu'il aurait pu être déjà paru :

« BEADIE » TUEUR EN SÉRIE
ET GUIDE DE LOUVETEAUX PENDANT 17 ANS

Darcy plaqua une main sur sa bouche. Elle sentait ses yeux palpiter dans leurs orbites. L'idée du suicide lui vint, et pendant quelques (longs) instants cette idée lui parut complètement rationnelle, la seule solution raisonnable. Elle pouvait laisser un mot disant qu'elle l'avait fait par crainte d'avoir le cancer. Ou un début précoce d'alzheimer, voilà qui était encore mieux. Mais le suicide jetait aussi une ombre noire sur les familles. Et si elle se trompait ? Si Bob avait seulement trouvé ce paquet de cartes d'identité au bord de la route, ou ailleurs ?

Sais-tu à quel point c'est improbable ? ironisa-t-elle.

Bon d'accord, mais improbable n'équivalait pas à impossible, vrai ?

Oui, mais il y avait encore autre chose. Une chose qui rendait le piège dans lequel elle se trouvait sans issue : et si elle avait raison ? Sa mort ne laisserait-elle pas les mains libres à Bob, puisqu'il ne serait plus obligé de mener une double vie ? Darcy hésitait à croire à une existence consciente après la mort, mais s'il y en avait une ? Si, en arrivant là-bas, elle était confrontée, non pas à de verts pâturages et de poissonneuses rivières édéniques, mais à une haie abominable de femmes étranglées et marquées par les dents de son mari, l'accusant toutes d'avoir causé leur mort en prenant lâchement la tangente ? Et est-ce que cette accusation ne vaudrait pas aussi si elle choisissait de fermer les yeux (même si elle ne croyait pas un seul instant que cette option fût possible) ? S'estimait-elle vraiment en droit, juste pour que sa fille ait un agréable mariage en juin, de condamner d'autres femmes à une mort horrible ?

Elle pensa : *Je voudrais être morte.*

Mais elle ne l'était pas.

Pour la première fois depuis des années, Darcy Madsen Anderson se laissa tomber à genoux par terre et se mit à prier. Bien en vain. À part elle, la maison était vide.

7

Elle n'avait jamais tenu de journal, mais elle avait des dizaines d'années d'agendas rangés dans le bas de son spacieux meuble de couture. Et il y avait des décennies de preuves des déplacements de Bob entassées dans l'un des tiroirs du meuble classeur qu'il avait dans son bureau de la maison. En bon comptable spécialiste des impôts (avec sa propre affaire dûment constituée en société commerciale), il était particulièrement méticuleux en matière de conservation d'archives, déduisant le moindre abattement, reportant le moindre crédit d'impôt, défalquant ses frais de déplacement jusqu'au dernier centime.

Elle apporta les dossiers de Bob et les empila avec ses propres agendas à côté de son ordinateur. Elle rouvrit Google et s'obligea à effectuer les recherches dont elle avait besoin, notant les noms et les dates de décès (forcément approximatives pour certaines) des victimes de Beadie. Puis, tandis que l'horloge sur la barre de contrôle de son ordinateur franchissait sans bruit les dix heures du soir, elle commença le laborieux travail de recoupement. Elle aurait donné dix ans de sa vie pour découvrir quoi que ce soit qui aurait pu le disculper d'un seul meurtre, mais ses agendas ne firent qu'apporter des preuves aggravantes. Kellie Gervais, de Keene dans le New Hampshire, avait été découverte dans les bois derrière le terrain vague local le 15 mars 2004. D'après le médecin légiste, elle était morte depuis trois à cinq jours. Sur son agenda 2004, en travers des 10, 11 et 12 mars, Darcy avait écrit : *Bob Fitzwilliam Brat*. Brat était l'abréviation qu'elle utilisait pour Brattleboro où habitait Fitzwilliam, un client fortuné de Benson, Bacon & Anderson. À une courte distance en voiture de Keene, New Hampshire.

Helen Shaverstone et son fils Robert avaient été découverts dans la rivière Newrie Creek à Amesbury, le 11 novembre 2007. Tous deux habitaient Tassel Village, à une vingtaine de kilomètres de là. Sur la page de novembre de son agenda 2007, Darcy avait tiré un trait sur les dates des 8, 9 et 10 novembre et griffonné *Bob Saugus 2 ventes successorales + enchères Boston*. Et ne se souvenait-elle pas de lui avoir téléphoné à son motel de Saugus, un de ces soirs-là, sans le trouver ? et d'avoir présumé qu'il était peut-être encore avec un marchand de monnaies ? ou sous la douche ? Oui, il lui semblait se souvenir de ça. Était-il en fait sur la route ce soir-là ? Peut-être de retour d'une course (un petit dépôt à faire) dans la ville d'Amesbury ? Et s'il était sous la douche, pour y laver quoi, pour l'amour du ciel ?

Elle se plongea dans les dossiers déplacements de Bob tandis que l'horloge de la barre de contrôle passait les onze heures et commençait à s'acheminer vers minuit, l'heure du crime, l'heure où bâillent les cimetières. Darcy s'appliquait, s'arrêtant souvent pour revérifier. Les documents des années soixante-dix étaient piqués, et pas d'un grand secours – Bob n'était rien de plus que le rond-de-cuir de base en ce temps-là – mais à partir des années quatre-vingt, tout y était, et les corrélations avec les meurtres de 1980 et 1981 de Beadie sautaient aux yeux. Il avait chaque fois effectué des déplacements dans les régions correspondantes aux dates correspondantes. Et l'Intelligente Darcy de conclure : quand on trouve assez de poils de chat chez quelqu'un, on peut facilement en conclure qu'un félin se cache quelque part dans la maison.

Alors je fais quoi maintenant ?

La seule réponse semblait être de transporter sa tête tourneboulée et effrayée dans sa chambre. Elle doutait de pouvoir s'endormir, mais elle pourrait au moins prendre une douche chaude et s'allonger. Elle était épuisée, son point dans le dos la lançait depuis qu'elle avait vomi, et elle sentait très fort la sueur.

Elle éteignit l'ordinateur, et gravit l'escalier menant à l'étage avec des semelles de plomb. La douche soulagea un peu sa douleur dans le dos et les deux comprimés de Tylenol finiraient par en venir à bout autour de deux heures du matin ; elle était sûre qu'elle serait réveillée pour le savoir. En reposant le Tylenol dans l'armoire à pharmacie, elle prit le flacon d'Ambien, le garda dans la main pendant près d'une minute, avant de le reposer aussi. L'Ambien ne l'aiderait pas à dormir, il ne ferait que lui embrumer le cerveau et la rendre – peut-être – plus paranoïaque qu'elle ne l'était déjà.

Elle s'allongea et regarda la table de nuit de l'autre côté du lit. Le réveil de Bob. La deuxième paire de lunettes de vue de Bob. Un livre intitulé *La Cabane*.

Tu devrais lire ça, Darce, c'est un livre qui change la vie, lui avait-il dit deux ou trois soirs avant ce tout dernier voyage.

Elle éteignit la lampe, vit Stacey Moore enfoncée dans la caisse de maïs, et la ralluma. La plupart du temps, la nuit était son alliée – bienveillante annonciatrice du sommeil –, mais pas ce soir. Ce soir, l'obscurité était peuplée par le harem macabre de Bob.

Tu n'en sais rien. Souviens-toi que tu n'en sais absolument rien.

Mais si tu trouves assez de poils de chat…

Arrête aussi avec tes poils de chat.

Elle resta étendue, encore plus lucide qu'elle ne le craignait, son esprit décrivant des cercles, pensant tantôt aux victimes, tantôt à ses enfants, tantôt à elle-même, pensant même à un épisode biblique depuis longtemps oublié, celui où Jésus prie dans le jardin de Gethsémani. Après ce qui lui parut une heure passée à tourner et retourner ces infâmes inquiétudes, elle jeta un nouveau coup d'œil au réveil de Bob et vit qu'à peine douze minutes s'étaient écoulées. Elle se souleva sur un coude et tourna le cadran du réveil vers la fenêtre.

Il ne sera pas là avant demain soir six heures, pensa-t-elle… Sauf que, puisqu'il était déjà minuit un quart, il serait à la maison ce soir. N'importe, ça lui laissait dix-huit heures. C'était sûrement assez pour parvenir à une décision. Avec un minimum de sommeil, elle y arriverait – le sommeil avait la capacité de remettre le compteur mental à zéro. Mais ce fut peine perdue. Elle somnolait un peu, puis pensait à Marjorie Duvall, ou à Stacey Moore, ou (c'était le pire) à Robert Shaverstone, dix ans. *IL A PAS « SOUFERT »*! Et alors, tout espoir de sommeil s'envolait à nouveau. La pensée lui vint qu'elle risquait de ne plus jamais pouvoir redormir un jour. C'était impossible, naturellement, mais étendue là, avec le goût de vomi encore dans la bouche malgré le rinçage au Scope, ça lui paraissait complètement plausible.

À un moment donné lui revint en mémoire un épisode de son enfance, l'année qu'elle avait passée à faire inlassablement le tour des miroirs de sa maison. Elle se postait devant, les mains en parenthèses autour du visage et le nez sur le verre, mais en retenant sa respiration pour ne pas embuer la surface.

Si sa mère la surprenait, elle la chassait d'une tape. *Ça laisse une auréole, et je dois nettoyer après. Pourquoi t'intéresses-tu donc tant à toi-même, d'ailleurs? Tu ne seras jamais pendue pour ta beauté, tu sais. Et pourquoi te planter si près? Tu ne peux rien voir du tout en regardant d'aussi près.*

Quel âge pouvait-elle avoir? Quatre ans? Cinq ans? Trop jeune pour expliquer que ce n'était pas son reflet qui l'intéressait – ou du moins pas en priorité. Elle était persuadée que les miroirs étaient des passages vers un autre monde; et ce qu'elle voyait reflété dans le verre, ce n'était pas leur salle de séjour ou leur salle de bains, mais la salle de séjour ou la salle de bains d'une autre famille. Peut-être les Matson au lieu des Madsen. Parce que c'était à peu près pareil de l'autre côté du verre, mais pas tout à fait, et si on regardait assez longtemps, on commençait à repérer les différences: un tapis qui paraissait ovale de l'autre côté alors que de ce côté-ci il était rond, une porte munie d'une poignée à la place d'un loquet, un interrupteur placé du mauvais côté de l'entrée. La petite fille non plus n'était pas la même. Darcy était certaine qu'elles étaient parentes – sœurs de miroir? –, mais pareilles, non. Au lieu de s'appeler Darcellen Madsen, cette petite fille pouvait s'appeler Jane ou Sandra ou Eleanor Rigby, celle qui, pour une raison mystérieuse (une raison *effrayante*) allait ramasser le riz dans les églises où il y avait eu des mariages.

Allongée dans le cercle de lumière de sa lampe de chevet, somnolant sans s'en rendre compte, Darcy supposait que si elle avait pu dire à sa mère ce qu'elle cherchait, si elle lui avait expliqué pour la « Fille Plus Obscure » qui n'était pas tout à fait elle, elle aurait pu avoir affaire quelque temps avec un psychiatre pour enfants. Mais ce n'était pas la petite fille qui l'intéressait, ça n'avait jamais été la petite fille. Ce qui l'intéressait, c'était l'idée qu'il y avait tout un autre monde derrière les miroirs, et que si l'on avait pu traverser l'autre maison (la Maison Plus Obscure) et ressortir par l'autre porte, le reste de ce monde aurait été là, offert, en attente.

Bien sûr, cette idée lui était passée. Et avec l'aide d'une nouvelle poupée (qu'elle avait appelée Mrs. Butterworth, comme le sirop pour les *pancakes* qu'elle adorait) et d'une nouvelle maison de poupée, elle était passée à des fantasmes de petite fille plus acceptables : la Cuisine, le Ménage, les Courses, Gronder le Bébé, Se Changer Pour le Dîner. Et voilà qu'aujourd'hui, tant d'années après, elle avait finalement réussi à le traverser, le miroir. Sauf que ce n'était pas une petite fille qui l'attendait dans la Maison Plus Obscure, c'était un Époux Plus Obscur, qui avait vécu derrière le miroir pendant tout ce temps-là, et y avait commis des actes terribles.

Une bonne pour un bon prix, comme aimait dire Bob – credo du comptable, s'il en est un.

La queue en l'air et la truffe au vent – réponse à *Comment vas-tu? La forme?* que tous les gosses de toutes les meutes de louveteaux qu'il avait jamais emmenés marcher sur le sentier du Macchabée connaissaient bien. Réponse que certains de ces garçons devenus adultes continuaient sans doute à répéter.

Les hommes préfèrent les blondes, l'oublie pas celle-là. Parce qu'ils ne supportent plus…

C'est là que le sommeil l'emporta. Et même si cet infirmier bienveillant ne pouvait l'emporter bien loin, les plis sur son front et aux coins de ses yeux rougis et gonflés par les larmes s'atténuèrent un peu. Elle était encore assez près de l'état de veille pour remuer lorsque son époux se rangea dans l'allée, mais pas assez cependant pour émerger tout à fait. Elle l'aurait pu si la lumière des phares du Suburban avait éclaboussé le plafond, mais Bob les avait éteints à quelques maisons de là pour ne pas la réveiller.

8

Un chat lui caressait la joue d'une patte de velours. Très légèrement mais avec beaucoup d'insistance.

Darcy tenta de le repousser, mais sa main semblait peser une tonne. Et c'était un rêve, de toute façon – sûrement, ça devait l'être. Ils n'avaient pas de chat. *Mais s'il y a assez de poils de chat dans la maison, il doit bien y en avoir un quelque part*, lui dit, assez raisonnablement, son esprit qui luttait pour se réveiller.

Maintenant la patte caressait sa frange, et son front en dessous, et ça ne pouvait pas être un chat, parce que les chats ne parlent pas.

« Réveille-toi, Darce. Réveille-toi, chouchou. Il faut qu'on parle. »

La voix, tout aussi douce et apaisante que la caresse. La voix de Bob. Et pas une patte de chat, mais une main. La main de Bob. Sauf que ça ne pouvait pas être lui, parce qu'il était à Montp…

Ses yeux s'ouvrirent en grand et il était là, oui absolument, assis à côté d'elle sur le lit, à lui caresser le visage et les cheveux comme il le faisait parfois quand elle était mal fichue. Il portait un costume trois-pièces JoS. A. Bank (il achetait tous ses costumes là, et il disait – encore une de ses expressions à moitié drôles – « J'Ose-la-Banque »), mais son gilet était déboutonné et son col de chemise ouvert. Elle avisa le bout de sa cravate qui dépassait, telle une langue rouge, de la poche de son manteau. Son ventre débordait de sa ceinture et la première pensée cohérente de Darcy fut *Il faut vraiment que tu t'occupes de ton poids, Bobby, ce n'est pas bon pour ton cœur.*

« Qu… ? » Un croassement quasi incompréhensible sortit de sa bouche.

Il sourit en continuant de lui caresser les cheveux, la nuque, la joue. Elle s'éclaircit la voix et fit une nouvelle tentative :

« Qu'est-ce que tu fais ici, Bobby ? Il doit bien être… »
Elle souleva la tête pour voir le réveil, inutilement, bien entendu. Elle l'avait tourné vers la fenêtre.

Bob consulta sa montre. Il souriait quand il l'avait réveillée en la caressant. Et il souriait maintenant. « Trois heures moins le quart. Je suis resté assis dans ma stupide chambre de motel pendant près de deux heures après t'avoir parlé, à essayer de me convaincre que ce que je pensais ne pouvait pas être vrai. Sauf que je n'en suis pas arrivé où j'en suis en esquivant la vérité. Alors j'ai sauté au volant du Burban et j'ai pris la route. Aucune circulation. Je ne sais pas pourquoi je ne roule pas plus souvent de nuit. Je vais peut-être m'y mettre. Si je ne finis pas à Shawshank, cela dit. Ou à la prison d'État du New Hampshire à Concord. Mais ça, maintenant, ça dépend de toi. N'est-ce pas ? »

Sa main lui caressait le visage. Son contact lui était familier, son odeur même lui était familière, et elle les avait toujours aimés. Maintenant, elle ne les aimait plus, et pas seulement à cause des sordides découvertes de la nuit. Comment se pouvait-il qu'elle n'ait jamais remarqué la possessivité complaisante de cette main caressante ? *T'es une vieille chienne, mais t'es* ma *vieille chienne*, semblait maintenant lui dire cette main. *Sauf que cette fois, t'as pissé sur le lino pendant mon absence, et ça c'est pas bien. T'as Fait la Vilaine.*

Elle repoussa sa main et se redressa. « Mais bon sang, de quoi tu parles ? Tu rentres à l'improviste, tu me réveilles…

— Oui, tu dormais avec la lumière allumée – je l'ai vu tout de suite, dès que j'ai tourné dans l'allée. »

Il n'y avait aucune culpabilité dans son sourire. Rien de sinistre, non plus. C'était le même sourire indulgent à la Bob Anderson qu'elle avait aimé pratiquement dès le début. Un instant lui revint en mémoire à quel point il avait été délicat pendant leur nuit de noces. Sans la brusquer. Lui laissant le temps de s'habituer à cette nouveauté.

C'est ce qu'il va faire maintenant, pensa-t-elle.

« Tu ne dors jamais avec la lumière allumée, Darce. Et même si tu as mis ta chemise de nuit, je vois bien que tu as gardé son soutien-gorge en dessous, et tu ne fais jamais ça, non plus. C'est parce que tu as oublié de l'enlever, n'est-ce pas ? Pauvre chérie. Pauvre petite fille fatiguée. »

Un bref instant, il lui toucha le sein, puis – Dieu merci – retira sa main.

« Et aussi, tu as retourné mon réveil pour ne pas être obligée de regarder l'heure. Tu as été bouleversée, et j'en suis la cause. J'en suis désolé, Darce. Du fond de mon cœur.

— J'ai mangé quelque chose qui ne m'a pas réussi. »

C'était tout ce qu'elle avait pu trouver.

Il sourit patiemment. « Tu as trouvé ma cachette spéciale dans le garage.

— Je ne sais pas de quoi tu parles.

— Ah, tu t'es bien débrouillée pour tout remettre en place comme tu l'avais trouvé, mais je fais très attention à tout ça, et le morceau de scotch que j'avais placé au-dessus de la cheville était déchiré. Tu ne l'as pas remarqué, n'est-ce pas ? Normal. C'est le genre de scotch qui devient quasi invisible une fois collé. Et aussi, le coffret à l'intérieur était décalé d'environ cinq centimètres sur la gauche par rapport à l'endroit où je le mets – où je le mets toujours. »

Il tendit la main pour lui caresser encore un peu la joue, puis la retira (visiblement sans ressentiment) quand elle détourna le visage.

« Bobby, je vois que tu as quelque chose derrière la tête, mais franchement je ne sais pas ce que c'est. Peut-être que tu t'es surmené au travail. »

Elle vit sa bouche se plisser en une moue de tristesse, ses yeux se mouiller de larmes. Incroyable. Il fallait vraiment qu'elle s'interdise la pitié. L'émotion, semblait-il, n'était qu'une habitude parmi d'autres, tout aussi conditionnée que les autres.

« Je suppose que j'ai toujours su que ce jour arriverait.
— Je ne vois vraiment pas de quoi tu parles. »
Il soupira. « J'ai eu le temps d'y réfléchir en conduisant, chérie. Et plus j'y réfléchissais, plus je me concentrais, plus il m'apparaissait que, véritablement, il n'y avait qu'une seule question qui comptait : CQFD.
— Mais que…
— Chut », dit-il. Et il posa gentiment un doigt sur ses lèvres. Un doigt qui sentait le savon. Il avait dû se doucher avant de quitter le motel. Très « Bob », ça, comme réflexe. « Je vais tout te dire. Tout te confesser. Je crois que, tout au fond de moi, j'ai toujours voulu que tu le saches. »

Il avait toujours voulu qu'elle le sache ? Oh, Seigneur. Des choses pires l'attendaient peut-être, mais jusqu'ici, c'était de loin celle-ci la plus terrible. « Je ne veux pas savoir. Peu importe ce que tu as dans la caboche, je ne veux pas le savoir.

— Je lis quelque chose de très différent dans tes yeux, chérie, et j'ai très bien appris à lire dans les yeux des femmes. Je suis devenu un expert, en quelque sorte. CQFD signifie Ce Que Ferait Darcy. En l'occurrence, Ce Que Ferait Darcy si elle découvrait ma cachette spéciale, et le contenu de mon coffret spécial. Au fait, je l'ai toujours beaucoup aimé, ce coffret, parce que c'est toi qui m'en as fait cadeau. »

Il se pencha en avant et lui posa un baiser entre les deux yeux. Ses lèvres étaient moites. Pour la première fois de sa vie, leur contact sur sa peau la révulsa, et il lui vint à l'esprit qu'elle risquait d'être morte avant le lever du soleil. Parce que les femmes mortes ne parlent pas. Même s'il essayait de faire en sorte, pensa-t-elle, qu'elle ne « souffre » pas.

« D'abord, je me suis demandé si le nom de Marjorie Duvall signifierait quelque chose pour toi. J'aurais aimé répondre à cette question par un bon vieux non, mais il faut bien être réaliste quelquefois. Tu n'es pas la fan Numéro Un des nouvelles du jour, mais je vis avec toi depuis assez longtemps pour savoir que tu suis les plus gros faits divers à la télé et dans le journal. Je me suis dit que tu reconnaîtrais le nom, et même sans ça, que tu reconnaîtrais la photo sur le permis. En plus de ça, je me suis dit, est-ce qu'elle ne sera pas curieuse de savoir d'où je tiens ces pièces d'identité ? Les femmes sont toujours curieuses. Regarde Pandore. »

Ou la femme de Barbe-Bleue, pensa-t-elle. *Qui est allée ouvrir la chambre fermée à clé pour y découvrir les têtes tranchées de toutes celles qui l'avaient précédée.*

« Bob, je te jure que je n'ai aucune idée de ce que tu rac...

— Alors la première chose que j'ai faite en arrivant, ç'a été d'allumer ton ordinateur, d'ouvrir Firefox – je sais bien que c'est le navigateur que tu utilises toujours – et de vérifier l'historique.

— Le quoi ? »

Il rit tout bas comme si elle avait lâché une repartie exceptionnellement spirituelle. « Tu ne sais même pas ce que c'est. J'aurais parié que tu ne le savais pas, parce que à chaque fois que je vérifie, tout y est. Tu n'effaces jamais rien ! » Et il rit encore tout bas, comme un homme dont l'épouse dévoile un trait de personnalité qu'il trouve particulièrement attendrissant.

Darcy commença à éprouver les premiers tiraillements de la colère. Probablement absurde, compte tenu des circonstances, mais la colère était là.

« Tu surveilles mon ordinateur ? Espèce de faux jeton ! Sale faux jeton !

— Évidemment que je surveille. J'ai un ami très vilain qui fait des choses très vilaines. Un homme dans ma situation ne doit pas perdre ses proches de vue. Depuis que les enfants ont quitté la maison, mon proche c'est toi et rien que toi. »

Un ami très vilain ? Un ami très vilain qui fait des choses très vilaines ? Elle avait la tête qui tournait, mais une seule chose semblait on ne peut plus claire : il ne servirait à rien de continuer à nier. Elle savait, et il savait qu'elle savait.

« Tu n'as pas seulement cherché Marjorie Duvall. » Elle ne décelait aucune honte ni aucune intonation défensive dans sa voix, rien qu'un ignoble regret que les choses aient dû prendre cette tournure. « Tu les as toutes recherchées. » Puis il rit et fit : « Oups ! »

Elle se redressa contre le dosseret, ce qui mit une légère distance entre eux. Tant mieux. C'était bon de prendre de la distance. Toutes ces années, elle avait dormi avec lui hanche contre hanche et cuisse contre cuisse, et maintenant ça faisait du bien de mettre de la distance.

« Quel ami très vilain ? Qu'est-ce que tu racontes ? »

Il inclina la tête d'un côté, la gestuelle de Bob pour dire : *Je te trouve idiote, mais amusante.* « Brian. »

Au début, elle ne vit pas du tout de qui il parlait et crut qu'il s'agissait d'un collègue de travail. Un complice ? En l'état actuel des choses, cela semblait peu plausible. Elle aurait dit que Bob était aussi peu doué qu'elle pour se faire des amis. Mais les hommes qui commettaient ce genre de choses avaient parfois des complices. Les loups chassent en meute, après tout.

« Brian Delahanty, dit-il. Ne me dis pas que tu as oublié Brian. Je t'ai tout raconté sur lui quand tu m'as tout raconté sur Brandolyne. »

La mâchoire de Darcy se décrocha et sa bouche resta béante. « Ton copain de lycée ? Mais Bob, il est mort ! Il a été renversé par un camion en courant après une balle de base-ball, et il est mort ! »

— Eh bien... » Bob avait un sourire contrit maintenant. « Oui... et non. Je l'ai presque toujours appelé Brian quand j'en ai parlé avec toi, mais c'est pas comme ça que je l'appelais quand on était au lycée, parce qu'il détestait ce nom. Je l'appelais par ses initiales. Je l'appelais BD[1]. »

Elle ouvrait la bouche pour lui demander le rapport que ça avait avec le prix du thé en Chine, quand brusquement elle comprit. Bien sûr. BD.

Beadie[2].

9

Il parla longtemps, et plus il parlait, plus elle était horrifiée. Toutes ces années, elle avait vécu avec un fou, mais comment aurait-elle pu le savoir ? Sa folie ressemblait à une mer souterraine. Il y avait une couche de roche par-dessus, et une couche de terre par-dessus la roche ; dans laquelle poussaient des fleurs. Vous pouviez vous y promener sans vous douter de la présence de l'eau empoisonnée en dessous... mais elle était là. Elle y avait toujours été. Il reportait toute la faute sur BD (devenu Beadie seulement des années après, dans ses messages à la police), mais Darcy soupçonnait Bob d'être plus malin que ça : le fait d'accuser Brian Delahanty lui rendait simplement plus facile la séparation entre ses deux vies.

Par exemple, c'était BD qui avait eu l'idée d'apporter des armes au lycée et de déclencher une tuerie.

---
1. En anglais, se prononce *bi-di*.
2. En anglais, se prononce *bii-dii*.

Selon Bob, cette inspiration lui était venue pendant les vacances d'été entre leur année de seconde et celle de première au lycée de Castle Rock. « 1971 », précisa-t-il. Et il secoua la tête avec bonhomie, comme un homme qui se souvient d'un inoffensif péché de jeunesse. « Bien avant que ces gros balourds de Columbine soient seulement une étincelle dans les yeux de leurs pères. Il y avait ces filles qui nous snobaient. Diane Ramadge, Laurie Swenson, Gloria Haggerty... il y en avait quelques autres, aussi, mais j'ai oublié leur nom. Le plan, c'était de réunir un petit arsenal – le père de Brian avait une vingtaine de fusils et de pistolets dans sa cave, et même deux Luger allemands de la Seconde Guerre mondiale qui nous *fascinaient* littéralement – et de l'apporter au lycée. Pas de fouilles ni de détecteur de métaux en ce temps-là, tu comprends.

« Nous avions prévu de nous barricader dans le bâtiment des sciences. Nous aurions cadenassé les issues avec des chaînes, tué quelques personnes – surtout des profs, mais aussi quelques types qu'on aimait pas –, puis poussé le reste du troupeau dehors par la porte d'incendie tout au fond du couloir. Enfin... la plupart du troupeau. Nous aurions gardé les filles qui nous snobaient en otages. On avait prévu – BD avait prévu – de faire tout ça avant que les flics arrivent, tu comprends ? Il avait dessiné des cartes et établi la marche à suivre dans son cahier de géométrie. Je crois qu'il devait y avoir une vingtaine d'étapes à franchir en tout, à commencer par : "Tirer les sonnettes d'alarme incendie afin de créer la confusion." » Il gloussa. « Et une fois qu'on aurait verrouillé les issues... »

Il lui adressa un petit sourire honteux, mais elle avait idée que ce qui lui faisait surtout honte, c'était la stupidité de ce plan.

« Bon, tu dois bien pouvoir deviner. Deux adolescents tellement travaillés par leurs hormones qu'on avait la trique dès que le vent soufflait. On allait leur dire, à ces filles, que si elles nous payaient, tu vois, une bonne séance de baise, on les laisserait s'en aller. Et sinon, qu'on devrait les tuer. Et évidemment, elles auraient accepté de baiser. »

Il hocha lentement la tête.

« Elles auraient accepté de baiser pour avoir la vie sauve. BD avait raison là-dessus. »

Il était perdu dans son histoire. Les yeux voilés de nostalgie (c'était grotesque, mais vrai). Nostalgie de quoi ? Les rêves fous de la jeunesse ? Elle craignait que ce ne soit effectivement cela.

« Après, on n'avait pas prévu de se tuer comme ces crétins heavy-metal du Colorado. Pas question. Le bâtiment des sciences avait un sous-sol, et Brian disait qu'il y avait un passage souterrain. Il disait que ce passage allait de la réserve de fournitures à l'ancienne caserne de pompiers de l'autre côté de la route 119. Brian disait que dans les années cinquante, du temps où le lycée n'était encore qu'une école primaire, il y avait un parc de ce côté-là, et les mômes allaient y jouer pendant la récréation. Le passage souterrain leur permettait de rejoindre le parc sans traverser la route. »

Bob rit, la faisant sursauter.

« Je l'ai cru sur parole, mais en fait il déconnait à pleins tubes. J'y suis descendu, à la rentrée suivante, pour vérifier par moi-même. Il y avait bien la réserve de fournitures, remplie de papier et qui puait l'alcool à polycopier qu'on utilisait à l'époque, mais s'il avait jamais existé un quelconque passage souterrain, je ne l'ai jamais trouvé, et déjà, en ce temps-là, j'étais particulièrement méticuleux. Je ne sais pas s'il nous mentait à tous les deux ou s'il se mentait juste à lui-même, je sais seulement qu'il n'y avait pas de passage souterrain. On se serait retrouvés piégés dans les étages et – qui sait? – on se serait peut-être suicidés en fin de compte. On ne sait jamais ce que vont faire des gamins de quatorze ans, pas vrai? Ils roulent d'un côté à l'autre comme des bombes qui attendent d'exploser. »

Toi, tu n'attends plus d'exploser, Bob, pensa-t-elle. *Pas vrai?*

« On se serait probablement dégonflés, de toute façon. Mais peut-être pas. Peut-être qu'on aurait essayé de le faire. BD m'avait bien excité en me racontant comment on commencerait par les tripoter, et comment on les obligerait ensuite à se déshabiller mutuellement... » Il la regarda le plus sérieusement du monde. « Oui, je sais à quoi ça fait penser, des fantasmes masturbatoires de jeunes garçons, mais ces filles étaient vraiment des bêcheuses. T'essayais de leur parler, elles ricanaient et se détournaient. Puis elles se plantaient toutes en grappe au coin de la cafèt', pour nous détailler des pieds à la tête en continuant à ricaner. Alors, on peut pas vraiment nous en vouloir, si? »

Il baissa les yeux vers ses doigts, qui pianotaient nerveusement sur son pantalon de costume tendu sur ses cuisses, puis les leva de nouveau vers Darcy.

« Ce que tu dois comprendre – ce qu'il faut vraiment que tu voies – c'est à quel point Brian était persuasif. Il était carrément pire que moi. Il était vraiment fou, *lui*. En plus c'était une époque, souviens-toi, où il y avait des émeutes dans tout le pays, et ça aussi ça en faisait partie. »

J'en doute, pensa-t-elle.

La chose confondante, c'était qu'il réussissait presque à faire passer ça pour normal, comme si tous les fantasmes sexuels des adolescents impliquaient le viol et le meurtre. Il y croyait probablement, comme il avait cru au passage souterrain mythique de Brian Delahanty. Y avait-il cru d'ailleurs? Comment savoir? Après tout, elle était en train d'écouter les souvenirs d'un fou. Mais – tout de même! – elle avait du mal à y croire, parce que ce fou était Bob. Son Bob.

« N'importe, dit-il en haussant les épaules. Ça ne s'est jamais produit. C'est cet été-là que Brian a traversé la route en courant et qu'il s'est fait écraser. Il y a eu une réception chez lui après l'enterrement et sa mère m'a dit que je pouvais monter dans sa chambre prendre quelque chose, si je voulais. En souvenir, tu vois. Et je me suis pas fait prier! Tu parles! J'ai pris son cahier de géométrie, pour que personne tombe sur les plans de La Grande Partie de Bang-Bang de Castle Rock. C'est comme ça qu'il l'appelait, tu comprends. »

Bob lâcha un rire désabusé.

« Si j'étais croyant, je dirais que Dieu m'a sauvé de moi-même. Et qui sait s'il n'existe pas Quelque Chose... comme un Destin... qui a pour nous son propre plan.

— Et ce plan du Destin pour toi, c'était que tu tortures et que tu assassines des femmes ? » demanda Darcy.

Ç'avait été plus fort qu'elle.

Il la dévisagea avec un air de reproche. « C'étaient toutes des bêcheuses », dit-il. Et il brandit un index professoral. « Et aussi, c'était pas moi qui faisais ces trucs-là. C'était Beadie. Et je dis "faisais" intentionnellement, Darce. J'ai dit "faisais" et pas "fais" parce que tout cela est derrière moi à présent.

— Bob. Ton ami BD est mort. Il est mort depuis près de quarante ans. Tu dois bien le savoir. Je veux dire, quelque part, tu dois le savoir. »

Il leva les mains en l'air, en un geste de reddition bon enfant.

« Tu penses que c'est une "stratégie d'évitement de la culpabilité" ? C'est comme ça qu'un psy l'appellerait, je suppose, et je ne t'en veux pas de le penser. Mais Darcy, écoute ! » Il se pencha en avant et lui planta un index entre les deux yeux, pile au milieu du front. « Écoute et mets-toi bien ça dans la tête. C'était Brian. Il m'a infecté avec… enfin, disons certaines idées. Il y a certaines idées, une fois qu'elles te sont entrées dans la tête, tu ne peux plus arrêter d'y penser. On peut pas…

— *Remettre le dentifrice dans le tube* ? »

Il battit des mains, manquant arracher un cri à Darcy. « C'est exactement ça ! On peut pas remettre le dentifrice dans le tube. Brian était mort, mais ses idées étaient restées vivantes. Ces idées de choper des femmes, de leur faire tout ce que tu veux, n'importe quelle idée folle qui te passe par la tête – elles sont devenues son fantôme. »

Il regarda en haut et à gauche en disant ça. Elle avait lu quelque part que ça signifiait que la personne qui parle est en train de mentir consciemment. Mais cela avait-il de l'importance de savoir s'il mentait? Ou de savoir à *qui* des deux il mentait? Non, elle ne le pensait pas.

« Je n'entrerai pas dans les détails, dit-il. Ce ne sont pas des choses à entendre par une chère âme comme toi, et que tu le veuilles ou non – et je sais que là, tout de suite, tu ne le veux pas –, tu es toujours ma chère âme. Mais tu dois savoir que je l'ai combattu. Pendant sept ans, je l'ai combattu, mais ces idées – les idées de *Brian* – continuaient à grandir dans ma tête. Jusqu'au jour où je me suis dit : "Je vais essayer juste une fois, pour me sortir ça de la tête. Pour me le sortir, *lui*, de la tête. Si je me fais prendre, je me ferai prendre – au moins j'arrêterai d'y penser. De me demander *comment* ce serait.

— Tu es en train de me dire que c'était de l'investigation masculine, dit-elle d'une voix sans timbre.

— Eh bien, oui. Je suppose qu'on pourrait dire ça.

— Ou comme de tirer sur un joint pour voir si ça mérite tout le tapage qu'on fait autour. »

Il haussa les épaules d'un air modeste, juvénile. « Oui, à peu près ça.

— Ce n'était pas de l'investigation, Bobby. Ce n'était pas tirer sur un joint. C'était *supprimer la vie de ces femmes*. »

Elle n'avait décelé ni honte ni culpabilité en lui, absolument aucune – il paraissait incapable d'éprouver ces sentiments, on aurait dit que le fusible qui les contrôlait avait sauté, peut-être même avant sa naissance –, et voilà qu'il lui adressait maintenant un regard offensé et boudeur. Le regard de l'ado qui se plaint « qu'on ne le comprend pas ».

« Mais Darcy, c'étaient toutes des *bêcheuses*. »

Elle avait besoin d'un verre d'eau, mais elle avait peur de se lever pour aller à la salle de bains. Elle avait peur qu'il l'arrête au passage. Et que se passerait-il ensuite ? Qu'arriverait-il ?

« En plus, reprit-il, je pensais pas me faire prendre. Pas si j'étais prudent et si j'avais un plan. Pas le plan d'un gamin de quatorze ans à moitié branque et shooté à la testostérone, tu sais, non, un plan réaliste. Et je m'étais aussi aperçu d'autre chose. C'était pas *moi* qui pouvais le faire. Parce que même si la nervosité me faisait pas tout foirer, la culpabilité aurait pu. Parce que je faisais partie des bons gars, tu vois. C'est comme ça que je me voyais et, crois-moi ou pas, c'est toujours comme ça que je me vois. Et j'en ai la preuve, non ? Un bon foyer, une bonne épouse, deux beaux enfants déjà adultes qui débutent dans la vie. Et je restitue ma part à la communauté. C'est pour ça que j'ai accepté la fonction de trésorier de la ville bénévolement, pendant deux ans. C'est pour ça que je travaille chaque année avec Vinnie Eschler à organiser la campagne de don du sang d'Halloween. »

Tu aurais dû demander à Marjorie Duvall de donner le sien, pensa Darcy. *Elle était A+.*

Puis bombant légèrement le torse – en homme qui enfonce son raisonnement d'un ultime et irréfutable argument –, il dit : « C'est ça pour moi les louveteaux. Tu as cru que j'allais laisser tomber quand Donnie est passé scout, je sais que tu l'as cru. Mais j'ai continué. Parce que ce n'était pas que pour lui. Je le fais, et je l'ai toujours fait, pour la communauté. C'est ma façon de restituer ma part.

— Alors restitue sa vie à Marjorie Duvall. Ou à Stacey Moore. Ou à Robert Shaverstone. »

Ce dernier nom fit mouche ; il grimaça comme si elle l'avait frappé. « Le garçon, c'était un accident. Il était pas censé être là.

— Mais que tu sois là, toi, ce n'était pas un accident ?

— Ce n'était pas *moi* », dit-il. Puis il ajouta l'absurdité surréaliste ultime : « Je suis pas un homme adultère. C'était BD. C'est tout le temps BD. C'est sa faute, c'est lui qui m'a mis ces idées dans la tête pour commencer. J'y aurais jamais pensé tout seul. J'ai signé mes messages à la police de son nom pour que ce soit bien clair. Bien sûr, j'ai modifié l'orthographe, parce que je l'avais de temps en temps appelé BD la fois où je t'avais parlé de lui. Tu t'en souviens peut-être pas, mais moi oui. »

Elle était impressionnée par les extrémités obsessionnelles jusqu'où il était allé. Pas étonnant qu'il n'ait jamais été pris. Si elle n'avait pas trébuché sur ce foutu carton...

« Aucune d'entre elles n'était liée à moi ou à mon activité professionnelle. Mes *deux* activités professionnelles. Ça, ç'aurait été très mauvais. Très dangereux. Mais je voyage beaucoup, et j'ouvre les yeux. BD aussi – le BD en moi –, il les ouvre. On repère les bêcheuses. On les repère de loin. Elles portent des jupes trop courtes et laissent voir exprès leurs bretelles de soutien-gorge. Elles aguichent les hommes. Cette Stacey Moore, par exemple. T'as lu des choses sur elle, je suis sûr. Mariée, mais ça l'empêchait pas de frotter ses nichons contre moi. Elle était serveuse dans un café – le Sunnyside à Waterville. J'allais là-bas chez Mickleson, tu te souviens ? Tu m'as même accompagné deux ou trois fois, quand Pretty était à Colby. C'était avant le décès de George Mickleson, et que son fils vende tout le stock pour pouvoir se tirer en Nouvelle-Zélande, ou ailleurs. Cette femme, *elle me cherchait*, Darce ! J'te jure ! Toujours à me demander si je voulais qu'elle réchauffe mon café froid, et à me dire des trucs comme *Alors, et ces Red Sox ?* en se penchant sur moi et en me frottant l'épaule avec ses nichons et en faisant tout ce qu'elle pouvait pour me faire bander. Et elle y arrivait, je le reconnais, je suis un homme avec des besoins d'homme, et même si tu t'es jamais montrée bégueule, si tu m'as jamais dit non… enfin, rarement… je suis un homme avec des besoins d'homme et j'ai toujours eu un fort appétit sexuel. Certaines femmes le sentent et elles aiment bien en jouer. Ça les excite. »

Il contemplait ses genoux d'un regard sombre, pensif. Puis une autre idée lui vint et sa tête se redressa d'un coup. Ses cheveux clairsemés voletèrent, puis retombèrent.

« Toujours le sourire ! Toujours du rouge à lèvres bien rouge et le sourire ! Je sais les reconnaître, ces sourires, va. La plupart des hommes savent les reconnaître. "Ah-ah, je sais que t'en as envie, je le sens sur toi, mais ce petit frottement, c'est tout ce que t'auras, alors, contente-toi de ça." *Moi*, je pouvais m'en contenter ! Je *pouvais* ! Mais pas BD, pas lui. »

Il secoua lentement la tête.

« Il y a des tas de femmes comme ça. C'est facile d'obtenir leur nom. Ensuite, avec leur nom, tu peux les retrouver par Internet. Il y a beaucoup de renseignements, sur Internet, si tu sais chercher, et un comptable, ça sait le faire. Je l'ai fait… oh, des dizaines de fois. Peut-être bien une centaine. On pourrait appeler ça un hobby, j'imagine. On pourrait dire que je collectionne les renseignements comme je collectionne les pièces. La plupart du temps, ça n'aboutit à rien. Mais parfois, BD me parle et il me dit : "C'est celle-là que tu vas suivre jusqu'au bout, Bobby. Celle-là et pas une autre. On va élaborer le plan ensemble, et quand ce sera le moment, t'auras qu'à me laisser prendre les commandes." Et c'est ce que je fais. »

Il lui prit la main, et replia dans les siens ses doigts glacés et inertes.

« Tu penses que je suis fou. Je le vois dans tes yeux. Mais non, chérie. C'est BD qui est fou… ou Beadie, si tu préfères son nom pour le public. Au fait, si t'as lu les articles dans le journal, tu sais que j'ai fait intentionnellement des fautes d'orthographe dans mes lettres à la police. J'ai même mal orthographié les adresses. Je garde une liste de fautes d'orthographe dans mon portefeuille pour toujours bien faire les mêmes. C'est une fausse piste. Je veux leur faire croire que Beadie est idiot – illettré, en tout cas – et ils le croient. Parce que *eux-mêmes* sont idiots. Une seule fois, j'ai été interrogé. Il y a des années. Et c'était en qualité de témoin, environ deux semaines après que Beadie a tué la femme Moore. Un vieux flic boiteux, en semi-retraite. Il m'a dit de l'appeler si je me souvenais de quoi que ce soit. J'ai dit que je le ferais. Ça valait son pesant d'or. »

Il rit tout bas, sans bruit, comme il le faisait parfois quand ils regardaient *Modern Family* ou *Mon oncle Charlie*. Une façon de rire qui, jusqu'à ce soir, avait toujours redoublé le propre amusement de Darcy.

« Tu veux que je te dise une chose, Darce ? Si on me chopait, je l'admettrais – du moins, j'imagine que je le ferais, parce que personne peut être sûr à cent pour cent de ce qu'il ferait en pareil cas –, mais ils pourraient pas me soutirer grand-chose comme confession. Parce que je me souviens pas du détail des... enfin, des faits. C'est Beadie leur auteur, et moi je... je sais pas... je sombre dans l'inconscience. Dans l'amnésie. Un foutu truc comme ça. »

Ah, menteur. Tu te souviens de tout. C'est écrit dans tes yeux, c'est même écrit dans la façon dont ta bouche s'abaisse aux commissures.

« Et maintenant... tout repose entre les mains de Darcellen. » Il porta une de ses mains à ses lèvres et la baisa, comme pour solenniser l'instant. « Tu connais cette vieille réplique de film : "Je pourrais vous le dire, mais je devrais vous tuer ensuite" ? Ça ne s'applique pas ici. Je ne pourrais jamais te tuer. Tout ce que je fais, tout ce que j'ai construit... si modeste que cela puisse paraître à certains, j'imagine... je le fais et je l'ai construit pour toi. Pour les enfants aussi, bien sûr, mais surtout pour toi. Tu es entrée dans ma vie, et devine ce qui est arrivé ?

— Tu as arrêté », dit-elle.

Son visage se fendit d'un grand sourire radieux. « Pendant plus de vingt ans ! »

Seize, pensa-t-elle. Mais elle ne le dit pas.

« Pendant une bonne partie de ces années, alors qu'on élevait les enfants et qu'on se battait pour faire décoller l'affaire de numismatique – même si ça, c'était surtout toi –, je courais d'un bout à l'autre de la Nouvelle-Angleterre, à faire des bilans financiers et poser les fondations…

— C'était sur toi que tout reposait », dit-elle. Et elle eut un petit choc en entendant le calme et la chaleur dans sa voix. « Sur ta compétence. »

Cela parut le toucher assez pour qu'il se remette à larmoyer, et lorsqu'il reprit la parole, il avait la voix rauque : « Merci, chérie. T'entendre me dire ça, c'est le monde entier pour moi. Tu m'as sauvé, tu sais. De plus d'une façon. »

Il s'éclaircit la voix.

« Pendant une quinzaine d'années, BD n'a pas moufté. Je le croyais parti. Franchement, je l'ai cru. Et puis il est revenu. Comme un fantôme. » Il parut méditer la chose, puis hocha la tête très lentement. « C'est ça. Un fantôme, un vilain fantôme. Il a commencé à me désigner des femmes lors de mes déplacements. "Regarde-la, celle-là, elle veut être sûre que t'as bien vu ses nénés, mais si t'osais les toucher, elle appellerait la police et ensuite elle rigolerait avec ses copines en voyant les flics t'emmener. Regarde-la, celle-là, qui se passe la langue sur les lèvres, elle sait que t'aimerais bien qu'elle te la fourre dans la bouche et elle sait que tu sais qu'elle le fera jamais.

Regarde-la, celle-là, qui descend de voiture en montrant sa culotte, et si tu crois qu'elle a pas fait exprès, c'est que t'es un couillon. C'est qu'une bêcheuse de plus qui s'imagine qu'elle récoltera jamais ce qu'elle mérite." »

Il se tut, les yeux à nouveau baissés. Il y avait, dans ces yeux sombres, le Bobby qui pendant vingt-sept ans avait réussi à lui échapper. Celui qu'il essayait de faire passer pour un fantôme.

« Quand je commençais à avoir ces pulsions, je les combattais. Il y a des… magazines… que j'achetais avant notre mariage, et je me suis dit que si je le refaisais… ou alors des sites internet… je me suis dit que je pourrais… je sais pas… je suppose que ça s'appelle "substituer le fantasme à la réalité"… Mais une fois qu'on a goûté au vrai, le fantasme ne vaut rien à côté. »

Il parlait, songea Darcy, comme un homme amateur d'un délice coûteux. Du caviar, des truffes, ou des chocolats belges.

« Mais le fait est que j'ai arrêté. Pendant toutes ces années, j'ai *arrêté*. Et je pourrais arrêter encore, Darcy. Pour de bon, cette fois. S'il reste une chance pour nous. Si tu pouvais me pardonner et simplement tourner la page. » Il la regarda, sérieux, les yeux humides. « Tu pourrais le faire ? »

Elle pensa à une femme enfouie dans une congère, ses jambes nues exhumées par l'avancée inexorable d'un chasse-neige – la fille d'une mère, la prunelle des yeux d'un père quand, en tutu rose, elle dansait gauchement sur une scène d'école primaire. Elle pensa à une mère et son fils découverts dans une rivière glacée, leurs cheveux ondoyant dans l'eau noire aux bords dentelés de glace. Elle pensa à la femme à la tête enfoncée dans la caisse de maïs.

« Il faudrait que j'y réfléchisse », dit-elle, en choisissant soigneusement ses mots.

Il l'empoigna par le haut des bras et se pencha en avant. Elle dut faire un effort pour ne pas se raidir à son contact et pour le regarder dans les yeux. C'étaient ses yeux… et ce n'étaient pas ses yeux. *Peut-être qu'il y a du vrai dans cette histoire de fantôme, après tout*, pensa-t-elle.

« On n'est pas dans un film où le mari psychopathe pourchasse sa femme hurlante à travers la maison. Si tu décides de me livrer à la police, je ne lèverai pas le petit doigt pour t'en empêcher. Mais je sais que tu as pensé aux conséquences pour les enfants. Tu ne serais pas la femme que j'ai épousée si tu n'y avais pas pensé. Mais peut-être n'as-tu pas réfléchi aux conséquences pour *toi*. Personne ne voudra croire que nous avons été mariés toutes ces années sans que tu saches jamais… ou au moins soupçonner… Il faudrait que tu déménages et que tu te débrouilles pour vivre avec ce que nous avons mis de côté, parce que c'est toujours moi qui ai fait bouillir la marmite, et un homme en prison ne peut pas faire bouillir la marmite. Peut-être que tu risques même de ne rien pouvoir récupérer, à cause des frais de justice. Et bien sûr, les enfants…

— Arrête, ne parle pas d'eux quand tu parles de ça, n'en parle jamais. »

Il hocha humblement la tête en continuant à la tenir légèrement par les bras. « J'ai battu BD une fois – je l'ai battu pendant vingt ans… »

Seize, pensa-t-elle encore. *Seize, et tu le sais.*

« … et je peux le battre encore. Avec ton aide, Darce. Avec ton aide, je peux tout faire. Et même s'il devait revenir dans vingt ans ? La belle affaire ! J'aurai soixante-treize ans. Difficile, en déambulateur, de faire la chasse aux bêcheuses ! » Il rit joyeusement de cette image saugrenue, puis se calma de nouveau. « Mais, écoute-moi bien maintenant : si jamais je devais replonger, même une seule fois, je me tuerais. Les enfants n'en sauraient rien. Ils n'auraient pas à être touchés par ce… tu sais, ce *stigmate*… parce que je le maquillerais en accident… mais *toi*, tu saurais. Et tu saurais pourquoi. Alors, qu'est-ce que tu dis de ça ? Est-ce que nous pouvons tourner la page ? »

Elle fit mine d'y réfléchir. Elle y réfléchissait, en effet, même si elle doutait qu'il aurait compris le tour que prenaient ses pensées.

Car voici ce qu'elle pensait : *C'est ce que disent les drogués.* « *Je reprendrai plus jamais de cette merde. J'ai déjà arrêté une fois et cette fois-ci, je vais arrêter pour de bon. C'est vrai.* » *Mais ce n'est pas vrai. Même quand ils sont persuadés du contraire, ce n'est pas vrai. Et lui non plus, ce n'est pas vrai.*

Et voici encore ce qu'elle pensait : *Qu'est-ce que je vais faire ? Je ne peux pas le leurrer, nous sommes mariés depuis trop longtemps.*

À quoi répondit une voix froide, une voix dont elle n'avait jamais soupçonné la présence en elle, une voix qui était peut-être apparentée à la soi-disant « voix-de-BD » qui chuchotait à Bob de regarder ces bêcheuses dans des restaurants, ricanant au coin des rues, roulant dans de luxueuses voitures de sport décapotées, se faisant des messes basses sur des balcons en souriant.

Ou peut-être était-ce la voix de la Fille Plus Obscure.

Pourquoi tu ne pourrais pas? lui demandait cette voix. *Après tout... il t'a bien leurrée*, toi.

Et ensuite? Ça la mènerait où? Elle n'en savait rien. Elle savait seulement qu'on était maintenant, et que c'était maintenant qu'il fallait agir.

« Il faudrait que tu me promettes d'arrêter », dit-elle. Elle parlait très lentement, avec réticence. « Je veux ta promesse la plus solennelle et la plus irrévocable. »

Elle vit un soulagement si total – si juvénile même – envahir son visage qu'elle en fut touchée. Il ressemblait si peu souvent au garçon qu'il avait été. Évidemment, c'était un garçon qui avait aussi projeté d'aller au lycée armé jusqu'aux dents. « Tu l'auras, Darcy. Tu l'as. Je te le *promets*. Je te l'ai déjà dit.

— Alors, nous pourrions ne plus jamais en reparler.

— Oui, je comprends.

— Je ne veux pas non plus que tu envoies les pièces d'identité de Marjorie Duvall à la police. »

Elle vit la déception (étrangement juvénile elle aussi) se peindre sur son visage, mais elle était décidée à tenir bon là-dessus. Il devait se sentir puni, ne serait-ce qu'un peu. De cette façon, il croirait l'avoir convaincue.

N'y a-t-il pas réussi? Oh, Darcellen, n'a-t-il pas réussi?

« Je veux plus que des promesses, Bobby. Les actions pèsent plus que les mots. Creuse un trou dans les bois et enterre les pièces d'identité de cette femme.

— Une fois que j'aurai fait ça, est-ce que nous... »

Elle allongea le bras et posa une main sur sa bouche. Et, forçant la sévérité de sa voix : « Chut. N'en parlons plus.

— D'accord. Merci, Darcy. Infiniment merci.

— Je ne sais pas de quoi tu me remercies. » Et là, même si l'idée qu'il s'allonge près d'elle l'emplissait de répulsion et d'horreur, elle se força à dire la suite : « Déshabille-toi et viens te coucher maintenant. Nous avons grand besoin de sommeil tous les deux. »

10

Il sombra, à peine sa tête eut-elle touché l'oreiller, mais Darcy resta longtemps éveillée, à écouter ses petits ronflements polis et à se dire que si elle se laissait aller à seulement somnoler, elle se réveillerait avec ses mains refermées sur son cou. Car après tout, elle était couchée avec un fou. S'il l'ajoutait à son tableau de chasse, son score serait pile d'une douzaine.

Mais il était sérieux, pensa-t-elle.

C'était juste l'heure où le ciel commençait à s'éclaircir à l'est.

Il était sérieux quand il a dit qu'il m'aimait. Et quand je lui ai dit que je garderais son secret – car c'est bien de ça qu'il s'agit, garder un secret –, il m'a crue. Et pourquoi pas ? Je me suis presque convaincue moi-même.

Est-ce qu'il n'était pas possible qu'il tienne sa promesse ? Après tout, il y a bien des drogués qui réussissent leur cure de désintoxication. Et, tout en sachant qu'elle n'aurait jamais pu garder ce secret pour elle seule, n'était-il pas possible qu'elle le fasse pour les enfants ?

Non, je ne peux pas. Je ne veux pas. Mais quel autre choix ?

Quel autre bon Dieu de choix ?

Ce fut pendant qu'elle méditait cette question que son esprit épuisé et confus finit par lâcher prise et sombrer.

Elle rêva qu'elle entrait dans leur salle à manger et découvrait une femme enchaînée à leur longue table Ethan Allen. La femme était nue mis à part une cagoule de cuir noir qui lui couvrait la moitié supérieure du visage. *Je ne la connais pas, cette femme est une étrangère pour moi,* pensa-t-elle dans son rêve. Et alors, venant de dessous la cagoule, la voix de Petra demanda : « *C'est toi, maman ?* »

Darcy voulut crier, mais dans les cauchemars parfois, on ne le peut pas.

11

Quand, au prix d'un héroïque effort, elle finit par se réveiller – migraineuse, cafardeuse, comme avec une gueule de bois –, l'autre côté du lit était vide. Bob avait remis son réveil à l'endroit, et elle vit qu'il était dix heures et quart. Elle n'avait pas dormi aussi tard depuis des années, mais aussi, elle ne s'était endormie qu'à l'aube, et son court sommeil avait été peuplé d'horreurs.

Elle alla aux toilettes, tira d'un geste las sa robe de chambre du portemanteau derrière la porte de la salle de bains, et se brossa les dents. Elle avait un mauvais goût dans la bouche : *Comme le fond d'une cage à oiseaux*, comme disait Bob les rares matins où il s'était accordé la veille un verre de vin supplémentaire au dîner ou une seconde bouteille de bière pendant un match de base-ball. Elle cracha, tendit la main pour remettre sa brosse à dents dans le verre, et s'arrêta, les yeux posés sur son reflet. Ce matin, ce n'était pas une femme mûre qu'elle voyait mais une femme âgée : peau blême, rides profondes mettant la bouche entre parenthèses, cernes violets. La tête chiffonnée et hallucinée qu'on récolte à tourner et virer dans son lit toute la nuit. Mais tout ça n'avait pour elle qu'un fugace intérêt ; son apparence était bien la dernière de ses préoccupations. Par-dessus l'épaule de son reflet, elle scrutait leur chambre par la porte ouverte de la salle de bains. Sauf que ce n'était pas leur chambre ; c'était la Chambre Plus Obscure. Elle apercevait des pantoufles, mais qui étaient trop grandes pour être celles de Bob, c'étaient quasiment des pantoufles de géant. Elles appartenaient à l'Époux Plus Obscur. Et le lit double avec ses draps froissés et ses couvertures qui traînaient ? Ça, c'était le Lit Plus Obscur. Elle ramena son regard sur la femme échevelée, aux yeux injectés de sang et effrayés : l'Épouse Plus Obscure, dans toute sa gloire déchue. Son prénom était Darcy, mais son nom de famille n'était plus Anderson. L'Épouse Plus Obscure se nommait Mme Brian Delahanty.

Darcy se pencha jusqu'à toucher le verre avec son nez. Elle retint son souffle et plaça ses deux mains en parenthèses de part et d'autre de son visage, comme elle le faisait quand elle était une petite fille au short maculé de vert d'herbe et aux socquettes blanches en accordéon. Elle regarda jusqu'à ce que le souffle lui manque, puis exhala d'un coup une bouffée d'air qui embua le miroir. Elle l'essuya avec une serviette, puis descendit affronter sa première journée en tant qu'épouse du monstre.

Il avait laissé un mot pour elle sous le sucrier.

Darce,
Je m'occuperai de ces papiers, comme tu me l'as demandé. Je t'aime, chérie.

Bob

Il avait dessiné un cœur autour de son prénom, chose qu'il n'avait plus faite depuis des années. Elle ressentit un élan d'amour pour lui, aussi poisseux et écœurant que l'odeur des fleurs mourantes. Elle eut envie de gémir comme les femmes dans l'Ancien Testament et étouffa ses lamentations dans une serviette de table. Le réfrigérateur se déclencha, faisant entendre son bourdonnement sans cœur. Dans l'évier, de l'eau gouttait, égrenant les secondes sur la porcelaine. Elle sentait sa langue comme une éponge sèche fourrée dans sa bouche. Elle sentait le temps – tout le temps à venir, le temps qu'elle aurait à vivre en tant que *son* épouse dans cette maison – se refermer sur elle comme une camisole de force. Ou un cercueil. Voilà, elle était dans le monde auquel elle avait cru quand elle était enfant. Ce monde avait tout le temps été là. À l'attendre.

Le réfrigérateur bourdonnait, l'eau gouttait dans l'évier, et les secondes cruelles s'écoulaient. Voilà, c'était ça la Vie Plus Obscure, celle où toutes les vérités étaient inversées.

12

Pendant toutes les années où Donnie avait joué stoppeur en Petite Ligue de base-ball dans l'équipe de Cavendish Hardware, son père avait été entraîneur (toujours avec Vinnie Eschler, ce maître ès blagues polonaises et grandes étreintes masculines), et Darcy se souvenait encore de ce que Bob avait dit aux garçons – dont beaucoup pleuraient – quand leur équipe avait perdu le dernier match du tournoi de district. 1997, ce devait être. Un mois environ avant que Bob ait assassiné Stacey Moore et l'ait abandonnée, la tête enfoncée dans sa caisse de maïs. Le discours qu'il avait tenu à cette équipe de garçons qui reniflaient et faisaient le dos rond avait été marqué par la concision, la sagesse, et (c'était ce qu'elle avait pensé sur le moment et c'était ce qu'elle continuait à penser treize ans après) une incroyable gentillesse.

Je sais ce que vous ressentez, les p'tits gars, mais le soleil se lèvera encore demain. Et vous vous sentirez mieux quand il se lèvera. Et encore un peu mieux quand il se lèvera après-demain. C'était juste une toute petite partie de votre vie, et elle est finie. Il aurait été plus agréable de gagner, mais dans un sens comme dans l'autre, c'est fini. La vie continue.

Comme la sienne continuait dans la foulée, après sa malencontreuse excursion au garage à la recherche de piles. Et quand, après sa première longue journée seule à la maison (elle ne supportait pas l'idée de sortir, redoutant que ce qu'elle savait ne soit écrit sur son visage en lettres capitales), Bob rentra à la maison et lui dit : « Chérie, pour cette nuit…

— Il ne s'est rien passé cette nuit. Tu es rentré plus tôt que prévu, et c'est tout. »

Il baissa la tête, de cette nouvelle façon enfantine qu'il avait, et quand il la releva, un grand sourire reconnaissant éclairait son visage. « C'est bon, alors ? dit-il. Affaire classée ?

— Dossier clos. »

Il lui ouvrit les bras. « Bisou, mon cœur. »

Elle y consentit, en se demandant s'il les avait embrassées, *elles*. Elle l'imaginait leur dire : *Vas-y, mets-y tout ton cœur de grosse bêcheuse. Sers-toi bien de ta sale langue bien pendue, et je te zigouillerai pas.*

Il l'écarta de lui, les deux mains sur ses épaules.

« Toujours amis ?

— Toujours amis.

— Sûr ?

— *Oui*. Je n'ai rien préparé à manger, et je n'ai pas envie de sortir. Si tu mettais un jogging pour aller nous chercher une pizza ?

— Entendu.

— Et n'oublie pas de prendre ton Prilosec. »

Il la gratifia d'un sourire radieux. « Compte sur moi. »

Elle le regarda monter les escaliers quatre à quatre, pensa lui dire : *Ne fais pas ça, Bobby, tu te fatigues inutilement le cœur.*

Et puis non.

Non.

Il n'avait qu'à le fatiguer autant qu'il voudrait.

13

Le lendemain, le soleil se leva. Le surlendemain aussi. Une semaine s'écoula, puis deux, puis un mois. Ils reprirent leurs vieilles habitudes, ces petites habitudes qui vont avec une longue vie de couple. Elle se brossait les dents pendant qu'il était sous la douche (en train de chanter le plus souvent, d'une voix juste sans être spécialement mélodieuse, un standard quelconque des années quatre-vingt), mais elle évitait désormais de rester nue, prête à sauter sous la douche dès qu'il en sortirait ; désormais, elle se douchait après son départ pour B, B & A. S'il avait remarqué ces petits changements dans son mode opératoire, il n'y fit aucune allusion. Elle retourna à son club de lecture, expliquant aux autres dames et aux deux messieurs retraités qui y participaient qu'elle avait été mal fichue et ne tenait pas à leur transmettre un virus en même temps que son opinion sur le dernier Barbara Kingsolver, et chacun de rire poliment. Une semaine plus tard, elle retournait aux Mailles à Partir, son cercle de tricot. Elle se surprenait parfois à chanter avec la radio quand elle rentrait de la poste ou des courses. Le soir, Bob et elle regardaient la télé –

toujours des comédies, jamais des histoires de meurtres et d'autopsies. Il rentrait toujours de bonne heure maintenant ; depuis celle de Montpelier, il n'y avait pas eu d'autre expédition. Il avait équipé son ordinateur d'un gadget appelé Skype qui, disait-il, lui permettait d'examiner des collections de pièces tout aussi facilement et d'économiser sur le carburant. Il n'avait pas précisé que ça lui épargnait aussi la tentation, mais il n'avait pas eu besoin de le faire. Darcy surveillait le journal pour voir si les pièces d'identité de Marjorie Duvall réapparaissaient, sachant que s'il avait menti sur ça, il mentirait sur tout. Mais non. Une fois par semaine, ils sortaient dîner dans l'un des deux restaurants abordables de Yarmouth. Il mangeait un steak et elle du poisson. Il buvait un thé glacé et elle un Cranberry Breeze. Les vieilles habitudes ont la vie dure. *Et bien souvent*, pensait-elle, *leur vie ne s'achève qu'avec la nôtre*.

Maintenant, quand il n'était pas là dans la journée, elle allumait rarement la télévision. Sans la télé, il était plus facile d'écouter le réfrigérateur et les menus grincements et craquements de leur jolie maison de Yarmouth se préparant à affronter son prochain hiver dans le Maine. Il était plus facile de penser. Plus facile d'affronter la vérité : il le referait. Il tiendrait aussi longtemps qu'il le pourrait, elle était prête à le lui accorder volontiers, mais tôt ou tard Beadie reprendrait le dessus. Il n'enverrait pas les papiers d'identité de sa prochaine victime à la police, s'imaginant que son changement de mode opératoire suffirait à la duper, mais se souciant peu au fond qu'elle voie clair dans son jeu. *Parce que*, raisonnerait-il, *elle en était maintenant partie prenante. Elle devrait avouer qu'elle savait. Les flics le lui feraient cracher même si elle tentait de le dissimuler.*

Donnie appela de l'Ohio. Leur affaire marchait du feu de Dieu : ils avaient décroché un autre client, un fournisseur de produits de bureau en passe de prendre une envergure nationale. Darcy cria hourra (et Bob aussi, qui admit joyeusement avoir sous-estimé les chances de Donnie de réussir si tôt dans la vie).

Petra appela pour dire qu'elle et Michael s'étaient provisoirement décidés pour des robes bleues pour les demoiselles d'honneur, de forme trapèze, au genou, avec des étoles de mousseline assorties. Darcy trouvait-elle que c'était bien, ou est-ce que des tenues de ce genre risquaient de faire un peu enfantin ? Darcy trouva que ce serait adorable et le lui dit, et toutes deux passèrent ensuite à la question des chaussures – bleues elles aussi, avec des talons de 2 centimètres, très exactement.

À Boca Grande, en Floride, la mère de Darcy tomba malade. On crut qu'il faudrait l'hospitaliser, mais ses médecins lui firent entreprendre un nouveau traitement et elle se rétablit.

Le soleil se leva, le soleil se coucha. Dans les vitrines, les lanternes en papier d'Halloween en forme de citrouilles furent remplacées par les dindes en papier de Thanksgiving. Puis ce fut au tour des décorations de Noël d'apparaître. Pile dans les temps, les premiers flocons de neige se mirent à tourbillonner.

Dans sa maison, une fois son époux parti au travail, sa serviette sous le bras, Darcy passait de pièce en pièce, s'arrêtant pour regarder dans les différents miroirs. S'arrêtant souvent longuement. Demandant à la femme qui vivait dans cet autre monde ce qu'elle devait faire.

Plus le temps passait, plus la réponse semblait être qu'elle ne ferait rien.

14

Par un jour d'une exceptionnelle douceur deux semaines avant Noël, Bob rentra à l'improviste en pleine après-midi en l'appelant à tue-tête. Darcy lisait un livre à l'étage. Elle le jeta sur sa table de nuit (à côté du miroir à main qui désormais y avait élu résidence de façon permanente) et dévala l'escalier. Sa première pensée (mélange d'horreur et de soulagement) fut que c'était enfin terminé. Il avait été démasqué. La police serait bientôt là. On l'emmènerait, puis on reviendrait la trouver pour lui poser les deux questions vieilles comme le monde : *que* savait-elle, et *depuis quand* savait-elle ? Des fourgons de chaînes de télé se rangeraient dans la rue. Des jeunes gens avec de belles têtes de cheveux se planteraient devant leur maison pour parler dans des micros.

Sauf que ce n'était pas de la terreur qu'elle entendait dans sa voix ; avant même qu'il ait atteint le pied de l'escalier et levé son visage vers elle, elle avait identifié ce que c'était. De l'excitation. Peut-être même de la jubilation.

« Bob ? Qu'est-ce que…

— Tu ne le croiras jamais ! » Son manteau était déboutonné, son visage empourpré jusqu'au front, et ce qui lui restait de cheveux envolé dans tous les sens. Comme s'il avait conduit les vitres ouvertes. Vu la qualité printanière de l'air, Darcy supposait que ce n'était pas impossible.

Elle descendit lentement et s'arrêta sur la première marche, ce qui les plaçait tous deux à hauteur d'yeux. « Dis-moi.

— Une chance incroyable ! Vraiment ! Si j'avais besoin d'un signe comme quoi je suis sur la bonne voie – que *nous* sommes sur la bonne voie –, nom de nom, le voilà ! » Il tendit ses mains, poings fermés, doigts tournés vers le bas. Une lueur pétillait dans ses yeux. Y dansait quasiment. « Quelle main ? Choisis.

— Bob, je n'ai pas envie de j…

— Quelle main ? »

Elle désigna la droite, pour en finir. Il rit. « Tu as lu dans mes pensées… mais tu as toujours su le faire, pas vrai ? »

Il retourna le poing et l'ouvrit. Sur sa paume, une pièce était posée, côté face apparent, si bien qu'elle put voir que c'était un penny à l'épi de blé. Une pièce qui avait certes circulé, mais qui était encore en très bon état. Sous réserve qu'elle ne présente pas de rayures sur son côté pile, à l'effigie de Lincoln, c'était à son avis, soit une F soit une VF[1]. Elle tendit la main pour la prendre, puis interrompit son geste. D'un signe de tête, Bob l'incita à le faire. Elle retourna la pièce, quasiment certaine de ce qu'elle allait trouver de l'autre côté. Rien d'autre ne pouvait raisonnablement expliquer son

---

1. *Fine* (Très Belle) ou *Very Fine* (Très Très Belle) : termes de numismatique.

excitation. C'était bien ce qu'elle pensait : une date doublée de 1955. Ou coin doublé[1], en jargon numismatique.

« Bonté divine, Bobby ! Où...? Est-ce que tu l'as acheté ? » Un coin doublé de 1955 jamais entré en circulation s'était récemment vendu aux enchères à Miami pour plus de huit mille dollars, battant un nouveau record. Celui-ci n'était pas en aussi bon état, mais aucun négociant en numismatique doté d'un minimum de jugeote ne l'aurait laissé partir pour moins de quatre mille.

« Surtout pas ! Les collègues m'avaient proposé d'aller déjeuner au restau thaï, tu sais, Les Promesses de l'Orient, et j'ai failli y aller, mais je bossais sur le foutu bilan de Vision Associates – tu sais, la banque privée dont je t'ai parlé ? –, alors j'ai donné dix dollars à Monica pour qu'elle aille me chercher un sandwich et un Fruitopia au Subway. Elle me les a rapportés avec la monnaie dans le sachet. Quand j'ai secoué le sachet pour récupérer la monnaie... il était là ! » Il cueillit le penny dans la main de Darcy et le brandit au-dessus de sa tête, levant les yeux vers lui en riant.

Darcy rit avec Bob, puis pensa (comme elle le faisait souvent dernièrement) : IL A PAS « SOUFERT » !

« C'est pas génial, chérie ?

— Oui, dit-elle. Je suis heureuse pour toi. » Et, bizarre ou pas (*pervers* ou pas), c'était vrai. Bob avait

---

1. En anglais : *double-date* (date doublée) et *double-die* (coin doublé), avec jeux de mots sur *date (*date, rendez-vous, personne avec qui l'on a rendez-vous) et sur *die* (frappe de la monnaie, dé à jouer, sort, mourir), le tout évoquant un « double rendez-vous avec la mort ».

servi d'intermédiaire dans la vente de plusieurs de ces pièces au cours des années et aurait pu s'en offrir une depuis longtemps, mais ce n'était pas la même chose que d'en trouver une par hasard. Darcy s'était même vu interdire de lui en offrir une pour Noël ou pour son anniversaire. La grande trouvaille, fruit du hasard, était, pour un collectionneur, son moment de plus grande joie. C'est ce qu'il lui avait dit lors de leur première vraie conversation, et voilà qu'il était maintenant en possession de ce pour quoi il avait passé sa vie à vérifier des poignées de monnaie. Ce qu'il désirait le plus au monde avait jailli d'un sac en papier blanc avec un sandwich dinde-bacon dedans.

Il enveloppa Darcy dans une étreinte. Elle l'étreignit aussi, puis le repoussa doucement. « Que vas-tu en faire, Bobby ? Le faire inclure dans un cube de résine ? »

Elle le taquinait, et il le savait. Il arma d'un doigt un pistolet imaginaire et lui tira une balle dans la tête. Ce qui était sans problème, puisque lorsqu'on était tué par un pistolet imaginaire, on ne « souffrait » pas.

Elle continua de lui sourire, mais maintenant (après ce bref épisode de régression amoureuse), elle le voyait de nouveau tel qu'il était : l'Époux Plus Obscur. Gollum, avec son Précieux.

« Tu sais bien que non. Je vais le photographier, accrocher sa photo au mur, et le mettre à l'abri dans notre coffre-fort. Tu dirais quoi, F ou VF ? »

Après un nouvel examen de la pièce, elle le dévisagea avec un petit sourire de regret. « J'aimerais beaucoup pouvoir dire VF, mais…

— Oui, je sais, je sais – et ça ne devrait pas compter. À cheval donné, on n'est pas censé regarder les dents, mais c'est dur de résister. Mieux que VG[1], quand même, hein ? Ton opinion sincère, Darce ? »

Mon opinion sincère, c'est que tu vas recommencer.

« Mieux que VG, absolument. »

Elle vit son sourire se dissiper. L'espace d'un instant, elle eut la certitude qu'il avait deviné ce qu'elle pensait. Mais non, elle aurait dû le savoir : de ce côté-ci du miroir, elle aussi pouvait garder des secrets.

« Ce n'est pas la qualité qui compte, de toute façon. C'est la trouvaille. De ne pas se l'être procuré auprès d'un vendeur, de ne pas l'avoir choisi sur catalogue, mais de l'avoir trouvé comme ça, au moment où on s'y attendait le moins.

— Je sais. » Elle sourit. « Si mon père était là, il ouvrirait une bouteille de champagne.

— J'y veillerai ce soir à l'heure du dîner, dit-il. Pas à Yarmouth, *non, madame*. Nous allons à Portland. À La Perle du Littoral. Qu'en dis-tu ?

— Oh, chéri, je ne sais pas... »

Il lui étreignit légèrement les épaules comme il le faisait toujours quand il voulait lui faire comprendre qu'il parlait sérieusement. « Allez – il va faire assez doux ce soir pour que tu mettes ta plus jolie robe d'été. Je l'ai entendu à la météo en rentrant. Et je t'offrirai tout le champagne que tu voudras. Comment peux-tu résister à une proposition pareille ?

---

1. *Very Good* (Belle).

— Bon... » Elle réfléchit. Puis sourit. « Je suppose que je ne peux pas. »

15

Ils ne prirent pas une seule bouteille, mais deux, de prestigieux Moët & Chandon, dont Bob but la plus grande partie. Par conséquent, ce fut Darcy qui conduisit pour rentrer pendant que Bob, assis côté passager de sa petite Prius au ronronnement discret, chantait « Pennies from Heaven[1] » de sa voix juste mais pas spécialement mélodieuse. Il était ivre, s'aperçut-elle. Pas juste éméché, mais vraiment bourré. Elle ne l'avait pas vu bourré depuis dix ans. D'habitude, il surveillait jalousement sa consommation d'alcool, et si quelqu'un dans une soirée lui demandait pourquoi il ne buvait pas, il servait une réplique de *Cent dollars pour un shérif* : « Je ne vais pas faire entrer un voleur dans ma bouche pour qu'il me vole mon esprit. » Ce soir, exalté par sa découverte de la date doublée, il avait laissé son esprit à la merci des voleurs, et Darcy sut ce qu'elle avait l'intention de faire dès qu'il commanda la deuxième bouteille de champ. Au restaurant, elle n'avait pas été certaine de pouvoir aller jusqu'au bout, mais en l'entendant chanter dans la voiture, elle sut que oui. Bien sûr qu'elle pourrait. Elle était l'Épouse Plus Obscure maintenant. Et l'Épouse Plus Obscure

---

1. « Pennies tombés du Ciel ».

savait que ce qu'il avait pris pour sa chance à lui était en réalité sa chance à elle.

16

En entrant dans la maison, il lança son blazer sur le perroquet près de la porte et attira Darcy dans ses bras pour un long baiser. Son haleine avait le goût du champagne et de la crème brûlée. Ce n'était pas une mauvaise association, mais elle savait que si les choses se passaient comme elles risquaient de se passer, elle n'aurait plus jamais envie de goûter ni à l'un ni à l'autre. La main de Bob se posa sur son sein. Elle le laissa s'y attarder, l'éprouvant contre elle, puis le repoussa. Il parut déçu, puis son visage s'éclaira quand elle lui sourit.

« Je monte me déshabiller, lui dit-elle. Il y a du Perrier au réfrigérateur. Si vous m'en apportez un verre – avec une tranche de citron vert –, vous risquez de décrocher la timbale, monsieur. »

À ces mots, il eut un large sourire – son vieux sourire tant aimé – car depuis la nuit où il avait flairé sa découverte (oui, flairé, comme un vieux loup rusé flaire un appât empoisonné) et où il était rentré en catastrophe de Montpelier, il y avait *une* habitude de leur vie de couple, établie de longue date, avec laquelle ils n'avaient pas renoué. Jour après jour, ils avaient érigé un mur autour de ce qu'il avait fait et de ce qu'il était – oui, tout aussi sûrement que Montrésor avait emmuré son vieil ami Fortunato, dans la nouvelle de Poe – et la reprise des relations sexuelles dans le lit conjugal en serait la dernière brique.

Il claqua des talons et lui dédia un salut militaire britannique, doigts sur le front, paume en avant. « À vos ordres, m'dame.

— Et ne traînez pas, ajouta-t-elle plaisamment. Madame veut ce que Madame veut. »

Montant l'escalier, elle pensait : *Ça marchera jamais. Tout ce que tu vas réussir, c'est à te faire tuer. Il croit peut-être pas en être capable, mais moi je pense qu'il l'est.*

Et ce ne serait peut-être pas plus mal, après tout. À condition qu'il ne la torture pas d'abord, comme il avait torturé ces femmes. Peut-être que n'importe quelle issue serait préférable. Elle ne pouvait pas passer le restant de sa vie à scruter au fond des miroirs. Elle n'était plus une enfant et ne pouvait se complaire dans des enfantillages.

Elle entra dans la chambre, mais juste le temps de jeter son sac sur sa table de nuit, à côté du miroir à main. Puis elle ressortit et appela : « Tu viens, Bobby? J'ai vraiment besoin de ces bulles !

— Tout de suite, m'dame. Avec des glaçons ! »

Et là-dessus, il sortit de la salle à manger, tenant devant lui à hauteur d'yeux, comme un serveur d'opéra comique, l'un de leurs jolis verres en cristal. Chaloupant légèrement, il traversa l'entrée jusqu'au pied de l'escalier et se mit à gravir les marches en continuant à tenir le verre bien haut. La tranche de citron vert dansait en tournicotant à la surface. Sa main libre glissait légèrement sur la rampe ; son visage rayonnait de bonheur et de bonne humeur. Un instant, elle faillit flancher, puis l'image d'Helen et Robert Shaverstone s'imposa à son esprit, avec une clarté diabolique : le fils et sa mère, agressée sexuellement et mutilée, flottant côte à côte dans une rivière du Massachusetts bordée de dentelles de glace.

« Un verre de Perrier pour Madame, chaud dev… »

Elle vit l'éclair de compréhension traverser ses yeux à l'ultime seconde, y allumer un éclat jaune, ancien et viscéral. Qui exprimait, plus que de la surprise, une fureur outrée. À cet instant, sa perception de lui fut totale. Il n'aimait rien, et elle encore moins. Chaque gentillesse, chaque caresse, chaque sourire craquant et chaque geste prévenant − tout cela n'était que camouflage. Il était une coque creuse. Il n'y avait rien dedans qu'un vide abyssal.

Elle le poussa.

Fort.

Il fit trois quarts de saut périlleux en arrière avant de retomber sur les marches, qu'il heurta d'abord des genoux, puis du bras, avant de les prendre en plein visage. Elle entendit son bras se briser en même temps que le lourd verre Waterford sur l'escalier sans tapis. Il fit encore un roulé-boulé et elle entendit un autre craquement à l'intérieur de lui. Il hurla de douleur et, après une ultime cabriole, s'affala en tas sur le parquet en chêne de l'entrée, son bras cassé (en plusieurs endroits, c'était sûr) replié au-dessus de sa tête selon un angle que la nature n'avait jamais prévu. Sa tête était tordue, une joue reposait sur le parquet.

Darcy se dépêcha de descendre l'escalier. Dans sa hâte, elle glissa sur un glaçon renversé et dut se cramponner à la rampe pour ne pas tomber. En bas, elle voyait une énorme protubérance saillir sous la peau de sa nuque qui en était devenue blanche, et elle dit : « Ne bouge pas, Bob, je crois que tu as les cervicales brisées. »

Elle vit son œil rouler vers le haut pour la regarder. Un filet de sang coulait de son nez – qui avait l'air cassé aussi – et un flot sortait – jaillissait presque – de sa bouche. « Tu m'as poussé, dit-il. Oh Darcy, pourquoi m'as-tu poussé ?

— Je ne sais pas », répondit-elle. Et elle pensa *nous le savons tous les deux*. Elle se mit à pleurer. Les larmes vinrent naturellement ; c'était son mari, et il était grièvement blessé. « Oh, Seigneur, je ne sais pas. Ça m'a pris comme ça. Je suis désolée. Bouge pas, j'appelle le 911 pour qu'ils envoient une ambulance. »

Son pied racla le sol. « Je ne suis pas paralysé, dit-il. Dieu merci. Mais ça fait *mal* !

— Je sais, chéri.

— Appelle l'ambulance ! Vite ! »

Elle passa à la cuisine, accorda un bref regard au téléphone sur son support-chargeur et ouvrit le placard sous l'évier. « Allô ? Allô ? Je suis bien au 911 ? » Elle prit le paquet de sacs en plastique Glad, format familial, qu'elle utilisait pour conserver les restes quand elle faisait un poulet ou un rôti de bœuf, et en sortit un. « Ici Darcellen Anderson, 24 Sugar Mill Lane, Yarmouth ! Vous avez noté ? »

Dans un autre tiroir, elle prit un torchon à vaisselle sur le dessus de la pile. Elle pleurait toujours. *Pleure, tu pisseras moins au lit*, comme ils disaient quand ils étaient petits. C'était bon de pleurer. Elle avait besoin de pleurer, et pas seulement parce que ça ferait meilleur effet pour elle plus tard. C'était son mari, il était blessé, et elle avait besoin de pleurer. Elle se rappelait quand il avait encore sa belle tête de cheveux. Elle se rappelait sa figure libre ébouriffante quand ils dansaient sur « Footloose ». Il lui offrait chaque année des roses pour son anniversaire. Il n'oubliait jamais. Ils étaient allés en vacances dans les Bermudes, vélo le matin, amour l'après-midi. Ils avaient bâti une vie ensemble et aujourd'hui cette vie était finie et elle avait besoin de pleurer. Elle enveloppa sa main dans le torchon à vaisselle et la fourra dans le sac en plastique.

« J'ai besoin d'une ambulance, mon mari est tombé dans les escaliers. J'ai peur qu'il n'ait les cervicales brisées. Oui ! Oui ! Tout de suite ! »

Elle retourna dans l'entrée, la main droite derrière le dos. Elle vit qu'il s'était un peu écarté du pied de l'escalier. Comme s'il avait essayé de se retourner sur le dos, sans y parvenir. Elle s'agenouilla à côté de lui.

« Je suis pas tombé, dit-il. Tu m'as poussé. Pourquoi tu m'as poussé ?

— Pour le petit Shaverstone, je pense », dit-elle.

Et elle sortit sa main de derrière son dos. Elle pleurait plus fort que jamais. Il vit le sac en plastique. Il vit la main enveloppée dans le torchon à l'intérieur. Il comprit ce qu'elle avait l'intention de faire. Peut-être lui-même avait-il fait une chose semblable. Probablement qu'il l'avait fait.

Il se mit à crier… sauf que ses cris n'avaient plus grand-chose à voir avec des cris. Il y avait quelque chose de cassé dans sa gorge, sa bouche était remplie de sang, et les sons qu'il produisait tenaient plus des grondements gutturaux que des cris. Elle fourra le sac en plastique entre ses lèvres et l'enfonça profondément dans sa bouche. Plusieurs de ses dents s'étaient cassées dans sa chute et elle sentit leurs aspérités acérées. Si elle se coupait la main, elle risquait d'avoir quelques sérieuses explications à fournir.

Elle libéra sa main d'un coup sec avant qu'il puisse mordre, laissant le sac en plastique et le torchon derrière elle, lui saisit la mâchoire et le menton d'une main, posa son autre main sur le sommet dégarni de sa tête. La peau était toute chaude à cet endroit-là. Elle sentait palpiter le sang en dessous. D'un coup sec, elle lui referma la bouche sur le bâillon de plastique et de tissu. Il tenta de la repousser, mais il n'avait qu'un seul bras de libre, et c'était celui qu'il s'était fracturé dans sa chute. L'autre était tordu sous lui. Ses pieds moulinaient par à-coups sur le parquet en chêne. Une chaussure se détacha. Il gargouillait. Elle remonta sa robe jusqu'à la taille pour se placer à califourchon sur lui. Si elle y parvenait, elle pourrait peut-être lui pincer les narines pour qu'il arrête de respirer.

Mais avant qu'elle ait pu essayer, elle sentit sa poitrine commencer à se soulever et s'abaisser en dessous d'elle et entendit les gargouillis dans sa gorge se muer en un profond grondement. Ça lui rappela l'époque où elle apprenait à conduire, quand elle faisait grincer la boîte de vitesses capricieuse de la vieille Chevrolet standard de son père. Bob eut un brutal sursaut. Son seul œil visible était aussi protubérant que celui d'une vache. Son visage, rouge cramoisi, commençait à virer au violet. Il retomba sur le sol. Elle attendit, hoquetante, haletante, le visage barbouillé de morve et de larmes. L'œil ne roulait plus, et n'était plus luisant de panique. Elle pensait qu'il était m...

Dans un ultime, titanesque sursaut, Bob la repoussa. Il se redressa sur son séant et elle vit que son tronc ne s'ajustait plus correctement à son bassin ; il s'était non seulement brisé les cervicales, mais le dos aussi, apparemment. Sa bouche doublée de plastique béa. Ses yeux la fixèrent d'un regard qu'elle n'oublierait jamais... mais avec lequel elle pourrait continuer à vivre, si toutefois elle venait à bout de ceci.

« *Dar ! Arrrrr !* »

Il tomba à la renverse. Sa tête sur le parquet fit un bruit d'œuf qui se brise. Darcy rampa pour se rapprocher de lui, mais pas trop pour ne pas barboter dans son sang. Elle en avait sur elle, bien sûr, et c'était normal – elle avait voulu l'aider, quoi de plus naturel –, mais ça ne signifiait pas qu'elle avait envie de se vautrer dedans. Elle s'assit, en appui sur une main, et l'observa tout en reprenant sa respiration. Elle l'observait pour voir s'il bougerait. Il ne bougea pas. Quand cinq minutes se furent écoulées au cadran de la petite Michele ornée de pierres qu'elle avait au poignet – celle qu'elle portait toujours quand ils sortaient –, elle avança une main vers son cou et y chercha une pulsation. Elle laissa ses doigts sur sa peau le temps de compter jusqu'à trente. Rien. Elle posa son oreille contre sa poitrine, sachant que c'était le moment où il reviendrait à la vie pour l'empoigner. Il ne revint pas à la vie car il n'y avait plus de vie en lui : plus de cœur qui battait, plus de poumons qui respiraient. C'était terminé. Elle n'éprouvait aucune satisfaction (encore moins du triomphe), seulement de la concentration et de la détermination à terminer le travail et à le faire comme il fallait. En partie pour elle-même, mais surtout pour Donnie et Pretty.

Elle retourna à la cuisine, marchant vite. Il fallait qu'ils sachent qu'elle avait téléphoné sitôt qu'elle avait pu ; s'ils pouvaient déterminer qu'il y avait eu un délai (si le sang avait eu le temps de trop coaguler, par exemple), elle risquait de devoir répondre à d'embarrassantes questions. *S'il faut, je leur dirai que je suis tombée dans les pommes*, pensa-t-elle. *Ils le croiront, et même s'ils le croient pas, ils ne pourront pas prouver le contraire. Du moins, je crois pas qu'ils peuvent.*

Elle prit la lampe torche dans le cellier, tout comme elle l'avait fait le soir où elle avait littéralement trébuché sur son secret. Elle retourna à l'endroit où Bob gisait, fixant le plafond de ses yeux vitreux. Elle retira le sac en plastique de sa bouche et l'examina anxieusement. S'il était déchiré, elle pourrait avoir des problèmes... et il l'était, en deux endroits. Avec la lampe, elle éclaira l'intérieur de la bouche et repéra un minuscule lambeau de plastique sur la langue. Elle le retira du bout des doigts et le mit dans le sac.

Assez, Darcellen, ça suffit.

Mais ça ne suffisait pas. Elle étira les joues avec les doigts, d'abord la droite, puis la gauche. Et découvrit du côté gauche un autre minuscule lambeau de plastique, collé à la gencive cette fois. Elle le retira et le mit dans le sac avec le premier. Y en avait-il d'autres ? Les avait-il avalés ? Dans ce cas, ils étaient hors d'atteinte et tout ce qu'elle pouvait faire, c'était prier pour qu'ils ne soient pas découverts si quelqu'un – elle ignorait qui – avait assez de questions à poser pour ordonner une autopsie.

Entretemps, les minutes s'écoulaient.

Sans courir vraiment, elle se hâta d'emprunter le passage couvert pour aller au garage. Elle rampa sous l'établi, ouvrit la cachette spéciale, et y fourra le sac souillé de sang avec le torchon dedans. Elle referma la cache, repoussa le carton de vieux catalogues devant, puis retourna dans la maison. Elle remit la lampe torche à sa place. Elle souleva le téléphone, s'aperçut qu'elle avait cessé de pleurer et le reposa sur son support. Elle traversa le salon pour aller *le* regarder. Elle pensa aux roses, mais ça ne lui fit aucun effet. *C'est les roses, pas le patriotisme, qui sont la dernière ressource d'un scélérat*, pensa-t-elle. Et elle fut choquée de s'entendre rire. Alors elle pensa à Donnie et Petra, qui avaient tous deux idolâtré leur père, et ça fonctionna. En larmes, elle retourna prendre le téléphone de la cuisine et composa le 911. « Bonjour, je m'appelle Darcellen Anderson et j'ai besoin d'une ambulance au...

— Ralentissez un peu, madame, lui dit la permanencière. J'ai du mal à vous comprendre. »

Tant mieux, pensa Darcy.

Elle s'éclaircit la voix. « C'est mieux ? Vous me comprenez ?

— Oui, madame, c'est bon maintenant. Ne vous affolez pas. Vous disiez que vous aviez besoin d'une ambulance ?

— Oui, au 24, Sugar Mill Lane.

— Êtes-vous blessée, madame Anderson ?

— Pas moi, mon mari. Il est tombé dans les escaliers. Il a peut-être seulement perdu connaissance, mais je crois qu'il est mort. »

La permanencière lui dit qu'elle envoyait immédiatement une ambulance. Darcy présuma qu'elle enverrait aussi une voiture de la police de Yarmouth. Et aussi une voiture de la police d'État, s'il s'en trouvait une dans les parages. Elle espérait que non. Elle retourna dans l'entrée et s'assit, mais pas longtemps, sur le banc qui s'y trouvait. C'étaient *ses* yeux. Qui la regardaient. L'accusaient.

Elle décrocha son blazer du perroquet, s'en enveloppa, et sortit attendre l'ambulance dans l'allée.

17

C'est un policier du commissariat local, Harold Shrewsbury, qui prit sa déposition. Darcy ne le connaissait pas, mais il se trouve qu'elle connaissait sa femme ; Arlene Shrewsbury était une Maille à Partir, comme elle. Harold Shrewsbury l'interrogea dans la cuisine pendant que les urgentistes examinaient le corps de

Bob et l'emportaient, sans savoir qu'il y avait un autre cadavre à l'intérieur. Un type beaucoup plus dangereux que Robert Anderson l'expert-comptable.

« Voulez-vous un café, officier Shrewsbury ? Ça ne me dérange pas de le faire. »

Il observa ses mains tremblantes et répondit qu'il se chargerait de le faire très volontiers pour tous les deux. « Je suis très capable en cuisine.

— Arlene n'en a jamais parlé », dit-elle comme il se levait.

Il laissa son calepin ouvert sur la table de la cuisine. Jusque-là, il n'avait rien écrit que son nom, celui de Bob, leur adresse et leur numéro de téléphone. Elle y vit un bon présage.

« Non, elle aime bien cacher ma lumière sous le boisseau, répondit Harold. Madame Anderson – Darcy –, je compatis très sincèrement à votre perte, et je suis sûr qu'Arlene en dirait autant. »

Darcy se remit à pleurer. L'officier Shrewsbury déchira une pleine poignée d'essuie-tout sur le rouleau et la lui tendit. « Plus solide qu'un Kleenex.

— On voit que vous avez de l'expérience », dit-elle.

Il vérifia la Bunn, vit qu'elle était remplie et appuya sur le bouton. « Plus que je n'aimerais en avoir. » Il revint s'asseoir. « Pouvez-vous me dire ce qui s'est passé ? Vous en sentez-vous capable ? »

Elle lui raconta comment Bob avait trouvé le penny à date doublée dans la monnaie de son sandwich du Subway, et comment il était rentré tout excité. Comment ils avaient fêté ça en allant dîner à La Perle du Littoral, et comment il avait trop bu. Comment il avait fait le clown à leur retour (elle signala le comique salut militaire britannique qu'il lui avait adressé quand elle lui avait demandé un verre de Perrier). Comment il avait monté l'escalier en tenant le verre bien haut, comme un serveur. Comment il était presque arrivé sur le palier quand il avait dérapé. Elle lui raconta aussi comment elle-même avait failli déraper sur un glaçon renversé en se précipitant en bas pour le rejoindre.

L'officier Shrewsbury nota quelque chose dans son calepin, le referma d'un coup sec, puis la regarda posément. « Très bien. Je vous emmène. Allez chercher votre manteau.

— Comment ? Où ça ? »

En prison, évidemment. Ne passez pas par la case Départ, ne recevez pas deux cents dollars, allez tout droit en Prison. Bob avait commis impunément près d'une douzaine de meurtres, et elle n'avait même pas été capable d'en commettre un impunément (bien sûr, il avait planifié les siens, avec toute l'attention aux détails d'un comptable). Elle ignorait où elle avait fauté, mais la chose se révélerait évidente, sans aucun doute. L'officier Shrewsbury la renseignerait en roulant vers le commissariat. Ça ressemblerait au dernier chapitre d'un Elizabeth George.

« Chez moi, dit-il. Vous allez rester avec Arlene et moi, ce soir. »

Elle le dévisagea, bouche bée. « Je ne veux... je ne peux...

— Si, vous le pouvez, répondit-il d'un ton qui n'admettait pas de réplique. Arlene me tuerait si je vous laissais ici toute seule. Voulez-vous être responsable de mon assassinat ? »

Elle essuya ses larmes et sourit faiblement. « Non, j'imagine que non. Mais... Officier Shrewsbury...

— Harry.

— J'ai des coups de fil à passer. Mes enfants... ils ne savent pas encore. »

Cette pensée lui tira de nouvelles larmes, et elle mit à contribution le dernier carré d'essuie-tout pour les sécher. Qui aurait cru qu'il y avait autant de larmes à l'intérieur de quelqu'un ? Elle n'avait pas bu son café. Il était encore très chaud, mais elle en vida la moitié en trois longs traits.

« Je crois que nous pouvons supporter le coût de quelques appels longue distance, répondit Harry Shrewsbury. Et, écoutez-moi. Avez-vous quelque chose que vous pourriez prendre ? Un calmant quelconque, vous voyez ?

— Non, rien, chuchota-t-elle. Seulement de l'Ambien.

— Alors, Arlene vous passera un de ses Valium, dit-il. Vous devriez en prendre un au moins une demi-heure avant de passer tout appel téléphonique éprouvant. En attendant, je vais la prévenir que nous arrivons.

— Vous êtes très gentil. »

Il ouvrit l'un de ses tiroirs de cuisine, puis un autre, puis un troisième. Darcy sentit son cœur remonter dans sa gorge quand il ouvrit le quatrième. Il y prit un torchon à vaisselle et le lui tendit. « Encore plus solide que le papier.

— Merci, dit-elle. Merci infiniment.

— Depuis combien de temps étiez-vous mariés, madame Anderson ?

— Vingt-sept ans, dit-elle.

— Vingt-sept, s'extasia-t-il. Mon Dieu. Je suis profondément désolé.

— Moi aussi », dit-elle. Et elle fourra son visage dans le torchon à vaisselle.

18

Robert Emory Anderson fut inhumé deux jours plus tard au cimetière de la Paix de Yarmouth. Donnie et Petra soutenaient leur mère tandis que le pasteur discourait sur la vie d'un homme, qui ne dure qu'une saison. Le temps s'était mis au froid et couvert ; un vent glacial secouait les branches dénudées. B, B & A avait fermé pour la journée et tout le monde était là. Les comptables, tous en pardessus noir, se serraient les uns contre les autres comme des corbeaux. Il n'y avait aucune femme parmi eux. C'était la première fois que Darcy le remarquait.

Ses yeux étaient noyés de larmes et elle les essuyait constamment avec le mouchoir qu'elle tenait de sa main gantée de noir ; Petra pleurait sans discontinuer ; Donnie avait les yeux rouges et la mine fermée. C'était un beau jeune homme, mais il commençait déjà à se dégarnir, comme son père au même âge. *Du moment qu'il ne prend pas du ventre comme Bob*, pensa-t-elle. *Et qu'il ne tue pas des femmes, bien sûr.* Mais sûrement que ce genre de choses n'était pas héréditaire. Ou si ?

Tout serait bientôt terminé. Donnie ne resterait que deux jours – c'était le maximum qu'il pouvait se permettre en ce moment, avait-il expliqué. Il espérait qu'elle comprendrait et elle avait dit que oui, bien sûr, elle comprenait. Petra passerait une semaine avec elle et avait proposé de rester davantage si elle le souhaitait. Darcy lui avait dit que c'était très gentil de sa part, tout en espérant secrètement qu'elle ne resterait pas plus de cinq jours. Elle avait besoin d'être seule. Elle avait besoin… non pas exactement de penser, mais de se retrouver elle-même. De reprendre pied du bon côté du miroir.

Non que quelque chose eût dérapé ; au contraire. Rien n'aurait mieux tourné, pensait-elle, si elle avait planifié le meurtre de son époux des mois à l'avance. Et dans ce cas, elle aurait probablement tout fait foirer en compliquant les choses à l'excès. Contrairement à Bob, la planification n'était pas son fort.

Aucune question épineuse n'avait été posée. Son histoire était simple, crédible, et pratiquement vraie. Son atout majeur en était ses solides fondations : ils étaient mariés depuis près de trois décennies, ils formaient un bon ménage que n'était venue troubler aucune dispute récente. Vraiment, qu'y avait-il à mettre en question ?

Le pasteur invita la famille à s'avancer. Ce qu'ils firent.

« Repose en paix, p'pa », dit Donnie. Et il jeta une motte de terre dans la fosse. Elle atterrit sur la surface brillante du cercueil. Darcy trouva qu'elle ressemblait à une crotte de chien.

« Papa, tu me manques tellement », dit Petra. Et elle jeta sa propre poignée de terre.

Darcy venait en dernier. Elle se pencha, ramassa une poignée légère dans son gant noir, et la laissa tomber. Elle ne dit rien.

Le pasteur appela à une minute de prière silencieuse. L'assistance baissa la tête. Le vent entrechoquait les branches. Pas très loin de là, on entendait l'Interstate 295 et sa circulation rapide. Darcy pensa : *Mon Dieu, si Vous êtes là, faites que ce soit la fin.*

19

Ça ne l'était pas.

Sept semaines environ après l'enterrement – c'était déjà la nouvelle année, le ciel était bleu, le froid dur –, la sonnette du pavillon de Sugar Mill Lane retentit. Lorsque Darcy ouvrit, elle découvrit un vieux monsieur élégant en manteau noir et écharpe rouge. Devant lui, entre ses mains gantées, il tenait un chapeau Homburg à la Adenauer. Son visage était profondément ridé (par la souffrance, se dit Darcy, autant que par l'âge) et il n'avait plus qu'un fin duvet gris en guise de cheveux.

« Oui ? » s'enquit-elle.

Il fouilla dans sa poche et laissa tomber son chapeau. Darcy se pencha pour le ramasser. En se redressant, elle vit que le vieux monsieur lui tendait un étui d'identification en cuir. Contenant un insigne doré et une photo de son visiteur (l'air légèrement plus jeune) sur une carte en plastique.

« Holt Ramsey, annonça-t-il, comme s'il s'en excusait. Bureau du procureur. Je suis affreusement désolé de vous déranger, madame Anderson. Puis-je entrer ? Vous allez vous geler, à rester là dehors dans cette robe.

— Je vous en prie », dit-elle. Et elle s'écarta.

Elle observa sa démarche légèrement claudicante et la façon dont sa main droite se portait inconsciemment à sa hanche droite – comme pour la soutenir – et un souvenir lui revint clairement en mémoire : Bob assis à côté d'elle sur le lit, retenant ses doigts froids prisonniers dans la chaleur des siens. Bob en train de parler. De se vanter, en réalité. *Je veux leur faire croire que Beadie est idiot, et ils le croient. Parce que eux-mêmes sont idiots. J'ai été interrogé une seule fois. Et c'était en qualité de témoin, environ deux semaines après que Beadie a tué la femme Moore. Un vieux flic boiteux, en semi-retraite.* Et voilà que le vieux type était là, debout à moins de cinq pas de l'endroit où Bob était mort. De l'endroit où elle l'avait tué. Holt Ramsey avait l'air d'être malade et de souffrir, mais ses yeux étaient vifs. Ils furetèrent à gauche et à droite, enregistrant tout au vol avant de revenir se poser sur son visage.

Fais attention, se dit-elle. *Fais très très attention à celui-ci, Darcellen.*

« En quoi puis-je vous être utile, monsieur Ramsey ?

— Eh bien, pour commencer – si ce n'est pas trop vous demander –, je prendrais volontiers un café. Je suis frigorifié. J'ai un véhicule de fonction, dont le chauffage marche quand ça lui plaît, c'est-à-dire jamais. Bien sûr, si je vous importune...

— Pas du tout. Mais, un instant... Pourrais-je revoir votre carte ? »

Il lui tendit assez obligeamment son étui et, pendant qu'elle l'examinait, suspendit son chapeau au perroquet de l'entrée.

« Ces trois lettres RET imprimées sous le sceau... cela signifie-t-il que vous êtes retraité ?

— Oui et non. » Ses lèvres s'écartèrent en un sourire qui révéla des dents trop parfaites pour être autre chose qu'un dentier. « J'ai dû m'arrêter, du moins officiellement, à l'âge de soixante-huit ans, mais j'ai passé ma vie entière soit dans la police d'État, soit au bureau du procureur, alors maintenant, je suis un peu comme un vieux cheval du feu qui a sa place d'honneur à l'écurie. Une sorte de mascotte, vous voyez. »

Je pense que vous êtes beaucoup plus que cela.

« Laissez-moi prendre votre manteau.

— Non, non, je crois que je vais le garder. Je ne serai pas long. Je l'aurais suspendu s'il avait neigé – pour ne pas mouiller votre parquet –, mais pas de neige. Juste un froid polaire, vous savez. Trop froid pour qu'il neige, aurait dit mon père. Et, à mon âge, je ressens beaucoup plus le froid qu'il y a cinquante ans. Ou même vingt-cinq. »

En le conduisant jusqu'à la cuisine, d'un pas lent pour que Ramsey puisse se maintenir à sa hauteur, elle lui demanda quel âge il avait.

« Soixante-dix-huit en mai. » Il s'exprimait avec une évidente fierté. « Si j'y arrive. J'ajoute toujours ça pour me porter chance. Jusqu'à présent, ça a fonctionné. Quelle jolie cuisine vous avez là, madame Anderson – une place pour chaque chose et chaque chose à sa place. Ma femme aurait approuvé. Elle est morte il y a quatre ans. D'une crise cardiaque, très soudaine. C'est fou ce qu'elle me manque. Comme votre mari doit vous manquer, j'imagine. »

Ses yeux pétillants – jeunes et alertes dans des orbites plissées et creusées par la souffrance – fouillèrent son visage.

Il sait. Je ne sais pas comment, mais il sait.

Elle vérifia le filtre de la Bunn et l'alluma. Tout en sortant des tasses du placard, elle redemanda : « En quoi puis-je vous être utile aujourd'hui, monsieur Ramsey ? Ou dois-je dire inspecteur Ramsey ? »

Il rit, et son rire se transforma en toux. « Oh, ça fait belle lurette que personne ne m'a plus appelé inspecteur. Oubliez le Ramsey aussi. Si vous allez directement à Holt, ça m'ira très bien. Et c'est en fait à votre mari que je souhaitais parler, vous savez, mais bien sûr, il est décédé – toutes mes condoléances – et par conséquent, c'est hors de question. Eh oui, entièrement hors de question. » Il secoua la tête et s'installa sur l'un des tabourets disposés autour de la table billot. Son manteau fit entendre un froissement. Quelque part à l'intérieur de son corps sec, un os craqua. « Mais laissez-moi vous dire : un vieil homme qui vit seul dans une chambre meublée – c'est mon cas, encore qu'elle soit très agréable – finit par s'ennuyer avec seulement la télé pour compagnie. Alors je me suis dit, à la bonne heure, je vais prendre la voiture et descendre quand même à Yarmouth poser mes deux, trois petites questions. Elle ne pourra pas répondre à beaucoup d'entre elles, je me suis dit, peut-être à *aucune* d'entre elles, mais pourquoi ne pas y aller quand même ? Il faut que tu sortes d'ici avant de prendre racine, je me suis dit.

— Un jour où le froid est annoncé en dessous de moins dix, dit-elle. Et dans une voiture de fonction avec le chauffage en panne.

— Eh oui. Mais j'ai mon thermolactyl, allégua-t-il avec modestie.

— N'avez-vous pas de voiture personnelle, monsieur Ramsey ?

— Si, si, j'en ai une, dit-il comme si cela ne l'avait pas effleuré jusqu'ici. Venez vous asseoir, madame Anderson. Inutile de vous tapir dans un coin. Je suis trop vieux pour mordre.

— Non, le café sera prêt dans une minute », dit-elle. Elle avait peur de ce vieil homme. Bob aussi avait dû en avoir peur, mais évidemment Bob était au-delà de la peur aujourd'hui. « En attendant, peut-être pouvez-vous me dire de quoi vous souhaitiez parler avec mon mari.

— Eh bien, vous ne le croirez pas, madame Anderson…

— Appelez-moi Darcy, voulez-vous ?

— Darcy ! » Il paraissait enchanté. « Si ce n'est pas là le prénom le plus charmant et désuet !

— Merci. Avec de la crème ?

— Je prends toujours mon café noir, comme mon chapeau. Bien qu'en réalité, je me considère comme un chapeau blanc[1]. Enfin, je devrais, n'est-ce pas ? À traquer criminels et consorts. C'est ce qui m'a valu cette méchante jambe, vous savez. Course-poursuite en voiture à grande vitesse, c'était en 89. Le type avait tué sa femme et deux de

---

1. Dans les westerns, le héros portait un chapeau blanc, contrairement aux « méchants ».

ses gosses. Un tel acte est généralement un crime passionnel, ou le fait d'un homme soûl, drogué ou mentalement dérangé. » Ramsey se tapota le duvet du crâne d'un doigt déformé par l'arthrite. « Pas ce type-là. Celui-là l'avait fait pour l'assurance. En essayant de le maquiller en agression à domicile. Je vous épargnerai tous les détails, mais je lui ai tourné autour, tourné autour. Pendant trois ans, je lui ai tourné autour. Et finalement, j'ai eu le sentiment de tenir assez d'éléments pour l'arrêter. Probablement pas assez pour le faire condamner, mais ça, je n'avais pas besoin de le lui dire, n'est-ce pas ?

— Je suppose que non », dit Darcy.

Le café était prêt, et elle les servit. Elle décida de prendre le sien noir, aussi. Et de le boire aussi vite que possible. Pour que la caféine la réveille d'un coup et allume tous ses projecteurs.

« Merci, dit-il quand elle l'apporta sur la table. Merci beaucoup. Vous êtes la gentillesse même. Du café brûlant par un jour glacial – que peut-on rêver de mieux ? Du cidre chaud, peut-être ; je ne vois pas quoi d'autre. Bon, où en étais-je ? Ah, j'y suis. Dwight Cheminoux. Tout là-haut, dans le comté, c'était. Juste au sud des bois de Hainesville. »

Darcy avalait consciencieusement son café. Elle regarda Ramsey par-dessus le rebord de sa tasse et soudain, c'était comme d'être de nouveau en ménage – un long ménage et, à maints égards (mais pas à tous), un bon ménage, du genre qui tenait de la blague : elle savait qu'il savait, et il savait qu'elle savait qu'il savait. Le genre de relation où l'on a l'impression de regarder dans un miroir et de voir un autre miroir, une galerie de miroirs se prolongeant à l'infini. La seule vraie question était de savoir ce qu'il allait faire de ce qu'il savait. Ce qu'il *pouvait* en faire.

« Bon, dit Ramsey en reposant sa tasse et en se mettant machinalement à frictionner sa jambe douloureuse, la vérité pure et simple, c'était que j'espérais acculer le bonhomme. Je veux dire, il avait le sang d'une femme et de deux petits enfants sur les mains, alors je me sentais en droit de la jouer un peu fourbe. Et ça a marché. Il a pris la fuite et je l'ai pourchassé jusque dans les bois de Hainesville où, dit la chanson, l'on trouve une pierre tombale tous les kilomètres. Et c'est là qu'a eu lieu l'accident, dans le virage de Wickett – il est rentré dans un arbre, et je lui suis rentré dedans. C'est comme ça que j'ai récolté cette jambe, sans parler de la broche en métal que j'ai dans le cou.

— Je suis désolée. Et le type que vous poursuiviez ? De quoi a-t-il écopé ? »

La bouche de Ramsey se releva aux coins en un sourire sec d'une singulière froideur. Ses jeunes yeux étincelèrent. « Il est mort, Darcy. Il a économisé à l'État quarante ou cinquante ans de pension complète à Shawshank.

— Vous êtes le vrai chien du ciel, n'est-ce pas, monsieur Ramsey ? »

Au lieu de paraître surpris, il plaça ses mains déformés en porte-voix de part et d'autre de son visage et se mit à réciter d'une chantante voix d'écolier : « Je L'ai fui dévalant les nuits et les jours, je L'ai fui traversant les arches des ans, je L'ai fui le long des voies labyrinthiques[1]... », et ainsi de suite.

---

1. Francis Thompson, *Le Chien du ciel*, traduction de Jean-René Lassalle.

« Vous l'avez appris en classe ?

— Non, m'dame, à l'Association des Jeunesses Méthodistes. Voilà un bon nombre d'années. J'avais gagné une bible, que j'ai perdue en camp d'été l'année suivante. Sauf que je ne l'ai pas perdue ; on me l'a volée. Pouvez-vous imaginer quelqu'un d'assez vil pour voler une bible ?

— Oui », dit Darcy.

Il rit. « Allons, Darcy, appelez-moi Holt. Je vous en prie. Tous mes amis le font. »

Êtes-vous mon ami ? L'êtes-vous ?

Elle l'ignorait, mais elle était sûre d'une chose : il n'aurait pas été l'ami de Bob.

« Est-ce le seul poème que vous connaissez par cœur ? Holt ?

— Eh bien, je connaissais *La Mort de l'ouvrier agricole*, dit-il, mais aujourd'hui je ne me souviens que du passage disant que le foyer est le lieu où, quand vous arrivez, on doit vous laisser entrer. C'est bien vrai, ne trouvez-vous pas ?

— Absolument. »

Ses yeux – d'un noisette clair – cherchèrent ceux de Darcy. L'intimité de ce regard était indécente, comme s'il la regardait dévêtue. Et agréable, pour peut-être la même raison.

« Que vouliez-vous demander à mon mari, Holt ?

— Eh bien, je lui ai déjà parlé une fois, vous savez, même si je ne suis pas certain qu'il s'en souviendrait s'il était encore en vie. C'était il y a longtemps. Nous étions bien plus jeunes tous les deux, et vous ne deviez pas être beaucoup plus qu'une enfant vous-même, tant vous êtes jeune et jolie aujourd'hui. »

Elle lui adressa un sourire épargnez-moi-ce-couplet-voulez-vous glacial, puis se leva pour se servir une autre tasse de café. Il ne restait déjà rien du premier.

« Vous avez probablement entendu parler du meurtrier Beadie, dit-il.

— L'homme qui tue les femmes puis envoie leurs papiers d'identité à la police ? » Elle revint se mettre à table, sa tasse de café parfaitement fixe à la main. « Les journaux s'en repaissent, de celui-là. »

Il pointa son index sur elle – le geste de Bob imitant un pistolet imaginaire – et la gratifia d'un clin d'œil. « Vous avez tout juste, m'dame. "S'il y a du sang, il y a une piste à suivre", c'est leur devise. Il m'a été donné de travailler un peu sur l'affaire. Je n'étais pas encore retraité à l'époque, seulement en préretraite. J'avais la réputation du type capable d'obtenir parfois des résultats en furetant à droite, à gauche… en suivant mes… comment appelle-t-on ça…

— Instincts ? »

Encore le doigt pointé. Encore le clin d'œil. Comme s'il y avait un secret que tous deux partageaient. « En tout cas, on m'envoie faire mon travail de mon côté, vous savez – ce vieux boiteux de Holt montre ses photos, pose ses questions et… *furète*, en somme, vous voyez. Parce que j'ai toujours eu du flair pour ce genre de travail, Darcy, et je ne l'ai jamais perdu. C'était l'automne 1997, pas très longtemps après le meurtre d'une femme nommée Stacey Moore. Ce nom vous dit-il quelque chose ?

— Non, je ne crois pas, répondit Darcy.

— Vous ne l'auriez pas oublié si vous aviez vu les photos de la scène de crime. Un meurtre horrible. Comme cette femme a dû souffrir. Mais évidemment, cela faisait longtemps, plus de quinze ans, que ce type qui se fait appeler Beadie avait arrêté et il devait avoir accumulé pas mal de vapeur sous le couvercle de sa chaudière qui ne demandait qu'à exploser. Et c'est elle qui a été ébouillantée.

« Quoi qu'il en soit, le procureur général de l'époque m'a mis sur le coup. "Laissons le vieux Holt s'y coller, il n'a rien d'autre à faire en ce moment, et ça le sortira de mes pattes." Même à l'époque, on m'appelait comme ça, le vieux Holt. À cause de ma patte folle, j'imagine. J'ai parlé avec les amis, les parents, les voisins de cette femme sur la route 106, et ses collègues de travail à Waterville. Ah, j'ai bien parlé avec tous. Elle était serveuse dans un restaurant là-bas, le Sunnyside, dans le centre. Beaucoup de gens de passage s'y arrêtent, c'est tout près de la sortie d'autoroute, mais moi j'étais plus intéressé par ses clients réguliers. Ses clients *masculins* réguliers.

— Bien sûr, je vous comprends, murmura Darcy.

— L'un d'entre eux s'avéra être un individu bien mis, présentable, quarante, quarante-cinq ans environ. Il venait à peu près une fois par mois, prenait toujours l'une des tables de Stacey. Bon, peut-être que je ne devrais pas le dire, puisqu'il se trouve que cet individu était votre défunt époux – c'est vrai, on ne doit pas dire du mal des morts, mais puisqu'ils sont morts tous les deux, j'imagine que cela s'annule d'office, si vous voyez ce que je veux dire... »

Ramsey s'interrompit, l'air ennuyé.

« Vous ne savez pas comment vous en dépêtrer », dit Darcy, amusée malgré elle. Peut-être *voulait*-il qu'elle soit amusée. C'était difficile à dire. « Allez-y, je suis une grande fille. Elle a flirté avec lui ? Ça se résume à ça ? Elle ne serait pas la première serveuse à flirter avec un homme de passage, quand bien même cet homme portait une alliance à la main gauche.

— Non, ce n'est pas tout à fait ça. Selon ce que ses collègues de travail m'ont dit – et bien sûr, vous devez le prendre avec des nuances, parce que toutes l'aimaient beaucoup –, c'est *lui* qui flirtait avec *elle*. Et, toujours selon elles, elle n'aimait pas beaucoup ça. Elle disait que ce type lui donnait la chair de poule.

— Ça ne ressemble pas à mon mari. »

Ni non plus à ce que Bob lui avait raconté.

« Non, mais ça l'était probablement. Votre mari, je veux dire. Et une épouse ne sait pas toujours ce que fait son époux quand il est sur la route, même si elle préfère croire qu'elle le sait. En tout cas, l'une des serveuses m'a dit que cet individu roulait en Toyota 4 Runner. Elle le savait parce qu'elle avait exactement le même. Et vous savez quoi ? Plusieurs voisins de Mme Moore avaient remarqué les allées et venues d'un 4 Runner dans les alentours de sa ferme quelques jours à peine avant le meurtre. Et y compris la veille du meurtre.

— Mais pas *le* jour du meurtre.

— Non, mais évidemment, un type aussi prudent que Beadie aurait veillé à ce genre de détail. N'est-ce pas ?

— Oui, je suppose.

— Bon, comme on m'avait donné une description, j'ai passé le secteur du restaurant au peigne fin. Je n'avais rien d'autre à faire. Pendant une semaine, je n'ai récolté que des ampoules aux pieds et quelques cafés de courtoisie – mais aucun aussi bon que le vôtre, je dois dire ! –, et j'étais sur le point de renoncer quand je me suis arrêté par hasard dans une boutique du centre. Mickleson Pièces et Monnaies. Ce nom-*là* vous dit-il quelque chose ?

— Bien sûr. Mon mari était numismate et Mickleson était l'un des trois ou quatre meilleurs négociants en numismatique de l'État. Ça n'existe plus. Le père Mickleson est mort et son fils a fermé boutique.

— Exact. Vous savez ce que dit la chanson, que le temps nous prend tout à la fin – nos yeux, notre démarche élastique, même notre sacrée bonne frappe de volée. Mais George Mickleson était en vie à l'époque...

— La queue en l'air et la truffe au vent », murmura Darcy.

Holt Ramsey sourit. « Comme vous dites. En tout cas, il a reconnu la description. "Ma foi, ça ressemble bien à Bob Anderson", qu'il me fait. Et devinez quoi? L'homme conduisait un Toyota 4 Runner.

— Oui, mais il l'a revendu il y a longtemps, dit Darcy. Pour acheter...

— Un Chevrolet Suburban, c'est ça? »

Ramsey prononçait *Shivvalay*.

— Oui. » Darcy croisa les mains et dévisagea calmement Ramsey. Ils n'allaient pas tarder à en venir au but. La seule question était de savoir lequel des deux partenaires du ménage Anderson désormais dissous intéressait le plus ce vieillard à l'œil acéré.

« J'imagine que vous n'avez plus ce Suburban, si?

— Non. Je l'ai vendu environ un mois après la mort de mon époux. J'ai passé une annonce dans le guide du troc *Uncle Henry's*, et quelqu'un a sauté sur l'affaire. Je pensais rencontrer des difficultés, à cause du kilométrage élevé et de la hausse des prix du carburant, mais non. Bien sûr, je n'en ai pas tiré bien lourd. »

Et deux jours avant que l'acquéreur ne vienne en prendre livraison, elle l'avait fouillé de fond en comble, sans oublier de soulever le tapis de sol dans le coffre. Elle n'avait rien trouvé, mais avait quand même déboursé cinquante dollars pour faire laver l'extérieur (détail qui ne lui importait guère) et nettoyer l'intérieur à la vapeur (détail qui lui importait beaucoup).

« Ah. Ce bon vieux *Uncle Henry's*. C'est grâce à lui que j'ai vendu la Ford de ma défunte épouse.

— Monsieur Ramsey…

— Holt.

— Holt, avez-vous pu identifier formellement mon mari comme étant l'homme qui flirtait avec Stacey Moore ?

— Eh bien, lorsque je me suis entretenu avec M. Anderson, il a admis avoir fréquenté occasionnellement le Sunnyside – il l'a reconnu spontanément – mais il a prétendu n'avoir jamais remarqué aucune serveuse en particulier. Il était toujours soi-disant plongé dans son travail jusqu'au cou. Mais évidemment, j'ai montré sa photo à la ronde – celle de son permis de conduire, vous voyez – et le personnel a convenu que c'était bien lui.

— Mon mari savait-il que vous aviez… un intérêt particulier pour lui ?

— Non. En ce qui le concernait, je n'étais rien qu'un vieux traîne-la-patte cherchant des témoins susceptibles d'avoir vu quelque chose. Personne n'a rien à redouter d'un vieux zigue comme moi, vous savez. »

Moi, j'ai tout à redouter de vous.

« Vous n'avez pas grand-chose comme preuves, dit-elle. Si tant est que vous vouliez ouvrir un dossier.

— Non, non, aucun dossier ! » Il rit de bon cœur, mais ses yeux noisette étaient froids. « Si j'avais pu ouvrir un dossier, M. Anderson et moi n'aurions pas eu notre petite conversation dans son bureau, Darcy, mais dans le mien ! Dont vous ne ressortez pas tant que je ne vous en ai pas donné l'autorisation. Ou tant qu'un avocat ne vous libère pas, bien entendu.

— Peut-être devriez-vous cesser de me faire danser, Holt.

— Fort bien, accorda-t-il, pourquoi pas ? Même un pas de box-step me fait un mal de chien à l'heure qu'il est. Foutu Dwight Cheminoux, va ! Et je ne veux pas vous prendre toute votre matinée, alors accélérons. J'avais pu établir la présence d'un Toyota 4 Runner à proximité ou sur la scène de deux des crimes antérieurs – ce que nous appelons la première période de Beadie. Mais de couleurs différentes. Mais j'avais pu établir également que votre époux possédait un autre 4 Runner dans les années soixante-dix.

— C'est exact. Il lui convenait, donc il avait changé pour le même modèle.

— Mouais, les hommes font souvent ça. Et le 4 Runner est un véhicule apprécié dans les régions où il neige une bonne moitié de l'année. Mais suite au meurtre Moore – et à notre entrevue –, il en a changé pour un Suburban.

— Pas immédiatement, avança Darcy avec un sourire. Il a gardé son 4 Runner bien après le passage à l'an 2000.

— Je sais. Il en a changé en 2004, peu de temps avant l'assassinat d'Andrea Chericutt, du côté de Nashua. Suburban bleu et gris ; année 2002. Un Suburban de cette année-là, approximativement, et des mêmes couleurs *exactement* a été aperçu assez souvent dans le voisinage de chez Mme Chericutt au cours du mois qui a précédé son assassinat. Mais voici le détail troublant. » Il se pencha en avant. « Un témoin m'a assuré que ce Suburban avait une plaque du Vermont. Un autre – une petite vieille du genre qui reste assise à la fenêtre de son salon de l'aube au crépuscule pour épier tous les faits et gestes de ses voisins sous prétexte qu'elle n'a rien de mieux à faire – m'a certifié que celui qu'*elle* avait vu avait une plaque de l'État de New York.

— Bob avait des plaques de l'État du Maine, dit Darcy. Comme vous le savez très bien.

— Bien sûr, bien sûr, mais les plaques d'immatriculation se volent, voyez-vous.

— Et pour les meurtres des Shaverstone, Holt? Un Suburban bleu et gris a-t-il été aperçu dans le voisinage de chez Helen Shaverstone?

— Je vois que vous avez suivi l'affaire Beadie d'un peu plus près que la moyenne. D'un peu plus près que vous ne le laissiez entendre au début, également.

— Alors?

— Non, répondit Ramsey. À la vérité, non. Mais un Suburban gris et bleu a été vu près de la rivière d'Amesbury où les corps ont été jetés. » Il sourit de nouveau tout en l'examinant de ses yeux froids. « Jetés comme des ordures. »

Elle soupira. « Je sais.

— Personne n'a pu me renseigner sur les plaques du Suburban aperçu à Amesbury, mais, dans le cas contraire, j'imagine qu'elles auraient été du Massachusetts. Ou de Pennsylvanie. Ou de n'importe où sauf le Maine. »

Il se pencha en avant.

« Ce Beadie nous a adressé des messages accompagnés des pièces d'identité de ses victimes. Pour nous narguer, vous voyez – nous mettre au défi de l'arrêter. Peut-être même qu'une partie de lui *voulait* qu'on l'arrête.

— Peut-être, en effet », dit Darcy.

Mais elle en doutait.

« Ses messages étaient rédigés en capitales. Les gens qui font ça pensent qu'on ne peut pas identifier une telle écriture, mais, la plupart du temps, on le peut. Les ressemblances se voient. Je suppose que vous n'avez pas gardé de dossiers rédigés de la main de votre mari, n'est-ce pas ?

— Ceux qui n'ont pas été retournés à son entreprise ont été détruits. Mais j'imagine qu'ils en auront conservé quantité d'exemplaires. Les comptables ne jettent jamais rien. »

Il soupira. « Ouais, mais une boîte comme ça, il me faudrait un ordre du tribunal pour en sortir quoi que ce soit, et pour l'obtenir, je devrais avancer des motifs plausibles. Que je n'ai pas. J'ai un certain nombre de coïncidences – qui pour moi ne sont pas des coïncidences. Et je dispose d'un certain nombre de… disons… *correspondances*, j'imagine que l'on pourrait appeler ça, mais en nombre insuffisant pour tenir lieu de preuves circonstanciées. Je suis donc venu vous trouver, Darcy. Je me disais que j'aurais déjà été éconduit à l'heure qu'il est, mais vous avez été très aimable. »

Elle ne répondit rien.

Il se pencha encore en avant, il était presque voûté au-dessus de la table à présent. Tel un oiseau de proie. Mais, mal dissimulé sous la froideur de son regard, elle voyait autre chose. Elle pensait que ce pouvait être de la bonté. Elle priait pour que ce soit de la bonté.

« Darcy, votre mari était-il Beadie ? »

Elle avait conscience qu'il enregistrait peut-être leur conversation ; c'était tout à fait du domaine du possible. Au lieu de répondre, elle souleva l'une de ses mains de la table, et lui présenta l'intérieur rose de sa paume.

« Pendant longtemps, vous n'en avez rien su, n'est-ce pas ? »

Elle ne répondit rien. Se contenta de le regarder. De regarder *en* lui, comme on regarde à l'intérieur des gens que l'on connaît bien. Seulement, il fallait faire bien attention quand on faisait ça, car ce qu'on voyait n'était pas toujours ce que l'on pensait voir. Elle en savait quelque chose.

« Et puis, vous avez su ? Un jour, vous avez su ?

— Reprendrez-vous une tasse de café, Holt ?

— Une demi-tasse », répondit-il. Il se radossa à son siège et croisa ses bras sur sa maigre poitrine. « Si j'en bois davantage, j'ai des brûlures d'estomac, et j'ai oublié de prendre mes comprimés de Zantac ce matin.

— Je crois qu'il me reste du Prilosec dans l'armoire à pharmacie à l'étage, dit-elle. C'était celui de Bob. Voulez-vous que j'aille vous le chercher ?

— Je ne prendrais rien lui ayant appartenu quand bien même j'aurais les entrailles en feu.

— Très bien », dit-elle doucement.

Et elle lui resservit un peu de café.

« Excusez-moi, dit-il. Parfois mes émotions prennent le dessus. Ces femmes... toutes ces femmes... et ce garçon, avec encore toute sa vie devant lui. C'est lui le pire.

— Oui », dit-elle en lui passant sa tasse.

Elle remarqua combien il avait la main qui tremblait et elle pensa que, si astucieux fût-il, et il était redoutablement astucieux, c'était sans doute là son dernier rodéo.

« Une femme qui découvrirait très tard dans la partie quel rôle jouait son mari serait dans une situation épineuse.

— J'imagine que oui, dit Darcy.

— Qui voudrait croire qu'elle a pu vivre tout ce temps avec un homme sans jamais savoir qui il était ? Ma foi, elle ressemblerait à ce... comment-appelle-t-on ça, cet oiseau qui vit dans la gueule du crocodile ?

— L'histoire dit, reprit Darcy, que le crocodile laisse l'oiseau vivre là parce qu'il lui nettoie les dents. Qu'il picore les grains restés coincés entre. » Avec les doigts de sa main droite, elle imita un bec d'oiseau qui picore. « C'est probablement faux... mais ce qui est *vrai*, c'est que j'avais coutume de conduire Bobby en voiture chez le dentiste. Livré à lui-même, il aurait comme par hasard oublié ses rendez-vous. C'était un vrai bébé sur le chapitre de la douleur. »

Ses yeux s'emplirent inopinément de larmes. Elle les écrasa du revers des deux mains en les maudissant. Cet homme ne respecterait aucune larme versée sur le compte de Robert Anderson.

Ou peut-être se trompait-elle là-dessus. Il souriait en hochant la tête. « Et vos enfants. Dévastés une première fois quand le monde entier découvrirait que leur père était un tueur en série qui torturait des femmes. Puis dévastés une seconde fois quand le monde entier déciderait que leur mère couvrait ses agissements. Et peut-être même l'aidait, comme Myra Hindley aidait Ian Brady. Savez-vous qui ils étaient ?

— Non.

— Peu importe. Mais posez-vous cette question : que ferait une femme dans une situation aussi épineuse que celle-là ?

— Que feriez-vous, Holt ?

— Je l'ignore. Ma situation est un peu différente. Je ne suis peut-être qu'une vieille haridelle – le plus vieux cheval de l'écurie – mais j'ai une responsabilité envers les familles de ces femmes assassinées. Elles méritent de savoir.

— Elles le méritent, c'est certain… mais en ont-elles *besoin* ?

— Le pénis de Robert Shaverstone a été sectionné avec les dents, le saviez-vous ? »

Non, elle ne le savait pas. Comment l'aurait-elle su ? Elle ferma les yeux et sentit des larmes tièdes couler entre les cils. *N'a pas « souffert », mon cul*, pensa-t-elle, et si Bob était apparu devant elle, mains tendues et implorant grâce, elle l'aurait tué à nouveau.

« Son père le sait », dit Ramsey. Il avait parlé à mi-voix. « Et chaque jour, il doit vivre en sachant cela de l'enfant qu'il aimait.

— Je suis désolée, chuchota-t-elle. Je suis tellement, tellement désolée. »

Elle le sentit prendre sa main par-dessus la table. « Je ne voulais pas vous perturber. »

Elle le repoussa brutalement. « Bien sûr que si, vous le vouliez ! Mais croyez-vous… que je ne l'aie pas été ? Croyez-vous que ça ne m'ait pas *perturbée*, espèce… espèce de vieux fouineur ? »

Il eut un petit rire qui laissa voir son dentier étincelant. « Non. Ce n'est pas du tout ce que je crois. Je l'ai vu dès que vous avez ouvert la porte. » Il se tut, puis énonça délibérément : « J'ai tout vu.

— Et que voyez-vous maintenant ? »

Il se leva, chancela un peu, puis retrouva son équilibre. « Je vois une femme courageuse qui devrait être laissée libre de se consacrer à ses tâches ménagères. Sans parler du reste de sa vie. »

Elle se leva aussi. « Et les familles des victimes ? Celles qui méritent de savoir ? » Elle se tut, peu désireuse de formuler la suite. Mais il le fallait. Cet homme avait surmonté une souffrance considérable – peut-être même une souffrance intolérable – pour venir la trouver, et maintenant il lui donnait l'absolution. C'est du moins ce qu'elle croyait. « Le père de Robert Shaverstone ?

— Le petit Shaverstone est mort, et son père n'est pas loin de l'être. » Ramsey avait pris un ton calme, posé, que Darcy reconnaissait. C'était le ton que Bob prenait quand il savait qu'un client de son cabinet allait subir un contrôle fiscal et que l'entrevue se passerait mal. « Il biberonne du whisky du matin au soir. Est-ce que de savoir que le meurtrier de son fils – le *mutilateur* de son fils – est mort y changerait quelque chose ? Non, je ne le crois pas. Est-ce que cela ferait revenir n'importe laquelle de ses victimes ? Non. Est-ce que le meurtrier brûle en ce moment dans les flammes de l'enfer pour ses crimes, souffrant lui-même de ses propres mutilations qui saigneront pour l'éternité ? La Bible le dit. L'Ancien Testament, en tout cas, et puisque c'est de là que nous tenons nos lois, c'est amplement suffisant pour moi. Merci pour le café. Je vais devoir m'arrêter à chaque aire de repos entre ici et Augusta en rentrant, mais cela en valait la peine. Vous faites un bon café. »

En le raccompagnant à la porte, Darcy s'aperçut qu'elle se sentait revenue du bon côté du miroir pour la première fois depuis qu'elle avait trébuché sur le carton dans le garage. C'était bien de savoir qu'il n'avait pas été loin d'être pris. Qu'il n'avait pas été aussi malin qu'il se le figurait.

« Merci d'être venu me voir », dit-elle comme il posait son chapeau bien droit sur sa tête. Elle ouvrit la porte, livrant passage à un souffle d'air froid. Elle s'en moquait. C'était bon de sentir l'air sur sa peau. « Vous reverrai-je ?

— Non. Je termine la semaine prochaine. Pleine retraite. Je pars en Floride. Je n'y resterai pas longtemps, d'après mon médecin.

— Je suis désolée de l'app… »

Il la prit soudain dans ses bras. Qu'il avait maigres, mais durs et étonnamment forts. Darcy fut surprise, mais pas effrayée. Le bord de son Homburg heurta sa tempe lorsqu'il lui chuchota à l'oreille : « Vous avez bien fait. »

Et il l'embrassa sur la joue.

20

Il descendit lentement et prudemment l'allée, en prenant garde au verglas. La démarche d'un vieil homme. *Il devrait vraiment avoir une canne*, pensa Darcy. Il contournait l'avant de sa voiture, toujours attentif aux plaques de verglas, quand elle le rappela. « Holt ! »

Il se retourna, sourcils broussailleux froncés.

« Quand il était petit, mon mari avait un ami qui a été tué dans un accident.

— Ah oui ? »

Les mots sortirent dans une nuée de blanc hivernal.

« Oui, dit Darcy. Vous pourriez faire des recherches pour savoir ce qui s'est passé. Un événement tragique, même si ce n'était pas un très gentil garçon, aux dires de mon mari.

— Ah non ?

— Non. C'était le genre de garçon qui nourrit de dangereux fantasmes. Il s'appelait Brian Delahanty, mais quand ils étaient gosses, Bob l'appelait BD. »

Ramsey resta immobile auprès de sa voiture durant quelques secondes, assimilant l'information. Puis il hocha la tête. « C'est très intéressant. Je jetterai peut-être un coup d'œil à cette histoire sur mon ordinateur. Ou peut-être pas ; tout ça remonte à si longtemps. Merci pour le café.

— Merci pour la conversation. »

Elle le regarda démarrer et s'éloigner dans la rue (il conduisait, remarqua-t-elle, avec l'assurance d'un homme beaucoup plus jeune – probablement parce que sa vue était encore perçante), puis elle rentra. Elle se sentait plus jeune, plus légère. Elle alla au miroir de l'entrée. Où elle ne vit rien d'autre que son propre reflet. Et c'était bien.

Postface

Les nouvelles de ce recueil sont très dures. Vous les avez peut-être trouvées difficiles à lire parfois. Si c'est le cas, soyez assuré que je les ai trouvées tout aussi difficiles à écrire par moments. Quand on me questionne sur mon travail, j'ai tendance à pratiquer l'esquive en usant de blagues et d'anecdotes humoristiques personnelles (à ne pas prendre au pied de la lettre ; ne jamais prendre au pied de la lettre ce qu'un auteur de fiction dit de lui-même). C'est une stratégie d'évitement, un tout petit peu plus diplomatique que la façon dont mes ancêtres yankees auraient pu répondre à de telles questions : *Ça, c'est pas tes affaires, mon p'tit gars*. Mais, blague à part, je prends ce que je fais très au sérieux, et ce depuis que j'ai écrit mon tout premier roman, *Marche ou crève* (*The Long Walk*), à l'âge de dix-huit ans.

J'ai peu d'indulgence pour les écrivains qui ne prennent pas leur boulot au sérieux et je n'en ai aucune pour ceux qui voient l'art du récit de fiction comme fondamentalement éculé. Ce n'est pas un art éculé. Ce n'est pas non plus un amusement littéraire. C'est l'un des moyens essentiels dont nous disposons pour essayer de donner du sens à nos vies et au monde souvent terrible que nous voyons autour de nous. C'est la manière dont nous répondons à la question : *Comment des choses pareilles sont-elles possibles ?* Les histoires que nous racontons suggèrent que parfois – pas toujours, mais parfois –, il y a une *raison*.

Dès le début – avant même que ce jeune homme (qui m'échappe en partie aujourd'hui) n'ait commencé à écrire *Marche ou crève* dans sa chambre d'étudiant –, j'ai senti que la meilleure fiction était à la fois propulsive et offensive. Elle vous saute au visage, parfois même elle vous hurle au visage. Je n'ai rien à reprocher à la fiction littéraire, qui s'intéresse généralement à des individus extraordinaires dans des situations ordinaires, mais en tant que lecteur, et en tant qu'écrivain, je suis beaucoup plus intéressé par les gens ordinaires dans des situations extraordinaires. Je veux provoquer chez mes lecteurs une réaction émotionnelle, voire viscérale. Les faire réfléchir *pendant qu'ils lisent* n'est pas mon objectif. J'insiste sur ces mots, *pendant qu'ils lisent*, parce que si le récit est assez bon, et les personnages assez vivants, la réflexion supplantera l'émotion une fois l'histoire racontée et le livre refermé – parfois avec soulagement. Je me souviens d'avoir lu, à l'âge de treize ans environ, *1984* de George Orwell avec un sentiment d'alarme, une colère et une indignation grandissantes, d'avoir avalé les pages et englouti l'histoire aussi vite que je le pouvais. Et qu'y a-t-il de mal à cela ? Surtout que j'y repense encore aujourd'hui quand j'entends un politicien (je pense à Sarah Palin et à ses remarques calomnieuses sur « les tribunaux de la mort[1] ») arriver assez bien à convaincre le public qu'en fait la lumière c'est l'obscurité, ou inversement.

Voici autre chose en quoi je crois : si vous devez vous rendre dans un endroit très sombre – comme la ferme du Nebraska de Wilf James dans *1922* –, alors vous avez intérêt à vous munir d'une lumière vive et à la braquer sur toutes choses. Car si vous ne tenez pas à voir, pourquoi donc iriez-vous vous confronter à l'obscurité ? Le grand écrivain naturaliste Frank Norris a toujours été l'une de mes idoles littéraires et je garde à l'esprit depuis plus de quarante ans ce qu'il a dit à ce sujet : « Je ne me suis jamais aplati, je n'ai jamais ôté mon chapeau devant la Mode ni ne l'ai tendu pour quelques sous. Par Dieu, je leur ai dit la vérité. »

Mais Steve, me direz-vous, des sous, tu t'en es fait un paquet au cours de ta carrière ? Et je dirai… comme pour toute vérité, que c'est relatif, n'est-ce pas ? Il est vrai qu'écrire des histoires m'a rapporté beaucoup d'argent, mais l'argent n'est qu'un effet secondaire, jamais le but principal. Écrire de la fiction pour gagner de l'argent est un jeu de dupes. Car il est bien évident que la vérité est dans l'œil de celui qui regarde. Mais s'agissant de fiction, la seule responsabilité de l'écrivain est de chercher la vérité au fond de son propre cœur. Ce ne sera pas toujours la vérité du lecteur, ou la vérité de la critique, mais du moment que c'est celle

---

1. À l'adresse du président Obama concernant son projet de réforme du système de santé.

de l'écrivain – du moment qu'il, ou elle, ne s'aplatit pas ni ne baisse son chapeau devant la Mode –, il n'y a rien à redire. Pour les écrivains qui mentent sciemment, pour ceux qui substituent des comportements humains incroyables à la façon dont les gens agissent vraiment, je n'ai que mépris. Écrire mal, c'est plus qu'une question de syntaxe tocarde et d'observation erronée ; écrire mal provient généralement du refus obstiné de raconter des histoires sur ce que les gens font réellement – refuser de regarder en face, par exemple, le fait que les assassins, parfois, aident les vieilles dames à traverser la rue.

J'ai fait de mon mieux, dans *Nuit noire, étoiles mortes*, pour relater ce que des individus pourraient faire, et comment ils pourraient se comporter, dans certaines circonstances extrêmes. Dans ces nouvelles, les gens ne sont pas dénués d'espoir, mais ils reconnaissent que même nos plus chers espoirs (et nos plus chers désirs, pour nos semblables et pour la société dans laquelle nous vivons) peuvent parfois se révéler vains. Souvent, même. Mais je pense qu'ils nous disent aussi que la noblesse ne réside pas tant dans la réussite que dans la tentative d'agir correctement... Et que ne pas le faire, ou refuser consciemment de relever le défi, c'est ouvrir la porte de l'enfer.

1922 m'a été inspiré par le livre d'un historien, Michael Lesy, intitulé *Wisconsin Death Trip* (1973) qui présente des photographies prises dans la petite ville de Black River Falls, dans le Wisconsin. J'ai été impressionné par l'isolement rural que traduisent ces photos, de même que par la dureté et la misère qu'exprime le visage de beaucoup de leurs sujets. J'ai voulu rendre ce sentiment-là dans ma nouvelle.

En 2007, alors que je circulais sur l'autoroute 84 pour me rendre à une séance d'autographes dans l'ouest du Massachusetts, je me suis arrêté sur une aire de repos pour un repas-diététique-à-la-Steve-King typique : un soda et une barre chocolatée. Quand je suis ressorti de la buvette, j'ai vu une femme dont le véhicule avait un pneu à plat s'adresser très solennellement à un chauffeur routier garé à côté d'elle. Il lui a souri et il est descendu de sa cabine.

« Besoin d'aide ? » j'ai demandé. « Non, non, je m'en occupe », a répondu le camionneur. La dame est repartie avec son pneu changé, j'en suis sûr. Et moi, je suis reparti avec ma friandise et le sujet d'une histoire qui est finalement devenue *Grand Chauffeur*.

À Bangor, où j'habite, une artère appelée Hammond Street Extension contourne l'aéroport. Je marche cinq à six kilomètres par jour et, quand je suis à Bangor, je pars souvent de ce côté-là. À peu près à mi-chemin de l'Extension, il y a une zone gravillonnée au bord de la clôture de l'aéroport et j'y ai vu tout un tas de vendeurs à la sauvette s'y installer au fil des ans. Mon préféré est connu par chez nous sous le nom du Type-aux-Balles-de-Golf et on le voit toujours apparaître au printemps. Le Type-aux-Balles-de-Golf va sur le terrain de golf municipal de Bangor quand le temps se réchauffe et récupère des centaines de balles de golf déjà utilisées et abandonnées sous la neige. Il jette celles qui sont vraiment en trop mauvais état et vend le reste sur le petit terrain en bordure de l'Extension (le pare-brise de sa voiture est bordé de balles de golf – joli clin d'œil). C'est un jour où je l'ai vu que l'idée de la nouvelle *Extension claire* m'est venue à l'esprit.

Bien sûr, je l'ai située à Derry, ville de feu le clown Grippe-Sou mort sans laisser de regrets, car Derry n'est qu'un avatar de Bangor travesti sous un nom différent.

La dernière nouvelle de ce recueil m'est venue à l'esprit après avoir lu un article sur Dennis Rader, l'infâme tueur surnommé BTK (*Bind, Torture and Kill* : Attache, Torture et Tue) qui a supprimé dix personnes – principalement des femmes, mais deux de ses victimes étaient des enfants – sur une période d'environ seize ans. Dans de nombreux cas, il a envoyé les pièces d'identité de ses victimes par la poste à la police. Paula Rader a été mariée à ce monstre pendant trente-quatre ans et nombreux sont ceux, dans la région de Wichita où Rader a sévi, qui ont refusé de croire qu'elle ait pu vivre avec lui en ignorant tout de ses agissements. Moi, je l'ai cru – je le crois toujours –, et j'ai écrit cette histoire afin d'explorer ce qui pourrait arriver en pareil cas, si une épouse découvrait soudain le passe-temps atroce de son mari. Je l'ai aussi écrite pour explorer l'idée qu'il est impossible de connaître complètement quiconque, y compris ceux que nous aimons le plus.

Bien. Je pense que nous sommes restés assez longtemps au fond, dans l'obscurité. Il existe tout un autre monde au-dessus. Prends ma main, Lecteur Fidèle, et je serai heureux de te ramener à la lumière du soleil. Je suis heureux, en tout cas, de la retrouver parce que je crois que la plupart des gens sont fondamentalement bons. Je sais que je le suis.

C'est de toi dont je ne suis pas entièrement sûr…

Bangor, Maine
23 décembre 2009

À la dure

Une nouvelle inédite de Stephen King

TRADUCTION ORIGINALE
DE NADINE GASSIE ET OCÉANE BIES

Titre original :

UNDER THE WEATHER

© Stephen King, 2011.
© Librairie Générale Française, 2014, pour la traduction française.

Ça fait une semaine que je fais le même rêve, mais ce doit être un de ces rêves lucides car j'arrive toujours à me réveiller avant qu'il ne se transforme en cauchemar. Sauf que cette fois, on dirait qu'il m'a suivi au réveil car Ellen et moi ne sommes pas seuls dans la chambre. Il y a quelque chose sous le lit. Je l'entends mâcher.

Vous savez comment c'est quand on a vraiment peur, hein ? On dirait que le cœur cesse de battre, la langue se colle au palais, la peau devient froide et tout le corps se couvre de chair de poule. Au lieu de s'engrener, les rouages du cerveau tournent à vide et tout le moteur chauffe. Je me retiens à grand peine de hurler. Je me dis, *C'est* la chose *que je ne veux pas regarder*. La chose *assise côté hublot*.

Puis je vois clairement le ventilateur au plafond, pales tournant au ralenti. Je vois le rai de lumière matinale dans la fente entre les rideaux tirés. Je vois la touffe de laiteron d'argent des cheveux d'Ellen de l'autre côté du lit. Je suis là, Upper East Side, cinquième étage, tout va bien. Ce n'était qu'un rêve. Quant à ce qu'il y a sous le lit…

Je repousse les couvertures et m'extrais du lit à genoux, comme si j'avais l'intention de prier. Au lieu de quoi, je soulève le cache-sommier et glisse un œil sous le lit. D'abord, je ne vois qu'une silhouette sombre. Puis la tête de la silhouette se tourne vers moi et deux yeux brillants me regardent. C'est Lady. Elle n'est pas censée être là et je pense qu'elle le sait (difficile de dire ce qu'un chien sait et ne sait pas) mais j'ai dû laisser la porte ouverte quand je suis venu me coucher. Ou je l'ai mal fermée et Lady l'a poussée de la truffe. Elle a dû prendre au passage l'un de ses jouets dans le panier du couloir. Pas l'os bleu ni le rat rouge, heureusement. Ces deux-là ont une petite valve qui couine et ils auraient réveillé Ellen à coup sûr. Or Ellen a besoin de repos. Elle est mal foutue ces temps-ci.

« Lady, je chuchote. Lady, sors de là. »

Elle me regarde, et c'est tout. Elle commence à se faire vieille et n'est plus aussi solide sur ses pattes, mais – comme dit la chanson – elle n'est pas stupide. Elle s'est couchée du côté d'Ellen, là où je ne peux l'atteindre. Si j'élève la voix, il faudra bien qu'elle vienne, mais elle sait (je suis quasiment sûr qu'elle sait) que je ne le ferai pas, car si j'élève la voix, Ellen se réveillera.

Comme pour me le prouver, Lady se détourne de moi et recommence à mâchouiller son jouet.

Bon, je vais pas me laisser impressionner. Ça fait onze ans, presque la moitié de ma vie de couple, que je vis avec Lady. Et il y a trois choses qui la font rappliquer. Le cliquetis de sa laisse accompagné d'un haut et fort *Ascenseur!* Le bruit de sa gamelle qu'on pose par terre. Et...

Je me redresse et longe le petit couloir jusqu'à la cuisine. Je sors le paquet de Snackin' Slices du placard en prenant bien soin de le secouer et, l'instant d'après, j'entends le bruit étouffé des griffes du cocker sur le parquet. Cinq secondes plus tard, la voilà. Elle ne s'est même pas fatiguée à rapporter son jouet.

Je lui montre un des biscuits en forme de carotte puis le jette dans le salon. Pas très gentil peut-être, je sais bien qu'elle n'avait pas l'intention de me foutre la trouille, mais elle l'a fait. En plus, un peu d'exercice ne fera pas de mal à sa grosse carcasse. Elle court après sa friandise. Je prends le temps de démarrer la cafetière puis je retourne dans la chambre. Je fais attention à bien refermer la porte derrière moi.

Ellen est toujours endormie. L'avantage de se lever tôt, c'est qu'on n'a pas besoin du réveil : je l'éteins. Je vais la laisser dormir encore un peu. Infection des bronches. Elle m'a fait très peur au début, mais maintenant elle va mieux.

Je vais à la salle de bains et inaugure officiellement cette nouvelle journée par un brossage de dents (j'ai lu quelque part que le matin, la bouche est un cimetière à bactéries mais les vieilles habitudes qu'on nous inculque quand on est gosses sont difficiles à perdre). J'allume la douche, bien chaude et bien forte, et me plante dessous.

C'est là que je réfléchis le mieux, et ce matin, je réfléchis à mon rêve. Cinq nuits d'affilée (mais peu importe le nombre) que je le fais. Rien de véritablement horrible n'arrive, mais en un sens, c'est ça le pire. Parce que dans mon rêve, je sais – je sais *perti-*

nemment – que quelque chose d'horrible *va* arriver. Si je le laisse arriver.

Je suis en avion, classe affaires. Assis côté couloir, ce que je préfère, car si j'ai besoin d'aller aux toilettes, je n'ai pas à me coller contre les autres passagers pour m'extirper de mon siège. Ma tablette est baissée. Posé dessus, il y a un petit sachet de cacahuètes et une boisson à l'orange qui ressemble à une vodka sunrise, un cocktail que je n'ai jamais commandé dans la vraie vie. Le vol est calme. S'il y a des nuages, on doit être au-dessus. La cabine de l'appareil est baignée de soleil. Quelqu'un est assis côté hublot et je sais que si je regarde (l'homme, la femme ou peut-être juste *ce* qui se trouve à côté de moi), je verrai quelque chose qui changera mon mauvais rêve en cauchemar. Si je regarde le visage de mon voisin, je risque de perdre la raison. Elle pourrait se briser comme un œuf et répandre toute la noirceur qu'elle contient.

Je rince rapidement mes cheveux savonneux, sors de la douche, me sèche. Mes habits sont pliés sur une chaise dans la chambre. Je les emporte, ainsi que mes chaussures, dans la cuisine qui s'est remplie de la bonne odeur du café. Parfait. Couchée près de la cuisinière, Lady me couve d'un œil plein de reproche.

« Me regarde pas comme ça, je lui dis, puis je désigne la chambre d'un mouvement de tête. Tu connais les règles. »

Elle baisse la tête et repose son museau entre ses pattes.

Je me sers un jus de canneberge en attendant le café. Il y a aussi du jus d'orange, ma boisson habituelle, mais ce matin je n'en veux pas. J'imagine que ça me rappelle trop mon rêve. Je vais prendre mon café au salon, devant CNN dont j'ai coupé le son. Je me contente des informations qui défilent au bas de l'écran : tout ce dont on a réellement besoin, selon moi. Puis j'éteins la télé et me sers un bol de All-Bran. Huit heures moins le quart. Je décide que s'il fait beau quand je sortirai promener Lady, je me passerai du taxi et j'irai au bureau à pied.

Il fait plutôt beau. Le printemps se rapproche doucement de l'été et tout resplendit. Carlo, le portier, est sous l'auvent. Il est au téléphone. « Ouais, dit-il. Ouais, j'ai enfin réussi à l'avoir. Elle est d'accord, pas de problème tant que je suis là. Elle ne fait confiance à personne et je me garderai bien de la juger. Elle a pas mal de beaux objets chez elle. Vous venez à quelle heure ? Trois heures ? Vous pouvez pas plus tôt ? » Il me fait un signe de sa main gantée de blanc alors que j'emmène Lady faire sa balade au coin de la rue.

On est devenus des pros, Lady et moi. Elle fait sa commission à peu près tous les jours au même endroit et je manie le sac à crottes avec rapidité. Quand je reviens, Carlo se baisse pour la flatter. Elle remue la queue d'une façon tout à fait adorable, mais pas de friandise de la part de Carlo. Il sait qu'elle est au régime. *Censée* être au régime.

« J'ai enfin réussi à joindre Mrs Warshawski », me dit-il. Mrs Warshawski habite au 5-C, enfin, théoriquement du moins. Ça fait déjà quelques mois qu'elle s'est absentée. « Elle était à Vienna.

— Tiens donc, Vienna, je dis.

— Elle est d'accord pour que je fasse venir les dératiseurs. Elle était horrifiée quand je lui ai dit. Vous êtes le seul locataire des quatrièmes, cinquième et sixième à ne pas s'être encore plaint. Les autres… » Il secoue la main et lâche un *Pffiou*.

« J'ai grandi dans une ville industrielle du Connecticut, je lui dis. Ça m'a complètement bousillé les sinus : j'arrive à sentir l'odeur du café, et le parfum d'Ellen si elle en abuse, mais c'est à peu près tout.

— Dans le cas présent, c'est sûrement une chance. Comment va Mrs Franklin ? Toujours mal fichue ?

— Elle en a encore pour quelques jours avant de retourner travailler, mais elle va sacrément mieux. J'ai eu vraiment peur pendant un moment.

— Moi aussi. Je l'ai vue sortir l'autre jour – sous la pluie, bien entendu…

— Ellen tout craché, je renchéris. Rien ne l'arrête. Si elle doit aller quelque part, elle y va.

— … et je me suis dit : "Ça, c'est une toux de tuberculeux" ». Il se défend d'un geste de sa main gantée, paume en avant. « Non pas que je pensais vraiment…

— On a frôlé l'hôpital, c'est vrai. Mais j'ai finalement réussi à la traîner chez le médecin et maintenant… tout va mieux.

— Bien, bien. » Puis, revenant à ce qui le préoccupe réellement : « Mrs Warshawski était plutôt choquée. Je lui ai dit qu'on trouverait sûrement de la nourriture avariée dans son frigo mais je sais que c'est pire que ça. Comme le savent tous ceux qui ont un odorat intact entre le quatrième et le sixième. » Il hoche la tête avec un petit air sinistre sur le visage. « Ils vont trouver un rat crevé là-haut, je vous le dis. La nourriture avariée pue, mais pas comme ça. Y a qu'une charogne qui peut empester comme ça. C'est un rat, c'est sûr, peut-être même plusieurs. Elle a dû mettre du poison et elle ne veut pas l'avouer. » Il se penche encore pour flatter Lady. « *Toi* tu le sens, hein, la belle ? Un peu que tu le sens. »

Tout autour de la cafetière, la paillasse est jonchée de *Post-it* violets. J'apporte le bloc d'où ils proviennent sur la table de la cuisine et rédige un nouveau message :

Ellen, Lady a fait sa promenade. Le café est prêt. Si tu te sens assez en forme pour aller faire un tour au parc, vas-y ! Mais pas trop loin. Je ne veux pas que tu te surmènes maintenant que tu es sur la voie de la guérison. Carlo m'a encore dit que ça sent le rat crevé. Tous les voisins du 5-C doivent le sentir aussi. Heureusement que t'as le nez pris et que moi je suis « handicapé du pif ». Ha ha ! Si t'entends du bruit chez Mrs W., ne t'inquiète pas, c'est les dératiseurs. Carlo sera avec eux. Je vais au boulot à pied. Besoin de réfléchir encore à leur dernière pilule miracle pour la virilité. J'aurais aimé qu'ils nous consultent avant de lui coller ce nom. Bon, surtout N'EN FAIS PAS TROP. Bisous bisous.

J'aligne tout plein de croix pour bien lui signifier mon amour et je signe d'un B dans un cœur. Puis je rajoute le mot aux autres autour de la cafetière. Je remplis la gamelle d'eau de Lady avant de partir.

Le bureau est à une vingtaine de pâtés de maisons et je ne pense pas à la dernière pilule miracle en marchant.

Je pense aux dératiseurs qui seront là à trois heures. Plus tôt s'ils le peuvent.

J'ai peut-être fait une erreur en décidant de venir au boulot à pied. Les mauvais rêves ont dû perturber mon cycle de sommeil car ce matin, pendant la réunion en salle de conférence, je pique presque du nez. Je me ressaisis en vitesse quand Pete Wendell sort sa maquette pour la nouvelle campagne de Vodka Petrov. Je l'ai déjà aperçue, la semaine dernière quand il bataillait dessus sur son ordinateur. Et en la revoyant, je comprends d'où provient au moins un élément de mon rêve.

« Vodka Petrov », annonce Aura McLean. Son admirable poitrine se soulève et s'abaisse dans un soupir théâtral. « Si ça se veut un exemple du nouveau capitalisme russe, c'est mort d'avance. » Les éclats de rire les plus chaleureux viennent des types les plus jeunes qui aimeraient bien voir les longs cheveux blonds d'Aura s'étaler sur l'oreiller à côté d'eux. « Ne le prends pas mal, Pete, c'est une super accroche.

— Y a pas de mal, dit Pete avec un sourire gaillard. On fait ce qu'on peut. »

Sur l'affiche, on voit un couple trinquer sur un balcon pendant que derrière eux, le soleil se couche sur un port de plaisance empli de bateaux luxueux. En dessous, la légende dit : LE COUCHER DU SOLEIL : L'HEURE PARFAITE POUR UNE TEQUILA SUNRISE.

On discute un moment de la position de la bouteille de Petrov – droite ? gauche ? centre ? bas ? – puis Frank Bernstein fait remarquer que d'ajouter la recette du cocktail pourrait prolonger l'attention des consommateurs, surtout dans des magazines comme *Playboy* ou *Esquire*. Je déconnecte, mes pensées de retour à la boisson posée sur la tablette dans mon rêve de l'avion, jusqu'à ce que je réalise que George Slattery me parle. J'arrive à me repasser la question, c'est déjà ça. On demande pas à George de se répéter.

« À vrai dire, je suis dans la même galère que Pete, je dis. C'est le client qui a choisi le nom, je fais ce que je peux avec. »

De bons rires francs retentissent. On a déjà fait un paquet de blagues sur le nouveau produit des Laboratoires Vonnell.

« J'aurai peut-être quelque chose à vous montrer lundi », je leur dis. Je ne regarde pas George mais il sait où je veux en venir. « Milieu de semaine prochaine au plus tard. J'ai envie de donner sa chance à Billy, qu'il se teste. » Billy Ederle est notre toute nouvelle recrue ; il fait sa période d'essai avec moi, en tant qu'assistant. Il n'est pas encore invité aux réunions du matin mais je l'aime bien. Tout le monde l'aime bien chez Andrews-Slattery. Il est intelligent, motivé, et je parie que dans un an ou deux, il commencera à se raser.

George examine la question. « J'espérais vraiment voir quelque chose aujourd'hui. Ne serait-ce qu'une ébauche. »

Silence. Tout le monde se regarde les ongles. On est pas loin de la remontrance publique et peut-être que je le mérite. Ça n'a pas été ma meilleure semaine et me décharger sur le gamin ne fait pas très bonne impression. Pour moi non plus ce n'est pas une sensation très agréable.

« OK », finit par lâcher George. Et le soulagement dans la pièce est palpable. C'est comme un léger souffle d'air frais qui passe et disparaît. Personne n'a envie d'assister à une correction en pleine salle de conférence par un vendredi matin ensoleillé, et je n'ai aucune envie d'en recevoir une. Pas avec tout ce que j'ai dans la tête en ce moment.

Je me dis : George flaire quelque chose.

« Comment va Ellen ? me demande-t-il.

— Mieux, je lui dis, merci. »

Quelques autres présentations se succèdent. Puis c'est terminé. Dieu soit loué.

Je somnole presque lorsque Billy Ederle entre dans mon bureau vingt minutes plus tard. Tu parles : je somnole carrément. Je me redresse bien vite, espérant que le gamin pensera juste m'avoir surpris en pleine réflexion. De toute manière, il est probablement trop excité pour avoir remarqué quoi que ce soit. Il tient une affiche cartonnée à la main. Je vois tout à fait Billy au lycée de Pouzzoule, apposant la grande affiche pour la soirée dansante du vendredi.

« La réunion s'est bien passée ? me demande-t-il.

— Ça a été.

— Ils ont parlé de nous ?

— Tu penses bien que oui. T'as quelque chose pour moi, Billy ? »

Il prend une forte inspiration puis tourne son carton pour que je le voie. Sur le côté gauche, un flacon de Viagra, grandeur nature ou assez proche pour que ça ne tire pas à conséquence. Sur le côté droit – le côté fort d'une pub, comme tout le monde dans ce milieu vous le dira – un flacon de notre truc à nous, mais bien plus gros. Et en dessous, une légende qui dit : PUY100'S, 100 FOIS PLUS PUISSANT QUE LE VIAGRA !

Tandis que Billy me regarde regarder, son sourire plein d'espoir commence à se décomposer.

« Vous aimez pas.

— Il est pas question d'aimer ou de pas aimer. Dans ce boulot, c'est jamais la question. Ce qui compte, c'est de savoir si ça marche ou pas. Ça, ça marche pas. »

Maintenant, il a carrément l'air de bouder. Si George Slattery voyait cet air-là, il enverrait le gamin au coin avec la fessée. Mais moi, je ne le ferai pas, même s'il doit se dire que oui, vu que mon boulot c'est de lui enseigner le métier. Et c'est ce que je vais essayer de faire, en dépit de tout ce que j'ai dans la tête en ce moment. Parce que j'adore ce métier. Très vilipendé, mais je l'adore quand même. Et puis, j'entends Ellen me dire, t'es pas du genre à lâcher prise. Une fois que t'as mordu dans un truc, tes dents restent bien plantées. Autant de détermination ça peut faire peur.

« Assieds-toi, Billy. »

Il s'assoit.

« Et fais pas cette tête, OK ? T'as l'air d'un môme qu'a fait tomber sa totoche dans les cabinets. »

Il fait de son mieux. C'est ce que j'aime chez lui. Ce gamin est un battant, et s'il compte rester chez Andrews-Slattery, il a plutôt intérêt à l'être.

« La bonne nouvelle, c'est que je te laisse la pub. Ben oui, c'est pas de ta faute si Vonnell nous a fourgué un nom de machin multivitaminé. Mais ensemble, on va transformer la citrouille en carrosse, OK ? C'est ça le boulot d'un publicitaire, au moins sept fois sur dix. Peut-être huit. Alors, écoute-moi bien. »

Il se déride un peu. « Je dois prendre des notes ?

— Pas de lèche avec moi. Premièrement, quand tu vantes un produit, ne montre *jamais* le flacon. Le logo, oui. Le comprimé, des fois. Ça dépend. Est-ce que tu sais pourquoi Pfizer montre son comprimé de Viagra ? Parce qu'il est bleu. Les consommateurs aiment le bleu. Sa forme aussi est un atout. Les consommateurs ont une réaction très positive à la forme des pilules de Viagra. Mais ils ne veulent JAMAIS voir le flacon entier. Flacon de médocs égale maladie. Pigé ?

— Alors peut-être une petite pilule de Viagra face à une grosse pilule de Puy100's ? Plutôt que les flacons ? » Des deux mains écartées, il encadre une légende imaginaire. "Puy100's, cent fois plus concentré, cent pour cent d'efficacité." Vous voyez ?

— Oui, Billy, je vois. La FDA verra très bien aussi et elle n'appréciera pas. En fait, elle pourrait même nous obliger à retirer des affiches avec ce genre de légende, ce qui nous coûterait un paquet. Sans parler du très gros client que l'on perdrait.

— *Pourquoi ?* » Je croirais entendre un bêlement.

« Parce que c'est *pas* cent fois plus concentré et que ça n'a pas cent pour cent d'efficacité. Viagra, Cialis, Levitra, Puy100's, tous ont à peu près les mêmes capacités en matière d'élévation du pénis. Fais tes propres recherches, gamin. Et une petite remise à niveau en droit de la publicité ne te ferait pas de mal non plus. Si tu veux dire que les muffins Frifri's Bran sont cent fois meilleurs que les muffins Mimi's Bran, vas-y, le goût c'est subjectif. Quant à ce qui te fait bander et pour combien de temps…

— OK, d'accord, dit-il d'une petite voix.

— Pour le reste, "cent fois plus", comme accroche, c'est plutôt mollasson – pour rester dans le registre viril. C'est passé de mode à peu près en même temps que les deux bécasses dans la cuisine. »

Il a l'air perdu.

« *Les deux bécasses dans la cuisine.* C'est comme ça que les publicitaires appelaient les pubs pour liquide vaisselle dans les années cinquante.

— Vous rigolez ?

— J'ai bien peur que non. Voilà un truc auquel j'ai pensé. » J'écris quelque chose sur le bloc-notes et, l'espace d'un instant, je revois tous ces mots éparpillés autour de la cafetière au bon vieux 5-B – pourquoi sont-ils toujours là ?

« Vous pouvez pas tout simplement me le dire ? me demande le gamin depuis très très loin.

— Non, parce que la pub n'est pas un support oral. Ne fais jamais confiance à une pub parlée. Écris-la et montre-la à quelqu'un. Montre-la à ton meilleur ami. Ou à ta… tu sais, ta femme.

— Brad, ça va ?

— Oui. Pourquoi ?

— Je sais pas, vous avez eu l'air bizarre, un instant.

— Tant que j'ai pas l'air bizarre pendant la présentation de lundi. Maintenant, dis-moi ce que tu penses de ça. » Je tourne le bloc-notes vers lui et lui montre ce que j'ai écrit : PUY100'S... POUR SE LA FAIRE À LA DURE.

« C'est une blague cochonne ! objecte-t-il.

— T'as raison. Mais j'ai écrit en capitales. Imagine la même chose en script délicat, légèrement penché, un peu comme une écriture de fille. Peut-être même entre parenthèses. » Je les rajoute, bien que ça n'aille pas avec les capitales. Mais ça fonctionnera quand même. Je le sais car je peux le visualiser. « Maintenant, à partir de là, imagine la photo d'un grand type baraqué. En jean taille basse qui laisse voir le haut de son caleçon. Disons avec un T-shirt aux manches découpées. Imagine du cambouis et de la crasse sur ses tablettes.

— Tablettes ?

— Son ventre, quoi. Il se tient à côté d'une grosse bagnole avec le capot ouvert. Tu trouves toujours que c'est une blague cochonne ?

— Je... je sais pas.

— Moi non plus, pas vraiment, mais mon instinct me dit que ça va le faire. Mais pas tel que. La légende ne marche toujours pas, tu as raison sur ce point, et c'est là-dessus qu'il va falloir travailler car ce sera la base de tous les spots télé et Internet. Alors joue avec. Trouve quelque chose. Et souviens-toi du mot-clé... »

Et tout à coup, juste comme ça, je sais d'où vient le reste de ce satané rêve.

« Brad ?

— Le mot-clé c'est *dur*, je lui dis. Parce qu'un homme... quand quelque chose va de travers – sa queue, ses plans, sa *vie* – il joue les durs. Il ne renonce pas. Il se souvient de sa vie d'avant et tout ce qu'il veut, c'est la récupérer. »

Oui, je me dis. Oui, il veut la récupérer.

Billy a un sourire en coin. « Comment je saurais ? »

J'arrive à sourire aussi. C'est atroce ce que c'est lourd, comme si j'avais le coin des lèvres lesté. Tout à coup, c'est comme si j'étais de retour dans mon rêve. Parce qu'il y a quelque chose à côté de moi que je ne veux pas regarder. Sauf que là, je ne suis pas dans un rêve lucide dont je peux m'échapper. Là, je suis lucide et c'est la réalité.

Billy parti, je descends aux toilettes. Il est dix heures et la plupart des gars de la boîte ont déjà vidangé leur café du matin et sont en train de s'en resservir un dans notre petite cafète, j'ai donc les toilettes pour moi tout seul. Je baisse mon froc, comme ça si quelqu'un entre et s'avise de regarder sous la porte, il ne me prendra pas pour un taré. Mais la seule raison pour laquelle je suis venu ici, c'est pour réfléchir. Ou plutôt, me souvenir.

Quatre ans après mon entrée chez Andrews-Slattery, le contrat pour l'antalgique Fasprin a atterri sur mon bureau. J'ai eu quelques éclairs de génie au cours des années, de vraies trouvailles, et la première, ce fut pour ce contrat. Tout s'est passé très vite. J'ai ouvert l'échantillon, sorti le flacon, et, là, le cœur de la campagne – ce que les publicitaires appellent parfois le *duramen* – m'est venu d'un coup. J'ai un peu joué au con, bien sûr – que ça ne paraisse pas *trop* facile –, puis je me suis lancé dans la confection des maquettes. Ellen m'a aidé. C'était juste après que l'on ait appris qu'elle était stérile. Quelque chose à voir avec un médicament qu'on lui a administré pour une crise de rhumatisme articulaire aigu quand elle était petite. Elle était salement déprimée. De m'aider sur le projet Fasprin lui a changé les idées et elle s'est vraiment donnée à fond.

Al Andrews était encore à la tête de la boîte à l'époque, c'est donc à lui que je suis allé montrer nos maquettes. Je me rappelle m'être assis dans le fauteuil de torture face à son bureau, le cœur battant la chamade tandis qu'il feuilletait lentement les maquettes qu'Ellen et moi avions pondues. Quand il les a enfin reposées et qu'il a levé sa vieille tête hirsute pour me regarder, il m'a paru tenir la pose pendant au moins une heure. Puis il m'a dit : « C'est super bon, Bradley. Plus que bon, formidable. Rendez-vous avec le client demain après-midi. C'est toi qui fais la présentation. »

Je l'ai faite. Et quand le vice-président de Dugan Drug a vu la photo de la jeune ouvrière avec le tube de Fasprin coincé dans la manche retroussée de son chemisier, il a tout de suite adhéré. Notre campagne a propulsé Fasprin avec les géants – Bayer, Anacin, Bufferin – et à la fin de l'année, on était chargé de la totalité des contrats Dugan. Facturation ? À sept chiffres. Et pas petits.

Grâce à la prime que j'ai touchée, Ellen et moi nous sommes payé dix jours à Nassau. On est partis de l'aéroport Kennedy un matin où il pleuvait des cordes, et je me rappelle encore comment elle a ri en me disant, « Embrasse-moi, mon beau » quand l'avion a transpercé les nuages et que la cabine s'est emplie de soleil. Quand je l'ai embrassée, le couple de l'autre côté de l'allée – nous voyagions en classe affaires – a applaudi.

Ça, c'était la meilleure partie du voyage. Le pire est arrivé une demi-heure plus tard, quand je me suis tourné vers elle et que, l'espace d'un instant, j'ai bien cru qu'elle était morte. C'était la façon dont elle dormait, la tête penchée sur une épaule, la bouche ouverte et les cheveux comme collés au hublot. Elle était jeune, nous l'étions tous les deux, mais dans le cas d'Ellen, l'éventualité d'une mort subite avait un caractère d'effrayante possibilité.

« Mrs Franklin, a commenté le médecin lorsqu'il nous a annoncé la terrible nouvelle, l'habitude voudrait qu'on emploie le mot stérilité, mais dans votre cas, le terme de "bénédiction" serait plus exact. La grossesse exerce une forte pression sur le cœur et du fait d'une maladie qui fut très mal soignée dans votre enfance, le vôtre n'est plus aussi résistant. S'il arrivait que vous tombiez enceinte, vous devriez passer les quatre derniers mois de votre grossesse alitée, et quand bien même, l'issue ne serait pas garantie. »

Bien sûr, Ellen n'était pas enceinte quand nous avons embarqué pour ce voyage, mais la perspective du départ l'excitait depuis déjà plusieurs semaines. La montée de l'avion en altitude avait été mouvementée... et elle ne semblait pas respirer.

Puis elle a ouvert les yeux. Je me suis laissé aller au fond de mon siège côté couloir, avec une longue expiration tremblante.

Ellen m'a regardé, perplexe. « Qu'est-ce qu'il y a ?

— Rien. La façon dont tu dormais, c'est tout. »

Elle s'est essuyé le menton. « Oh, mon Dieu, je bavais ?

— Non. » J'ai ri. « Mais pendant une minute, là, ben j'ai cru que tu étais… morte. »

Elle aussi a ri. « Et si ça m'arrivait, j'imagine que tu réexpédierais mon corps à New York et que tu t'acoquinerais avec une nana des Bahamas.

— Non, j'ai dit. Je t'emmènerais avec moi dans tous les cas.

— *Quoi ?*

— Non, je l'accepterais pas. Y aurait pas moyen que je l'accepte.

— Après quelques jours, tu n'aurais plus vraiment le choix. Je commencerais à sentir vraiment mauvais. »

Elle souriait. Elle continuait à le prendre comme un jeu car elle n'avait pas véritablement pris au sérieux ce que le médecin lui avait dit ce jour-là. Elle ne l'avait pas pris "à cœur", pour ainsi dire. Et elle ne s'était pas vue, à l'instant, comme moi je l'avais vue : avec le soleil d'hiver sur ses joues pâles, les paupières bleuâtres et la bouche béante. Mais moi, j'avais vu. Et ça m'était allé droit au cœur. Ellen *était* mon cœur, et tout ce qu'il y a dans mon cœur, je le protège. Personne ne me l'enlève.

« Non, je lui ai dit, je te garderais en vie.

— Ah vraiment ? Et comment ? Nécromancie ?

— En refusant de renoncer. Et en usant de l'atout le plus précieux d'un publicitaire.

— C'est à dire, Mr Fasprin ?

— L'imagination. On peut parler de quelque chose de plus gai, à présent ? »

Le coup de téléphone que j'attendais arrive vers quinze heures trente. Ce n'est pas Carlo. C'est Berk Ostrow, le concierge. Il veut savoir à quelle heure je serai de retour chez moi car le rat crevé que tout le monde a dans le nez n'est pas au 5-C, mais à côté, chez nous. Ostrow me dit que les dératiseurs doivent filer à seize heures pour un autre rendez-vous, mais ce n'est pas ça le plus important. Le plus important, c'est ce qui cloche là-dedans, et au fait, Carlo dit que personne n'a vu votre femme depuis au moins une semaine. Juste vous et le chien.

Je lui explique mon odorat déficient et la bronchite d'Ellen. Dans son état, elle ne réaliserait sûrement pas que les draps sont en feu avant que le détecteur de fumée ne se déclenche. Je suis sûr que Lady le sent, je lui dis, mais pour un chien, l'odeur d'un rat crevé doit ressembler à du Chanel N° 5.

« Je comprends bien tout ça, Mr Franklin, mais j'ai quand même besoin d'entrer pour voir de quoi il retourne. Et il faudra rappeler les dératiseurs. J'ai bien peur que la facture ne vous revienne et il se peut qu'elle soit assez salée. Je pourrais entrer avec mon passe mais je préférerais vraiment que vous soyez là…

— Oui, moi aussi je préférerais. Sans parler de ma femme.

— J'ai essayé de l'appeler mais elle n'a pas décroché. » J'entends la suspicion revenir dans sa voix. J'ai tout expliqué, ça, les publicitaires savent très bien le faire, mais l'effet de persuasion ne dure pas plus de soixante secondes.

« Elle a probablement mis le téléphone en silencieux. Et puis les médicaments que le docteur lui a prescrits la font dormir.

— À quelle heure pensez-vous être de retour, Mr Franklin ? Je peux rester jusqu'à dix-neuf heures, mais après ça, il n'y aura plus qu'Alfredo. » Le ton désobligeant de sa voix suggère que même un sans-papiers mexicain qui ne parlerait pas un mot d'anglais me serait plus utile.

Jamais, je pense. Je ne rentrerai jamais. En fait, je n'ai jamais été là. Ellen et moi avons tellement aimé les Bahamas que nous nous sommes installés à Cable Beach. J'ai trouvé un boulot dans une petite agence à Nassau où j'ai fait la promotion de ventes spéciales de bateaux de croisière, de soldes record de chaînes hi-fi et d'ouvertures de supermarchés. Toute cette histoire de New York n'est rien d'autre qu'un rêve lucide dont je peux m'échapper à tout moment.

« Mr Franklin ? Vous êtes là ?

— Oui, oui. Je réfléchis. » Ce à quoi je réfléchis c'est que si je pars maintenant et que je prends un taxi, je pourrais être là-bas dans vingt minutes. « J'ai encore une réunion que je ne peux absolument pas manquer mais, pourquoi ne me retrouvez-vous pas chez moi vers dix-huit heures ?

— Pourquoi pas plutôt dans le hall d'entrée, Mr Franklin ? On pourra monter ensemble. »

J'ai envie de lui demander comment il s'imagine que je m'y prendrais pour faire disparaître le cadavre de ma femme en pleine heure de pointe – parce que c'est *ça* qu'il pense. Peut-être pas totalement consciemment, mais pas non plus dans les tréfonds de son subconscient. Est-ce qu'il croit que je pourrais me servir de l'ascenseur de service ? Ou peut-être la balancer dans le vide-ordures ?

« Dans le hall d'entrée alors, sans problème, je lui dis. Dix-huit heures. Moins le quart si j'arrive à me libérer avant. »

Je raccroche puis me dirige vers les ascenseurs. Je suis obligé de passer par la cafétéria. Billy Ederle se tient dans l'embrasure de la porte, il boit un Nozzy. Un soda absolument immonde mais c'est tout ce que nous avons. Le fabricant est notre client.

« Vous allez où ?

— Je rentre. Ellen a appelé, elle ne se sent pas bien.

— Vous ne prenez pas votre mallette ?

— Non. » Je ne pense pas en avoir besoin pendant un petit bout de temps. En fait, il se peut que je n'en aie plus jamais besoin.

« Je travaille dans la nouvelle direction pour Puy100's. Je pense qu'on va faire un carton.

— J'en suis sûr », je lui dis. Et je le pense. Billy Ederle ne va pas tarder à monter en grade et c'est tant mieux pour lui. « Il faut que je file.

— Bien sûr. Je comprends. » Il a vingt-quatre ans et ne comprend que dalle.

« Transmettez-lui mes souhaits de prompt rétablissement. »

Chez Andrews-Slattery, on prend une demi-douzaine de stagiaires par an : c'est comme ça que Billy Ederle a commencé. La plupart sont sacrément fortiches et au début, Fred Willits semblait sacrément fortiche lui aussi. Je l'ai pris sous mon aile et c'est donc à moi qu'a incombé la responsabilité de le virer – je pense qu'on peut dire ça, même si à la base les stagiaires ne sont jamais vraiment « embauchés » – quand il s'est avéré qu'il était klepto et qu'il prenait notre réserve pour son terrain de chasse privé. Dieu seul sait la quantité de trucs qu'il a pu piquer avant qu'un jour, Maria Ellington ne le surprenne en train de bourrer sa mallette de la taille d'une valise de rames de papier. Il se trouve qu'il était un peu psychopathe sur les bords, aussi. Il a pété une ogive nucléaire quand je lui ai dit que c'était terminé pour lui. Pendant que le gamin me gueulait dessus dans le hall d'entrée, Pete Wendell a dû appeler la sécurité pour le faire évacuer *manu militari*.

Mais apparemment, le petit Freddy n'avait pas dit son dernier mot car il s'est mis à traîner autour de mon immeuble et à me haranguer à mon retour du travail. Il gardait quand même ses distances et les flics ont décrété qu'il exerçait seulement son droit à la liberté d'expression. Mais ce n'était pas de ses invectives que j'avais peur. Je ne pouvais m'empêcher d'imaginer qu'en plus des cartouches d'encre et de la cinquantaine de rames de papier, il avait très bien pu repartir avec un cutter ou un scalpel. C'est là que j'ai demandé à Alfredo de me procurer un double de la porte de service et que j'ai commencé à utiliser cette entrée. Tout ça, c'était à l'automne dernier, septembre ou octobre. Puis, quand le froid a commencé à tomber, le môme Willits a laissé tomber et s'en est allé épancher ses problèmes ailleurs. Alfredo, quant à lui, ne m'a jamais redemandé la clé et je ne la lui ai jamais rendue non plus. J'imagine qu'on a oublié tous les deux.

C'est pour ça qu'au lieu de donner mon adresse au taxi, je lui demande de me déposer un pâté de maisons plus loin. Je le paye, rajoutant un généreux pourboire – eh, c'est rien que de l'argent – puis remonte la ruelle de service. Je commence à paniquer en forçant sur la clé mais, en bidouillant encore un peu, elle tourne enfin.

L'ascenseur de service est matelassé de tissu marron. Un avant-goût de la cellule capitonnée dans laquelle on va me jeter, je me dis, mais là, je donne carrément dans le mélodrame. Je vais probablement devoir me mettre en congé sans solde de la boîte, et ce que j'ai fait entraîne sans doute automatiquement la résiliation de la location, mais...

Qu'ai-je fait, exactement ?

Qu'ai-je fait de toute cette semaine, d'ailleurs ?

« Je l'ai gardée en vie, je dis alors que l'ascenseur s'arrête au cinquième. Parce que je ne pouvais pas supporter qu'elle soit morte. »

Elle *n'est pas* morte, je me dis, juste un peu mal foutue. Slogan pourri, mais qui a très bien fait l'affaire toute la semaine, et dans le business de la pub, ce qui compte c'est le court terme.

J'entre. L'atmosphère est calme et tiède mais je ne sens rien. C'est du moins ce que je me dis, et dans la pub, l'imagination compte *aussi*.

« Chérie, je suis rentré, je crie. Tu es réveillée ? Est-ce que tu te sens mieux ? »

J'imagine que j'ai dû laisser la porte de la chambre ouverte ce matin car Lady s'échappe furtivement de la pièce. Elle se lèche les babines. Elle me lance un regard coupable puis se dandine vers la salle à manger, la queue très basse. Elle ne se retourne pas.

« Chérie ? El ? »

J'entre dans la chambre. On ne voit toujours rien d'elle si ce n'est la touffe de laiteron d'argent de ses cheveux et la forme de son corps sous les draps. La couverture est légèrement froissée, j'en déduis donc qu'elle s'est levée – ne serait-ce que pour aller boire un peu de café – puis qu'elle est retournée se coucher. Depuis que je suis rentré du travail vendredi dernier et qu'elle ne respire plus, elle dort beaucoup.

Je fais le tour de la chambre pour passer de son côté, sa main pend hors du lit. Il n'en reste plus grand-chose à part des os et des lambeaux de chair pendouillants. Je considère attentivement la chose et me dis qu'il y a deux interprétations possibles. D'un premier point de vue, il faudra certainement que je fasse euthanasier mon chien – ou plutôt le chien d'Ellen, Lady a toujours préféré Ellen. D'un autre point de vue, disons que Lady s'est inquiétée et qu'elle essayait simplement de la réveiller. Allez, Ellie, emmène-moi au parc. Allez, viens, Ellie, on va jouer.

Je glisse ce qui reste de la main sous les draps. Comme ça, elle n'attrapera pas froid. Puis je chasse quelques mouches. Je ne me rappelle pas avoir jamais vu de mouches dans notre appartement. Elles ont probablement été attirées par ce rat crevé dont Carlo m'a parlé.

« Tu vois qui est Billy Ederle ? je fais. Je lui ai donné une bonne piste pour ce foutu contrat Puy100's et je pense qu'il va très bien s'en tirer. »

Rien.

« Tu ne peux pas être morte, je poursuis. C'est inacceptable. »

Rien.

« Tu veux un peu de café ? » Je jette un coup d'œil à ma montre. « Manger quelque chose ? On a du bouillon de poulet. En sachet, mais c'est pas mauvais une fois réchauffé. Qu'est-ce que t'en dis, El ? »

Elle ne dit rien.

« OK, je dis. C'est pas grave. Tu te rappelles la fois où on est allés aux Bahamas, mon cœur ? Quand on est allés faire de la plongée et que tu as dû t'arrêter parce que tu pleurais ? Et quand je t'ai demandé pourquoi tu pleurais, tu m'as dit, "Parce que tout est tellement beau." »

Maintenant, c'est moi qui pleure.

« Tu es sûre de ne pas vouloir te lever et marcher un peu ? Je vais ouvrir la fenêtre pour laisser entrer un peu d'air frais. »

Rien.

Je soupire. Caresse sa touffe de cheveux. « D'accord, je dis, dors un petit peu plus, alors. Je vais rester là, à côté de toi. »

Table

1922	9
Grand Chauffeur	227
Extension claire	401
Bon ménage	451
Postface	583
À la dure – Nouvelle inédite	591

Composition réalisée par Belle Page

Imprimé en Italie par Grafica Veneta
en avril 2021
Dépôt légal 1re publication : mai 2014
Édition 11 – Avril 2021
LIBRAIRIE GÉNÉRALE FRANÇAISE
21 rue du Montparnasse – 75298 Paris Cedex 06